177-

MIAU

BENITO PÉREZ GALDÓS

M I A U

*

M A R I A N E L A

PRÓLOGOS

DE

TERESA SILVA TENA

DECIMA EDICION

EDITORIAL PORRUA, S. A.
AV REPUBLICA ARGENTINA, 15
MEXICO, 1979

Miau: Primera edición, Madrid, 1888
Marianela: Primera edición, Madrid, 1878
Primera edición en Colección "Sepan Cuantos...", 1967

ISBN 968-432-292-5

IMPRESO EN MÉXICO
PRINTED IN MEXICO

PROLOGO

Decía Hegel *(Fenomenología,* VI. C. *c)* que no hay grande hombre para su ayuda de cámara. Creo que también es suya la idea de que no hay genios ignorados, sino sólo reconocidos. El caso de Benito Pérez Galdós puede ilustrar las dos afirmaciones de Hegel:

En su casa —España— no fue un grande hombre para algunos de sus colegas de la Academia de la Lengua, institución que se opuso, por razones políticas, a que se le otorgara el Premio Nobel en 1912. A ellos, sin más perspectiva que el modesto horizonte casero, y atentos sólo a las riñas domésticas, no les pareció conveniente que se distinguiera a su ilustre contemporáneo con ese galardón.

Sin embargo, Galdós tuvo gran éxito en su tiempo, no sólo para el lector ordinario de novelas, sino que lo apreciaron Menéndez Pelayo, Leopoldo Alas "Clarín", José María Pereda, con los cuales tuvo amistad que no se desmintió nunca. Era ésa una época en España —dicen Ricardo Gullón y José F. Montesinos—[1] en la que la diferencia de opiniones o ideas no impedía el libre intercambio de las mismas y la admiración y el respeto mutuos.

Luego, la Generación del 98 aceptó en parte a Galdós y en parte lo rechazó. El rechazo de esa Generación hacia Galdós era natural, ya que siempre hay un nuevo punto de vista para juzgar el pasado inmediato, sobre todo cuando no se han podido resolver los problemas urgentes; por otro lado, el mundo se ensancha y el lenguaje que se habla también es un poco diferente: algo más exquisito, más matizado. La aceptación de Galdós por la Generación del 98 era también inevitable, ya que había bebido en sus escritos y éstos le habían proporcionado una base firme para sus especulaciones: un punto de vista sobre la realidad del siglo XIX español, que Galdós pintó admirablemente en sus *Episodios Nacionales* y en sus novelas.

Generaciones posteriores —quizá sobre todo inmediatamente antes y después de la Guerra de España (1936-1939), reencontraron en Galdós nuevos valores ya no sólo locales, sino que lo situaron por fin en el lugar que le correspondía: entre los grandes novelistas del siglo XIX europeo (entre otros, lo hicieron Casalduero, Gullón, Angel del Río, Ruiz Ramón, y entre los nuestros, Jaime Torres Bodet). La bibliografía sobre Galdós cuenta ya con un apreciable número de títulos, de plumas extranjeras y de habla española, y en suma, a un poco más de cien años de distancia desde que publicó su primera novela *(La fontana de oro,* 1870) se le ha consagrado como uno de nuestros clásicos en lengua castellana.

[1] El primero, en *Galdós, novelista moderno.* Madrid, Taurus, 1960; p. 24; el segundo, en *Pereda, o la novela idilio.* Berkeley and Los Angeles, y México, 1961; cap. XIII.

Pasemos ahora a esbozar brevemente la vida y obra de Galdós, y luego a analizar *Miau,* la novela de que va a disfrutar el lector, la cual es idéntica a la primera edición (1888), que hemos tenido a la vista y que no hemos modificado sino en la ortografía, poniendo la acentuación al día.

VIDA DE GALDOS

Benito Pérez Galdós nace en las Palmas de Gran Canaria el 10 de mayo de 1843. Fue el décimo hijo de doña Dolores Galdós y don Sebastián Pérez, teniente coronel del Ejército, que había luchado en su juventud en la Guerra de Independencia contra los franceses.

Su infancia y su adolescencia transcurrieron a la sombra de una madre autoritaria y de un padre bondadoso, pero sin energía, caso muy frecuente en las familias numerosas, en las que generalmente el varón cede la terrible tarea que es educar a los hijos a su mujer, quien suele convertirse entonces (¿y cómo podría gobernar de otra manera a un ejército?) en un carácter dominador para imponer cierto orden.

Silencioso, tímido y pacífico, quizá parecido al Luisito Cadalso de su novela *Miau,* pronto entró a la escuela de las hermanas Mesa, donde hizo sus primeros estudios, y donde seguramente no tuvo gratas experiencias, pues en esa misma novela dice, describiendo la salida de los chiquillos de la escuela: "Ningún himno a la libertad, entre los muchos que se han compuesto en las diferentes naciones, es tan hermoso como el que entonan los oprimidos de la enseñanza elemental al soltar el grillete de la disciplina escolar y *echarse a la calle* piando y saltando." (Cap. I.)

En la escuela privada de San Agustín, de 1857 a 1862 cursó estudios secundarios, y en ese último año obtuvo su título de bachiller en Artes en la Universidad de la Laguna.

Se trasladó a Madrid (que sería decisiva para definir su vocación literaria) por voluntad de su madre, quien no veía con buenos ojos la incipiente inclinación amorosa del joven Galdós por su prima, Sisita, hija ilegítima de la norteamericana -Adriana Tate (viuda, suegra de una de las hermanas de Galdós, Carmen) y de don José María Galdós, tío materno de Benito.

Así pues, en el otoño de 1862 llegó a Madrid y se matriculó en la Universidad para cursar la carrera de Derecho, cuyas asignaturas siguió con bastante irregularidad y que por fin terminó en 1869. Se instaló en la calle de las Fuentes 3, y luego se trasladó al número 9 de la calle del Olivo —hoy de Mesonero Romanos—. Y desde entonces, Madrid se vuelve su amor definitivo, al que no abandonará nunca, si no es para realizar cortos viajes (algunos de ellos de observación, para hacer la composición de lugar que necesitaba para algunas de sus novelas o sus *Episodios):* recorre España, preferentemente en ferrocarril, y más tarde, en la penúltima década del siglo, va a

Portugal (en compañía de Pereda), Alemania, Bélgica, Holanda, Italia e Inglaterra.

Madrid lo nutre en su Ateneo, donde —dice Casalduero [2]— escuchó conferencias inolvidables. Asistía a los teatros, a oír la ópera o ver las piezas de moda; frecuentaba, con otros estudiantes, los cafés; se levantaba tarde; leía vorazmente, y dueño de su tiempo y de sí mismo, sin mayores preocupaciones económicas, podía observar a sus anchas y conocer a los que más tarde inspirarían la creación de los personajes de sus novelas.

Hizo sus primeros intentos literarios en el teatro (ambición que, como veremos, no le abandonaría ni siquiera en las novelas): "La expulsión de los moriscos" y "El hombre fuerte", ambas piezas en verso, y "Un joven de provecho". Podemos imaginarlo lleno de expectación por saber qué opinaría de la primera de estas obras Manuel Catalina, a quien se la dio a leer, director del Teatro del Príncipe. Imaginaría, como su protagonista Alejandro Miquis, que sus obras iban a reformar el mundo, o como el joven James Joyce (Ulises), que llegaría un momento en que sus obras se citarían por letras. ("¿Ha leído usted su F? ¡Oh, sí!, pero prefiero Q. Sí, pero W es maravillosa. ¡Oh, sí! W".)

El sentimiento de su propia importancia fue corroborado por los hechos. En su Memorias, Galdós escribe: "Respirando la densa atmósfera revolucionaria de aquellos tiempos [eran los prenuncios de la Revolución del 68 y de la caída de Isabel II], creía yo que mis ensayos dramáticos traerían otra revolución muy honda en la esfera literaria."

Y tal como Joyce más tarde, Galdós logró lo que soñaba en sus años de estudiante: si aquél renovaría el concepto de novela, Galdós inventaría la novela moderna en España, y en nuestros días se le cita a pie de página por letras, por lo menos sus Episodios.

Su viaje a París en 1867 influye decisivamente en él para iniciar su obra literaria, pues allí leyó a Balzac, y quizá su admiración por él haya decidido su vocación por la novela. Pero antes, en 1866 —cuenta Casalduero— "tuvo lugar la sublevación de los sargentos del cuartel de San Gil, y presenció días después el paso de los sargentos, llevados en coche, de dos en dos, por la calle de Alcalá arriba, al sitio donde fueron fusilados. 'Estos sucesos dejaron en mi alma —dice Galdós— vivísimo recuerdo y han influido considerablemente en mi labor literaria... Transido de dolor, los vi pasar en compañía de otros amigos... y corrí a mi casa tratando de buscar alivio a mi pena en mis amados libros y los dramas imaginarios...' " [3]

El joven de veintitrés años que era Galdós entonces, quedó marcado por esos acontecimientos, y su obra (dramas, personajes de ficción) sería a lo largo de los años su único alivio o compensación, ya no para huir de la realidad española, sino para enfrentarla y revelarla, comunicarla a sus contemporáneos.

---

[2] Joaquín Casalduero, Vida y obra de Galdós. Madrid, Gredos, 1951, cap. I, p. 18.

[3] Op. cit., p. 27.

Escribe para los periódicos sobre todos los temas que lo inquietan: política, literatura, pintura; pero desde 1867 inicia la elaboración de su primera novela, *La fontana de oro,* que había de ver la luz en 1870. En 1873 empieza a publicar sus *Episodios Nacionales,* obra de gran aliento, que abarca desde *Trafalgar* hasta *Cánovas* (época de Alfonso XII), que apareció en 1912. Sus *Episodios* responden a la urgencia inmediata de explicarse a sí mismo (y a los españoles) los acontecimientos actuales; a una necesidad de orientarse y de dar razón y sentido a su vida. Por su parte, las novelas, *grosso modo,* relatan su propia evolución espiritual e inquieren por las distintas modalidades individuales del español del siglo XIX. Su labor literaria no se interrumpe sino con su muerte, ocurrida el 4 de enero de 1920, en su amada Madrid, completamente ciego,[4] pero iluminado por dentro por el desencanto, vale decir: sin más luz que su conocimiento profundo de la realidad; sin ilusiones, pero no sin esperanzas en la humanidad, a la que conocía a fondo, en sus grandezas y miserias, y que pintó a lo largo de su obra con admirable fidelidad.

ANALISIS DE *MIAU*

1. El contenido

Primer plano de "Miau"

El relato de la novela ocurre en el año de 1878: hay una clara referencia en el capítulo V: las "Miau" concurren a las fiestas públicas que con motivo de la boda real de Mercedes y Alfonso XII se celebraron en Madrid (enero de 1878); más tarde, van al teatro a escuchar *La Africana,* función de ópera a la que asistió la pareja real: la reina Mercedes, comentan, está muy pálida (cap. XXVII). La novela se desarrolla, pues, en unos meses de la Restauración, que algunos historiadores españoles, o el vulgo, han llamado "los años bobos". El personaje histórico más prominente de la época era el ministro Cánovas del Castillo, que tendía francamente al conservadurismo, a la contemporización con los moderados. "La situación de los empleados españoles durante todo el siglo XIX no era independiente de los partidos, sino que era una situación política —dice Hinterhäuser[5]—; permanecía o caía al compás de la circunstancia política; dependía incluso del cambio de ministerio. Pero como la 'empleomanía' que ya se había desarrollado plenamente en tiempo de los Austria, había llegado a ser en la época de los *Episodios* problema social predominante, el 'hospicio nacional' no podía mantener el enorme número de los 'asilados' más que por tandas (*Episodios*. Cuarta serie. *O'Donnell*). Así que el que hoy comía se veía a sí mismo como el

---

[4] Su dolorosa experiencia de ir perdiendo la vista puede verse en el último de los *Episodios Nacionales: Cánovas* (1912).

[5] En *Los "Episodios Nacionales" de Benito Pérez Galdós.* Madrid, Gredos, 1963; p. 156.

hambriento, el 'cesante' de mañana [...]; no había ningún lazo moral entre el sujeto, el trabajo y su función, y el más alto y único ideal era éste: 'Cobrar el primero de cada mes —sin trabajar.' "

La historia de *Miau* es la de uno de estos cesantes, no en potencia sino en acto. El relato de sus esperanzas y desesperanzas. Salvo que no esperaba cobrar cada mes sin trabajar, sino que era uno de esos burócratas de corazón, o de costumbre (segunda naturaleza) que creía que su función era importante, y procuraba llenarla a conciencia. Pero la historia de una persona no sólo depende de lo que a él le acontece, sino que está inevitablemente tramada con la de otras personas, sobre todo las de su familia. Y así, en este primer plano, también tenemos que incluir los acontecimientos de la familia Villaamil (tal es el apellido del jefe de la familia), que ocurren con motivo de ese "estado" español del siglo XIX: ser cesante el que mantiene a una casa de clase media. Mas no es todo tan sencillo como esto; no en Galdós al menos, cuyos personajes no están al servicio de una idea o de una pintura ilustrativa social.

Los personajes principales de *Miau* son el primer plano que se puede analizar en la novela. En la vida, todos somos más o menos personajes principales, con nuestra pequeña o gran tragedia, nuestras alegrías y sucesos faustos. Cuando salimos de nosotros mismos, aislamos un trozo de realidad ajena y fijamos la atención en ella (en una familia, por ejemplo, o en una pareja), el contorno se opaca y sólo quedan frente a nosotros los rasgos más salientes de las personas que estamos observando, su tono e inflexiones de voz, sus diálogos y sus gestos, y podemos darnos cuenta de lo que les ocurre en un momento determinado. Sin embargo, nunca podemos penetrar en su ser con la eficacia y facilidad con que podemos hacerlo en el de los personajes de una novela. E. M. Forster nos explica [6] que esto se debe a una razón muy sencilla (o muy compleja, según se considere): el autor de una novela es omnisciente respecto a sus personajes. Asimismo, en una novela hay personajes más importantes que otros. Hay lo que podríamos llamar personajes-eje y personajes-incidente, que sirven de fondo a los primeros. Los personajes-eje están bien desarrollados; los otros, están más o menos esbozados, de acuerdo a los propósitos del autor.

En *Miau* no podría ocurrir de otra manera, pero, caso notable en una novela más bien corta, casi todos los miembros de la familia Villaamil —los personajes de la novela— están desarrollados (con excepción de Milagros Escobios Muñoz, cuñada del jefe de la casa, y de Víctor Cadalso, yerno del mismo): don Ramón de Villaamil, el jefe de la familia, cuya historia es el tema del libro. Luisito Cadalso, su nieto, es el eslabón formal, con sus sueños, que une a la familia y en cierta forma determina los actos de su abuelo y de su tía Abelarda. Esta, insulsa, incolora hasta la llegada de su cuñado Víctor (padre de Luisito), que viene a trastornar su vida por completo. Pura, la esposa de Villaamil, está pintada sobriamente: es la esposa "saco sin

6 En *Aspectos de la novela.* México, Univ. Veracruzana, 1961.

fondo" y sin gobierno, que vive en el presente, inconsciente del pasado y del futuro; literariamente, es un *tipo,* un carácter, autora y protagonista de la "sindineritis" o "tronitis" crónica de la familia, enfermedad que ha llegado a ser agudísima en el tiempo ideal en que se desarrolla la novela. Víctor Cadalso, el padre de Luisito, es como el *pretexto* que llega de fuera para acelerar las desdichas de toda la familia. Galdós destaca sus rasgos principales: egoísmo feroz, belleza física, crueldad. Digo que es el pretexto, una circunstancia desagradable que resulta, empero, esencial en los destinos de la familia Villaamil; no llega a ser nunca un personaje total, complejo, sino más bien una especie de *fuerza,* de energía, pese a lo cual podemos casi visualizarlo en las escenas en que se presenta; es también un *tipo,* y como todos los *tipos* en novela, lo conocemos de antemano. Sólo que este tipo galdosiano excede a sus congéneres de otras novelas (con excepción, quizá, de los tipos terroríficos o diabólicos, malos malos de las novelas infantiles) por el hecho de que lleva su donjuanismo y crueldad a un grado casi inverosímil: calentar los cascos de una casi solterona tranquila para probar su poder de seducción y divertirse, sin aprovecharse (pues no conviene a sus intereses), del hecho de haber doblegado la voluntad de aquélla.

Todos los miembros de la familia Villaamil son, pues, personajes-eje: cada uno gira alrededor de los otros. Los personajes incidentales son, por ejemplo, los amigos de la familia (Federico Ruiz y su esposa; Federico Ruiz, cesante como Villaamil, pero muy distinto de éste: "siempre fraguando planes de bullanguería literaria y científica, premeditando veladas o centenarios de celebridades [. . .] Aquel bendito hacía pensar que hay una *Milicia Nacional* en las letras. Escribía sobre lo que debe hacerse para que prospere la agricultura, sobre la ventaja de la cremación de los cadáveres [. . .] o lo que pasó en la Edad de Piedra [. . .]"); los rostros que asoman en las páginas de *Miau* de los "habituales" de la ópera, en el paraíso; el novio formal de Abelarda, el "ínclito Ponce" (a quien Galdós pinta así: "Era un joven raquítico y linfático, de esos que tienen novia como podrían tener un paraguas, con ribetes de escritor, crítico gratuito, siempre atareado, quejoso de que no le leía nadie (aquí no se lee), abogadillo, buen muchacho . . . etc." Cap. XVIII). Este Ponce, cuando llegue a ser miembro de la familia (el lector lo puede ver claramente) va a convertirse en personaje-eje, y quizá tan desdichado como Villaamil: Ponce (y su historia) es una novela en potencia, como lo son todos los personajes esbozados cuando los enmarcamos con ciertas circunstancias futuras probables que el autor sugiere.

Personajes-incidente muy importantes, algunos de ellos *tipo,* son también los miembros de la burocracia, viejos compañeros de Villaamil, que éste ve con frecuencia en las oficinas de Hacienda cada vez que va a insistir para que lo reintegren a su puesto. El propósito de Galdós al tratar a estos individuos en su novela, es pintar un medio social y enriquecer, iluminar desde otro ángulo a su personaje Villaamil. Pero no se crea que por ello los personajes dejan de ser reales, verosímiles; los pocos rasgos que nos da el autor de ellos, nos bastan para hacerlos vivir en nuestra imaginación y poderlos relacionar con gente que conocemos. El prototipo del burócrata, Pantoja, que adora al Dios-Estado y odia al contribuyente renuente a pagarle, es personaje-incidente magistral, a quien Galdós caracteriza o resume así: "Según Pantoja, no debía ser verdaderamente rico nadie más que el Estado. Todos los demás caudales eran producto del fraude y del cohecho" (XXI). "En el fondo de su cerebro dormía cierto comunismo de que él no se daba cuenta" (XXII).

Esos personajes secundarios son el fondo en que se destaca don Ramón de Villaamil, sobre todo, y también los que de él dependen, los cuales a veces toman el primer plano hasta el momento en que el infortunado cesante ocupa todo el cuadro (capítulos finales). En ese momento es cuando podemos ver, en perspectiva, a todos los personajes y toda la trama y el sentido de la novela: la familia, los burócratas, el Estado, Madrid y sus transeúntes, sus árboles y pájaros: el Mundo. Y el Hombre —Villaamil—, en su insignificancia y desamparo. Pues Villaamil —personaje común de la sociedad española de fines del siglo XIX— es el cesante escogido por el novelista Galdós para significar o simbolizar ese aspecto de la condición humana desamparada en *Miau*.

A partir de su cese, lo vemos descender desde la seguridad y el mediano bienestar hasta la miseria, la peor miseria de todas: la de la gente con cierta cultura y pretensiones de clase, muy sensible al juicio ajeno, en la que el hambre se une a la vergüenza y al amor propio herido. Después de su fulminante cese, sus rasgos físicos adquieren por la ansiedad (y también a causa de su estancia en Filipinas, que lo dejó en los huesos) una expresión de máscara, con ojos de espectro, que relumbraban de tal modo, "que parecía que iba a comerse a la gente"; por lo que un guasón, habitual del café "El Siglo", le puso el mote de "Ramsés II" (*Fortunata y Jacinta*, Parte Tercera, Cap. I, apartado 5). En Madrid, lo encontramos, ya sexagenario, pretendiendo inútilmente que lo reintegren a la vida, o sea, a su función en la sociedad: pequeña herramienta de esa máquina monstruosa que es la burocracia. Porque para el burócrata (miembro de la clase media, que desprecia los trabajos manuales y el comercio con tal de ser "caballero"), "vivir fuera del erario es vivir en el error", como decimos en México. En *Miau,* para Villaamil es también vivir en el error, pero en un sentido más profundo: es vivir en la Nada, al margen de la existencia, abandonado de la mano de Dios.

Ricardo Gullón ha titulado a su capítulo sobre *Miau* [7] "La burocracia, mundo absurdo". Para Villaamil, al menos, el mundo burocrático, en sí mismo, no era absurdo. Lo absurdo era vivir fuera de él. El mundo con sentido era el destinillo que él pretendía para poder pasar el tiempo ocupado, entre dos expedientes. El mismo crítico ha comparado al personaje José K., de F. Kafka, con Villaamil. Pero hay una diferencia importante: mientras José K. de *El proceso,* no sabe de qué se le acusa, Villaamil sabe finalmente que se le acusa *de*

[7] *Op. cit.*

ser honrado, que se le posterga siendo inocente, que se le condena
porque en el mundo en que vive en ese momento hay que ser pillo
"listo" y estar en el enjuage de los pillos de arriba (como su yerno,
Víctor Cadalso). Al que no llegará a ver, sino sólo a vislumbrar Villaamil —y ése sería su parentesco con José K.— es a Dios. Pues
Villaamil es hombre de tan poca fe, que cuando siente una esperanza la combate metódicamente. ("Tengo esperanza. No, no quiero consentir ni entusiasmarme. Vale más que seamos pesimistas, muy pesimistas, para que luego resulte lo contrario de lo que se teme. Observo yo que cuando uno espera confiado, ¡pum! viene el batacazo. Ello
es que siempre nos equivocamos. Lo mejor es no esperar nada, verlo
todo negro, negro como boca de lobo, y entonces de repente ¡pum!...
la luz [...]".Cap. IV.) "Pesimismo" que se basa en que "los españoles viven al día, sorprendidos de los sucesos y sin ningún dominio
sobre ellos" (XXIX), y en que "la lógica española no puede fallar:
el pillo delante del honrado; el ignorante delante del entendido; el funcionario probo debajo, siempre debajo" (XXXVI); pesimismo que,
como podrá apreciar el lector mexicano, se parece bastante al nuestro, por las mismas razones. Por el contrario, su nieto, Luisito, opina:
"Pero abuelito, parece que eres tonto,. ¿Por qué estás pidiendo y
pidiendo a esos tipos de los ministerios, que son unos cualisquieras y
no te hacen caso? Pídeselo a Dios, ve a la iglesia, reza mucho, y verás cómo Dios te da el destino." (Cap. XXIII.) Así pues, Villaamil cree en que finalmente le harán justicia, pero supersticiosamen-
te aparenta no creer para que ocurra lo contrario. Para él, no es
absurda la burocracia, sino la vida en España en 1878. Y en un momento dado (en su "locura", y luego en su lucidez desapegada), todo
es absurdo y ha sido absurdo a la luz de su infortunio presente.
Siente la náusea de la existencia cuando se ve a sí mismo sin sentido,
sin función, una especie de vegetal desesperado entre las demás cosas.
Palpa la verdad del mundo, y abandona la fábrica de las falsas esperanzas. Reconoce la realidad desnuda, sin las muletas que nos revis-
ten de importancia y de sentido: la realidad sin más, en el completo
desamparo, cogido entre la ley ciega que rige al mundo, de la que
sólo se puede escapar recreándolo en otra dimensión.

Tal fue el caso de Villaamil: después de "esperar desesperando",
descubrió la mecánica del mundo humano y la vaciedad de su propia
vida cuando fue puesto al margen del juego que consideraba importante: su labor burocrática, que tal vez cambiaría al país calladamen-
te, desde un escritorio. Pero por medio de su nieto Luisito vislumbra
que hay otro mundo al que él no puede tener acceso, como veremos.
Inclusive hay un momento, después de aceptar la verdad de su fracaso, en que toca la Nada de su insignificancia y en que renace en
Villaamil (en su paseo final por Madrid) la admiración y el amor
por la vida y su belleza: cielo, pájaros, silencio donde caen sonidos
y rumores; donde todo parece tener sentido y ser armonía. Pero también recuerda lo absurdo de su propia vida: la rutina conyugal y el
peso de la responsabilidad de la familia; todo ello ya sin sentido. Quisiera recuperar en unas horas todo su tiempo perdido; pero reconoce

que esto es imposible. Y finalmente vence en él la ley de gravedad de su infortunio, y haciendo oídos sordos a las instancias del lado soleado de la vida, deja que se apodere de él cierta malignidad vengativa. ("De repente, le dio al santo varón la vena de sacar un revólver que en el bolsillo llevaba, montarlo y apuntar a los inocentes pájaros, diciéndoles: 'Pillos, granujas, que después de haberos comido mi pan pasáis sin darme tan siquiera las buenas tardes, ¿qué diríais si ahora yo os metiera una bala en el cuerpo? [...] De veras que siento ganas de acabar con todo lo que vive, en castigo de lo mal que se han portado conmigo la Humanidad, y la Naturaleza y Dios [...] sí, sí: lo que es portarse, se han portado cochinamente...'" Cap. XLIII.)

En cambio, Luisito Cadalso tiene fe. Enfermizo y tímido como el propio Galdós, padece "visiones" de la Divinidad en una especie de sueños. En ellas, Dios lo sabe todo: porque el soñante o visionario lo sabe también todo acerca de sí mismo. En sus "raptos", inconscientemente se da satisfacción a todos los problemas que lo inquietan. Son su respuesta o compensación a su angustia de escasez económica en su casa y a la tigresca apariencia de su abuelo porque las cosas van mal. Un psicoanalista diría incluso que sus visiones de un Buen Padre Bondadoso en sus sueños enfermizos serían una sustitución del padre que en la realidad nunca tuvo. Pero Luisito no es un "santito" de otro mundo: la violencia y agresividad de los demás sacan de cauce su temperamento naturalmente tranquilo y pacífico. Por ejemplo, cuando el maligno y travieso Paquito "Posturitas" Ramos, su condiscípulo, lo insulta y desespera (con la palabra "Miau"), hay una formidable pelea "cuerpo a cuerpo" entre los dos niños. Después que los separan se encamina a su casa, calmándose lentamente su ira; y por el hecho de haberse atrevido Luisito a enfrentarse a su enemigo "... sentía en su alma los primeros rebullicios de la vanidad heroica, la conciencia de su capacidad para la vida, o sea de su aptitud para ofender al prójimo, ya probada en la tienta de aquel día", comenta Galdós (Cap. IX).

¿Y qué mejor ejemplo de que hay una ley inexorable, instintiva, de defensa o agresión, o impulso sexual, que la señorita de "Miau", Abelarda, cuya virtud y castidad no es más que un aparente remanso, en realidad agua turbia que de pronto se trastorna por la pasión súbita por su cuñado, "monstruo de infinitos recursos e ingenio inagotable, avezado a jugar con los sentimientos serios y profundos"? (XX). El agua dormida se atormenta de pronto. Pero como su entrega a su pasión resulta inútil, su capacidad de dominio se rompe hasta llegar al deseo de asesinar a lo que más ama: su padre (herirlo donde más duele); su sobrino (despedazarlo a hachazos), en un afán de destruirse a sí misma. Este personaje de Galdós es uno de los más grotescos de la literatura española, y por eso mismo de los más dramáticos: consciente de su cursilería y su insignificancia, no puede reprimir su pasión, sabiendo de antemano que está condenada al fracaso. Y tal como le ocurriría a su padre, se halla frente al vacío, ante la Nada absoluta, con su cauda de fuerzas desperdiciadas que despierta el mal, el odio en su alma; su deseo de destruir porque no encuentra justicia para su pasión. Después del rechazo del "monstruo", siente "la náusea" de la realidad, que Galdós describe magistralmente, y que resume así: "Todo lo miraba la señorita Villaamil, no viendo el conjunto sino los detalles más ínfimos, clavando sus ojos aquí y allí como aguja que picotea sin penetrar, mientras su alma se apretaba contra la esponja henchida de amargor, absorbiéndolo todo" (XXXII).

Segundo plano de "Miau"

Un segundo plano de *Miau* sería esa perspectiva ya no anecdótica y concreta que adquieren todas las cosas y personas en el paseo final de don Ramón Villaamil por Madrid. En esos capítulos de la novela es cuando el lector piensa en algunos de los nombres de los personajes: Ramón de Villaamil (uno de tantos en la ciudad de Madrid). Víctor Cadalso: el pillo victorioso (Cadalso sugiere crimen: Víctor Cadalso: criminal victorioso impune); Abelarda (nombre que asociamos con el de Abelardo, amante de Eloísa, según R. Gullón [8] y que resulta por eso tanto más grotesco al comparar su historia (amor romántico y platónico) con la que se cuenta en *Miau*: romanticismo trasnochado, sentimentalero; pasión intensa, pero novelera, rebajada por la cursilería de la clase media; sin nobleza; por ello mismo más dramática. Pura Villaamil: nombre quizá irónico, pues doña Pura es la *pura* inconsciencia, el vivir en el presente, fiel mantenedora de la tradición de la clase media española (y mexicana de provincia) del aparentar, o como dice Galdós: del "suponer" (se vive en un supuesto a "como si..."). Doña Pura ya no lo es tanto cuando dice a su marido:

"¡Inocente! Ahí tienes por lo que estás como estás, olvidado y en la miseria; por no tener ni pizca de trastienda y ser tan devoto de *San Escrúpulo bendito.* Créeme, esa ya no es honradez, es sosería y necedad [...] Pues sí (alzando el grito), tú deberías ser ya Director, como esa luz, y no lo eres por mandria, por apocado, porque no sirves para nada, vamos, no sabes vivir [...] Las credenciales, señor mío, son para los que se las ganan enseñando los colmillos. Eres inofensivo, no muerdes, ni siquiera ladras, y todos se ríen de ti. Dicen: '¡Ah, Villaamil, qué honradísimo es! ¡Oh! el empleado *probo...*' Yo, cuando me enseñan un *probo,* le miro a ver si tiene los codos de fuera. En fin, que te caes de honrado. Decir honrado, a veces es como decir ñoño. Y no es eso, no es eso. Se puede tener toda la integridad que Dios manda, y ser un hombre que mire por sí y por su familia..." (Cap. IV). (El pobre Villaamil, como es de suponerse, se siente más deprimido aún, después de una de estas peroratas de su "estimulante" mujer.)

Aparte de tener un significado simbólico los nombres de algunos personajes de *Miau*, ese segundo plano de la novela es el título mismo. Porque *Miau* significa:

[8] *Op. cit.*, p. 277.

a) Gato o como gato;
b) Moralidad *I*ncometax *A*duanas y *U*nificación de la Deuda;
c) *M*is *I*deas *A*barcan *U*niverso;
d) *M*inistro *I A*dministrador *U*niversal;
e) *M*uerte *I*nfamante *A*l *U*ngido;
f) *M*orimos *I*nmolados *A*l *U*ltraje;
g) *M*uerte *I*nfamante *A*l *U*niverso,

significados todos de MIAU que el lector irá relacionando al penetrar en la trama de la novela.

Un tercer plano

Y aún hay más. Aún tenemos una especie de *tercer plano,* accesible quizá sólo a los lectores familiarizados con toda, o la mayor parte de la obra de Galdós. Es el plano de las ideas sobre el mundo que tenía el autor, que pueden apreciarse en conjunto al comparar la novela con otras. Por ejemplo, mientras *Miau* (1888) es la novela de la desesperanza, *Misericordia* (1897) corresponde, como dice acertadamente Casalduero [9] al período de las novelas "espiritualistas" de Galdós, o del triunfo del Espíritu sobre la Materia. Dicho de otro modo: *Miau* se mueve todavía en la dimensión humana de *la pesanteur* (en términos de Simone Weil [10]), donde el infortunio condena inexorablemente a los personajes a caer en la desesperación: han sido heridos en el amor de sí mismos y no encuentran ya asidero alguno; caen, por ley de gravedad *(pesanteur)* en el infierno del infortunio, tocando la Nada, su propia insignificancia, es decir, lo puramente contingente de la vida. Hemos visto que el infortunio de Villaamil y de su hija Abelarda los lleva al odio y la destrucción ("Muerte infamante al Universo"). De modo que para Galdós, el origen del odio es el infortunio. En *Misericordia,* en cambio, el personaje principal, Benigna (cuyo nombre simbólico descubrió R. Gullón: La caridad es benigna" [11]) es una sirvienta, una mendiga, una santa. Toda la novela es un gran fresco digno de Goya: una corte de milagros en contraste con una casa de clase media rica venida a menos, de corazón tibio. La dimensión de *Misericordia* es ya otra que en *Miau:* allí ya no funciona solamente el espacio y el tiempo, y por lo tanto tampoco la ley natural de *la pesanteur;* sino la dimensión de *la gracia,* según el Galdós de 1897. La gracia es el amor al prójimo, la caridad; amor que Villaamil y Abelarda, de *Miau,* no pudieron alcanzar (quizá sólo vislumbrar) al someterse a la mecánica del mundo puramente humano. Galdós preconiza así sus convicciones más tardías y definitivas en *Mise-*

---

[9] *Op. cit.,* cap. II, p. 52.
[10] S. Weil, *La pesanteur et la grace.* París, 1951.
[11] *Op. cit.,* p. 110. La clave son las palabras de San Pablo *(Epístolas,* 1. Corintios, 13, 1-13): "Aun cuando yo hablara las lenguas de los hombres y de los ángeles, si no tengo caridad, soy como un bronce que suena o como un cristal que retiñe [. . .] La caridad es sufrida, es benigna [. . .] Todo lo sobrelleva, todo lo cree, todo lo espera, todo lo soporta."

ricordia: con el mensaje cristiano del amor, del sacrificio de sí mismo en un acto espontáneo creador semejante al de Dios: de la nada de su infortunio, crea Benigna algo: el amor a los demás. Mensaje que, por otra parte, en nuestro tiempo Eric Fromm, y otros, redescubrirían, aunque negándole su fundamento sobrenatural. Pero ningún psicólogo, ningún pensador, si no es en cierta forma poeta (como Platón, por ejemplo) ha podido nunca comunicar esos hechos del mundo de los valores como puede hacerlo el artista. Y aún éste tiene a veces conciencia de la dificultad de comunicar esas verdades, como cuando dice que "entre los labios y la voz, algo se va muriendo".[12]

2. LA FORMA DE "MIAU"

Técnica teatral

En términos generales, el estilo de *Miau* anuncia la urgencia de Galdós por realizar la suprema ambición de su juventud: la forma teatral. Ejemplos de esa técnica teatral en *Miau:*

"Villaamil —dijo Mendizábal con suficiencia— es un hombre honrado y el Gobierno de ahora es todo de pillos... Yo le digo [...]: 'No le dé usted vueltas, D. Ramón, no le dé usted vueltas. De todo tiene la culpa la libertad de cultos. Porque ínterin tengamos racionalismo, [...] ínterin no sea aplastada la cabeza de la serpiente, y... *(perdiendo el hilo de la frase y no sabiendo ya dónde andaba)* y en tanto que... precisamente... quiero decir, digo... *(cortando por lo sano)* ¡Ya no hay cristiandad!" (Cap. II).

O este otro pasaje:

[Víctor Cadalso, dirigiéndose a doña Pura Villaamil]. —"He sido malo, lo confieso *(patéticamente);* reconocerlo es señal de que ya no lo soy tanto [...] Yo seré todo lo malo que usted quiera; pero en medio de mi perversidad, tengo una manía, vea usted... no tolero que esta familia, a quien tanto debo, pase necesidades. Me da por ahí... llámelo usted debilidad o como quiera *(dándole un tercer billete con gallardía generosa, sin mirar la mano que lo daba)* [...]"

[Doña Pura]: "—Gracias Víctor, gracias *(entre conmovida y recelosa).*"

[Víctor]: "—No tiene por qué darme las gracias [...]"

[Doña Pura]: "—Rico estás... *(con escama de si serían falsos los billetes)* [...]" (Cap. XII).

Y como éstos, hay multitud de pasajes. Como se ve, en lugar de decir Galdós, entre guiones: —se dijo—, —pensaba—, etc., usa las acotaciones teatrales que indican movimiento, actitud, inflexión de la voz; y con este recurso (que nosotros hemos puesto en cursivas en los ejemplos), da al lector la ilusión teatral de *estar viendo* al personaje en el escenario y en la situación en que se encuentra.

---

[12] Pablo Neruda, Poema 13, verso 13, de *Veinte poemas de amor y una canción desesperada.*

El monólogo interior

Pero *Miau* es novela, y por ello no hay "a partes"; en cambio podemos encontrar "pensamientos a solas", o "monólogos interiores" de los personajes, con una aparentemente mínima intervención del autor. Buen ejemplo de esto es el monólogo de Abelarda, hija de Villaamil, al que Galdós llama "monólogo desordenado y sin fin", y en el que los pensamientos saltan de su propia figura "fea y sosa", a la de su cuñado Víctor; al apodo de "Miau" que les han puesto a ella, a su madre y a su tía, en el paraíso del Real; al hecho de que su padre está cesante; al pensamiento de su novio Ponce, y de nuevo a su propia figura y a la de su hermana muerta, Luisa, madre de Luisito; al Cielo, al Infierno, al "Miau", a sí misma, a Víctor, a la idea de suicidarse... Finalmente, su interminable monólogo interior es interrumpido por su madre (Capítulo XVIII).

Muy cercano este monólogo de Abelarda al monólogo joyciano, aunque, como es natural, sin tanta sabiduría y consciencia de estar inventando algo nuevo. Pero ciertamente el monólogo galdosiano en *Miau* es de una sorprendente novedad y profundidad; no cabe duda que Galdós observaba el proceso de ese hablar a solas consigo mismo con gran hondura. La diferencia literaria fundamental entre ambos monólogos es la puntuación, que en Galdós se atiene a las reglas lógicas y en Joyce se omite para ajustarse a la barbarie de lo irracional o inconsciente. En Galdós, los vacíos interiores se señalan con la acotación: "(Pausa)", que es como la indicación del autor de que el personaje retorna por unos segundos a la superficie de sí mismo, a la conciencia, y luego vuelve a sumergirse en sus asociaciones libres. En rigor de verdad, el monólogo interior galdosiano se ajusta más a la realidad que el de Joyce, como proceso, pero el del segundo es más artístico, a pesar de ser mucho más intelectual, porque pone al lector en contacto con realidades inconscientes más profundas que Galdós. La señorita "Miau", Abelarda, no desciende hasta el fondo de su pasión: se sigue engañando con las formas de las cosas; no es capaz de mirarse hasta lo hondo; está llena de "resistencias", como dirían los psicoanalistas actuales.

El lenguaje

El lenguaje de Galdós en *Miau* es sencillo y flexible; obedece a las situaciones de los personajes; su ritmo va de acuerdo con el ánimo de éstos. El mejor ejemplo son los tres capítulos finales de la novela, cuando Villaamil, habiéndose despedido de su nieto y después de abandonar su casa para siempre, renuncia a sus ilusiones y se enfrenta a su propia realidad. Antes, cuando todavía tenía esperanzas, los diálogos de Villaamil son "reales", es decir, adaptados a circunstancias tolerables, aunque dolorosas, y por ello mismo con posibilidades de desahogo: gestos terriblemente trágicos, caras solemnes o feroces; "conversaciones", defensa del propio punto de vista, etc., en

XXII BENITO PÉREZ GALDÓS

términos comunes, conocidos para los que han pasado por una situación angustiosa de "estira y afloja". Mas cuando ya no hay esperanzas para Villaamil y ha aceptado esa realidad, el ritmo de la prosa de Galdós nos mete en el ánimo del personaje: descripción amplia del paisaje: "El día era espléndido, raso y bruñido el cielo de azul, con un sol picón y alegre; de esos días precozmente veraniegos en que el calor importuna más por hallarse aún los árboles despojados de hoja. Empezaban a echarla los castaños de indias y los chopos; apenas verdegueaban los plátanos; y las soforas, gleditchas y demás leguminosas estaban completamente desnudas [...]"; caminata por la plaza de San Marcial, huerta del príncipe Pío: desesperación calmada, contemplativa.

Pero hay momentos en esos capítulos donde volvemos a encontrar la prosa apresurada de la pasada, y ahora resucitada, angustia ("Si Pura hubiera seguido vuestro sistema [dirigiéndose a los pájaros], otro gallo nos cantara [...] Que no hay más que patatas... pues patatas [...] Pero no señor, ella no está contenta sin perdiz a diario. De esta manera llevamos treinta años de ahogos, siempre temblando [...] ¡Treinta años así, Dios mío! Y a esto llamamos vivir." Apresuramiento que vuelve a caer en la desesperación calmada cuando Villaamil se encuentra de nuevo en su callejón sin salida.

En la prosa novelesca, lo único que puede preguntarse el lector sobre el lenguaje es si éste es eficaz o no para expresar el contenido. No advertirá los recursos secretos, y casi siempre inconscientes, del autor del uso de determinadas consonantes o vocales para dar color, o de muchos verbos para apresurar la acción, o de adjetivos continuados para alargarla. El ritmo sí lo advertirá: el tiempo de la acción, sobre todo de la acción interior. El lenguaje de Galdós es llano, directo, bello por sí mismo, pero no esteticista, no deliberadamente cincelado. Notará el lector, también, que esa eficacia de lenguaje se debe a la unidad y equilibrio de las partes de la novela. ¿Y en qué consiste esa unidad y proporción sino en la fidelidad del autor al ánimo de sus personajes, que al adquirir vida propia hablan y se mueven por sí mismos, y dan la ilusión de la vida? En este sentido, y sólo en éste, Galdós es "realista". Pero su realismo es esa "manera castellana" que definía Valle Inclán diciendo que "no es copia, sino exaltación de formas y modos espirituales"...[13]

Finalmente, perdone el lector si lo he abrumado con demasiadas reflexiones sobre mi propia lectura de Miau. Pero, por fortuna para él, lo primero que hará al pasar la página uno del texto será olvidarlas, y entrará solo en el mundo aparte que es el mundo de Galdós; y de Miau, quizá la obra galdosiana más perfecta formalmente.

TERESA SILVA TENA.

[13] En "Capacidad del español para la literatura". Conferencia dada en 1932 en el Casino de Madrid. Cit. por Francisco Madrid en La vida altiva de Valle Inclán. Buenos Aires, 1943, p. 118.

BIBLIOGRAFÍA MÍNIMA DE BENITO PÉREZ GALDÓS

ALONSO, Amado: "Lo español y lo universal en la obra de Galdós", en *Materia y forma de la poesía*. Madrid, Gredos, 1955.

AYALA, Francisco: *Conmemoración galdosiana. Histrionismo y representación*. Buenos Aires, 1944.

BAEZA, Ricardo: "Fortunata y Jacinta", en *Cursos y conferencias*. Buenos Aires, oct.-dic., 1943.

BERKOWITZ, Chonon H.: *Pérez Galdós, Spanish liberal Crusader*. Madison, 1948.

—— *La biblioteca de Pérez Galdós*. Las Palmas de Gran Canaria, 1951.

CASALDUERO, Joaquín: *Vida y obra de Galdós*. Madrid, Gredos, 1951.

CORREA, Gustavo: *El simbolismo religioso en las novelas de Pérez Galdós*. Madrid, Gredos, 1963.

—— "*Miau* y la creación literaria en Galdós", en *Revista Hispánica Moderna*, XXV, núms. 1-2, enero-abril, 1959.

EOFF, Sherman: *The novels of Pérez Galdós. The concept of life as dynamic process*. Saint-Louis, 1954.

GULLÓN, Ricardo: *Galdós, novelista moderno*. Madrid, Taurus, 1960.

GUTIÉRREZ GAMERO, Emilio: *Galdós y su obra*. Madrid, 1933-1935. 3 vols.

HINTERHÄUSER, Hans: *Los "Episodios Nacionales" de Benito Pérez Galdós*. Madrid, Gredos, 1963.

PATTISON, Walter: *B. Pérez Galdós and the creative process*. Minneapolis, 1954.

PÉREZ VIDAL, José: *Galdós en Canarias*. Madrid, 1952.

REYES, Alfonso: "Galdós historiador del siglo XIX", en *Retablo Español*. Buenos Aires, 1958.

RÍO, Angel del: *Estudios galdosianos*. Zaragoza, 1953.

RUIZ RAMÓN, Francisco: *Tres personajes galdosianos. Ensayo de aproximación a un mundo religioso y moral*. Madrid, Rev. de Occidente, 1964.

SÁINZ DE ROBLES, Federico C.: *Don Benito Pérez Galdós. Su vida. Su obra. Su época*. Introducción a B. Pérez Galdós, *Obras Completas*. Madrid, Aguilar, S. A. de Ediciones, 1950. Vol. I. (También pueden consultarse en los tomos siguientes las Notas preliminares del mismo autor a cada obra, y sobre todo (t. III y VI) el Censo de Personajes galdosianos.)

TORRE, Guillermo de: "Nueva estimación de las novelas de Galdós", en *Cursos y Conferencias*. Buenos Aires, 1943.

TORRES BODET, Jaime: *Tres inventores de realidad. Stendhal, Dostoyevski, Pérez Galdós*. México, Imprenta Universitaria, 1955.

UNAMUNO, Miguel de: *De esto y aquello*. T. I. Buenos Aires, 1950; t. IV. Buenos Aires, 1954.

ZAMBRANO, María: *La España de Galdós*. Madrid, Taurus, 1959.

CRONOLOGIA DE BENITO PEREZ GALDOS

Año	Vida y obra de Galdós	Acontecimientos culturales	Sucesos políticos y sociales
1843	10 de mayo. Nace Benito Pérez Galdós en Las Palmas de Gran Canaria.	Julián Sáinz del Río marcha a estudiar a Alemania: el krausismo.	Mayoría de edad de Isabel II.
1844		Estreno de *Don Juan Tenorio*, de Zorrilla. Morse instala el primer telégrafo entre Baltimore y Washington.	
1847		Aparece completa *La Comedia humana*, de Balzac. Marx y Engels: *Manifiesto comunista*.	Principio de la 2ª Guerra carlista.
1848		Se inaugura la 1ª línea férrea en España (Barcelona-Mataró).	Revolución europea de 1848.
1849		Aparece el género de la zarzuela española.	Fin de la 2ª Guerra carlista.
1850		Ch. Dickens: *David Copperfield*.	
1857	Inicia sus estudios secundarios.	G. Flaubert: *Madame Bovary*. Ch. Baudelaire: *Las flores del mal*.	
1859		Ch. Darwin: *Origen de las especies*.	Se inicia la Guerra de Africa (España contra el imperio de Marruecos), que termina al año siguiente.
1861	Escribe "Quien mal hace, bien no espere" y "Un viaje redondo por el bachiller Sansón Carrasco", drama.		El Gral. Prim, nombrado jefe de la expedición a México ante el gobierno de Juárez.

Año	Vida y obra de Galdós	Acontecimientos culturales	Sucesos políticos y sociales
1862	Sept. Obtiene su título de Bachiller en Artes en la Univ. de la Laguna (Tenerife). Se traslada a Madrid y se matricula en la Univ. en Derecho.	V. Hugo: *Los Miserables.*	
1865	Ingresa como periodista en *La Nación.*		10 de abril: Noche de San Daniel (motín estudiantil).
1866		Dostoyevski: *Crimen y castigo.*	22 jun.: Conspiración de Prim: sublevación de los sargentos del cuartel de San Gil y su fusilamiento al día siguiente.
1867	Mayo. Viaje a París. Lee *Eugénie Grandet,* de Balzac. Inicia la redacción de *La fontana de oro.*	C. Marx: *El capital* (t. I). L. Tolstoi: *Guerra y paz,* que termina de publicarse en 1869.	
1868	Viaje a Francia. Regreso por Barcelona. Se embarca para Canarias, pero vuelve a Madrid.		Revolución de Septiembre. Isabel II sale para Francia. Se inicia en Cuba la Guerra de los Diez años.
1869	Termina la carrera de Derecho.		Constitución española democrática.
1870	Sale a luz *La fontana de oro.*	Muerte de G. A. Bécquer.	Amadeo de Saboya, rey de España. Dogma de la infalibilidad del Papa.
1871	*La sombra. El audaz.* Inicia su amistad con J. M. Pereda.	Pereda: *Tipos y paisajes.* E. Zola: *Los Rougon-Macquart.* Ch. Darwin: *El origen del hombre.*	
1872	13 feb. Director de la *Revista de España* (hasta 13 de nov. de 1873).		Carlos VII encabeza la 3ª Guerra carlista en el Norte de España.
1873	Aparecen los primeros vols. de los *Episodios Nacionales.*		Abdicación de Amadeo de Saboya y proclamación de la 1ª República.

Año	Vida y obra de Galdós	Acontecimientos culturales	Sucesos políticos y sociales
1874			Pronunciamiento alfonsino (Levantamiento de Sagunto). Gobierno de Porfirio Díaz en México.
1875	Inicio de publicación de la 2ª serie de los *Episodios*.		Alfonso XII inicia su reinado.
1876	*Doña Perfecta. Gloria* (t. I), que se acaba de publicar al año siguiente.	Fundación en Madrid de la Institución Libre de Enseñanza.	Fin de la 3ª Guerra carlista.
1878	*Marianela. La Familia de León Roch.*	Pereda: *El buey suelto*. Edison y Swan inventan la lámpara eléctrica.	Boda de Alfonso XII con María de las Mercedes (23 de enero). Muerte de la reina (26 junio).
1879	Termina la publicación de la 2ª serie de los *Episodios*.	Pereda: *De tal palo tal astilla*, novela-réplica a la *Gloria*, de Galdós.	Matrimonio de Alfonso XII con María Cristina de Habsburgo-Lorena.
1880		F. Dostoyevski: *Los Karamazov*. Zola: *Nana*. E. Olavarría y Ferrari: *Episodios Históricos mexicanos* (1880-83).	
1881	*La desheredada.*		
1882	*El amigo Manso.*		
1883	*El doctor Centeno.* "Clarín" organiza un banquete en honor de Galdós.		
1884	*Tormento. La de Bringas. Lo prohibido* (t. I).		
1885	*Lo prohibido* (t. II).	Pereda: *Sotileza*.	Discusión hispano-alemana sobre las Carolinas, zanjada por el Papa León XIII. Muerte de Alfonso XII. Regencia de María Cristina.

Año	Vida y obra de Galdós	Acontecimientos culturales	Sucesos políticos y sociales
1886	Diputado liberal por Guayama (Puerto Rico). Se inicia la publicación de *Fortunata y Jacinta*, que termina al año siguiente.	Zola: *Germinal*.	Nace Alfonso XIII.
1887		E. Rabasa: *La bola* y *La gran ciencia*.	
1888	*Miau. La incógnita*, que termina al año siguiente. Galdós visita la Exposición Universal de Barcelona.	E. Rabasa: *El cuarto poder* y *Moneda falsa*.	Fundación de la Unión Nal. de Trabajadores en España.
1889	*Torquemada en la hoguera. Realidad.* Solicita el sillón de la Academia de la Lengua, pero es elegido Francisco Commerelán.	Exposición internacional de París.	
1890	Se inicia la publicación de *Angel Guerra*, que termina al año siguiente.		Se propaga en España el socialismo.
1891			Encíclica *Rerum Novarum*, de León XIII.
1892	Representación teatral de *Realidad*.	Rubén Darío en España: el modernismo.	
1893	Ocupa por primera vez su casa "San Quintín" en Santander. Estreno de *Gerona. Torquemada en la cruz.*		
1894	*Torquemada en el purgatorio.*		
1895	*Torquemada y San Pedro. Nazarín. Halma.*	Pereda: *Peñas arriba*.	Comienza la guerra separatista de Cuba con el Grito de Baire.
1896	Estreno de la adaptación teatral de *Doña Perfecta*. Representación de *La fiera*.	Marcel Proust: *Los placeres y los días*.	Agitación separatista en Filipinas. Roces con los E. U. A.

Año	Vida y obra de Galdós	Acontecimientos culturales	Sucesos políticos y sociales
1897	*Misericordia. El abuelo.* Estreno de *Voluntad.* Ingresa a la Academia de la Lengua; contesta su discurso Menéndez Pelayo.	A. Ganivet: *Idearium español.*	Asesinato de Cánovas del Castillo, por Angiolillo.
1898	Empiezan a aparecer los vols. de la 3ª serie de los *Episodios.*	A. Ganivet: *Los trabajos del infatigable creador Pío Cid.*	McKinley reconoce la independencia de Cuba: Guerra con los E. U. A. (13 de abril), que termina con la Paz de París (10 dic.). Fin del imperio español en Ultramar.
1900	Termina la publicación de la 3ª serie de *Episodios.*	Muerte de Oscar Wilde.	
1901	30 enero. Estreno de *Electra* en el Teatro Español de Madrid, que se convirtió en manifestación política.	Freud: *Psicopatología de la vida cotidiana.*	Muere la reina Victoria. Sube al trono de Inglaterra Eduardo VII.
1902	Empieza la publicación de la 4ª serie de *Episodios Nacionales.* Estreno de *Alma y vida.*	Valle Inclán: Inicia la publicación de las *Sonatas.* V. Salado Alvarez: *De Santa Anna a la Reforma.*	Mayoría de edad de Alfonso XIII. Primera huelga general en Barcelona.
1903	Estreno de *Mariucha.*	V. Salado Alvarez: *La Intervención y el Imperio.* Primer vuelo de los hermanos Wright.	
1904	Estreno de *El abuelo.*		Viaje de Alfonso XIII a Barcelona. Se decreta el descanso dominical para los obreros. Guerra ruso-japonesa.

Año	Vida y obra de Galdós	Acontecimientos culturales	Sucesos políticos y sociales
1905	*Casandra.* Estreno de *Bárbara* y *Amor y ciencia.*	L. Orrego Luco: *Episodios nacionales de la independencia de la vida de Chile.* Lorentz, Einstein y Minkowski: teoría de la relatividad. Einstein descubre los fotones.	
1906		Muerte de José María Pereda.	
1907	Termina de publicarse la 4ª serie de *Episodios.*	James Joyce: *Música de cámara.*	Se inicia "el gobierno largo" de Maura.
1908	Se inicia la publicación de la 5ª serie de *Episodios.* Estreno de *Pedro Minio.*	Principia el arte cubista (Gris, Picasso, Matisse, Braque).	
1909	*El caballero encantado.*	Blériot vuela sobre el canal de La Mancha.	Guerra de Melilla. Huelga general en Barcelona. Conjunción republicano-socialista.
1910	Diputado republicano a Cortes por Madrid. Estreno de *Casandra.*	Se crea en Madrid la Primera Residencia de Estudiantes.	Se inicia la Revolución Mexicana.
1912	La Academia de la Lengua niega su voto a Galdós para el Premio Nóbel. Se publica el último *Episodio* de la 5ª serie (inacabada): *Cánovas.*		Asesinato de Canalejas. Convenio hispanofrancés sobre el protectorado de Marruecos.
1913	Galdós pierde por completo la vista. Estreno de *Celia en los infiernos,* y en el teatro es presentado al Rey por el conde de Romanones.	Unamuno: *Del sentimiento trágico de la vida.* Marcel Proust: *Du coté de chez Swann.*	
1914	Estreno de *Alceste.*	James Joyce: *Dubliners.*	Principio de la primera Guerra Mundial. España se mantiene neutral.

Año	Vida y obra de Galdós	Acontecimientos culturales	Sucesos políticos y sociales
1915	*La razón de la sinrazón.* Estreno de *Sor Simona.*		
1916	Estreno de *El tacaño Salomón.*	James Joyce. *Retrato del artista adolescente.*	
1917	Asiste Galdós al estreno de *Marianela* en Barcelona.		La Revolución rusa.
1918	Estreno de *Santa Juana de Castilla.*		Fin de la primera Guerra Mundial.
1919	22 de agosto: sale Galdós por última vez a pasear en coche por la Moncloa. 29 de dic. sufre ataque de uremia.		Se implanta la jornada de ocho horas. Paz de Versalles. Tercera Internacional.
1920	4 de enero: Muere don Benito Pérez Galdós en Madrid.	Valle Inclán: *Divinas palabras.*	

I

A las cuatro de la tarde, la chiquillería de la escuela pública de la plazuela del Limón salió atropelladamente de clase, con algazara de mil demonios. Ningún himno a la libertad, entre los muchos que se han compuesto en las diferentes naciones, es tan hermoso como el que entonan los oprimidos de la enseñanza elemental al soltar el grillete de la disciplina escolar y *echarse a la calle* piando y saltando. La furia insana con que se lanzan a los más arriesgados ejercicios de la volatinería, los estropicios que suelen causar a algún pacífico transeúnte, el delirio de la autonomía individual, que a veces acaba en porrazos, lágrimas y cardenales, parecen bosquejo de los triunfos revolucionarios que en edad menos dichosa han de celebrar los hombres... Salieron, como digo, en tropel; el último quería ser el primero, y los pequeños chillaban más que los grandes. Entre ellos había uno de menguada estatura, que se apartó de la bandada para emprender solo y calladito el camino de su casa. Y apenas notado por sus compañeros aquel apartamiento que más bien parecía huída, fueron tras él y le acosaron con burlas y cuchufletas, no del mejor gusto: Uno le cogía del brazo, otro le refregaba la cara con sus manos inocentes, que eran un dechado completo de cuantas porquerías hay en el mundo; pero él logró desasirse y... pies, para qué os quiero. Entonces dos o tres de los más desvergonzados le tiraron piedras, gritando, *Miau;* y toda la partida repitió con infernal zipizape: *Miau, Miau...*

El pobre chico de este modo burlado se llamaba Luisito Cadalso, y era bastante mezquino de talla, corto

de alientos, descolorido, como de ocho años, quizá de diez, tan tímido que esquivaba la amistad de sus compañeros, temeroso de las bromas de algunos, y sintiéndose sin bríos para devolverlas. Siempre fue el menos arrojado en las travesuras, el más soso y torpe en los juegos, y el más formalito en clase, aunque uno de los menos aventajados, quizá porque su propio encogimiento le impidiera decir bien lo que sabía o disimular lo que ignoraba. Al doblar la esquina de las Comendadoras de Santiago para ir a su casa, que estaba en la calle de Quiñones, frente a la Cárcel de Mujeres, uniósele uno de los condiscípulos, muy cargado de libros, la pizarra a la espalda, el pantalón hecho una pura rodillera, el calzado con tragaluces, boina azul en la pelona y el hocico muy parecido al de un ratón. Llamaban al tal Silvestre Murillo, y era el chico más aplicado de la escuela y el amigo mejor que Cadalso tenía en ella. Su padre, sacristán de la iglesia de Monserrat, le destinaba a seguir la carrera de Derecho, porque se le había metido en la cabeza que el mocoso aquél llegaría a ser personaje, quizá orador célebre, ¿por qué no ministro? La futura celebridad habló así a su compañero:

—Mía tú, *Caarso,* si a mí me dieran esas chanzas, de la galleta que les pegaba les ponía la cara verde. Pero tú no tienes coraje. Yo digo que no se deben poner motes a las personas. ¿Sabes tú quién tié la culpa? Pues *Posturitas,* el de la casa de empréstamos. Ayer fue contando que su mamá había dicho que a tu abuela y a tus tías las llaman las *Miaus,* porque tienen la fisonomía de las caras, es a saber, como las de los gatos. Dijo que en el paraíso del Teatro Real les pusieron este mal nombre, y que siempre se sientan en el mismo sitio, y que cuando las ven entrar, dice toda la gente del público: «Ahí están ya las *Miaus*».

Luisito Cadalso se puso muy encarnado. La indignación, la vergüenza y el estupor que sentía no le permitieron defender la ultrajada dignidad de su familia.

—*Posturitas* es un ordinario y un disinificante —añadió Silvestre—, y eso de poner motes es de tíos. Su padre es un tío, su madre una tía, y sus tías unas tías. Viven de chuparle la sangre al pobre, y, ¿qué te crees?, al que no desempresta la capa, le despluman, es a saber, que se la venden y le dejan que se muera de frío. Mi mamá las llama *las arpidas*. ¿No las has visto tú cuando están en el balcón colgando las capas para que les dé el aire? Son más feas que un túmulo, y dice mi papá que con las narices que tienen se podrían hacer las patas de una mesa y sobraba maera... Pues también *Posturitas* es un buen mico; siempre pintándola y haciendo gestos como los *clos* del Circo. Claro; como a él le han puesto mote, quiere vengarse, encajándotelo a ti. Lo que es a mí no me lo pone, ¡contro!, porque sabe que tengo yo mu malas pulgas, pero mu malas... Como tú eres así tan poquita cosa, es a saber, que no achuchas cuando te dicen algo, vele ahí por qué no te guarda el rispeto.

Cadalsito, deteniéndose en la puerta de su casa, miró a su amigo con tristeza. El otro, arreándole un fuerte codazo, le dijo: «Yo no te llamo *Miau*, ¡contro!, no tengas cuidado que yo te llame *Miau*»; y partió a escape hacia Monserrat.

En el portal de la casa en que Cadalso habitaba, había un memorialista. El biombo o bastidor, forrado de papel imitando jaspes de variadas vetas y colores, ocultaba el hueco del escritorio o agencia donde asuntos de tanta monta se despachaban de continuo. La multiplici-

dad de ellos se declaraba en manuscrito cartel, que en la puerta de la casa colgaba. Tenía forma de índice, y decía de esta manera:

Casamientos. Se andan los pasos de la Vicaría con prontitud y economía.

Doncellas. Se proporcionan.

Mozos de comedor. Se facilitan.

Cocineras. Se procuran.

Profesor de acordeón. Se recomienda.

Nota. Hay escritorio reservado para señoras.

Abstraído en sus pensamientos, pasaba el buen Cadalso junto al biombo, cuando por el hueco que éste tenía hacia el interior del portal, salieron estas palabras: «Luisín, bobillo, estoy aquí». Acercóse el muchacho, y una mujerona muy grandona echó los brazos fuera del biombo para cogerle en ellos y acariciarle: «¡Qué tontín! Pasas sin decirme nada. Aquí te tengo la merienda. Mendizábal fue a las diligencias. Estoy sola, cuidando la *oficina,* por si viene alguien. ¿Me harás compañía?»

La señora de Mendizábal era de tal corpulencia, que cuando estaba dentro del escritorio parecía que había entrado en él una vaca, acomodando los cuartos traseros en el banquillo y ocupando todo el espacio restante con el desmedido volumen de sus carnes delanteras. No tenía hijos, y se encariñaba con todos los chicos de la vecindad, singularmente con Luisito, merecedor de lástima y mimos por su dulzura humilde, y más que por esto *por las hambres que en su casa pasaba,* al decir de ella. Todos los días le reservaba una golosina para dársela al volver de la escuela. La de aquella tarde era un bollo (de los que llaman *del Santo*) que estaba puesto sobre la salvadera, y tenía muchas arenillas pegadas en la costra de azúcar. Pero Cadalsito no reparó en esto al hincarle su diente con gana. «Súbete ahora —le dijo la portera memorialista, mientras él devoraba el bollo con grajeo de polvos de escribir—; súbete, cielo, no sea que tu abuela le riña; dejas los libritos y bajas a hacerme compañía y a jugar con *Canelo*».

El chiquillo subió con presteza. Abrióle la puerta una señora cuya cara podía dar motivo a controversias numismáticas, como la antigüedad de ciertas monedas que tienen borrada la inscripción, pues unas veces, mirada de perfil y a cierta luz, daban ganas de echarle los sesenta, y otras el observador entendido se contenía en la apreciación de los cuarenta y ocho o los cincuenta bien conservaditos.

Tenía las facciones menudas y graciosas, del tipo que llaman aniñado, la tez rosada todavía, la cabellera rubia ceniciente, de un color que parecía de alquimia, con cierta efusión extravagante de los mechones próximos a la frente. Veintitantos años antes de lo que aquí se refiere, un periodistín que escribía la cotización de las harinas y las revistas de sociedad, anunciaba de este modo la aparición de aquella dama en los salones del gobernador de una provincia de tercera clase: «¿Quién es aquella figura arrancada de un cuadro del Beato Angélico, y que viene envuelta en nubes vaporosas y ataviada con el nimbo de oro de la iconografía del siglo xiv?» Las vaporosas nubes eran el vestidillo de gasa que la señora de Villaamil encargó a Madrid por aquellos días, y el áureo nimbo, el demonio me lleve si no era la efusión de la cabellera, que entonces debía de ser rubia, y por tanto cotizable a la par, literariamente, con el oro de Arabia.

Cuatro o cinco lustros después de estos éxitos de elegancia en aquella ciudad provinciana, cuyo nombre no hace al caso, doña Pura, que así se llamaba la dama, en el momento aquel de abrir la puerta a su nietecillo, llevaba peinador no muy limpio, zapatillas de fieltro no muy nuevas, y bata floja de tartán verde.

—¡Ah!, eres tú, Luisín —le dijo—. Yo creí que era Ponce con los billetes del Real. ¡Y nos prometió venir a las dos! ¡Qué formalidades las de estos jóvenes del día!

En este punto apareció otra señora muy parecida a la anterior en la corta estatura, en lo aniñado de las facciones y en la expresión enigmática de la edad. Vestía chaquetón degenerado, descendiente de un gabán de hombre, y un mandil largo de arpillera, prenda de cocina en todas partes. Era la hermana de doña Pura, y se llamaba Milagros. En el comedor, a donde fue Luis para dejar sus libros, estaba una joven cosiendo, pegada a la ventana para aprovechar la última luz del día, breve como día de febrero. También aquella hembra se parecía algo a las otras dos, salvo la diferencia de edad. Era Abelarda, hija de doña Pura, y tía de Luisito Cadalso. La madre de éste, Luisa Villaamil, había muerto cuando el pequeñuelo contaba apenas dos años de edad. Del padre de éste, Víctor Cadalso, se hablará más adelante.

Reunidas las tres, picotearon sobre el caso inaudito de que Ponce (novio titular de Abelarda, que obsequiaba a la familia con billetes del Teatro Real) no hubiese parecido a las cuatro y media de la tarde, cuando generalmente llevaba los billetes a las dos. «Así, con estas incertidumbres, no sabiendo una si va o no va al teatro, no puede determinar nada ni hacer cálculo ninguno para la noche. ¡Qué cachaza de hombre!» Díjolo doña Pura con marcado desprecio del novio de su hija, y ésta le contestó: «Mamá, todavía no es tarde. Hay tiempo de sobra. Verás cómo no falta ése con las entradas».

"Sí; pero en funciones como la de esta noche, cuando los billetes andan tan escasos que hasta influencias se necesitan para hacerse con ellos, es una contrariedad tenernos en este sobresalto."

En tanto, Luisito miraba a su abuela, a su tía mayor, a su tía menor, y comparando la fisonomía de las tres con las del micho que en el comedor estaba, durmiendo a los

pies de Abelarda, halló perfecta semejanza entre ellas. Su imaginación
viva le sugirió al punto la idea de
que las tres mujeres eran gatos en
dos pies y vestidos de gente, como
los que hay en la obra *Los animales pintados por sí mismos;* y esta
alucinación le llevó a pensar si sería
él también gato *derecho* y si maya-
ría cuando hablaba. De aquí pasó
rápidamente a hacer la observación
de que el mote puesto a su abuela
y tías en el paraíso del Real, era
la cosa más acertada y razonable del
mundo. Todo esto germinó en su
mente en menos que se dice, con el
resplandor inseguro y la volubilidad
de un cerebro que se ensaya en la
observación y en el raciocinio. No
siguió adelante en sus gatescas pre-
sunciones, porque su abuelita, poniéndole la mano en la cabeza, le
dijo: "¿Pero la Paca no te ha dado
esta tarde merienda?"

—Sí, mamá... y ya me la comí.
Me dijo que subiera a dejar los libros y que bajara después a jugar
con *Canelo.*

—Pues ve, hijo, ve corriendo, y
te estás abajo un rato, si quieres.
Pero ahora me acuerdo... vente
para arriba pronto, que tu abuelo te
necesita para que le hagas un recado.

Despedía la señora en la puerta
al chiquillo, cuando de un aposento
próximo a la entrada de la casa salió
una voz cavernosa y sepulcral, que
decía: "Puuura, Puuura".

Abrió ésta una puerta que a la
izquierda del pasillo de entrada había, y penetró en el llamado despacho, pieza de poco más de tres varas
en cuadro, con ventana a un patio
lóbrego. Como la luz del día era ya
tan escasa, apenas se veía dentro del
aposento más que el cuadro lumino-
so de la ventana. Sobre él se destacó
un sombrajo larguirucho, que al parecer se levantaba de un sillón como
si se doblase, y se estiró desperez-
zándose, a punto que la temerosa y
empañada voz decía: "Pero, mujer,
no se te ocurre traerme una luz.
Sabes que estoy escribiendo, que ano-

chece más pronto que uno quisiera,
y me tienes aquí secándome la vista sobre el condenado papel."

Doña Pura fue hacia el comedor,
donde ya su hermana estaba encendiendo una lámpara de petróleo. No
tardó en aparecer la señora ante su
marido con la luz en la mano. La
reducida estancia y su habitante salieron de la oscuridad, como algo
que se crea, surgiendo de la nada.

"Me he quedado helado" —dijo
don Ramón Villaamil, esposo de doña
Pura, el cual era un hombre alto y
seco, los ojos grandes y terroríficos,
la piel amarilla, toda ella surcada
por pliegues enormes en los cuales
las rayas de sombra parecían manchas; las orejas transparentes, largas
y pegadas al cráneo; la barba corta,
rala y cerdosa, con las canas distri-
buidas caprichosamente, formando
ráfagas blancas entre lo negro; el
cráneo liso y de color de hueso des-
enterrado, como si acabara de reco-
gerlo de un osario para taparse con
él los sesos. La robustez de la mandíbula, el grandor de la boca, la
combinación de los tres colores negro, blanco y amarillo, dispuestos en
rayas, la ferocidad de los ojos negros, inducían a comparar tal cara
con la de un tigre viejo y tísico, que
después de haberse lucido en las
exhibiciones ambulantes de fieras, no
conserva ya de su antigua belleza
más que la pintorreada piel.

—A ver, ¿a quién has escrito?
—dijo la señora acortando la llama
que sacaba su lengua humeante por
fuera del tubo.

—Pues al jefe de personal, al señor de Pez, a Sánchez Botín y a
todos los que puedan sacarme de
esta situación. Para el ahogo del día
(dando un gran suspiro), me he decidido a volver a molestar al amigo
Cucúrbitas. Es la única persona verdaderamente cristiana entre todos mis
amigos, un caballero, un hombre de
bien, que se hace cargo de las necesidades... ¡Qué diferencia de
otros! Ya ves la que me hizo ayer
ese badulaque de Rubín. Le pinto
nuestra necesidad; pongo mi cara

en vergüenza suplicándole... nada, un pequeño anticipo, y... Sabe Dios la hiel que uno traga antes de decidirse... y lo que padece la dignidad... Pues ese ingrato, ese olvidadizo, a quien tuve de escribiente en mi oficina siendo yo jefe de negociado de cuarta, ese desvergonzado que por su audacia ha pasado por delante de mí, llegando nada menos que a Gobernador, tiene la poça delicadeza de mandarme medio duro.

Villaamil se sentó, dando sobre la mesa un puñetazo que hizo saltar las cartas, como si quisieran huir atemorizadas. Al oír suspirar a su esposa, irguió la amarilla frente, y con voz dolorida prosiguió así:

—En este mundo no hay más que egoísmo, ingratitud, y mientras más infamias se ven, más quedan por ver... Como ese bigardón de Montes, que me debe su carrera, pues yo le propuse para el ascenso en la Contaduría Central. ¿Creerás tú que ya ni siquiera me saluda? Se da una importancia, que ni el Ministro... Y va siempre adelante. Acaban de darle catorce mil. Cada año su ascensito, y ole morena... Éste es el premio de la adulación y la bajeza. No sabe palotada de administración; no sabe más que hablar de caza con el Director, y de la galga y del pájaro y qué sé yo qué... Tiene peor ortografía que un perro, y escribe *hacha* sin *h* y *echar* con ella... Pero en fin, dejemos a un lado estas miserias. Como te decía, he determinado acudir otra vez al amigo Cucúrbitas. Cierto que con éste van ya cuatro o cinco envites; pero no sé ya a qué santo volverme. Cucúrbitas comprende al desgraciado y le compadece, porque él también ha sido desgraciado. Yo le he conocido con los calzones rotos y en el sombrero dos dedos de grasa... Él sabe que soy agradecido... ¿Crees tú que se le agotará la bondad?... Dios tenga piedad de nosotros, pues si este amigo nos desampara, iremos todos a tirarnos por el viaducto.

Dio Villaamil un gran suspiro, clavando los ojos en el techo. El ti-

gre inválido se transfiguraba. Tenía la expresión sublime de un apóstol en el momento en que le están martirizando por la fe, algo del San Bartolomé de Ribera cuando le suspenden del árbol y le descueran aquellos tunantes de gentiles, como si fuera un cabrito. Falta decir que este Villaamil era el que en ciertas tertulias de café recibió el apodo de *Ramsés II.**

—Bueno, dame la carta para Cucúrbitas —dijo doña Pura, que acostumbrada a tales jeremiadas, las miraba como cosa natural y corriente—. Irá el niño volando a llevarla. Y ten confianza en la Providencia, hombre, como la tengo yo. No hay que amilanarse (con risueño optimismo). Me ha dado la corazonada... ya sabes tú que rara vez me equivoco... la corazonada de que en lo que resta de mes te colocan.

II

—¡Colocarme! —exclamó Villaamil poniendo toda su alma en una palabra. Sus manos, después de andar un rato por encima de la cabeza, cayeron desplomadas sobre los brazos del sillón. Cuando esto se verificó, ya doña Pura no estaba allí, pues había salido con la carta, y llamó desde la escalera a su nieto, que estaba en la portería.

Ya eran cerca de las seis cuando Luis salió con el encargo, no sin volver a hacer escala breve en el escritorio de los memorialistas. "Adiós, rico mío —le dijo Paca besándole—. Ve prontito, para que vuelvas a la hora de comer. (Leyendo el sobre.) Pues digo... no es floja caminata, de aquí a la calle del Amor de Dios. ¿Sabes bien el camino? ¿No te perderás?"

¡Qué se había de perder, contro! si más de veinte veces había ido a la casa del señor de Cucúrbitas y a las de otros caballeros con recados verbales o escritos! Era el men-

* *Fortunata y Jacinta.* Tomo III.

sajero de las terribles ansiedades, tristezas e impaciencias de su abuelo; era el que repartía por uno y otro distrito las solicitudes del infeliz cesante, implorando una recomendación o un auxilio. Y en este oficio de peatón adquirió tan completo saber topográfico, que recorría todos los barrios de la Villa sin perderse; y aunque sabía ir a su destino por el camino más corto, empleaba comúnmente el más largo, por costumbre y vicio de paseante o. por instintos de observador, gustando mucho de examinar escaparates, de oír, sin perder sílaba, discursos de charlatanes que venden elíxires o hacen ejercicios de prestidigitación. A lo mejor topaba con un mono cabalgando sobre un perro o manejando el molinillo de la chocolatera lo mismito que una *persona natural;* otras veces era un infeliz oso encadenado y flaco, o italianos, turcos, moros falsificados que piden limosna haciendo cualquier habilidad. También le entretenían los entierros muy lucidos, el riesgo de las calles, la tropa marchando con. música, el ver subir la piedra sillar de un edificio en construcción, el Viático con muchas velas, los encuartes de los tranvías, el transplantar árboles y cuantos accidentes ofrece la vía pública.

—Abrígate bien —le dijo Paca besándole otra vez y envolviéndole la bufanda en el cuello—. Ya podrían comprarte unos guantes de lana. Tienes las manos heladitas, y con sabañones. ¡Ah, cuánto mejor estarías con tu tía Quintina! ¡Vaya, un beso a Mendizábal, y hala! Canelo irá contigo.

De debajo de la mesa salió un perro de bonita cabeza, las patas cortas, la cola enroscada, el color como de barquillo, y echó a andar gozoso delante de Luis. Paca salió tras ellos a la puerta, les miró alejarse, y al volver a la estrecha oficina, se puso a hacer calceta, diciendo a su marido: "¡Pobre hijo! Me lo traen todo el santo día hecho un carterito. El sablazo de esta tarde va contra el mismo sujeto de

estos días. ¡La que le ha caído al buen señor! Te digo que estos Villaamiles son peores que la filoxera. Y de seguro que esta noche las tres *lambionas* se irán también de pindongueo al teatro y vendrán a las tantas de la noche."

—Ya no hay cristiandad en las familias —dijo Mendizábal, grave y sentenciosamente—. Ya no hay más que suposición.

—Y que no deben nada en gracia de Dios (meneando con furor las agujas). El carnicero dice que ya no les fía más aunque le ahorquen; el frutero se ha plantado, y el del pan lo mismo... Pues si esas muñeconas supieran arreglarse y pusieran todos los días, si a mano viene, una cazuela de patatas... Pero, Dios nos libre... ¡Patatas ellas!; ¡pobrecitas! El día que les cae algo, aunque sea de limosna, ya las tienes dándose la gran vida y echando la casa por la ventana. Eso sí, en arreglar los trapitos para suponer no hay quien les gane. La doña Pura se pasa toda la mañana de Dios enroscándose las greñas de la frente, y la doña Milagros le ha dado ya cuatro vueltas a la tela de aquella eternidad de vestido, color de mostaza para sinapismos. Pues digo, la antipática de la niña no para de echar medias suelas al sombrero, poniéndole cintas viejas, o alguna pluma de gallina, o un clavo de cabeza dorada de los que sirven para colgar láminas.

—Suposición de suposiciones... Consecuencias funentas del materialismo —dijo Mendizábal, que solía repetir las frases del periódico a que estaba suscrito—. Ya no hay modestía, ya no hay sencillez de costumbres. ¿Qué se hizo de aquella pobreza honrada de nuestros padres, de aquella... (no recordando lo demás) de aquella, pues... como quien dice?. .

—Pues el pobre don Ramón, cuando cierre el ojo, se irá derecho al cielo. Es un santo y un mártir. Créete que si yo le pudiera colocar, le colocaba. ¡Me da una lástima!

Con aquellas miradas que echa parece que se va a comer a la gente, ¡pobre señor!, y se la comería a una, no por maldad, sino por puras hambres (clavándose en el pelo la cuarta aguja). Da miedo verle. Yo no sé cómo el señor Ministro, cuando le ve entrar en las oficinas, no se muere de miedo y le coloca por perderle de vista.

—Villaamil —dijo Mendizábal con suficiencia— es un hombre honrado, y el Gobierno de ahora es todo de pillos. Ya no hay honradez, ya no hay cristiandad, ya no hay justicia. ¿Qué es lo que hay? Ladronicio, irreligiosidad, desvergüenza. Por eso no le colocan, ni le colocarán mientras no venga el único que puede traer la justicia. Yo se lo digo siempre que pasa por aquí y se para en el portal a echar un párrafo conmigo: "No le dé usted vueltas, don Ramón, no le dé usted vueltas. De todo tiene la culpa la libertad de cultos. Porque ínterin tengamos racionalismo, mi señor don Ramón, ínterin no sea aplastada la cabeza de la serpiente, y... (perdiendo el hilo de la frase y no sabiendo ya por dónde andaba) y en tanto que... precisamente... quiero decir, digo... (cortando por lo sano). ¡Ya no hay cristiandad!

Entretanto, Luisito y Canelo recorrían parte de la calle Ancha y entraban por la del Pez, siguiendo su itinerario. El perro, cuando se separaba demasiado, deteníase mirando hacia atrás, la lengua de fuera. Luis se paraba a ver escaparates, y a veces decía a su compañero esto o cosa parecida: "Canelo, mira qué trompetas tan bonitas". El animal se ponía en dos patas, apoyando las delanteras en el borde del escaparate; pero no debían de ser para él muy interesantes las tales trompetas, porque no tardaba en seguir andando. Por fin llegaron a la calle del Amor de Dios. Desde cierta ocasión en que Canelo tuvo unos ladridos con otro perro, inquilino de la casa de Cucúrbitas, adoptó el temperamento prudente de no subir y esperar en la calle a su amigo. Éste subió al segundo, donde el incansable protector de su abuelo vivía; y el criado que le abrió la puerta púsole aquella noche muy mala cara. "El señor no está". Pero Luisito, que tenía instrucciones de su abuelo para el caso de hallarse ausente la víctima, dijo que esperaría. Ya sabía que a las siete infalibles iba a comer el señor don Francisco Cucúrbitas. Sentóse el chico en el banco del recibimiento. Los pies no le llegaban al suelo, y los balanceaba como para hacer algo con qué distraer el fastidio de aquel largo plantón. El perchero, de pino imitando roble viejo, con ganchos dorados para los sombreros, su espejo y los huecos para los paraguas, le había producido en otro tiempo gran admiración; pero ya no le era indiferente. No así el gato, que de la parte interior de la casa solía venir a enredar con él. Aquella noche debía de estar ocupado el micho, porque no aportó por el recibimiento; pero en cambio vio Luis a las niñas de Cucúrbitas, que eran simpáticas y graciosas. Solían acercarse a él, mirándole con lástima o con desdén, pero nunca le habían dicho una palabra halagüeña. La señora Cucúrbitas, que a Luis le parecía, por lo gruesa y redonda, una imitación humana del elefante Pizarro, tan popular entonces entre los niños de Madrid, solía también dejarse rodar por allí, y ya conocía bien Cadalsito sus pasos lentos y pesados. La señora llegaba al ángulo que el pasillo de la derecha formaba con el recibimiento, y desde aquel punto miraba con recelo al mensajero. Después se internaba sin decirle una palabra. Desde que el chico la sentía venir se levantaba rígido, como un muñeco de resortes, recordando las lecciones de urbanidad que le había dado su abuelo. "¿Cómo está usted?... ¿Cómo lo pasa usted?" Pero la mole aquélla, rival en corpulencia de Paca la memorialista, no se dignaba contestarle, y se alejaba haciendo estremecer el suelo, como la máquina de apisonar que Luis había visto en las calles de Madrid.

Aquella noche fue muy tarde a comer el respetable Cucúrbitas. Observó el nieto de Villaamil que las niñas estaban impacientes. La causa era que tenían que ir al teatro y deseaban comer pronto. Por fin sonó la campanilla, y el criado fue presuroso a abrir la puerta, mientras las pollas, que conocían los pasos del papá y su manera de llamar, corrían por los pasillos dando voces para que se sirviera la comida. Al entrar el señor y ver a Luisín, dio a entender con ligera mueca su desagrado. El niño se puso en pie, soltando el saludo como un tiro a boca de jarro, y Cucúrbitas, sin contestarle, metióse en el despacho. Cadalsito, aguardando a que el señor le mandara pasar, como otras veces, vio que entraron las hijas dando prisa a su papá, y oyó a éste decir: "Al momento voy... que saquen la sopa", y no pudo menos de considerar cuán rica sopa sería aquella que a sacar iban. Esto pensaba, cuando una de las señoritas salió del despacho y le dijo: "Pasa tú". Entró gorra en mano, repitiendo su saludo, al cual se dignó al fin contestar don Francisco con paternal acento. Era un señor muy bueno, según opinión de Luis, el cual, no entendiendo la expresión ceñuda que tenía en su cara lustrosa el próvido funcionario, se figuró que haría aquella noche lo mismo que las demás. Cadalsito recordaba muy bien el trámite: el señor de Cucúrbitas, después de leer la carta de Villaamil, escribía otra o, sin escribir nada, sacaba de su cartera un billetito verde o encarnado, y metiéndolo en un sobre se lo daba y decía: "Anda, hijo; ya estás despachado". También era cosa corriente sacar del bolsillo duros o pesetas, hacer un lío y dárselo, acompañando la acción de las mismas palabras de siempre, con esta añadidura: "Ten cuidado, no lo pierdas o no te lo robe algún tomador. Mételo en el bolsillo del pantalón...

Así... guapo mozo. Anda con Dios".

Aquella noche, ¡ay!, en pie, delante de la mesa *de ministro*, observó Luis que don Francisco escribía una carta, frunciendo las peludas cejas, y que la cerraba sin meter dentro billete ni moneda alguna. Notó también el niño que al echar la firma, daba mi hombre un gran suspiro, y que después le miraba a él con profundísima compasión.

—Que usted lo pase bien —dijo Cadalsito cogiendo la carta; y el buen señor le puso la mano en la cabeza. Al despedirle, le dio dos perros grandes, añadiendo a su acción generosa estas magnánimas palabras: "Para que compres pasteles". Salió el chico tan agradecido... Pero por la escalera abajo le asaltó una idea triste: "Hoy no lleva nada la carta". Era, en efecto, la primera vez que salía de allí con la carta vacía. Era la primera vez que don Francisco le daba perros a él, para su bolsillo privado y fomentar el vicio de comer bollos. En todo esto se fijó con la penetración que le daba la precoz experiencia de aquellos mensajes. "Pero ¡quién sabe! —dijo después con ideas sugeridas por su inocencia—; puede que le diga que le colocan mañana..."

Canelo, que ya estaba impaciente, se le unió en la puerta. Se pusieron ambos en camino, y en una pastelería de la calle de las Huertas compró Luis dos bollos de a diez céntimos. El perro se comió uno y Cadalsito el otro. Después, relamiéndose, apresuraron el paso, buscando la dirección más corta por el mismo laberinto de calles y plazuelas, desigualmente iluminadas y concurridas. Aquí mucho gas, allí tinieblas; acá mucha gente; después soledad, figuras errantes. Pasaron por calles en que la gente, presurosa, apenas cabía; por otras en que vieron más mujeres que luces; por otras en que había más perros que personas.

III

Al entrar en la calle de la Puebla, iba ya Cadalsito tan fatigado que, para recobrar las fuerzas, se sentó en el escalón de una de las tres puertas con rejas que tiene dicha calle el convento de Don Juan de Alarcón. Y lo mismo fue sentarse sobre la fría piedra, que sentirse acometido de un profundo sueño... Más bien era aquello como un desvanecimiento, no desconocido para el chiquillo, y que no se verificaba sin que él tuviera conciencia de los extraños síntomas precursores "¡Contro! —pensó muy asustado—, me va a dar aquello... me va a dar, me da..." En efecto, a Cadalsito *le daba* de tiempo en tiempo una desazón singularísima, que empezaba con pesadez de cabeza, sopor, frío en el espinazo, y concluía con la pérdida de toda sensación de conocimiento. Aquella noche, en el breve tiempo transcurrido desde que se sintió desfallecer hasta que se le nublaron los sentidos, se acordó de un pobre que solía pedir limosna en aquel mismo escalón en que él estaba. Era un ciego muy viejo, con la barba cana, larga y amarillenta, envuelto en parda capa de luengos pliegues, remendada y sucia, la cabeza blanca, descubierta, y el sombrero en la mano, pidiendo sólo con la actitud y sin mover los labios. A Luis le infundía respeto la venerable figura del mendigo, y solía echarle en el sombrero algún céntimo, cuando lo tenía de sobra, lo que sucedía muy contadas veces.

Pues como iba diciendo, cayó el pequeño en su letargo, inclinando la cabeza sobre el pecho, y entonces vio que no estaba solo. A su lado se sentaba una persona mayor. ¿Era el ciego? Por un instante creyó Luis que sí, porque tenía barba espesa y blanca, y cubría su cuerpo con una capa o manto... Aquí empezó Cadalso a observar las diferencias y semejanzas entre el pobre y la persona mayor, pues ésta veía y miraba

y sus ojos eran como estrellas, al paso que la nariz, la boca y frente eran idénticas a las del mendigo, la barba del mismo tamaño, aunque más blanca, muchísimo más blanca. Pues la capa era igual y también diferente; se parecía en los anchos pliegues, en la manera de estar el sujeto envuelto en ella; discrepaba en el color, que Cadalsito no podía definir. ¿Era blanco, azul o qué demonches de color era aquél? Tenía sombras muy suaves, por entre las cuales se deslizaban reflejos luminosos como los que se filtran por los huecos de las nubes. Luis pensó que nunca había visto tela tan bonita como aquélla. De entre los pliegues sacó el sujeto una mano blanca, preciosísima. Tampoco había visto nunca mano semejante, fuerte y membruda como la de los hombres, blanca y fina como la de las señoras... El sujeto aquél, mirándole con paternal benevolencia, le dijo:

—¿No me conoces? ¿No sabes quién soy?

Luisito le miró mucho. Su cortedad de genio le impedía responder. Entonces el señor misterioso, sonriendo como los obispos cuando bendicen, le dijo:

—Yo soy Dios. ¿No me habías conocido?

Cadalsito sintió entonces, además de la cortedad, miedo, y apenas podía respirar. Quiso envalentonarse mostrándose incrédulo, y con gran esfuerzo de voz pudo decir:

—¿Usted Dios, usted?... Ya quisiera...

Y la aparición, pues tal nombre se le debe dar, indulgente con la incredulidad del buen Cadalso, acentuó más la sonrisa cariñosa, insistiendo en lo dicho:

—Sí, soy Dios. Parece que estás asustado. No me tengas miedo. Si yo te quiero, te quiero mucho...

Luis empezó a perder el miedo. Se sentía conmovido y con ganas de llorar.

—Ya sé de dónde vienes —prosiguió la aparición.— El señor de Cucúrbitas no os ha dado nada esta noche. Hijo, no siempre se puede. Lo que él dice, ¡hay tantas necesidades que remediar!...

Cadalsito dio un gran suspiro para activar su respiración, y contemplaba al hermoso anciano, el cual, sentado, apoyando el codo en la rodilla y la barba resplandeciente en la mano, ladeaba la cabeza para mirar al chiquitín, dando, al parecer, mucha importancia a la conversación que con él sostenía:

—Es preciso que tú y los tuyos tengáis paciencia, amigo Cadalsito, mucha paciencia.

Luis suspiró con más fuerza, y sintiendo su alma libre de miedo y al propio tiempo llena de iniciativas, se arrancó a decir esto:

—¿Y cuándo colocan a mi abuelo?

La excelsa persona que con Luisito hablaba dejó un momento de mirar a éste, y fijando sus ojos en el suelo, parecía meditar. Después volvió a encararse con el pequeño, y suspirando, ¡también él suspiraba!, pronunció estas graves palabras:

—Hazte cargo de las cosas. Para cada vacante hay doscientos pretendientes. Los Ministros se vuelven locos y no saben a quién contentar. Tienen tantos compromisos, que no sé yo cómo viven los pobres. Paciencia, hijo, paciencia, que ya os caerá la credencial cuando salte una ocasión favorable... Por mi parte, haré también algo por tu abuelo... ¡Qué triste se va a poner esta noche cuando reciba esa carta! Cuidado no la pierdas. Tú eres un buen chico. Pero es preciso que estudies algo más. Hoy no te supiste la lección de Gramática. Dijiste tantos disparates, que la clase toda se reía, y con muchísima razón. ¿Qué vena te dio de decir que el *participio expresa la idea del verbo en abstracto*? Lo confundiste con el *gerundio,* y luego hiciste una ensalada de los *modos* con los *tiempos.* Es que no te fijas, y cuando estudias estás pensando en las musarañas...

Cadalsito se puso muy colorado, y metiendo sus dos manos entre las rodillas, se las apretó.

—No basta que seas formal en clase. es menester que estudies, que te fijes en lo que lees y lo retengas bien. Si no, andamos mal; me enfado contigo, y no vengas luego diciéndome que por qué no colocan a tu abuelo... Y así como te digo esto, te digo también que tienes razón en quejarte de *Posturitas.* Es un ordinario, un mal criado, y ya le restregaré yo una guindilla en la lengua cuando vuelva a decirte *Miau.* Por supuesto que esto de los motes debe llevarse con paciencia; y cuando te digan *Miau,* tú te callas y aguantas. Cosas peores te pudieran decir.

Cadalsito estaba muy agradecido, y aunque sabía que Dios está en todas partes, se admiraba de que estuviese tan bien enterado de lo que en la escuela ocurría. Después se lanzó a decir:

—¡Contro, si yo le cojo!...

—Mira, amigo Cadalso —le dijo su interlocutor con paternal severidad—, no te las eches de matón, que tú no sirves para pelearte con tus compañeros. Son ellos muy brutos. ¿Sabes lo que haces? Cuando te digan *Miau,* se lo cuentas al maestro, y verás cómo éste pone a *Posturitas* en cruz media hora.

—Vaya que si lo pone... y aunque sea una hora.

—Ese nombre de *Miau* se lo encajaron a tu abuela y tías en el paraíso del Real, es a saber, porque parecen propiamente tres gatitos. Es que son ellas muy relamidas. El mote tiene gracia.

Sintió Luis herida su dignidad; pero no dijo nada.

—Ya sé que esta noche van también al Real —añadió la aparición—. Hace un rato les ha llevado ese Ponce los billetes. ¿Por qué no les dices tú que te lleven? Te gustaría mucho la ópera. ¡Si vieras qué bonita es!

—No me quieren llevar... ¡bah!... (desconsoladísimo)—. Dígaselo usted.

Aun cuando a Dios se le dice *tú* en los rezos, a Luis le parecía irreverente, *cara a cara,* tratamiento tan familiar.

—¿Yo? No quiero meterme en eso. Además, esta noche han de estar todos de muy mal temple. ¡Pobre abuelito tuyo! Cuando abra la carta... ¿La has perdido?

—No, señor, la tengo aquí —dijo Cadalso, sacándola—. ¿La quiere usted leer?

—No, tontín. Si ya sé lo que dice... Tu abuelo pasará un mal rato; pero que se conforme. Están los tiempos muy malos, muy malos...

La excelsa imagen repitió dos o tres veces el *muy malos,* moviendo la cabeza con expresión de tristeza; y desvaneciéndose en un instante, desapareció. Luis se restregaba los ojos, se reconocía despierto y reconocía la calle. Enfrente vio la tienda de cestas en cuya muestra había dos cabezas de toro, con jeta y cuernos de mimbre, juguete predilecto de los chicos de Madrid. Reconoció también la tienda de vinos, el escaparate con botellas; vio en los transeúntes *personas naturales,* y a Canelo, que a su lado seguía, le tuvo por verídico perro. Volvió a mirar a su lado buscando un rastro de la maravillosa visión; pero no había nada. "Es que me dio *aquello* —pensó Cadalsito, no sabiendo definir lo que le daba—; pero me ha dado de otra manera". Cuando se levantó, tenía las piernas tan débiles, que apenas se podía sostener sobre ellas. Se palpó la ropa, temiendo haber perdido la carta; pero la carta seguía en su sitio. ¡Contro!, otras veces le había dado aquel desmayo, pero nunca había visto personajes tan... tan... no sabía cómo decirlo. Y que le vio y le habló, no tenía duda. ¡Vaya con el *Señorón* aquél!... ¡Si sería el Padre Eterno en *vida natural!*... ¡Si sería el anciano ciego, que le quería dar un bromazo!...

Pensando de este modo, dirigióse Luis a su casa con toda la prisa que la flojedad de sus piernas le permitía. La cabeza se le iba, y el frío del espinazo no se le quitaba andando. Canelo parecía muy preocupado... ¡Si habría visto también algo!... ¡Lástima que no pudiese hablar para que atestiguara la verdad de la visión maravillosa! Porque Luis recordaba que, durante el coloquio, Dios acarició dos o tres veces la cabeza de Canelo, y que éste le miraba sacando mucho la lengua... Luego Canelo podría dar fe...

Llegó por fin a su casa, y como le sintieran subir, Abelarda le abrió la puerta antes de que llamara. Su abuelo salió ansioso a recibirle, y el niño, sin decir una palabra, puso en sus manos la carta. Don Ramón fue hacia el despacho, palpándola antes de abrirla, y en el mismo instante doña Pura llamó a Luis para que fuera a comer, pues la familia estaba ya concluyendo. No le habían esperado porque tardaba mucho, y las señoras tenían que irse al teatro de prisa y corriendo, para coger un buen puesto en el paraíso antes de que se agolpara la gente. En dos platos tapados, uno sobre otro, le habían guardado al nieto su sopa y cocido, que estaban ya fríos cuando llegó a catarlos; mas como su hambre era tanta, no reparó en la temperatura.

Estaba doña Pura atando al pescuezo de su nieto la servilleta de tres semanas, cuando entró Villaamil a comer el postre. Su cara tomaba expresión de ferocidad sanguinaria en las ocasiones aflictivas, y aquel bendito, incapaz de matar una mosca, cuando le amargaba una pesadumbre parecía tener entre los dientes carne humana cruda, sazonada con acíbar en vez de sal. Sólo con mirarle comprendió doña Pura que la carta había venido *in albis.* El infeliz hombre empezó a quitar maquinalmente las cáscaras a dos nueces resecas que en el plato tenía. Su cuñada y su hija le miraban también, leyendo en su cara de trigre caduco y veterano la pena que interiormente le devoraba. Por poner una nota alegre en cuadro tan triste, Abelarda soltó esta frase:

—Ha dicho Ponce que la ovación de esta noche será para la Pellegrini.

—Me parece una injusticia —afirmó doña Pura con sus cinco sentidos— que se quiera humillar a la Scolpi Rolla, que canta su parte de Amneris muy a conciencia. Verdad que sus éxitos los debe más al buen palmito y a que enseña las piernas. Pero la Pellegrini con tantos humos no es ninguna cosa del otro jueves.

—Callar, mujer —indicó Milagros doctoralmente—. Mira que la otra noche *dijo* el *fuggi fuggi, tu sei perdutto* como no lo hemos oído desde los tiempos de Rossina Penco. No tiene más sino que bracea demasiado, y, francamente, la ópera es para cantar bien, no para hacer gestos.

—Pero no nos descuidemos —dijo Pura—. En noches así, el que se descuida se queda en la escalera.

—¡Quiá!... Pero ¿no creéis que Guillén o los chicos de Medicina nos guardarán los asientos?

—No hay que fiar... Vámonos, no nos pase lo de la otra noche, ¡Dios mío!, que si no es por aquellos muchachos tan finos, los de Farmacia, ¿sabes?, nos quedamos en la puerta como unas pasmarotas.

Villaamil, que nada de esto oía, se comió un higo pasado, creo que tragándolo entero, y fue hacia su despacho con paso decidido, como quien va a hacer una atrocidad. Su mujer le siguió, y cariñosa le dijo:

—¿Qué hay? ¿Es que esa nulidad no te ha mandado nada?

—Cero —replicó Villaamil con voz que parecía salir del centro de la tierra—. Lo que yo te decía; se ha cansado. No se puede abusar un día y otro día... Me ha hecho tantos favores, tantos, que pedir más es temeridad. ¡Cuánto siento haberle escrito hoy!

—¡Bandido! —exclamó iracunda la señora, que solía dar esta denominación y otras peores a los amigos que se ladeaban para evitar el sablazo.

—Bandido no —declaró Villaamil, que ni en los momentos de mayor tribulación se permitía ultrajar al *contribuyente*—. Es que no siempre se está en disposición de socorrer al prójimo. Bandido, no. Lo que es ideas no las tiene ni las ha tenido nunca; pero eso no quita que sea uno de los hombres más honrados que hay en la Administración.

—Pues no será tanto (con enfado impertinente), cuando le luce el pelo como le luce. Acuérdate de cuando fue compañero tuyo en la Contaduría Central. Era el más bruto de la oficina. Ya se sabía; descubierta una barbaridad, todos decían: "Cucúrbitas". Después, ni un día cesante, y siempre para arriba. ¿Qué quiere decir esto? Que será muy bruto, pero que entiende mejor que tú la aguja de marear. ¿Y crees que no se hace pagar a toca deja el despacho de los expedientes?

—Cállate, mujer.

—¡Inocente!... Ahí tienes por lo que estás como estás, olvidado y en la miseria; por no tener pizca de trastienda y ser tan devoto de *San Escrúpulo bendito*. Créeme, eso ya no es honradez, es sosería y necedad. Mírate en el espejo de Cucúrbitas; él será todo lo melón que se quiera, pero verás cómo llega a Director, quizás a Ministro. Tú no serás nunca nada, y si te colocan, te darán un pedazo de pan, y siempre estaremos lo mismo (acalorándose). Todo por tus gazmoñerías, porque no te haces valer, porque *fray modesto* ya sabes que no llegó nunca a ser guardián. Yo que tú, me iría a un periódico y empezaría a vomitar todas las picardías que sé de la Administración, los enjuagues que han hecho muchos que hoy están en candelero. Eso, cantar claro, y caiga el que caiga... desenmascarar a tanto pillo... Ahí duele. ¡Ah!, entonces verías cómo les faltaba tiempo para colocarte; verías cómo el Director mismo entraba aquí, sombrero en mano, a suplicarte que aceptaras la credencial.

—Mamá, que es tarde —dijo Abelarda desde la puerta, poniéndose la toquilla.

—Ya voy. Con tantos remilgos,
con tantos miramientos como tú tienes, con eso de llamarles a todos
dignísimos, y ser tan delicado y tan
de ley que estás siempre montado al
aire como los brillantes, lo que consigues es que te tengan por un cualquiera. Pues sí (alzando el grito),
tú debías ser ya Director, como ésa
es luz, y no lo eres por mandria,
por apocado, porque no sirves para
nada, vamos, y no sabes vivir. No;
si con lamentos y con suspiros no
te van a dar lo que pretendes. Las
credenciales, señor mío, son para los
que se las ganan enseñando los colmillos. Eres inofensivo, no muerdes,
ni siquiera ladras, y todos se ríen de
ti. Dicen: "Ah Villaamil, que honradísimo es! ¡Oh! el empleado *probo...*". Yo, cuando me enseñan un
probo, le miro a ver si tiene los codos de fuera. En fin, que te caes
de honrado. Decir honrado, a veces
es como decir ñoño. Y no es eso, no
es eso. Se puede tener toda la integridad que Dios manda, y ser un
hombre que mire por sí y por su
familia...

—Déjame en paz —murmuró Villaamil desalentado, sentándose en
una silla y derrengándola.

—Mamá —repetía la señorita, impaciente.

—Ya voy, ya voy.

—Yo no puedo ser sino como
Dios me ha hecho —declaró el infeliz cesante—. Pero ahora no se trata de que yo sea así o asado; trá-
tase del pan de cada día, del pan
de mañana. Estamos como queremos, sí... Tenemos cerrado el horizonte por todas partes. Mañana...

—Dios no nos abandonará —dijo
Pura, intentando robustecer su ánimo con esfuerzos de esperanza, que
parecían pataleos de náufrago—. Estoy tan acostumbrada a la escasez,
que la abundancia me sorprendería
y hasta me asustaría... ¡Mañana...!

No acabó la frase ni aun con el
pensamiento. Su hija y su hermana
le daban tanta prisa, que se arregló
apresuradamente. Al envolverse en

la cabeza la toquilla azul, dio esta
orden a su marido: "Acuesta al
niño. Si no quiere estudiar, que no
estudie. Bastante tiene que hacer
el pobrecito, porque mañana supongo que saldrá a repartirte dos arrobas
de cartas".

El buen Villaamil sintió un gran
alivio en su alma cuando las vio
salir. Mejor que su familia le acompañaba su propia pena, y se entretenía y consolaba con ella mejor que
con las palabras de su mujer, porque
su pena, si le oprimía el corazón,
no le arañaba la cara, y doña Pura,
al cuestionar con él, era toda pico y
uñas toda.

IV

Cadalsito estaba en el comedor,
sentado a la mesa, los codos sobre
ella, los libros delante. Éstos eran
tantos, que el escolar se sentía or-
gulloso de ponerlos en fila, y parecía que les pasaba revista, como
un general a sus unidades tácticas.
Estaban los infelices tan estropeados,
cual si hubieran servido de proyec-
tiles en furioso combate; las hojas
retorcidas, los picos de las cubiertas
doblados o rotos, la pasta con pe-
gajosa mugre. Pero no faltaba a ninguno, en la primera hoja, una inscripción en letra vacilante que declaraba la propiedad de la finca, pues
sería en verdad muy sensible que no
se supiera que pertenecían exclusivamente a Luis Cadalso y Villaamil.
Éste cogía uno cualquiera a la suerte, a ver lo que salía. ¡Contro, siempre salía la condenada Gramática! Abríala con prevención y veía
las letras hormiguear sobre el papel
iluminado por la luz de la lámpara
colgante. Parecían mosquitos revolo-
teando en un rayo de sol. Cadalso
leía algunos renglones. "¿Qué es adverbio?" Las letras de la respuesta
eran las que se habían propuesto no
dejarse leer, corriendo y saltando de
una margen a otra. Total, que el
adverbio debía de ser una cosa muy
buena; pero Cadalsito no lograba enterarse de ello claramente. Después

leía páginas enteras, sin que el sentido de ellas penetrara en su espíritu, que no se había desprendido aún del asombro de la visión; ni se le había quitado el malestar del cuerpo, a pesar de haber comido con tanta gana; y como notase que al fijar la atención en el libro se ponía peor, tuvo por buen remedio el ir doblando una a una las puntas de las hojas de la Gramática, hasta dejar el pobre libro rizado como una escarola.

En esto estaba cuando sintió que su abuelo salía del despacho. Se le había apagado la luz por falta de petróleo, y aunque no escribía, la oscuridad le lanzó de su guarida hacia el comedor. En éste y en el pasillo se paseó un rato el infeliz hombre, excitadísimo, hablando solo y dando algunos tropiezos, porque la desigual y en algunos puntos agujereada estera no permitía el paso franco por aquellas regiones.

Otras noches que se quedaban solos abuelo y nieto, aquél le tomaba las lecciones, repitiéndoselas y fijándoselas en la memoria. Aquella noche, Villaamil no estaba para lecciones, lo que agradeció mucho el pequeño, quien por el bien parecer empezó a desdoblar las hojas del martirizado texto, planchándolas con la palma de la mano. Poco después, el mismo libro fue blando cojín para su cabeza, fatigada de estudios y visiones, y dejándola caer se quedó dormido sobre la definición del adverbio.

Villaamil decía: "Esto ya es demasiado, Señor Todopoderoso. ¿Qué he hecho yo para que me trates así? ¿Por qué no me colocan? ¿Por qué me abandonan hasta los amigos en quienes más confiaba?" Tan pronto se abatía el ánimo del cesante sin ventura, como se inflamaba, suponiéndose perseguido por ocultos enemigos que le habían jurado rencor eterno. "¿Quién será, pero quién será el danzante que me hace la guerra? Algún ingrato, quizás, que me debe su carrera." Para mayor desconsuelo, se le representaba entonces

toda su vida administrativa, carrera lenta y honrosa en la Península y Ultramar, desde que entró a servir allá por el año 41 y cuando tenía veinticuatro de edad (siendo Ministro de Hacienda el señor Surrá). Poco tiempo había estado cesante antes de la terrible crujía en que le encontramos: cuatro meses en tiempo de Bertrán de Lis, once durante el bienio, tres y medio en tiempo de Salavería. Después de la Revolución pasó a Cuba y luego a Filipinas, de donde le echó la disentería. En fin, que había cumplido sesenta años, y los de servicio, bien sumados, eran treinta y cuatro y diez meses. Le faltaban dos para jubilarse con los cuatro quintos del sueldo regulador, que era el de su destino más alto, Jefe de Administración de tercera. "¡Qué mundo éste! ¡Cuánta injusticia! ¡Y luego no quieren que haya revoluciones!... No pido más que los dos meses, para jubilarme con los cuatro quintos, sí, señor...". En lo más vivo de su soliloquio, vaciló y fue a chocar contra la puerta, repercutiendo al punto para dar con su cuerpo en el borde de la mesa, que se estremeció toda. Despertando sobresaltado, oyó Luis a su abuelo pronunciar claramente al incorporarse estas palabras, que le parecieron lo más terrorífico que había oído en su vida: "...¡con arreglo a la ley de Presupuestos del 35, modificada el 65 y el 68!"

—¿Qué, papá? —dijo espantado.

—Nada, hijo; esto no va contigo. Duérmete. ¿No tienes ganas de estudiar? Haces bien. ¿Para qué sirve el estudio? Mientras más burro sea el hombre, mientras más pillo, mejor carrera hace... Vamos, a la cama, que es tarde.

Villaamil buscó y halló una palmatoria, mas no le fue tan fácil encontrar vela que encender en ella. Por fin, revolviendo mucho, descubrió unos cabos en la mesa de noche de Pura, y encendido uno de ellos, se dispuso a acostar al niño. Éste dormía en la alcoba de Milagros, que estaba en el mismo comedor.

Había en aquella pieza un tocador del tiempo de *vivan las caenas,* una cómoda jubilada con los cuatro quintos de su cajonería, varios baúles y las dos camas. En toda la casa, a excepción de la sala, que estaba puesta con relativa elegancia, se revelaba la escasez, el abandono y esa ruina lenta que resulta del no reparar lo que el tiempo desluce y estraga.

Empezó el abuelo a desnudar a su nieto, y le decía: "Sí, hijo mío, bienaventurados los brutos, porque de ellos es el reino... de la Administración." Y le desabrochaba la chaqueta, y le tiraba de las mangas con tanta fuerza, que a poco más se cae el chico al suelo. "Hijo mío, ve aprendiendo, ve aprendiendo para cuando seas hombre. Del que está caído nadie se acuerda, y lo que hacen es patearle y destrozarle para que no se pueda levantar... Figúrate tú que yo debiera ser Jefe de Administración de segunda, pues ahora me tocaría ascender con arreglo a la ley de Cánovas del 76, y aquí me tienes pereciendo... Llueven recomendaciones sobre el Ministro, y nada... Se le dice: "Vea usted los antecedentes", y nada. ¿Tú crees que él se cuida de examinar mis antecedentes? Pues si lo hiciera... Todo se vuelve promesas, aplazamientos; que espera una ocasión favorable; que ha tomado nota preferente... En fin, las pamplinas que usan para salir del paso... Yo, que he servido siempre lealmente, que he trabajado como un negro; yo, que no he dado el más ligero disgusto a mis jefes... yo, que estando en la Secretaría, allá por el 52, le caí en gracia a don Juan Bravo Murillo, que me llamó un día a su despacho y me dijo... lo que callo por modestia... ¡Ah, si aquel grande hombre levantara la cabeza y me viera cesante...! Yo, que el 55 hice un plan de presupuestos que mereció los elogios del Sr. D. Pascual Madoz y del Sr. D. Juan Bruil, plan que en veinte años de meditaciones he rehecho después, explanándolo en cuatro memorias que ahí

tengo! Y no es cosa de broma. Supresión de todas las contribuciones actuales, sustituyéndolas por el *income tax*... ¡Ah, el *income tax!* Es el sueño de toda mi vida, el objeto de tantísimos estudios y el resultado de una larga experiencia... No lo quieren comprender y así está el país... cada día más perdido, más pobre, y todas las fuentes de riqueza secándose que es un dolor... Yo lo sostengo: el impuesto único, basado en la buena fe, en la emulación y en el amor propio del contribuyente, es el remedio de la miseria pública. Luego, la renta de Aduanas, bien reforzada, con los derechos muy altos para proteger la industria nacional... Y por último, la unificación de las Deudas, reduciéndolas a un tipo de emisión y a un tipo de interés..." Al llegar aquí, tiró Villaamil con tanta fuerza de los pantalones de Luis, que el niño lanzó un ¡ay! diciendo: "Abuelo, que me arrancas las piernas". A lo que el irritado viejo contestó secamente: "Por fuerza tiene que haber un enemigo oculto, algún trasto que se ha propuesto hundirme, deshonrarme..."

Por fin quedó Luis acostado. Había costumbre de no apagarle la luz hasta mucho después de dormido, porque le daban pesadillas, y despertándose con sobresalto se espantaba de la oscuridad. En vista de que el primer cabo de vela se apagaba, encendió otro el abuelo, y sentándose junto a la cómoda, se puso a leer *La Correspondencia,* que acababan de echar por debajo de la puerta. En su febril trastorno, el desventurado buscaba ansioso las noticias de personal, y por una fatal puntería de su espíritu, encontraba al instante las noticias malas. "Ha sido nombrado oficial primero en la Dirección de Impuestos el Sr. Montes... Real decreto concediendo a D. Basilio Andrés de la Caña los honores de Jefe superior de Administración". "Esto es escandaloso, esto es el *delirium tremens* del polaquismo. Ni en las kabilas de África pasa esto. ¡Pobre país, pobre España...! Se ponen los pelos de punta pensando lo que va a venir aquí con este desbarajuste administrativo... Es buena persona Basilio; ¡pero si ayer, como quien dice, le tuve de oficial cuarto a mis órdenes..." Tras de la pena venía la esperanza. "Pronto se hará la combinación de personal con arreglo a la nueva plantilla de la Dirección de Contribuciones. Dícese que serán colocados varios funcionarios inteligentes que hoy se hallan cesantes".

Las miradas de Villaamil bailaron un instante sobre el papel, de letra en letra. Los ojos se le humedecieron. ¿Iría él en aquella combinación? Cabalmente, los amigos que le recomendaban al Ministro en aquella campaña fatigosa, proponíanle para la próxima hornada. "¡Dios mío, si iré en esa bendita combinación! ¿Y cuándo será? Me dijo Pantoja que sería cosa de tres o cuatro días".

Y como la esperanza reanimaba todo su ser dándole un inquieto hormigueo, lanzóse al dédalo oscuro de los pasillos. "La combinación... la plantilla nueva... dar entrada a los funcionarios inteligentes, y además de inteligentes, digo yo, identificados con... ¡Dios mío! inspírales, mete todas tus luces dentro de esas molleras... que vean claro... que se fijen en mí; que se enteren de mis antecedentes. Si se enteran de ellos, no hay cuestión; me nombran... ¿Me nombrarán? No sé qué voz secreta me dice que sí. Tengo esperanza. No, no quiero consentirme ni entusiasmarme. Vale más que seamos pesimistas, muy pesimistas, para que luego resulte lo contrario de lo que se teme. Observo yo que cuando uno espera confiado, ¡pum! viene el batacazo. Ello es que siempre nos equivocamos. Lo mejor es no esperar nada, verlo todo negro, negro como boca de lobo, y entonces, de repente, ¡pum!... la luz... Sí, Ramón, figúrate que no te dan nada, que no hay para ti esperanza, a ver si creyéndolo así, viene la contraria... Porque yo he observado que siempre sale la contraria... Y

en tanto, mañana moveré todas mis teclas, y escribiré a unos amigos y veré a otros, y el Ministro... ante tantas recomendaciones... ¡Dios mío! ¡qué idea! ¿no sería bueno que yo mismo escribiese al Ministro?..."

Al decir esto, volvió maquinalmente a donde Cadalsito dormía, y, contemplándole, pensó en las caminatas que tenía que dar al día siguiente para repartir la correspondencia. Cómo se encadenó esto con las imágenes que en el cerebro del niño determinaba el sueño, no puede saberse; pero ello es que mientras su abuelo le miraba, Luis, ya profundamente dormido, estaba viendo al mismo sujeto de barba blanca; y lo más particular es que le veía sentado delante de un pupitre en el cual había tantas, tantísimas cartas, que no bajaban, según Cadalso, de un par de cuatrillones. El Señor escribía con una letra que a Luis le parecía la más perfecta cursiva que se pudiera imaginar. Ni don Celedonio, el maestro de su escuela, la haría mejor. Concluida cada carta, la metía el Padre Eterno en un sobre más blanco que la nieve, lo acercaba a su boca, sacaba de ésta un buen pedazo de lengua fina y rosada, para humedecer con rápido pase la goma; cerraba, y volviendo a coger la pluma, que era, ¡cosa más rara!, la de Mendizábal, y mojada, por más señas, en el mismo tintero, se disponía a escribir la dirección. Mirando por encima del hombro, Luisito creyó ver que aquella mano inmortal trazaba sobre el papel lo siguiente:

B. L. M.
Al Excmo. Sr. Ministro de Hacienda
cualisquiera que sea,
su seguro servidor.
Dios.

V

Aquella noche no durmió Villaamil ni un cuarto de hora seguido. Se aletargaba un instante; pero la

idea de la combinación próxima, el
criterio pesimista que se había impuesto, poniéndose en lo peor y esperando lo malo para que viniese
lo bueno, le sembraban de espinas
el lecho, desvelándole apenas cerraba los ojos. Cuando su mujer volvió del teatro, Villaamil habló con
ella algunas palabras extraordinariamente desconsoladoras. Ello fue algo
referente a la dificultad de allegar
provisiones para el día siguiente,
pues no había en la casa ninguna
especie de moneda ni tampoco materia hipotecable; el crédito estaba
agotado, y apuradas también la generosidad y paciencia de los amigos.

Aunque afectaba serenidad y esperanza, doña Pura estaba muy intran-
quila, y también pasó la noche en
claro, haciendo cálculos para el día
siguiente, que tan pavoroso y adusto
se anunciaba. Ya no se atrevía a
mandar traer a crédito de ningún establecimiento, porque todo eran malas
caras, groserías, desconsideración, y
no pasaba día sin que un tendero
exigente y descortés armase un cisco
en la misma puerta del cuarto segundo. ¡Empeñar! La mente de la
señora hizo rápida síntesis de todas
las prendas útiles que estaban condenadas al ostracismo: alhajas, capas, mantas, abrigos. Se había llegado al máximum de emisión, digámoslo así, en esta materia, y no había forma humana de desabrigarse
más de lo que ya lo estaba toda la
familia. Una pignoración en grande
escala se había verificado el mes anterior (enero del 78), el mismo día
del casamiento de don Alfonso con
la reina Mercedes. Y sin embargo,
las tres *Miaus* no perdieron ninguna de las fiestas públicas que con
aquel motivo se celebraron en Madrid. Iluminaciones, retretas, el paso
de la comitiva hacia Atocha; todo
lo vieron perfectamente, y de todo
gozaron en los sitios mejores, abriéndose paso a codazo limpio entre las
multitudes.

¡La sala, hipotecar algo de la sala! Esta idea causaba siempre terror
y escalofríos a doña Pura, porque

la sala era la parte del menaje que
a su corazón interesaba más, la verdadera expresión simbólica del hogar
doméstico. Poseía muebles bonitos,
aunque algo anticuados, testigos del
pasado esplendor de la familia Villaamil; dos entredoses negros con fi-
letes de oro y lacas, y cubiertas de
mármol; sillería de damasco, alfombra de moqueta y unas cortinas de
seda que habían comprado al Re-
gente de la audiencia de Cáceres,
cuando levantó la casa por traslación. Tenía doña Pura a las tales cortinas en tanta estima como a las telas de su corazón. Y cuando el espectro de la necesidad se le aparecía y susurraba en su oído con terrible cifra el conflicto económico
del día siguiente, doña Pura se es-
tremecía de pavor, diciendo: "No,
no; antes las camisas que las cortinas". Desnudar los cuerpos le parecía sacrificio tolerable; pero desnudar la sala... ¡eso nunca! Los de
Villaamil, a pesar de la cesantía con
su grave disminución social, tenían
bastantes visitas. ¡Qué dirían éstas si
vieran que faltaban las cortinas de
seda, admiradas y envidiadas por
cuantos las veían! Doña Pura cerró
los ojos queriendo desechar la fatídica idea y dormirse; pero la sala se
había metido dentro de su entrecejo
y la estuvo viendo toda la noche, tan
limpia, tan elegante... Ninguna de
sus amigas tenía una sala igual. La
alfombra estaba tan bien conserva-
da, que parecía que humanos pies
no la pisaban, y era que de día la
defendían con pasos de quita y pon,
cuidando de limpiarla a menudo. El
piano vertical, desafinado, sí, des-
afinadísimo, tenía el palisandro de
su caja resplandeciente. En la sillería no se veía una mota. Los entredoses relumbraban, y lo que sobre
ellos había, aquel reloj dorado y sin
hora, los candelabros dentro de fa-
nales, todo estaba cuidado exquisi-
tamente. Pues las mil baratijas que
completaban la decoración, fotogra-
fías en marcos de papel cañamazo,
cajas que fueron de dulces, perritos
de porcelana y una licorera de imi-

2

tación de Bohemia, también lucían sin pizca de polvo. Abelarda se pasaba las horas muertas limpiando estos cachivaches y otros que no he mencionado todavía. Eran objetos de frágiles tablillas caladas, de esos que sirven de entretenimiento a los aficionados a la marquetería doméstica. Un vecino de la casa tenía maquinilla de trepar y hacía mil primores, que regalaba a los amigos. Había cestos, estantillos, muebles diminutos, capillas góticas y chinescas pagodas, todo muy mono, muy frágil, de *mírame y no me toques,* y muy difícil de limpiar.

Doña Pura dio una vuelta en la cama, como queriendo variar sus lúgubres ideas con un cambio de postura. Pero entonces vio en su mente con mayor claridad las suntuosas cortinas, color de amaranto, de seda riquísima, de esa seda *que no se ve ya en ninguna parte.* Todas las señoras que iban de visita habían de coger y palpar la incomparable tela, y frotarla entre los dedos para apreciar la clase. ¡Pero había que tomarle el peso para saber lo que era aquello!... En fin, doña Pura consideraba que mandar las cortinas al Monte o la casa de préstamos era trance tan doloroso como embarcar un hijo para América.

En tanto que la *figura de Fra Angélico* se agitaba en su angosto colchón (dormía en la alcobita de la sala, y su marido, desde que vino de Filipinas, ocupaba solo la alcoba del gabinete), proponíase distraer y engañar su pena recordando las emociones de la ópera y lo bien que dijo el barítono aquello de *riverdrai le foreste imbalsamate...*

Villaamil, solo, insomne y calenturiento, se revolcaba en el gran camastro matrimonial, cuyo colchón de muelles tenía los *ídem* en lastimoso estado, los unos quebrados y hundidos, los otros estirados y en erección. El de lana, que encima estaba, no le iba en zaga, pues todo era pelmazos por aquí, vaciedades por allá, de modo que la cama habría podido figurar dignamente en

las mazmorras de la Inquisición para escarmiento de herejes. El pobre cesante tenía en su lecho la expresión externa o el molde de las torturas de su alma, y así, cuando la hormiguilla del insomnio le hacía dar una vuelta, caía en profunda sima, del centro de la cual surgía como la joroba de un demonio, enorme espolón que se le clavaba en los riñones; y cuando salía de la sima, un amasijo de lana, duro y fuerte como el puño, le estropeaba las costillas.

Algunas veces dormía tal cual en medio de estos accidentes; pero aquella noche, la exaltación de su cerebro le agrandaba en la oscuridad las desigualdades del terreno: ya creía que se despeñaba, quedándose con los pies en alto, ya que se balanceaba en el vértice de una eminencia o que iba navegando hacia Filipinas con un tifón de mil demonios. "Seamos pesimistas —era su tema—; pensemos, con todo el vigor del pensamiento, que no me van a incluir en la combinación, a ver si me sorprende la felicidad del nombramiento. No esperaré el hecho feliz; no, no lo espero, para que suceda. Siempre pasa lo que no se espera. Póngome en lo peor. No te colocan, no te colocan, pobre Ramón; verás cómo ahora también se burlan de ti. Pero aunque estoy convencido de que no consigo nada, convencidísimo, sí, y no hay quien me apee de esto; aunque sé que mis enemigos no se apiadarán de mí, pondré en juego todas las influencias y haré que hasta el lucero del alba le hable al Ministro. Por supuesto, amigo Ramón, todo inútil. Verás cómo no te hacen maldito caso; tú lo has de ver. Yo estoy tan convencido de ello, como de que ahora es de noche. Y bien puedes desechar hasta el último vislumbre de credulidad. Nada de melindres de esperanza; nada de *si será o no será;* nada de debilidades optimistas. No lo catas, no lo catas, aunque revientes".

VI

Doña Pura durmió al fin profundamente toda la madrugada y parte de la mañana. Villaamil se levantó a las ocho sin haber pegado los ojos. Cuando salió de su alcoba, entre ocho y nueve, después de haberse refregado el hocico con un poco de agua fría y de pasarse el peine por la rala cabellera, nadie se había levantado aún. La estrechez en que estaban no les permitía tener criada, y entre las tres mujeres hacían desordenadamente los menesteres de la casa. Milagros era la que guisaba; solía madrugar más que las otras dos; pero la noche anterior se había acostado muy tarde, y cuando Villaamil salió de su habitación dirigiéndose a la cocina, la cocinera no estaba aún allí. Examinó el fogón sin lumbre, la carbonera exhausta; y en la alacena que hacía de despensa vio mendrugos de pan, un envoltorio de papeles manchados de grasa, que debía de contener algún resto de jamón, carne fiambre o cosa así, un plato con pocos garbanzos, un pedazo de salchicha, un huevo y medio limón... El tigre dio un suspiro y pasó al comedor para registrar el cajón del aparador, en el cual, entre los cuchillos y las servilletas, había también pedazos de pan duro. En esto oyó rebullicio, después rumor de agua, y he aquí que aparece Milagros con su cara gatesca muy lavada, bata suelta, el pelo en sortijillas enroscadas con papeles, y un pañuelo blanco por la cabeza.

—¿Hay chocolate? —le preguntó su cuñado sin más saludo.

—Hay media onza nada más —replicó la señora, corriendo a abrir el cajón de la mesa de la cocina donde estaba—. Te lo haré en seguida.

—No, a mí no. Lo haces para el niño. Yo no necesito chocolate. No tengo gana. Tomaré un pedazo de pan seco y beberé encima un poco de agua.

—Bueno. Busca por ahí. Pan no falta. También hay en la alacena un trocito de jamón. El huevo ése es para mi hermana, si te parece. Voy a encender lumbre. Haz el favor de partirme unas astillas mientras yo voy a ver si encuentro fósforos.

Don Ramón, después de morder el pan, cogió el hacha y empezó a partir un madero, que era la pata de una silla vieja, dando un suspiro a cada golpe. Los estallidos de la fibra leñosa al desgarrarse parecían tan inherentes a la persona de Villaamil como si éste se arrancase tiras palpitantes de sus secas carnes y astillas de sus pobres huesos. En tanto, Milagros armaba el templete de carbones y palitroques.

—Y hoy, ¿se pone cocido? —preguntó a su cuñado con cierto misterio.

Villaamil meditó sobre aquel problema tan descaradamente planteado.

—Tal vez... ¡quién sabe! —replicó, lanzando su imaginación a lo desconocido—. Esperemos a que se levante Pura.

Ésta era la que resolvía todos los conflictos, como persona de iniciativa, de inesperados golpes y de prontas resoluciones. Milagros era toda pasividad, modestia y obediencia. No alzaba nunca la voz, no hacía observaciones a lo que su hermana ordenaba. Trabajaba para los demás por impulso de su conciencia humilde y por hábito de subordinación. Unida fatalmente durante toda su vida al mísero destino de aquella familia, y partícipe de las vicisitudes de ésta, jamás se quejó ni se la oyó protestar de su malhadada suerte. Considerábase una gran artista malograda en flor, por falta de ambiente; y al verse perdida para el arte, la tristeza de esta situación ahogaba todas las demás tristezas. Hay que decir aquí que Milagros había nacido con excelentes dotes de cantante de ópera. A los veinticinco años tenía una voz preciosísima, regular escuela y loca afición a la música. Pero la fatalidad no le permitió nunca lanzarse a la verdadera vida de artista. Amores desgraciados, cuestiones de familia aplazaron de día en día la deseada presentación al público, y cuando los obstáculos desaparecieron, ya Milagros no estaba para fiestas; había perdido la voz. Ni ella misma se dio cuenta de la suave gradación por donde sus esperanzas de artista vinieron a parar en la precaria situación en que se nos aparece; por donde el soñado escenario y los triunfos del arte se convirtieron en la cocina de Villaamil, sin provisiones. Cuando pensaba ella en el contraste duro entre sus esperanzas y su destino, no acertaba a medir los escalones de aquel lento descender desde las cumbres de la poesía a los sótanos de la vulgaridad.

Milagros tenía un tipo fino, delicado, propio para los papeles de *Margarita*, de *Dinorah*, de *Gilda*, de la *Traviata*, y voz aguda de soprano. Todo esto se convirtió en hojarasca, sin que nunca llegara a ser admiración del público. Sólo una vez cantó en el Real la parte de *Adalgisa*, por condescendencia de la empresa, como alumna del Conservatorio. Estuvo muy feliz, y los periódicos le auguraron un porvenir brillante. En el Liceo Jover, ante un público invitado y poco exigente, cantó *Safo* y *Los Capuletos* de Bellini con el tercer acto de Vacai. Entonces se trató de que fuera a Italia; pero se atravesó una pasión, la esperanza de un gran partido para casarse, enredándose mucho el asunto entre el novio y la familia. Pasó tiempo, y la cantatriz hubo de malograrse, pues ni fue a Italia, ni se contrató en el Real, ni se casó.

Doña Pura y Milagros eran hijas de un médico militar, de apellido Escobios, y sobrinas del músico mayor del Inmemorial del Rey. Su madre era Muñoz, y tenían ellas pretensiones de parentesco con el marqués de Casa-Muñoz. Por cierto que cuando trataron de que Milagros fuera cantante de ópera, se pensó en italianizarle el apellido, llamándola la *Escobini*; pero como la carrera artística se malogró en cier-

nes, el mote italiano no llegó nunca a verse en los carteles.

Antes de que la vida de la señorita de Escobios se truncara, tuvo una época de fugaz éxito y brillo en una capital de provincia de tercera clase, a donde fue con su hermana, esposa de Villaamil. Éste era Jefe económico, y su familia intimó, como era natural, con las de los Gobernadores civil y militar, que daban reuniones, a que asistía lo más granadito del pueblo. Milagros, cantando en los conciertos de la brigadiera, enloquecía y electrizaba. Salíanle novios por docenas, y envidias de mujeres que la inquietaban en medio de sus triunfos. Un joven de la localidad, poeta y periodista, se enamoró frenéticamente de ella. Era el mismo que en la reseña de los saraos llamaba a doña Pura, con exaltado estilo, *figura arrancada a un cuadro de Fra Angélico*. A Milagros la ensalzaba en términos tan hiperbólicos que causaban risa, y aun recuerdan los naturales algunas frases describiendo a la joven en el momento de presentarse en el salón, de acercarse al piano para cantar, y en el acto mismo del cantorrio: *"Es la pudorosa Ofelia llorando sus amores marchitos y cantando con gorjeo celestial la endecha de la muerte"*. Y, ¡cosa extraña!, el mismo que escribía estas cosas en la segunda plana del periódico, tenía la misión, y por eso cobraba, de hacer la revista comercial en la primera. Suya era también esta endecha: *"Harinas. Toda la semana acusa marcada calma en este polvo. Sólo han salido por el canal mil doscientos sacos que se hicieron a 22 y tres cuartillos. No hay compradores, y ayer se ofrecieron dos mil sacos a 22 y medio, sin que nadie se animara."* Al día siguiente, vuelta otra vez con la *pudorosa Ofelia, o el ángel que nos traía a la tierra las celestiales melodías.* Ya se comprende que esto no podía acabar en bien. En efecto, mi hombre, inflamándose y desvariando cada día más con su amor no correspondido, llegó a ponerse tan malo, pero tan malo, que un día se tiró de cabeza en la presa de una fábrica de harina, y por pronto que acudieron en su auxilio, cuando le sacaron era cadáver. Poco después de este desagradable suceso, que impresionó mucho a Milagros, ésta volvió a Madrid; verificóse entonces el *debut* en el Real, luego las funciones en el Liceo Jover, y todo lo demás que brevemente referido queda. Echemos sobre aquellos tristes sucesos un montón de años tristes, de rápido envejecimiento y decadencia, y nos encontramos a *la pudorosa Ofelia* en la cocina de Villaamil, con la lumbre encendida y sin saber qué poner en ella.

De un cuartucho oscuro que en el pasillo interior había, salió Abelarda restregándose los ojos, desgreñada, arrastrando la cola sucia de una bata mayor que ella, la cual fue usada por su madre en tiempos más felices, y se dirigió también a la cocina, a punto que salía de ella Villaamil para ir a despertar y vestir al nieto. Abelarda preguntó a su tía si venía el panadero, a lo que Milagros no supo qué responder, por no poder ella formar juicio acerca de problema tan grave sin oír antes a su hermana. "Haz que tu madre se levante pronto —le dijo consternada—, a ver qué determina."

Poco después de esto, oyóse fuerte carraspeo allá en la alcoba de la sala, donde Pura dormía. Por la puertecilla que dicha alcoba tenía al recibimiento, frente al despacho, apareció la señora de la casa, radiante de displicencia, embutido el cuerpo en una americana vieja de Villaamil, el pelo en sortijillas, el hocico amoratado del agua fría con que acababa de lavarse, una toquilla rota cruzada sobre el pecho, en los pies voluminosas zapatillas. "Qué, ¿no os podéis desenvolver sin mí? Estáis las dos atontadas. Pues no es para tanto. ¿Habéis hecho el chocolate del niño?" Milagros salió de la cocina con la jícara, mientras Abelarda sentaba al pequeñuelo y le colgaba del pescuezo la servilleta. Vi-

llaamil fue a su despacho, y a poco salió con el tintero en la mano, diciendo: "No hay tinta, y hoy tengo que escribir más de cuarenta cartas. Mira, Luisín, en cuanto acabes, te vas abajo y le dices al amigo Mendizábal que me haga el favor de un poquito de tinta".

—Yo iré —dijo Abelarda cogiendo el tintero y bajando en la misma facha en que estaba.

Las dos hermanas, en tanto, cuchicheaban en la cocina. ¿Sobre qué? Es presumible que fuera sobre la imposibilidad de dar de comer a la familia con un huevo, pan duro y algunos restos de carne que no bastaban para el gato. Pura fruncía las cejas y hacía con los labios un mohín muy extraño, juntándolos con la nariz, que parecía alargarse. *La pudorosa Ofelia* repetía este signo de perplejidad, resultando las dos tan semejantes, que parecían una misma. De sus meditaciones las distrajo Villaamil, el cual apareció en la cocina diciendo que tenía que ir al Ministerio y necesitaba una camisa limpia. "¡Todo sea por Dios! —exclamó Pura con desaliento—. La única camisa lavada está en tan mal estado, que necesita un recorrido general". Pero Abelarda se comprometió a tenerla lista para el mediodía, y además planchada, siempre que hubiera lumbre. También hizo don Ramón a su hija sentidas observaciones sobre ciertos flecos y desgarraduras que ostentaba la solapa de su gabán, rogándole que pasara por allí sus hábiles agujas. La joven le tranquilizó, y el buen hombre metióse en su despacho. El conciliábulo que las *Miaus* tenían en la cocina terminó con un repentino sobresalto de Pura, que corrió a su alcoba para vestirse y largarse a la calle. Había estallado una idea inmensa en aquel cerebro cargado de pólvora, como si en él penetrase una chispa del fulminante que de los ojos brotara. "Enciende bien la lumbre y pon agua en los pucheros" —dijo a su hermana al salir, y se escabulló fuera con diligencia y velocidad de ardilla. Al ver esta determinación, Abelarda y Milagros, que conocían bien a la directora de la familia, se tranquilizaron respecto al problema de subsistencias de aquel día, y se pusieron a cantar, la una en la cocina, la otra desde su cuarto, el dúo de *Norma: in mia mano al fin tu sei.*

VII

A eso de las once entró doña Pura bastante sofocada, seguida de un muchacho recadista de la plazuela de los Mostenses, el cual venía echando los bofes con el peso de una cesta llena de víveres. Milagros, que a la puerta salió, hízose multitud de cruces de hombro a hombro y de la frente a la cintura. Había visto a su hermnaa salir avante en ocasiones muy difíciles, con su enérgica iniciativa; pero el golpe maestro de aquella mañana le parecía superior a cuanto de mujer tan dispuesta se podía esperar. Examinando rápidamente el cesto, vio diferentes especies de comestibles, vegetales y animales, todo muy bueno, y más adecuando a la mesa de un Director general que a la de un mísero pretendiente. Pero doña Pura las hacía así. Las bromas, o pesadas o no darlas. Para mayor asombro, Milagros vio en manos de su hermana el portamonedas casi reventando de puro lleno.

—Hija —le dijo la señora de la casa, secreteándose con ella en el recibimiento, después que despidió al mandadero—, no he tenido más remedio que dirigirme a Carolina Lantigua, la de Pez. He pasado una vergüenza horrible. Hube de cerrar los ojos y lanzarme, como quien se tira al agua. ¡Ay, qué trago! Le pinté nuestra situación de una manera tal, que la hice llorar. Es muy buena. Me dio diez duros, que prometí devolverle pronto; y lo haré, sí, lo haré; porque de esta hecha le colocan. Es imposible que dejen de meterle en la combinación. Yo tengo ahora una confianza absoluta... En fin, lleva esto para adentro. Voy allá en seguida. ¿Está el agua cociendo?"

Entró en el despacho para decir a su marido que por aquel día estaba salvada la tremenda crisis, sin añadir cómo ni cómo no. Algo debieron hablar también de las probabilidades de colocación, pues se oyó desde fuera la voz iracunda de Villaamil gritando: "No me vengas a mí con optimismos de engañifa. Te digo y te redigo que no entraré en la combinación. No tengo ninguna esperanza, pero ninguna, me lo puedes creer. Tú, con esas ilusiones tontas y esa manía de verlo todo color de rosa, me haces un daño horrible, porque viene luego el trancazo de la realidad, y todo se vuelve negro". Tan empapado estaba el santo varón en sus cavilaciones pesimistas, que cuando le llamaron al comedor y le pusieron delante un lucido almuerzo, no se le ocurrió inquirir, ni siquiera considerar, de dónde habían salido abundancias tan desconformes con su situación económica. Después de almorzar rápidamente, se vistió para salir. Abelarda le había zurcido las solapas del gabán con increíble perfección, imitando la urdimbre del tejido desgarrado; y dándole en el cuello una soba de bencina, la pieza quedó como si la hubieran rejuvenecido cinco años. Antes de salir, encargó a Luis la distribución de las cartas que escrito había, indicándole un plan topográfico para hacer el reparto con método y en el menor tiempo posible. No le podían dar al chico faena más de su gusto, porque con ella se le relevaba de asistir a la escuela, y se estaría toda la santísima tarde como un caballero, paseando con su amigo Canelo. Era éste muy listo para conocer dónde había buen trato. Al cuarto segundo subía pocas veces, sin duda por no serle simpática la pobreza que allí reinaba comúnmente; pero con finísimo instinto se enteraba de los extraordinarios de la casa, tanto más espléndidos cuanto mayor era la escasez de los días normales. Estuviera el can de centinela en la portería o en el interior de la casa, o bien durmiendo bajo la mesa del memorialista, no se le escapaba el hecho de que entraran provisiones para los de Villaamil. Cómo lo averiguaba, nadie puede saberlo; pero es lo cierto que el más astuto vigilante de Consumos no tendría nada que enseñarle. Por supuesto, la aplicación práctica de sus estudios era subir a la casa abundante y estarse allí todo un día y a veces dos; pero en cuanto le daba en la nariz olor de quema, decía... "hasta otra", y ya no le veían más el pelo. Aquel día subió poco después de ver entrar a doña Pura con el mandadero; y como las tres *Miaus* eran siempre muy buenas con él y le daban golosinas, a Cadalsito le costó trabajo llevárselo a su excursión por las calles. Canelo salió de mala gana, por cumplir un deber social y porque no dijeran.

Las tres *Miaus* estuvieron aquella tarde muy animadas. Tenían el don felicísimo de vivir siempre en la hora presente y de no pensar en el día de mañana. Es una hechura espiritual como otra cualquiera, y una filosofía práctica que, por más que digan, no ha caído en descrédito, aunque se ha despotricado mucho contra ella. Pura y Milagros estaban en la cocina, preparando la comida, que debía ser buena, copiosa y dispuesta con todos los sacramentos, como desquite de los estómagos desconsolados. Sin cesar en el trabajo, la una espumando pucheros o disponiendo un frito, la otra machacando en el almirez al ritmo de un *andante con esprezione* o de un *allegro con brío*, charlaban sobre la probable o más bien segura colocación del jefe de la familia. Pura habló de pagar todas las deudas, y de traer a casa los diversos objetos útiles que andaban por esos mundos de Dios en los cautiverios de la usura.

Abelarda estaba en el comedor con su caja de costura delante, arreglando sobre el maniquí un vestidillo color de pasa. No llamaba la aten-

ción por bonita ni por fea, y en un certamen de caras insignificantes se habría llevado el premio de honor. El cutis era malo, los ojos oscuros, el conjunto bastante parecido a su madre y tía, formando con ellas cierta armonía, de la cual se derivaba el mote que les pusieron. Quiero decir que si, considerada aisladamente, la similitud del cariz de la joven con el morro de un gato no era muy marcada, al juntarse con las otras dos parecía tomar de ellas ciertos rasgos fisiognómicos, que venían a ser como un sello de raza o familia, y entonces resultaban en el grupo las tres bocas chiquitas y relamidas, la unión entre el pico de la nariz y la boca por una raya indefinible, los ojos redondos y vivos, y la efusión característica del cabello, que era como si las tres hubieran estado rodando por el suelo en persecución de una bola de papel o de un ovillo.

Aquella tarde todo fue dichas, porque entraron visitas, lo que a Pura agradaba mucho. Dejó rápidamente los menesteres culinarios para echarse una bata y componerse el pelo, y entró satisfecha en la sala. Eran los visitantes Federico Ruiz y su señora Pepita Ballester. El insigne *pensador* estaba también sin empleo, pasando una crujía espantosa, de la cual había más señales en su ropa que en la de su mujer; pero llevaba con tranquilidad su cesantía, mejor dicho, tan optimista era su temperamento, que la llevaba hasta con cierto gozo. Siempre era el mismo hombre, el métome-en-todo infatigable, fraguando planes de bullanguería literaria y científica, premeditando veladas o centenarios de celebridades, discurriendo algún género de ocupación que a ningún nacido se le hubiera pasado por el magín. Aquel bendito hacía pensar que hay una *Milicia Nacional* en las letras.

Escribía artículos sobre lo que debe hacerse para que prospere la Agricultura, sobre las ventajas de la cremación de los cadáveres, o bien

reseñando puntualmente lo que pasó
en la Edad de Piedra, que es, como
si dijéramos, hablar de ayer por la
mañana. Su situación económica era
bastante precaria, pues vivía de la
pluma. De higos a brevas lograba
que en Fomento le tomasen cierto
número de ejemplares de ediciones
viejas y de libros tan maulas como
El comunismo ante la razón, o el
*Servicio de incendios en todas las
naciones de Europa,* o la *Reseña
pintoresca de los Castillos.* Pero tenía en su alma caudal tan pingüe
de consuelo, que no necesitaba la
resignación cristiana para conformarse con su desdicha. El estar satisfecho venía a ser en él una cuestión de amor propio, y por no dar
su brazo a torcer se encariñaba, a
fuerza de imaginación, con la idea
de la pobreza, llegando hasta el absurdo de pensar que la mayor deli-
cia del mundo es no tener un real
ni de dónde sacarlo. Buscarse la vida, salir por la mañana discurriendo
a qué editor de revista enferma o
periódico moribundo llevar el artículo hecho la noche anterior, constituía una serie de emociones que no
pueden saborear los ricos. Trabajaba
como un negro, eso sí, y el Tostado
era un niño de teta al lado de él,
en el correr de la pluma. Verdadera-
ramente, ganarse así el cocido tenía
mucho de placer, casi de voluptuo-
sidad. Y el cocido no le había faltado nunca. Su mujer era una alhaja
y le ayudaba a sortear aquella situación. Pero la eficaz Providencia
suya era su carácter, aquella predis-
posición optimista, aquel procedimiento ideal para convertir los males en bienes y la escasez adusta en
risueña abundancia. Habiendo conformidad no hay penas. La pobreza
es el principio de la sabiduría, y no
ha de buscarse la felicidad en las
clsaes privilegiadas. El *pensador* recordaba la comedia de Eguílaz, en
la cual el protagonista, para ponde-
rar lo divertido que es ser pobre,
dice con mucho calor:

Yo tenía cinco duros
el día que me casé.

Y recordaba también que la cazuela se venía abajo con el es-
truendo de los aplausos y las pata-
das de entusiasmo, prueba de lo popular que es en esta raza la escasez de dinero. También Ruiz había
hecho en sus tiempos una comedia
en que se probaba que para ser honrado y justo es indispensable andar
con los codos de fuera, y que todos
los ricos acaban siempre malamente. Por supuesto, a pesar de esta
idealidad con que sabía dorar el co-
bre de su crisis económica, pasando la calderilla por oro, Ruiz no
cedía en sus pretensiones de ser
nuevamente colocado. No dejaba vivir al Ministro de Fomento, y las
Direcciones de Instrucción Pública y
Agricultura se echaban a temblar en
cuanto él traspasaba la mampara.
A falta de empleo, pretendía una
comisioncita para estudiar cualquier
cosa; lo mismo le daba la Legisla-
ción de propiedad literaria en todos los países, que los Depósitos
de sementales en España.

VIII

En la visita se habló primero de
la ópera, a la que Ruiz iba con frecuencia, lo mismo que las *Miaus,*
con entradas de *alabarda.* Después
recayó la conversación en el tema
de destinos. "A don Ramón —dijo
Ruiz— no le harán esperar ya mucho."

—Va en la combinación que se
hará estos días —dijo Pura radiante—. Y no ha ido ya, porque Ramón no quiso aceptar plaza fuera
de Madrid. El Ministro tenía gran
empeño en mandarle a una provincia, donde hacen falta hombres como mi esposo. Pero Ramón no está
ya para viajes. Yo, si he de decir
verdad, deseo que le coloquen porque esté ocupado; nada más que
porque esté ocupado. No puede usted figurarse, Federico, lo mal que

le sienta a mi marido la ociosidad... vamos, que no vive. ¡Ya se ve, acostumbrado a trabajar desde mozo!... Y que le conviene también colocarse para los derechos pasivos. Figúrese usted, a Ramón no le faltan más que dos meses para poderse jubilar con los cuatro quintos. Si no fuera por esto, mejor se estaría en su casa. Yo le digo: "No te apures, hijo, que, gracias a Dios, para vivir modestamente no nos falta"; pero él no se conforma, le gusta el calor de la oficina, y hasta el cigarro no le sabe si no se lo fuma entre dos expedientes.

—Lo creo... ¡Qué santo varón! ¿Y cómo está de salud?

—Delicadillo del estómago. Todos los días tengo que inventar algo nuevo para sostenerle el apetito. Mi hermana y yo nos dedicamos ahora a la cocina, por entretenimiento, y por vernos libres de criadas, que son una calamidad. Le hacemos cada día un platito distinto... caprichos y frioleras suculentas. A veces tengo que irme a la plazuela del Carmen en busca de cosas que no se encuentran en los Mostenses.

—Pues vea usted —dijo la señora de Ruiz—, ése es un trabajo que yo no conozco, porque éste tiene un estómago que no se lo merece, y un apetito tan famoso, que no se necesitan melindres para sostenérselo.

—Gracias a Dios —indicó el *publicista* con jovialidad—. De ahí viene esta buena pasta mía y la confianza que tengo en mi suerte. Créame usted, doña Pura, no hay nada que valga lo que un buen estómago. Aquí me tiene usted tan conforme siempre: si me colocan, bien; si no, dos cuartos de lo mismo. Hablando con verdad, no me gusta ser empleado, y preferiría lo que me ofreció ayer el Ministro: una comisión para estudiar los Montes de Piedad de Alemania. Es cuestión muy importante.

—Ya lo creo que es importante. ¡Figúrese usted! —exclamó la señora de Villaamil arqueando las cejas.

En esto entró otra visita. Era un amigo de Villaamil, que vivía en la calle del Acuerdo, un tal Guillén, cojo por más señas, empleado en la Dirección de Contribuciones. Dijo el tal, después de los saludos, que un compañero suyo, que estaba en el Personal, le había asegurado aquella misma tarde que Villaamil iba en la próxima combinación. Doña Pura lo dio por cierto, y Ruiz y su señora apoyaron esta apreciación lisonjera. Se fueron enzarzando de tal modo en la conversación los plácemes, que doña Pura, al fin, se arrancó a ofrecer a sus buenos amigos una copita y pastas. Entre las provisiones de aquel fausto día, se contaba una botella de moscatel de a tres pesetas, licor con que Pura solía obsequiar a su marido a los postres. Ruiz y Guillén chocaron las copas, expresando con igual calor su afecto a la simpática familia. La sobriedad del *pensador* contrastaba con la incontinencia un tanto grosera del empleado cojo, quien rogó a doña Pura no se llevase la botella, y escanciando que te escanciarás, pronto se vio que quedaba el líquido en menos de la mitad.

Ya encendidas las luces, y cuando se habían ido las visitas, entró Villaamil. Pura corrió a su encuentro, viendo con satisfacción que el ferocísimo semblante tigresco tenía cierto matiz de complacencia.

—¿Qué hay? ¿Qué noticias traes?

—Nada, mujer —dijo Villaamil, que se encastillaba en el pesimismo y no había quien le sacara de él—. Todavía nada; las palabritas sandungueras de siempre.

—¿Y el Ministro... le has visto?

—Sí, y me recibió tan bien —se dejó decir Villaamil haciendo traición, por descuido, a su afectada misantropía—, me recibió tan bien, que... no sé... parece que Dios le ha tocado al corazón, que le ha dicho algo de mí. Estuvo amabilísimo... encantado de verme por allí... sintiendo mucho no tenerme a su lado... decidido a llevarme...

—Vamos; no dirás ahora que no tienes esperanza.

—Ninguna, mujer, absolutamente ninguna (recordando su papel). Verás cómo todo se queda en jarabe de pico. Si sabré yo... ¡Tenlo por cierto! ¡No me colocan hasta el día del juicio por la tarde!

—¡Ay, qué hombre! Eso también es ponerle a Dios cara de palo. Se podría enojar y con muchísima razón.

—Déjate de tonterías, y si tú esperas, buen chasco te llevarás. Yo no quiero llevármelo; por eso no espero nada, ¿sabes? Y cuando venga el golpe me quedaré tan tranquilo.

Luisito llegó cuando sus abuelos discutían acaloradamente si debían abrigar o no esperanza, y dio cuenta de la puntual entrega de todas las cartas. Tenía hambre, frío, y le dolía un poco la cabeza. Al regreso de la excursión se había sentado en el pórtico de las Alarconas; pero no *le dio aquello,* ni la visión tuvo a bien presentarse en ninguna forma. Canelo no se apartaba de doña Pura, siguiéndola del despacho a la cocina, y de ésta al comedor, y cuando llamaron a comer al dueño de la casa, como éste tardara un poco en salir, fue el entendido perro a buscarle y con meneos de cola le decía: "Si usted no tiene gana, dígalo; pero no nos tenga tanto tiempo espera que te espera."

Comieron con regular apetito y bastante buen humor, y de sobremesa Villaamil se fumó, saboreándolo mucho, un habano que el señor de Pez le había dado aquella tarde. Era muy grande, y al tomarlo, el cesante dijo a su amigo que lo guardaría para después. Aquel cigarro le recordaba sus tiempos prósperos. ¿Sería tal vez anuncio de que los tales tiempos volverían? Dijérase que el buen Villaamil leía en las espirales de humo azul su buena ventura, porque se quedaba alelado mirándolas subir en graciosas curvas hacia el techo del comedor, nublando vagamente la lámpara.

Por la noche tuvieron gente (Ruiz, Guillén, Ponce, los de Cuevas, Pantoja y su familia, de quien se hablará después), y se formalizó el proyecto iniciado el mes anterior, de representar una piececita, pues algunos amigos de la casa tenían aptitudes no comunes para el teatro, sobre todo en el género cómico. Federico Ruiz se encargó de escoger la pieza, de distribuir los papeles y dirigir los ensayos. Se convino en que Abelarda haría uno de los principales personajes, y Ponce otro; pero éste, reconociendo con laudable modestia que no tenía maldita gracia y que haría llorar al público en los papeles más jocosos, reservó para sí la parte de *padre,* si en la comedia le hubiera.

Cansado de tales majaderías, don Ramón huyó de la sala buscando en el interior oscuro de la casa las tinieblas que convenían a su pesimismo. Maquinalmente entró en el cuarto de Milagros, donde ésta desnudaba a Luis para acostarle. El pobre niño había hecho tentativas para estudiar, que fueron completamente inútiles. Le dolía la cabeza, y sentía como el presagio y el temor de la visión, pues ésta, al par que le daba mucho gusto, causábale cierta ansiedad. Se fue a acostar con la idea de que le entraría la desazón y de que iba a ver cosas muy extrañas. Cuando su abuelo entró, ya estaba metido en la cama, y su tía le hacía rezar las oraciones de costumbre: *Con Dios me acuesto, con Dios me levanto,* etc.... que él recitaba de carretilla. Con brusca interrupción se volvió hacia Villaamil para decirle: "Abuelito, ¿verdad que el Ministro te recibió muy bien?"

—Sí, hijo mío —replicó el anciano, estupefacto de esta salida y del tono con que fue dicha—. ¿Y tú por dónde lo sabes?

—¿Yo?... yo lo sé.

Miraba Cadalsito a su abuelo con una expresión tan extraña, que el pobre señor no sabía qué pensar. Parecióle expresión de Niño-Dios, la cual no es otra cosa que la seriedad del hombre armonizada con la gracia de la niñez.

—Yo lo sé... lo sé —repitió Luis

sin sonreír, clavando en su abuelo una mirada que le dejó inmóvil—. Y el Ministro te quiere mucho... porque le escribieron...

—¿Quién le escribió? —dijo con ansiedad el cesante, dando un paso hacia el lecho, los ojos llenos de claridad.

—Le escribieron de ti —afirmó Cadalsito sintiendo que el miedo le invadía y no le dejaba continuar.

En el mismo instante pensó Villaamil que todo aquello era una tontería, y dando media vuelta se llevó la mano a la cabeza, y dijo: "¡Pero qué cosas tiene este chiquillo!..."

IX

¡Cosa rara! Nada le pasó a Cadalsito aquella noche, ni sintió ni vio cosa alguna, pues a poco de acostarse hubo de caer en sueño profundísimo. Al día siguiente costó trabajo levantarle. Sentíase quebrantado, y como si hubiese andado largo trecho por sitio desconocido y lejano que no podía recordar. Fue a la escuela, y no se supo la lección. Encontrábase tan torpe aquel día, que el maestro le hizo burla y ajó su dignidad ante los demás chicos. Pocas veces se había visto en la escuela carrera en pelo como la que aguantó Cadalsito al ser confinado al último puesto de la clase en señal de ignorancia y desaplicación. A las once, cuando se pusieron a escribir, Cadalso tenía junto a sí al famoso *Posturitas,* chiquillo travieso y graciosísimo, flexible como una lombriz, y tan inquieto, que donde él estuviese no podía haber paz. Llamábase Paquito Ramos y Guillén, y sus padres eran los dueños de la casa de préstamos de la calle del Acuerdo. Aquel Guillén, cojo y empleado, que hemos visto en casa de Villaamil celebrando con copiosas libaciones de moscatel la próxima colocación de su amigo, era tío materno de *Posturitas,* el cual debía este apodo a la viveza ratonil de sus movimientos, a la gracia con que

remedaba las actitudes y gestos de los *clowns* y dislocados del Circo. Todo se le volvía hacer garatusas, sacar la lengua, volver del revés los párpados; y como pudiera, metía el dedo en el tintero para pintarse rayas en la cara.

Aquella mañana, cuando el maestro no le veía, *Posturitas* abría la carpeta, y él y su amigo Cadalso hundían la pelona en ella para ver las cosas diversas que encerraba. Lo más notable era una colección de sortijas, en las cuales brillaban el oro y los rubíes. No se vaya a creer que eran de metal, sino de papel, anillos de esos con que los fabricantes adornan los puros medianos para hacerlos pasar por buenos. Aquel tesoro había venido a manos de Paquito Ramos mediante un cambalache. Perteneció la colección a otro chico llamado Polidura, cuyo padre, mozo de café o restaurant, solía recoger los aros de cigarros que los fumadores dejaban caer al suelo, y obsequiar con ellos a su hijo a falta de mejores juguetes. Había llegado a reunir Polidura más de cincuenta sortijas de diversos calibres. En unas decía *Flor fina,* en otras *Selectos de Julián Alvarez.* Cansado al fin de la colección, se la cambió a *Posturas* por un trompo en buen uso, mediante contrato solemne ante testigos. Cadalso regaló al nuevo propietario el anillo de la tagarnina dada por el señor de Pez a Villaamil, y que éste se fumó majestuosamente después de la comida.

La travesura de *Posturitas,* fielmente reproducida por el bueno de Cadalso, consistía en llenarse ambos los dedos de aquellas sorprendentes joyas, y cuando el maestro no les veía, alzar la mano y mostrarla a los otros granujas con dos o tres anillos en cada dedo. Si el maestro venía, se los quitaban a toda prisa, y a escribir como si tal cosa. Pero en una vuelta brusca, sorprendió el dómine a Cadalsito con la mano en alto, distrayendo a toda la clase. Verle, y ponerse hecho un león, fue todo uno. Pronto se descubrió que el principal delincuente era el maligno *Posturitas,* que tenía en su carpeta un depósito de aros de papel; y en un santiamén el maestro, después que arrancó de los dedos las pedrerías de que estaban cuajados, agarró todo el depósito y lo deshizo, terminando con una mano de coscorrones aplicados a una y otra cabeza. Ramos rompió a llorar, diciendo: "Yo no he sido... *Miau* tiene la culpa". Y *Miau,* no menos lastimado de esta calumnia que del mote, clamó con severa dignidad: "Él es el que los tenía. Yo no traje más que uno..." "Mentira..." "El mentiroso es él".

—*Miau* es un hipócrita —dijo el maestro, y Cadalso no supo contener su aflicción oyendo en boca de don Celedonio el injurioso apodo. Soltó el llanto sin consuelo, y toda la clase coreaba sus gemidos, repitiendo *Miau,* hasta que el maestro, ¡pim, pam!, repartió una zurribanda general, recorriendo espaldas y mofletes, como el fiero cómitre entre las filas de galeotes, vapuleando a todos sin misericordia.

—Se lo voy a decir a mi abuelo —exclamó Cadalso con un arranque de dignidad—, y no vengo más a esta escuela.

—Silencio... silencio todos —gritó el verdugo, amenazándoles con una regla, que tenía los ángulos como filos de cuchillo—. Sinvergüenzas, a escribir; y al que me chiste le abro la cabeza.

Al salir, Cadalso seguía indignado contra su amigo *Posturitas.* Éste, que era procaz, de una frescura y audacia sin límites, dio un empujón a Luis, diciéndole: "Tú tienes la culpa, tonto... panoli... cara de gato. Si te cojo por mi cuenta..."

Cadalso se revolvió iracundo, acometido de nerviosa rabia, que le puso pálido y con los ojos relumbrones. "¿Sabes lo que te digo? Que no tiés que ponerme motes, ¡contro!, mal criado... ordinario... cualisquiera".

—¡*Miau*! —mayó el otro con desprecio, sacando media cuarta de lengua y crispando los dedos—. Ole... *Miau...* morroingo... fu, fu, fu... fu...

Por primera vez en su vida, percibió Luis que las circunstancias le hacían valiente. Ciego de ira se lanzó sobre su contrario, y lo mismo se lanzaría si éste fuese un hombre. Chillido de salvaje alegría infantil resonó en toda la banda, y viendo el desusado embestir de Cadalso, muchos le gritaron: "Éntrale, éntrale..." *Miau* peleándose con *Posturas* era espectáculo nuevo, de trágicas y nunca sentidas emociones, algo como ver la liebre revolviéndose contra el hurón, o la perdiz emprendiéndola a picotazos con el perro. Y fue muy hermosa la actitud insolente de *Posturitas,* al recibir el primer achuchón, espatarrándose para aplomarse mejor, soltando libros y pizarra para tener los brazos libres... Al mismo tiempo rezongaba con orgullo insano: "Verás, verás... ¡recontro!... me caso con la biblia..."

Trabóse una de esas luchas homéricas, primitivas y cuerpo a cuerpo, más interesantes por la ausencia de toda arma, y que consisten en encepar brazos con brazos y empujar, empujar, sacudiendo topetadas con la cabeza, a lo carneril, esforzándose cada cual en derribar a su contrario. Si pujante estaba *Posturas,* no lo parecía menos Cadalso. Murillito, Polidura y los demás miraban y aplaudían, danzando en torno con feroz entusiasmo de pueblo pagano, sediento de sangre. Pero acertó a salir de la casa en aquel punto y ocasión la hija del maestro, señorita algo hombruna, y les separó de un par de manotadas, diciendo: "Sinvergüenzas, a casa, o llamo a la pareja para que os lleve a la prevención". Ambos tenían la cara como lumbre, respiraban como fuelles, y echaban por aquellas bocas injurias tabernarias, sobre todo Paco Ramos, que era consumado hablista en el idioma de los carreteros.

—Vamos, *hombres* —decía Murillito, el hijo del sacristán de Monserrat, en la actitud más conciliatoria—; no es para tanto... vaya... Quítate tú... Miá que te... verás. Sacabaron las quistiones.

Mostrábase el mediador decidido a arrearle un buen lapo a cualquiera de los dos que intentase reanudar la contienda. Un policía que por allí andaba les dispersó, y se alejaron chillando y saltando, algunos haciéndose lenguas del arranque de Cadalsito. Éste tomó silencioso el camino de su casa. Su ira se calmaba lentamente, aunque por nada del mundo le perdonaba a *Posturas* el apodo, y sentía en su alma los primeros rebullicios de la vanidad heroica, la conciencia de su capacidad para la vida, o sea de su aptitud para ofender al prójimo, ya probada en la tienta de aquel día.

Aquella tarde no había escuela, por ser jueves. Luisito se fue a su casa, y durante el almuerzo, ninguna persona de la familia reparó en lo sofocado que estaba. Bajó luego a pasar un ratito en compañía de sus amigos los memorialistas, que sin duda le tenían guardada alguna friolera. "Parece que arriba andamos muy divertidos —le dijo Paca—. Oye, ¿han colocado ya a tu abuelo? Porque debe ser ya lo menos ministro o tan siquiera embajador. ¡Vaya con la cesta de compra que trajeron ayer! Y botellas de moscatel como quien no dice nada. ¡Anda, anda, qué rumbo! Estamos como queremos. Así no hay quien haga bajar a Canelo de tu casa..."

Luis dijo que todavía no habían colocado a su abuelo; pero que era cosa *de entre hoy y mañana.* El día estaba hermosísimo, y Paca propuso a su amiguito ir a tomar el sol en la explanada del Conde-Duque, a dos pasos de la calle de Quiñones. Púsose la enorme memorialista su mantón, mientras Luisito subía a pedir permiso; y echaron a andar. Eran las tres, y el vasto terraplén comprendido entre el paseo de Areneros y el cuartel de Guardias estaba inundado de sol, y muy concurrido de vecinos que iban allí

a desentumecerse. Gran parte de este terreno se veía entonces, y se ve hoy, ocupado por sillares, baldosas, adoquines, restos o preparativos de obras municipales, y entre la cantería, las vecinas suelen poner colgaderos para secar ropa lavada. La parte libre de obstáculos la emplea la tropa para los ejercicios de instrucción, y aquella tarde vio Cadalsito a los reclutas de Caballería aprendiendo a marchar, dirigidos por un oficial que, sable al puño y dando gritos, les enseñaba a medir el paso. Entretúvose el pequeñuelo en contemplar las evoluciones, y oía la cadencia con que los soldados pisaban unísonamente, diciendo: *uno, dos, tres, cuatro.* Era un mugido que se confundía con la vibración del suelo al ser golpeado a compás, cual inmenso tambor batido por un gigante. Entre la sociedad que allí se congregaba a gozar del sol, discurrían vendedores de cacahuet y avellanas, pregonándolos con un grito dejoso. Paca le compró a Cadalso algunas de estas golosinas, y se sentó en una piedra a chismorrear con varias comadres amigas suyas. El chiquillo corrió detrás de la tropa, evolucionando con ella; fue y vino durante una hora en aquella militar diversión, marcando también, el *uno, dos, tres, cuatro,* hasta que, sintiendo fatiga, se sentó en un rimero de baldosas. Entonces se le fue un poco la cabeza; vio que la mole pesada del cuartel se corría de derecha a izquierda, y que en la misma dirección iba el palacio de Liria, sepultado entre el ramaje de su jardín, cuyos árboles parecen estirarse para respirar mejor fuera de la tumba inmensa en que están plantados. Empezóle a Cadalsito la consabida desazón; se le iba el conocimiento de las cosas presente, se mareaba, se desvanecía, le entraba el misterioso sobresalto, que era en realidad pavor de lo desconocido; y apoyando la frente en una enorme piedra que próxima tenía, se durmió como un ángel. Desde el primer instante, la visión de las Alarconas se le presentó clara, palpable, como un ser vivo, sentado frente a él, sin que pudiese decir dónde. El fantástico cuadro no tenía fondo ni lontananza. Lo constituía la excelsa figura sola.

Era el mismo personaje de luenga y blanca barba, vestido de indefinibles ropas, la mano izquierda escondida entre los pliegues del manto, la derecha fuera, mano de persona que se dispone a hablar. Pero lo más sorprendente fue que antes de pronunciar la primera palabra, el Señor alargó hacia él la diestra, y entonces se fijó en ella Cadalsito y vio que tenía los dedos cuajados de aquellas mismas sortijas que formaban la rica colección de *Posturas*. Sólo que en los dedos soberanos, que habían fabricado el mundo en siete días, los anillos relumbraban cual si fueran de oro y piedras preciosas. Cadalsito estaba absorto, y el Padre le dijo: "Mira, Luis, lo que os quitó el maestro. Ve aquí los bonitos anillos. Los recogí del suelo, y los compuse al instante sin ningún trabajo. El maestro es un bruto, y ya le enseñaré yo a no daros coscorrones tan fuertes. Y por lo que hace a *Posturitas*, te diré que es un pillo, aunque sin mala intención. Está mal educado. Los niños decentes no ponen motes. Tuviste razón en enfadarte, y te portaste bien. Veo que eres un valiente y que sabes volver por tu honor".

Luis quedó muy satisfecho de oírse llamar valiente por persona de tanta autoridad. El respeto que sentía no le permitió dar las gracias; pero algo iba a decir, cuando el Señor, moviendo con insinuación de castigo la mano aquella cuajada de sortijas, le dijo severamente: "Pero hijo mío, si por ese lado estoy contento de ti, por otro me veo en el caso de reprenderte. Hoy no te has sabido la lección. Ni por casualidad acertaste una sola vez. Bien claro se vio que no habías abierto un libro en todo el santo día... (Luisín, acongojadísimo, mueve los labios queriendo disculparse). Ya, ya sé lo que me vas a decir. Estuviste hasta muy tarde repartiendo cartas; volviste a casa de noche. Pero luego pudiste leer algo; no me vengas con enredos. Y esta mañana, ¿por qué no echaste un vistazo a la lección de Geografía? ¡Cuidado con los desatinos que has dicho hoy! ¿De dónde sacas tú que Francia está limitada al Norte por el Danubio y que el Po pasa por Pau? ¡Vaya unas barbaridades! ¿Te parece a ti que he hecho yo el mundo para que tú y otros mocosos como tú me lo estéis deshaciendo a cada paso?"

Enmudeció la augusta persona, quedándose con los ojos fijos en Cadalso, al cual un color se le iba y otro se le venía, y estaba silencioso, agobiado, sin poder mirar ni dejar de mirar a su interlocutor.

"Es preciso que te hagas cargo de las cosas —añadió por fin el Padre, accionando con la mano cuajada de sortijas—. ¿Cómo quieres que yo coloque a tu abuelo si tú no estudias? Ya ves cuán abatido está el pobre señor, esperando como pan bendito su credencial. Se le puede ahogar con un cabello. Pues tú tienes la culpa, porque si estudiaras..."

Al oír esto, la congoja de Cadalsito fue tan grande, que creyó le apretaban la garganta con una soga y le estaban dando garrote. Quiso exhalar un suspiro y no pudo.

"Tú no eres tonto y comprenderás esto —agregó Dios—. Ponte tú en mi lugar; ponte tú en mi lugar, y verás que tengo razón."

Luis meditó sobre aquello. Su razón hubo de admitir el argumento, creyéndolo de una lógica irrebatible. Era claro como el agua; mientras él no estudiase, ¡contro! ¿cómo habían de colocar a su abuelo? Parecióle esto la verdad misma, y las lágrimas se le saltaron. Intentó hablar, quizás prometer solemnemente que estudiaría, que trabajaría como una fiera, cuando se sintió cogido por el pescuezo.

—Hijo mío —le dijo Paca sacudiéndole—, no te duermas aquí, que te vas a enfriar.

Luis la miró aturdido, y en su retina se confundieron un momento las líneas de la visión con las del mundo real. Pronto se aclararon las imágenes, aunque no las ideas; vio el cuartel del Conde-Duque, y oyó el *uno, dos, tres, cuatro,* como si saliese de debajo de tierra. La visión, no obstante, permanecía estampada en su alma de una manera indeleble. No podía dudar de ella, recordando la mano ensortijada, la voz inefable del Padre y Autor de todas las cosas. Paca le hizo levantar y le llevó consigo. Después, quitándole del bolsillo los cacahuets que antes le diera, díjole: "No comas mucho de esto, que se te ensucia el estómago. Yo te los guardaré. Vámonos ya, que principia a caer relente..." Pero él tenía ganas de seguir durmiendo; su cerebro estaba embotado, como si acabase de pasar por un acceso de embriaguez; le temblaban las piernas, y sentía frío intensísimo en la espalda. Andando hacia su casa, le entraron dudas respecto a la autenticidad y naturaleza divina de la aparición. "¿Será Dios o no será Dios? —pensaba—. Parece que es porque lo sabe todito... Parece que no es, porque no tiene ángeles."

De vuelta del paseo, hizo compañía a sus buenos amigos. Mendizábal, concluida su tarea, y después de recoger los papeles y de limpiar las diligentes plumas, se dispuso a alumbrar la escalera. Paca limpió los cristales del farol, encendiendo dentro de él la lamparilla de petróleo. El *secretario del público* lo cogió entonces, y con ademán tan solemne como si alumbrara el Viático, fue a colgarlo en su sitio, entre el primero y segundo piso. En esto subía Villaamil, y se detuvo, como de costumbre, para echar un párrafo con el memorialista.

—Sea enhorabuena, don Ramón —le dijo éste.

—Calle usted, hombre... —replicó Villaamil, afectando el humor que suele acompañar a un terrible dolor de muelas—. Si todavía no hay nada, ni lo habrá...

—¡Ah!, pues yo creí... Es que son muy perros, don Ramón. ¡Vaya unos birrias de Ministros! Lo que yo le digo a usted: mientras no venga la escoba grande...

—¡Oh!, amigo mío —exclamó Villamil con cierto aire de templanza gubernamental—, ya sabe usted que no me gustan exageraciones. Sus ideas son distintas de las mías... ¿Qué es lo que usted quiere? ¿Más religión? Pues venga religión, venga; pero no oscurantismo... Desengañémonos. Aquí lo que hace falta es administración, moralidad...

—Ahí duele, ahí duele (con expresión de triunfo). Precisamente lo que no habrá mientras no haya fe. Lo primero es la fe, ¿sí o no?

—Corriente; pero... No, amigo Mendizábal; no exageremos.

—Y las sociedades que la pierden (en tono triunfal) corren derechitas, como quien dice, al abismo...

—Todo eso está muy bien; pero... Haya moralidad, moralidad; que el que la hace la pague, y allá los curas se entiendan con las conciencias. No me cambalache los poderes, amigo Mendizábal.

—No, si yo no cambalacho nada... En fin, usted lo verá (bajando un escalón mientras Villamil subía otro). Ínterin domine el librepensamiento, espere usted sentado. Como que no hay justicia ni nadie se acuerda del mérito. Buenas noches.

Desapareció por la escalera abajo aquel hombre feísimo, de semblante extraño, por tener los ojos tan poco separados que parecían juntarse y ser uno solo cuando fijamente miraban. La nariz le salía de la frente, y después bajaba chafada y recta, esparrancando sus dos ventanillas en el nacimiento del labio superior, dilatado, tirante y tan extenso en todas direcciones que ocupaba casi la mitad del rostro. La boca era larga, terminada en dos arrugas que dividían la barba en tres compartimientos flácidos, de pelambre ralo y gris; la frente estrecha, las manos enormes y velludas, el cogote recio, el cuerpo corto, inclinado hacia adelante, como resabio de una raza que hasta hace poco ha andado a cuatro pies. Al descender la escalera, parecía que la bajaba con las manos, agarrándose al barandal. Con esta filiación de _gorila,_ Mendizábal era un buen hombre, sin más tacha que su furiosa inquina contra el librepensamiento. Había sido traficante en piedras de chispa durante la primera guerra civil, espía faccioso y cocinero del padre Cirilo. "¡Ah! —mil veces lo decía él—, ¡si yo escribiera mi historia!" Último detalle biográfico: le compuso una rueda a la célebre tartana de San Carlos de la Rápita.

X

Poco después de anochecido, al subir a su casa, Cadalsito sintió pasos detrás de sí; pero no volvió la cara. Mas cuando faltaban pocos escalones para llegar al piso segundo, manos desconocidas le cogieron la cabeza y se la apretaron, no dejándolo mirar hacia atrás. Tuvo miedo, creyéndose en poder de algún ladrón barbudo y feo, que iba a robar la casa y empezaba por asegurarle a él. Pero antes que tuviera tiempo de chillar, el intruso le levantó en peso y le besó. Luis pudo verle entonces la cara, y al reconocerle, su intranquilidad no disminuyó. Había visto aquella cara por última vez algún tiempo antes, sin poder apreciar cuándo, en una noche de escándalo y reyerta, en la cual todos chillaban en su casa. Abelarda caía con una pataleta, y la abuelita gritaba pidiendo el auxilio de los vecinos. La dramática escena doméstica había dejado indeleble impresión en Luis, que ignoraba por qué se habían puesto sus tías y abuela tan furiosas. En aquel tiempo estaba el abuelito en Cuba, y no vivía la familia en la calle de Quiñones. Recordó también que las iras de las _Miaus_ recaían sobre una persona que entonces desapareció de la casa, para no volver a ella hasta la ocasión que

ahora se refiere. Aquel hombre era su padre. No se atrevió Luis a pronunciar el cariñoso nombre; de mal humor dijo: "Suéltame". Y el sujeto aquél llamó.

Cuando doña Pura, al abrir la puerta, vio al que llamaba, acompañado de su hijo, quedó un instante como quien no da crédito a sus ojos. La sorpresa y el terror se pintaban en su semblante... después contrariedad. Por fin murmuró: "¿Víctor... tú?"

Entró saludando a su suegra con cierta emoción, de una manera cortés y expresiva. Villaamil, que tenía el oído muy fino, se estremeció al reconocer desde su despacho la voz de aquélla. "¡Víctor aquí... Víctor otra vez en casa! Este hombre nos trae alguna calamidad." Y cuando su yerno entraba a saludarle, el rostro tigresco de don Ramón se volvió espantoso, y le temblaba la mandíbula carnicera, indicando como un prurito de ejercitarla contra la primera res que se le pusiera delante. "¿Pero cómo estás aquí? ¿Has venido con licencia?" —fue lo único que dijo.

Víctor Cadalso sentóse frente a su suegro. El quinqué les separaba, y su luz, iluminando los dos rostros, hacía resaltar el vivo contraste entre una y otra persona. Era Víctor acabado tipo de hermosura varonil, un ejemplar de los que parecen destinados a conservar y transmitir la elegancia de formas en la raza humana, desfigurada por los cruzamientos, y que por los cruzamientos, reflujo incesante, viene de vez en cuando a reproducir el gallardo modelo, como para mirarse y recrearse en el espejo de sí misma, y convencerse de la permanencia de los arquetipos de hermosura, a pesar de las infinitas derivaciones de la fealdad. El claroscuro producido por la luz de la lámpara modelaba las facciones del guapo mozo. Tenía nariz de contorno puro, ojos negros, de ancha pupila, cuya expresión variaba desde el matiz más tierno hasta el más grave, a voluntad. La frente pálida tenía el corte y el bruñido que en escultura sirve para expresar nobleza.— Esta nobleza es el resultado del equilibrio de piezas craneanas y de la perfecta armonía de líneas—. El cuello robusto, ei pelo algo desordenado y de azabache, la barba, oscura también y corta, completaban la hermosa lámina de aquel busto, más italiano que español. La talla era mediana, el cuerpo tan bien proporcionado y airoso como la cabeza; la edad debía de andar entre los treinta y tres o los treinta y cinco. No supo responder terminantemente a la pregunta de su suegro, y después de titubear un instante, se aplomó y dijo:

—Con licencia no... es decir... he tenido un disgusto con el jefe. Salí sin dar cuenta a nadie. Ya conoce usted mi carácter. No me gusta que nadie juegue conmigo... Ya le contaré. Ahora vamos a otra cosa. Llegué esta mañana en el tren de las ocho, y me metí en una casa de huéspedes de la calle del Fúcar. Allí pensaba quedarme. Pero estoy tan mal, que si ustedes (doña Pura se hallaba todavía presente) no se incomodan, me vendré aquí por unos días, nada más que por unos días.

Doña Pura se echó a temblar, y corrió a transmitir la fatal nueva a su hermana y a su hija. "¡Se nos mete aquí! ¡Qué horror de hombre! Nos ha caído que hacer."

—Aquí estamos muy estrechos —objetó Villaamil con cara cada vez más fiera y tenebrosa—. ¿Por qué no te vas a casa de tu hermana Quintina?

—Ya sabe usted —replicó— que mi cuñado Ildefonso y yo estamos así... un poco de punta. Con ustedes me arreglo mejor. Yo les prometo ser pacífico y razonable, y olvidar ciertas cosillas.

—Pero en resumidas cuentas, ¿sigues o no en tu destino de Valencia?

—Le diré a usted... (mascando las primeras palabras, pero discurriendo al fin una respuesta que di-

simulase su perplejidad). Aquel Jefe Económico es un trapisonda... Se empeñó en echarme de allí, y ha intentado formarme expediente. No conseguirá nada; tengo yo más conchas que él.

Villaamil dio un suspiro, tratando de descifrar por la fisonomía de su yerno el misterio de su intempestiva llegada. Pero sabía por experiencia que la cara de Víctor era impenetrable y que, histrión consumado, expresaba con ella lo que más convenía a sus fines.

—¿Y qué te parece tu hijo? —le preguntó al ver entrar a Pura con Luisín—. Está crecido, y le vamos defendiendo la salud. Delicadillo siempre, por lo cual no queremos apretarle para que estudie.

—Tiempo tiene —dijo Cadalso, abrazando y besando al niño—. Cada día se parece más a su madre, a mi pobre Luisa. ¿Verdad?

Al anciano se le humedecieron los ojos. Aquella hija malograda en la flor de la edad, fue todo su amor. El día de su temprana muerte, Villaamil envejeció de un golpe diez años. Siempre que alguien la nombraba en la casa, el pobre hombre sentía renovada su aflicción inmensa, y si quien la nombraba era Víctor, al pesar se mezclaba la repugnancia que inspira el asesino condoliéndose de su víctima después de inmolada. A doña Pura también se le abatieron los espíritus al ver y oír al que fue esposo de su querida hija. Luis se entristeció, más bien por rutina, pues había notado que cuando alguien pronunciaba en la casa el nombre de su mamá, todos suspiraban y se ponían muy serios.

Víctor, llevando a su hijo, pasó a saludar a Milagros y a Abelarda. Aquélla le aborrecía de todo corazón, y respondió a su saludo con desdeñosa frialdad. La cuñadita se metió en su cuarto al sentirle; luego salió y su color, siempre malo, era como el color de una muerta. Le temblaba la voz; quiso afectar el mismo desdén de su tía hacia Víctor; éste le apretaba la mano. "¿Ya estás aquí otra vez, perdido?", balbuceó ella; y sin saber qué hacer se volvió a meter en el aposento.

Entretanto, Villaamil, aprensivo y sobresaltado, se desperezaba en su asiento como si quisiera crucificarse, y decía a su mujer:

—Este hombre traerá hoy la desgracia a nuestra casa como la ha traído siempre. Y si no, tú lo has de ver. Cuando le sentí la voz, creí que el infierno se nos metía por las puertas. Maldita sea la hora (exaltándose y dejando caer con ruidosa pesadumbre las palmas de las manos sobre la mesa) en que este hombre entró en mi casa por vez primera; maldita la hora en que nuestra querida hija se prendó de él, y maldito el día en que les casamos... porque ya no tenía remedio. ¡Ojalá viviera mi hija deshonrada, ojalá!... ¡Qué estúpido afán de casar a las hijas sin saber con quién! ¡Ah! Pura, mucho cuidado con ese danzante; no te fíes. Tiene el arte de adornar su perversidad con palabras que, al pronto, emboban y seducen. A mí no me la da, no; a mí me engañó una vez sola. Pero pronto le calé, y ahora me pongo en guardia, porque es el hombre más malo que Dios ha echado al mundo.

—¿Pero no ha dicho a qué viene? ¿Le han dejado cesante? De seguro ha hecho alguna pillada y viene a que tú se la tapes.

—¡Yo! (espantado y echando los ojos fuera del casco). ¡Como no se la tape el moro Muza! A buena parte viene...

Llegada la hora de comer, Víctor, sentándose a la mesa con la mayor frescura, hubo de permitirse ciertos alardes de conversación jocosa. Todos le miraban con hostilidad, esquivando los temas joviales que quería sacar a relucir. A ratos se ponía ceñudo y receloso; pero a la manera de un actor que recobra su papel momentáneamente olvidado, tomaba la estudiada actitud bonachona y festiva. Luego reapareció la dificultad

grave. ¿Dónde le ponían? Y doña Pura, sofocada ante la imposibilidad de alojar al intruso, se plantó diciéndole:

—No, no puede ser, Víctor; ya ves que no hay medio de tenerte en casa.

—No se apure usted, mamá —replicó él, acentuando con cariño el tratamiento—. Me quedaré aquí, en el sofá del comedor. Deme usted una manta, y dormiré como un canónigo.

Nada pudieron oponer a esta conformidad doña Pura y las otras *Miaus*. Cuando empezaron a llegar las personas que iban a la tertulia, Víctor dijo a su suegra:

—Mire usted, mamá, yo no me presento. No tengo malditas ganas de ver gente, al menos en algunos días. Me parece que he oído la voz de Pantoja. No le diga usted que estoy aquí.

—Pues no sé a qué vienen esos incógnitos —replicóle amoscada su suegra—. ¿Te vas a estar de plantón en el comedor? Pues sabrás que voy a poner en esta mesa los vasos de agua, para que salgan a beber todos los que tengan sed. Y te advierto que Pantoja es hombre que me bebe media cuba todas las noches.

—Pues me meteré en el cuarto de Luis, si no pone usted el abrevadero en otra parte.

—¿Pero dónde?

—Nada, nada, mamá; por mi parte no altere usted sus costumbres. Váyase usted a la sala, donde ya tiene toda la *crème* reunida. No olvide ponerme aquí la manta. Mañana temprano traeré mi equipaje.

Cuando doña Pura trasmitió a su marido el recelo de ser visto que en Cadalso notara, el buen señor se intranquilizó más, y echó nuevas pestes contra el intruso. Puesta sobre la mesa del comedor la bandeja con los vasos de agua, único refrigerio que los Villaamil podían ofrecer a sus amigos, Cadalso se quedó un rato con su hijo, el cual mostraba aquella noche aplicación desusada. "¿Estudias mucho?", preguntó su padre

OPINIÓN DE D. RAMÓN HACIA VÍCTOR

acariciándole. Y él contestó que sí con la cabeza, cohibido y vergonzoso, como si el estudiar fuese delito. Su padre era para él como un extraño, y al intentar hablarle, la timidez le ataba la lengua. El sentimiento que al pobre niño inspiraba aquel hombre era mezcla singularísima de respeto y temor. Le respetaba por el concepto de padre, que en su alma tierna tenía ya el natural valor; le temía, porque en su casa había oído mil veces hablar de él en términos harto desfavorables. Era Cadalso el papá malo, como Villaamil era el papá bueno.

Al sentir los pasos de algún tertulio sediento que venía al abrevadero, Víctor se colaba en el cuarto de Milagros. Conoció por la voz a Ponce, que amén de crítico era novio de Abelarda; reconoció también a Pantoja, empleado en Contribuciones, amigo de Villaamil y aun del propio Cadalso, quien le tenía por la máquina humana más inútil y roñosa que en oficinas existiera. No pudo dejar de notar que una de las personas que más sed tuvieron aquella noche fue Abelarda. Salió dos o tres veces a beber, y además quiso sustituir a su tía Milagros en la obligación de acostar al pequeño. Estando en ello, se metió Víctor en la alcoba, huyendo de otro tertulio sofocado que iba a refrescarse.

—Papá está muy inquieto con esta aparición tuya —le dijo Abelarda sin mirarle—. Has entrado en casa como Mefistófeles, por escotillón, y todos nos alteramos al verte.

—¿Me como yo la gente? —respondió Víctor sentándose en la misma cama de Luis—. Por lo demás, en mi venida no hay misterio; hay algo, sí, que no comprenderán tu padre y tu madre; pero tú lo comprenderás cuando te lo explique, porque tú eres buena para mí, Abelarda; tú no me aborreces como los demás, sabes mis desgracias, conoces mis faltas y me tienes compasión.

Insinuó esto con mucha dulzura, contemplando a su hijo, ya medio desnudo. Abelarda evitaba el mirarle. No así Luisito, que había clavado los ojos en su padre, como queriendo descifrar el sentido de sus palabras.

—¡Lástima yo de tí! —repuso al fin la insignificante con voz trémula—. ¿De dónde sacas eso?... ¿Si pensarás que creo algo de lo que dices? A otras engañarás, pero ¡a la hija de mi madre...!

Y como Víctor empezase a replicarle con cierta vehemencia, Abelarda le mandó callar con un gesto expresivo. Temía que alguien viniese o que Luis se enterase, y aquel gesto señaló una nueva etapa en el diálogo.

—No quiero saber nada —dijo, determinándose al fin a mirarle cara a cara.

—¿Pues a quién he de confiarme yo si no me confío a ti... la única persona que me comprende?

—Vete a la iglesia, arrodíllate ante el confesonario...

—La antorcha de la fe se me apagó hace tiempo. Estoy a oscuras —declaró Víctor mirando al chiquillo, ya con las manos cruzadas para empezar sus oraciones.

Y cuando el niño hubo terminado, Abelarda se volvió hacia el padre, diciéndole con emoción:

—Eres muy malo, muy malo. Conviértete a Dios, encomiéndate a él, y...

—No creo en Dios —replicó Víctor con sequedad—; a Dios se le ve soñando, y yo hace tiempo que desperté.

Luisito escondió su faz entre las almohadas, sintiendo un frío terrible, malestar grande y todos los síntomas precursores de aquel estado en que se le presentaba su misterioso amigo.

XI

A las doce, cuando los tertulios desfilaron, Cadalso se acomodó en el sofá del comedor, cubriéndose con la manta que Abelarda le diera. Ignoraba él que su cuñada se acostaría vestida aquella noche por carecer de abrigo. Retiráronse todos, menos Villaamil, que no quiso recogerse sin tener una explicación con su yerno. La lámpara del comedor había quedado encendida, y el abuelo, al entrar, vio a Víctor incorporado en su duro lecho, con la manta liada de medio cuerpo abajo. Comprendió al punto el yerno que su padre político quería palique, y se preparó, cosa fácil para él, pues era hombre de imaginación pronta, de afluente palabra, de salidas ágiles y oportunas, a fuer de meridional de pura sangre, nacido en aquella costa granadina que tiene detrás la Alpujarra y enfrente a Marruecos. "Este tío —pensó— me quiere embestir. A buena parte viene... Empiece la brega. Le trastearemos con gracia."

—Ahora que estamos solos —dijo Villaamil con aquella gravedad que imponía miedo—, decídete a ser franco conmigo. Tú has hecho algún disparate, Víctor. Te lo conozco en la cara, aunque tu cara pocas veces dice lo que piensas. Confiésame la verdad, y no trates de marearme con tus pases de palabras ni con esas ideas raras de que sacas tanto partido.

—Yo no tengo ideas raras, querido don Ramón; las ideas raras son las de mi señor suegro. Debemos juzgar las ideas de las personas por el pelo que éstas echan. ¿Le han colocado a usted ya? Se me figura que no. Y usted sigue tan fresco, esperando su remedio de la justicia, que es lo mismo que esperarlo de la luna. Mil veces le he dicho a usted que el mismo Estado es quien nos enseña el derecho a la vida. Si el Estado no muere nunca, el funcionario no debe perecer tampoco administrativamente. Y ahora le voy a decir otra cosa: mientras no cambie usted de papeles, no le colocarán; se pasará los meses y los años viviendo de ilusiones, fiándose de palabras zalameras y de la sonrisa traidora de los que se dan importancia con los tontos, haciendo que les protegen.

—Pero tú, necio— dijo Villaamil enojadísimo—, ¿has llegado a figurarte que yo tengo esperanzas? ¿De dónde sacas, majadero, que yo me forge ni la milésima parte de una condenada ilusión? ¡Colocarme a mí! No se me pasa por la imaginación semejante cosa, no espero nada, nada, y digo más: hasta me ofende el que me supone pendiente de formulillas y de palabras cucas.

—Como siempre le he conocido a usted así, tan confiado, tan optimista...

—¡Optimista yo! (muy contrariado). Vamos, Víctor, no te burles de estas canas. Y sobre todo, no desvíes la cuestión. Ahora no se trata de mí, sino de ti. Vuelvo a mi pregunta: ¿Qué has hecho? ¿Por qué estás aquí, y por qué te escondes de la gente?

—Es que las tertulias de esta casa me cargan. Ya sabe usted que soy muy extremado en mis antipatías. Yo no me escondo; es que no quiero ver la cara de Ponce con sus ojos pitañosos, ni que me hable Pantoja, el cual tiene un aliento que da el quién vive.

—No se trata del aliento de Pantoja, sino de que tú no has dejado tu destino con la frente alta.

—Tan alta que si mi jefe dice algo contra mí, tengo medios de mandarle a presidio (acalorándose). Sepa usted que he prestado servicios tales, que si el Estado fuera agradecido, ya sería yo jefe de Administración. Pero el Estado es esencialmente ingrato, bien lo sabe usted, y no sabe premiar. Si el funcionario inteligente no se recompensa a sí propio, está perdido. Para que usted se entere: cuando fui a Valencia a encargarme de Propiedades e Impuestos, el negociado estaba por los suelos. Mi antecesor era un cómico sin voz, que recibió el empleo como jubilación de la escena. El infeliz no sabía por dónde andaba.

Llegué yo, y ¡arsa! a trabajar. ¡Qué lío! Las cédulas personales no se cobraban ni a tiros. En Consumos había descubiertos horribles. Llamé a los alcaldes, les apremié, les metí el resuello en el cuerpo. Total, que saqué una millonada para el Tesoro, millonada que se habría perdido sin mí... Entonces reflexioné y dije: "¿Cuál es la consecuencia natural del inmenso servicio que he prestado a la Nación? Pues la consecuencia natural, lógica, ineludible, de defender al Estado contra el contribuyente es la ingratitud del Estado. Abramos, pues, el paraguas para resguardarnos de la ingratitud, que nos ha de traer la miseria."

—No se puede decir más claro que tus manos no están muy limpias.

—No hay tal, no señor (incorporándose y accionando con mucha energía); porque, mediador entre el contribuyente y el Estado, debo impedir que ambos se devoren, y no quedarían más que los rabos si yo no los pusiera en paz. Yo formo parte de la entidad contribuyente, que es la Nación; yo formo parte del Estado, como funcionario. Con esta doble naturaleza, yo, mediador, tengo que asegurar mi vida para seguir impidiendo el choque mortal entre el contribuyente y el Estado...

—Ni te entiendo, ni te entenderá nadie (con gesto de ira y desprecio). El mismo de siempre. Con esas chuscadas de tu ingenio quieres ocultar tus trapisondas. ¿Pues sabes lo que te digo?, que en mi casa no puedes estar.

—No se acalore mi querido suegro. Entre paréntesis, no he pretendido que me tengan aquí por mi linda cara. Pagaré mi pupilaje... Será por pocos días, porque en cuanto me asciendan...

—¡Ascenderte!, ¿qué dices? (como si le hubiera picado un escorpión).

—¡Ay!, ¿pues usted qué se creía? ¡Qué inocente! Siempre el mismo don Ramón, la virginal doncella. Que le traigan tila. Ya... ¿qué creía usted?, ¿que yo no soy de Dios

y no debo ascender? ¿Sabe que llevo dos años de oficial primero y me corresponde el ascenso a Jefe de Negociado de tercera, por la ley de Cánovas? ¡Y usted, que tan optimista es en lo propio y tan pesimista en lo ajeno, creerá que me voy a pasar la vida escribiendo cartas, espiando la sonrisa de un Director general o quitándole motas a Cucúrbitas! No, señor mío, yo no voy al trapo rojo, sino al bulto.

—Sí, sí, lo que es a descarado no te gana nadie; y digo más... por lo mismo que no tienes vergüenza (lívido de ira y tragándose su propia amargura), consigues todo lo que quieres... El mundo es tuyo... Vengan ascensos, y ole morena.

—En cambio usted (con cruel sarcasmo), siga meciéndose en esos dulces éxtasis, siga creyendo que las mariposillas le traen la credencial, y despiértese todos los días diciendo: "hoy, hoy será", y lea La Corrrespondencia por las noches con la esperanza de ver su nombre en ella.

—Te repito de una vez para siempre (deseando tener a mano una botella, tintero o palmatoria que tirarle a la cabeza) que yo no espero nada, ni pienso que me colocarán jamás. En cambio estoy convencido de que tú, tú, que acabas de defraudar al Tesoro, tendrás el premio de tu gracia, porque así es el mundo, y así está la cochina Administración... ¡Dios mío!, ¡que viva yo para ver estas cosas! (levantándose y llevándose las manos a la cabeza).

—Lo que tiene usted que hacer (con cierta fatuidad) es aprender de mí.

—¡Bonito modelo! No quiero oírte, ni quiero verte ni en pintura... Adiós (marchándose y volviendo desde la puerta). Y ten entendido que yo no espero ni esto; que estoy conforme, que llevo con paciencia mi desgracia, y que no se me ocurre que me puedan colocar ahora, ni mañana, ni el siglo que viene... aunque buena falta nos hace. Pero...

—¿Pero qué?... (echándose a reír malignamente). Vamos, ¿a que le coloco yo a usted si me atufo?

—¡Tú... tú! ¡deberte yo a ti...!

Y fue tal su indignación, que no quiso hablar más, temeroso de hacer un disparate, y pegando un portazo que estremeció la casa, huyó a su alcoba y arrojóse en la inquieta superficie de su camastro, como un desesperado al mar.

Víctor se arrebujó en la manta, tratando de dormir; pero hallábase excitadísimo, más que por el altercado con su suegro, por la memoria de sucesos recientes, y no podía conciliar el sueño, no siendo tampoco extraña a este fenómeno la dureza del banco en que reposaba. La luz menguó de tal manera después de medianoche, que apenas alumbraba con incierto resplandor la estancia; y en el cerebro insomne y febril de Víctor, esta penumbra y el olor a comida fiambre que flotaba en la atmósfera, se confundían en una sola impresión desagradable. Examinó punto por punto el comedor, las paredes vestidas de papel, a trozos desgarrado, a trozos sucio. En algunos sitios, particularmente junto a las puertas, la crasitud marcaba el roce de las personas; en otros se veían impresas las manos de Luisito y aun los trazos de su artístico lápiz. El techo, ahumado en la proyección de la lámpara, tenía dos o tres grietas, dibujando una inmensa M y quizás otras letras menos claras. En la pared, agujeros de clavos, de los cuales colgaron en otros tiempos láminas. Víctor recordaba haber visto allí un reloj, que nunca había dicho *esta campana es mía*, y señalaba siempre una hora inverosímil; también hubo antaño bodegones al cromo con sandías y melones despanzurrados. Láminas y reloj habían desaparecido, como carga que se arroja al mar para que el barco no zozobre. El aparador subsistía; pero ¡qué viejo y qué aburrido estaba, con sus vivos negros despintados, un cristal roto, caído el copete! Dentro de él se veían

algunas copas boca abajo, vinagreras con frascos desiguales, un limón muy arrugado, un molinillo de café, latas mugrientas y algunas piezas de loza. La puerta que conducía al pasillo de la cocina estaba cubierta por un pesado portier de abacá, mugriento por el borde en que lo sobaban las manos, y con una claraboya en medio, que bien pudiera servir de torno.

Cansado de mudar posturas, Víctor se incorporó en su lecho, que parecía un potro, y su desasosiego paró en desvarío mental. Le entraron ganas de explicarse consigo mismo, de deshacer con recriminaciones el nublado de su alma, y en voz no muy alta, pero perceptible, se expresó de este modo: "Esto es mío, estúpidos. Ratas de oficina, idos a roer expedientes. Yo valgo más que vosotros; en un día se despabilar yo todo el trabajo del Negociado correspondiente a un mes."

Después se echó, asustado de su propio acento. Y al poco rato, los ojos cerrados, el ceño fruncido, reprodujo en su cerebro, como ciertos sonámbulos, el caso cuya reminiscencia no podía echar de sí.

"Los consumos... ¡ah! los consumos. Son la más ingeniosa de las invenciones. ¡Pícaros pueblos! Por no pagar, son ellos capaces de venderse al diablo... ¡Y cómo les sabe a cuerno quemado la cuenta corriente que se les lleva! Y que a mí no me joroban. Al que me cerdee, le abraso vivo. ¡Ah! en la expedición de los apremios está el *quid*. Y como nunca falta un roto para un descosido, nada más fácil que ponerse de acuerdo con el interventor para formar la relación de apremios. ¡Feliz el pueblo que se escabulle de la relación, aunque tenga dos semestres en descubierto...! Señor Alcalde, entendámonos. ¿Ustedes quieren respirar? Pues yo también necesito oxígeno. Todos somos hijos de Dios... Y tú, Hacienda, ¿por qué te amontonas? ¿No te salvé yo más de seis millones que mi antecesor dio por perdidos? Pues entonces, ¿a qué ese lloriqueo de mujer arrastrada? Quien presta tan grandes servicios, ¿no merece premio? ¿No hemos de ponernos a cubierto de la ingratitud del Estado, agradeciéndonos nosotros mismos nuestros leales servicios? La recompensa es el principio de la moralidad, es la aplicación de la justicia, del derecho, del *Jus*, a la Administración. Un Estado ingrato, indiferente al mérito, es un Estado salvaje... Lo que yo digo: dondequiera que hay el *haber* de un servicio, hay el *debe* de una comisión. Partida por partida, esto es elemental. Yo doy al Estado con una mano seis millones que andaban trasconejados, y alargo la otra para que me suelte mi comisión... ¡Ah! perro Estado, ladrón, indecente, ¿qué querías tú? ¿Mamarte los millones y después dejarme asperges? ¡Ah! infame, eso habrías hecho si yo me descuido. Pues te juro que por listo que tú seas, más lo soy yo. Vamos de pillo a pillo. Y tú, contribuyente, ¿por qué me pones hocico? ¿No ves que te defiendo? Pero para que tú respires es preciso que respire yo también. Si yo me ahogo, vendrá otro que te sacará el redaño.

"¡Y ese estúpido Jefe, ese animal, ese bandido que en Pontevedra se merendó la suscrición de los náufragos y en Cáceres dejó en cueros a las viudas de los mineros muertos; ése que sería capaz de tragarse la Necrópolis con todos sus difuntos, quiere formarme expediente! Pero la comprobación es muy difícil, tunante, y si me pinchas, te denunciaré, te sacaré los trapitos a la calle, con datos, con fechas, con números. Yo tengo buenos amigos, y manos blancas que me defiendan... Eso es lo que tú no me perdonas... Te come la envidia. Y por eso te revuelves contra mí ahora, tomador, que no sirviendo para afanar relojes, te metiste a empleado."

Y al cabo de un cuarto de hora, cuando parecía que había encontrado el sueño, soltó de improviso la risa, diciendo: "No me pueden probar nada. Pero aunque me lo probaran..." Por fin se durmió, y tuvo una pesadilla, semejante a otras que en los casos de agitación moral turbaban su descanso. Soñó que iba por una galería muy larga, inacabable, con paredes de espejos, que hasta lo infinito repetían su gallarda persona. Iba por aquel inmenso callejón persiguiendo a una mujer, a una dama elegante, la cual corría agitando con el rápido mover de sus pies la falda de crujiente seda. Cadalso le veía los tacones de las botas, que eran... ¡cascarones de huevo! Quién podía ser la dama, lo ignoraba; era la misma con quien soñara otra noche, y al seguirla, se decía que todo aquello era sueño, asombrándose de correr tras un fantasma, pero corriendo siempre. Por fin ponía la mano en ella, la dama se paraba y se volvía diciéndole con voz muy ronca: "¿Por qué te empeñas en quitarme esta cómoda que llevo aquí?" En efecto, la dama llevaba en la mano una cómoda ¡de tamaño natural!, y la llevaba tan desahogadamente como si fuera un portamonedas. Entonces Víctor despertaba sintiendo sobre sí un peso tal que no podía moverse, y un terror supersticioso que no sabía relacionar ni con la cómoda, ni con la dama, ni con los espejos. Todo ello era estúpido y sin ningún sentido.

Despierto, tenían más miga los sueños de Cadalso, porque toda la vida se la llevaba pensando en riquezas que no tenía, en honores y poder que deseaba, en mujeres hermosas, cuyas seducciones no le eran desconocidas, en damas elegantes y de alta alcurnia que con ardentísima curiosidad anhelaba tratar y poseer, y esta aspiración a los supremos goces de la vida le traía siempre intranquilo, vigilante y en acecho. Devorado por el ansia de introducirse en las clases superiores de la sociedad, creía tener ya en las manos un cabo y el primer nudo de la cuerda por donde otros menos audaces habían logrado subir. ¿Cuál era este nudo? Ved aquí un secreto que por nada del mundo revelaría Cadalso a sus vulgarísimos y apocados parientes los de Villaamil.

XII

Apareciósele muy temprano *la figura arrancada a un cuadro de Fra Angélico,* por otro nombre doña Pura, quien le acometió con el arma cortante de su displicencia, agravada por la mala noche que un dolorcillo de muelas le hizo pasar. "Ea, despejarme el comedor. Ve a lavarte a mi cuarto, que tenemos precisión de barrer aquí. Lárgate pronto si no quieres que le llenemos de polvo." Apoyaba esta admonición, de una manera más persuasiva, la segunda *Miau,* que se presentó escoba en mano.

—No se enfade usted, mamá. (A doña Pura le cargaba mucho que su yerno la llamase *mamá.*) Desde que está usted hecha una potentada, no se la puede aguantar. ¡Qué manera de tratar a este infeliz!

—Esto es, búrlate... Es lo que te faltaba para acabar de conquistarnos. ¡Y que tienes el don de la oportunidad! Siempre te descuelgas por aquí cuando estamos con el agua al cuello.

—¿Y si dijera que precisamente he venido creyendo ser muy oportuno? A ver... ¿qué respondería usted a esto? Porque no conviene despreciar a nadie, querida mamá, y se dan casos de que el huésped molesto nos resulte Providencia de la noche a la mañana.

—Buena Providencia nos dé Dios (siguiéndole hacia el cuarto donde Víctor pensaba lavarse). ¿Qué quieres decir? ¿qué vas a apretar la cuerda que nos ahorca?

—Tanto como está usted chillando ahí (con zalamería), y todavía soy hombre para convidarla a usted a palcos por asiento.

—Ninguna falta nos hacen los palcos... ¡Ni qué has de convidar tú, si siempre te he conocido más arrancado que el Gobierno!

—Mamá, mamá, por Dios, no rebaje usted tanto mi dignidad. Y sobre todo, el que yo sea pobre no es motivo para que se dude de mi buen corazón.

—Déjame en paz. Ahí te quedas. Despacha pronto.

—Prefiero ver delante de mí el puñal del asesino a ver malas caras. (Deteniéndola por un brazo.) Un momento. ¿Quiere usted que pague mi hospedaje?

Sacó su cartera en el mismo instante, y a doña Pura se le encandilaron los ojos viendo que abultaba y que el bulto lo hacía un grueso manojo de billetes de Banco.

—No quiero ser gravoso (dándole un billete de 100 pesetas). Tome usted, querida mamá, y no juzgue mis intenciones por la insuficiencia de mis medios.

—Pues no creas... (echando la zarpa al billete como si éste fuera un ratón), no creas que voy a llevar mi delicadeza hasta lo increíble, rechazando con indignación tu dinero, a estilo de teatro. No estamos ahora para escrúpulos ni para indignaciones cursis. Lo tomo, sí, lo tomo, y voy a pagar con él una deuda sagrada, y además, nos viene bien para...

—¿Para qué?

—Déjame a mí. ¿Quién no tiene sus secretillos?

—Y un hijo, un hijo cariñoso, ¿no merece ser depositario de esos secretos? Gracias por la confianza que merezco. Yo creí que me apreciaban más. Querida mamá, aunque usted no me considere de la familia, yo no puedo desprenderme de ella. Mándeme usted que no les quiera, y no obedeceré... En otra parte puedo entrar con indiferencia, pero en esta casa no; y cuando en ella noto síntomas de estrechez, aunque usted me lo prohíba, me tengo que afligir... (poniéndole cariñosamente la mano en el hombro). Simpática suegra, no me gusta que papá ande sin capa.

—¡Pobrecito!... y qué le hemos de hacer... Su situación viene muy triste hace tiempo. La cesantía va estirando más de lo que creíamos. Sólo Dios y nosotras sabemos las amarguras que en esta casa se pasan.

—Menos mal si el remedio viene, aunque sea de la persona a quien no se estima (dándole otro billete de igual cantidad, que doña Pura se apresura a recoger).

—Gracias... No es que no te estimemos; es que tú...

—He sido malo, lo confieso (patéticamente); reconocerlo es señal de que ya no lo soy tanto. Tengo mis defectos como cada *quisque;* pero no soy empedernido, no está mi corazón cerrado a la sensibilidad, ni mi entendimiento a la experiencia. Yo seré todo lo malo que usted quiera; pero, en medio de mi perversidad, tengo una manía, vea usted..., no tolero que esta familia, a quien tanto debo, pase necesidades. Me da por ahí... llámelo usted debilidad o como quiera (dándole un tercer billete con gallardía generosa, sin mirar la mano que lo daba). Mientras yo gane un real, no consiento que el padre de mi pobre Luisa vista indecorosamente, ni que mi hijo ande desabrigado.

—Gracias, Víctor, gracias (entre conmovida y recelosa).

—No tiene usted por qué darme las gracias. No hay mérito ninguno en cumplir un deber sagrado. Se me ocurre que podría usted tomar hasta dos mil reales, porque no serán ni dos las cosas que se han ido a Peñaranda.

—Rico estás... (con escama de si serían falsos los billetes).

—Rico, no... Ahorrillos. En Valencia se gasta poco. Se encuentra uno con economías sin notarlo. Y repito que si usted me habla de agradecimiento, me incomodo. Yo soy así. ¡He variado tanto! Nadie sabe la pena que siento al recordar los malos ratos que he dado a ustedes, y sobre todo a mi pobre Luisa (con emoción falsa o verdadera, pero tan bien expresada, que a doña Pura se le humedecieron los ojos). ¡Pobre

alma mía! ¡Que no pueda yo reparar los agravios que aquella santa recibió de mí! ¡Que no pueda yo resucitarla para que vea mi corazón mudado, aunque luego nos muriéramos los dos! (Dando un gran suspiro.) Cuando la muerte se interpone entre la culpa y el arrepentimiento, no tiene uno ni el amargo consuelo de pedir perdón a quien ha ofendido.

—¡Cómo ha de ser! No pienses ahora en cosas tristes. ¿Quieres otra toalla? Aguarda. Y si necesitas agua caliente, te la traeré volando.

—No; nada de molestarse por mí. Pronto despacho, y en seguida iré a traer mi equipaje.

—Pues si se te ocurre algo, llamas... La campanilla no hay quien la haga sonar. Te asomas a la puerta y me das una voz.

Aquel hombre, que sabía desplegar tan variados recursos de palabra y de ingenio cuando se proponía mortificar a alguien, ya con feroz sarcasmo, ya hiriendo con delicada crueldad las fibras más irritables del corazón, entendía maravillosamente el arte de agradar, cuando entraba en sus miras. A doña Pura no la cogían de nuevas las demostraciones insinuantes de su yerno; pero esta vez, sea porque fuesen acompañadas de la donación en metálico, sea porque Víctor extremara sus zalamerías, la pobre señora le tuvo por moralmente reformado o en camino de ello siquiera. Corridas algunas horas, no pudo la *Miau* ocultar a su cónyuge que tenía dinero, pues el disimular las riquezas era cosa enteramente incompatible con el carácter y los hábitos de doña Pura. Interrogóla Villaamil sobre la procedencia de aquellos que modestamente llamaba *recursos,* y ella confesó que se los había dado Víctor, por lo cual se puso don Ramón muy sobresaltado, y empezó a mover la mandíbula con saña, soltando de su feroz boca algunos vocablos que asustarían a quien no le conociera.

—¡Pero qué simple eres!... Si no me ha dado más que una miseria. Pues qué querías tú, ¿qué le mantenga yo el pico? Bonitos estamos para eso. Le he acusado las cuarenta... clarito, clarito. Si se empeña en estar aquí, que contribuya a los gastos de la casa. ¡Bah! ¡qué cosas dices! Que ha defraudado al Tesoro. Falta probarlo... serán cavilaciones tuyas. ¡Vaya usted a saber! Y en último caso, ¿es eso motivo para que viva a costa nuestra? Villaamil calló. Tiempo hacía que estaba resignado a que su señora llevase los pantalones. Era ya achaque antiguo que cuando Pura alzaba el gallo, bajase él la cabeza fiando al silencio la armonía matrimonial. Recomendáronle, cuando se casó, este sistema, que cuadraba admirablemente a su condición bondadosa y pacífica. Por la tarde volvió doña Pura a la carga, diciéndole: "Con este poco de barro hemos de tapar algunos agujeros. Ve pensando en hacerte ropa. Es imposible que consiga nada el que se presenta en los Ministerios hecho un mendigo, los tacones torcidos, el sombrero del año del hambre, y el gabán con grasa y flecos. Desengáñate: a los que van así nadie les hace caso, y lo más a que pueden aspirar es a una plaza en San Bernardino. Y como ahora te han de colocar, también necesitas ropa para presentarte en la oficina.

—Mujer, no me marees... No sabes el daño que me haces con esa confianza de que no participo; al contrario, yo nada espero.

—Pues sea lo que sea; si te colocan, porque sí, y si no, porque no, necesitas ropa. El traje es casi casi la persona, y si no te presentas como Dios manda, te mirarán con desprecio, y eres hombre perdido. Hoy mismo llamo al sastre para que te haga un gabán. Y el gabán nuevo pide sombrero, y el sombrero botas.

Villaamil se asustó de tanto lujo; pero cuando Pura adoptaba el énfasis gubernamental, no había medio de contradecirla. Ni se le ocultaba lo bien fundado de aquellas razones, y el valor social y político de las prendas de vestir; y harto sabía que los pretendientes bien trajeados llevan ya ganada la mitad de la partida. Vino, pues, el sastre llamado con urgencia, y Villaamil se dejó tomar las medidas, taciturno y fosco, como si más que de gabán fuesen medidas de mortaja.

Con la entrada del sastre, tuvieron Paca y su marido comidilla para todo el resto del día y parte de la noche. "¿No sabes, Mendizábal? Ha entrado también un sombrero nuevo. Desde que estamos en esta casa, y va para quince años, no he visto entrar más chisteras nuevas que la de hoy y la que estrenó don Basilio Andrés de la Caña, el que vivió en el tercero, a los pocos días de venir Alfonso. ¿Será que va a haber revolución?"

—No me extrañaría —dijo Mendizábal—, porque ese Cánovas ha perdido los papeles. El periódico dice que hay crisis.

—Debe de haberla, y será que van a subir los de don Ramón. Tú, ¿quiénes son los del señor Villaamil?

—Los del señor Villaamil son las ánimas benditas... (echándose a reír). ¿Conque cobertera nueva y ropa maja? Pues, mira, mujer, en vista de ese lujo... asiático, voy a subir ahorita mismo con los recibos atrasados, por si pagan todo o parte de lo que deben. A esta gente es menester acecharla, para cogerla en el momento económico, ¿me entiendes? en el ínterin, como quien dice, de tener dinero, que no es ni visto ni oído.

Miraba el memorialista a su perro, el cual parecía decirle con su expresiva geta: "Arriba, mi amo, y no se descuide, que ahora tienen guita. Vengo de allí y están como unas pascuas. Por más señas, que han traído un salchichón italiano, gordo como mi cabeza, y que huele a gloria divina."

Subió, pues, Mendizábal, precedido del can. Casi siempre, cuando el portero se aparecía con aquellos fatídicos papeles en la mano, Villaamil temblaba sintiendo herida su dignidad en lo más vivo, y a doña Pura se le ponía la boca amarga, los labios descoloridos y el corazón rebosando congoja y despecho. Ambos, cada cual en la forma propia de su temperamento, alegaban razones mil para convencer a Mendizábal de lo bueno que sería esperar al mes siguiente. Por dicha suya, el hombre *gorilla,* aquel monstruo cuyas enormes manos tocarían el suelo a poco que la cintura se doblase; aquel tipo de transición zoológica en cuyo cráneo parecían verse demostradas las audaces hipótesis de Darwin, no ejercía con malos modos los poderes conferidos por el casero. Era, en suma, Mendizábal, con su fealdad digna de la vitrina de cualquier museo antropológico, hombre benévolo, indulgente, compasivo, que se hacía cargo de las cosas. Sentía lástima de la familia y verdadero afecto hacia Villaamil. No apremiaba sino en términos comedidos y amistosos, y al rendir cuentas al casero echaba por aquella boca horrenda, rascándose la oreja corta y chata, frases de intercesión misericordiosa en pro del inquilino atrasado *por mor* de la cesantía. Y gracias a esto, el propietario, que no era de los más déspotas, aguardaba con triste y filosófica resignación.

Cuando Villaamil y doña Pura no estaban en disposición de pagar, añadían a sus excusas algún oficioso párrafo con el memorialista, lisonjeándole y cayéndose del lado de sus aficiones. Decíale Villaamil: "¡Pero cuánto ha visto usted en este mundo, amigo Mendizábal, y qué de cosas habrá presenciado tan trágicas, tan interesantes, tan...!" Y el *gorilla,* abarquillando los recibos, contestaba: "La historia de España no se ha escrito todavía, amigo don Ramón. Si yo plumeara mis memorias, vería usted..." Doña Pura extremaba aún más la adulación: "El mundo anda perdido. Mendizábal está en

lo cierto: ¡mientras haya libertad de cultos y eso que llaman el racionalismo...!" Total, que el portero se guardaba los recibos, y a la señora se le alegraban las pajarillas. Ya teníamos otro mes de respiro.

Pero aquel día en que, por merced de la Providencia, les era dado pagar dos meses de los tres vencidos, ambos esposos rectificaron con cierta arrogancia aquel criterio de asentimiento. Villaamil habló con discreta autoridad de los ideales modernos, y doña Pura, al verle embolsar los billetes, dijo: "Pero venga acá, Mendizábal, ¿para qué tiene esas ideas? ¿Y usted cree de buena fe que va a venir aquí don Carlos con la Inquisición y todas esas barbaridades? Vamos, que es preciso estar (apuntando a la sien) de la jícara para creer eso..."

Mendizábal les contestó con frases truncadas, mal aprendidas del periódico que solía leer, y se alejó refunfuñando. Contraste increíble: se iba de mal humor siempre que llevaba dinero.

XIII
LUISA

Antes de proseguir, evoquemos la doliente imagen de Luisa Villaamil, muerta aunque no olvidada, en los días de esta humana crónica. Pero retrocediendo algunos años, la cogeremos viva. Vámonos, pues al 68, que marca el mayor trastorno político de España en el siglo presente, y señaló además graves sucesos en los azarosos anales de la familia Villaamil. Contaba Luisa cuatro años más que su hermana Abelarda, y era algo menos insignificante que ella. Ninguna de las dos se podía llamar bonita; pero la mayor tenía en su mirada algo de *ángel,* un poco más de gracia, la boca más fresca, el cuello y hombros más llenos, y por fin, la aventajaba ligeramente en la voz, acento y manera de expresarse. Las escasas seducciones de entrambas no las realzaba una selecta educación. Se habían instruido en tres o cuatro provincias distintas, cambiando de colegio a cada triquitraque, y sus conocimientos, aun en lo elemental, eran imperfectísimos. Luisa llegó a saber un francés macarrónico, que apenas le consentía interpretar, sobando mucho el Diccionario, la primera página del *Telémaco*, y Abelarda llegó a farfullar dos o tres polcas, martirizando las teclas del piano. De cuatro niñas y un varón, frutos del vientre de doña Pura, sólo se lograron aquellas dos; las demás crías perecieron a poco de nacer. A principios de 1868, desempeñaba Villaamil el cargo de Jefe Económico en una capital de provincia de tercera clase, ciudad arqueológica, de corto y no muy brillante vecindario, famosa por su catedral y por la abundante cosecha de desportillados pucheros e informes pedruscos romanos que al primer azadonazo salían del terruño. En aquel *pueblo de pesca* pasó la familia de Villaamil la temporada triunfal de su vida, porque allí doña Pura y su hermana daban el tono a las costumbres elegantes y hacían lucidísimo papel, figurando en primera línea en el escalafón social. Cayó entonces en la oficina de Villaamil un empleadillo joven y guapo, de la clase de aspirantes con cinco mil reales, engendro reciente del caciquismo. Cómo fue a parar allí Víctor Cadalso, es cosa que no nos importa saber. Era andaluz, había estudiado parte de la carrera en Granada, se vino a Madrid sin blanca, y aquí, después de mil alternativas, encontró un padrinazgo de momio, que lo lanzó de un manotazo a la vida burocrática, como se puede lanzar una pelota. A poco de entrar en las oficinas de aquella provincia, hízose muy de notar, y como tenía atractivos personales, lenguaje vivo y gracioso, buenas trazas para vestirse y desenvueltos modales, no tardó en obtener la simpatía y agasajo de la familia del jefe, en cuya sala (no hay manera

de decir *salones*), bastante concurrida los domingos y fiestas de guardar, fue desde la primera noche astro refulgente. Nadie le igualaba en el donaire, generalmente equívoco, de la conversación, en improvisar pasatiempos ingeniosos, en dar sesiones de magnetismo, prestidigitación o nigromancia casera. Recitaba versos imitando a los actores más célebres, bailaba bien, contaba todos los cuentos de Manolito Gázquez, y sabía, como nadie, entretener a las señoras y embobar a las niñas. Era el *lión* de la ciudad, el número uno de los chicos elegantes, espejo de todos en finura, garbo y ropa. La alta sociedad se reunía alternativamente en la casa de Villaamil, en la del Brigadier gobernador militar, cuya esposa era una jamona de muchas campanillas, en la de cierto personaje, que era el cacique, agente electoral y déspota de la comarca; pero la casa en que había más refinamientos sociales era la de Villaamil, y las señoras de Villaamil las más encumbradas y vanagloriosas. La esposa del cacique tenía hijas casaderas, la Brigadiera no las tenía de ninguna edad, el Gobernador era célibe; de modo que las del Jefe Económico, las *cacicas*, la Gobernadora militar y la Alcaldesa, boticaria por añadidura, componían todo el mujerío distinguido de la localidad. Eran las dueñas del cotarro elegante, las que recibían el incienso de aquella espiritada juventud masculina, con *chaquet* y hongo, las que asombraban al pueblo presentándose en los Toros (dos veces al año) con mantilla blanca, las que pedían para los pobres de la catedral el Jueves Santo, las que visitaban al Obispo, las que daban el tono y recibían constantemente el homenaje tácito de la imitación. En aquellos tiempos le quedaban aún a Milagros algunos vestigios de su hermosa voz, mucha afinación y todo el compás. Todavía, haciéndose muy de rogar, casi casi a la fuerza, se acercaba al piano, y soltando las rebañaduras de su arte, les largaba allí un par de cavatinas que hacían furor. Los palmoteos se oían desde la cercana plaza de la Constitución, y las alabanzas duraban toda la noche, amenizando el baile y los juegos de prendas.

Ornamento de esta sociedad fue, desde que en ella se introdujo, Víctor Cadalso, artista social digno de teatro mejor, y no con las facultades marchitas como las de Milagros, sino en la plenitud de su poder y lozanía. Por esto sucedió lo que debía suceder: que Luisa se prendó del aspirante repentina y locamente, desde la primera noche que se vieron, con ese amor explosivo en que los corazones parece que están llenos de pólvora cuando los traspasa la inflamada flecha. Esto suele ocurrir en las clases populares y en las sociedades primitivas, y pasa también alguna vez en el seno del vulgo infatuado y sin malicia, cuando cae en él, como rayo enviado del cielo, un ser revestido de apariencias de superioridad. La pasión súbita de Luisa Villaamil fue tan semejante a la de Julieta, que al día siguiente de hablarle por primera vez, no habría vacilado en huir con Víctor de la casa paterna, si él se lo hubiera propuesto. Siguieron al flechazo unos amoríos furibundos. Luisa perdió el sueño y el apetito. Había carteo dos o tres veces al día y telégrafos a todas horas. Por la noche espiaban la coyuntura de verse a solas, aunque fuese breves momentos. La enamorada chica contaba sus tristezas y sus alegrones a la luna, a las estrellas, al gato. al jilguero, a Dios y a la Virgen. Hallábase dispuesta, si la ley de su amor se lo exigía, a cualquier género de heroicidad, al martirio. Doña Pura no tardó en contrariar aquellos amores, porque soñaba con el ayudante del Brigadier para yerno; y Villaamil, que empezó a columbrar en el carácter de Víctor algo que no le agradaba, hubo de gestionar con el cacique para que le trasladasen a otra provincia. Los amantes, guiados por la perspicacia

defensiva que el amor, como todo gran sentimiento, lleva en sí, olfatearon el peligro, y ante el enemigo se juraron fidelidad eterna, resolviendo ser dos en uno, y antes morir que separarse, con todo lo demás que en estos apretados lances se acostumbra. El delirio les extraviaba, y la oposición les precipitó a estrechar de tal modo sus lazos, que nadie fuera poderoso a desatarlos. En resolución, que el amor se salió con la suya, como suele. Trinaron los señores de Villaamil; pero, pensándolo bien, ¿qué remedio quedaba más que arreglar aquel desavío como se pudiese?

Luisa era toda sensibilidad, afecto y mimo; un ser desequilibrado, incapaz de apreciar con sentido real las cosas de la vida. Vibraban en ella el dolor y la alegría con morbosa intensidad. Tenía a Víctor por el más cabal de los hombres, se extasiaba en su guapeza y era completamente ciega para ver las jorobas de su carácter. Los seres y las acciones eran como hechuras de su propia imaginación, y de aquí su fama de escaso mundo y discernimiento. Fue padrino del bodorrio el cacique, y su regalo sacarle a Víctor una credencial de ocho mil, lo que agradecieron mucho don Ramón y su mujer, pues una vez incorporado Cadalso a la familia, no había más remedio que empujarle y hacer de él un hombre. A poco estalló la Revolución, y Villaamil, por deber aquel destino a un íntimo de González Brabo, quedó cesante. Víctor tuvo aldabas y atrapó un ascenso en Madrid. Toda la familia se vino para acá, y entonces empezaron de nuevo las escaseces, porque Pura había tenido siempre el arte de no ahorrar un céntimo, y una gracia especial para que la paga de primero de mes hallase la bolsa más limpia que una patena.

Volviendo a Luisa, sépase que, comido el pan de la boda, seguía embelesada con su marido, y que éste no era un modelo. La infeliz niña vivía en ascuas, agrandando ca-

Luisito=marzo del '69

vilosamente los motivos de su pena;
le vigilaba sin descanso, temerosa de
que él partiese en dos su cariño o
lo llevase todo entero fuera de casa.
Entonces empezaron las desavenencias entre suegros y yerno, encona-
das por enojosas cuestiones de interés. Luisa pasaba las horas devorada
por ansias y sobresaltos sin fin, espiando a su marido, siguiéndole y
contándole los pasos de noche. Y el
truhán, con aquella labia que Dios
le dio, sabía desarmarla con una palabrita de miel. Bastaba una sonrisa
suya para que la esposa se creyese
feliz, y un monosílabo adusto para
que se tuviera por inconsolable. En
marzo del 69 vino al mundo Luisito,
quedando la madre tan desmejorada
y endeble, que desde entonces pudieron los que constantemente la veían,
augurar su cercano fin. El niño nació raquítico, expresión viva de las
ansias y aniquilamiento de su madre. Pusiéronle ama, sin ninguna esperanza de que viviera, y estuvo todo el primer año si se va o no se va.
Y por cierto que trajo suerte a la
familia, pues a los seis días de nacido, dieron al abuelo un destino
con ascenso, en Madrid, y de este
modo pudo doña Pura bandearse en
aquel golfo de trampas, imprevisión
y despilfarro. Víctor se enmendó algo. Cuando ya su mujer no tenía
remedio, mostróse con ella cariñoso
y solícito. Padecía la infeliz accesos
de angustiosa tristeza o de alegría
febril, cuyo término era siempre un
ataque de hemoptisis. En el último
periodo de su enfermedad, el cariño
a su marido se le recrudeció en términos que parecía haber perdido la
razón, y cuando él no estaba presente, llamábale a gritos. Por una de
esas perversiones del sentimiento que
no se explican sin un desorden cerebral, su hijo llegó a serle indiferente;
trataba a sus padres y a su hermana
con esquiva sequedad. Toda la atención de su alma era para el ingrato,
para él todos sus acentos de amor,
y sus ojos habían eliminado cuantas
hermosuras existen en el mundo mo-

ral y físico, quedándose tan sólo con
las que su exaltada pasión fantasea-
ba en él.
   Villaamil, que conocía la incorrecta
vida de su yerno fuera de casa, empezó a tomarle aborrecimiento; Pura, más conciliadora, dejábase engatusar por las traidoras palabras de
Cadalso, y a condición de que éste
tratara con piedad y buenos modos
a la pobre enferma, se daba por satisfecha y perdonaba lo demás. Por
fin, la demencia, que no otro nombre merece, de la infortunada Luisa,
tuvo fatal término en una noche de
San Juan. Murió llorando de gratitud porque su marido la besaba ardientemente y le decía palabras amorosas. Aquella mañana había sufrido
un ataque de perturbación mental
más fuerte que los anteriores, y se
arrojó del lecho pidiendo un cuchillo
para matar a Luis. Juraba que no
era hijo suyo, y que Víctor le había
traído a la casa en una cesta, debajo
de la capa. Fue aquel día de acerbo
dolor para toda la familia, singularmente para el buen Villaamil, que
sin ruidoso duelo exterior, mudo y
con los ojos casi secos, se desquició
y desplomó interiormente, quedándose como ruina lamentable, sin esperanza, sin ilusión ninguna de la vida;
y desde entonces se le secó el cuerpo hasta momificarse, y fue tomando su cara aquel aspecto de ferocidad famélica que le asemejaba a un
tigre anciano e inútil.
   La necesidad de un sueldo que
permitiese economías, le lanzó a colocarse en Ultramar. Fue con un regular destino, de los que proporcionan buenas obvenciones y regresó
los dos años con algunos ahorros
que se deshicieron pronto como gra-
nos de sal en la mar sin fondo de
la administración de doña Pura. Em-
prendió segundo viaje con mejor empleo; pero tuvo no sé qué cuestiones con el Intendente, y volvió para
acá en los aciagos días de los car-
tonales. El Gobierno presidido por
Serrano, después del 3 de enero de
74, le mandó a Filipinas, donde s

las prometía muy felices; pero una
cruel disentería le obligó a embar-
carse para España sin ahorros, y con
el propósito firme de desempeñar la
portería de un Ministerio antes que
pasar otra vez el charco. No le fue
difícil volver a Hacienda, y vivió
tres años tranquilo, con poco sueldo,
siendo respetado por la Restauración,
hasta que en hora fatídica le atiza-
ron un cese como una casa. Y el tremendo anatema cayó sobre él cuando sólo le faltaban dos meses para
jubilarse con los cuatro quintos del
sueldo regulador, que era el de Jefe
de Administración de tercera. Acudió al Ministro, llamó a distintas
puertas; todas las intercesiones fueron solicitadas sin éxito. Poco a poco
sucedió a la molesta escasez la indigencia descarnada y aterradora; los
recursos se concluían, y se agotaron
también los medios extraordinarios y
arbitristas de sostener a la familia.

Llegó por último la etapa doloro-
sísima para un hombre delicado como Villaamil, de tener que llamar a
la puerta de la amistad implorando
socorro o anticipo. Había él prestado
en mejor tiempo servicios de tal naturaleza a algunos que se los agradecieron y a otros que no. ¿Por qué
no había de apelar al mismo sistema?
Sobre todo, no podía discutirse si
estas postulaciones eran o no deco-
rosas. El que se quema no se pone
a considerar si es conveniente o no
sacudir o no sacudir los dedos. El
decoro era ya nombre vano, como la
inscripción impresa en la etiqueta de
una botella vacía. Poco a poco se
gasta la vergüenza, como se gasta el
diente de una lima, y las mejillas
pierden la costumbre de colorearse.
El desgraciado cesante llegó a adquirir maestría terrible en el arte de escribir cartas invocando a la amistad.
Las redactaba con amplificaciones
patéticas, y en un estilo que parecía
oficial, algo parecido a los preámbu-
los de las leyes en que se anuncia
al país aumento de contribución, verbigracia: "Es muy sensible para el
Gobierno tener que pedir nuevos sa-

crificios al contribuyente..." Tal era
el patrón, aunque el texto fuera otro.

XIV

Para completar las noticias bio-
gráficas de Víctor, importa añadir
que tenía una hermana llamada Quintina, esposa de un tal Ildefonso Cabrera, empleado en el ferrocarril del
Norte, buenas personas ambos, aunque algo extravagantes. Faltándoles
hijos, Quintina deseaba que su hermano le encomendase la crianza de
Luis, y quizás lo habría conseguido
sin las desavenencias graves que sur-
gieron entre Víctor y su hermano político, por cuestiones relacionadas
con la mezquina herencia de los hermanos Cadalso. Tratábase de una
casa ruinosa y sin techo en el peor
arrabal de Vélez-Málaga, y sobre si
el tal edificio correspondía a Quintina o a Víctor, hubo ruidosísimas
querellas. La cosa era clara, según
Cabrera, y para probar su diafanidad,
no inferior a la del agua, puso el
asunto en manos de la curia, la cual,
en poco tiempo, formó sobre él un
mediano monte de papel sellado. Todo para demostrar que Víctor era
un pillo, que se había adjudicado
indebidamente la valiosa finca, ven-
diéndola y guardándose su importe.
El otro lo echaba a broma, diciendo que el producto de su fraude no
le había alcanzado para un par de
botas. A lo que respondía Ildefonso
que no era por el huevo, sino por el
fuero; que no le incomodaba la pérdida material, sino la frescura de su
cuñado; y por esta y otras razones
le llegó a cobrar odio tan profundo,
que Quintina temblaba por Víctor
cuando éste iba a la casa. Cabrera
tenía el genio tan atropellado, que
un día por poco descarga sobre Víctor los seis tiros de su revólver. La
hermana de Cadalso deseaba que el
pleito se transigiera y concluyesen
aquellas enojosas cuestiones; y cuando su hermano fue a verla, a los
pocos días de llegar de Valencia

(aprovechando la ocasión en que la fiera de Ildefonso recorría el trozo de línea de que era inspector), le propuso esto: "Mira, si me das a tu Luis, yo te prometo desarmar a mi marido, que desea tanto como yo tener al niño en casa." Trato inaceptable para Víctor, que aunque hombre de entrañas duras, no osaba arrancar al chiquillo del poder y amparo de sus abuelos. Quintina, firme en su pretensión, argumentaba: "¿Pero no ves que esa gente te lo va a criar muy mal? Lo de menos serían los resabios que ha de adquirir; pero es que le hacen pasar hambres al ángel de Dios. Ellas no saben cuidar criaturas ni en su vida las han visto más gordas. No saben más que suponer y pintar la mona; ni se ocupan más que de si tal artista cantó o no cantó como Dios manda, y su casa parece un herradero."

Aunque se trataban las Miaus y Quintina, no se podían ver ni en pintura, porque la de Cadalso, que era una buena mujer (con lo cual dicho se está que no se parecía a su hermano), tenía el defecto de ser excesivamente curiosa, refistolera, entrometida, olfateadora. Al visitar a las Villaamil, no entraba en la sala, sino que se iba de rondón al comedor, y más de una vez hubo de colarse en la cocina y destapar los pucheros para ver lo que en ello se guisaba. A Milagros, con esto, se la llevaban los demonios. Todo lo preguntaba Quintina, todo lo quería averiguar y en todo meter sus ávidas narices. Daba consejos que no le pedían, inspeccionaba la costura de Abelarda, hacía preguntas capciosas, y en medio de su cháchara impertinente, se dejaba caer con alguna reticencia burlona, como quien no dice nada.

A Cadalsito le quería con pasión. Nunca se iba de casa sin verle, y siempre le llevaba algún regalillo, juguete o prenda de vestir. A veces, se plantaba en la escuela y mareaba al maestro preguntándole por los adelantos del rapaz, a quien solía decir: "No estudies, corazón, que lo que quieren es secarte los sesitos. No hagas caso; tiempo tienes de echar talento. Ahora come, come mucho, engorda y juega, corre y diviértete todo lo que te pida el cuerpo." En cierta ocasión, observando a las Miaus bastante tronadas, les propuso que le dieran el chico; pero doña Pura se indignó tanto de la propuesta, que Quintina no hubo de plantearla más sino en broma. Al bajar de la visita, echaba siempre una parrafada con los memorialistas a fin de sonsacarles mil menudencias sobre los del cuarto segundo; si pagaban o no la casa, si debían mucho en la tienda (aunque este conocimiento lo solía beber en más limpias fuentes), si volvían tarde del teatro, si la sosa se casaba al fin con el gilí de Ponce, si había entrado el zapatero con calzado nuevo... En fin, que era una moscona insufrible, un fiscal pegajoso y un espía siempre alerta.

Eran sus costumbres absolutamente distintas de las de sus víctimas. No frecuentaba el teatro, vivía con orden admirable, y su casa de la calle de los Reyes era lo que se dice una tacita de plata. Físicamente, valía Quintina menos que su hermano, que se llevó toda la guapeza de la familia; era graciosa, mas no bella; bizcaba de un ojo, y la boca pecaba de grande y deslucida, aunque la adornase perfecta dentadura. Vivía el matrimonio Cabrera pacíficamente y con desahogo, pues además del sueldo de inspector, disfrutaba Ildefonso las ganancias de un tráfico hasta cierto punto clandestino, que consistía en traer de Francia objetos para el culto y venderlos en Madrid a los curas de los pueblos vecinos y aun al clero de la Corte. Todo ello era género barato, de cargazón, producto de la industria moderna, que no pierde ripio y sabe explotar la penuria de la Iglesia en los difíciles tiempos actuales. Cabrera tenía sus socios en Hendaya y entendíase con ellos, llevándoles telas, cornucopias, plata de ley, algún cuadro y otras antiguallas sustraídas a las fábricas de los templos de Castilla, un día opulentos y hoy pobrísimos. El toque de este comercio estaba, según indicaciones maliciosas, en que al ir y venir pasaban las mercancías la frontera francas de derechos; pero esto no se ha comprobado. De ordinario, la quincalla eclesiástica que Cabrera introducía (objetos de latón dorado, todo falso, frágil, pobre y de mal gusto) era tan barata en los centros de producción y se vendía tan bien aquí, que soportaba sin dificultad el sobreprecio arancelario. En otras épocas, cuando empezaba este negocio, solía Quintina introducirse en la sacristía de cualquier parroquia con un bulto bajo el mantón, como quien va a pasar matute, y susurrar al oído del ecónomo: "¿Quieren ustedes ver un cáliz que da la hora? Y se pasmarán los señores del precio. La mitad que el género Meneses..." Pero en breve la señora renunció al papel de chalana, y recibió en su casa a los clérigos de Madrid y pueblos inmediatos. Últimamente importaba Cabrera enormes partidas de estampitas para premios o primera comunión, grandes cromos de los dos Sagrados Corazones, y por fin, agrandando y extendiendo el negocio, trajo surtidos de imágenes vulgarísimas, los San Josés por gruesas, los niños Jesús y las Dolorosas a granel y en varios tamaños, todo al estilo devoto francés, muy relamido y charolado, doraditas las telas a la bizantina, y las caras con chapas de rosicler, como si en el cielo se usara ponerse colorete. No sé si consistía en el trato familiar con las cosas santas o en una disposición de carácter el que Quintina fuera radicalmente escéptica. Lo cierto es que cumplía yendo a misa de Pascuas a Ramos y rezando un poco, por añeja rutina, al acostarse. Y nada de hociqueos con sacerdotes, como no fuera para encajarles el *artículo* o sonsacarles alguna casulla vieja de brocado, hecha un puro jirón.

Cadalsito iba de tiempo en tiempo a casa de la de Cabrera y se em-belesaba contemplando las estampas. Cierto día vio un Padre Eterno, de luenga y blanca barba, en la mano un mundo azul, imagen que le impresionó mucho. ¿Se derivaba de esto el fenómeno extrañísimo de sus visiones? Nadie lo sabe; nadie quizás lo sabrá nunca. Pero, a lo mejor, prohibióle su abuela volver a la casa aquella repleta de santos, diciéndole: "Quintina es una picarona que te nos quiere robar para venderte a los franceses." Cadalsito cogió miedo y no volvió a parecer por la calle de los Reyes.

Tampoco Villaamil tragaba a Ildefonso, que era atrozmente sincero en la emisión de sus opiniones, desconsiderado y a veces groserote. En otro tiempo iban a la misma tertulia de café; pero desde que Cabrera dijo que el planteamiento del *income tax* en España era un desatino, y que tal cosa no se le ocurría a nadie que tuviera sesos, Villaamil le tomó ojeriza. Se encontraban... saludo al canto, y hasta otra. Doña Pura reservaba para Cabrera motivos de odio más graves que aquel criterio despiadado sobre el *income tax*. En jamás de los jamases les había obsequiado aquel *tío* con billetes a mitad de precio para una excursioncita veraniega. Víctor hablaba perrerías de su cuñado, vengándose de los malos ratos que el otro le hacía pasar con exhortos, notificaciones y comparecencias. Para Víctor era de rúbrica que Cabrera burlaba el rigor de la Aduana en sus traídas de material eclesiástico y exportaciones de guiñapos artísticos. Y no sólo robaba al Estado, sino a la empresa, porque en los comienzos del negocio confiaba sus paquetes a los conductores, y después, cuando aquéllos se trocaron en voluminosas cajas y no quiso exponerse a un réspice de los jefes, facturaba, sí, pero aplicando a sus mercancías de lujo la tarifa de *envases de retorno,* o maderas de construcción. En sus declaraciones de Aduanas había cosas muy chuscas. "¿Cómo creen ustedes que declaró una caja llena de San Josés? —decía Víctor—. Pues las declaró *piedras de chispa.*" Como él hacía favores a los vistas, éstos le pasaban aquellos manifiestos incongruentes; y los incensarios de bronce, ¿qué eran?... *ferretería ordinaria;* ¿y los ternos de tela barta?... *paraguas sin armar y corsés en bruto.*

XV

En los días subsiguientes, Pura saldó algunas cuentas de las que más la agobiaban; trajo a casa diversas prendas de ropa de las más indispensables, y en la mesa restableció el trato de los días felices. La *pudorosa Ofelia* se pasaba las horas muertas en la cocina, pues insensiblemente iba tomando afición al arte de Vatel, tan distinto ¡María Santísima! del de Rossini, y sentía verdadero goce espiritual en perfeccionarse en él, lanzándose a inventar o componer algún plato. Cuando había provisiones, o, si se quiere, asunto artístico, la inspiración se encendía en ella, y trabajaba con ahínco, entonando a media voz, por añeja costumbre y con afinación perfecta, algún tiernísimo fragmento, como el *moriamo insieme, ah! sí, moriamo...*

Todas las noches que las *Miau* no iban a la ópera, la sala llenábase de gente. *Aliquando,* la espléndida doña Pura obsequiaba a los actores con dulces y pastas, lo que hacía creer a la tertulia que Villaamil estaba ya colocado o al menos con un pie dentro de la oficina. La combinación, sin embargo, no acababa de salir, porque el Ministro, harto de recomendaciones y compromisos, no se resolvía a darle la última mano. Crecía, pues, en la familia la incertidumbre y Villaamil hundíase más y más en su estudiado pesimismo, llegando al extremo de decir: "Antes veremos salir el sol por el Occidente que a mí entrar en la oficina."

Desde el segundo día de su llegada, Víctor no se recataba de nadie. Entraba y salía con libertad; pasaba a la sala a las horas de tertulia, pero sin echar raíces en ella, porque tal sociedad le era atrozmente antipática. Desarmada Pura por la generosidad de su hijo político, se compadeció de verle dormir en el duro sofá del comedor, y por fin convinieron las tres *Miaus* en ponerle en la habitación de Abelarda, previa la traslación de ésta a la de su tía Milagros, que era la de Luisito. La *pudorosa Ofelia* se fue a dormir a la alcoba de su hermana, en angostísimo catre. A Don Ramón no le supieron bien estos arreglos, porque lo que él desearía era ver salir a su yerno a cajas destempladas. En la Dirección de Contribuciones, su amigo Pantoja le había dicho que Víctor pretendía el ascenso, y que tenía un expediente cuya resolución podía serle funesta si algún padrino no arrimaba el hombro. Era cosa de la Administración de Consumos, o irregularidades descubiertas en la cuenta corriente que Cadalso llevaba con los pueblos de la provincia. Parecía que en la relación de apremios no figuraban algunos pueblos de los más alcanzados, y se creía que Cadalso obraba en connivencia con los alcaldes morosos. También dijeron a Villaamil que el reparto de consumos, propuesto en el último semestre por Víctor, estaba hecho de tal modo que *saltaba a la vista* el chanchullo y que el jefe no había querido aprobarlo.

De estas cosas no habló Villaamil ni una palabra con su yerno. En la mesa, el primera estaba siempre taciturno y Cadalso muy decidor, sin conseguir interesar vivamente en lo que decía a ninguno de la familia. Con Abelarda echaba largos parlamentos, si por acaso se encontraban solos o en el acto interesante de acostar a Luis. Gustaba el padre de observar el desarrollo del niño y vigilar su endeble salud, y una de las cosas en que principalmente ponía cuidado era en que le abrigaran bien por las noches y en vestirle con decencia. Mandó que se le hiciera ropa,

le compró una capita muy mona y
traje completo azul con medias del
mismo color. Cadalsito, que era algo
presumido, no podía menos de agradecer a su papá que le pusiera tan
majo. Pero en lo tocante a ropa nueva nada es comparable al lujo que
desplegó en su persona el mismo
Víctor al poco tiempo de llegar a
Madrid. Cada día traíale el sastre
una prenda flamante, y no era ciertamente su sastre como el de Villaamil, un *artista* de poco más o menos, casi de portal, sino de los más
afamados de Madrid. ¡Y que no lucía poco la gallarda figura de Víctor con aquel vestir correcto y airoso,
no exento de severidad, que es el
punto y filo de la verdadera elegancia, sin cortes ni colores llamativos!
Abelarda le observaba con disimulo,
solapadamente, admirando y reconociendo en él al mismo hombre excepcional que algunos años antes le
sorbió el seso a su desgraciada hermana, y sentía en su alma depósito
inmenso de indulgencia hacia el joven tan vivamente denigrado por toda la familia. Aquel depósito parecía pequeño mientras no se veía de
él sino la mal explorada superficie;
pero luego, cavando, cavando, se
veía que era inagotable, quizás infinito, como grande y riquísima can-
tera. ¡Y qué vetas purpúreas se encontraban en la masa; qué ráfagas
brillantes; algo como venas henchi-
das de sangre o como el material de
las piedras preciosas derretido y consolidado por los siglos en el seno de
la tierra! La indulgencia se le subía
del corazón al pensamiento en esta
forma: "No, no puede ser tan malo
como dicen. Es que no le comprenden, no le comprenden."

La idea de no ser comprendido la
había expresado Víctor muchas veces, no sólo en aquella temporada,
sino en otra más antigua, dos años
antes, que pasó algunos meses con
la familia. ¿Cómo habían de
comprender las pobres cursis a un
ser de esfera o casta superior a la
de ellas por la figura, los modales,

las ideas, las aspiraciones y hasta
por los defectos? Abelarda retrocedía
con la imaginación a los tiempos pa-
sados, y estudiando sus sentimientos
con respecto a Víctor, se reconocía
poseedora de ellos aun en vida de la
pobre Luisa. Cuando todos en la
casa hablaban pestes de él, Abelarda consolaba a su hermana con es-
peciosas defensas del pérfido o volviendo por pasiva sus faltas. "No tiene Víctor la culpa de que todas las
mujeres le quieran", solía decir.

Muerta su hermana, Abelarda siguió admirando en silencio al viudo. Cierto que había dado disgustos
y jaquecas sin fin a la difunta; pero
ello consistía en la fatalidad de su
buena figura. Sin saber cómo, a veces por delicadeza, se veía cogido
en lazos amorosos o en trampas que
le tendían las pícaras mujeres. Pero
tenía buen fondo; con la edad sen-
taría un poco la cabeza, y sólo necesitaba una mujer de corazón y de
temple que le sujetase, combinando
el cariño con la severidad. La desdi-
chada Luisa no servía para el caso.
¿Cómo había de practicar este difícil régimen una mujer que por cualquier motivo fútil se echaba a llorar; una mujer que en cierta ocasión cayó con un síncope porque su
marido, al entrar en casa, traía el
lazo de la corbata hecho de manera
muy distinta de como ella se lo hiciera al salir?

En los días de este relato, cos-
tábale a la insignificante gran esfuerzo el disimular la turbación que su
cuñado producía en ella al dirigirle
la palabra. A veces un gozo íntimo
y bullicioso, con inflexiones de travesura, le retozaba en el corazón,
como insectillo parásito que anidase
en él y tuviera crías; a veces era
una pena gravativa que la agobiaba.
En toda ocasión sus respuestas eran
vacilantes, desentonadas, sin gracia
ninguna.

—¿Pero es de veras que te casas
con ese pájaro frito de Ponce? —le
dijo una noche, cuando acostaba al
pequeño—. Buena boda, hija. ¡Qué

envidia te tendrán tus amigas! No a todas les cae esa breva.

—Déjame a mí... tonto, mala persona.

Otra noche, demostrando vivo interés por la familia, Víctor le indicó: "Mira, Abelarda, no esperes que coloquen a tu papá. La combinación está hecha, pero no se publica todavía. No va en ella. Me lo han dicho reservadamente. Ya comprenderás cuánto lo deploro. ¡El pobre señor tan lleno de ilusiones!... porque, aunque él diga que no espera nada, no hace otra cosa el infeliz. Cuando se desengañe recibirá un golpe tremendo. Pero no tengas cuidado; mi ascenso es seguro, tengo mejor arrimo que tu padre, y como he de quedarme en Madrid, no os abandonaré; ten por cierto que no. Os he dado muchos disgustos, y mi conciencia necesita descargarse. Por mucho que haga en beneficio vuestro, no acabaré de quitarme este peso.

—No, no es malo —pensaba Abelarda reconcentrándose en sus cavilaciones—. Y todo eso que dice de que no cree en Dios es música, guasa, por divertirse conmigo y hacerme rabiar. Porque eso sí; echa por aquella boca cosas muy extrañas, que no se le ocurren a nadie. No es malo, no; es travieso, y tiene mucho talento, pero mucho. Sólo que no le sabemos entender.

En lo de no ser entendido insistía Víctor siempre que venía a pelo. "Mira tú, Abelarda, esto que te digo no debiera parecerte a ti una barbaridad, porque tú me comprendes algo; tú no eres vulgo, o al menos no lo eres del todo, o vas dejando de serlo."

A solas se descorazonaba la pobre joven, achicándose con implacable modestia. "Sí, por más que él diga que no, vulgo soy, y ¡qué vulgo, Dios mío! De cara... ¡psh!, soy insignificante; de cuerpo no digamos; y aunque algo valiere, ¿cómo había de lucir mal vestida, con pingos aprovechados, compuestos y vueltos del revés? Luego soy ignorantísima; no

sé nada, no hablo más que tonterías y vaciedades, no tengo salero ninguno. Soy una calabaza con boca, ojos y manos. ¡Qué pánfila soy, Dios mío, y qué sosaina! ¿Para qué nací así?"

XVI

Siempre que Víctor entraba en la casa, mirábale Abelarda cual si llegase de regiones sociales muy superiores. En su andar lo mismo que en sus modales, en su ropa lo mismo que en su cabellera, traía Víctor algo que se despegaba de la pobre vivienda de las *Miaus*, algo que reñía con aquel hogar destartalado y pedestre. Y las entradas y salidas de Cadalso eran muy irregulares. A menudo comía de fonda con sus amigos; iba al teatro un día sí y otro también; y hasta se dio el caso de pasarse toda la noche fuera. No siempre estaba de buen talante; tenía rachas de tristeza, durante las cuales no se le sacaba palabra en todo el día. Pero otros estaba muy parlanchín, y como sus suegros no le hacían maldito caso, despachábase con su hermana política. Los ratos de plática a solas no eran muchos; pero él sabía aprovecharlos, conociendo el dinamismo de su persona y de su conversación sobre el turbado espíritu de la insignificante.

Luisito andaba malucho, llegando su desazón al punto de guardar cama; doña Pura y Milagros fueron aquella noche al Real, Villaamil al café, en busca de noticias de la combinación, y Abelarda se quedó cuidando al chiquillo. Cuando menos lo pensaba, llaman a la puerta. Era Víctor, que entró muy gozoso, tarareando un tango zarzuelero. Enteróse de la enfermedad de su hijo, que ya estaba durmiendo, le oyó respirar, reconoció que la fiebre, caso de haberla, era levísima, y después se puso a escribir cartas en la mesa del comedor. Su cuñada le vigilaba con disimulo; dos o tres veces pasó por detrás de él fingiendo tener que trastear algo en el aparador, y echando furtiva ojeada sobre lo que escribía. Carta de amores era sin duda por lo larga, por lo metido de la letra y por la febril facilidad con que Víctor plumeaba. Pero no pudo sorprender ni una frase ni una sílaba. Concluida la misiva, Cadalso trabó conversación con la joven, que salió a coser al comedor.

—Oye una cosa —le dijo, apoyando el codo en la mesa y la cara en la palma de la mano—. Hoy he visto a tu Ponce. ¿Sabes que he variado de opinión? Te conviene; es buen muchacho, y será rico cuando se muera su tío el notario, de quien dicen va a ser único heredero... Porque no hemos de atenernos al criterio del amigo Ruiz, según el cual no hay felicidad como estar a la cuarta pregunta... Si Federico tuviera razón, y yo me dejara llevar de mis sentimientos, te diría que Ponce no te conviene, que te convendría más otro; yo, por ejemplo...

Abelarda se puso pálida, desconcertándose de tal modo, que sus esfuerzos por reír no le dieron resultado alguno.

—¡Qué tonterías dices!... ¡Jesús, siempre has de estar de broma!

—Bien sabes tú que esto no lo es (poniéndose muy serio). Hace dos años, una noche, cuando vivíais en Chamberí, te dije: "Abelardilla, me gustas. Siento que el alma se me desmigaja cuando te veo..." ¿A que no te acuerdas? Tú me contestaste que... No sé cómo fue la contestación; pero venía a significar que si yo te quería, tú... también.

—¡Ay, qué embustero!... ¡Quita allá! Yo no dije tal cosa.

—Entonces, ¿lo soñé yo?... Como quiera que sea, después te enamoraste locamente de esa preciosidad de Ponce.

—Yo... enamorarme... Tú estás malo... Pues sí, pongamos que me enamoré. ¿Y a ti qué te importa?

—Me importa, porque en cuanto yo me enteré de que tenía un rival, volví mi corazón hacia otra parte.

Para que veas lo que es el destino de las personas: hace dos años estuvimos casi a punto de entendernos; hoy la desviación es un hecho. Yo me fui, tú te fuiste, nosotros nos fuimos. Y al encontrarnos otra vez, ¿qué pasa? Yo estoy en una situación muy rara con respecto a ti. El corazón me dice: "enamórala", y en el mismo momento sale, no sé de dónde, otra voz que me grita: "mírala y no la toques".

—¿Qué me importa a mí nada de eso (ahogándose), si yo no te quiero a ti ni pizca, ni te puedo querer?

—Lo sé, lo sé... No necesitas jurármelo. Hemos convenido en que no tiene el diablo por dónde desecharme. Me aborreces, como es lógico y natural. Pues mira tú lo que son las cosas. Cuando una persona me aborrece, a mí me dan ganas de quererla, y a ti te quiero, porque me da la gana, yo lo sabes, ea... y ole morena, como dice tu papá.

—¡Qué cosas tienes!... ¡Ay, qué tonto! (proponiéndose estar seria y echándose a reír).

—No, si yo no te engaño ni te engañaré nunca. Créasla o no la creas, allá va la verdad. Te quiero y no debo quererte, porque eres demasiado angelical para mí. No puedes ser mía sino por el matrimonio, y el matrimonio, esa máquina absurda que sólo funciona bien para las personas vulgares, no nos sirve en estos momentos. Bueno o malo, como tú quieras suponerme, tengo, aunque parezca inmodestia, una misión que cumplir; aspiro a algo peligroso y difícil, para la cual necesito ante todo libertad; corro desalado hacia un fin, al cual no llegaría si no fuera solo. Acompañado me quedaré a la mitad del camino. Adelante, adelante siempre (con afectación teatral). ¿Qué impulso me arrastra? La fatalidad, fuerza superior a mis deseos. Vale más estrellarse que retroceder. No puedo volver atrás ni llevarte conmigo. Temo envilecerte. Y si tuvieras la inmensa desgracia de ser mujer de este miserable... (cerrando los ojos y extendiendo la ma-

no como para apartar una sombra).
No, rechacemos con energía semejante idea... Te quiero lo bastante
para no traerte jamás a mi lado. Si
algún día... (con sonsonete decla-
matorio) si algún día me alucino y
cometo la torpeza insigne de decirte
que te amo, de pedirte tu amor,
despréciame; no te dejas llevar de tu
inmensa bondad; arrójame de ti como a un animal dañino, porque más
te valiera morir que ser mía.

—Pero di, ¿te has propuesto marearme? (trémula y disimulando su
turbación con ta tentativa frustrada
de enhebrar una aguja). ¿Qué disparates son esos que me dices? Si yo
no he de... hacerte caso... ¿A qué
viene eso de que me mate o que
me muera o que me lleven los demonios?

—Ya sé que no me quieres. Lo
único que te pido, y te lo pido como
un favor muy grande, es que no me
aborrezcas, que me tengas compasión. Déjame a mí, que yo me entiendo solo, guardando con avaricia
estas ideas para consolarme con ellas.
En medio de mis desgracias, que tú
no conoces, tengo un alivio, y es
saber vivir en lo ideal y fortificar
mi alma con ello. Tu destino es muy
diferente al mío, Abelarda. Sigue tu
senda, que yo voy por la mía, llevado de mi fiebre y de la rapidez
adquirida. No contrariemos la fatalidad, que todo lo rige. Quizás no
volvamos a encontrarnos. Antes de
que nos separemos, te voy a dar un
consejo: si Ponce no te es desagradable, cásate con él. Basta con que
no te sea desagradable. Si no te gusta, si no encuentras otro que tenga
los ojos menos húmedos, renuncia al
matrimonio... Es el consejo de
quien te quiere más de lo que tú
piensas... Renuncia al mundo, entra en un convento, conságrate a un
ideal y a la vida contemplativa. Yo
no tengo la virtud de la resignación,
y si no consigo llegar a donde pienso, si mi sueño se convierte en humo, me pegaré un tiro.

Lo dijo con tanta energía y tal
acento de verdad, que Abelarda se

lo creyó, más impresionada por aquel
disparate que por los otros que acababa de oír.

—No harás tal. ¡Matarte! Eso sí
que no me haría gracia... (cazando
al vuelo una idea). Pero ¡quiá!, todo eso de la desesperación y el tirito
es porque tienes por ahí algún amor
desgraciado. Alguien habrá que te
atormenta. Bien merecido lo tienes,
y yo me alegro.

—Pues mira, hija (variando de registro), lo has dicho en broma, y
quizás, quizás aciertes...

—¿Tienes novia? (fingiendo indiferencia).

—Novia, lo que se dice novia...
no.

—Vamos, algún amor.

—Llámalo fatalidad, martirio...

—Dale con la dichosa fatalidad... Di que estás enamorado.

—No sé qué responderte (afectando una confusión bonita y muy del
caso). Si te digo que sí, miento; y
si te digo que no, miento también.
Y habiéndote asegurado que te quiero a ti, ¿en qué juicio cabe la posibilidad de interesarme por otra?
Todo ello se explicará distinguiendo
entre un amor y otro amor. Hay un
cariño santo, puro y tranquilo, que
nace del corazón, que se apodera del
alma y llega a ser el alma misma.
No confundamos este sentimiento
con las ebulliciones enfermizas de la
imaginación, culto pagano de la belleza, anhelo de los sentidos, en el
cual entra también por mucho la vanidad, fundada en la jerarquía de
quien nos ama. ¿Qué tiene que ver
esta desazón, accidente y pasatiempo
de la vida, con aquella ternura inefable que inspira al alma deseo de fun-
dirse con otra alma, y a la voluntad
el ansia del sacrificio...?

No siguió, porque con sutil instinto comprendía que la excesiva suti-
leza le llevaba a la ridiculez. Para la
pobre Abelarda, estos conceptos ar-
dorosos, pronunciados con cierta mí-
mica elegante por aquel hombre gua-
písimo que, al decirlos, ponía en sus
ojos negros expresión tan dulce y
patética, eran lo más elocuente que

había oído en su vida, y el alma se le desgarraba al escucharlos. Comprendiendo el efecto, Víctor buscaba en su mente discursiva nuevos arbitrios para seguir sorbiendo el seso a la cuitada joven. Allí le soltó algunas frases más, paradójicas y acaloradas, en contradicción con las anteriores; pero Abelarda no se fijaba en lo contradictorio. La honda impresión de los últimos conceptos borraba en su mente la de los primeros, y se dejaba arrastrar por aquel torbellino, entre un hervidero de sentimientos encontrados, curiosidad, amor, celos, gozo y rabia. Víctor doraba sus mentiras con metáforas y antítesis de un romanticismo pesimista que está ya mandado recoger. Mas para la señorita Villaamil, la quincalla deslucida y sin valor era oro de ley, pues su escasa instrucción no le permitía quilatar los textos olvidados de que Víctor tomaba aquella monserga de la fatalidad. Él volvió a la carga, diciéndole en tono un tanto lúgubre:

—No puedo seguir hablando de esto. Lo que no debe ser, no es. Comprendo que convendría más entregarme a ti... quizás me salvarías. Pero no, no me quiero salvar. Debo perderme, y llevarme conmigo este sentimiento que no merecí, este rayo celestial que guardo con susto como si lo hubiera robado. En mí tienes un trasunto del Prometeo de la fábula. He arrebatado el fuego celeste, y en castigo de esto, un buitre me roe las entrañas.

Abelarda, que no sabía nada de Prometeo, se asustó con aquello del buitre; y el otro, satisfecho de su triunfo, prosiguió así:

—Soy un condenado, un réprobo... No puedo pedirte que me salves, porque la fatalidad lo impediría. Por tanto, si ves que me llego a ti y te digo que te quiero, no me creas... es mentira, es un lazo infame que te tiendo; despréciame, arrójame de tu lado; no merezco tu cariño, ni tu compasión siquiera...

La insignificante, con inmensa pena y desaprobación de sí misma,

pensó: "Soy tan pava y tan vulgar, que no se me ocurre nada qué responder a estas cosas tan remontadas y tan sentidas que me está diciendo." Dio un gran suspiro y le miró, con vivos deseos de echarle los brazos al cuello exclamando: "Te quiero yo a ti más de lo que tú puedes suponer. Pero no hagas caso de mí, no merezco nada, ni valgo lo que tú. Quiero gozarme en la amargura de quererte sin esperanza."

Víctor, sosteniéndose la cabeza con ambas manos, espaciaba sus distraídos ojor por el hule de la mesa, ceñudo y suspirón, haciéndose el romántico, el no comprendido, algo de ese tipo de Manfredo, adaptado a la personalidad de mancebos de botica y oficiales de la clase de quintos. Después la miró con extraordinaria dulzura, y tocándole el brazo, le dijo: "¡Ah, cuánto te hago sufrir con estas horribles misantropías que no pueden interesarte! Perdóname; te ruego que me perdones. No estoy tranquilo si no dices que sí. Eres un ángel, no soy digno de ti, lo reconozco. Ni siquiera aspiro a merecerte; sería insensato atrevimiento. Sólo pretendo por ahora que me comprendas... ¿Me comprenderás?"

Abelarda llegaba ya al límite de sus esfuerzos por disimular el ansia y la turbación. Pero su dignidad podía mucho. No quería entregar el secreto de su alma, sin defenderlo hasta morir; y al cabo, con supremo heroísmo, soltó una risa que más bien parecía la hilaridad espasmódica que precede a un ataque de nervios, diciendo a Cadalso...

—Vaya si te comprendo... Te haces el pillo, te haces el malo... sin serlo, para engañarme. Pero a mí no me la pegas... Tonto de capirote... yo sé más que tú. Te he calado. ¿Qué manía de que te aborrezcan, si no lo has de conseguir?...

XVII

Luisito empeoró. Tratábase de un catarro gástrico, achaque propio de la infancia, y que no tendría consecuencias, atendido a tiempo. Víctor, intranquilo, trajo al médico, y aunque su vigilancia no era necesaria porque las tres *Miaus* cuidaban con mucho cariño al enfermito, y hasta se privaron durante varias noches de ir a la ópera, no cesaba de recomendar la esmerada asistencia, observando a todas horas a su hijo, arropándole para que no se enfriara y tomándole el pulso. A fin de entretenerle y alegrar su ánimo, cosa muy necesaria en las enfermedades de los niños, le llevó algunos juguetes, y su tía Quintina también acudió con las manos llenas de cromos y estampas de santos, el entretenimiento favorito de Luis. Debajo de las almohadas llegó a reunir un sinnúmero de baratijas y embelecos, que sacaba a ciertas horas para pasarles revista. En aquellas noches de fiebre y de mal dormir, Cadalsito se había imaginado estar en el pórtico de las Alarconas o en el sillar de la explanada del Conde-Duque; pero no veía a Dios, o, mejor dicho, sólo le veía a medias. Presentábasele el cuerpo, el ropaje flotante y de incomparable blancura; a veces distinguía confusamente las manos, pero la cara no. ¿Por qué no se dejaba ver la cara? Cadalsito llegó a sentir gran aflicción, sospechando que el Señor estaba enfadado con él. ¿Y por qué causa?... En una de las estampitas que su padre le había traído, estaba Dios representado en el acto de fabricar el mundo. ¡Cosa más fácil!... Levantaba el dedo, y salían el cielo, el mar, las montañas... Volvía a levantar el dedo, y salían los leones, los cocodrilos, las culebras enroscadas y el ligero ratón... Pero la lámina aquélla no satisfacía al chicuelo. Cierto que el Señor estaba muy bien pintado; pero no era, no, tan guapo y respetuoso como su amigo. Una mañana, hallándose ya Luis limpio de calentura, entró su abuelo a visitarle. Parecióle al chico que Villaamil sufría en silencio una gran pena. Ya antes de llegar el viejo, había oído Luis un run-run entre las

Miaus, que le pareció de mal agüero. Se susurraba que no había sitio en la combinación. ¿Cómo se sabía? Cadalsito recordaba que por la mañana temprano, en el momento de despertar, había oído a doña Pura diciendo a su hermana: "Nada por ahora... Valiente mico nos han dado. Y no hay duda ya; me lo ha dicho Víctor, que lo averiguó anoche en el Ministerio."

Estas palabras, impresas en la mente del chiquillo, las relacionó luego con la cara de ajusticiado del abuelo cuando entró a verle. Luis, como niño, asociaba las ideas imperfectamente, pero las asociaba, poniendo siempre entre ellas afinidades extrañas sugeridas por su inocencia. Si no hubiera conocido a su abuelo como le conocía, le habría tenido miedo en aquella ocasión, porque en verdad su cara era cual la de los ogros que se zampan a las criaturas... "No le colocan", pensó Luisito, y al decirlo juntaba otras ideas en su mente aún turbada por la mal extinguida calentura. La dialéctica infantil es a veces de una precisión aterradora, y lo prueba este razonamiento de Cadalsito: "Pues si no le quiere colocar, no sé por qué se enfada Dios conmigo y no me enseña la cara. Más bien debiera yo estar enfadado con él."

Villaamil se puso a dar paseos por la habitación, con las manos en los bolsillos. Nadie se atrevía a hablarle. Luis sintió entonces congojosa pena que le abatía el ánimo: "No le colocan —pensaba— porque yo no estudio, ¡contro!, porque no me sé las condenadas lecciones". Pero al punto la dialéctica infantil resurgió para acudir a la defensa del amor propio: "¿Pero cómo he de estudiar si estoy malo?... Que me ponga bueno él, y verá si estudio".

Entró Víctor, que venía de la calle, y lo primero que hizo fue darle un abrazo a Villaamil, cortando sus pasos de fiera enjaulada. Doña Pura y Abelarla hallábanse presentes.

—No hay que abatirse ante la desgracia —dijo Víctor al hacer la demostración afectuosa, que Villaamil, por más señas, recibió de malísimo temple—. Los hombres de corazón, los hombres de fibra, tienen en sí mismos la fuerza necesaria para hacer frente a la adversidad... El Ministro ha faltado una vez más a su palabra, y han faltado también cuantos prometieron apoyarle a usted. Que Dios les perdone, y que sus conciencias negras les acusen con martirio horrible del mal que han hecho.

—Déjame, déjame —replicó Villaamil, que estaba como si le fueran a dar garrote.

—Bien sé que el varón fuerte no necesita consuelos de un hombre vulgar como yo. ¿Qué ha sucedido aquí? Lo natural, lo lógico en estas sociedades corrompidas por el favoritismo. ¿Qué ha pasado? Que el padre de familia, al hombre probo, al funcionario de mérito, envejecido en la Administración, al servidor leal del Estado que podría enseñar al Ministro la manera de salvar la Hacienda, se le posterga, se le desatiende y se le barre de las oficinas como si fuera polvo. Otra cosa me sorprendería; esto no. Pero hay más. Mientras se comete tal injusticia, los osados, los ineptos, los que no tienen conciencia ni título alguno, apandan la plaza en premio de su inutilidad. Contra esto no queda más recurso que retirarse al santuario de la conciencia y decir: "Bien. Me basta mi propia aprobación".

Víctor, al expresarse con tanta filosofía, miraba a doña Pura y a Abelarda, que estaban muy conmovidas y a dos dedos de llorar. Villaamil no decía palabra, y con la cara lívida y la mandíbula temblorosa había vuelto a sus paseos.

—Nada me sorprende —añadió Víctor, desbordándose en sacrosanta indignación—. Esto está tan podrido, que va a resultar la cosa más chocante del mundo: mientras a este hombre, que debiera ser Director general, o lo menos, se le desatiende y se le manda a paseo, yo, que ni valgo nada, ni soy nada y tengo tan

cortos servicios, yo... créanlo ustedes, yo, cuando esté más descuidado, me encontraré con el ascenso que he pedido. Así es el mundo, así es España y así nos vamos educando todos en el desprecio del Estado, y atizando en nuestra alma el rescoldo de las revoluciones. Al que merece, desengaños; al que no, confites. Esta es la lógica española. Todo al revés; *el país de los viceversas...* Y yo, que estoy tranquilo, que no me apuro, que no tengo tampoco necesidades, que desprecio la credencial y a quien me la ofrece, seré colocado, mientras el padre de familia, cargado de obligaciones, el que por respetabilidad, por sus servicios, se hacía tan fundadamente la ilusión de que...

—Yo no me hacía ilusiones ni ése es el camino —dijo bruscamente y con arrebato de ira don Ramón, elevando las manos hasta muy cerca del techo—. Yo no tuve nunca esperanzas... yo no creí que me colocasen, ni lo volveré a creer jamás. ¡Vaya, que es tema el de esta gente! Si yo no esperé nada... ¿Cómo se ha de decir? De veras me parece que entre todos os proponéis freírme la sangre.

—Hijo, cualquiera diría que es crimen tener esperanzas —observó doña Pura—. Pues las tengo, y ahora más que nunca. Habrá otra combinación. Te lo han prometido, y a la fuerza te lo han de cumplir.

—Claro —dijo Víctor, contemdo a Villaamil con filial interés—. Y sobre todo, no conviene apurarse. Venga lo que viniere, puesto que todo es injusticia y sinrazón, si a mí me ascienden, como espero, mi suerte compensará la desgracia de la familia. Yo soy deudor a la familia de grandes favores. Por mucho que haga, no los podré pagar. He sido malo; pero ahora me da, no diré que por ser bueno, pues lo veo difícil, pero sí por que se vayan olvidando mis errores... La familia no carecerá de nada mientras yo tenga un pedazo de pan.

Agobiado por sentimientos de humillación, que caían sobre su alma como un techo que se desploma, Villaamil dio un resoplido y salió del cuarto. Siguióle su mujer, y Abelarda, dominada por impresiones muy distintas de las de su padre, se volvió hacia la cama de Luis, fingiendo arroparle, para esconder su emoción, mientras discurría: "No, lo que es de malo no tiene nada. No lo creeré, dígalo quien lo diga".

—Abelarda —insinuó él melosamente, después de un rato de estar solos con el pequeño—. Yo bien sé que a ti no necesito repetirte lo que he manifestado a tus padres. Tú me conoces algo, me comprendes algo; tú sabes que mientras yo tenga un mendrugo de pan, vosotros no habéis de carecer de sustento; pero a tus padres he de decírselo y aun probárselo para que lo crean. Tienen muy triste idea de mí. Verdad que no se pierde en dos días una mala reputación. ¿Y cómo no había de brindar a ustedes ayuda, a no ser un monstruo? Si no lo hiciera por los mayores, tendría que hacerlo por mi hijo, criado en esta casa, por este ángel, que más os quiere a vosotros que a mí... y con muchísima razón.

Abelarda acariciaba a Luis, tratando de ocultar las lágrimas que se le agolpaban a los ojos, y el pequeñuelo, viéndose tan besuqueado y oyendo aquellas cosas que papá decía y que le sonaban a sermón o parrafada de libro religioso, se enterneció tanto, que rompió a llorar como una Magdalena. Ambos se esforzaron en distraer su espíritu, riendo, diciéndole chuscadas festivas e inventando cuentos.

Por la tarde, el muchacho pidió sus libros, lo que admiró a todos, pues no comprendían que quien tan poco estudiaba estando bueno, quisiese hacerlo hallándose encamado. Tanto se impacientó él, que le dieron la Gramática y la Aritmética, y las hojeaba, cavilando así: "Ahora no, porque se me va la vista; pero cuando yo pueda, ¡contro!, me

lo aprendo enterito... y veremos entonces... ¡veremos!"

XVIII

La mísera Abelarda andaba tan desmejoradilla, que su madre y su tía la creyeron enferma y hablaron de llamar al médico. No obstante, continuaba haciendo la vida ordinaria, trabajando, durante muchas horas del día, en transformaciones y arreglos de vestidos. Usaba un maniquí de mimbre, trashumante del gabinete al comedor, y que al anochecer parecía una persona, la cuarta *Miau*, o el espectro de alguno de la familia que venía del otro mundo a visitar a su progenie. Sobre aquel molde probaba la insignificante sus cortes y hechuras, que eran bastante graciosas. A la sazón traía entre manos un vestido con retazos de cachemir que prestaron ya dos servicios, y había sido vuelto del revés, y lo de arriba abajo. Se les añadía, para combinar, una telucha de a peseta. Semejantes componendas eran familiares a Pura, y si una tela no podía lavarse ni volverse, la mandaba al tinte, y... como acabada de estrenar. Con tal sistema, hubo vestido que salió por veinticuatro reales. Pero en lo que Abelarda lucía sorprendentes facultades era en la metamorfosis de sombreros. La capota de doña Pura había pasado por una serie de vidas diferentes, que al modo de encarnaciones la hacían siempre nueva y siempre vieja. Para invierno, forrábanla de terciopelo, y para verano la cubrían con el encaje de una *visita* desechada: las flores o prendidos eran regalo de las vecinas del principal. La martirizada armadura del sombrero de Abelarda había tomado ya, durante la época de la cesantía, formas y estilos diferentes, según las pragmáticas de la moda, y con este exquisito arte de disimular la indigencia, salían las Villaamil a la calle hechas unos brazos de mar.

Las noches que no iban las *Miaus* a rendir culto a Euterpe, tenía que aguantar Abelarda, por dos o tres horas, la jaqueca de Ponce, o bien ensayaba su papel en la pieza. Mucho disgustaba a doña Pura tener que dar función dramática habiendo fracasado las esperanzas de próxima colocación; pero como estaba anunciado a son de trompeta, distribuidos los papeles y tan adelantados los ensayos, no había más remedio que sacrificarse en aras de la tiránica sociedad. De propósito había escogido Abelarda un papel incoloro, el de criada, que al alzarse el telón salía plumero en mano, lamentándose de que sus amos no le pagaban el salario, y revelando al público que la casa en que servía era la más tronada de Madrid. La pieza pertenecía al género predilecto de los ingenios de esta Corte, y se reducía a presentar una familia cursi, con menos dinero que vanidad; una señora hombruna que trataba a zapatazos a su marido, un noviazgo, un enredo fundado en equivocaciones de nombres, con gran mareo de entradas y salidas, hasta que, cuando aquello parecía una casa de orates, salía el padre memo diciendo: *Ahora lo comprendo todo,* y se acababa el entremés con boda y una décima pidiendo al público aplausos. Ponce hacía el papel de padre tonto; y el de un pollo calavera y achulado, que era autor del lío y la sal y pimienta de la pieza, tocó a un tal Cuevas, hijo del vecino del principal, don Isidoro Cuevas, viudo con mucha familia, empleado en la Alcaidía de la vecina Cárcel de Mujeres, y comúnmente llamado en la vecindad *el señor de la Galera.* El Cuevas hijo, era chistoso, de buena sombra; contaba cuentos de borrachos con tal gracia, que era morirse de risa; imitaba el lenguaje chulo, se cantaba flamenco por todo lo alto, amén de otras muchas habilidades, por las cuales se lo rifaban en las tertulias del jaez de la de Villaamil. El papel de señorita de la casa

corría a cargo de la chica de Pantoja (don Buenaventura Pantoja, empleado en el´ Ministerio de Hacienda, amigo íntimo de Villaamil); y el de mamá impertinente, ordinaria, lenguaraz, sargentona, papel del tipo Valverde, correspondió a una de las chicas de Cuevas (eran cuatro y se ayudaban con la modistería de sombreros, por cierto muy bien). Otros papeles, un lacayo, un viejo prestamista, un marqués tronado y de filfa, que resultaba ser *lipendi* de marca mayor, fueron repartidos entre diferentes chicos de la tertulia. El cojo Guillén se avino a ser apuntador. Federico Ruiz oficiaba de director de escena, y habría deseado que tal función tuviera carteles en las esquinas, para poner en ellos con letras muy gordas: *bajo la dirección del reputado publicista,* etc., etc.

Poseía Abelarda memoria felicísima, y se aprendió el papel muy pronto. Asistía a los ensayos como una autómata, prestándose dócilmente a la vida de aquel mundo, para ella secundario y artificial; como si su casa, su familia, su tertulia, Ponce, fuesen la verdadera comedia, de fáciles y rutinarios papeles... y permaneciese libre el espíritu, empapado en su vida interior, verdadera y real, en el drama exclusivamente suyo, palpitante de interés, que no tenía más que un actor, ella, y un solo espectador, Dios.

Monólogo desordenado y sin fin. Una mañana, mientras la joven se peinaba, el espectador habría podido oír lo siguiente: "¡Qué fea soy, Dios mío; qué poco valgo! Más que fea, sosa, insignificante; no tengo ni un grano de sal. Si al menos tuviera talento; pero ni eso... ¿Cómo me ha de querer a mí, habiendo en el mundo tanta mujer hermosa y siendo él un hombre de mérito superior, de porvenir, elegante, guapo y con muchísimo entendimiento, digan lo que quieran?... (Pausa.) Anoche me contó Bibiana Cuevas que en el paraíso del Real nos han puesto un mote; nos llaman las de *Miau* o las

Miaus, porque dicen que parecemos tres gatitos, sí, gatitos de porcelana, de esos con que se adornan ahora las rinconeras. Y Bibiana creía que yo me iba a incomodar por el apodo. ¡Qué tonta es! Ya no me incomodo por nada. ¿Parecemos gatos? ¿Sí? Mejor. ¿Somos la risa de la gente? Mejor que mejor. ¿Qué me importa a mí? Somos unas pobres cursis. Las cursis nacen, y no hay fuerza humana que les quite el sello. Nací de esta manera y así moriré. Seré mujer de otro cursi y tendré hijos cursis, a quienes el mundo llamará los *michitos*... (Pausa.) ¿Y cuándo colocarán a papá? Si lo miro bien, no me importa; lo mismo da. Con destino y sin destino, siempre estamos igual. Poco más o menos, mi casa ha estado toda la vida como está ahora. Mamá no tiene gobierno; ni lo tiene mi tía, ni lo tengo yo. Si colocan a papá, me alegraré por él, para que tenga en qué ocuparse y se distraiga; pero por la cuestión de bienestar, me figuro que nunca saldremos de ahogos, farsas y pingajos... ¡Pobres *Miaus!* Es gracioso el nombre. Mamá se pondrá furiosa si lo sabe; yo no; ya no tengo amor propio. Se acabó todo, como el dinero de la familia... si es que la familia ha tenido dinero alguna vez. Le voy a decir a Ponce esto de las *Miaus,* a ver si lo toma a risa o por la tremenda. Quiero que se encrespe un día para encresparme yo también. Francamente, me gustaría pegarle o algo así... (Pausa.) ¡Vaya que soy desaborida y sin gracia! Mi hermana Luisa valía más; aunque, la verdad, tampoco era cosa del otro jueves. Mis ojos no expresan nada; cuando más, expresan que estoy triste, pero sin decir por qué. Parece mentira que detrás de estas pupilas haya... lo que hay. Parece mentira que este entrecejo y esta frente angosta oculten tanto ocultan. ¡Qué difícil para mí figurarme cómo es el Cielo; no acierto, no veo nada! ¡Y qué fácil imaginarme el infierno! Me lo represento como si

hubiera estado en él... Y tienen razón; el parecido con la cara de un gato salta a la vista... La boca es lo peor; esta boca de esquina que tenemos las tres... Sí; pero la de mamá es la más característica. La mía, tal cual; y cuando me río, no resulta maleja. Una idea se me ocurre: si yo me pintara, ¿valdría un poco más? ¡Ah, no!; Víctor se reiría de mí. El podrá desdeñarme; pero no me considera mujer ridícula y antipática. ¡Jesús! ¿Seré antipática? Esta idea sí que no la puedo sufrir. Antipática, no, Dios mío. Si me convenciera de que soy antipática, me mataría... (Pausa.) Anoche entró y se metió en su cuarto sin decir oste ni moste. Más vale así. Cuando me habla me estruja el corazón. Porque me quisiera sería yo capaz de cometer un crimen. ¿Qué crimen? Cualquiera... todos. Pero no me querrá nunca, y me quedaré con mi crimen en proyecto y desgraciada para siempre".

—Hija —indicó doña Pura, sacándola impensadamente de su abstracción—. Cuando venga Ponce, le dices que le matamos si no nos trae los billetes para el beneficio de la Pellegrini. Si no los tiene, que los busque. Ella ha de dar billetes a los periódicos y a toda la dignísima alabarda. Créelo; si Ponce va a pedírselos, ella es muy fina y no se los negará. Nos enojaremos de veras si no los trae.

—Los traerá —dijo Abelarda, que había acabado de edificar su moño—. Como no los traiga, no le vuelvo a dirigir la palabra.

Ponce entraba allí como Pedro por su casa, dirigiéndose al comedor, donde comúnmente encontraba a su novia. Llegó aquella tarde a eso de las cuatro, y pasó, atusándose el pelo, después de haber colgado la capa y hongo en la percha del recibimiento. Era un joven raquítico y linfático, de esos que tienen novia como podrían tener un paraguas, con ribetes de escritor, crítico gratuito, siempre atareado, quejoso de que no le leía nadie (aquí no se lee), abogadillo, buen muchacho, orejas grandes, lentes sin cordón, bizcando un poco los ojos, mucha rodillera en los pantalones, poca sal en la mollera, y en el bolsillo obra de seis reales, cuando más. Gozaba un destinillo en el Gobierno de provincia, de seis mil, y estaba hipando por los ocho que le habían prometido desde el año anterior... que hoy, que mañana. Cuando los tuviera, boda al canto. Estas esperanzas no habrían bastado a que los Villaamil aceptasen su candidatura a yerno; pero tenía un tío rico, notario, sin hijos, enfermo de cáncer, y como se había de morir antes de un año, quizá de un mes, y Ponce era su heredero, la familia *Miau* vio en el aspirante una chiripa. El desgraciado tío, según los cálculos de Pantoja, que era su amigo y testamentario, dejaría dos casas, algunos miles y la notaría...

Lo mismo fue entrar Ponce en el comedor, que soltarle Abelarda esta indirecta:

—Si no trae usted las entradas para el beneficio de la Pellegrini, no vuelve a poner los pies aquí.

—Calma, hija, calma; déjame sentar, tomar aliento... He venido a escape. Me pasan cosas muy gordas, pero muy gordas.

—¿Qué le pasa a usted, hombre de Dios? —preguntó doña Pura, que acostumbraba reprenderle como a un hijo—. Siempre viene con apuros, y total, nada.

—Oigame usted, doña Pura, y tú, Abelarda, óyeme también. Mi tío está muy malo, pero muy malo.

—¡Ave María Purísima! —exclamó doña Pura, sintiendo que le daba un vuelco el corazón.

Y brincando como un cervatillo, fue a la cocina a dar la noticia a su hermana.

—Está expirando...

—¿Quién?

—El tío, mujer, el tío..., ¿no te enteras?... Pero dígame usted, Ponce (volviendo al comedor con rapi

dez gatuna), ¿va de veras?... Estará usted muy contento, muy... triste quiero decir.

—Se harán ustedes cargo de que no puedo ir al teatro, ni visitar a la Pellegrini... Como ustedes conocen... Muy malo, muy malito... Dicen los médicos que no dura dos días...

—¡Pobre señor!... ¿Y qué hace usted que no se planta en casa del difunto... digo, del enfermo?

—De allí vengo... Esta noche, a las siete, le llevaremos el Viático.

Corrió doña Pura al despacho, donde estaba Villaamil.

—El Viático... ¿no te enteras?

—¿Qué?... ¿quién?

—El tío, hombre, el tío de Ponce, que está dando las boqueadas... (Deslizándose otra vez hacia el comedor). Amigo Ponce, ¿quiere usted tomar una copita de vino con bizcochos? Estará usted muy afectado... Y no hay que pensar en teatros... No faltaba más. Nosotras tampoco iremos. Ya ve usted, el luto... guardaremos luto riguroso... ¿De veras no quiere usted una copita de vino con bizcochos?... ¡Ah, qué cabeza!... ¡si se ha acabado el vino!... Pero lo traeremos... Con formalidad: ¿no quiere usted?

—Gracias; ya sabe usted que el vino se me sube a la cabeza.

Abelarda y Ponce pegaron la hebra, sin más testigo que Luis, que andaba enredando en el comedor, y a veces se paraba ante los novios, mirándolos con estupor infantil. Hablaban a media voz... ¿Qué dirían? Las trivialidades de siempre. Abelarda hacía su papel con aquella indolente pasividad que demostraba en los lances comunes de la vida. Era ya rutina en ella charlotear con aquel tonto, decirle que le quería, anticipar alguna idea sobre la boda. Había contraído hábito de responder afirmativamente a las preguntas de Ponce, siempre comedidas y correctas. El albedrío no tomaba parte alguna en semejantes confidencias;

la mujer exterior y visible realizaba una serie de actos inconscientes, a manera de sonámbula, quedando desligada la mujer interna para obrar conforme a sentimientos más humanos. Antes de la aparición súbita de Víctor en la casa, Abelarda consideraba a Ponce como un recurso y apoyo probable en las vicisitudes de la suerte. Se casaría con él por colocarse, por tener posición y nombre y salir de aquella estrechez insoportable de su hogar. Desde que vino *el otro*, dejábase llevar de estas mismas ideas, pero como un patinador, que una vez lanzado, sigue y sigue girando y resbalando sin caer sobre el hielo. No se le ocurría a la joven desdecirse ni renegar del matrimonio con Ponce; porque tener aquel marido equivalía a tener un abanico, un imperdible u otro objeto cualquiera de los más usuales a la vez que indiferentes. El pegajoso crítico se creyó obligado a mostrarse aquel día más tierno que los demás, atreviéndose a fijar el de las bendiciones y a proponer, desmintiendo su timidez, algunos particulares de su futura existencia matrimonial. Oíale la insignificante como quien oye llover, y en virtud de la velocidad adquirida, se mostraba conforme con semejantes proyectos y los apoyaba con palabras glaciales y descoloridas, a la manera de quien repite paternóster y avemarías de un rosario rezado a bostezos sin devoción alguna.

Sonó la campanilla y Abelarda se sobresaltó por dentro, sin perder su continente frío. Le conocía en el modo de llamar, conocía su taconeo al subir la escalera, y si desde la puerta de la casa hasta el comedor pronunciaba alguna frase, hablando con doña Pura o con Villaamil, discernía por la inflexión lejana del acento si llegaba bien o mal humorado. Doña Pura, al abrir a Víctor, le embocó la noticia de la inminente muerte del tío de Ponce. Incapaz de contenerse la buena señora, se espontaneó hasta con el

maestro de baile (vulgo aguador). Víctor entró sonriendo, y, por inadvertencia o malicia, hubo de dar la enhorabuena a Ponce, el cual se quedó turulato.

XIX

—¡Ah!, no... dispense usted. Me confundí... Es que a mi señora suegra le bailaban los ojos cuando me lo dijo. Efectos del cariño que le tiene a usted, ínclito Ponce. El cariño ciega a las personas... Usted es ya de casa; le queremos mucho, y como no tenemos el gusto de conocer, ni aun de vista, a su señor tío...

Acarició a Luis sobándole la cara y repujándole los carrillos para besárselos, y después le mostró el regalo que le traía. Era un álbum para sellos, prometido el día que el niño tomó la purga, y además del álbum una porción de sellos de diferentes colores, algunos extranjeros, españoles los más, para que se entretuviera pegándolos en las hojas correspondientes. Lo que agradeció Cadalsito este obsequio, no puede ponderarse. Estaba en la edad en que empieza a desarrollarse el sentido de la clasificación y en que relacionamos los juguetes con los conocimientos serios de la vida. Víctor le explicó la distribución de las hojas del álbum, enseñándole a reconocer la nacionalidad de los sellos. "Mira, esta tía frescachona es la República francesa. Esta señora con corona y *bandós* es la Reina de Inglaterra, y esta águila con dos cabezas, Alemania. Los vas poniendo en su sitio, y ahora lo que has de hacer es reunir muchos para llenar los huecos todos". El pequeñuelo estaba encantado; sólo sentía que la cantidad de sellos no fuera suficiente a inundar la mesa. Pronto se enteró del procedimiento, y en su interior hizo voto de conservar el álbum y de cuidarlo mientras le durase la vida.

Víctor, entre tanto, metió cucharada en la conversación hocicante que se traían Abelarda y Ponce. Casi estaban morro con morro, tejiendo un secreto, una conspiración de soserías, para él amorosas y para ella indiferentes y cansadas. Víctor encajó la cuchara entre boca y boca, diciéndoles:

—Amiguitos, los gorros a quien los tolere; yo protesto. ¿Y no podrían aguardar a la luna de miel para hacer los tortolitos? Francamente, eso es insultar a la desgracia. La felicidad debe disimularse ante los desdichados, como la riqueza ante el pobre. La caridad lo manda así.

—¿Pero a ti qué te importa que nosotros nos queramos o dejemos de querernos —dijo Abelarda—, ni que nos casemos o dejemos de casarnos? Seremos felices o no, según nos dé la gana. Eso, acá nosotros. Tú nada tienes que ver.

—Don Víctor —indicó Ponce con su habitual insipidez—, si está usted envidioso, con su pan se lo coma.

—¿Envidioso? No negaré que lo estoy. Mentiría si otra cosa dijese.

—Pues rabia, pues rabia.

—Papá, papá —chilló Luisito, empeñado en que Víctor volviera la cabeza hacia donde él estaba, y poniéndole la mano en la cara para obligarle a que le mirase—. ¿De qué parte es éste que tiene un señor con bigotes muy largos?

—¿Pero no lo ves, hijo? Es de Italia... Pues sí que estoy envidioso. Ésta me dice que rabie, y no tengo inconveniente en rabiar y aun en morder. Porque cuando veo dos que se quieren bien, dos que resuelven el problema del amor y allanan todas las dificultades, y caminito, caminito de la dicha, llegan hasta el matrimonio, me muero de envidia. Para mí, créanlo o no lo crean, ustedes han resuelto el problema. Yo miro en esta parejita lo que nunca podré alcanzar. Ustedes no tienen ambición, ustedes se contentan con una vida pacífica y modesta, estimándose y queriéndose sin fiebre ni locuras de ésas... Ustedes no ten-

drán mucho *parné,* pero no carecerán del puchero; ustedes, sin ser santos, reúnen bastante virtud para recrearse el uno en el otro... ¿Qué más se puede desear?... ¡Ah!, ínclito Ponce, usted la ha sabido entender; ha sabido elegir... y ella también, esta pícara, que parece que no rompe un plato, ha metido la mano en el cesto y ha sacado la fruta mejor. Yo me felicito, pues ¿no me he de felicitar? Pero eso no quita que tenga mi *pelusa,* como cualquier hijo de vecino, porque me contemplo en situación tan distinta, ¡ay!, tan distinta... Daría todo cuanto tengo, cuanto espero, por una cosa. ¿A que no lo adivinan?

Con repentina intuición, Abelarda le vio venir y temblaba.

—Pues yo daría todo por ser el ínclito Ponce. Créanlo ustedes o no lo crean, ésta es la verdad. ¿Quiere usted cambiarse, Ponce amigo?

—Francamente, si en el cambio me quedo con la dama, no hay inconveniente ninguno.

—¡Oh!, eso no, porque cabalmente ahí está la tostada. Yo daría sangre de las venas por echar mi anzuelo en el mar de la vida con el cebo de una declaración amorosa y pescar una Abelarda. Es una ambición que me curaría de las demás.

—Papá, papá (tirándole de la nariz para que volviera la cara hacia él). ¿Y éste que tiene una cotorra?

—Guatemala... Déjame, hijo... No aspiro a más. Una Abelardita que me mime, y con tal compañía lo arrostro todo. Con una como ésta me casaría yo por puertas, es decir, sin una mota. No faltaría el garbanzo. Prefiero con ella un pedazo de pan, a todas las riquezas del mundo, solo. Porque ¿dónde se encuentra un carácter tan dulce, un corazón tan tierno, una mujer tan hacendosita, tan...

—Don Víctor, que se corre usted mucho (con tentativas de humorismo, enteramente frustradas). Que es mi novia, y tantos piropos me van a dar celos...

—Aquí no se trata de celos...
A buena parte viene usted... ¿Ésta,
ésta?... Ésta es segura, amigo; le
quiere a usted con el alma y con la
vida. Ya podían acudir todos los
reyes y príncipes del orbe a dispu-
társela a su Ponce adorado. ¿Pues se
figura usted que si no lo creyera yo
así, le habría puesto los puntos? La
caridad bien ordenada empieza por
uno mismo. Si yo llego a concebir
tanto así de esperanzas, ¿piensa que
no me alzo con el santo y la limosna? Pero, ¡quiá!, a otra puerta... Mírela usted: al que le hable
de cambiar a su Poncecito por otro,
le tira los trastos a la cabeza...
Véala usted con esa cara que parece
un enigma, con esa sonrisita que parece postiza; cualquiera se atreve a
decirle algo.

—Vamos, don Víctor —objetó
Ponce con mucha saliva en la boca—, que cuando usted habla así,
es porque ha tenido sus pretensiones... y ha sacado lo que el negro
del sermón.

—No hagas caso, tontín —dijo
Abelarda muy inquieta, sonriendo
violentamente, y con más ganas de
llanto que de broma—. ¿No ves que
se está quedando contigo?

—Que se quede. Lo que hay es
que Abelarda es formal, y una vez
dada su palabra, no hay quien la
apee. Nosotros nos comprendimos
en cuanto nos tratamos; nuestros caracteres ajustan perfectamente, y si
yo estoy cortado para ella, ella está
cortadita para mí.

—Poco a poco, caballero Ponce
(poniéndose muy serio, como siempre que elevaba al grado heroico sus
crueles bromas), usted estará cortado para quien guste, no me meto en
eso. Pero lo que es Abelarda, lo que
es Abelarda...

Ponce le miró serio también, esperando el final de la frase, y la
insignificante bajó la vista hacia su
labor de costura.

—Digo que lo que es ella no está
cortada para usted. Y lo sostendré
contra todo el que opine lo contra-

rio. La verdad por delante. Ella le
quiere a usted, lo reconozco; pero
en cuanto al corte... Es mucho corte el suyo; hablo del corte moral y
también del físico, sí señor, también
del físico. ¿Quiere usted que lo diga
claro? Pues para quien está cortada
Abelarda es para mí... Para mí; y
no hay que tomarlo a ofensa. Para
mí, aunque a usted le parezca un
disparate. ¡Si usted no puede juz-
garla como yo, que la conocí siendo
una muñeca todavía...! Y además
usted no me ha tratado a mí lo bastante para saber si congeniamos o
no... Ya sé que estoy hablando de
una cosa imposible; ya sé que tengo
la culpa de haber llegado tarde; ya
sé que usted me cogió la delantera,
y no hemos de reñir... Pero en
cuanto a conocer el mérito de quien
lo tiene; en cuanto a deplorar que
tantas dotes no sean para mí, lo que
es en eso (marcando la frase con la
mayor formalidad y en tono orato-
rio), ¡ah!, lo que es en eso, no cedo
ni puedo ceder.

—No le hagas caso, déjale —indicó Abelarda a su novio, que empezaba a enfurruñarse.

—Amigo don Víctor, todo eso podrá ser verdad, pero no viene muy
al caso.

—Parece que se amostaza usted,
ínclito Ponce. Sépase que soy muy
leal. Reconozco que se ha ganado usted lo que a mi parecer debió ser
mío. (Patéticamente.) Bien ganado
está. Ha sido en buena lid. Lo que
he perdido, lo he perdido por mi
culpa. No me quejo. Seremos amigos, siempre amigos. Vengan esos
cinco.

—¡Ah, este don Víctor, qué cosas tiene! (dejándose apretar la mano).

Con otro que no fuera Ponce, bien
se libraría Cadalso de emplear lenguaje tan impertinente; pero ya sabía él con quién trataba. El novio
estaba amoscadillo, y Abelarda no
sabía qué pensar. Para burla, le parecía demasiado cruel; para verdad,
harto expresiva. Mucho le pesó a

Ponce tener que marcharse; presumía que Víctor continuaría hablando a la chica en el mismo tono, y francamente, Abelarda era su novia, su prometida, y aquel cuñadito hospedado bajo el propio techo principiaba a inquietarle. El pillete de Cadalso, conociendo la turbación del crítico, en el momento de despedirse le sacudió mucho la diestra, repitiendo:

—Leal, soy muy leal... Nada hay que temer de mí.

Y cuando volvió al lado de la joven, que lo miraba consternada:

—Perdóname, hija; se me escapó aquella idea, que yo quería esconder a todos... Espontaneidades que uno tiene cuando menos piensa, y que el más ducho en disimular no puede contener a veces. Yo no quería hablar de esto; pero no sé qué me entró. ¡Me dio tal envidia de veros como dos tórtolos...! ¡me asusté tanto de la soledad en que me encontraba, nada más que por llegar tarde, sí, por llegar tarde...! Dispénsame, no te diré una palabra más. Sé que este capítulo te aburre y te molesta. Seré discreto.

Abelarda no podía reprimirse. Levantóse, sintiendo pavor, deseo de huir y de esconderse, para ocultar algo que impetuosamente al demudado rostro le salía.

—Víctor —exclamó descompuesta y temblando—, o eres el hombre más malo que hay en el mundo, o no sé lo que eres.

Corrió a su habitación y rompió a llorar, desplomándose de cara sobre las almohadas de su lecho. Víctor se quedó en el comedor, y Luis, que en su inocencia comprendía que pasaba algo extraño, no se atrevió durante un rato a molestar a papá con aquel teje-maneje de los sellos. El padre fue quien afectó entonces interesarse en el juego inteligente, y se puso a explicar a su hijo los símbolos de nacionalidades que éste no comprendía: "Este rey barbudo es Bélgica, y esta cruz la República helvética, es decir, Suiza".

Doña Pura entró de la calle, y como no viese a su hija en el comedor ni en la cocina, buscóla en el dormitorio. Abelarda salía ya, con los ojos muy colorados, sin dar a su madre explicación satisfactoria de aquellos signos de dolor. Víctor, interrogado por doña Pura sobre el particular, le dijo con socarronería:

—Parece usted tonta, mamá. Llora por el tío de Ponce.

XX

Acostaron temprano a Luis, que metió consigo en la cama el álbum de sellos y se durmió teniéndole muy abrazadito. No sufrió aquella noche el acceso espasmódico que precedía a la singular visión del anciano celestial. Pero soñó que lo sufría, y, por consiguiente, que deseaba y esperaba la fantástica visita. El misterioso personaje hizo novillos, y así lo expresaba con desconsuelo Cadalsito, deseando enseñarle su álbum. Esperó, esperó mucho tiempo, sin poder determinar el sitio donde estaba, pues lo mismo podía ser la escuela que el comedor de su casa o el escritorio del memorialista. Y al hilo del sueño, donde todo era sinrazón y desvarío, descargó el rapaz un golpe de lógica admirable: "¡Pero qué tonto soy!—pensó—. ¿Cómo ha de venir, si le han llevado esta noche a casa del tío de Ponce?"

El día siguiente le dieron de alta; pero se determinó que no fuese a la escuela en lo que restaba de la semana, lo que él agradeció mucho, determinando estudiar algo por las noches, nada más que una miaja, y reservando los grandes esfuerzos de aplicación para cuando volviera a sus tareas escolares. Le permitieron bajar a la portería, y cargó con el álbum para enseñárselo a Paca y a Canelo. Bien quisiera llevarlo a casa de su tía Quintina; mas para esto no hubo permiso. En la portería se estuvo hasta el anochecer, hora en que le llamaron, temiendo que se pasmase con el aire del portal. Al subir llevaba una idea que en sus conversaciones con Mendizábal y Paca había adquirido; una idea que le pareció al principio rara, pero que luego tuvo por la más natural del mundo. Hallábase solo con Abelarda, pues su abuela y Milagros zascandileaban por la cocina, cuando se determinó Cadalsito a comunicar a su tía la famosa idea. Ésta le acariciaba con extremada vehemencia, le daba besos, le prometía regalarle un álbum mayor, y de repente Luis, respondiendo a tantos cariños con otros no menos tiernos, le dijo:

—Tía, ¿por qué no te casas tú con mi papá?

Quedóse la chica como lela, fluctuando entre la risa y el enojo.

—¿De dónde has sacado tú eso, Luis? —le dijo, asustándole con la fiereza de su semblante—. Tú no lo has inventado. Alguien te lo ha dicho.

—Me lo dijo Paca —afirmó Luis, no queriendo cargar con responsabilidades ajenas—. Dice que Ponce es más tonto que quiere y que no te conviene; que mi papá es listo y guapo, y que va a hacer una carrera muy grande, muy grande.

—Dile a Paca que no se meta en lo que no le importa... ¿Y qué más, que más te dijo?

—Pues... (escarbando en su memoria). ¡Ah!, que mi papá es un caballero muy decente... Como que le da pesetas a la Paca siempre que le lleva algún recado... Y que tú debías casarte con mi papá, para que todo quedase en casa.

—¿Le lleva recados?... ¿Cartas? ¿Y a quién? ¿No sabes?

—Debe ser al Ministro... Es que son muy amigos.

—Pues todo eso que te ha contado Paca del pobre Ponce, es un disparate —afirmó Abelarda sonriendo—. ¿A ti no te gusta Ponce? Dime la verdad, dime lo que pienses.

Luis vaciló un rato en dar contestación. Habían extinguido la prevención medrosa que su padre le inspi-

raba, no sólo los regalos recibidos de él, sino la observación de que Víctor se llevaba muy bien con toda la familia. En cuanto a Ponce, bueno será decir que Cadalsito no había formado opinión ninguna acerca de este sujeto, por lo cual aceptó, sin discutirla, la de Paca.

—Ponce no sirve para nada, desengáñate. Va por la calle que parece que se le caen los calzones. Y lo que es talento... Mira, más talento tiene Cuevas. ¿No te parece a ti?

Abelarda se reía con tales ocurrencias. Aun hubiera seguido charlando con Luis de aquel asunto; pero la llamó su padre para que le pegara algunos botones al chaleco, y en esto se entretuvo hasta la hora de comer. Doña Pura dijo que Víctor no comía en casa, sino en la de un amigo suyo, diputado y jefe de un grupito parlamentario. Sobre esto hizo Villaamil algunos comentarios acres, que Abelarda oyó en silencio, con grandísima pena. Discutióse si irían o no al teatro aquella noche, resolviéndose en afirmativa, porque Luis estaba ya bien. Abelarda solicitó quedarse, y su madre le dio una arremetida a solas, asestándole varias preguntas:

—¿Por qué no comes? ¿Qué tienes? ¿Qué cara es ésa de carnero a medio morir? ¿Por qué no quieres venir al Real? No me tientes la paciencia. Vístete, que nos vamos en seguida.

Y fueron las tres Miaus, dejando a Villaamil con su nieto y sus fúnebres soledades. Después de acostar al niño se puso a leer La Correspondencia, que hablaba de una nueva combinación.

Cuando las Miaus regresaron, ya Víctor estaba allí, escribiendo cartas en la mesa del comedor. Don Ramón seguía royendo el periódico, y suegro y yerno no se decían media palabra. Retiráronse todos, menos Abelarda, que tenía que mojar ropa para planchar al día siguiente, y al verla metida en esta faena, Víctor, sin soltar la pluma, le dijo:

—He pensado en ti todo el día.
Temí que te enojaras por lo de ayer.
Yo había hecho el propósito de no
revelarte nunca mis sentimientos.
Aun no te he dicho toda la verdad,
ni te la diré, Dios mediante. Cuando
uno llega tarde, debe resignarse y
callar. ¿Y tú no me respondes nada?
¿No hablas ni siquiera para reñirme?
La insignificante tenía los ojos fijos en la mesa, y sus labios se agitaban como si la palabra retozara en
ellos. Por fin no chistó.

—Te hablaré como hermano (con
aquella gravedad bondadosa que tan
bien sabía fingir), ya que de otra
manera no me es lícito. Soy muy
desgraciado... no lo sabes tú bien.
Aquí me tienes arrastrado por un
vértigo de pasiones insanas; aquí me
tienes bajo el peso de relaciones que
solicité con aturdimiento, que man-
tuve por rutina y por pereza, y que
ahora deseo romper. Contaba yo para este fin con el auxilio de un ser
angelical a quien pensaba encomen-
darme primero, y entregarme por fin
en cuerpo y alma. Pero ya no puede ser. ¿Qué hago yo en este trance?
Seguir y seguir encenegado, perderme más y más en el laberinto sin salida. Ya no hay salvación para mí.
La fatalidad me arrastra... Tú no
comprendes esto, Abelarda; pero
quién sabe... quizá lo comprendas, porque tienes mucha penetración. ¡Oh!, pues ¡si yo te hubiera en-
contrado libre...! Mil veces me he
propuesto no decirte nada. Sólo que
las palabras se me salen de la boca... Basta, basta; no me hagas
caso. Esto te lo vengo diciendo desde un principio. No hagas caso de
este infeliz; despréciame. Yo no te
merezco. Estoy expiando los enormes
disparates que cometí desde que me
faltó mi pobre Luisa, aquel ángel...
ángel del cielo, pero inferior a ti,
tan inferior, que no hay punto de
comparación entre ambas. Yo, francamente (levantándose con exaltación), cuando veo que tesoro tan
grande va a ser para un Ponce; cuando pienso que tal conjunto de cualidades cae en manos de...

Abelarda estaba tan sofocada, que
si no desahoga, si no abre al menos
una valvulita, revienta de seguro.

—¿Y si yo te dijera... vamos a
ver (palideciendo), si yo te dijera
que no quiero a Ponce?...

—¿Tú...? ¿y es verdad?...

—¿Si yo te dijera que ni le quise
jamás, ni le querré nunca?... a ver.

Víctor no contaba con esta salida,
y se desorientó.

—Ahí tienes tú una cosa... vamos... (balbuciendo) una cosa que
me produce el efecto de un porrazo
en la cabeza.....¿Pero es verdad?
Cuando lo dices, verdad debe de ser.
Abelarda, Abelarda, no juegues conmigo; no juegues con fuego... Estas bromas, si bromas son, suelen
traer catástrofes. Porque cuando se
aborrece a un hombre, como me aborreces tú a mí... (confuso y sin
saber a qué santo encomendarse) no
se le dice nada que pueda extraviarle
respecto a... quiero decir, respecto
a los sentimientos de la persona que
le aborrece, porque podría suceder
que el aborrecido... No, no atino a
explicarte lo que siento. Si no quieres a Ponce, es que quieres a otro,
y esto es lo que no debes decirme a
mí... ¿Para qué? ¿Para que me con-
funda más de lo que estoy? (Co-
lumbrando un postigo y aguzando
su ingenio para escurrirse por él.)
Y no quiero interrogarte sobre este
particular, porque me volvería loco.
Guárdate tu secreto y respeta mi situación. Si yo no te inspiro más que
odio, si no llegas a la repugnancia,
te ruego que me dejes solo, que te
retires y no añadas una palabra más.
No te ofrezco mis consejos, porque
no los aceptarías; pero si te encon-
traras en alguna situación difícil y
mis consejos te pudieran servir de
algo, ya sabes que soy para ti lo
que tú quieras que sea; hermano, si
como hermano me tratas...

—¿Y si los necesitara, si necesitara tus consejos? —insinuó Abelarda,
que buscaba no una salida, sino la
entrada, sin poder descubrirla.

—Pues dispón de mí (otra vez desconcertado). Si quieres a un hom-

bre y temes la oposición de tus padres; si la ruptura con Ponce te parece difícil y necesitas auxilio, aquí estoy dispuesto a prestártelo, por penoso que el caso sea para mí (acercándose más a ella). Dímelo, dímelo, no tengas miedo. ¿Quieres a un hombre que no es tu novio?

—Es mucho pedir que confiese yo... así..., de tenazón (recurriendo a la coquetería para salir del paso). ¿Y a ti quién te da vela en este entierro?...

—Soy de la familia... soy tu amigo. Podría ser algo más si tú quisieras. Pero he llegado tarde; no hay que hablar de mi persona. Estoy fuera de juego. Si no quieres confiarme tu secreto, mejor para mí. Así no padeceré tanto. Respóndeme a una pregunta: el hombre a quien tú quieres, ¿te quiere a ti también?

—Yo no he dicho que quiera a nadie... me parece que no lo he dicho... Pero pongamos que lo dijese. Eso no es cuenta tuya. Eres muy entrometido... Claro que yo no iba a querer a nadie que no me correspondiese. Pues lucida estaba.

—De modo que hay reciprocidad (con fingida cólera). ¡Y estas cosas me las dices en mi propia cara!

—¡Yo!... si yo no he chistado.

—Pero lo das a entender... No quiero ser tu confidente, vamos... ¿De modo que el otro te ama?...

—No lo sé... (dejándose llevar de su espontaneidad, ya irresistible). Es lo que no he podido averiguar todavía.

—Y vienes sin duda a que yo te lo averigüe (con sarcasmo). Abelarda, esa clase de papeles no los hago yo. No me digas quién es; no necesito saberlo. ¿Es quizás persona que yo conozco? Pues cállate el nombre, cállatelo si no quieres que perdamos las amistades. Esto te lo dice un hombre que siente hacia ti un afecto... pero un afecto que ahora no quiero definir; un hombre que vive bajo el peso de su destino fatal (estas filosofías y otras semejantes las tomaba Cadalso de ciertas novelas que había leído); un hombre a quien

está vedado referirte sus padecimientos; y pues yo no debo quererte ni puedo ser tuyo ni tú mía, no debo atormentarme ni dejar que me atormentes tú. Guárdate tu secreto, y yo reservaré la parte de él que he adivinado. Si la fatalidad no se hubiera interpuesto entre nosotros dos, yo intentaría aún tu remedio, procurando arrancarte ese amor, reemplazándolo con el mío. Pero no soy dueño de mi voluntad. El sentimiento éste (golpeándose el pecho) jamás pasará del corazón a la realidad de la vida. ¿Por qué me incitas a descubrirlo? Déjalo en mí, mudo, sepultado, pero siempre vivo. No me tientes, no me irrites. ¿Quieres a otro? Pues que yo no lo sepa. ¿A qué enconar una herida incurable?... Y para impedir mayores conflictos, mañana mismo me voy de esta casa, y no vuelvo a entrar aquí.

Abelarda sintió tan viva aflicción al oír esto, que no pudo encubrirla. No tenía ella en su pobre caletre armas de razonamiento para combatir con aquel monstruo de infinitos recursos e ingenio inagotable, avezado a jugar con los sentimientos serios y profundos. Aturdida y atontada, iba a entregar su secreto, ofreciéndose indefensa y cubierta de ridiculez al brutal sarcasmo de Víctor; pero pudo serenarse un poco, recobrar algún equilibrio, y con afectada calma le dijo:

—No, no, no hay motivo para que te vayas. ¿Es que hiciste las paces con Quintina?

—¿Yo? ¡Qué disparate! Ayer Cabrera por poco me pega un tiro. Es un animal. Me iré a vivir a cualquier rincón.

—No, eso no. Puedes seguir aquí.

—Pues prométeme no hablar de esto una palabra más.

—Si yo no he hablado. Eres tú el que se lo dice todo. Que me quieres, que no me puedes querer. ¿Cómo se entiende?

—Y la última prueba de que te quiero y no te debo querer (con agudeza), te la voy a dar en este consejo: vuelve los ojos a Ponce...

—Gracias.

—Vuelve los ojos al ínclito Ponce. Cásate con él. Ten espíritu práctico. ¿Que no le quieres? No importa.

—Tú estás loco (aturrulladísima). ¿Acaso he dicho yo que no le quería?

—Lo has dicho, sí.

—Pues me vuelvo atrás. ¡Qué disparate! Si lo dije, fue broma, por oírte y darte tela.

—Eres mala, muy mala. Yo pensaba otra cosa de ti.

—¿Pues sabes lo que digo? (Levantándose con violento arrebato de ira y despecho). Que estás de lo más cargante y de lo más inaguantable con tus... con tus enigmas; y que no te puedo ver, no te puedo ver. La culpa la tengo yo, que oigo tus necedades. Abur... Voy a dormir... Y dormiré tan ricamente, ¿qué te crees?

—El odio muy vivo, como el amor, quita el sueño.

—A mí no... perverso... tonto...

—Tú a dormir, y yo a velar pensando en ti... Adiós, Abelarda... Hasta mañana.

Y cuando se retiró el impío, un minuto después de la desaparición de la víctima (que se metió en su cuarto y atrancó la puerta como quien huye de un asesino), llevaba en los labios risilla diabólica y este monólogo amargo y cruel: "Si me descuido, me espeta la declaración con toda desvergüenza. ¡Y cuidado que es antipática y levantadita de cascos la niña!... Y cursi hasta dejárselo de sobra, y sosita... Todo se le pódría perdonar si fuera guapa... ¡Ah! Ponce, ¡qué ganga te ha caído!... Es una plepa que no hay por dónde cogerla para echarla a la basura.

XXI

Aunque las esperanzas de los Villaamil, apenas segadas en flor, volvían a retoñar con nueva lozanía, el atribulado cesante las daba siempre por definitivamente muertas, fiel al sistema de esperar desesperando. Sólo que su pesimismo se avenía mal con el furor de escribir cartas y de mover cuantas teclas pudiesen comunicar vibración a la desmayada voluntad del Ministro. "Todo eso de esperar vacante, es música —decía—. Yo sé que cuando quieren hacer las cosas, las hacen saltando por cima de las vacantes y hasta por cima de las leyes. Ni que fuéramos tontos. He visto mil veces el caso de entrar un prohombre en el Ministerio, navaja en mano, pedir una credencial de las gordas; el Ministro ¡zas! llama al Jefe del Personal... "no hay vacante..." "pues hacerla" ¡pataplúm! allá te va, caiga el que caiga... ¿Pero dónde está mi prohombre? ¿qué personaje de campanillas entrará en el despacho del Ministro con cara *feroce* diciendo: "de aquí no me muevo hasta que me den... eso?" ¡Ay, Dios mío, qué desgraciado soy y cómo me voy quedando fuera de juego!... Con esta Restauración maldita, epílogo de una condenada Revolución, ha salido tanta gente nueva, que ya se vuelve uno a todos lados, sin ver una cara conocida. Cuando un don Claudio Moyano, un don Antonio Benavides o un marqués de Novaliches le dicen a uno: "amigo Villaamil, ya estamos mandados recoger", es que el mundo se acaba. Bien dice Mendizábal que la política ha caído en manos de mequetrefes".

Para distraer su pena y olfatear nombramientos ajenos, ya que en el suyo afectaba no creer, o realmente no creía, iba por las tardes al Ministerio de Hacienda, en cuyas oficinas tenía muchos amigos de categorías diversas. Allí se pasaba largas horas, charlando, enterándose del expediente, fumando algún cigarrillo, y sirviendo de asesor a los empleados noveles o inexpertos que le consultaban sobre cualquier punto oscuro de la enrevesada Administración.

Profesaba Villaamil entrañable cariño a la mole colosal del Ministerio; la amaba como el criado fiel ama la casa y familia cuyo pan ha comido durante luengos años; y en aquella época funesta de su cesantía, visitábala él con respeto y tristeza, como sirviente despedido que ronda la morada de donde le expulsaron, soñando en volver a ella. Atravesaba el pórtico, la inmensa crujía que separa los dos patios, y subía despacio la monumental escalera, encajonada entre gruesos muros, que tiene algo de feudal y de carcelario a la vez. Casi siempre encontraba por aquellos tramos a algún empleado amigote que subía o bajaba. "Hola, Villaamil, ¿qué tal?" —"Vamos tirando".—Al llegar al principal titubeaba antes de decidir si entraría en Aduanas o en el Tesoro, pues en ambas Direcciones le sobraban conocidos; pero en el segundo prefería siempre Contribuciones a Propiedades. Los porteros le saludaban; y como Villaamil era tan afable, siempre echaba un párrafo con ellos. Si era tarde, les encontraba con la paletada de brasas, resto de las chimeneas, cuyo último fuego sirve para alimentar los braseros de las porterías; si temprano, llevando papeles de una oficina a otra o transportando bandejas con vasos de agua y azucarillos. "Hola, Bermejo, ¿cómo va?" —"Tal cual, don Ramón, y sintiendo mucho no verle a usted todos los días por aquí".— "Dígame, ¿y Ceferino?" —"Ha pasado a Impuestos. El pobre Cruz fue el que *cascó*".— "¿Qué me cuenta usted? Hombre, si le vi el otro día tan bueno y tan sano... ¡Qué mundo éste! Vamos quedando pocos de aquella fecha. Cuando yo entré aquí en tiempos de don Juan Bravo Murillo, ya estaba Cruz *en la casa*... Mire usted si ha llovido... Pobre Cruz, lo siento".

El mejor amigo entre los muchos buenos que Villaamil tenía en aquella casa era don Buenaventura Pantoja, de quien algo sabemos ya, padre de Virginia Pantoja, una de las actrices del coliseo doméstico de las *Miaus*. Visitaba con preferencia don Ramón la oficina de tan excelente y antiguo compañero (Contribuciones), del cual había sido Jefe: tomaba asiento en la silla más próxima a la mesa; le revolvía los papeles, si no estaba allí, y si estaba, trabábase entre los dos sabroso coloquio de chismografía burocrática.

—¿Sabes...? —decía Pantoja—. Hoy salieron calentitos dos oficiales primeros y un jefe de Administración. Ayer estuvo ese fantoche (aquí el nombre de cualquier célebre político), y claro, a rajatabla. Lo que yo te digo: cuando quieren hacer las cosas, saltan por cima de todo.

—Sea por amor de Dios —respondía Villaamil, dando un doliente suspiro que ponía trémulas las hojas de papel más cercanas.

Aquel día tardó mucho el buen hombre en fondear ante la mesa de Pantoja. A cada paso saltaban conocidos. Uno salía por aquí, aferrando legajos atados con balduque; otro entraba presuroso por allá, retrasado y temiendo un regaño del Jefe. "Cuanto bueno?... ¿Qué tal, Villaamil?" —"Hijo, defendiéndonos". La oficina de Pantoja formaba parte de un vastísimo salón, dividido por tabiques como de dos metros de alto. El techo era común a los distintos departamentos, y en la vasta capacidad se veían los tubos de las estufas, largos y negros, quebrados en ángulo recto para tomar la horizontal, horadando las paredes. Llenaba aquel recinto el estridor sonoro de los timbres, voz lejana de los Jefes, llamando sin cesar a sus subalternos. Como era la hora en que entran los rezagados, en que los madrugadores almuerzan, en que otros toman café, que mandan traer de la calle, no reinaba allí el silencio propicio al trabajo mental; antes, todo se volvía cierres de puertas, risas, traqueteo de loza y cafeteras, gritos y voces impacientes.

Villaamil entró en la sección, saludando a diestro y siniestro. Allí estaba de oficial tercero el cojo Guillén, muy amigo de la familia Villaamil, tertuliano asiduo, apuntador en la pieza que se iba a representar. Era, por más señas, tío del famoso *Posturitas*, amigo y émulo de Luisi-

to Cadalso, y vivía con sus hermanas, dueñas de la casa de *empréstamos.* Tenía fama Guillén de mordaz
y maleante, capaz de tomarle el pelo
al lucero del alba. En la oficina escribía juguetes cómicos groseros y
verdes, algún dramón espeluznante
que nunca llegaría a arrostrar las
candilejas; dibujaba caricaturas y ri-
maba sátiras contra la mucha gente
ridícula de la casa. También había
por allí un aspirantillo, hijo del Director del Tesoro, que apenas frisaba en los dieciséis y cobraba sus cinco mil reales, listo como una pólvora,
apto para traer y llevar recados de
oficina en oficina. Oficial segundo
era un tal Espinosa, señorito elegante,
de carrera improvisada y raya en el
pelo, con mucho requilorio en el vestir y bastantes gazapos en la ortografía; buen muchacho, que no se for-
malizaba nunca por las cargantes bromas de Guillén. Pero el más característico de todos era un tal Argüelles y Mora, oficial segundo, perfecta
parodia de un caballero del tiempo
de Felipe IV: pequeño, genuino *gato*
de Madrid, rostro enjuto y color de
cera, bigote y perilla teñidos de negro, melenas largas y bien atusadas.
Para que el tipo resultase más cabal,
usaba cierta capita corta y negra,
que parecía un desecho del guarda-
rropa de Quevedo. El sombrero era
hongo chato, achambergado, con un
dedo de grasa. Lástima que no lle-
vara golilla; mas aun sin ella, era
un acabado tipo de alguacil. En sus
tiempos tuvo pretensiones de guapeza, originalidad y elegancia; pero ya
sus espaldas tiraban a corcovarse, y
su rostro, con los pelos pintados,
tenía un sello de vigilia forzosa que
daba compasión. Tocaba la trompa
en un teatro. Llamábanle sus compañeros *el padre de familia,* porque en
todas las conversaciones burocráticas
traía a colación la multitud de bocas que tenía que mantener con el
mezquino y descontado sueldo de doce mil reales. Había tres o cuatro
empleados más, algunos taciturnos y
atentos a su obligación, repartidos
en varias mesas, a distancia respe-

tuosa de la del Jefe, próxima a la
ventana que daba al patio.

Cerca de las mesas véianse las per-
chas donde los funcionarios colga-
ban capas y sombreros. Guillén tenía
las muletas junto a sí. Entre mesa y
mesa, estantes y papeleras, trastos de
forma y aspecto que sólo se ven en
las oficinas, viejos los unos, con no
sé qué olor y color de *Paja* y *Uten-
silios,* de donde tal vez procedían;
los otros nuevos, pero no semejantes
a ningún mueble usado fuera de las
regiones burocráticas. Sobre todos los
pupitres abundaban legajos atados
con cintas rojas, los unos amarillen-
tos y polvorosos, papel que tiene
algo de cinerario y encierra las esperanzas de varias generaciones; los
otros de hojas flamantes y reciente
escritura, con notas marginales y fir-
mas ininteligibles. Eran las piezas
más modernas del pleito inmenso entre el pueblo y el fisco.

Pantoja no estaba: le había llamado el Director.

—Tome usted asiento, don Ramón. ¿Quiere un cigarrito?

—¿Y tú qué te traes entre manos? (acercándose a la mesa del
cojo y apoderándose de un papel).
¿A ver, a ver...? *Drama original y
en verso.* ¿Título? *La hijastra de su
hermanastra.* Muy bien, zánganos;
así perdéis las horas.

—Don Ramón, don Ramón —di-
jo el elegante, que acababa de pala-
dear su café—. ¿No sabe? A Cañiza-
res, ¿se acuerda usted? el que estaba
en Propiedades, aquel a quien lla-
mábamos don Simplicio, le han dado los doce mil. ¿Ha visto usted *po-
lacada* mayor?

—Le tuve yo en mi oficina con
cinco mil hace catorce años —dijo
el *padre de familia,* esgrimiendo su
puño cerrado y revelando toda la
aflicción del mundo en su cara al-
guacilesca—. Era tan asno, que le
ocupábamos en traer leña para la
estufa. Ni para eso servía. ¡Cáscaras,
qué hombre más animal! Yo cobraba entonces doce mil, lo mismo que
ahora. Vean ustedes si esto es justicia o qué. ¿Tengo o no tengo ra-

zón cuando digo que vale más recoger boñiga en las calles que servir al gran pindongo del Estado? Convengamos en que se acabó la vergüenza.

—Amigo Argüelles —suspiró Villaamil con tristeza estoica—, no hay más remedio que tragar bilis. Dígamelo usted a mí, que he tenido a mis órdenes, en provincias, con seis mil, al propio Director del ramo... Estaba la criatura en Estancadas... y no valía ni para pegar precintos en las cajas de cigarros.

—Dame, paloma mía, de lo que comes... ¡Cuando me acuerdo, ¡cascarones!, de que mi padre quería colocarme de hortera en una tienda, y yo me remonté creyendo que esto no era cosa fina!... ¡Vamos, cuando me acuerdo de esto, me dan ganas de arrancarme a puñadas estos condenados mechones que a uno le quedan!... Era allá por el 51. Pues no sólo no quise oír hablar de mostrador, sino que me metí a empleado por aquello de ser caballero; y para acabar de ensuciarla, me casé. Si sería yo pillín... Después *pian pianino*, nueve de familia, suegra y dos sobrinos huérfanos. Y defienda usted el garbanzo de tanta gente... Y gracias que la trompa ayuda, señores. El 64 llegué a los doce mil reales, y allí me planté. ¿Saben ustedes quién me sacó los doce mil? Julián Romea. No me veré en otra. Catorce años llevo en esta plaza. Ya ni siquiera pido el ascenso. ¿Para qué? Como no lo pida a tiros...

Las lamentaciones del trompista *padre de familia* eran oídas siempre con deleite. Entró en aquel punto Pantoja, y *conticuere omnes*. Cubría la cabeza del jefe de la sección un gorrete encarnado, con unas al modo de alcachofas bordadas de oro, y borla deshilachada que caía con gracia. Vestía gabán pardo y muy traído, pantalón con rodilleras, rabicorto, dejando ver la caña de las botas recién estrenadas, sin lustre aún. Después de saludar al amigo, ocupó su asiento. Arrimóse Villaamil y charlaron. Pantoja no olvidaba por el palique los deberes, y a cada instante daba órdenes a su tropa. "Oiga usted, Argüelles, haga el favor de ponerme una orden a la Administración Económica de la Provincia pidiciendo tal cosa... Usted, Espinosa, sáqueme en seguida el estado de débitos por Industrial". Y deshacía con mano experta el lazo de balduque para destripar un legajo y sacarle el mondongo. En atarlos también mostraba singular destreza, y parecía que los acariciaba al mudarlos de sitio en la mesa o al ponerlos en el estante.

El tipo fisiognómico de este hombre consistía en cierta inercia espiritual que en sus facciones se pintaba. Su frente era ancha, lisa, y tan sin sentido como el lomo de uno de esos libros rayados para cuentas, donde no se lee rótulo alguno. La nariz era gruesa en el arranque, resultando tan separados los ojos, que parecían estar reñidos y mirar cada uno por su cuenta y riesgo, sin hacer caso del otro. Su gran boca no se sabía dónde acababa. Las orejas lo sabrían. Sus labios fruncidos parecía que se violentaban al desplegarse para hablar, cual si fuesen expresamente creados para la discreción.

Moralmente, era Pantoja el prototipo del integrismo administrativo. Lo de *probo funcionario* iba tan adscrito a su persona como el nombre de pila. Se le citaba de tenazón y por muletilla, y decir *Pantoja* era como evocar la propia imagen de la moralidad. Hombre de pocas necesidades, vivía oscuramente y sin ambición, contentándose con su ascenso cada seis o ocho años, ni ávido de ventajas, ni temeroso de cesantía, pues era de esos pocos a quienes por su conocimiento práctico, cominero y minucioso de los asuntos oficinescos, no se les limpia nunca el comedero. Había llegado a considerar su inmanencia burocrática como tributo pagado a su honradez, y esta idea se transformaba en sentimiento exaltado o superstición. Era un alma ingenuamente honrada, una conciencia tan angosta, que se asustaba si oía hablar de millones que no fuesen los de la Hacienda. Las cifras muy altas, no siendo las del presupuesto del Estado, le producían un estremecimiento convulsivo; y si en el Ministerio se preparaba algún proyecto relacionado con fuertes empresas industriales o bancarias, se le subía a la boca, sin poderlo remediar, la palabra *chanchullo*. Nunca iba a la Tesorería Central sin experimentar sensación de espanto, como en presencia de un abismo o sima pavorosa donde anidan el peligro y la muerte; y cuando veía entrar en la Dirección del Tesoro o en la Secretaría a los altos personajes de la Banca, temblaba por la riqueza del Erario, de quien se creía perro de presa. Según Pantoja, no debía ser verdaderamente rico nadie más que el Estado. Todos los demás caudales eran producto del fraude y del cohecho. Siempre había servido en Contribuciones, y durante su larga y laboriosa carrera fue cultivando en su alma el insano goce de perseguir al contribuyente moroso o maligno, placer que tiene algo del cruel entusiasmo de la caza: para él era deleite inefable ver a la grande y a la pequeña propiedad defenderse, pataleando, de la persecución del Fisco, y sucumbir siempre ante la superioridad del cazador. En todos los conflictos entre la Hacienda y el contribuyente, la Hacienda tenía siempre razón, según el dictamen inflexible de Pantoja, y este criterio se mostraba en sus notas, que jamás reconocieron el derecho de ningún particular contra el Estado. Para él la propiedad, la industria, el consumo mismo, eran organismos o instrumentos de defraudación, algo de disolvente y revolucionario, que tenía por objeto disputar sus inmortales derechos a la única entidad dueña y propietaria de todo: la Nación. Pantoja no poseyó nunca más que su ropa y sus muebles; era hijo de un portero de la Sala de *Mil y Quinientas;* se había criado en un des-

ván de los Consejos, sin salir nunca de Madrid; no conocía más mundo que las oficinas, y para él la vida era una sucesión no interrumpida de menudos servicios al Estado, recibiendo de éste, en recompensa, el garbanzo y la santa rosca de cada día.

XXII

¡Ah! ¡Cielos! ¿Qué sería del mundo sin cocido? ¿Y qué de la mísera humanidad sin pagas? La paga era la única forma de bienes terrestres en conformidad con los principios morales, pues para todas las demás clases de bienestar archivaba Pantoja en el fondo de su alma un altivo desprecio. Difícilmente concedía que en la clase de ricos hubiera alguno que fuese propiamente honrado, y a las grandes empresas y a los audaces contratistas les miraba con religioso horror. Labrar en pocos años pingüe fortuna, pasar de la pobreza a la opulencia... era imposible por medios lícitos. Para que tal cosa suceda, es indispensable *ensuciarse,* quitándole lo suyo a la víctima eterna, al propietario elemental, al Estado. Al millonario que había heredado su fortuna y no hacía más que gastarla, le perdonaba el buen Pantoja; pero aun así no le tenía en olor de santidad, diciendo que si él no robaba, lo habían hecho sus padres, y la responsabilidad, como el dinero, se transmitía de generación en generación.

Cuando veía entrar en el Ministerio y pasar al despacho del Ministro al representante de Rothschild o de otra opulenta casa española o extranjera, pensaba cuán útil sería ahorcar a todos aquellos señores que no iban allí sino a tramar algún enjuague. Estas ideas y otras semejantes las vertía Pantoja en el círculo del café a donde concurría, siendo objeto de punzantes burlas por su estrechez de miras; pero él no se daba a partido. ¿Hablábase de Hacienda? Pues en el acto tremolaba

Pantoja su banderín con este sencillo y convincente lema: *Mucha administración y poca o ninguna política.* Guerra a los grandes negocios, guerra al agio y guerra también a los extranjeros, que no vienen aquí más que a explotarnos y a llevarse el *cumquibus,* dejándonos más pobres que las ratas. Tampoco ocultaba Pantoja sus simpatías por el rigor arancelario, pues el librecambio es la protección a la industria de extranjis.

Al propio tiempo sostenía que los propietarios se quejan de vicio, que en ninguna parte se pagan menos contribuciones que en España, que el país es esencialmente defraudador, y la política el arte de cohonestar las defraudaciones y el turno pacífico o violento en el saqueo de la Hacienda. En suma, las ideas de Pantoja eran tres o cuatro, pero profundamente incrustadas en su *intellectus,* como si se las hubieran metido a mazo y escoplo. Su conversación en el círculo de amigos languidecía, porque nunca hablaba mal de sus jefes, ni censuraba los planes del Ministro; no se metía en honduras, ni revelaba ningún secreto de entre bastidores. En el fondo de su cerebro dormía cierto comunismo de que él no se daba cuenta. De este tipo de funcionario, que la política vertiginosa de los últimos tiempos se ha encargado de extinguir, quedan aún, aunque escasos, algunos ejemplares.

En su trabajo era Pantoja puntualísimo, celoso, incorruptible y enemigo implacable de lo que él llamaba *el particular.* Jamás emitió dictamen contrario a la Hacienda; la Hacienda le pagaba, era su ama, y no estaba él allí para servir a los enemigos *de la casa.* En cuanto a los asuntos oscuros, de una antigüedad telarañosa y de resolución difícil, su sistema era que no debían resolverse nunca; y cuando llegaba forzosamente el último trámite impuesto por las leyes, buscaba en la ley misma la triquiñuela necesaria para enredarlos

de nuevo. Escribir la última palabra de uno de estos pleitos equivalía a una fragilidad de la Administración, a declararse vencida y casi deshonrada. En cuanto a su probidad, no hay que decir sino que recibía a cajas destempladas a los agentes que iban a ofrecerle recompensa por despachar bien y pronto tal o cual negocio. Conocíanle ya, y no se atrevían con aquel puerco-espín, que erizaba sus púas todas al sentir la aproximación del *particular,* o sea del contribuyente.

En su vida privada, era Pantoja el modelo de los modelos. No había casa más metódica que la suya, ni hormiga comparable a su mujer. Eran el reverso de la medalla de los Villaamil, que se gastaban la paga entera en los tiempos bonancibles, y luego quedaban pereciendo. La señora de Pantoja no tenía, como doña Pura, aquel ruinoso prurito de suponer, aquellos humos de persona superior a sus medios y posición social. La señora de Pantoja había sido criada de servir (creo que de don Claudio Antón de Luzuriaga, al cual debió Pantoja su credencial primera), y lo humilde de su origen la inclinaba a la oscuridad y al vivir modesto y esquivo. Nunca gastaron más que los dos tercios de la paga, y sus hijos iban adoctrinados en el amor de Dios y en el supersticioso miedo al fausto y pompas mundanales. A pesar de la amistad íntima que entre Villaamil y Pantoja reinaba, nunca se atrevió el primero a recurrir al segundo en sus frecuentes ahogos; le conocía como si le hubiese parido; sabía perfectamente que el *honrado* ni pedía ni daba, que la postulación y la munificencia eran igualmente incompatibles con su carácter, arcas cuyas puertas jamás se abrían ni para dentro ni para fuera.

Sentados los dos, el uno ante un pupitre, el otro en la silla más próxima, Pantoja se ladeó el gorro, que resbalaba sobre su cabeza lustrosa al menor impulso de la mano, y dijo a su amigo:

—Me alegro que hayas venido hoy. Ha llegado el expediente contra tu yerno. No le he podido echar un vistazo. Parece que no es nada limpio. Dejó de incluir dos o tres pueblos en la nota de apremios, y en los repartos del último semestre hay sapos y culebras.

—Ventura, mi yerno es un pillo: demasiado lo sabes. Habrá hecho cualquier barrabasada.

—Y me enteró ayer el Director de que anda por ahí dándose la gran vida, convidando a los amigachos y gastando un lujo estrepitoso, con un surtidito de sombreros y corbatas que es un asco, y hecho un figurín el muy puerco. Dime una cosa: ¿vive contigo?

—Sí —respondió secamente Villaamil, que sentía la ola de la vergüenza en las mejillas, al considerar que también la ropa, por flaqueza de Pura, procedía de los dineros de Cadalso—. Pero estoy deseando que se largue de mi casa. De su mano, ni la hostia.

—Porque... verás, me alegro de tener esta ocasión de decírtelo: eso te perjudica, y basta que sea yerno tuyo y que viva bajo tu techo, para que algunos crean que vas a la parte con él.

—¡Yo... con él! (horrorizado). Ventura, no me digas tal cosa...

—No; si yo no soy quien lo dice, ni me pasa por el magín. Pero la gente de esta casa... Ya ves, ¡hay tanto pillo! Y cuando tocan a pensar mal, los más pillos son los que descueran al inocente.

—Pues aunque Víctor es mi yerno, tan ajeno soy a sus trapacerías, que si en mi mano estuviera el impedirle ir a presidio, no lo impediría... Figúrate.

—¡Ah! no irá, no irá; no te dé cuidado. No irá por lo mismo que lo merece. Tiene pararrayos y paracaídas. Se están poniendo los tiempos tan corruptos, que estos granujas como tu yerno son los que cobran el barato. Verás cómo le echan tierra al expediente, aprueban su conducta y le dan el jeringado ascenso. Por cierto que es de lo más atrevido que conozco. Ayer estuvo aquí; luego bajó a ver al Subsecretario, y como tiene aquella labia y aquel buen ver, el Subsecretario... (me lo ha dicho quien estaba presente) le recibió con palmas, y allí estuvieron los dos de cháchara más de media hora.

—¿Y al señor Ministro le ha visto? (con grandísimo desconsuelo).

—No te lo puedo decir; pero me consta que ha venido a recomendárselo un diputado de la provincia en que servía la alhajita de tu yerno. Es de estos que mientras más les dan más quieren. No sale de aquí nunca el tal sin apandar dos o tres credenciales gordas, pero gordas, y eso que es disidente; pero por lo mismo, por la disidencia, le atienden más.

—¿Crees tú que le darán el ascenso a Víctor? (con ansiedad profunda).

—Yo no puedo asegurarte nada.

—Y de lo mío, ¿qué sabes? (con ansiedad mayor aún).

—El Jefe del Personal no suelta prenda. Cuando le hablo de ti, me echa un *veremos,* y un *yo haré lo que pueda,* que es tanto como no decir nada. ¡Ah!, entre paréntesis: ayer, después de hablar con el Subsecretario, se coló Víctor en el Personal. Vino a contármelo el hermano de Espinosa. El Jefe le enseñó las vacantes de las provincias, y tu yernito se dejó decir con arrogancia que a provincias no iba ni atado.

—Amigo Ventura —indicó Villaamil con dolorosa consternación—, acuérdate de lo que te anuncio. Tú lo has de ver, y si lo dudas, apostemos algo... ¿A que ascienden a Víctor y a mí no me colocan? Otra cosa sería justicia y razón, y la razón y la justicia andan ahora de paseo por las nubes.

Pantoja volvió a ladear el gorro. Era una manera especial suya de rascarse la cabeza. Dando un gran suspiro, que salió muy oprimido de la boca, porque ésta no se abría sino con cierta solemnidad, trató de consolar a su amigo en la forma siguiente:

—No sabemos si podrán arreglar lo del expediente de Víctor, a pesar de las ganas que parece tienen de ello sus protectores. Y por lo que hace a ti, yo que tú, sin dejar de machacar en el Director, el Subsecretario y el Ministro, me buscaría un buen faldón entre la gente que manda.

—Pero si me cojo y tiro, y... como si no.

—Pues sigue tirando, hombre, hasta que te quedes con el faldón en la mano. Arrímate a los pájaros gordos, sean o no ministeriales; dirígete a Sagasta, a Cánovas, a don Venancio, a Castelar, a los Silvelas; no repares si son blancos, negros o amarillos, pues al paso que vas, tal como se han puesto las cosas, no conseguirás nada. Ni Pez ni Curcúbitas te servirán: están abrumados de compromisos, y no colocan más que a su pandilla, a sus paniaguados, a sus ayudas de cámara, y hasta a los barberos que les afeitan. Esa gente que sirvió a la Gloriosa primero y después a la Restauración, está con el agua al cuello, porque tiene que atender a los de ahora, sin desamparar a los de antes, que andan ladrando de hambre. Pez ha metido aquí a alguien que estuvo en la facción y a otros que retozaron con la cantonal. ¿Cómo puede olvidar Pez que los del gorro colorado le sostuvieron en la Dirección de Rentas, y que los amadeístas casi casi le hacen Ministro, y que los moderados del tiempo de Sor Patrocinio le dieron la gran cruz?

Villaamil oía estos sabios consejos, los ojos bajos, la expresión lúgubre, y sin desconocer cuán razonables eran. Mientras que los dos amigos departían de este modo, totalmente abstraídos de lo que en la oficina pasaba, el maldito cojo Salvador

Guillén trazaba en una cuartilla de papel, con humorísticos rasgos de pluma, la caricatura de Villaamil, y una vez terminada, y habiendo visto que era buena, puso por debajo: *El señor de Miau, meditando sus planes de Hacienda.* Pasaba el papel a sus compañeros para que se riesen, y el monigote iba de pupitre en pupitre, consolando de su aburrimiento a los infelices condenados a la esclavitud perpetua de las oficinas.

Cuando Pantoja y Villaamil hablaban de generalidades tocantes al ramo, no sonaban con armonioso acuerdo sus dos voces. Es que discrepaban atrozmente en ideas, porque el criterio del honrado era estrecho y exclusivo, mientras Villaamil tenía concepciones amplias, un plan sistemático, resultado de sus estudios y experiencia. Lo que sacaba de quicio a Pantoja era que su amigo preconizara el *income tax,* haciendo tabla rasa de la Territorial, la Industrial y Consumos. El impuesto sobre la renta, basado en la declaración, teniendo por auxiliares el amor propio y la buena fe, resultaba un disparate aquí donde casi es preciso poner al contribuyente delante de una horca para que pague. La simplificación, en general, era contraria al espíritu del *probo funcionario,* que gustaba de mucho personal, mucho lío y muchísimo mete y saca de papeles. Y por último, algo había de recelo personal en Pantoja, pues aquella manía de suprimir las contribuciones era como si quisiesen suprimirle a él. Sobre esto discutían acaloradamente hasta que a los dos se les agotaba la saliva. Y cuando Pantoja tenía que salir porque le llamaba el Director, y se quedaba Villaamil solo con los subalternos, éstos se distraían y solazaban un rato a cuenta de él, distinguiéndose el cojo Guillén por su intención maligna.

—Dígame, don Ramón, ¿por qué no publica usted su plan para que lo conozca el país?

—Déjame a mí de publicar planes (paseándose agitadamente por la oficina). Sí; buen caso me haría ese puerco de país. El Ministro los ha leído y les ha dado un vistazo el Director de Contribuciones. Como si no... Y no es la dificultad de enterarse pronto, porque en las Memorias que he escrito he atendido: primero, a la sencillez; segundo, a la claridad; tercero, a la brevedad.

—Yo creí que eran muy largas, pero muy largas —dijo Espinosa con gravedad—. Como abrazan tantos puntos...

—¿Quién le ha dicho a usted semejante cosa? (enfadándose). Si cada una no abraza más que un punto, y son cuatro. Y basta y sobra. Ojalá no me hubiera ocupado de escribirlas. Bienaventurados los brutos...

—Porque de ellos es la nómina de los cielos... Bien dicho, señor don Ramón —observó Argüelles, mirando con ojeriza a Guillén, a quien detestaba—. A mí también se me ocurrió un plan; pero no quise darlo a luz. Más cuenta me tenía componer el solo de trompa.

—Eso, toque usted la trompa, y déjese de arreglar la Hacienda, que al paso que va, pronto, ni los rabos. Mire usted, amigo Argüelles (parándose ante la mesa del caballero de Felipe IV, la capa terciada, la mano derecha muy expresiva). Yo he consagrado a esto mi experiencia de tantos años. Podré acertar o no; pero que aquí hay algo, que aquí hay una idea, no puede dudarse. (Todos le oían con gran atención.) Mi trabajo consta de cuatro Memorias o tratados, que llevan su título para más fácil inteligencia. Primer punto: *Moralidad*.

—Muy bien. Rompe plaza la moralidad, que es lo primero.

—Es el fundamento del orden administrativo. Moralidad arriba, moralidad abajo, a izquierda y a derecha. Segundo punto: *Income tax*.

—Que es la madre del cordero.

—Fuera Territorial, Subsidio y Consumos. Lo sustituyo con el impuesto sobre la renta, con sus recarguito municipal, todo muy sencillo, muy práctico, muy claro; y expongo mis ideas sobre el método de cobranza, apremios, investigación, multas, etc.... Tercer punto: *Aduanas*. Porque fíjense ustedes, las Aduanas no son sólo un arbitrio, son un método de protección al trabajo nacional. Establezco un arancel bien remontadito, para que prosperen las fábricas y nos vistamos todos con telas españolas.

—*Superior de Holanda*... Don Ramón, Bravo Murillo era un niño de teta... Siga usted...

—Cuarto punto: *Unificación de la Deuda*. Recojo todo el papel que anda por ahí con diferentes nombres: *Tres* consolidado, Diferido, Bonos, Banco y Tesoro, Billetes hipotecarios, y lo canjeo por un 4 por 100, emitido al tipo que convenga... Se acabaron los quebraderos de cabeza...

—Sabe usted más, don Ramón, que el muy marrano que inventó la Hacienda.

(Coro de plácemes. El único que callaba era Argüelles, que no gustaba de reírle mucho las gracias a Guillén.)

—No es que sepa mucho (con modestia), es que miro las cosas *de la casa* como mías propias, y quisiera ver a este país entrar de lleno por la senda del orden. Esto no es ciencia, es buen deseo, aplicación, trabajo. Ahora bien: ¿ustedes me hicieron caso? Pues ellos tampoco. Allá se las hayan. Llegará día en que los españoles tengan que andar descalzos y los más ricos pedir para ayuda de un panecillo... digo, no pedirán limosna, porque no habrá quien la dé. A eso vamos. Yo les pregunto a ustedes: ¿tendría algo de particular que me restituyesen a mi plaza de Jefe de Administración? Nada, ¿verdad? Pues ustedes verán todo lo que quieran, pero eso no lo han de ver. Vaya; con Dios.

Salía encorvado, como si no pudiera soportar el peso de la cabeza.

Todos le tenían lástima; pero el despiadado Guillén siempre inventaba algún sambenito que colgarle a la espalda después que se iba.

—Aquí he copiado los cuatro puntos conforme los decía: señores, oro molido. Vengan acá. ¡Qué risa, Dios! Vean, vean los cuatro títulos, escritos uno bajo el otro. -

Moralidad.
Income tax.
Aduanas.
Unificación de la Deuda.

Juntas las cuatro iniciales, resulta la palabra *M I A U.*

Una explosión de carcajadas retumbó en la oficina, poniéndola tan alegre como si fuera un teatro.

XXIII

Desconcertada para muchos días quedó Abelarda después del largo diálogo aquel con Víctor; pero ponía la infeliz tal arte en evitar que su madre y su tía comprendieran el estado de su ánimo, que lo lograba al fin. Desde el día posterior a las incomprensibles declaraciones de Víctor, notó a éste taciturno. Evitaba encontrarse solo con su cuñada; apenas la miraba, y ni por incidencia le dirigía palabra alguna. Creyérase que un delicado asunto personal le traía caviloso. Transcurrido poco tiempo, observó Abelarda que estaba de mejor temple y que le echaba miradas amorosas y lánguidas, a las que ella, sin poderlo remediar, respondía con otras inflamadas aunque rapidísimas. Delante de la familia le hablaba Víctor; pero a solas ni jota. Estaban, pues, como los que se aman y no se atreven a decírselo; mas ella esperaba ese estallido impensado y súbito de la ocasión que no falta nunca, como si las leyes del tiempo y del espacio tuvieran marcado el necesario instante en que se junten las órbitas de los seres compelidos a ello por la voluntad. En aquella temporada le dio a la insignificante por ir a la iglesia bastante a menudo. Las

prácticas religiosas de los Villaamil se concretaban a la misa dominguera en las Comendadoras, y esto no con rigurosa puntualidad. Don Ramón faltaba rara vez; pero doña Pura y su hermana, por aquello de no estar vestidas, por quehaceres o por otra causa, quebrantaban algunos domingos el precepto. Abelarda se sentía ansiosa de corroborar su espíritu en la religión y meditar en la iglesia; se consolaba mirando los altares, el sagrario donde el propio Dios está guardado, oyendo devotamente la misa, contemplando los santos y vírgenes con sus ahuecadas vestiduras. Estos inocentes consuelos le sugirieron pronto la idea de otro más dulce y eficaz, el confesarse; porque sentía la necesidad imperiosa y punzante de confiar a alguien un secreto que no le cabía en el corazón. Temía que si no lo confiaba, *se le escaparía* a lo mejor con espontaneidad indiscreta delante de sus padres, y esto la aterraba, porque sus padres se habrían de enfadar cuando tal supieran. ¿A quién confiarlo? ¿A Luis? Era muy niño. Hasta se le pasaba por las mientes el disparate increíble de revelar su secreto al buenazo de Ponce. Por último, el mismo sentimiento religioso que se amparaba de su alma le inspiró la solución, y a la mañana siguiente de pensarla acercóse al confesonario y le contó al cura lo que le pasaba, añadiendo pormenores que al sacerdote no le importaba saber. Después de la confesión se quedó la insignificante muy aliviada y con el espíritu bien dispuesto para lo que pudiera sobrevenir.

Como era tiempo de Cuaresma, había ejercicios todas las tardes en las Comendadoras y los viernes en Monserrat y en las Salesas Nuevas. Algo chocaba a la familia la asiduidad con que Abelarda iba a la iglesia, y a doña Pura no se le pudrió en el cuerpo esta observación impertinente: "¡Vaya, hija, a buenas horas mangas verdes!" La circunstancia de que Ponce estaba complacidí-

simo y un si es no es entusiasmado
con las devociones de su novia, por
ser él uno de los chicos más católicos
de la generación presente (aunque
más de pico que de obras, como suele
suceder), acalló las susceptibilidades
de doña Pura. El ínclito joven acompañaba a su novia algunas tardes a la
iglesia, a pesar de las reiteradas instancias de ella para que la dejara sola. Comúnmente la esperaba al salir,
y juntos iban hasta la casa, hablando
del predicador, como la noche antes, en la tertulia, hablaban de los
cantantes del Real. Si Abelarda iba
temprano a la iglesia, la acompañaba Luis, que a poco de probar estas
excursiones tomó grandísima afición
a ellas. El buen Cadalsito pasaba
un rato con devoción y compostura;
pero luego se cansaba y se ponía a
dar vueltas por la iglesia, mirando
los estandartes de la Orden de Santiago que hay en las Comendadoras, acercándose a la reja grande
para atisbar a las monjas, inspeccionando los altares recargados de exvotos de cera. En Monserrat, iglesia
perteneciente al antiguo convento
que es hoy Cárcel de Mujeres, no
se encontraba Luis tan a gusto como
en las Comendadoras, que es uno
de los templos más despejados y más
bonitos de Madrid. A Monserrat en-
contrábalo frío y desnudo; los santos estaban mal trajeados; el culto
le parecía pobre, y, además de esto,
había en la capilla de la derecha,
conforme entramos, un Cristo grande, moreno, lleno de manchurrones
de sangre, con enaguas y una melena
natural tan larga como el pelo de
una mujer, la cual efigie le causaba
tanto miedo, que nunca se atrevía a
mirarla sino a distancia, y ni que
le dieran lo que le dieran entraba
en su capilla.

Sucedió más de una vez que Cadalsito, en su inquieta vagancia dentro de la iglesia, se sentaba en algún
banco solitario, sintiéndose acometido del mal precursor de la extraña
visión. Más de una vez se dijo que

en tal sitio, a poco que se adormi-
lase, había de ver al *Señor de la
barba blanca,* por ser aquélla una de
sus casas. Pero cerraba los ojos, haciendo como una mental evocación
de la extraordinaria visita, y ésta
no se presentaba. En alguna ocasión,
no obstante, creyó ver al augusto
anciano saliendo por una puerta de
la sacristía y perdiéndose en el altar,
como si se introdujera por invisible
hueco. También le pareció que el
mismo Señor salía revestido de la
sacerdotal túnica y casulla bordada,
a decir misa, a *decirse a sí mismo
la misa,* cosa que a Cadalsito le pareció por demás extraña. Pero no
estaba muy seguro de que esto fuera así, y bien podía ser que se en-
gañase; al menos, grandes dudas tenía sobre el particular. Una tarde,
oyendo en Monserrat el rosario que
rezaba el cura, al cual contestaban
en la iglesia unas dos docenas de mujeres y en el coro las presas, que
debían ser más de ciento por el murmullo intensísimo que sus voces hacían, Luisito se sintió con los síntomas de somnolencia. En la iglesia había muy poca luz, y todo en
ella era misterio, sombras, que la
cadencia tétrica del rezo hacía más
cerradas y tenebrosas. Desde donde
Cadalsito estaba, veía un brazo del
Cristo aquel, y la lamparilla que junto al brazo colgaba del techo. Le
entró tal pánico, que se habría mar-
chado a la calle si hubiera podido;
pero no se pudo levantar, y se pe-
llizcó los brazos diciendo: "¡Ay!,
¡contro!, si me duermo y se me pone
al lado el Cristo de las melenas, del
miedo me caigo muerto". Y el miedo y los esfuerzos por despabilarse
vencían al fin su insano sopor.

En cambio de estos malos ratos,
Monserrat se los proporcionaba buenos, cuando se aparecía por ahí su
amigo y condiscípulo Silvestre Murillo, hijo del sacristán. Silvestre inició a Luis en algunos misterios eclesiásticos, explicándole mil cosas que
éste no comprendía; por ejemplo:
qué era la Reserva del Santísimo,

qué diferencia hay entre el Evangelio y la Epístola, por qué tiene San Roque un perro y San Pedro llaves, metiéndose en unas erudiciones litúrgicas que tenían que oír. "La hostia, verbigracia, lleva dentro a Dios, y por eso los curas, antes de cogerla, se lavan las manos para no ensuciarla; y *dominus vobisco* es lo mismo que decir: *cuidado, que seáis buenos*". Metidos los dos en la sacristía, Silvestre le enseñaba las vestiduras, las hostias sin consagrar, que Cadalso miraba con respeto supersticioso, las piezas del monumento que pronto se armaría, el palio y la manga-cruz, revelando en el desenfado con que le enseñaba y en sus explicaciones un cierto escepticismo del cual no participaba el otro. Pero no pudo Murillito hacerle entrar en la capilla del Cristo de las melenas, ni aun asegurándole que él las había tenido en la mano cuando su madre se las peinaba, y que aquel Señor era muy bueno y hacía la mar de milagros.

Como la mente de los chicos se impresiona con todo, y a esta impresión se amolda con energía y prontitud su naciente voluntad, aquellas visitas a la iglesia despertaron en Cadalsito el deseo y propósito de ser cura, y así lo manifestaba a sus abuelos una y otra vez. Todos se reían de esta precoz vocación, y al mismo Víctor le hizo mucha gracia. Sí, Luisito aseguraba que o no sería nada o cantaría misa, pues le entusiasmaban todas las funciones sacerdotales, incluso el predicar, incluso el meterse en el confesionario para *oír los pecados de las mujeres*. Díjolo con ingenuidad tan graciosa, que todos se partieron de risa, y de ello tomó pie Víctor para romper a hablar a solas con la insignificante por primera vez después de la conferencia de marras. No estaba presente ninguna persona mayor, y el único que podía oír era Luis, y estaba engolfado en su álbum filatélico.

—Yo no diré, como mi hijo, que

quiero ordenarme; pero ¡ello es que de algún tiempo a esta parte siento en mi alma una necesidad tan viva de creer...! Este sentimiento júzgalo como quieras, me viene de ti, Abelarda (aquí una mirada amplia, sostenida, tiernísima), de ti, y de la influencia que tu alma tiene sobre la mía.

—Pues cree, ¿quién te lo impide? —repuso la joven, que se sentía aquella tarde con facilidades para hablar, y esperaba mayor claridad en él.

—Me lo impiden las rutinas de mi pensamiento, las falsas ideas adquiridas en el trato social, que forman una broza difícil de extirpar. Me convendría un maestro angélico, un ser que me amase y que se interesara por mi salvación. ¿Pero dónde está ese ángel? Si existe, no es para mí. Soy muy desgraciado. Veo el bien muy próximo, y no me puedo acercar a él. Dichosa tú si no comprendes esto.

Encontrábase la señorita de Villaamil con fuerzas para tratar aquel asunto, porque la religión se la diera hasta para confesar su secreto a quien no debía oírlo de sus labios.

—Yo quise creer y creí —dijo—. Yo busqué un alivio en Dios, y lo encontré. ¿Quieres que te cuente cómo?

Víctor, que, sentado junto a la mesa, se oprimía la cabeza entre las manos, levantóse de pronto, diciendo con el tono y gesto de un consumado histrión:

—No hables: me atormentarías sin consolarme. Soy un réprobo, un condenado...

Estas frases de relumbrón, espigadas sin criterio en diferentes libros, las traía muy preparaditas para espetarlas en la primera ocasión. Apenas dichas, acordóse de que había quedado en juntarse en el café con varios amigos, y buscó la fórmula para cortar la hebra que su cuñada había empezado a tender entre boca y boca.

—Abelarda, necesito alejarme, por-

que si estoy aquí un minuto más...
yo me conozco: te diré lo que no
debo decirte... al menos todavía...
dame tu permiso para retirarme.
Voy a dar vueltas por las calles, sin
dirección fija, errante, calenturiento,
pensando en lo que no puede ser
para mí... al menos todavía...

Dio un suspiro, y hasta otra...
Dejó a la insignificante confusa y
con un palmo de morros, procurando
desentrañar el significado de aquel
al menos todavía, frase de risueños
horizontes.

Por la noche, antes de comer, Víctor entró muy gozoso y dio un abrazo a su suegro, al cual no le hicieron
gracia tales confianzas, y estuvo por
decirle: "¿En qué pícaro bodegón
hemos comido juntos?" No tardó el
otro en explicar los móviles de su
enhorabuena. Había estado en el Ministerio aquella tarde, y el Jefe del
Personal le dijo que Villaamil iba
en la primera hornada.

—¡Otra vez el mismo cuento!
—exclamó don Ramón furioso—.
¿De cuándo acá es permitido que te
burles de mí?

—No es burla, hombre —manifestó doña Pura, alentada por dulces esperanzas—. Cuando él te lo
dice es porque lo sabe.

—Créalo usted o no lo crea, es
verdad.

—Pues yo lo niego, yo lo niego
—declaró Villaamil, rayando el aire
con el dedo índice de la mano derecha—. Y de mí no se ríe nadie,
¿estamos? ¿Cuándo y por dónde te
has ocupado tú de mí en el Ministerio? Tú vas allá por tus asuntos
propios, por trabajar tu ascenso, que
te darán... ¡Ah! yo estoy cierto que
te lo dan... Bueno fuera que no.

—Pues yo le digo a usted (con
gran energía) que podré haber ido
otras veces con ese objeto; pero hoy
por hoy fui, y por cierto en compañía de dos diputados de muchísima
influencia, exclusivamente a interce-
der por usted, a hablarle gordo al
Jefe del Personal, después de teclear
al Ministro. Si no se lo digo a usted

porque me lo agradezca; si esto no
tiene mérito ninguno... Y tan cierto como es luz esa que nos alumbra
(con solemne acento), lo es que yo
dije a los amigos que me apoyan:
"Señores, antes que mi ascenso, pí-
dase la colocación de mi suegro".
Repito que no lo digo para que me
lo agradezca nadie. Vaya un puñado
de anís...

Doña Pura estaba radiante, y Villaamil, desconcertado en su pesimismo, parecía un combatiente a quien
le destruyen de improviso las defensas que le amparan, dejándole iner-
me y desnudo ante las balas enemigas. Esforzábase en recobrar su aplomo pesimista... "Historias... Bueno, y aunque fuese verdad que Juan,
Pedro y Diego me recomendaran, ¿de
eso se sigue que me coloquen? Déjame en paz, y pide para ti, pues sin
abrir la boca te han de dar, mientras que yo, aunque vuelva loco al
género humano, nada alcanzaré".

Abelarda, aunque no desplegó los
labios, sentía su pecho inundado de
gratitud hacia Víctotr y se congra-
tulaba de amarle, declarándose que
ninguna duda podía existir de la bondad de sus sentimientos. Imposible
que aquel acento noble y hermoso
no fuera el acento de la verdad.
Mientras comían, se discutió lo mismo: Villaamil opinando tercamen-
te que jamás habría piedad para él
en las esferas ministeriales, y la familia entera sosteniendo con denuedo
lo contrario. Entonces soltó Luisito
aquella frase que fue célebre en la
familia durante una semana y se co-
mentó y repitió hasta la saciedad,
celebrándola como gracia inaprecia-
ble, o como uno de esos rasgos de
sabiduría que de la mente divina
pueden descender a la de los seres
cuyo estado de gracia les comunica
directamente con aquélla. Lo dijo
Cadalsito con ingenuidad encantadora y cierto aplomo petulante que au-
mentaba el hechizo de sus palabras.
"Pero abuelito, parece que eres tonto. ¿Por qué estás pidiendo y pidiendo a esos tíos de los Ministerios,

que son unos cualisquieras y no te hacen caso? Pídeselo a Dios, ve a la iglesia, reza mucho, y verás cómo Dios te da el destino".

Todos se echaron a reír; pero en el ánimo de Villaamil hizo efecto muy distinto la salida del inspirado niño. Por poco se le saltan al buen viejo las lágrimas, y dando un golpe en la mesa con el cabo del tenedor, decía: "Ese demonches de chiquillo sabe más que todos nosotros y que el mundo entero".

XXIV

Marchóse Víctor, apenas tomado el postre, que era, por más señas, miel de la Alcarria, y de sobremesa, doña Pura echó en cara a su marido la incredulidad y desabrimiento con que éste había oído lo expresado por el yerno.

—¿Por qué no ha de ser cierto que se interesa por él? No debemos ponernos siempre en la mala. Es más: Víctor, si no lo ha hecho, estaba en la obligación de hacerlo.

—Pues es claro... —observó Abelarda, dispuesta a hacer panegírico ardiente de su cuñado, a quien no entendía en la cuestión de amores, pero cuya cacareada maldad estimaba calumniosa.

—¿Pero vosotras —dijo Villaamil sulfurándose— sois tan cándidas que creéis lo que dice ese embustero trapalón?... Apuesto lo que queráis a que, en vez de recomendarme, lo que ha hecho es llevarle al Jefe del Personal algún cuento para que se le quiten las pocas ganas que tiene de servirme...

—¡Jesús, Ramón!

—¡Papá, por Dios!... también usted tiene unas cosas...

—Parece mentira que en tantos años no hayáis aprendido a conocer a ese hombre (exaltándose), el más malo y traicionero que hay bajo la capa del sol. Para hacerle más temible, Dios, que ha hecho tan hermosos a algunos animales dañinos, le

dio a éste el mirar dulce, el sonreír tierno y aquella parla con que engaña a los que no le conocen, para atontarles, fascinarles y comérseles después... Es el monstruo más...

Detúvose Villaamil al reparar que estaba presente Luisito, quien no debía oír semejante apología. Al fin era su padre. Y por cierto que el pobre niño clavaba en el abuelo sus ojos con expresión de terror. Abelarda, como si le arrancaran el corazón a tenazazos, sentía impulsos de echarse a llorar, seguidos de un brutal anhelo de contradecir a su padre, de taparle la boca, de disparar algún denuesto contra su cabeza venerable. Levantóse y se fue a su cuarto, aparentando que entraba a buscar algo, y desde allí oyó aún el murmullo de la conversación... Doña Pura denegaba tímidamente lo dicho por su esposo, y éste, después que se retiró Luisito, llamado por Milagros para lavarle en la cocina boca y manos, reiteró su bárbaro, implacable y sangriento anatema contra Víctor, añadiendo que con él no iba ni a recoger monedas de cinco duros. Era tan hondo el acento del buen Villaamil, y tan lleno de sinceridad y convicción, que Abelarda creyó volverse loca en aquel mismo instante, soñando como único alivio a su desatada pena salir de la casa, correr hacia el Viaducto de la calle de Segovia y tirarse por él. Figurábase el momento breve de desplomarse al abismo, con las enaguas sobre la cabeza, la frente disparada hacia los adoquines. ¡Qué gusto! Después la sensación de convertirse en tortilla, y nada más. Se acabaron todas las fatigas.

A poco de esto, empezó a llegar la escogida sociedad que frecuentaba en determinadas noches aquella elegante mansión. Milagros, terminada su faena en la cocina, preparó la luz de petróleo para iluminar la sala. Se arregló, dejando en la cocina a la vieja que iba a fregar, pues la *pudorosa Ofelia,* si se adaptaba con gusto a todos los ramos de la culinaria, no entraba con aquel rudo trajín del fregado, y a poco penetró en *sus salones* tan bien apañadita que daba gusto verla. Abelarda tardó más en presentarse, y apareció al fin con tan fuerte mano de polvos en la cara, que parecía una molinera. Y aun no bastaba tanto afeite a disimular el tono cadavérico de su faz ni el cerco violado de sus ojos. Virginia Pantoja, su madre y otras señoras la observaron y callaban, guardando sus comentarios para postdata de la tertulia. Ninguna de las amigas dejó de decir para sí: "¡Ajadilla está!" Fue también aquella noche Salvador Guillén, el cual presentó a su compañero de oficina, el elegante Espinosa. Villaamil, desde que empezaba a entrar gente, se iba a la calle, renegando de la tal tertulia, y se pasaba en el café un par de horitas oyendo hablar de crisis o probando, como dos y tres son cinco, que debía haberla. Solía Pantoja acompañarle, volviendo después con él para recoger a la familia, y por el camino seguían glosando el tema eterno, sin agotarlo nunca ni encontrar jamás la última variación. Conocedor sagaz de la vida burocrática y de las misteriosas energías psicológicas que determinan la elevación y caída de funcionarios, Pantoja trazaba a su amigo un nuevo plan de campaña. Primero, sin perjuicio de buscarse entre la gente política de influencia algún padrinazgo de empuje, convenía no dejar vivir al Ministro, ni al Jefe del Personal; convertirse en su sombra, espiarles las entradas y salidas, acometerles cuando más descuidados estuvieran, ponerles en el terrible dilema de *la credencial o la vida,* imponerse por el terror. De esta manera se sacaba siempre tajada, pues al fin, Ministros, Subsecretarios y Jefes del Personal eran hombres, y para poder respirar y vivir daban al moscón lo que pedía, por quitárselo de encima de su alma y perderle de vista. Reconociendo el profundo sentido humano y político de estos consejos,

Villaamil deploraba sinceramente haber llegado al extremo de ser él lo que tantas veces había censurado en otros; acosador importuno y pordiosero inaguantable.

Víctor no solía concurrir a las tertulias; pero aquella noche entró más temprano que de costumbre y pasó a la sala, produciendo la admiración de Virginia Pantoja y de las chicas de Cuevas. ¡Era tan superior por todos conceptos a los tipos que allí se veían! Guillén le tenía ojeriza, y como Víctor le pagaba en la misma moneda, se tirotearon con frases de doble sentido, haciendo reír a la concurrencia.

Al día siguiente, antes de almorzar, hallándose en el comedor Víctor, su suegra, Abelarda y Luisito, que acababa de llegar de la escuela, dijo Cadalso a doña Pura:

—¿Pero cómo reciben ustedes en su casa a ese cojo inmundo? ¿No comprenden que viene por divertirse observando y contar luego en la oficina lo que ve?

—¿Pero acaso tenemos monos pintados en la cara —dijo Pura con desenfado—, para que ese cojitranco venga aquí nada más que para reírse?

—Es un sapo venenoso que en cuanto ve algo que no es sucio como él, se irrita y suelta toda la baba. Cuando papá va a la oficina de Pantoja, ¿en qué creen ustedes que se ocupa Guillén? En hacerle la caricatura. Tiene ya una colección que anda de mano en mano entre aquellos gandules. Ayer, sin ir más lejos, vi una con un letrero al pie que dice: *El señor de Miau meditando su plan de Hacienda.* Había ido corriendo de oficina en oficina, hasta que Urbanito Cucúrbitas la llevó al Personal, donde el majadero de Espinosa, hermano de ese cursilón que estuvo aquí anoche, la pegó en la pared con cuatro obleas para que sirviera de chacota a todo el que entraba. Cuando vi aquello me sulfuré, y por poco se arma allí la de San Quintín.

Doña Pura se indignó tanto, que el coraje le cortaba la respiración y la palabra.

—Pues yo le diré a ese galápago que no vuelva a poner los pies en mi casa... ¿Y como dices que llaman a mi marido? ¿Habrá desvergüenza...?

—Es que le quieren aplicar ahora el mote que le pusieron a la familia en el Real —dijo Víctor dulcificando su crueldad con una sonrisa—; mote que no tiene maldita gracia.

—¡A nosotras, a nosotras —exclamaron a un tiempo, rojas de ira, las dos hermanas.

—Tomésmoslo a risa, pues no merece otra cosa. Es público y notorio que cuando toman ustedes posesión de su sitio en el paraíso, todo el mundo dice: "Ya están ahí las *Miaus*...", ¡qué tontería!

—¡Y el muy mamarracho se ríe de la gracia! —exclamó doña Pura cogiendo lo primero que encontró a mano, que fue un pan, y apuntando con él a la cabeza de su yerno.

—No, no la emprenda usted conmigo, señora, que no soy yo autor del apodo... Pues si yo las acompañara a ustedes alguna vez y un cursi de aquéllos se atreviera a mayar delante de mí, de la primera bofetada todas sus muelas salían a tomar el aire.

—No estás tú mal fastasmón (devorando su ira). Pico y nada más que pico. ¡Si no tuviéramos nosotras más defensa que tú...!

La ira de las dos hermanas era nada en comparación de la que agitaba el ánimo de Luisito Cadalso al oír que el cojo Guillén motejaba a su abuelo y le ponía en solfa; y para sí decía: "De todo esto tiene la culpa *Posturitas,* y le he de dar pa el pelo, porque la ordinariota de su mamá, que es hermana de Guillén, fue la que puso el mote ¡contro!, y luego se lo dijo al cojo, que es un sapo venenoso, y el muy

canalla se lo ha dicho a los de la oficina".

Tan rabioso se puso, que al ir a la escuela cerraba los puños y apretaba los dientes. De seguro que si encuentra a *Posturitas* en la calle, la emprende con él dándole una morrada buena en *mitá de la cara.* Tocóle después estar a su lado en la clase y le pegó con el codo, diciéndole: "No *quio na* contigo, sinvergüenza. Tú no eres caballero, ni tu familia tampoco *son* caballeros". El otro no le contestó, y dejando caer la cabeza sobre el brazo, cerró los ojos como vencido de un profundo sueño. Hubo de notar entonces Cadalso que su amigo tenía la cara muy encendida, los párpados hinchados, la boca abierta, respirando por ella, y a ratos soplando fuertemente por la nariz, como si quisiera desobstruirla. Nuevos y más fuertes codazos de Luisito no le hicieron salir de aquel pesado sopor. "¿Qué tienes, recontro?... ¿estás malo?" La cara de *Posturitas* echaba fuego. El maestro llegó por allí, y viéndole en tal estado y que no había medio de enderezarle, le observó, le pulsó, le puso la mano en la cara. "Chiquillo, tú estás malo; vete corriendo a tu casa y que te acuesten y te abriguen bien para que sudes". Levantóse entonces el rapaz tambaleándose, y con cara y gesto de malísimo humor, atravesó la sala de la escuela. Algunos compañeros le miraron con envidia porque se iba a su casa antes que los demás. Otros, Cadalsito entre ellos, creían que la enfermedad era farsa, pura comedia para irse de pingo y estarse brincando toda la tarde en el Retiro, con los peores gateras de Madrid. Porque era muy pillo, muy embustero, y en poniéndose a inventar y a hacer pamemas, no había quien le ganara.

Al día siguiente, Murillito trajo la noticia de que Paco Ramos estaba enfermo de tabardillo, y que le había entrado tan fuerte, pero tan fuerte, que si no bajaba la calentura aquella noche, se moriría. Hubo dis-

TABARDILLO = TIFO

cusión a la salida sobre ir o no a
verle. "Que eso se pega, *hombre*".
"Que no se pega... ¡bah, tú!"
—"Morral".— "Morral él". Por fin
Murillito, otro que llamaban Pando,
y Cadalso con ellos, fueron a verle.
Era a dos pasos de la escuela, en
la casa que tiene farol y muestra de
prestamista. Subieron los tres muy
ternes, discutiendo todavía si se pegaba o no se pegaba la *tifusidea*, y
Murillito, el más farfantón de la partida, les animaba escupiendo por el
colmillo. "No seáis gallinas. ¡Si cree-
réis que por entrar vus vais a morir...!" Llamaron, y les abrió una
mujer, quien al ver la talla y fuste
de los visitantes, no les hizo maldito
caso y les dejó plantados, sin dignarse responder a la pregunta que
hizo Murillito. Otra mujer pasó por
el recibimiento y dijo: "¿Qué bus-
can aquí estos monos? ¡Ah! ¿Venís
a saber de Paquito? Más animado
está esta tarde..." "Que pasen, que
pasen —gritó dentro otra voz femenil—, a ver si mi niño les conoce".
Vieron, al entrar, el despacho de los
préstamos, donde estaba un señor
de gorro y espejuelos que *parecía
un ministro* (según pensó Cadalso),
y atravesaron luego un cuarto grande donde había ropa, golfos de ropa,
la mar de ropa, y por fin, en una
habitación toda llena de capas do-
bladas, cada una con su cartón nu-
merado, yacía el enfermo y a su lado
dos enfermeras, la una sentada en el
suelo, la otra junto al lecho. *Posturitas* había delirado atrozmente toda
la noche y parte de la mañana. En
aquel momento estaba más tranquilo,
sin que el recargo se iniciara aún.
"Rico —le dijo la mujer o señora
instalada a la cabecera, y que debía
de ser la mamá—, aquí están tus
amiguitos, que vienen a preguntar
por ti. ¿Quieres verles?" El pobre niño exhaló una queja, como si quisiera romper a llorar, lenguaje con
que indican las criaturas enfermas
lo que les desagrada y molesta, que
suele ser todo lo imaginable. "Mírales, mírales. Te quieren mucho".

Paquito dio una vuelta en la cama,
e incorporándose sobre un codo,
echó a sus amigos una mirada atónita y vidriosa. Tenía los ojos, aunque inflamados, mortecinos, los labios tan cárdenos que parecían negros, y en los pómulos manchas de
color de vino. Cadalso sentía lástima
y también terror instintivo que le
mantuvo desviado de la cama. La
mirada fija y sin luz de su compañero de escuela se la hacía temblar.
Paco Ramos sin duda no conoció
de los tres más que a Luisito, porque sólo dijo *Miau Miau*, después
de lo cual su cabeza se derrumbó
sobre la almohada. La madre hizo
una seña a los chicos para que des-
pejaran, y ellos obedecieron como
unos santos. En la habitación próxima tropezaron con dos hermanillos
de *Posturitas*, más chicos que él, ca-
risucios y culirrotos, los zapatos agu-
jereados y los mandiles hechos una
sentina. El uno arrastraba un muñeco de trapo amarrado por el pescuezo, y el otro un caballo sin patas, gritando como un desesperado
¡arre! Al ver gente menuda, se fueron detrás, deseando hacer migas
con ella; pero Murillo, echándoselas
de persona, les reprendió por la bu-
lla que armaban, estando el hermanito malo. Ellos se miraron estupe-
factos. No comprendían jota. El más
pequeño sacó del bolsillo del delan-
tal un pedazo de pan ya muy lamido,
todo lleno de babas, y le metió el
diente con fe. Al pasar por la sala,
el señor aquel que parecía un ministro estaba examinando dos man-
tones de Manila que le presentaba
una mujer. Los tres amigos le saludaron con exquisita cortesía, pero
él no les contestó.

XXV

Muy pensativo se fue Cadalsito a
su casa aquella tarde. El sentimiento de piedad hacia su compañero
no era tan vivo como debiera, porque el mameluco de Ramos le ha-

bía insultado, arrojándole a la cara el infamante apodo, delante de gente. La infancia es implacable en sus resentimientos, y la amistad no tiene raíces en ella. Con todo, y aunque no perdonaba a su mal educado compañero, pensó pedir por él en esta forma: "Ponga usted bueno a *Posturitas*. A bien que poco le cuesta. Con decir *levántate, Posturas,* ya está". Acordándose después de que la mamá de su amigo, aquella misma señora que estaba junto al lecho tan afligida, era la inventora del ridículo bromazo, renovóse en él la inquina que le tenía. "Pero no es *señora* —pensó—. No es más que *mujer,* y ahora Dios la castiga de firme por poner motes".

Aquella noche estuvo muy intranquilo; dormía mal, se despertaba a cada instante, y su cerebro luchaba angustiosamente con un fenómeno muy singular. Habíase acostado con el deseo de ver a su benévolo amigo de la barba blanca; los síntomas precursores se habían presentado, pero la aparición no. Lo doloroso para Cadalsito era que soñaba que la veía, lo que no era lo mismo que verla. Al menos no estaba satisfecho, y su mente forcejeaba en un razonar muy penoso y absurdo, diciendo: "No es éste, no es éste... porque yo no lo veo, sino sueño que le veo, y no me habla, sino sueño que me habla". De aquella febril cavilación pasaba a estotra: "Y no podrá decir ya que no estudio, porque hoy sí que me supe la lección, ¡contro! El maestro me dijo: "Bien, bien, Cadalso". Y la clase toda estaba turulata. Largué de corrido lo del adverbio, y no me comí mas que una palabra. Y cuando dije lo de que caía el maná en el desierto, también *me lo supe,* y sólo me trabuqué después de aquello de los Mandamientos, por decir que los trajo encima un tablero, en vez de una tabla". Luis exageraba el éxito de su lección de aquel día. Lo dijo mejor que otras veces,

pero no había motivo fundado para tanto bombo.

Mala noche fue aquélla para los dos habitantes del estrecho cuarto, pues Abelarda no hacía más que dar vueltas en su catre, rebelde al sueño, conciliándolo breves minutos, sintiéndose acometida por bruscos estremecimientos, que la hacían pronunciar algunas palabras, de cuyo sonido se asombraba ella propia. Una vez dijo: "Huiré con él" y al punto le respondió un acento suspirón: "Con el que tenía los anillos de puros". Al oír esto, dio un salto aterrada. ¿Quién le respondía? Todo era silencio en la alcoba; pero al poco rato la voz volvió a sonar, diciendo: "Le castiga usted por malo, por poner motes". Al fin, la mente de Abelarda se esclarecía, pudiendo apreciar la realidad y reconocer la vocecilla de su sobrino. Volvióse del otro lado y se durmió. Luis murmuraba gimiendo, como si quisiera llorar y no pudiese. "Que sí me supe la lección... que sí". Y al cabo de un rato: "No me mojes el sello con tu boca negra... ¿Ves? Eso te pasa por malo. Tu mamá no es señora, sino mujer... " A lo que contestó Abelarda: "Esa elegantona que te escribe cartas no es dama, sino una tía *feróstica*... ¡Tonto, y me desprecias a mí por ella, que me dejaría matar por...! Mamá, mamá, yo quiero ser monja".

"No... —decía Luis—, ya sé que no le dio usted al señor de Moisés los Mandamientos en un tablero, sino en una tabla... Bueno, en dos tablas... *Posturas* se va a morir. Su padre le envolverá en aquel mantón de Manila... Usted no es Dios, porque no tiene ángeles... ¿En dónde están los ángeles?"

Y Abelarda: "Ya pesqué la llave de la puerta. Quiero escapar. ¡Con el frío que hace, esperándome en la calle!... ¡Vaya un llover!"

Luis: "Es un ratón lo que *Posturas* echa por la boca, un ratón negro y con el rabo mu largo. Me escondo debajo de la mesa. ¡Papá!"

Abelarda en voz alta: "Qué...
¿qué es eso, Luis? ¿qué tienes? Pobrecito... esas pesadillas que le dan.
Despierta, hijo, que estás diciendo
disparates. ¿Por qué llamas a tu
papá?"

Despierto también Luis, aunque
no con el sentido muy claro: "Tiíta,
no duermo. Es que... un ratón.
Pero mi papá lo ha cogido. ¿No ves
a mi papá?

—Tu papá no está aquí, tontín;
duérmete.

—Sí que está... Mírale, mira-
le... Estoy despierto, tiíta. ¿Y tú?

—Despéjate, hijo... ¿Quieres que
encienda luz?

—No... Tengo sueño. Es que todo es muy grande, todas las cosas
grandes, y mi papá estaba acostado
contigo, y cuando yo le llamé vino
a cogerme.

—Prenda, acuéstate de ladito y
no tendrás malos sueños. ¿De qué
lado estás acostado?

—Del lado de la mano izquierda... ¿Por qué es todo grandísimo,
del tamaño de las cosas mayores?

—Acuéstate del lado derecho, alma mía.

—Estoy del lado de la mano izquierda y del pie derecho... ¿Ves?,
éste es el pie derecho, ¡tan grande...! Por eso la mamá de Posturas
no es señora. Tiíta...

—¿Qué?

—¿Estás dormida?... Yo me
duermo ahora. ¿Verdad que no se
muere Posturas?

—¡Qué se ha de morir, hombre!
No pienses en eso.

—Dime otra cosa. ¿Y mi papá se
va a casar contigo?

En la excitación cerebral que producen la oscuridad y el insomnio,
Abelarda no pudo responder lo que
habría respondido a la luz del día
con la cabeza serena, por cuya razón se dejó decir: "No sé todavía... verdaderamente no sé nada... Puede..."

Poco después murmuró Luis "bueno" en tono de conformidad, y se

quedó dormido. Abelarda no pegó
los ojos en el resto de la noche, y
al día siguiente se levantó muy temprano, la cabeza pesadísima, los párpados encendidos y el humor destemplado, deseando hacer algo extraordinario y nuevo, reñir con alguien, así fuese el mismísimo cura
cuya misa pensaba oír pronto, o el
monago que había de ayudarla. Se
fue a la iglesia, y en ella tuvo muy
malos pensamientos, tales como es-
cabullirse de la casa sin saber para
qué, casarse con Ponce y pegársela
después, meterse monja y amotinar
el convento, hacerle una declaración
burlesca de amor al cojo Guillén,
empezar la representación de la comedia y retirarse a la mitad, deján-
doles a todos plantados; envenenar
a Federico Ruiz, tirarse del paraíso
del Real a las butacas en lo mejor
de la ópera... y otros disparates por
el estilo. Pero la permanencia en el
templo, silencioso y plácido, las tres
misas que oyó, sosegaron poco a poco sus nervios, estableciendo en su
cerebro la normalidad de las ideas.
Al salir se asustaba y aun se reía
de aquellas extravagancias sin sentido. Pasara lo de tirarse del paraíso
a las butacas en un momento de
desesperación; pero envenenar al pobre de Federico Ruiz, ¿a qué santo?

Al llegar a su casa, lo primero que
hizo, según costumbre, fue enterarse de si Víctor había salido o no.
Resultó que sí, y doña Pura dijo
con alegría no disimulada que su
yerno almorzaba fuera. Los recursos
se le habían ido agotando a la señora con la rapidez solutiva de esa
sal puesta en agua que se llama dinero. ¡Cosa más rara! Lo mismo era
cambiar un duro que deslizárselo pieza a pieza. Y ya veía próximo el
aterrador lindero que separa la escasez de la carencia absoluta. Detrás
de aquel lindero se alzaban los es-
pectros familiares mirando a doña
Pura y haciéndole muecas. Eran sus
terribles compañeros de toda la vida,
el deber, el pedir y el empeñar, re-
sueltos a acompañarla hasta la tum-

ba. Ya estaba la señora tirando sus líneas a ver si Víctor le daba medios de zafarse de aquellos socios insufribles. Pero Víctor, a las primeras indirectas, se había hecho el mal entendedor, señal de que no encerraba ya su cartera los tesoros de mejores días. Además, pudo observar doña Pura que por dos o tres veces habían venido a cobrarle a su yerno cuentas de zapateros o sastres, y que Víctor no había pagado, diciendo que volvieran o que él pasaría por allá. Este olor a chamusquina puso a la señora sobre ascuas.

Fueron aquella tarde doña Pura y su hermana a visitar a unas amigas. Milagros encargó a Abelarda que diese una vuelta por la cocina; pero la exaltada joven, al quedarse sola, pues Villaamil había ido al Ministerio y Luis a la escuela, echó al olvido cacerolas y sartenes, y metióse en el cuarto de Víctor, con el fin de revolver, de escudriñar, de ponerse en íntimo contacto con su ropa y los objetos de su uso. Sentía la insignificante, en esta inspección vedada, los estímulos de la curiosidad, mezclados con un goce espiritual de los más profundos. El examen de la indumentaria, la exploración de todos los bolsillos, aunque en ellos no encontrara cosa de verdadero interés, era un gusto que no cambiaría ella por otros más positivos e indiscutibles. Porque manoseando las camisas se suponía por momentos en una intimidad a la cual su viva imaginación daba apariencias reales. Soñaba actos de los más nobles, como el cuidar la ropa de su hombre, fuera marido o no, deseando algo que arreglar en ella, botón suelto o forro descosido; y en tanto reconocía en el olor la persona, por más señas limpia y elegante, gozando en olfatearla a menor distancia que en familia y ante el mundo. Las pocas veces que Abelarda podía darse estos atracones de idealidad y sensaciones rebuscadas, sus registros de bolsillos no arrojaban ninguna luz sobre el misterio que a su parecer envolvía la existencia de Cadalso. A veces, encontraba en el bolsillo del pantalón perros grandes o chicos, billetes de tranvía y butacas de teatro; en los de la americana o levita, alguna nota del Ministerio, alguna carta indiferente. Al concluir, cuidaba de volver todo a su sitio para que no fuera notado el escrutinio, y se sentaba sobre el baúl a meditar. No había sido posible poner en el cuarto de Víctor cómoda ni armario ropero, de modo que tenía su equipo en la misma maleta de viaje, como si estuviera por pocos días en una fonda. Lo que desesperaba a la insignificante era encontrar el baúl siempre cerrado. Allí sí que habría querido ella meter manos y ojos. ¡Qué de secretos guardaría aquella cavidad misteriosa! Varias veces había probado a abrirla con llaves diferentes; pero en vano.

Pues, señor, aquel día, al sentarse en el baúl, ¡tlin!, un rumorcillo metálico. Miró, y... ¡las llaves estaban puestas! Víctor se había olvidado de quitarlas, faltando a sus hábitos cautelosos y previsores. Ver las llaves, abrir y levantar la tapa casi fueron actos simultáneos. Gran desorden en la parte superior del contenido. Había allí un sombrero chafado, de los que llaman *livianillos,* cuellos y puños sueltos, cigarros, una caja de papel y sobres, ropa blanca y de punto, periódicos doblados, corbatas ajadas y otras nuevecitas. Abelarda observó todo un buen rato sin tocar, enterándose bien, como es uso de curiosos y ladrones, de la colocación de los objetos para volver a ponerlos lo mismo. Luego deslizó la mano por un lado, explorando la segunda capa. No sabía por dónde empezar. Al propio tiempo, la presunción de que Víctor andaba en líos con alguna señora de mucho lustre y empinadísimo copete se imponía y destacaba sobre las ideas restantes. Pronto se descubriría todo; allí se encontraban de fijo las pruebas irrecusables. De tal modo dominaba este prejuicio la mente de Abelarda, que antes de descubrir el cuerpo del delito ya creía olfatearlo, porque el olfato era quizá su sentido más despierto en aquellas pesquisas. "¡Ah! ¿No lo dije? ¿Qué es esto? Un ramito de violetas". En efecto, al levantar con cuidado una pieza de ropa, encontró un ramo ajado y oloroso. Siguió explorando. Su instinto, su intuición o corazonada, que tenía la fuerza de una luz precursora o de indicador misterio, la guiaba por aquellas revueltas honduras. Sacó varias cosas cuidadosamente, las puso en el suelo, y adelante; busca de aquí, busca de allí, su mano convulsa dio con un paquete de cartas. ¡Ah!, por fin había parecido la clave del secreto. ¡Si no podía ser de otro modo! Cogió el paquete, y al sentirlo entre sus dedos infundióle terror su propio hallazgo.

Sin quitar la goma leyó algo ya, pues las cartas no tenían envoltura que las cubriese. Lo primero que se echó a la cara fue una coronita estampada en el membrete de la carta superior; y como no era fuerte en heráldica, no supo si la corona era de marquesa o de condesa... Pensó entonces la insignificante en su mucho acierto y sagacidad. No, no podía ella equivocarse al suponer que la misteriosa persona con quien *él* estaba en relaciones era de alta categoría. Había nacido Víctor para las esferas superiores de la vida, como el águila para remontarse a las alturas. Pensar que hombre de tales condiciones descendiese a las esferas de cursilería y pobreza en que ella vivía... ¡absurdo! y raciocinando así, persuadíase también de que lo incomprensible y tenebroso de la conducta y del lenguaje de Víctor no era falta de él, sino de ella, por no alcanzar con sus cortas luces y su apreciación vulgar de la vida a la superioridad de semejante hombre.

A leer tocan. No sabía la joven por dónde empezar. Hubiera querido echarse al coleto en un santiamén todas las cartas de cruz a fecha. El tiempo apremiaba; su madre y su tía

no tardarían en entrar. Leyó rápidamente una, y cada frase fue una cuchillada para la lectora. Allí se trataba de negativa de rompimiento, se daban descargos como respondiendo a una acusación celosa; allí se prodigaban los términos azucarados que Abelarda no había leído nunca más que en las novelas; allí todo era finezas y protestas de amor eterno, planes de ventura, anuncios de entrevistas venideras, y recuerdos dulces de las pasadas, refinamientos de precaución para evitar sospechas, y al fin derrames de ternezas en forma más o menos velada. Pero el nombre, el nombre de la sinvergüenza aquélla, por más que la lectora lo buscaba con ansia, no parecía en ninguna parte. La firma no rompía el anónimo; a veces una expresión convencional, *tu chacha, tu nenita;* a veces un simple garabato... Pero lo que es nombre, ni rastros de él. Leyendo todo, todo cuidadosamente, se habría podido sacar en limpio, por referencias, quién era la *chacha;* pero Abelarda no podía detenerse; ya era tarde, llamaban a la puerta... Había que colocar todo en su sitio de modo que no se conociese la mano revoltijera. Hízolo rápidamente, y fue a abrir. Ya no se borró más de su mente, en aquel día ni en los que le siguieron, la fingida imagen de la odiada señora. ¿Quién sería? La insignificante se la figuraba hermosota, muy *chic,* mujer caprichosa y desenfadada, como a su parecer lo eran todas las de las altas clases. "¡Qué guapa debe de ser...! ¡qué perfumes tan finos usará!— se decía a todas horas con palabras de fuego que del cerebro le salían para estampársele en el corazón—. ¡Y cuántos vestidos tendrá, cuántos sombreros, cuántos coches...!"

XXVI

Allá va otra vez el amigo don Ramón a la oficina de Pantoja. El no quiere hablar de su pleito, de su cuita inmensa y desgarradora, pero sin quererlo habla; y cuanto dice va a parar insensiblemente al eterno tema. Le pasa lo que a los amantes muy exaltados, que cuanto hablan o escriben se convierte en sustancia de amor. Aquel día encontró en la oficina de su amigo a cierto sujeto que discutía ardorosamente. Era un señor de provincia, uno de aquellos enemigos de la Administración a quienes el *honrado* designaba con el desdeñoso nombre de *particulares;* comerciante de vinos al por mayor, con establecimiento abierto, y la Hacienda le había cogido por banda, haciéndole pagar contribución por dos conceptos. Protestó él alegando que renunciaba a detallar, quedándose sólo con el almacén. El asunto pasó a informe de Pantoja. Quejábase el *particular* de que se le hiciera pagar por dos conceptos, y va Pantoja ¿y qué hace? Pues informar que pagara por tres. De suerte que mi hombre, hecho un basilisco, dijo allí tales picardías de la Administración, que por poco le echan a la calle. Villaamil comprendía que tenía razón. Nunca había sido él verdugo del *particular,* como su amigo Pantoja; pero no se atrevió a intervenir por no malquistarse con *el honrado.* Su flaqueza le llevó hasta apoyar la providencia del Dracón administrativo, diciendo:

—Claro, por tres conceptos: por el de detallista, por el de almacenista y por el de fabricante de vinos.

En fin, que el desgraciado *particular* se largó trinando como ruiseñor en la época del celo, y cuando se quedaron solos Villaamil y Pantoja, al primero le faltó tiempo para decir:

—¿Ha vuelto Víctor por aquí? ¿Cómo va su expediente?

Pantoja tardó en responder; tenía la boca lo mismo que si se la hubieran cosido. Se ocupaba en abrir pliegos, dentro de los cuales, al ser abiertos, sonaba la arenilla pegada a la tinta seca, y *el honrado* cuidaba de que los tales polvos no se cayeran, ¡lástima de desperdicio!, y prolijamente los vertía en la salvadera. Era en él costumbre antigua este aprovechamiento de los polvos empleados ya en otra oficina, y lo hacía con nimio celo, cual si mirase por los intereses de su ama, la señora Hacienda.

—Créeme a mí —replicó al fin, dando permiso a la boca y poniendo la mano por pantalla a fin de que sus oficiales no oyeran—. No le harán nada a tu yerno. El expediente es música. Créeme a mí que conozco el paño.

—Ventura, las influencias lo pueden todo —observó Villaamil con inmensa pena—; absolver a los delincuentes, y aun premiarlos, mientras los leales perecen.

—Y las influencias que vuelven el mundo patas arriba y hacen escarnio de la justicia, no son las políticas... quiero decir que estas influencias no revuelven el cotarro tanto como otras.

—¿Cuáles? —preguntó Villaamil.

—Las faldas —replicó Pantoja tan a media voz que Villaamil no lo oyó, y tuvo que hacerse repetir el concepto.

—¡Ah!... Noticia fresca... Pero dime. ¿Crees tú que Víctor, por ese lado...?

—Me ha dado en la nariz (con malicia, llevándose el dedo a la punta de aquella facción). No aseguro nada; es que yo, con mi experiencia de esta casa, lo huelo, lo huelo, Ramón... no sé... puede que me equivoque. Al tiempo. Anoche en el café, Ildefonso Cabrera, el cuñado de tu yerno, contó de éste ciertos lances...

—¡Dios! qué cosas ve uno —dijo Villaamil llevándose las manos a la cabeza. Y en medio de su catoniana indignación, pensando en aquella ignominia de las faldas corruptoras, se preguntaba por qué no habría también faldas benéficas que, favoreciendo a los buenos, como él, sirvieran a la Administración y al país.

—Ese tuno sabe por dónde anda.

Acuérdate de lo que te digo: le echarán tierra al expediente...

—Y venga el ascenso... y ole morena.

Sonó el timbre, y Pantoja fue al despacho del Director, que le llamaba. En cuanto salió, los subalternos la emprendieron con el cesante.

—Amigo Villaamil, ni usted ni yo echaremos buen pelo hasta que no suban los nuestros; y los nuestros son los del petróleo.

—Así subieran mañana —dijo don Ramón agitando las quijadas y poniendo en sus ojos toda la ferocidad de su expresión carnívora.

—No lo diga usted de broma, que esto está muy malo. Hay crisis.

—¿Qué broma? Sí, para bromitas está el tiempo. Así saltara esta noche el cantón de Madrid y la *Commune* inclusive, y tocaran a pegar fuego... Les digo a ustedes que el amigo Job era un niño mimado y se quejaba de vicio... Que venga el santo petróleo, que venga. Más de lo que nos han quitado no nos han de quitar... Peor que esta gente no lo han de hacer.

—¿Sabe usted la que corre hoy? Que van a ceder las Islas Baleares a Alemania... Y que quieren arrendar las Aduanas a no sé qué empresa belga, recibiendo el primer plazo en unos puentes viejos para ferrocarriles.

—Como si lo viera, hombre, como si lo viera... Todo lo que sea un disparate tiene aquí su fundamento. Francamente, el don Antonio tendrá mucho pesquis, pero no se 'e conoce... Digo, cualquiera que estuviese en su puesto, me parece a mí que lo había de hacer mejor.

—Pues claro —dijo el *caballero de Felipe IV* atusándose el bigotillo embetunado—. Y si no, figúrese usted que los que estamos aquí formamos un Ministerio. Villaamil, Presidente; Espinosa, por la buena lámina, iría a Estado a poner varas a las diplomáticas.

—Y que las hay de *buten*. A Guillén le encajamos en Guerra.

—¡Madre de Dios! ¡Un cojo en Guerra! Mejor es en Marina.

—Sí, para que reme con las muletas.

—O por lo que tiene de tortuga —dijo Argüelles, que no perdonaba ocasión de tirar una china al cojo—. Y para mí, venga la carterita de Gobernación.

—Clavado. Para que pueda colocar de temporeros a su cáfila de hijos, los de teta inclusive.

—Y para que expida una Real orden mandando que se toque la trompa en todos los entierros. ¿Y Hacienda, señores?

—Hacienda Villaamil, con la Presidencia.

—¿Y qué le damos al *insine* Pantoja?

—Hacienda Ventura, ¿qué duda tiene? —apuntó Villaamil, que no tomaba aquello en serio, pero dejaba correr la broma para prestar un poco de esparcimiento a su angustiado espíritu.

—Sí, buena se iba a armar... ¿Y el *income tax*?

—Lo que es eso... —observó Villaamil sonriendo triste y descorazonado— no me lo pasaba.

—No; fuera Pantoja, que es capaz de imponer una contribución sobre las pulgas que lleva cada *quisque*. Viva el *income tax,* dogma del nuevo Gabinete, y la unificación de la Deuda.

—Eso... (con seriedad, bostezando) es fácil que me lo admitiera Ventura... Vaya, caballeros (como quien vuelve en sí, levantándose con ademán diligente), ustedes tienen que hacer, y yo *ídem*. A trabajar se ha dicho.

Y pasó a Propiedades (el mismo piso a la derecha), donde era segundo Jefe don Francisco Cucúrbitas, y de allí bajó para caer como una bomba en el Personal, donde tenía varios conocidos, entre ellos un tal Sevillano, que a veces le informaba de las vacantes efectivas o presuntas. Después bajaba a Tesorería, dando una vuelta por el Giro Mutuo, previo el consabido palique de los porteros al entrar en cada oficina. En algunas partes le recibían con cordialidad un tanto helada; en otras, la constancia de sus visitas empezaba a ser molesta. No sabían ya qué decirle para darle esperanzas, y los que le habían aconsejado que machacase sin tregua, se arrepentían ya, viendo que sobre ellos se ponía en práctica el socorrido consejo. En el Personal era donde Villaamil se mostraba más tenaz y jaquecoso. El Jefe de aquel departamento, sobrino de Pez y sujeto de mucha escama, le conocía, aunque no lo bastante para apreciar y distinguir las excelentes prendas del hombre, bajo las importunidades del pretendiente. Así, cuando las visitas arreciaron, el Jefe no ocultaba su desabrimiento ni sus pocas ganas de conversación. Villaamil era delicado, y sufría lo indecible con tales desaires; pero la imperiosa necesidad le obligaba a sacar fuerzas de flaqueza y a forrar de vaqueta su cara. Con todo, a veces se retiraba consternado, diciendo para su capote: "¡No puedo, Señor, no puedo! El papel de mendigo porfiado no es para mí". Y la consecuencia de este abatimiento era no parecer unos días por el Personal. Luego volvía la ley tiránica de la necesidad a imponerse brutalmente; el amor propio se sublevaba contra el olvido, y a la manera del lobo en ayunas, que sin reparar en el peligro de muerte se echa al campo y se aproxima impávido al caserío en busca de una res o de un hombre, así don Ramón se lanzaba otra vez, hambriento de justicia, a la oficina del Personal, arrostrando desaires, malas caras y peores respuestas. Quien mejor le recibía y más le alentaba, ofreciéndole cordialmente su ayuda, era don Basilio Andrés de la Caña (Impuestos). Terminada la excursión, Villaamil volvía a su casa rendido de cuerpo y espíritu. Su mujer le interrogaba con arte; pero él, firme en su dignidad estudiada, sostenía no haber ido al Ministerio más

que a fumar un cigarro con los amigos; que no esperando nada, no formulaba pretensiones, y que la familia no debía edificar castillos en el aire, sino irse preparando para un viaje de recreo a San Bernardino. Replicaba a esto Pura que si él no hacía por colocarse, entraría ella a funcionar, apelando a la intercesión de la señora de Pez, Carolina de Lantigua, pues hasta los gatos saben que donde acaba la eficacia de las recomendaciones políticas, empieza la de las *faldas*.

—¡Ah! no es esa *faldamenta* la que hace y deshace la fortuna —respondía Villaamil con profundo escepticismo, hijo de su conocimiento del mundo burocrático—. Carolina Pez es una señora honrada, es decir, para el caso, la carabina de Ambrosio. Además... hazte cargo: los *Peces* no privan ahora; se defienden y nada más. Ya hay quien habla de dejarles en seco. Figúrate una gente que ha mamado en todas las ubres y que ha sabido empalmar la Gloriosa con Alfonsito... Pues el turrón que ellos comen es el que corresponde a tantos leales como estamos mirando a la luna. Ya principia a levantarse un runrún contra ellos. Y digo más: la Administración necesita de servidores fieles, identificados, fíjate bien, identificados con la política monárquica; es preciso que no se vinculen los destinos; es menester que haya turno. Si no, ¿adónde vamos a parar? Y ahí tienes al Jefe del Personal, sobrino de Pez, vendiendo protección a los que, por no servir a la jeringada República, sacrificaron sus destinos. Esto es escandaloso y no se ha visto nunca. De esta manera no se puede evitar que haya trifulcas y que a España se la lleve Pateta. ¿Conque te vas enterando? Por el lado de Pez, ya se trate de Peces con faldas o con pantalones, no esperes tanto así. Por supuesto (volviendo a su tema, del cual se había olvidado en el calor del discurso), con Peces y sin Peces, para mí no habrá nada. La Caña es el único que se interesa ahora por mí. Algo haría si pudiera. Pero tengo enemigos ocultos, que en la sombra trabajan por hundirme. Alguien me ha jurado guerra a muerte. Quién podrá ser, no lo sé; pero el traidor existe, no lo dudes.

Por aquellos días, que eran ya primeros de marzo, volvió la infortunada familia a notar los pródromos de la *sindineritis.* Hubo una semana de horrible penuria, mal disimulada ante los íntimos, sobrellevada por Villaamil con estoica entereza y por doña Pura con aquella ecuanimidad valerosa que la salvaba de la desesperación. Pero el remedio vino inopinadamente y por el mismo conducto que en otra ocasión no menos aflictiva. Víctor volvió a estar boyante. Su suegra fue sorprendida cuando menos lo pensaba por nuevos ofrecimientos de metálico, que no vaciló en aceptar, sin meterse en la filosofía de inquirir la procedencia. Ni creyó discreto contarle a su marido que había visto la cartera de Víctor reventando de billetes. ¡Como que se le habían encandilado los ojos! Embolsó los cuartos recibidos y las consideraciones que el caso le sugería. Si aun no le habían colocado, ¿de dónde sacaba tanto dinero? Y aunque le hubieran colocado... Por fuerza había mano oculta... En fin, ¿a qué escarbar en el temido enigma? No gustaba de averiguar vidas ajenas.

Víctor andaba otra vez muy fachendoso. Se había encargado más ropa, tenía butaca una y otra noche en diferentes teatros, y en el mismo Real; hacía frecuentes regalitos a toda la familia, y su esplendidez llegó hasta convidar a las tres *Miaus* a la ópera, a butaca nada menos.

Lo que produjo en Villaamil verdadera indignación, pues era un escarnio de su pobreza y un insulto a la moral pública. Pura y su hermana se rieron del ofrecimiento, pues aunque rabiaban por ir, carecían de los perendengues necesarios a semejante exhibición. Abelarda se negó

resueltamente. Armóse gran disputa sobre esto, y la mamá sugirió ideas para obviar las grandes dificultades con que el pensamiento de su yerno tropezaba en la práctica. Véase lo que discurrió el cacumen arbitrista de la *figura de Fra Angélico.* Sus amigas y vecinas las de Cuevas se ayudaban, como se ha dicho antes, con la confección de sombreros. En cierta ocasión que las *Miaus* pescaron tres butacas de periódico para el Español, Abelarda, doña Pura y Bibiana Cuevas se encasquetaron los mejores modelos que aquellas amigas tenían en su taller, después de arreglarlos cada cual a su gusto. ¿Por qué no hacer lo mismo en la ocasión que se discutía? Bibiana no se había de oponer. Y por cierto que tenía en aquel entonces tres o cuatro *prendas,* una de la marquesa A, otra de la condesa B, a cuai más bonitas y elegantes. Se las disfrazaba, pues para eso había en el taller cantidad de alfileres, hebillas, cintas y plumas, y aunque sus dueñas estuvieran en el teatro, no habían de conocer las mascaritas. En cuanto a los vestidos, ellas lo arreglarían, con ayuda de las amigas, procurándose además algún abrigo, traído de la tienda para probarlo, y como Víctor se había brindado a regalarles también los guantes, no era un arco de iglesia el ir a butacas. ¡Cuántas no irían disimulando con menos gracia la *tronitis!*

XXVII

Abelarda se resistió a esta trapisonda, asegurando que ni en pedazos la llevarían a butacas de aquella manera, y así quedó la cuestión. Todo se redujo a ir a delantera de paraíso una noche que dieron *La Africana,* y al punto de sentarse las tres cundió por la concurrencia de aquellas alturas el comentario propio de tan desusado acontecimiento. "¡Las *Miaus* en delantera!" En diez años no se había visto un caso igual. La vasta gradería del centro y las la-

terales estaban llenas de bote en bote. Las *Miaus* eran conocidas de todo
aquel público como puntos fijos del
paraíso, siempre en la última fila la-
teral de la derecha junto a la salida.
La noche que faltaban notábase un
vacío como si desaparecieran los
frescos de la techumbre. No eran
ellas las únicas *abonadas a paraíso*,
pues innumerables personas y aun
familias se eternizaban en aquellos
bancos, sucediéndose de generación
en generación. Estos beneméritos y
tenaces *dilettanti* constituyen la masa
del entendido público que otorga y
niega el éxito musical, y es archivo
crítico de las óperas cantadas desde
hace treinta años y de los artistas
que en las gloriosas tablas se suce-
den. Hay allí círculos, grupos, peñas
y tertulias más o menos íntimas; allí
se traban y conciertan relaciones; de
allí han salido infinitas bodas, y los
tortoleos y los telégrafos tienen, entre romanza y dúo, atmósfera y ocasión muy propicias. Desde su delantera, las *Miaus* saludaron con sonri-
sas a los amigos que en la banda
de la derecha y en el centro tenían,
y de una y otra parte las saetearon
con miradas y frasecitas del tenor
siguiente: "Mira qué sílfide está doña
Pura. Se ha traído toda la caja de
polvos". "Pues ¿ y la hermana con
su cinta de terciopelo al cuello? Si
las tres traen cinta negra, no les
faltará el cascabelito para estar en
carácter". "Mira, mira con los gemelos a la *Miau* chica; tiene que
ver. Aquel traje café y leche es el
que llevaba el año pasado la mamá.
Le ha puesto unas cintas coloradas,
que parecen de caja de cigarros". "Sí,
sí, son de mazos de cigarro". "Pues
la otra, la cantante averiada, trae el
vestido que debió de sacar en el Liceo Jover cuando hizo la parte de
Adalgisa". "Sí, mira, mira; es una
túnica romana con grecas y todo.
¡Qué clásica está!"

—Diga usted, Guillén —murmu-
raban en otro círculo, donde hacía
el gasto el maldecido cojo—. ¿Han
colocado a ese pobre *Miau*, el padre de sus amigas de usted? Porque ese lujo asiático de delantera
significa que *han subido los nuestros*.

—Como no le coloquen en Le-
ganés... Viven ahora del *sable*. El
buen señor da unas estocadas... de
maestro.

Abelarda, más que en la ópera,
que había visto cien veces, fijó su
atención en la concurrencia, recorriendo con ansiosa mirada palcos
y butacas, reparando en todas las
señoras que entraban por la calle del
centro con lujosos abrigos, arrastrando la cola e introduciéndose después con todo aquel falderío por las
filas ya ocupadas. Poco a poco se
iba poblando el patio. Los palcos
no aparecían poblados hasta el fin
del primer acto, cuando Vasco, incomodado con aquellos fantasmones
del Consejo tan retrógrados, les canta cuatro frescas. En el palco regio
apareció la reina Mercedes, detrás
don Alfonso. Las señoras inevita-
bles, conocidas del público, aparecieron en el segundo acto, conservando el abrigo hasta el tercero, y aplaudían maquinalmente siempre que había por qué. Las *Miaus*, conocedoras
de toda la sociedad elegante, *abo-
nada* también, la comentaba como
ellas fueron comentadas al ocupar
sus asientos. Viéndola una y otra
noche, habían llegado a tomarse tanta confianza, que se creería que trataban íntimamente a damas y caballeros. "Ahí está ya la Duquesa. Pero
Rosario no ha venido todavía...
María Buschental no puede tardar.
Ya empiezan a llegar al *tranvía* sus
amigos... Mira, mira, ahora viene
María Heredia... ¡Pero qué pálida
está Mercedes; pero qué pálida!...
Ahí tienes a don Antonio en el palco
de los Ministros, y a ese Cos-Ga-
yón... así le fusilaran".

Después de mucho rebuscar, descubrió la insignificante a su cuñadito en la segunda fila de butacas.
Estaba de frac, tan elegante como el
primero. ¡Qué cosas hay en la vida!
¡Quién había de decir que aquel
hombre parecido a un duque, aquel

apuesto joven que charlaba desenfadadamente con su vecino de butaca, el Ministro de Italia, era un empleado oscuro y cesante, alojado en la casa de la pobreza, en cuartucho humilde, guardando su ropa en un baúl! "¿No es aquél Víctor? —dijo Pura, echándole los gemelos—. ¡Buen charol se está dando!... Si le conocieran... Parece un potentado. ¡Cuánto hay de esto en Madrid! Yo no sé cómo se las compone. Él buena ropa, él butacas en todos los teatros, él cigarros magníficos. Mira, mira con qué desparpajo habla. Pobre señor, ¡qué papas le estará encajando! Y esos extranjeros son tan inocentes, que todo se lo creerá."

Abelarda no le quitaba los ojos, y cuando le veía mirar para algún palco, seguía la dirección de sus miradas, creyendo que ellas venderían el amoroso secreto. "¿Cuál de éstas que aquí están será? —pensaba la insignificante—. Porque alguna de éstas tiene que ser. ¿Será aquella vestida de blanco? ¡Ah! Puede. Parece que le mira. Pero no; él mira a otro lado. ¿Será alguna cantante? ¡Quiá!, no, cantante no. Es de éstas, de estas elegantonas de los palcos, y yo la he de descubrir". Fijábase en alguna, sin saber por qué, por mera indicación de su avizor instinto; pero luego, desechando la hipótesis, se fijaba en otra, y en otra, y en otra más, concluyendo por asegurar que no era ninguna de las presentes. Víctor no manifestaba preferencias en sus ojeadas a butacas y palcos. Podría ser que hubieran concertado no mirarse de una manera descarada y delatora. También echó el joven una visual hacia la delantera de paraíso, e hizo un saludito a la familia. Doña Pura estuvo un cuarto de hora dando cabezadas, en respuesta a la salutación que del noble fondo del teatro subía hasta las pobres *Miaus.*

En los entreactos, algunos amigos, *abonados* como ellas a paraíso limpio, se acercaron a saludarlas, abriéndose paso por entre la apretada muchedumbre. Federico Ruiz era uno de ellos, y él y todos querían oír la opinión crítica de Milagros sobre la soprano que se estrenaba aquella noche en el papel de Selika. Cuando ésta espichó bajo el manzanillo, retiráronse las *Miaus,* que nunca perdonaban nota, y no se marchaban sino después de la última llamada a la escena. Durante el penoso descenso por las anchas escaleras invadidas del público, se les aproximaron varios íntimos, entre ellos el cojo Guillén, y algunas amigas de las que tan acerbamente pusieron en solfa su aparición en delantera.

Al regresar a su casa, encontraron a Villaamil en vela; Víctor no había entrado aún ni lo hizo hasta muy tarde, cuando todos dormían menos Abelarda, que sintió el ruido del llavín, y echándose de la cama y mirando por un resquicio de la puerta, le vio entrar en el comedor y meterse en su alcoba, después de beber un vaso de agua. Venía de buen humor, tarareando, el cuello del gabán alzado, pañuelo de seda al cuello, anudado con negligencia, y la felpa del sombrero ajadísima y con chafaduras. Era la viva imagen del perfecto perdis de buen tono.

Al día siguiente molestó bastante a la familia solicitando pequeños servicios de aguja, ya pegaduras de botón, ya un delicado zurcido, o bien algo referente a las camisas. Pero Abelarda supo atender a todo con gran diligencia. A la hora de almorzar, entró doña Pura diciendo se había muerto el chico de la casa de préstamos, noticia que confirmó Luis con más acento de novelería que de pena, condición propia de la dichosa edad sin entrañas. Villaamil entonó al difuntito la oración fúnebre de gloria, declarando que es una dicha morirse en la infancia para librarse de los sufrimientos de esta perra vida. Los dignos de compasión son los padres, que se quedan aquí pasando la tremenda crujía, mientras el niño vuela al cielo a formar en el glorioso batallón de los ángeles. Todos apoyaron estas ideas, menos Víctor, que las acogía con sonrisa burlona, y cuando su suegro se retiró y Milagros se fue a su cocina y doña Pura empezó a entrar y salir, encaróse con Abelarda, que continuaba de sobremesa, y le dijo:

—¡Felices los que creen! No sé qué daría por ser como tú, que te vas a la iglesia y te estás allí horas y horas, ilusionada con el aparato escénico que encubre la mentira eterna. La religión, entiendo yo, es el ropaje magnífico con que visten la nada para que no nos horrorice... ¿No crees tú lo mismo?

—¿Cómo he de creer eso? —clamó Abelarda, ofendida de la tenacidad artera con que el otro hería sus sentimientos religiosos siempre que encontraba coyuntura favorable—. Si lo creyera no iría a la iglesia, o sería una farsante hipócrita. A mí no tienes que salirme por ese registro. Si no crees, buen provecho te haga.

—Es que yo no me alegro de ser incrédulo, fíjate bien; yo lo deploro, y me harías un favor si me convencieras de que estoy equivocado.

—¿Yo? No soy catedrática, ni predicadora. El creer nace de dentro. ¿A ti no te pasa por la cabeza alguna vez que puede haber Dios?

—Antes sí; hace mucho tiempo que semejante idea voló.

—Pues entonces... ¿qué quieres que yo te diga? (Tomándolo en serio.) ¿Y piensas tú que cuando nos morimos no nos piden cuenta de nuestras acciones?

—¿Y quién nos la va a pedir? ¿Los gusanitos? Cuando llega la de *vámonos*, nos recibe en sus brazos la señora *Materia*, persona muy decente, pero que no tiene cara, ni pensamiento, ni intención, ni conciencia, ni nada. En ella desaparecemos, en ella nos diluimos totalmente. Yo no admito términos medios. Si creyese lo que tú crees, es decir, que existe allá por los aires, no sé dónde, un Magistrado de barba blanca que

perdona o condena y extiende pasaportes para la Gloria o el Infierno, me metería en un convento y me pasaría todo el resto de mi vida rezando.

—Y es lo mejor que podías hacer, tonto. (Quitándole la servilleta a Luis, que tenía fijos en su padre los atónitos ojuelos.)

—¿Por qué no lo haces tú?

—¿Y qué sabes si lo haré hoy o mañana? Estate con cuidado. Dios te va a castigar por no creer en él; te va a sentar la mano, y una mano muy dura; verás.

En este momento, Luisito, muy incomodado con los dicharachos de su padre, no se pudo contener y con infantil determinación agarró un pedazo de pan y se lo arrojó a la cara al autor de sus días, gritando: "¡Bruto!"

Todos se echaron a reír de aquella salida, y doña Pura dio muchos besos a su nieto, azuzándole de este modo: "Dale, hijo, dale, que es un pillo. Dice que no cree para hacernos rabiar. Pero ¿veis qué chico? Si vale más que pesa. Si sabe más que cien doctores. ¿Verdad que mi niño va a ser eclesiástico, para subir al púlpito y echar sus sermoncitos y decir sus misitas? Entonces estaremos todos hechos unos carcamales, y el día que Luisín cante misa, nos pondremos allí de rodillas para que el clériguito nuevo nos eche la bendición. Y el que estará más humilde y cayéndosele la baba será este zángano, ¿verdad? Y tú le dirás: "Papá, ya ves como al fin has llegado a creer".

—¡Qué guapo es este hijo y qué talento tiene!— dijo Víctor, levantándose gozoso y besando al pequeño, que escondía la cara para rehuir el halago—. ¡Si le quiero yo más...! Te voy a comprar un velocípedo para que pasees en la plazuela de enfrente. Verás qué envidia te van a tener tus compañeros.

La promesa del velocípedo trastornó por un momento las ideas del pequeño, quien calculó con rudo

egoísmo que sus deseos de ser cura
y de servir a Dios y aun de llegar
a santo no estaban reñidos con tener un velocípedo precioso, montar-
se en él y pasárselo por los hocicos
a sus compañeros, muertos de den-
tera.

XXVIII

A la mañana siguiente, Villaamil
celebró con su mujer, cuando ésta
volvió de la compra, una conferencia interesante. Estaba él en su despacho escribiendo cartas, y al sentir entrar a su costilla, siseó con
misterio, y encerrándose con ella, le
dijo: "De esto, ni una palabra a Víctor, que es muy perro y me puede
parar el golpe. Aunque yo nada espero, he dado ayer algunos pasos.
Me apoya un diputado de mucho
empuje... Hablamos anoche larga-
mente. Te diré, para que lo sepas
todo, que me presentó a él mi amigo
La Caña. Le relaté mis antecedentes,
y se admiró de que me tuvieran
cesante. Así como quien no quiere la
cosa, le expuse mis ideas sobre Hacienda, y mira tú qué casualidad:
son las mismas que tiene él. Piensa
igualito que yo. Que deben ensayar-
se nuevas maneras de tributación,
tirando a simplificar, apoyándose en
la buena fe del contribuyente y ten-
diendo a la baratura de la cobranza.
Pues prometió apoyarme a rajatabla. Es hombre que vale mucho y
parece que no le niegan nada.

—¿Es de oposición?

—No; ministerialísimo, pero disidente, ahí está el chiste, y cada
le da una desazón al Gobierno. Vale,
vale. Y es de estos que no se ocupan más que del bien del país.
Cuando se levanta a hablar, el banco
azul tiembla. Como que les prueba, *ce por be*, que el país corre a
la perdición si siguen las cosas como
van, y que la agricultura está arrui-
nada, la industria muerta y la nación toda en la más espantosa miseria. Esto salta a los ojos. Pues el
Gobierno, que ve en él a su acu-

sador, le tiene un miedo, hija, un
canguelo tal, que cosa que él pida
es otorgada. Saca las credenciales
a espuertas... Bueno; hemos quedado en que yo le avisaría si se hace
hoy una vacante que me indicaron
Sevillano y Pantoja. Voy al Ministerio en cuanto almuerce, me entero de si hay o no la vacante, y
como la haya, le escribo a su casa
o al Congreso, según la hora. Me
ha dado palabra de hablar esta tarde al Ministro, el cual le está agra-
decidísimo, por haber renunciado a
explanar una interpelación sobre cierta contrata en que hay sapos y culebras. Ya se ve, el Ministro le daría hoy el arpa de David si se la
pidiera. ¿Te vas enterando?

—Sí, hombre, sí (radiante de satisfacción); y me parece que lo que
es ahora, no hay quien nos quite
el bollo.

—¡Oh! lo que es confianza, lo
que se llama confianza, yo no la
tengo. Ya sabes que me pongo siempre en lo peor. Pero vamos a hacer
nuestro plan: Yo al Ministerio. Que
Luis no vaya a la escuela esta tarde, y que espere aquí porque con
él le tengo que mandar la carta.
No le veré yo mismo, porque Víctor
se ha empeñado en que visitemos
juntos esta tarde al Jefe del Personal. Quiero ir con él para despis-
tarle. ¿Entiendes? Cuidado como le
dejes entender a ese pillo de dónde
sopla ahora el viento.

Levantándose excitadísimo, se puso a dar paseos por el angosto aposento. Su mujer, gozosa, le dejó solo,
y a pesar de la reserva que se impuso, su hija y su hermana le cono-
cieron en la cara las buenas nuevas.
Era de esas personas que atesoran
en sí mismas un arsenal de armas
espirituales contra las penas de la
vida y poseen el arte de transfor-
mar los hechos, reduciéndolos y asi-
milándolos en virtud de la facultad
dulcificante que en sus entrañas llevan, como la abeja, que cuanto chu-
pa lo convierte en miel.

Para Cadalsito fue aquel día de

huelga, pues por la mañana, según disposición del maestro, debían ir todos al sepelio del malogrado *Posturitas*. Y uno de los designados para llevar las cintas del féretro era Luis, a causa de ser tal vez el que mejor ropa tenía, gracias a su papá Víctor. Su abuela le puso los trapitos de cristianar, con guantes y todo, y salió muy compuesto y emperejilado, gozoso de verse tan guapo, sin que atenuara su contento el triste fin de tales composturas. La mujer del memorialista le hizo mil caricias encareciendo lo majo que estaba, y el niño se dirigió hacia la casa de préstamos, seguido de Canelillo, que también quiso meter su hocico en el entierro, aunque no era fácil le dieran vela en él. Al entrar en la calle del Acuerdo, se encontró Cadalso a su tía Quintina, que le llenó de besos, ensalzó mucho su elegancia, le estiró el cuerpo de la chaqueta y las mangas, y le arregló el cuello para que resultara más guapo todavía. "Esto me lo debes mí, pues le dije a tu padre que te comprara ropita. A él no se le hubiera ocurrido nunca tal cosa; anda muy distraído. Por cierto, corazón, que estoy bregando ahora más que nunca con tu papá para que te lleve a vivir conmigo. ¿Qué es eso? ¿qué cara me pones? Estarás conmigo mucho mejor que con esas remilgadas *Miaus*... ¡Si vieras qué cosas tan bonitas tengo en casa! ¡Ay, si las vieras...! Unos niños Jesús que se parecen a ti, con el mundito en la mano; unos nacimientos tan preciosos, pero tan preciosos... tienes que verlos. Y ahora estamos esperando cálices chiquititos, custodias que son una monada, casullas así... para que los niños buenos jueguen a las misas; santos de este tamaño, así, mira, como los soldados de plomo, y la mar de candeleritos y arañitas que se encienden en los altares de juguete. Todo lo tienes que ver, y si vas a casa, puedes hacer con ello lo que quieras, pues es para tu diversión. ¿Irás, rico mío?"

Cadalsito, abriendo cada ojo con aquellas descripciones de juguetes sacros, decía que sí con la cabeza, aunque afligido por la dificultad de ver y gozar tales cosas, pues abuelita no le dejaba poner los pies allá. En esto llegaron a la puerta de la casa mortuoria, donde Quintina, después de besuquearle otra vez refregándole la cara, le dejó en compañía de los demás chicos, que ya estaban allí, alborotando más de lo que permitían las tristes circunstancias. Unos por envidia, otros porque eran en toda ocasión muy guasones, empezaron a tomarle el pelo al amigo Cadalso por la ropa flamante que llevaba, por las medias azules y más aún por los guantes del mismo color, que, dicho sea entre paréntesis, le entorpecían las manos. No dejaba él que le tocasen, resuelto a defender contra todo ataque de envidiosos y granujas la limpieza de sus mangas. Tratóse luego de si subían o no a ver a Paco Ramos muerto, y entre los que votaron por la afirmativa se coló también Luis, movido de la curiosidad. Nunca tal hiciera.

Porque le impresionó tan vivamente la vista del chiquillo difunto, que a poco se cae al suelo. Le entró una pena en la boca del estómago, como si le arrancasen algo. El pobre *Posturitas* parecía más largo de lo que era. Estaba vestido con sus mejores ropas; tenía las manos cruzadas, con un ramo en ellas: la cara muy amarilla, con manchas moradas, la boca entreabierta y de un tono casi negro, viéndose los dos dientes de en medio, blancos y grandes, mayores que cuando estaba vivo... Tuvo que apartarse Luisín de aquel espectáculo aterrador. ¡Pobre *Posturas*...! ¡Tan quieto el que era la misma viveza, tan callado el que no cesaba de alborotar un punto, riendo y hablando a la vez! ¡Tan grave el que era la misma travesura y a toda la clase la traía siempre al retortero! En medio de aquel inmenso trastorno de su alma, que Luis no podía definir, ignorando si era pena o temor, hizo el chico una observación que se abría paso por entre sus sentimientos, como voz del egoísmo, más categórico en la infancia que la piedad. "Ahora —pensó— no me llamará *Miau*". Y al decir esto, parecía quitársele un peso de encima, como quien resuelve un arduo problema o ve conjurado un peligro. Al descender la escalera, procuraba consolarse de aquel malestar que sentía, afirmando mentalmente: "Ya no me dirá *Miau*... Que me diga ahora *Miau*".

Poco tardó en bajar la caja azul para ser puesta en el carro. En todos los balcones de la casa, sin exceptuar los del establecimiento de préstamos, se asomaron no pocas mujeres para ver salir el entierro. El cojo Guillén apareció con los ojos encendidos de llorar y la cara tan seria, que no se parecía a sí mismo. Él fue quien dispuso todo y distribuyó las cintas, confiándole una a Cadalso. Después se metió en el coche, donde iba también el maestro, con su bastón roten y su chistera lacia; el tendero vecino, con limpia camisa de cuello corto sin corbata, y un señor viejo a quien no conocía Cadalso. En marcha, pues. Luis pensó que su ropa daba golpe, y no fue insensible a las satisfacciones del amor propio. Iba muy consentido en su papel de portador de cinta, pensando que si él no la llevase, el entierro no sería, ni con mucho, tan lucido. Buscó a Canelo con la mirada; pero el sabio perro de Mendizábal, en cuanto entendió que se trataba de enterrar, cosa poco divertida y que sugiere ideas misantrópicas, dio media vuelta y tomó otra dirección, pensando que le tenía más cuenta ver si se parecía alguna perra elegante y sensible por aquellos barrios.

En el cementerio, la curiosidad, más poderosa que el miedo, impulsó a Cadalso a ver todo... Bajaron del carro el cadáver, le entraron entre dos, abrieron la caja... No comprendía Luis para qué, después de

taparle la cara con un pañuelo, le echaban cal encima aquellos brutos... Pero un amigo se lo explicó. Cadalsito sentía, al ver tales operaciones, como si le apretasen la garganta. Metía su cabeza por entre las piernas de las personas mayores, para ver, para ver más. Lo particular era que *Posturitas* se estuviese tan callado y tan quieto mientras le hacían aquella herejía de llenarle la cara de cal. Luego cerraron la tapa... ¡Qué horror quedarse dentro! Le daban la llave al cojo y después metían la caja en un agujero, allá, en el fondo, allá... Un albañil empezó a tapar el hueco con yeso y ladrillos. Cadalso no apartaba los ojos de aquella faena... Cuando la vio concluida, soltó un suspiro muy grande, explosión del respirar contenido largo tiempo. ¡Pobre *Posturitas*! "Pues, señor, a mí me dirán *Miau* todos los que quieran; pero lo que es éste no me lo vuelve a decir".

Cuando salieron, los amigos le embromaron otra vez por su esmerado atavío. Alguno dejó entrever la intención malévola de hacerle caer en una zanja, de la cual habría salido hecho una compasión. Varias manos muy puercas le tocaron con propósitos que es fácil suponer, y ya Cadalso no sabía qué hacerse de las suyas, aprisionadas en los guantes, entumecidas e incapaces de movimiento. Por fin se libró de aquella apretura, quitándose los guantes y guardándolos en el bolsillo. Antes de llegar a la calle Ancha, los chicos se dispersaron y Luisito siguió con el maestro, que le dejó a la puerta de su casa. Ya estaba allí Canelo de vuelta de sus depravadas excursiones, y subieron juntos a almorzar, pues el can no ignoraba que había repuesto fresco de víveres arriba.

—¿Y los guantes? —preguntó doña Pura a su nieto cuando le vio entrar con las manos desnudas.

—Aquí están... No los he perdido.

Villaamil, a eso de las tres, entró de la calle, afanadísimo, y metiéndose en su despacho, escribió una carta delante de su esposa, que veía con gusto en él la excitación saludable, síntoma de que la cosa iba de veras.

—Bueno. Que Luis lleve esta carta y espere la contestación. Me ha dicho Sevillano que tenemos vacante, y quiero saber si el diputado la pide para mí o no. De la oportunidad depende el éxito. Yo estoy citado con Víctor, y para desorientarle no quiero faltar... Es labor fina la que traigo entre manos, y hay que andar con muchísimo tiento. Dame mi sombrero... mi bastón, que ya estoy otra vez en la calle. Dios nos favorezca. A Luis que no se venga sin la respuesta. Que dé la carta a un portero y se aguarde en el cuarto aquél, a la derecha conforme se entra. Yo no espero nada; pero es preciso, es preciso echar todos los registros, todos...

Salió Cadalsito a eso de las cuatro con la epístola y sin guantes, seguido de Canelo y conservando la ropita del entierro, pues su abuela pensó que ninguna ocasión más propicia para lucirla. No fue preciso indicarle hacia dónde caía el Congreso, pues había ido ya otra vez con comisión semejante. En veinte minutos se plantó allá. La calle de Floridablanca estaba invadida de coches que, después de soltar en la puerta a sus dueños, se iban situando en fila. Los cocheros de chistera galonada y esclavina charlaban de pescante a pescante, y la hilera llegaba hasta el teatro de Jovellanos. Junto a las puertas del edificio, por la calle del Sordo había filas de personas, formando cola, que los de Orden Público vigilaban, cuidando de que no se enroscase mucho. Examinando todo esto, el observador Cadalsito se metió por aquella puerta coronada de un techo de cristales. Un portero con casaca le apartó suavemente para que entrasen unos señorones con gabán de pieles, ante los cuales abría la mampara roja. Cadalsito se encaró después con el sujeto aquel de la

casaca, y quitándose la gorra (pues él, siempre cortés en viendo galones, no distinguía de jerarquías), le dio la carta, diciendo con timidez: "Aguardo contestación". El portero, leyendo el sobre: "No sé si ha venido. Se pasará". Y poniendo la carta en una taquilla, dijo a Luis que entrase en la estancia a mano derecha.

Había allí bastante gente, la mayor parte en pie junto a la puerta, hombre de distintas cataduras, algunos muy mal de ropa, la bufanda enroscada al cuello, con trazas de pedigüeños; mujeres de velo por la cara, y en la mano enrollado papelito que a instancia trascendía. Algunos acechaban con airado rostro a los señores entrantes, dispuestos a darles el alto. Otros, de mejor pelo, no pedían más que papeletas para las tribunas, y se iban sin ellas por haberse acabado. Cadalsito se dedicó también a mirar a los caballeros que entraban en grupos de dos o de tres, hablando acaloradamente. "Muy grande debe ser esta casona —pensó Luis— cuando cabe tanto señorío". Y cansado al fin de estar en pie, se metió para dentro y se sentó en un banco de los que guarnecen la sala de espera. Allí vio una mesa donde algunos escribían tarjetas o volantes, que luego confiaban a los porteros, y aguardaban sin disimular su impaciencia. Había hombre que llevaba tres horas, y aun tenía para otras tres. Las mujeres suspiraban inmóviles en el asiento, soñando una respuesta que no venía. De tiempo en tiempo abríase la mampara que comunicaba con otra pieza; un portero llamaba: "El señor Tal", y el señor Tal se erguía muy contento.

Transcurrió una hora, y el niño bostezaba aburridísimo en aquel duro banco. Para distraerse, levantábase a ratos y se ponía en la puerta a ver entrar personajes, no sin discurrir sobre el intríngulis de aquella casa y lo que irían a guisar en ella tantos y tantos caballerotes. El Congreso (bien lo sabía él) era un sitio donde se hablaba. ¡Cuántas veces había oído a su abuelo y a su padre: "Hoy habló Fulano o Mengano, y dijeron esto, lo otro y lo de más allá!" ¿Y cómo sería la casa por dentro? Gran curiosidad. ¿Cómo sería? ¿dónde hablaban? Ello debía de ser una casa grandona como la iglesia, con la mar de bancos, donde se sentaban para charlar todos a un tiempo. ¿Y a qué era tanta habladuría? Pues también entraban allí los Ministros. ¿Y quiénes eran los Ministros? Los que gobernaban y daban los destinos. Igualmente recordó haber oído a su abuelo, en frecuentes ratos de mal humor, que las Cortes eran una farsa y que allí no se hacía más que perder el tiempo. Pero otras veces se entusiasmaba el buen viejo, elogiando un discurso de alboroto. Total, que Luisín no podía formar juicio exacto, y su mente era toda confusión.

Volvió al banco, y desde él vio entrar a uno que se le figuró su padre. "¡Mi papá también aquí!" Y le franquearon la mampara como a los demás. Por poco sale tras él gritando: "Papá, papá", pero no hubo tiempo, y donde estaba se quedó. "¿Y será mi papá de los que hablan? Quien debía venir aquí a explicarse es Mendizábal, que sabe tanto, y dice unas cosas tan buenas..." En esto sintió que se le nublaba la vista, y le entraba el intenso frío al espinazo. Fue tan brusca y violenta la acometida del mal, que sólo tuvo tiempo de decirse: *que me da, que me da;* y dejando caer la cabeza sobre el hombro, y reclinando el cuerpo en la esquina próxima, se quedó profundamente dormido.

XXIX

Por un instante, Cadalsito no vio ante sí cosa alguna. Todo tinieblas, vacío, silencio. Al poco rato, apareciose enfrente el Señor, sentado, pero ¿dónde? Tras de él había algo como nubes, una masa blanca, luminosa, que oscilaba con ondulaciones semejantes a las del humo. El Señor estaba serio. Miró a Luis, y Luis a él en espera de que le dijese algo. Había pasado mucho tiempo desde que le vio por última vez, y el respeto era mayor que nunca.

—El caballero para quien trajiste la carta —dijo el Padre— no te ha contestado todavía. La leyó y se la guardó en el bolsillo. Luego te contestará. Le he dicho que te de un *sí* como una casa. Pero no sé si se acordará. Ahora está hablando por los codos.

—Hablando —repitió Luis—, ¿y qué dice?

—Muchas cosas, hombre, muchas que tú no entiendes —replicó el Señor, sonriendo con bondad—. ¿Te gustaría a ti oír todo eso?

—Sí que me gustaría.

—Hoy están muy enfurruñados. Acabarán por armar un gran rebumbio.

—Y usted —preguntó Cadalso tímidamente, no decidiéndose nunca a llamar a Dios de *tú*—, ¿usted no habla?

—¿Dónde, aquí? Hombre... yo... te diré... alguna vez puede que diga algo... Pero casi siempre lo que yo hago es escuchar.

—¿Y no se cansa?

—Un poquitín; pero qué remedio...

—¿El caballero de la carta contestará que sí? ¿Colocarán a mi abuelo?

—No te lo puedo asegurar. Yo le he mandado que lo haga. Se lo he mandado la friolera de tres veces.

—Pues lo que es ahora (con desembarazo), bien que estudio.

—No te remontes mucho. Algo más aplicado estás. Aquí entre nosotros, no vale exagerar las cosas. Si no te distrajeras tanto con el álbum de sellos, más aprovecharías.

—Ayer me supe la lección.

—Para lo que tú acostumbras, no estuvo mal. Pero no basta, hijo, no basta. Sobre todo, si te empeñas en ser cura, hay que apretar. Porque figúrate tú, para decirme una misa has de aprender latín, y para predicar tienes que estudiar un sin fin de cosas.

—Cuando sea mayor lo aprenderé todito... Pero mi papá no quiere verme cura, y dice que él no cree nada de usted, ni aunque lo maten. Dígame, ¿es malo mi papá?

—No es muy católico que digamos.

—Y la Quintina, ¿es buena?

—La tía Quintina sí. ¡Si vieras qué cosas tan bonitas tiene en su casa! Debías ir a verlas.

—Abuelita no me deja (desconsolado). Es que a la tía Quintina se le ha metido en la cabeza que me vaya a vivir con ella, y los de casa... que nones.

—Es natural. Pero tú, ¿qué piensas de esto? ¿Te gustaría seguir donde estás y que te dejaran ir a casa de la tía para ver los santos?

—¡Vaya si me gustaría!... Dígame, ¿y mi papá está aquí dentro?

—Sí, por ahí anda.

—¿Y también él hablará?

—También. Pues no faltaba más...

—Usted perdone. El otro día dijo mi papá que las mujeres son muy malas. Por eso yo no quiero casarme nunca.

—Muy bien pensado (conteniendo la risa). Nada de casorio. Tú vas a ser curita.

—Y obispo, si usted no manda otra cosa...

En esto vio que el Señor se volvía hacia atrás como para apartar de sí algo que le molestaba... El chico estiró el cuello para ver qué era, y el Padre dijo: "Largo; idos de aquí y dejadme en paz". Entonces vio Luisito que por entre los pliegues del manto de su celestial amigo asomaban varias cabecitas de granujas. El Señor recogió su ropa, y quedaron al descubierto tres o cuatro chiquillos en cueros vivos y con alas. Era la primera vez que Cadalso les veía, y ya no pudo dudar que aquél era verdaderamente Dios, puesto que tenía ángeles. Empezaron a aparecerse por entre aquellas

nubes algunos más, y alborotaban y reían, haciendo mil cabriolas. El Padre Eterno les ordenó por segunda vez que se largaran, sacudiéndoles con la punta de su manto, como si fuesen moscas. Los más chicos revoloteaban, subiéndose hasta el techo (pues había techo allí), y los mayores le tiraban de la túnica al buen abuelo para que se fuera con ellos. El anciano se levantó al fin, algo contrariado, diciendo: "¡Qué machacones sois! No os puedo aguantar". Pero esto lo decía con acento bonachón y tolerante. Cadalsito estaba embobado ante tan hermosa escena, y entonces vio que de entre los alados granujas se destacaba uno...

¡Contro!, era *Posturitas,* el mismo *Posturas,* no tieso y lívido como le vio en la caja, sino vivo, alegre y tan guapote. Lo que llenó de admiración a Cadalso fue que su condiscípulo se le puso delante y con el mayor descaro del mundo le dijo: "*Miau,* fu, fu..." El respeto que debía a Dios y a su séquito no impidió a Luis incomodarse con aquella salida, y aun se aventuró a responder: "¡Pillo, ordinario... eso te lo enseñaron la puerca de tu madre y tus tías, que se llaman *las arpidas!*" El Señor habló así, sonriendo: "Callar, a callar todos... Andando..." Y se alejó pausadamente, llevándoselos y hostigándoles con su mano como a una bandada de pollos. Pero el recondenado de *Posturitas,* desde gran distancia, y cuando ya el Padre Celestial se desvanecía entre celajes, se volvió atrás, y plantándose frente al que fue su camarada, con las patas abiertas, el hocico risueño, le hizo mil garatusas, y le sacó un gran pedazo de lengua, diciendo otra vez: "*Miau, Miau,* fu, fu..." Cadalsito alzó la mano... Si llega a tener en ella libro, vaso o tintero, le descalabra. El otro se fue dando brincos, y desde lejos, haciendo trompeta con ambas manos, soltó un *Miau* tan fuerte y tan prolongado, que el Congreso entero, repercutiendo el inmenso mayido, parecía venirse abajo...

Un portero con una carta en la mano despertó al chiquillo, que tardaba mucho en volver en sí. "Niño, niño, ¿eres tú el que ha traído la carta para ese señor? Aquí está la respuesta, Sr. D. Ramón Villaamil".

—Sí, yo soy... digo, es mi abuelo —contestó al fin Luisito, y restregándose los ojos, salió. El fresco de la calle despejóle un poco la cabeza. Estaba lloviendo, y su primera idea fue para considerar que se le iba a poner la ropa perdida. Canelo, a todas éstas, había matado el tiempo en la Carrera de San Jerónimo, calle arriba, calle abajo, viendo las *muchachas* bonitas que pasaban, algunas en coche, con sus collares de lujo; y cuando Luis salió del Congreso, ya estaba de vuelta de su correría, esperando al amigo. Unióse a éste, esperando que comprase bollos; pero el pequeño no tenía cuartos, y aunque los tuviera, no estaba él de humor para comistrajos después de las cosas que había visto y con el gran trastorno que en todo su cuerpo le quedara.

¿Y la carta?... ¿qué decía la carta? Con trémula mano abrióla Villaamil (mientras doña Pura se llevaba adentro al chiquillo para mudarle la ropa), y al leerla se le cayeron las alas del corazón. Era una de esas cartas de estampilla, como las que a centenares se escriben diariamente en el Congreso y en los Ministerios. Mucha fórmula de cortesía, mucho trasteo de promesas vagas sin afirmar ni negar nada. Cuando su mujer acudió a enterarse, Villaamil ofrecía un aspecto trágico, mostrando la epístola abierta, arrojada sobre la mesa.

—¡Ya! —dijo la *Miau*, después de leerla—; las pamplinas de siempre. Pero no te apures, hombre. Vete mañana a verle, y...

—Cuando te digo (con atroz desaliento) que entre unos y otros me están jorobando...

Pasó la noche sumido en negra tristeza, y a la mañana inmediata, cambio completo de decoración. En la afanosa vida del pretendiente ocurren estos rudos contrastes que les hacen pasar del desconsuelo a la esperanza. Recibió Villaamil una esquela del prohombre citándole para su casa, de doce a una. Con la prisa y el anhelo que le entró a mi hombre, no acertaba a ponerse el gabán. "Me llamará para decirme alguna tontería —pensaba, arrimándose siempre a lo peor—. Vamos, vamos allá". Y salió, dejando a su mujer excitadísima con la ilusión de un próximo triunfo. Por el camino procuraba compenetrarse bien de su fatalismo pesimista. Según su teoría, siempre sucede lo contrario de lo que uno piensa. Véase por qué no nos sacamos nunca la lotería; bien claro está: porque compra uno el billete con el intento firme de que le ha de caer el premio gordo. Lo previsto no ocurre jamás, sobre todo en España, pues por histórica ley, los españoles viven al día, sorprendidos de los sucesos y sin ningún dominio sobre ellos. Conforme a esta teoría del fracaso de toda previsión, ¿qué debe hacerse para que suceda una cosa? Prever la contraria, compenetrarse bien de la idea opuesta a su realización. ¿Y para qué una cosa no pase? Figurarse que pasará, llegar a convencerse, en virtud de una sostenida obstinación espiritual, de la evidencia de aquel supuesto. Villaamil había experimentado siempre con éxito este sistema, y recordaba multitud de ejemplos demostrativos. En uno de sus viajes a Cuba, corriendo furioso temporal, se compenetró absolutamente de la idea de morir, arrancó de su espíritu toda esperanza, y el vapor hubo de salvarse. Otra vez, hallándose amenazado de una cesantía, se empapó de la persuasión de su desgracia; no pensaba más que en el fatídico *cese;* lo veía delante de sí día y noche, manifestándose con brutal laconismo. ¿Y qué sucedió? Pues sucedió que me le ascendieron.

En resumidas cuentas, al ir a casa del padre de la patria, Villaamil se impregnó bien en el convencimiento de un desastre, y pensaba así: "Como si lo viera; este señor me va a dar ahora la puntilla, diciéndome: "Amigo, lo siento mucho; el Ministro y yo no nos entendemos, y me es imposible hacer nada por usted".

Pero las palabras del aprovechado personaje fueron muy distintas, y jamás habría podido barruntar don Ramón que el otro saliese por este registro: "Pues ayer tarde, después de escribir a usted, hablé con su yerno, el cual me manifestó que a usted le convendría más servir en provincias. Eso ya varía de especie, porque en provincias es mucho más fácil. Hoy mismo me ocuparé del asunto".

En medio de la sorpresa grata que tan expresivas razones le causaron, sintió mi hombre el disgusto de la ingerencia de Víctor en aquel negocio. Retiróse a su casa intranquilo, pues le hacía muy poca gracia ver mezcladas la persona y recomendaciones de Cadalso con las suyas. No participó doña Pura de estos recelos, y el sol de su regocijo brilló sin nubes. Cierto que les contrariaba tener que hacer el hatillo; pero no estaban en situación de escoger lo mejor, sino de apechugar con lo posible, dando gracias a Dios.

Desde aquel día, Villaamil frecuentaba la iglesia de un modo vergonzante. Al salir de casa, si las Comendadoras estaban abiertas, se colaba un rato allí, y oía misa si era hora de ello, y si no, se estaba un ratito de rodillas, tratando sin duda de armonizar su fatalismo con la idea cristiana. ¿Lo conseguiría? ¡Quién sabe! El cristianismo nos dice *pedid y se os dará;* nos manda que fiemos en Dios y esperamos de su mano el remedio de nuestros males; pero la experiencia de una larga vida de ansiedad sugería al buen Villaamil estas ideas: *no esperes y tendrás; desconfía del éxito para que el éxito llegue.* Allá se las compondría en su conciencia. Quizás abdicaba

de su diabólica teoría, volviendo al dogma consolador; tal vez se entregaba con toda la efusión de su espíritu al Dios misericordioso, poniéndose en sus manos para que le diera lo que más le convenía, la muerte o la vida, la credencial o el eterno *cese,* el bienestar modesto o la miseria horrible, la paz dichosa del servidor del Estado o la desesperación famélica del pretendiente. Quizás anticipaba su acalorada gratitud para el primer caso o su resignación para el segundo, y se proponía aguardar con ánimo estoico el divino fallo, renunciando a la previsión de los acontecimientos, resabio pecador del orgullo del hombre.

XXX

Una tarde, ya cerca de anochecido, al volver a su casa, vio a Monserrat abierto, y allá se entró. La iglesia estaba muy oscura. Casi a tientas pudo llegar a un banco de los de la nave central y se hincó junto a él, mirando hacia el altar, alumbrado por una sola luz. Pisadas de algún devoto que entraba o salía y silabeo tenue de rezos, eran los únicos rumores que turbaban el silencio, en cuyo seno profundo arrojó el cesante su plegaria melancólica, mezcla absurda de piedad y burocracia... "Porque por más que revuelvo en mi conciencia no encuentro ningún pecado gordo que me haga merceer este cruel castigo... Yo he procurado siempre el bien del Estado, y he atendido a defender en todo caso la Administración contra sus defraudadores. Jamás hice ni consentí un chanchullo, jamás, Señor, jamás. Eso bien lo sabes tú, Señor... Ahí están mis libros cuando fui tenedor de la Intervención... Ni un asiento mal hecho, ni una raspadura... ¿Por qué tanta injusticia en estos jeringados Gobiernos? Si es verdad que a todos nos das el pan de cada día, ¿por qué a mí me lo niegas? Y digo más: si el Estado debe favorecer a todos por igual, ¿por qué a mí me abandona?... ¡a mí, que le he servido con tanta lealtad! Señor, que no me engañe ahora... Yo te prometo no dudar de tu misericordia como he dudado otras veces; yo te prometo no ser pesimista, y esperar, esperar en ti. Ahora, Padre Nuestro, tócale en el corazón a ese cansado Ministro, que es una buena persona: sólo que me le marean con tantas cartas y recomendaciones".

Transcurrido un rato se sentó, porque el estar de rodillas le fatigaba, y sus ojos, acostumbrados a la penumbra, empezaron a distinguir vagamente los altares, las imágenes, los confesonarios y las personas, dos o tres viejas que rezongaban acurrucadas en ruedos al pie de los confesonarios. No esperaba él el buen encuentro que tuvo a la media hora de estar allí. Deslizándose sobre el banco o andando con las asentaderas sobre la tabla, se le apareció su nieto.

—Hijo, no te había visto. ¿Con quién vienes?

—Con tía Abelarda, que está en aquella capilla... Aquí la estaba esperando y me quedé dormido. No le vi entrar a usted.

—Pues aquí llegué hace un ratito —le dijo el abuelo, oprimiéndole contra sí—. ¿Y tú, vienes aquí a dormir la siesta? No me gusta eso; te puedes enfriar y coger un catarro. Tienes las manos heladitas. Dámelas que te las caliente.

—Abuelo —le preguntó Luis cogiéndole la cara y ladeándosela—, ¿estaba usted rezando para que le coloquen?

Tan turbado se encontraba el ánimo del cesante, que al oír a su nieto pasó de la risa al lloro en menos de un segundo. Pero Luis no advirtió que los ojos del anciano se humedecían, y suspiró con toda su alma al oír esta respuesta:

—Sí, hijo mío. Ya sabes tú que a Dios se le debe pedir todo lo que necesitamos.

—Pues yo —replicó el chicuelo saltando por donde menos se podía esperar— se lo estoy diciendo todos los días, y nada.

—¿Tú... pero tú también pides?... ¡Qué rico eres! El Señor nos da cuanto nos conviene. Pero es preciso que seamos buenos, porque si no, no hay caso.

Luis lanzó otro suspiro hondísimo que quería decir: "Ésa es la dificultad, ¡contro!, que uno sea bueno". Después de una gran pausa, el chiquillo, manoseando otra vez la cara del abuelo para obligarle a mirar para él, murmuró:

—Abuelo, hoy me he sabido la lección.

—¿Sí? Eso me gusta.

—¿Y cuándo me ponen en latín? Yo quiero aprenderlo para cantar misa... Pero mire usted, lo que es esta iglesia no me hace feliz. ¿Sabe usted por qué? Hay en aquella capilla un Señor con pelos largos que me da mucho miedo. No entro allí aunque me maten. Cuando yo sea cura, lo que es allí no digo misa...

Don Ramón se echó a reír.

—Ya se te irá quitando el temor, y verás cómo también al Cristo melenudo le dices tus misitas.

—Y que ya estoy aprendiendo a echarlas. Murillo sabe todo el latinaje de la misa, y cuándo se toca la campanilla y cuándo se le levanta el faldón al cura.

—Mira —le dijo su abuelo sin enterarse—, ve y avisa a la tía que estoy aquí. No me habrá visto. Ya es hora de que nos vayamos a casa.

Fue Luis a llevar el recado, y el taconeo de sus pisadas resonó en el suelo de la iglesia como alegre nota en tan lúgubre silencio. Abelarda, sentada a la turca en el suelo, miró hacia atrás, después se levantó, y vino a situarse junto a su padre.

—¿Has acabado? —le preguntó éste.

—Aun me falta un poquito. —Y siguió silabeando, fijos los ojos en el altar.

Confiaba mucho Villaamil en las

oraciones de su hija, que creía fuesen por él, y así le dijo:

—No te apresures; reza con calma y cuanto quieras, que hay tiempo todavía. ¿Verdad que el corazón parece que se descarga de un gran peso cuando le contamos nuestras penas al único que las puede consolar?

Esto brotó con espontaneidad nacida del fondo del alma. El sitio y la ocasión eran propicios al dulcísimo acto de abrir de par en par las puertas del espíritu y dar salida a todos los secretos. Abelarda se hallaba en estado psicológico semejante; pero sentía con más fuerza que su padre la necesidad de desahogo. No era dueña de callar en aquel instante, y a poco que se descuidara, le rebosarían de la boca confidencias que en otro lugar y momento por nada del mundo dejaría asomar a sus labios.

—¡Ay, papá! —se dejó decir—. Soy muy desgraciada... Usted no lo sabe bien.

Asombróse Villaamil de tal salida, porque para él no había en la familia más que una desgracia, la cesantía y angustiosa tardanza de la credencial.

—Es verdad —dijo soturnamente—; pero ahora... ahora debemos confiar... Dios no nos abandonará.

—Lo que es a mí —confirmó Abelarda—, bien abandonada me tiene... Es que le pasan a una cosas muy terribles. Dios hace a veces unos disparates...

—¿Qué dices, hija? (alarmadísimo). ¡Disparates Dios...!

—Quiero decir que a veces le infunde a una sentimientos que la hacen infeliz; porque, ¿a qué viene querer, si no van las cosas por buen camino?

Villaamil no comprendía. La miró por ver si la expresión del rostro aclaraba el enigma de la palabra. Pero la menguada luz no permitía al anciano descifrar el rostro de su hija. Y Luisito, en pie ante los dos, no entendía ni jota del diálogo.

—Pues si te he de decir verdad —añadió Villaamil buscando luz en aquella confusión—, no te entiendo. ¿Qué disgusto tienes? ¿Has reñido con Ponce? No lo creo. El pobre chico, anoche en el café, me habló tan natural de la prisa que le corre casarse. No quiere esperar a que se muera su tío, el cual, entre paréntesis, es hombre acabado.

—No es eso, no es eso —dijo la *Miau* con el corazón en prensa—. Ponce no me ha dado rabieta ninguna.

—Pues entonces...

Callaron ambos, y a poco Abelarda miró a su padre. Le retozaba en el alma un sentimiento maligno, un ansia de mortificar al bondadoso viejo diciéndole algo muy desagradable. ¿Cómo se explica esto? Únicamente por el rechazo de la efusión de piedad en aquel turbado espíritu, que buscando en vano el bien, rebotaba en dirección del mal, y en él momentáneamente se complacía. Algo hubo en ella de ese estado cerebral (relacionado con desórdenes nerviosos, familiares al organismo femenil), que sugiere los actos de infanticidio; y en aquel caso, el misterioso flúido de ira descargó sobre el mísero padre a quien tanto amaba.

—¿No sabes una cosa? —le dijo—. Ya han colocado a Víctor. Hoy al mediodía... a poco de salir tú, llamaron a la puerta: era la credencial. Él estaba en casa. Le han dado el ascenso y le nombran... no sé qué en la Administración Económica de Madrid.

Villaamil se quedó atontadísimo, como si le hubieran descargado un fuerte golpe de maza en la cabeza. Le zumbaron los oídos... creyó delirar, se hizo repetir la noticia, y Abelarda la repitió con acento en que vibraba la saña del parricida.

—Un gran destino —añadió—. Él está muy contento, y dijo que si a ti te dejan fuera, puede, por de pronto y para que no estés desocupado, darte un destinillo subalterno en su oficina.

Creyó por un momento el anciano sin ventura que la iglesia se le caía encima. Y en verdad, un peso enorme se le sentaba sobre el corazón no dejándole respirar. En el mismo instante, Abelarda, volviendo en sí de aquella perturbación cerebral que nublara su razón y sus sentimientos filiales, se arrepintió de la puñalada que acababa de asertar a su padre, y quiso ponerle bálsamo sin pérdida de tiempo.

—También a ti te colocarán pronto. Yo se lo he pedido a Dios.

—¡A mí!, ¡colocarme a mí! (con furor pesimista). Dios no protege más que a los pillos... ¿Crees que espero algo ni del Ministro ni de Dios? Todos son lo mismo... ¡Arriba y abajo farsa, favoritismo, polaquería! Ya ves lo que sacamos de tanta humillación y de tanto rezo. Aquí me tienes desairado siempre y sin que nadie me haga caso, mientras que ese pasmarote, embustero y trapisondista...

Se dio con la palma de la mano un golpe tan recio en el cráneo, que Luisito se asustó, mirando consternado a su abuelo. Entonces volvió a sentir Abelarda la malignidad parricida, uniéndola a un cierto instinto defensivo de la pasión que llenaba su alma. Los grandes errores de la vida, como los sentimientos hondos, aunque sean extraviados, tienden a conservarse y no quieren en modo alguno perecer. Abelarda salió a la defensa de sí misma defendiendo al otro.

—No, papá, malo no es (con mucho calor), malo no. ¡En qué error tan grande están usted y mamá! Todo consiste en que le juzgan de ligero, en que no le comprenden.

—¿Tú qué sabes, tonta?

—¿Pues no he de saberlo? Los demás no le comprenden, yo sí.

—¡Tú, hija...! —y al decirlo, una sospecha terrible cruzó por su mente, atonándole más de lo que estaba. Pronto se rehizo, diciéndose: "No puede ser; ¡qué absurdo!" Pero como notara la excitación de su hija,

el extravío de su mirar, volvió a sentirse acometido de la cruel sospecha.

—¡Tú... dices que le comprendes tú!

Resistiéndose a penetrar el misterio, éste, al modo de negra sima, más profunda y temerosa cuanto más mirada, le atraía con vértigo insano. Comparó rápidamente ciertas actitudes de su hija, antes inexplicables, con lo que en aquel momento oía; ató cabos, recordó palabras, gestos, incidentes, y concluyó por declararse que estaba en presencia de un hecho muy grave. Tan grave era y tan contrario a sus sentimientos, que le daba terror cerciorarse de él. Más bien quería olvidarlo o fingirse que era vana cavilación sin fundamento razonable.

—Vámonos —murmuró—. Es tarde, y yo tengo que hacer antes de ir a casa.

Abelarda se arrodilló para decir sus últimas oraciones, y el abuelo, cogiendo a Luisito de la mano, se dirigió lentamente hacia la puerta, sin hacer genuflexión alguna, sin mirar para el altar ni acordarse de que estaba en lugar sagrado. Pasaron junto a la Capilla del Cristo melenudo, y como Cadalsito tirase del brazo de su abuelo para alejarle lo más posible de la efigie que tanto miedo le daba, Villaamil se incomodó y le dijo con cruel aspereza:

—Que te come... Tonto...

Salieron los tres, y en la esquina de la calle de Quiñones se encontraron a Pantoja, que detuvo a don Ramón para hablarle del inaudito ascenso de Cadalso. Abelarda siguió hacia la casa. Al subir por la mal alumbrada escalera, sintió pasos descendentes. Era él... Su andar con ningún otro podía confundirse. Habría deseado esconderse para que no la viera, impulso de vergüenza y sobresalto que obedecía a misterioso presentimiento. El corazón le anunciaba algo inusitado, desarrollo y resultante natural de los hechos, y aquel encuentro la hacía temblar.

Víctor la miró y se detuvo tres o cuatro escalones más arriba del rellano en que la chica de Villaamil se paró, viéndole venir.

—¿Vuelves de la iglesia? —le dijo—. Yo no como hoy en casa. Estoy de convite.

—Bueno —replicó ella, y no se le ocurrió nada más ingenioso y oportuno.

De un salto bajó Víctor los cuatro escalones, y sin decir nada, cogió a la insignificante por el talle y la oprimió contra sí, apoyándose en la pared. Abelarda dejóse abrazar sin la menor resistencia, y cuando él la besó con fingida exaltación en la frente y mejillas, cerró los ojos, descansando su cabeza sobre el pecho del guapo monstruo, en actitud de quien saborea un descanso muy deseado, después de larga fatiga.

—Tenía que ser —dijo Víctor con la emoción que tan bien sabía simular—. No hemos hablado con claridad, y al fin nos entendemos. Vida mía, todo lo sacrifico por ti. ¿Estás dispuesta a hacer lo mismo por este desdichado?

Abelarda respondió que sí con voz que sólo fue un simple despegar de labios.

—¿Abandonarías casa, padres, todo, por seguirme? —dijo él en un rapto de infernal inspiración.

Volvió la sosa a responder afirmativamente, ya con voz más clara y con acentuado movimiento de cabeza.

—¿Por seguirme para no separarnos jamás?

—Te sigo como una tonta, sin reparar...

—¿Y pronto?

—Cuando quieras... ahora mismo.

Víctor meditó un rato.

—Alma mía, todo puede hacerse sin escándalo. Separémonos ahora... Me parece que viene alguien. Es tu padre... Súbete. Hablaremos.

Al sentir los pasos de su padre, Abelarda despertó de aquel breve sueño. Subió azorada, trémula, sin mirar hacia atrás. Víctor siguió bajando lentamente, y al cruzarse con su suegro y el niño, ni les dijo nada, ni ellos le hablaron tampoco. Cuando Villaamil llegaba al segundo, ya la joven había llamado presurosa, deseando entrar antes de que su padre pudiera sorprender la turbación de criminal que desencajaba su rostro.

XXXI

Toda aquella noche estuvo la insignificante en un estado próximo a la demencia, dividido su espíritu entre la alegría loca y una tristeza sepulcral. A ratos sentíase acometida de punzante suspicacia. Había entregado su voluntad sin condiciones, sin exigir en cambio la rendición del albedrío del otro y el término de aquellos amores con mujer desconocida, amores de compromiso sin duda, difíciles de romper. ¿Los rompía y liquidaba todas sus atrasadas cuentas de amor? Así tenía que ser. Y francamente, no estaba de más haberlo dicho. ¡Pero si no había habido tiempo para nada, ni pudieron darse y pedirse las explicaciones propias del caso...! Fue como un relámpago aquel trueque y abandono mutuo de ambas voluntades. Convenía, pues, en la primera coyuntura, despejar la situación, alejando todo temor de duplicidad, y poner para siempre a un lado a la señora aquella de las cartas. Hecho esto, Abelarda se entregaría sin ningún trámite al hombre que le había absorbido el alma; renunciaba a toda libertad, era suya, de él, en la forma y condiciones que él quisiese, con escándalo o sin escándalo, con honra o sin honra.

Mientras comían, Villaamil observaba a su hija, poniendo en su rostro los rasgos más enérgicos de aquella ferocidad tigresca que le caracterizaba. Comía sin apetito, y creeríase que devoraba una pieza palpitante y medio viva, que gemía y temblaba con dolores horribles, cla-

vada en su tenedor. Doña Pura y
Milagros no osaron hablarle de la
colocación de Víctor. Ambas estaban
mohínas, lúgubres y con cara de res-
ponso, y la misma Abelarda concluyó por formar parte de aquel silencioso coro de sepulcrales figuras.
Aquella noche no había Real. El cesante se metió en su despacho, y las
tres *Miaus* fueron a la sala, donde
se reunieron al ínclito Ponce y las
de Cuevas. Abelarda tuvo momentos
de febril locuacidad, y otros de meditación taciturna.

A las doce se acabó la tertulia, y
a dormir... La casa en silencio,
Abelarda en vela, esperando a Víctor
para decirse lo que por decir estaba, y vaciar de lleno alma en alma,
cambiando los vasos su contenido.
Pero dio la una, la una y media, y
el galán no parecía. Entre dos y
tres, la infeliz muchacha se hallaba
en estado febril, que encendía en
su mente los más peregrinos disparates: Le habían matado... También podía ser que el abrazo, el be-
suqueo y la declaración de la escalera fueran una burla infame... Esta
idea la rechazaba por ser demasiado
absurda y no caber, según ella, dentro de los moldes de la humana
maldad. Luego pensaba (y eran ya
las tres y media) que la elegantona
de las cartas coronadas, al enterarse
aquella misma noche de que el amante se le iba, o al oír de su propio
labio tristes acentos de ruptura, tra-
maba contra él horrible venganza,
le convidaba a cenar y le envene-
naba, echándole en una copa de je-
rez el veneno de los Borgias. Con
las extrañas cavilaciones mezclaba
la sosa mil lances que había visto en
las óperas, las conjuraciones que arma la mezzo-soprano contra el tenor, porque éste la desprecia por la
tiple; las perrerías del barítono para
deshacerse de su aborrecido rival,
la constancia sublime del tenor (y
eran ya las cuatro), que sucumbien-
do a las combinadas artimañas del
bajo y la contralto, revienta en brazos de la tiple, y concluyen ambos

diciéndose que se amarán en el otro
mundo.

Las cinco, y Víctor sin parecer.
El cerebro de Abelarda era un volcán, que desfogaba por los ojos en
destellos de calentura, por los labios
en monosílabos de despecho, de
amor, de cólera. Sólo dos veces, en
la temporada aquélla, había pasado
el *hombre superior* toda la noche
fuera de casa; y la primera vez que
esto sucedería, entró a eso de las
diez de la mañana en un desorden
lamentable, denunciando con su actitud, con sus palabras y hasta con
su ropa, los excesos de una noche de
festín entre personas de vida poco
regular. ¡Si sucedería lo mismo aquella segunda vez!... Pero no, algo
había ocurrido. Entre el tiernísimo
paso de la escalera y aquella ausencia inexplicable había un enigma, algo misterioso, quizás una desgracia
o una monstruosidad que la pobre
muchacha, en la ofuscación de su
inteligencia, no acertaba a comprender. Las seis, y nada. Rompió a llorar, y tan pronto reclinaba su cabeza sobre la almohada, como se
sentaba en un baúl o iba de una
parte a otra de la habitación, cual
pájaro saltando en su jaula de palito en palito.

Llegó el día, y nada. El primero
a quien Abelarda sintió levantarse
fue su padre, que pasó camino de la
cocina y después del despacho. Las
ocho. Doña Pura no tardaría en
abandonar las ociosas plumas. Como
ya, aunque Víctor entrase, no era
posible hablar a solas con él, la dolorida se acostó, no para dormir ni
descansar, sino para que su madre
no cayese en la cuenta de la noche
toledana. Más de las nueve eran ya
cuando entró el trasnochador con
muy mal cariz. Doña Pura le abrió
la puerta sin decirle una sola palabra. Metióse en su cuarto, y Abelarda, que salía del suyo, le sintió
revolviéndose en el estrecho recinto,
donde apenas cabían la cama, una
silla y el baúl. "Si vas a la iglesia
—díjole Pura, sacando unos cuar-

tos del portamonedas—, te traes cuatro huevos... Que te acompañe Luis. Yo no salgo. Me duele la cabeza. Tu padre está disgustadísimo, y con razón. ¡Mira que colocar a este perdulario y dejarle a él en la calle, a él, tan honrado y que sabe más de Administración que todo el Ministerio junto! ¡Qué Gobiernos, Señor, qué Gobiernos! ¡Y se espantan luego de que haya revolución! Te traes cuatro huevos. ¡No sé cómo saldremos del día!... ¡Ah!, tráete también el cordón negro para mi vestido y los corchetes".

Abelarda fue a la iglesia, y al volver con los encargos de su madre, halló a ésta, su tía y Víctor en el comedor, enzarzados en furiosa disputa. La voz de Cadalso sobresalía, diciendo:

—Pero, señoras mías, ¿yo qué culpa tengo de que me hayan colocado a mí antes que a papá? ¿Es esto razón bastante para que todos en esta casa me pongan cara de cuerno? Pues ganas me dan, como hay Dios, de tirar la credencial a la calle. Antes que nada, la paz de la familia. Yo desviviéndome por que me quieran, yo tratando de hacer olvidar los disgustos que les he causado, y ahora, ¡válgame Dios!, porque al Ministro se le antoja colocarme, ¡ya falta poco para que mi suegra y la hermana de mi suegra me saquen los ojos! Bueno, señoras; arañen, peguen todo lo que gusten; y no he de quejarme. Mientras más perrerías me digan, más he de quererlos yo a todos.

—¡Como si no supiéramos —objetó doña Pura hecha un áspid— que tú tienes vara alta con el Ministerio, y que si hubieras querido, ya Ramón tendría plaza...!

—¡Por Dios, mamá, por Dios! —replicó Víctor revelando verdadera consternación—. Eso es del género inocente... No puedo creer que usted lo diga con formalidad. ¡Que yo...!, vamos; ¡tengo entre la familia una reputacioncita...! ¿Y si yo jurase que he gestionado por

papá más que por mí? ¿Si yo lo jurase? Claro, no me creerían. Pero, créanlo o no, lo digo y lo sostengo.

Abelarda no intervino en la reyerta, pero mentalmente se ponía de parte de su hermano político. En esto entró Villaamil, y Víctor se fue resueltamente a él: "Usted, que es un hombre razonable, dígame si cree, como estas señoras, que yo he gestionado o trabajado o intrigado porque me colocaran a mí y a usted no. Porque aquí me están calentando las orejas con esa historia, y francamente, me aflige oírme tratar como un Judas sin conciencia. (Con noble acento.) Yo, señor don Ramón, me he portado lealmente. Si he tenido la desgracia de ir por delante de otros, no es culpa mía. ¿Sabe usted lo que yo haría ahora?... y que me muera si no digo verdad. Pues cederle a usted mi plaza.

—Si nadie habla del asunto —replicó Villaamil con serenidad, que obtenía violentándose cruelmente—. ¡Colocarme a mí! ¿Crees que alguien piensa en tal cosa? Ha pasado lo natural y lógico. Tú tienes allá... no sé dónde... buenos padrinos o madrinas... Yo no tengo a nadie... Que te aproveche.

Cerró la puerta de su despacho dejando en el pasillo a Víctor, algo confuso y con una respuesta entre labio y labio que no se atrevió a soltar. Aun quiso engatusar a doña Pura en el comedor, tratando de rendir su ánimo con expresiones servilmente cariñosas. "¡Qué desgracia tan grande, Dios mío, no ser comprendido! Me consumo por esta familia, me sacrifico por ella, hago mías sus desgracias y suyos mis escasos posibles, y como si nada. Soy y seré siempre aquí un huésped molesto y un pariente maldito. Paciencia, paciencia".

Dijo esto con afectación hábil, en el momento de sacar papel y disponerse a escribir sobre la mesa del comedor. Al sentarse vio ante sí a su cuñada, de pie y mirándole, sosteniendo la barba entre los dedos de la mano derecha, actitud atenta, pensativa y cariñosa, semejante, salvo la belleza, a la de la célebre estatua de Polimnia en el grupo antiguo de las Musas. No era preciso ser lince para leer en las pupilas y expresión de la insignificante estas o parecidas reconvenciones: "Pero, ¿qué haces ahí sin atenderme? ¿No sabes que soy la única persona que te ha comprendido? Vuélvete hacia mí, y no hagas caso de los demás... Estoy aguardándote desde anoche, ¡ingrato!, y tú tan distraído. ¿Qué se hicieron tus planes de escapatoria? Estoy pronta... Me iré con lo puesto".

Al verla en tal actitud y al leer en sus ojos la reconvención, cayó Víctor en la cuenta de que estaba en descubierto con ella. Maldito si desde la noche anterior se había vuelto a acordar del paso de la escalera, y si lo recordaba era como un hecho baladí, cual humorada estudiantil sin consecuencias para la vida. Su primera impresión, al despertarse la memoria, fue de disgusto, cual si recordase la precisión impertinente de pagar una visita de puro cumplido. Pero al instante compuso la fisonomía, que para cada situación tenía una hermosa máscara en el variado repertorio de su histrionismo moral; y cerciorándose de que no andaba por allí su suegra, puso una cara muy tierna, miró al techo, después a su cuñada, y entre ambos se cruzaron estas breves cláusulas:

—Vida mía, tengo que hablarte... ¿dónde y cuándo?

—Esta tarde... en las Comendadoras... a las seis.

Y nada más. Abelarda se escapó a arreglar la sala, y Víctor se puso a escribir, arrojando con desdén la careta y pensando de este modo: "La chiflada ésta quiere saber cuándo tocan a perderse... ¡Ah!..., pues si tú lo cataras... Pero no lo catarás".

XXXII

Puntual, como la hora misma, entró Abelarda, a la de la cita, en las Comendadoras. La iglesia, callada y oscura, estaba que ni de encargo para el misterioso objeto de una cita. Quien hubiera visto entrar a la chica de Villaamil, se habría pasmado de notar en ella su mejor ropa, los verdaderos trapitos de cristianar. Se los puso sin que lo advirtiera su madre, que había salido a las cinco. Sentóse en un banco, rezando distraída y febril, y al cuarto de hora entró Víctor, que al pronto no veía gota, y dudaba a qué parte de la iglesia encaminarse. Fue ella a servirle de guía, y le tocó el brazo. Diéronse las manos y se sentaron cerca de la puerta, en un lugar bastante recogido y el más tenebroso de la iglesia, a la entrada de la capilla de los Dolores.

A pesar de su pericia y del desparpajo con que solía afrontar las situaciones más difíciles, Víctor, no sabiendo cómo desflorar el asunto, estuvo mascando un rato las primeras palabras. Por fin, resuelto a abreviar, encomendándose mentalmente al demonio de su guarda, dijo:

—Empiezo por pedirte perdón, vida mía; perdón, sí, lo necesito, por mi conducta... imprudente... El amor que te tengo es tan hondo, tan avasallador, que anoche, sin saber lo que hacía, quise lanzarte por las... escabrosidades de mi destino. Estarás enojadísima conmigo, lo comprendo, porque a una mujer de tu calidad, proponer yo como propuse... Pero estaba ciego, demente, y no supe lo que me dije. ¡Qué idea habrás formado de mí! Merezco tu desprecio. ¡Proponerte que abandonaras tus padres, tu casa, por seguirme a mí, a mí, cometa errante (recordando frases que había leído en otros tiempos y enjaretándolas con la mayor frescura), a mí que corro por los espacios sin dirección fija, sin saber de dónde he recibido el impulso ni adónde me lleva mi carrera loca...! Me estrellaré; de fijo me estrellaré. Pero sería un infame, Abelarda (tomándole una mano), sería el último de los monstruos si permitiera que te estrellaras conmigo...

tú, que eres un ángel; tú, que eres el encanto de tu familia... ¡Oh!, te pido perdón, y me pondría de rodillas para alcanzarlo. Cometí gravísimo atentado contra tu dignidad, ultrajé tu candor, proponiéndote aquella atrocidad nacida en este cerebro calenturiento... en fin, perdóname, y admite mis honradas excusas. Te amo, te amo, y te amaré siempre, sin esperanza, porque no puedo aspirar a poseer tan... rica joya. Insultaría a Dios si tal aspiración tuviese...

No acertaba la *Miau* a comprender bien aquella palabrería, de sentido tan opuesto a lo que esperaba escuchar. Mirábale a él, y despúes a la imagen más próxima, un San Juan con cordero y banderola, y le preguntaba al santo si aquello era verdad o sueño.

—Estás, estás perdonado —murmuró respirando muy fuerte.

—No extrañes, amor mío —prosiguió él, dueño ya de la situación—, que en tu presencia me vuelva tímido y no sepa expresarme bien. Me fascinas, me anonadas, haciéndome ver mi pequeñez. Perdóname el atrevimiento de anoche. Quiero ahora ser digno de ti, quiero imitar esa serenidad sublime. Tú me marcas el camino que debo seguir, el camino de la vida ideal, de las acciones perfectamente ajustadas a la ley divina. Te imitaré; haré por imitarte. Es preciso que nos separemos, mujer incomparable. Si nos juntamos, tu vida corre peligro y la mía también. Estamos cercados de enemigos que nos acechan, que nos vigilan... ¿Qué debemos hacer?... Separarnos en la tierra, unirnos en las esferas ideales. Piensa en mí, que yo ni un instante te apartaré de mi pensamiento...

Abelarda, inquietísima, se movía en el banco como si éste se hallara erizado de púas.

—¿Cómo olvidar que cuando toda la familia me despreciaba, tú sola me comprendías y me consolabas? ¡Ah!, no se olvida eso en mil años. Te aseguro que eres sublime. Soy un miserable. Déjame abandonado a mi triste suerte. Sé que has de pedir a Dios por mí, y esto me consuela. Si yo creyera, si yo pudiera prosternarme ante ese altar o ante otro semejante, si yo rezar pudiera, rezaría por ti... Adiós, amor mío.

Quiso cogerle una mano, pero Abelarda la retiró, volviendo la cara hacia el opuesto lado.

—Tu esquivez me mata. Bien sé que la merezco... Anoche estuve contigo irrespetuoso, grosero, indelicado. Pero ya has dicho que me perdonabas. ¿A qué ese gesto? Ya, ya sé... Es que te estorbo, es que te soy aborrecible... Lo merezco; sé que lo merezco. Adiós. Estoy expiando mis culpas, porque ahora quiero separarme de ti, y ya ves, no puedo... ¡Clavado en este banco!.. (impaciente, y atropellándose por concluir pronto). ¿Te acordarás de mí en tu vida futura?... Oye un consejo: cásate con Ponce, y si no te casas, entra en un convento y reza por él y por mí, por este pecador... Tú has nacido para la vida espiritual. Eres muy grande, y no cabes en la estrechez del matrimonio ni en la... prosaica vida de familia... No puedo seguir, mujer, porque pierdo la razón... deliro y... Valor... un supremo esfuerzo... Adiós, adiós.

Y como alma que lleva Satanás, salió de la iglesia, refunfuñando. Tenía prisa, y se felicitaba de haber saldado una fastidiosa cuentecilla. "¡Qué demonio! —dijo mirando su reloj y avivando el paso—. Pensé despachar en diez minutos y he empleado veinte. ¡Y *aquélla* esperándome desde las seis!... Vamos, que sin poderlo remediar me da lástima de esta inefable cursi. Van a tener que ponerte camisa... o corsé de fuerza".

Y Abelarda, ¿qué hacía y qué pensaba? Pues si hubiera visto que al púlpito de la iglesia subía el Diablo en persona y echaba un sermón acusando a los fieles de que no pecaban bastante, y diciéndoles que si seguían así no ganarían el infierno; si

Abelarda hubiera visto esto, no se habría pasmado como se pasmó. La palabra del monstruo y su salida fugaz, dejáronla yerta, incapaz de movimiento, el cerebro cuajado en las ideas y en las impresiones de aquella entrevista, como sustancia echada en molde frío y que prontamente se endurece. Ni le pasó por la cabeza rezar, ¿para qué? Ni marcharse, ¿adónde? Mejor estaba allí, quieta y muda, rivalizando en inmovilidad con el San Juan del gallardete y con la Dolorosa. Ésta se hallaba al pie de la cruz, rígida en su enjuto vestido negro y en sus tocas de viuda, acribillado el pecho de espaditas de plata, las manos cruzadas con tanta fuerza, que los dedos se confundían formando un haz apretadísimo. El Cristo, mucho mayor que la imagen de su madre, extendíase por el muro arriba, tocando al techo del templete con su corona de abrojos, y estirando los brazos a increíble distancia. Abajo velas, los atributos de la Pasión, exvotos de cera, un cepillo con los bordes de la hendidura mugrientos, y el hierro del candado muy roñoso; el paño del altar goteado de cera; la repisa pintada imitando jaspe. Todo lo miraba la señorita de Villaamil, no viendo el conjunto, sino los detalles más ínfimos, clavando sus ojos aquí y allí como aguja que picotea en penetrar, mientras su alma se apretaba contra la esponja henchida de amargor, absorbiéndolo todo.

Vinieron a coincidir en el tiempo los gravísimos actos, cada uno de los cuales pudo decidir por sí solo la vida ulterior de la insignificante y trastornada joven. Con diferencia de dos horas y media, se realizaron el suceso que acabo de referir y otro no menos importante. Ponce, confabulándose con doña Pura en la sala ésta, sin testigos, se mostró enojado porque los padres de su prometida no habían fijado aún el día de la boda.

—Pues por fijado, hijo, por fijado. Ramón y yo no deseamos otra

cosa. ¿Le parece a usted que a principios de mayo?, ¿el día de la Cruz?

Poco antes doña Pura había explicado la ausencia de su hija en la tertulia por el grandísimo enfriamiento que aquella tarde cogiera en las Comendadoras. Entró en casa castañeteando los dientes, y con un calenturón tan fuerte, que su madre la mandó acostarse al momento. Era esto verdad; mas no toda la verdad, y la señora se calló el asombro de verla entrar a horas desusadas y con un vestido que no acostumbraba ponerse para ir de tarde a la iglesia más próxima. "Eso es, lo mejorcito que tienes; estropéalo donde no lo puedes lucir, y dedícate a refregar con ese casimir tan rico, de catorce reales, los bancos de la iglesia, llenos de mugre, de polvo y de cuanta porquería hay". También se calló que su hija no contestaba acorde a nada de cuanto le decía. Esto, el chasquido de dientes y la repugnancia a comer movieron a doña Pura a meterla en la cama. No las tenía la señora todas consigo, y estaba cavilosa buscando el sentido de ciertas rarezas que en la niña notaba. "Sea lo que quiera —pensó—, cuanto más pronto la casemos, mejor". Sobre esto dijo algo a su marido; pero Villaamil no se había dignado contestar sílaba; tan tétrico y cabizbajo andaba.

Abelarda, que se hacía la dormida para que no la molestase nadie, vio a Milagros acostando a Luisito, el cual no se durmió pronto aquella noche, sino que daba vueltas y más vueltas. Cuando ambos se quedaron solos, Abelarda le mandó estarse callado. No tenía ella ganas de jarana; era tarde y necesitaba descanso.

—Tiíta, no puedo dormirme. Cuéntame cuentos.

—Sí, para cuentos estoy yo. Déjame en paz o verás...

Otras veces, al sentir a su sobrino desvelado, la insignificante, que le amaba entrañablemente, procuraba calmar su inquietud con afectuosas palabras; y si esto no era bastante, se iba a su cama, y arrullándole y agasajándole, conseguía que conciliara el sueño. Pero aquella noche, excitada y fuera de sí, sentía tremenda inquina contra el pobre muchacho; su voz la molestaba y hería, y por primera vez en su vida pensó de él lo siguiente: "¿Qué me importa a mí que duermas o no, ni que estés bueno ni que estés malo, ni que te lleven los demonios?

Luisito, hecho a ver a su tía muy cariñosa, no se resignaba a callar. Quería palique a todo trance, y con voz de mimo, dijo a su compañera de habitación:

—Tía, ¿viste tú por casualidad a Dios alguna vez?

—¿Qué hablas ahí, tonto?... Si no te callas, me levanto y...

—No te enfades... pues yo, ¿qué culpa tengo? Yo veo a Dios, le veo cuando me da la gana; para que lo sepas... Pero esta noche no le veo más que los pies... los pies con mucha sangre, clavaditos y con un lazo blanco, como los del Cristo de las melenas que está en Monserrat... y me da mucho miedo. No quiero cerrar los ojos, porque... te diré... yo nunca le he visto los pies, sino la cara y las manos... y esto me pasa... ¿sabes por qué me pasa?... porque hice un pecado grande... porque le dije a mi papá una mentira, le dije que quería ir con la tía Quintina a su casa. Y fue mentira. Yo no quiero ir más que un ratito para ver los santos. Vivir con ella no. Porque irme con ella y dejaros a vosotros es pecado, ¿verdad?

—Cállate, cállate, que no estoy yo para oír tus sandeces... ¿Pues no dice que ve a Dios el muy borrico?... Sí, ahí está Dios para que tú le veas, bobo...

Abelarda oyó al poco rato los sollozos de Cadalsito, y en vez de piedad, sintió, ¡cosa más rara!, una antipatía tal contra su sobrino, que mejor pudiera llamarse odio sañudo. El tal mocoso era un necio, un farsante,

que embaucaba a la familia con aquellas simplezas de ver a Dios y de querer hacerse curita; un hipócrita, un embustero, un mátalas callando... y feo, y enclenque, y consentido además...

Esta hostilidad hacia la pobre criatura era semejante a la que se inició la víspera en el corazón de Abelarda contra su propio padre, hostilidad contraria a la naturaleza, fruto sin duda de una de esas auras epileptiformes que subvierten los sentimientos primarios en el alma de la mujer. No supo ella darse cuenta de cómo tal monstruosidad germinara en su espíritu, y la veía crecer, crecer a cada instante, sintiendo cierta complacencia insana en apreciar su magnitud. Aborrecía a Luis, le aborrecía con todo su corazón. La voz del chiquillo le encalabrinaba los nervios, poniéndola frenética.

Cadalsito, sollozando, insistió: "Le veo las piernas negras con manchurrones de sangre, le veo las rodillas con unos cardenales muy negros, tiíta... tengo mucho miedo... ¡Ven, ven!"

La Miau crispó los puños, mordió las sábanas. Aquella voz quejumbrosa removía todo su ser, levantando en él una ola rojiza, ola de sangre que subía hasta nublarle los ojos. El chiquillo era un cómico, fingido y trapalón, bajado al mundo para martirizarla a ella y a toda su casta... Pero aun quedaba en Abelarda algo de hábito de ternura que contenía la expansión de su furor. Hacía un movimiento para echarse de la cama y correr a la de Luis con ánimo de darle azotes, y se reprimía luego ¡Ah!, como pusiera las manos en él no se contentaría con la azotaina... le ahogaría, sí. ¡Tal furia le abrasaba el alma y tal sed de destrucción tenían sus ardientes manos!

—Tiíta, ahora le veo el faldellín todo lleno de sangre, mucha sangre... Ven, enciende la luz, o me muero de susto; quítamele, dile que se vaya. El otro Dios es el que a mí me gusta, el abuelo guapo, el que no tiene sangre, sino un manto muy fino y unas barbas blanquísimas...

Ya no pudo ella dominarse, y saltó del lecho... Quedóse a su orilla inmovilizada, no por la piedad, sino por un recuerdo que hirió su mente con vívida luz. Lo mismo que ella hacía en aquel instante, lo había hecho su difunta hermana en una noche triste. Sí, Luisa padecía también aquellas horribles corazonadas del aborrecer a su progenitura, y cierta noche que le oyó quejarse, echóse de la cama y fue contra él, con las manos amenazantes, trocada de madre en fiera. Gracias que la sujetaron, pues si no, sabe Dios lo que habría pasado. Y Abelarda repetía las mismas palabras de la muerta, diciendo que el pobre niño era un monstruo, un aborto del infierno, venido a la tierra para castigo y condenación de la familia.

Llevóla este recuerdo a comparar la semejanza de causas con la semejanza de efectos, y pensó angustiadísima: "¿Estaré yo loca, como mi hermana?... ¿Es locura, Dios mío?"

Volvió a meterse entre sábanas, prestando atención a los sollozos de Luis, que parecían atenuarse, como si al fin le venciera el sueño. Transcurrió un largo rato, durante el cual la tiíta se aletargo a su vez; pero de improviso despertó sintiendo el mismo furor hostil en su mayor grado de intensidad. No la detuvo entonces el recuerdo de su hermana; no había en su espíritu nada que corrigiese la idea, o mejor dicho, el delirio de que Luis era una mala persona, un engendro detestable, un ser infame a quien convenía exterminar. El tenía la culpa de todos los males que la agobiaban, y cuando él desapareciera del mundo, el sol brillaría más y la vida sería dichosa. El chiquillo aquel representaba toda la perfidia humana, la traición, la mentira, la deshonra, el perjurio.

Reinaba profunda oscuridad en la alcoba. Abelarda, en camisa y descalza, echándose un mantón sobre los hombros, avanzó palpando...

Luego retrocedió buscando las cerillas. Habíasele ocurrido en aquel momento ir a la cocina en busca de un cuchillo que cortara bien. Para esto necesitaba luz. La encendió, y observó a Luis, que al cabo dormía profundamente. "¡Qué buena ocasión! —se dijo—; ahora no chillará, ni hará gestos... Farsante, pinturero, monigote, me las pagarás... Sal ahora con la pamplina de que ves a Dios... Como si hubiera tal Dios, ni tales carneros..." Después de contemplar un rato al sobrinillo, salió resuelta. "Cuanto más pronto, mejor". El recuerdo de los sollozos del chico, hablando aquellos disparates de los pies que veía, atizaba su cólera. Llegó a la cocina y no encontró cuchillo, pero se fijó en el hacha de partir leña, tirada en un rincón, y le pareció que este instrumento era mejor para el caso, más seguro, más ejecutivo, más cortante. Cogió el hacha, hizo un ademán de blandirla, y satisfecha del ensayo, volvió a la alcoba, en una mano la luz, en otra el arma, el mantón por la cabeza... Figura tan extraña y temerosa no se había visto nunca en aquella casa. Pero en el momento de abrir la puerta de cristales de la alcoba, sintió un ruido que la sobrecogió. Era el del llavín de Víctor girando en la cerradura. Como ladrón sorprendido, Abelarda apagó de un soplo la luz, entró, y se agachó detras de la puerta, recatando el hacha. Aunque rodeada de tinieblas, temía que Víctor la viese al pasar por el comedor y se hizo un ovillo, porque la furia que había determinado su última acción se trocó súbitamente en espanto con algo de femenil vergüenza. Él pasó alumbrándose con una cerilla, entró en su cuarto y se cerró al instante. Todo volvió a quedar en silencio. Hasta la alcoba de Abelarda llegaba débil, atravesando el comedor y las dos puertas de cristales, la claridad de la vela que encendiera Víctor para acostarse. Cosa de diez minutos duró el reflejo; después se extinguió, y todo quedó en sombras. Pero la cuitada no se atrevía ya a encender su luz; fue tanteando hasta la cama, escondió el hacha bajo la cómoda próxima al lecho, y se deslizó en éste reflexionando: "No es ocasión ahora. Gritaría, y el otro... Al otro le daría yo el hachazo del siglo; pero no basta un hachazo, ni dos, ni ciento... ni mil. Estaría toda la noche dándole golpes y no le acabaría de matar".

XXXIII

Nuestro infortunado Villaamil no vivía desde el momento aciago en que supo la colocación de su yerno, y para mayor desdicha el prohombre ministerial no le hacía caso. Inmediatamente después de almorzar, se echaba a la calle, y se pasaba el día de oficina en oficina, contando su malaventura a cuantos encontraba, refiriendo la atroz injusticia, que, entre paréntesis, no le cogía de nuevo; porque él, se lo podían creer, nunca esperó otra cosa. Cierto que, apretado por la fea necesidad, y llegando a sentir como un estorbo en aquel pesimismo que se había impuesto, se le arrancaba a veces como quien se arranca una máscara, y decía, implorando con toda el alma desnuda: "Amigo Cucúrbitas, me conformo con cualquier cosa. Mi categoría es de Jefe de Administración de tercera; pero si me dan un puesto de oficial primero, vamos, de oficial segundo, lo tomo, sí señor, lo tomo, aunque sea en provincias". La misma cantinela le entonaba al Jefe del Personal, a todos los amigos influyentes que en la casa tenía, y epistolarmente al Ministro y a Pez. A Pantoja, en gran confianza, le dijo: "Aunque sea para mí una humillación, hasta oficial tercero aceptaré por salir de estas angustias... Después, Dios dirá".

Luego iba a estampía contra Sevillano, de quien se hablará después, empleado en el Personal, el cual le decía con expresión de lástima: "Sí,

hombre, sí, cálmese usted; tenemos nota preferente... Debe usted procurar serenarse". Y le volvía la espalda. Poco a poco fue el santo varón desmintiendo su carácter, aprendiendo a importunar a todo el mundo y perdiendo el sentido de las conveniencias. Después de verle andar por las oficinas, dando la lata a diferentes amigos, sin excluir a los porteros, Pantoja le habló en confianza:

—¿Sabes lo que el bigardo de tu yerno le dijo al Diputado ése? Pues que tú estabas loco y que no podías desempeñar ningún destino en la Administración. Como lo oyes; y el Diputado lo repitió en el Personal delante de Sevillano y del hermano de Espinosa, que me lo vino a contar a mí.

—¿Eso dijo? (estupefacto). ¡Ah!, lo creo. Es capaz de todo...

Esto acabó de trastornarle. Ya la insistencia de su incansable porfía y la expresión de ansiedad que iban tomando sus ojos asustaba a sus amigos. En algunas oficinas, cuidaban de no responderle o de hablarle con brevedad para que se cansara y se fuese con la música a otra parte. Pero estaba a prueba de desaires, por habérsele encallecido la epidermis del amor propio. En ausencia de Pantoja, Espinosa y Guillén le tomaban el pelo de lo lindo:

—¿No sabe usted, amigo Villaamil, lo que se corre por ahí? Que el Ministro va a presentar a las Cortes una ley estableciendo el *income tax*. La Caña la está estudiando.

—Como que me ha robado mis ideas. Mis cuatro memorias durmieron en su poder más de un año. Vean ustedes lo que saca uno de quemarse las cejas por estudiar algo que sirva de remedio a esta Hacienda moribunda... País de raterías, Administración de nulidades, cuando no se puede afanar una peseta, se tima el entendimiento ajeno. Ea, con Dios.

Y salía disparado, precipitándose por los escalones abajo, hacia la Dirección de Impuestos (patio de la izquierda), ansioso de calentarle las orejas al amigo La Caña. A la media hora se le veía otra vez venciendo jadeante la cansada escalera para meterse un rato en el Tesoro o en Aduanas. Algunas veces, antes de entrar, daba la jaqueca a los porteros, contándoles toda su historia administrativa. "Yo entré a servir en tiempo de la Regencia de Espartero, siendo Ministro el señor Surrá y Rull, excelente persona, hombre muy mirado. Me parece que fue ayer cuando subí por esa escalera. Traía yo unos calzoncitos de cuadros, que se usaban entonces, y mi sombrero de copa, que había estrenado para tomar posesión. De aquel tiempo no queda ya nadie en *la casa*, pues el pobre Cruz, a quien vi en este mismo sitio cuando yo entraba, se las lió hace dos meses. ¡Ay, qué vida ésta!... Mi primer ascenso me lo dio don Alejandro Mon... buena persona... y de mucho carácter, no se crean ustedes. Aquí se plantificaba a las ocho de la mañana, y hacía trabajar a la tropa; por eso hizo lo que hizo. Como madrugador, no ha habido otro don Juan Bravo Murillo, y el número uno de los trasnochadores era don José Salamanca, que nos tenía aquí a los de Secretaría hasta las dos o las tres de la madrugada. Pues digo, ¿hay alguno entre ustedes que se acuerde de don Juan Bruil, que, por más señas, me hizo a mí oficial tercero? ¡Ah, qué hombre! Era una pólvora. Pues también el amigo Madoz las gastaba buenas. ¡Qué cascarrabias! Yo tuve el 57 un director que no hacía un servicio al lucero del alba ni despachaba cosa alguna como no viniera una mujer a pedírsela. Crean ustedes que la perdición del país es la faldamenta".

Los porteros le llevaban el humor mientras podían; pero también llegaron a sentir cansancio de él, y pretextaban ocupaciones para zafarse. El santo varón, después de explayarse por las porterías, volvía adentro, y no faltaba en Aduanas o en

Propiedades un guasón presumido, como Urbanito, el hijo de Cucúrbitas, que le convidase a café para tirarle de la lengua y divertirse oyendo sus exaltadas quejas. "Miren ustedes; a mí me pasa esto por decente, pues si yo hubiera querido desembuchar ciertas cosas que sé referentes a pájaros gordos, ¿me entienden ustedes?... digo que si yo hubiera sido como otros que van a las redacciones con la denuncia del enjuague A, del enredo B... otro gallo me cantara... ¿Pero qué resulta? Que aunque uno no quiera ser decente y delicado, no puedo conseguirlo. El pillo nace, el orador se hace. Total, que ni siquiera me vale haber escrito cuatro Memorias que constituyen un plan de Presupuestos, porque un mal amigo a quien se las enseño, me roba la idea y la da por suya. Lo que menos piensan ustedes es que ese dichoso *income tax* que quieren establecer ¡temprano y con sol! es idea mía... diez años devanándome los sesos... ¿para qué? Para que un grajo se adorne con mis plumas o con la obra de mi pluma. Yo digo que si el Ministro sabe esto, si lo sabe el país, ¿qué sucederá? Puede que no suceda nada, porque allá se van el país y el Ministro en lo puercos y desagradecidos... Yo me lavo las manos; yo me estoy en mi casa, y si vienen revoluciones, que vengan; si el país cae en el abismo, que caiga con cien mil demonios. Después dirán: "¡Qué lástima no haber planteado los cuatro puntos aquellos del buen Villaamil: *Moralidad, Income tax, Aduanas, Unificación!*" Pero yo diré: *tarde piache*... "Haberlo visto antes". Dirán: "pues que sea Villaamil Ministro"; y yo responderé: "Cuando quise no quisiste, y ahora... a buena hora, mangas verdes..." Conque, señores, me voy para que ustedes trabajen. En mis tiempos no había estos ocios. Se fumaba un cigarrito, se tomaba café, y luego al telar... Pero ahora, empleado hay que viene aquí a inventar charadas, a chapucear comedias, revistas de toros y gacetillas. Así está la Administración pública, que es una mujer pública, hablando mal y pronto. Francamente, esto da asco, y yo no sé cómo todos ustedes no hacen dimisión, y dejan solos al Ministro y al Jefe del Personal, a ver cómo se desenvuelven. No, no lo digo en broma; veo que se ríen ustedes, y no es cosa de risa. Dimisión total, huelga en un día dado, a una hora dada..."

Por fin, hartos de este charlar incoherente, le echaban con buenos modos, diciéndole: "Don Ramón, usted debiera ir a tomar el aire. Un paseíto por el Retiro le vendría muy bien". Salía rezongando, y en vez de seguir el saludable consejo de oxigenarse, bajaba, mal terciada la capa, y se metía en el Giro Mutuo, donde estaba Montes, o en Impuestos, donde su amigo Cucúrbitas soportaba con increíble paciencia discursos como este: "Te digo en confianza, aquí de ti para mí, que me contento con una plaza de oficial tercero: proponme al Ministro. Mira que siento en mi cabeza unas cosas muy raras, como si se me fuera el santo al cielo. Me entran ganas de decir disparates, y aun recelo que a veces se me salen de la boca. Que me den esos dos meses, o no sé; creo que pronto empezaré a tirar piedras. Ya sabes mi situación; sabes que no tengo cesantía, porque, si bien soy anterior al 45, mi primer destino no fue de Real orden; no entré en plantilla hasta el 46, gracias a don Juan Martín Carramolino. Bien te acordarás. Tú estabas por debajo de mí; yo te enseñé a poner una minuta en regla. El 54 tú entraste en la Milicia Nacional; yo no quise, porque nunca me ha gustado la bullanga. Ahí tienes el principio de tu buena fortuna y el de mi desdicha. Gracias al morrión te plantaste de un salto en Jefe de Negociado de segunda, mientras yo me estancaba en oficial primero... Parece mentira, Francisco, que el sombrero influya tanto. Pues dicen que Pez debe su carrera nada más

que al chisterómetro de alas anchas y abarquilladas que le da un aire tan solemne... Bien recuerdo que tú me decías: "Ramón, ponte un chaleco de buen ver, que esto ayuda; gasta cuellos altos, muy altos, muy tiesos, que te obliguen a engallar la cabeza con cierto aire de importancia". Yo no te hice caso, y así estoy. A Basilio, desde que se encajó la levita inglesa, le empezaron a indicar para el ascenso, y a mí se me antoja que las botas chillonas del amigo Montes, dando a su personalidad un no sé qué de atrevido, insolente y *qué se me da a mí,* han influido para que avance tanto... Sobre todo el sombrero, el sombrero es cosa esencialísima, Francisco, y el tuyo me parece un perfecto modelo... alto de copa y con hechura de trombón, el ala muy semejante a la canaleja de un cura. Luego esas corbatas que tú te permites... Si me colocan, me pondré una igual... Conque ya sabes: oficial tercero: cualquier cosa: el quid está en firmar la nómina, en ser algo, en que cuando entre yo aquí no me parezca que hasta las paredes lloran compadeciéndome... Francisco, hormiga de esta casa, hazlo por Dios y por tus hijos, tres de los cuales tienes ya bien colocados de aspirantes con cinco mil sin contar a Urbanito, que se calza doce. Si mi mujer fuera Pez en vez de rana, ¡ay!, no estaría yo en seco. Parece que lo tenéis en la masa de la sangre, y cuando nacen tus nenes y sueltan el primer lloro de la vida, en vez de ponerles la teta en la boca, les ponen el *estado Letra A. Sección octava,* del Presupuesto. Adiós; interésate por mí, sácame de este pozo en que me he caído... No quiero molestarte; tienes que hacer. Yo también estoy atareadísimo. Abur, abur".

No se crea que se iba mi hombre a la calle. Atraído de irresistible querencia, se lanzaba otra vez, jadeante, a la fatigosa ascensión por la escalera, y llegaba sin aliento a Secretaría. Allí cierto día se encontró una novedad. Los porteros, que comúnmente le franqueaban la entrada, le detuvieron, disimulando con insinuaciones piadosas la orden terminante que tenían de no dejarle pasar. "Don Ramón, váyase a su casa, y descanse y duerma para que se le despeje ese meollo. El Jefe está encerrado y no recibe a nadie". Irritóse Villaamil con la desusada consigna y aun quiso forzarla, alegando que no debía regir para él. La capa del infeliz cesante barrió el suelo de aquí para allí, y aun tuvieron los ordenanzas que ponerle el sombrero, desprendido de su cabeza venerable. "Bien, Pepito Pez, bien —decía el infeliz, respirando con dificultad—; así pagas a quien fue tu jefe, y te tapó muchas faltas. En donde menos se piensa salta un ingrato. Basta que yo te haya hecho mil favores, para que me trates como a un negro. Lógica puramente humana... Quedamos enterados. Adiós... ¡Ah! (volviéndose desde la puerta), dígale usted al Jefe del Personal, al don Soplado ése, que usted y él se pueden ir a escardar cebollinos".

XXXIV

Pecho a los escalones y otra vez al piso segundo, a la oficina de Pantoja. Cuando entró, Guillén, Espinosa y otros badulaques estaban muy divertidos viendo las aleluyas que el primero había compuesto, una serie de dibujillos de mala muerte, con sus paredes al pie, ramplones, groseros y de mediano chiste, comprendiendo la historia completa de Villaamil desde su nacimiento hasta su muerte. Argüelles, que no veía con buenos ojos las groseras bromas de Guillén, se apartaba del corrillo para atender a su trabajo. Rezaba la aleluya que el señor de *Miau* había nacido en Coria, garrafal dislate histórico, pues vio la luz en tierra de Burgos; que desde el vientre de su madre pretendía, y que el ombligo se lo ataron con balduque. Entre otras particularidades, decía la ilustrada crónica, con dudosa gramática: *En vez de faja y pañales, — le envuelven en credenciales;* y más adelante: *Pide teta con afán, — y un Presupuesto le dan.* Luego, cuando el digno funcionario llega a la mayor edad, *Henchido de amor sin tasa, — con Zapaquilda se casa;* y a poco de estrenada la vida matrimonial empiezan los apuros. El desmantelado hogar de Villaamil se caracteriza en este elegante dístico: *Cuando faltan patacones, — se dan a cazar ratones...* Pero en lo que el inspirado coplero explaya su numen, es en la pintura de los sublimes trabajos villaamilescos: *Modelo de asiduidaz, — inventa el* INCOME TAZ... *Al Ministro le presenta — sus planes sobre la Renta... El Jefe, al ver el* INCOMIO, *— me le manda a un manicomio.* Por fin le arroja el poeta estas flores: *Su existencia miserable — la sostiene con el sable;* y por aquí seguía hasta suponer el glorioso tránsito del héroe: *Le dan al fin la ración, — y muere del alegrón... Los gatos, cuando se mueren, —dicen todos: Miserere...*"

Al ver a Villaamil escondieron el nefando pliego, pero con hilaridad mal reprimida denunciaban la broma que traían y su objeto. Ya otras veces el infeliz cesante pudo notar que su presencia en la oficina (faltando de ella Pantoja) producía un recrudecimiento en la sempiterna chacota de aquellos holgazanes. Las reticencias, las frases ilustradas con morisquetas al verle entrar, la cómica seriedad de los saludos le revelaron aquel día que su persona y quizá su desventura motivaban impertinentes chanzas, y esta certidumbre le llegó al alma. El enredijo de ideas que se había iniciado en su mente, y la irritación producida en su ánimo por tantas tribulaciones, encalabrinaban su amor propio; su carácter se agriaba, la ingénita mansedumbre trocábase en displicencia y el temple pacífico en susceptibilidad camorrista.

—A ver, a ver —gruñó, acercándose al grupo con muy mal gesto—.

Me parece que se ocupaban ustedes de mí... ¿Qué papelotes son esos que guarda Guillén?... Señores, hablemos claro. Si alguno de ustedes tiene que decirme algo, dígamelo en mis barbas. Francamente, en toda la casa noto que se urde contra mí una conjuración de calumnias; se trata de ponerme en ridículo, de indisponerme con los jefes, de presentarme al señor Ministro como un hombre grotesco, como un... ¡Y he de saber quién es el canalla, quién...! ¡Maldita sea su alma! (terciándose la capa, y pegando fuerte puñetazo en la mesa más próxima).

Quedáronse todos fríos y mudos, porque no esperaban en Villaamil aquel rasgo de dignidad. El *caballero de Felipe IV* fue el primero que se explicó aquel súbito cambio de temperamento, por un desequilibrio mental. Además de que odiaba profundamente a Guillén, sentía lástima de su amigo, y echándole el brazo por encima del hombro, le rogó que se tranquilizara, añadiendo que donde él estuviera, nadie osaría zaherir a persona tan respetable. Mas no se calmaba Villaamil con estas razones, porque vio al maldito Guillén aguantando la risa con la cara pegada al pupitre, y en un arrebato de cólera se fue a él, y con ahogada y trémula voz le dijo:

—Sepa usted, cojitranco de los infiernos, que de mí no se ríe nadie... Ya sé, ya sé que ha hecho usted unos estúpidos versos y unos mamarrachos ridiculizándome. En Aduanas he oído que si yo propuse o no propuse al Ministro el *income tax*... y si me mandó o no me mandó a un manicomio.

—¿Yo?... don Ramón... ¡qué cosas tiene! — replicó Guillén cortado y cobarde—. Yo no he hecho las aleluyas; las hizo Pez Cortázar, el de Propiedades, y Urbano Cucúrbitas es el que las ha enseñado por ahí.

—Pues hágalas quien las hiciere, el autor de esa porquería es un marrano que debiera estar en un cubil.

Me ultrajan porque me ven caído. ¿Es eso de caballeros? A ver, respóndanme. ¿Es eso de personas regulares?

El santo varón giró sobre sí mismo, y se sentó, quebrantadísimo de aquel esfuerzo que acababa de hacer. Siguió murmurando, como si hablara a solas: "Es que por todos los medios se proponen acabar conmigo, desautorizarme, para que el Ministro me tenga por un ente, por un visionario, por un idiota".

Exhalando suspiros hondísimos, encajó la quijada en el pecho y así estuvo más de un cuarto de hora sin pronunciar palabra. Los demás callaban, mirándose de reojo, serios, quizá compadecidos, y durante un rato no se oyó en la oficina más que el rasgueo de la pluma de Argüelles. De pronto, el chillar de las botas de Pantoja anunció la aproximación de este personaje. Todos afectaron atender a la faena, y el jefe de la sección entró con las manos cargadas de papeles. Villaamil no alzó la cabeza para mirar a su amigo ni parecía enterarse de su presencia.

—Ramón —dijo Pantoja en afectuoso tono, llamándole desde su asiento—. Ramón... pero Ramón... ¿qué es eso?

Y por fin el amigo, dando otro suspirazo como quien despierta de un sueño, se levantó y fue hacia la mesa con paso claudicante.

—Pero no te pongas así —le dijo don Ventura quitando legajos de la silla próxima para que el otro se sentara—. Pareces un chiquillo. En todas las oficinas hablan de ti, como una persona que empieza a pasearse por los cerros de Úbeda... Es preciso que te moderes, y sobre todo (amoscándose un poco), es preciso que cuando se habla de planes de Hacienda y de la confección de los nuevos Presupuestos, no salgas con la patochada del *income tax*... Eso está muy bueno para artículos de periódico (con desprecio), o para soltarlo en la mesa del café, delante de cuatro tontos perdularios, de esos que arreglan con saliva el presupuesto de un país y no pagan al sastre ni a la patrona. Tú eres hombre serio y no puedes sostener que nuestro sistema tributario, fruto de la experiencia...

Levantóse Villaamil como si en la silla hubiera surgido agudísimo punzón, y este movimiento brusco cortó la frase de Pantoja, que sin duda iba a rematarla con estilo administrativo, más propio de la *Gaceta* que de humana boca. Quedóse el buen Jefe de sección archipasmado al ver que la faz de su amigo expresaba frenética ira, que la mandíbula le temblaba, que los ojos despedían fuego; y subió de punto el pasmo al oír estas airadas expresiones:

—Pues yo te sostengo..., sí, por encima de la cabeza de Cristo lo sostengo... que mantener el actual sistema es de jumentos rutinarios... y digo más, de chanchulleros y tramposos... Porque se necesita tener un dedo de telarañas en los sesos para no reconocer y proclamar que el *income tax,* impuesto sobre la renta o como quiera llamársele, es lo único racional y filosófico en el orden contributivo... y digo más: digo que todos los que me oyen son un atajo de ignorantes, empezando por ti, y que sois la calamidad, la polilla, la ruina de esta casa y la filoxera del país, pues la estáis royendo y devorando la cepa, majaderos mil veces. Y esto se lo digo al Ministro si me apura, porque yo no quiero credenciales, ni colocación, ni derechos pasivos, ni nada; no quiero más que la verdad por delante, la buena administración, y conciliar... compaginar... armonizar (golpeando los dedos índices uno contra otro) los intereses del Estado con los del contribuyente. Y el mastuerzo, canalla, que diga que yo quiero destinos, se verá conmigo de hombre a hombre, aquí o en mitad de la calle, junto al Dos de Mayo, o en la pradera del Canal, a medianoche, sin testigos... (dando terri-

bles gritos, que atrajeron a los empleados de la oficina inmediata). Claro, me toman por un mandria porque no me conocen, porque no me han vista defendiendo la ley y la justicia contra los infames que en esta casa la atropellan. Yo no vengo aquí a mendigar una cochina credencial que desprecio; yo me paso por las narices a toda la casa, y a vosotros, y al Director, y al Jefe del Personal, y al Ministro; yo no pido más que orden, moralidad, economías...

Revolvió los ojos a una parte y otra, y viéndose rodeado de tantas caras, alzó los brazos como si exhortara a una muchedumbre sediciosa, y lanzó un alarido salvaje gritando: "¡Vivan los presupuestos nivelados!"

Salió de la oficina, arrastrando la capa y dando traspiés. El buen Pantoja, rascándose con el gorro, le siguió con mirada compasiva, mostrando sincera aflicción. "Señores —dijo a los suyos y a los extraños, agrupados allí por la curiosidad—, pidamos a Dios por nuestro pobre amigo, que ha perdido la razón".

XXXV

No eran las once de la mañana del día siguiente, día último de mes, por más señas, cuando Villaamil subía con trabajo la escalera encajonada del Ministerio, parándose a cada tres o cuatro peldaños para tomar aliento. Al llegar a la entrada de la Secretaría, los porteros, que la tarde anterior le había visto salir en aquella actitud lamentable que referida está, se maravillaron de verle tan pacífico, en su habitual modestia y dulzura, como hombre incapaz de decir una palabra más alta que otra. Desconfiaban, no obstante, de esta mansedumbre, y cuando el buen hombre se sentó en el banco, duro y ancho como de iglesia, y arrimó los pies al brasero próximo, el portero más joven se acercó y le dijo:

—Don Ramón, ¿para qué viene

por aquí? Estése en su casa y cuídese, que tiempo tiene de rodar por estos barrios.

—Puede que tengas razón, amigo Ceferino. En mi casa metidito, y acá se las arreglen estos señores como quieran. ¿Yo qué tengo que ver? Verdad que el país paga los vidrios rotos, y no puede uno ver con indiferencia tanto desbarrar. ¿Sabes tú si han llevado ya al Ministro el nuevo Presupuesto ultimado? No sabes... Verdad, a ti qué más te da. Tú no eres contribuyente... Pues desde ahora te digo que el nuevo Presupuesto es peor que el vigente, y todo lo que hacen aquí una cáfila de barbaridades y despropósitos. Ahí me las den todas. Yo en mi casa tan tranquilo, viendo cómo se desmorona este país, que podría estar nadando en oro si quisieran.

A poco de soltar esta perorata, el pobre cesante se quedó solo, meditando, la barba en la mejilla. Vio pasar algunos empleados conocidos suyos; pero como no le dijeron nada, no chistó. Consideraba quizás la soledad que se iba formando en torno suyo, y con qué prisa se desviaban de él los que fueron sus compañeros y hasta poco antes se llamaban amigos. "Todo ello —pensó con admirable observación de sí mismo— consiste en que mis desgracias me han hecho un poco extravagante, y en que alguna alguna vez la misma fuerza del dolor es causa de que se me escapen frases y gestos que no son de hombre sesudo, y contradicen mi carácter y mi... ¿cómo es la palabreja?... ¡ah! mi idiosincracia... ¡Todo sea por Dios!"

Distrájole de su meditación un amigo que entraba y que se fue derecho a él en cuanto le vio. Era Argüelles, *el padre de familia*, envuelto en su capa negra, o más bien ferreruelo, el sombrerete ladeado a la chambera, el bigote retorcido, la perilla enhiesta y erizada por el roce del embozo. Antes de subir a Contribuciones solía entrar un rato en el Personal para desahogar las penas

de su alma con un amigo que le daba cuenta de todo, y así alimentaba sus ilusiones de un próximo ascenso.

—¿Qué hace usted por aquí, amigo Villaamil? —le dijo en el tono que se emplea con los enfermos graves—. ¿Quiere usted que tomemos café? Pero no; quizás el café le sentará mal. Hay que cuidarse, y si vale mi consejo, haría usted muy bien en no parecer por esta *posá del peine* en muchos días.

—¿Adónde vamos? (levantándose).

—Al Personal. Echaremos un parrafillo con Sevillano, que nos enterará de los nombramientos del día. Venga usted.

Y se internaron por luengo corredor, no muy claro, que primero doblaba hacia la derecha, después a la izquierda. A lo largo del pasadizo accidentado y misterioso, las figuras de Villaamil y Argüelles habrían podido trocarse, por obra y gracia de hábil caricatura, en las de Dante y Virgilio buscando por senos recónditos la entrada o salida de los recintos infernales que visitaban. No era difícil hacer de don Ramón un burlesco Dante por lo escueto de la figura y por la amplia capa que le envolvía; pero en lo tocante al poeta, había que sustituirle con Quevedo, parodiador de la *Divina Comedia*, si bien el bueno de Argüelles, más semejanza tenía con el *Alguacil alguacilado* que con el gran vate que lo inventó. Ni Dante ni Quevedo soñaron, en sus fantásticos viajes, nada parecido al laberinto oficinesco, al campaneo discorde de los timbres que llaman desde todos los confines de la vasta mansión, al abrir y cerrar de mamparas y puertas, y al taconeo y carraspeo de los empleados que van a ocupar sus mesas colgando capa y hongo; nada comparable al mete y saca de papeles polvorosos, de vasos de agua, de paletadas de carbón, a la atmósfera tabacosa, a las órdenes dadas de pupitre a pupitre, y al tráfago y zumbido, en fin, de estas colmenas donde se labra el panal amargo de la Administración. Metiéronse Villaamil y su guía en un despacho donde había dos mesas y una sola persona, que en aquel momento se mudaba el sombrero por un gorro de pana morada, y las botas por zapatillas. Era Sevillano, oficial de secretaría, buen mozo, aunque algo machucho, bien quisto en la casa, con fama de cuquería. Saludó el tal a Villaamil con recelo, mirándole mucho a la cara: "Vamos tirando", contestó el cesante eterno, y ocupó una silla junto a la mesa.

—De lo mío nada...? —dijo Argüelles, usando una fórmula interrogativa y afirmativa a la vez.

—Nada —replicó el presumido Sevillano, que al ponerse delante de la mesa, parecía movido del deseo de que le vieran las zapatillas bordadas y de que admiraran su breve pie—, lo que se llama nada. Ni te han propuesto ni ése es el camino.

—No me coge de nuevo —gruñó el otro soltando capa y sombrero, como si quisiera oponer a la publicidad de las zapatillas de Sevillano la exhibición de sus encrespadas melenas—. Ese perro de Pantoja me ha engañado ya tres veces, y me engañará la cuarta si no le doy la morcilla. Yo lo paso todo, con tal que no me eche el pie adelante ese gorgojo repulsivo de Guillén. ¡Vamos, si le ascienden a él antes que a mí; si un *padre de familia* cargado de hijos y que lleva todo el peso de la oficina, se ve pospuesto a ese aborto inútil que mata el tiempo pintando monos...! (Volviéndose a Villaamil en solicitud de su aquiescencia). ¿Tengo razón o no tengo razón? ¿Le parece a usted que después de tantos años en este empleo, todavía les parezca temprano para darme el ascenso, y en cambio se lo den a ese coco, mamarracho, mal hombre y peor amigo, que además no sabe poner una minuta?

—Cabalmente, cabalmente por eso, por ser una inutilidad —afirmó Villaamil con inmenso pesimismo—, tiene asegurada su carrera.

—Yo me sublevo —declaró con rabia *el caballero de Felipe IV* dando una patada—. Si ascienden a ése antes que a mí, me voy al Ministro y le digo... vamos, le suelto una frescura. Esto es peor que insultarle a uno y escupirle la cara. Sí, porque tanto polaquismo requema la sangre, y le entran a uno ganas de echarse la moral a la espalda y casarse con Judas. Esa garrapata de Guillén, con sus chuscadas y sus versitos y sus porquerías, se ha hecho popular aquí. Le ríen las gracias estúpidas... Todos tenemos algo de culpa en darle alas, lo reconozco... Yo le aseguro a usted, amigo don Ramón, que no volverá a enseñar delante de mí sus monigotes. Ya le diré yo cuántas son cinco, ya le diré...

Argüelles se detuvo, creyendo ver en el rostro de Villaamil señales de excitación; pero, contra lo que temía, el anciano escuchaba sereno, no mostrándose lastimado por el recuerdo de las groseras burlas.

—Dejarle, dejarle —contestó—. Por mi parte, sé sobreponerme a esas majaderías. Acuérdese usted; ayer, al enterarme de que se burlaban de mí, no dije esta boca es mía; ¿verdad que no? Estas cosas se desprecian, y nada más. Después me tropecé en la calle con el chico de Cucúrbitas, Urbanito, el cual está en Aduanas, y me contó que allí había ido Guillén con las aleluyas, que son una pura sandez. Ni siquiera hay un chiste en ellas. Que si, de niño, en vez de envolverme en pañales, me envolvían en nóminas... que si le propuse al Ministro el *income tax*... Y a él, pregunto yo ahora, a él, el muy asno, ¿qué le va ni le viene con que yo proponga el *income tax*? ¿Qué entiende él de esas materias tan superiores al entendimiento de un escuerzo sietemesino? Luego dice que doy sablazos... calumnia infame, porque si en las horribles trinquetadas que paso, la necesidad me impulsa a pedir el auxilio de un amigo, eso no quiere decir que sea yo un petardista. Pero estas injurias hay que llevarlas con muchísima paciencia, y no dar al infame denostador ni siquiera el gusto de nuestras quejas, porque se engreiría del mal que hace. Desprecio, indiferencia, y que vomite veneno hasta que se le seque el alma. ¡Ah! yo no obsequiaré nunca a esos reptiles con el favor de mis miradas. Y a ese tal le he dado yo calor en mi seno, vean ustedes, porque él va a mi casa, adula a mi familia, se bebe mi vino, y allí parece que nos quiere a todos como hermanos. ¡Valiente bicharraco!... Y digo más: digo que Pantoja también tiene algo de culpa, porque le permite perder el tiempo en hacer estas porquerías... Todos sus mamarrachos los conozco lo mismo que si los hubiera visto. Pues Urbanito no omitió detalle. Pasa por tonto este chico; pero yo afirmo que tiene mucho talento, y lo que es a memoria no hay quien le gane. Díjome también que con las iniciales de los títulos de mis cuatro Memorias ha compuesto Guillén el mote *Miau*, que me aplica en las aleluyas. Yo lo acepto. Esa M, esa I, esa A y esa U son, como el *Inri*, el letrero infamante que le pusieron a Cristo en la cruz... Ya que me han crucificado entre ladrones, para que todo sea completo, pónganme sobre la cabeza esas cuatro letras en que se hace mofa y escarnio de mi gran misión.

XXXVI

Sevillano y Argüelles, que al principio le habían oído con algo de respeto, en cuanto oyeron aquella salida, titubearon entre la compasión y la risa, prevaleciendo al fin la primera, que expresó Sevillano en esta forma:

—Hace bien usted en despreciar tales miserias. Nada más repugnante que hacer burla de un hombre digno y desgraciado. Aquí me trajeron también los muñecos ésos; pero no los quise ver... Ahora, si ustedes quieren, tomaremos café.

Entró el mozo con el servicio; Villaamil rehusó cortésmente el obsequio, y los otros dos se sentaron para tomar a gusto, en vaso muy colmadito, el brebaje aromático que es alegría y consuelo de las oficinas.

—Pues le he de decir a usted —manifestó el cesante con la serenidad de un hombre dueño de sus facultades— que se vaya usted haciendo a la injusticia, que se familiarice con las bofetadas y se acostumbre a la idea de ver a ese piojo pasándole por delante. La lógica española no puede fallar. El pillo delante del honrado; el ignorante encima del entendido; el funcionario probo debajo, siempre debajo. Y agradezca usted que en premio de sus servicios no le limpian el comedero... que no sé, no sé si sacar también esa consecuencia lógica.

—Armo un tiberio, créalo usted, lo armo, pero gordo —dijo el *padre de familias* entre sorbo y sorbo—. Como le asciendan antes que a mí, crea usted que todo el Colegio de Sordo-mudos me tendrá que oír.

—Le oirá y callará, y no habrá más remedio que conformarse. Véase mi raciocinio (acercando su silla a las de los bebedores de café). ¿Quién le apoya a usted? Nadie; y digo nadie, porque no le apoya ninguna mujer.

—Eso es verdad.

—Bueno. Cuando veo un nombramiento absurdo, pregunto: ¿quién es ella? Porque es probado; siempre que una nulidad se sobrepone a un empleado útil, ponga usted el oído y escuchará rumor de faldas. ¿Apostamos a que sé quién ha pedido el ascenso del cojo? Pues su prima, la viuda del comandantón aquel que está en Filipinas, esa tal Enriqueta, frescachona, más suelta que las gallinas, de la cual se dice si tuvo que ver o no tuvo que ver con nuestro agregio Director. Ahora, sabiendo a qué aldabas se agarra ese morral de Guillén, ayúdenme ustedes a sentir. Nada, el amigo Argüelles, con toda su prole a rastras, se quedará ladrando de hambre, y el otro ascenderá, y ole morena.

Sevillano confirmaba con una sonrisa las acres observaciones del trastornado Villaamil, que no lo parecía al decir cosas tan a pelo; y el *caballero de Felipe IV* se atusaba sus engrasadas melenas y se retorcía el bigote, dándole a la perilla tales tirones, que a poco más se la arranca de cuajo.

—Lo vengo diciendo hace tiempo, cáscaras. Se necesita no tener vergüenza para servir a este cabrón del Estado. Y ya que el amigo Villaamil está hoy de buena pasta, le diremos una cosa que no sabe. ¿Quién recomendó a Víctor Cadalso para que echaran tierra al expediente y encimita le encajaran un ascenso?

—Ello debe de ser cosa de hembras; alguna joven sensible que ande por ahí, porque Víctor las atrapa lindamente.

—Le apoyaron dos Diputados —dijo Sevillano—: hicieron fuerza de vela sin conseguir nada, hasta que vino presión por alto...

—Pero si me ha dicho Ildefonso Cabrera —observó el viejo acalorándose —que ese pelele está liado con marquesas, duquesas y cuanta señorona hay en la alta sociedad...

—No haga usted caso, don Ramón —indicó Argüelles—. Si después de todo, su yerno de usted es un cursi... así como suena, un cursilón. No se ve ya un mozo verdaderamente elegante, como los de mi tiempo. Ríase usted de todas esas conquistas de Víctor que no tiene más amparo que el de mi vecina. En el principal de mi casa vive un marqués... no me acuerdo del título; es valenciano y algo así como Benengeli, algo que suena a morisco. Este marqués tiene una tía, dos veces viuda... una criatura, como

quien dice... Mi mujer, que ya pasó de los cincuenta, asegura que estando ella de corto (mi mujer, se entiende), conoció a esa señora en Valencia, ya casada. En fin, que los sesenta y pico no hay quien se los quite, y aunque debió de ser buena moza, ya no hay pintura que le salve ni remiendo que la enderece.

—Y cuando menos, mi yernecito ha seducido toda esa inocencia.

—Aguárdese usted. Es cosa pública en Valencia que el tiburón ése se enamoriscó de Cadalso, y él... también la quiso, por supuesto, con su cuenta y razón. Vinieron juntos a Madrid; enredito allá, enredito aquí. A mí nadie tiene que contármelo, pues le veo en la calle, esperando a la abuela, porque los marqueses no le permiten entrar en la casa. Ella sale en su coche, muy emperejilada, toda fofa y hueca, con unas témporas así, todo postizo, se entiende, y la cara con más pintura que el *Pasmo de Sicilia*... Se para en la esquina de Relatores, y allí entra el terror de las doncellas y se van qué sé yo adónde... Y me ha contado el lacayo, que es vecino mío en el sotabanco de la izquierda, que casi todos los días recibe carta la tarasca, y en seguida le larga a su nene tres pliegos... El lacayo echa las cartas al correo, y me cuenta lo que dice el sobre y las señas... Quiñones, 13, segundo.

—Si yo me sorprendiera de esto —declaró Villaamil entre risueño y desdeñoso—, sería un niño de teta. ¡Y esa fantasma ha venido aquí, al templo de la Administración (indignándose), a arrojar sobre el Estado la ignominia de sus recomendaciones en favor de un perdis...!

—No, por aquí no ha parecido, ni lo necesita— apuntó Sevillano—. Con el teclado de sus relaciones, mueven ésas todo el Ministerio, sin poner los pies en él.

—Les basta decir una palabrita a cualquier pájaro gordo. Luego descarga aquí la nota...

—De esas que no piden, sino mandan.

—A raja tabla... Hágase... Y hecho está, y ole morena... No sería malo un buen pararrayos para esas chispas, un Ministro de carácter, ¿Pero dónde está ese Mesías? (dándose fuerte puñetazo en la rodilla). La condenada Administración es una hi de mala hembra con la que no se puede tener trato sin deshonrarse... Pero los que tienen hijos, amigo Argüelles, ¿qué han de hacer sino prostituirse? A ver, búsquese usted por ahí un felpudito que le ampare. Usted tiene todavía buen ver. A poco que se emperifolle, le salen las conquistas así... y le pica en el anzuelo una lamprea con conchas... Animarse, pollo... Pues ¡si yo tuviera veinte años menos...!

Sevillano se reía, y Argüelles se pavoneaba henchido de fatuidad, enroscándose aquella birria de bigote pintado... No parecía echar en saco roto la exhortación, porque la edad no le había curado de su vanidad de Tenorio.

—Francamente, señores —manifestó con acento de hombre muy corrido—, nunca me ha gustado el amor como negocio... El amor por el amor. Ni con dinero encima cargo yo con una res como ésa de Víctor, contemporánea del andar a pie, y que todo lo tiene postizo, todo absolutamente, créanme ustedes.

—¡Fuera remilgos, y a ellas! —dijo Villaamil, a quien le había entrado hilaridad nerviosa—. No están los tiempos para hacer *fu* a nada... Este *padre de familias* es terrible. No le gustan más que las doncellitas tiernas.

—Pues de broma ha dicho usted la verdad. De quince a veinte. Lo demás para bobos.

—Vamos, que si le cayera a usted un pimpollo como ése de Víctor... Porque la tal debe de tener guita, y a su vera no hay bolsillo vacío... Ahora me explico que mi yerno, cuando se le acabaron los dineros que afanó por el enjuague de

Consumos, gastaba del capítulo de guerra de esa vejancona... Vamos (dándose otro palmetazo en la rodilla), que vivimos en una condenada época en que no podemos ni siquiera avergonzarnos, porque el estiércol, la condenada costra de estiércol que llevamos en la cara, nos lo impide.

Levantóse para salir. Argüelles suspiró y con un gesto despidióse de Sevillano, que se puso a trabajar antes de que salieran.

—Vamos a la oficina —dijo el caballero alguacilado, embozándose en el ferreruelo, cogiendo del brazo a su amigo e internándose por los pasillos—; que ese mal bicho de Pantoja me chillará si tardo. ¡Qué vida, don Ramón, qué vida!... Y a propósito. ¿No observó usted que mientras hablábamos de la señora que protege a Víctor, Sevillano no chistaba? Es que también él se calza a una momia... sí... ¿no sabía usted? la viuda de aquel Pez y Pizarro que fue Director de Loterías en La Habana, primo de nuestro amigo don Manuel. Eso lo saben hasta los perros... y ella le protege, le regala cada dos años su ascensito.

—¿Qué me dice usted? (parándose y mirándole cara a cara, en una actitud propiamente dantesca). Conque Sevillano ...Sí; ya decía yo que ese chico iba demasiado aprisa. Era yo Jefe de negociado, cuando entró de aspirante con cinco mil...

Se persignó y siguieron hasta Contribuciones. Pantoja y los demás recibieron al sufrido cesante con sobresalto, temerosos de una escena como la del día anterior. Pero el anciano les tranquilizó con su apacible acento y la serenidad relativa en su rostro. Sin dignarse mirar a Guillén, fue a sentarse junto al Jefe, a quien dijo de manos a boca:

—Hoy me encuentro muy bien, Ventura. He descansado anoche, me despejé, y estoy hasta contento, me lo puedes creer, echando chispas de contento.

—Mas vale así, hombre, más vale así —repuso el otro observándole los ojos—. ¿Qué traes por acá?

—Nada... la querencia... hoy estoy alegre... ya ves cómo me río (riendo). Es posible que hoy venga por última vez, aunque... te lo aseguro... me divierte, me divierte esta casa. Se ven aquí cosas que le hacen a uno... morir de risa.

El trabajo concluyó aquel día más pronto que de ordinario, porque era día de paga, la fecha venturosa que pone feliz término a las angustias del fin de mes, abriendo nueva era de esperanzas. El día de paga hay en las salas de aquel falansterio más luz, aire más puro y un no sé qué de diáfano y alegre que se mete en los corazones de los infelices jornaleros de la Hacienda pública.

—Hoy os dan la paga —dijo Villaamil a su amigote, suspendiendo aquel reír franco y bonachón de que afectado estaba.

Ya se conocía en el ruido de pisadas, en el sonar de timbres, en el movimiento y animación de las oficinas, que había empezado la operación. Cesaba el trabajo, se ataban los legajos, eran cerrados los pupitres, y las plumas yacían sobre las mesas entre el desorden de los papeles y las arenillas, que se pegaban a las manos sudorosas. En algunos departamentos, los funcionarios acudían, conforme les iban llamando, al despacho de los habilitados, que les hacían firmar la nominilla y les daban el trigo. En otros los habilitados mandaban un ordenanza con los santos cuartos en una hortera, en plata y billetes chicos, y la nominilla. El Jefe de la sección se encargaba de distribuir las raciones de metálico y de hacer firmar a cada uno lo que recibía.

XXXVII

Es cosa averiguada que cuando Villaamil vio entrar al portero con la horterita aquélla, se excitó mucho, acentuando su increíble alegría, y expresándola de campechana manera. "¡Anda, anda, qué cara ponéis todos!... Aquí está ya el santo advenimiento... la alegría del mes... San Garbanzo bendito... Pues apenas vais a echar mal pelo con tantos dinerales..."

Pantoja empezó a repartir. Todos cobraron la paga entera, menos uno de los aspirantes, a quien entregó el Jefe el pagaré otorgado a un prestamista, diciendo: "Está usted cancelado", y Argüelles recibió un tercio no más, por tener retenido lo restante. Cogiólo torciendo el gesto, echando la firma en la nominilla con rasgos que declaraban su furia; y después, el gran Pantoja se guardó su parte pausada y ceremoniosamente, metiendo en su cartera los billetes, y los duros en el bolsillo del chaleco, bien estibaditos para que no se cayesen. Villaamil no le quitaba ojo mientras duró la operación, y hasta que no desapareció la última moneda no dejó de observarle. Le temblaba la mandíbula, le bailaban las manos.

—¿Sales? —dijo a su amigo, levantándose—. Nos iremos de paseo. Yo tengo hoy muy... buen humor... ¿no ves?... Estoy muy divertido...

—Yo me quedo un rato más —respondió el honrado, que deseaba quitarse de encima aquella calamidad—. Tengo que ir un rato a Secretaría.

—Pues quédate con Dios... Me largo de paseo... Estoy contentísimo... y de paso, compraré unas píldoras.

—¿Píldoras? Te sentarán bien.

—Ya lo creo... Abur; hasta más ver. Señores, que sea por muchos años... Y que aproveche... Yo bueno, gracias...

En la escalera de anchos peldaños desembocaban, como afluentes que engrosan el río principal, las multitudes que a la misma hora chorreaban de todas las oficinas. Contribuciones y Propiedades descargaban su personal en el piso segundo; descendía la corriente uniéndose luego a la numerosa grey de Secretaría, Tesoro y Aduanas. El humano torrente, haciendo un ruido de mil demonios de peldaño en peldaño, apenas cabía en la escalera, y mezclándose los pisotones con la charla gozosa y chispeante de un día de paga. En los oídos de Villaamil añadíase al murmullo inmenso el tintineo de los duros, recién guardados en tanta faltriquera. Pensó que el metal de los pesos debía de estar frío aún; pero se calentaría pronto al contacto del cuerpo, y aun se derretiría al de las necesidades, Al llegar al vasto ingreso que separa del pórtico la escalera, veíase en los patios de derecha e izquierda afluir las muchedumbres de Impuestos, Tesorería y Giro Mutuo, y antes de llegar a la calle, las corrientes se confundían. Las capas deslucidas abundaban más que los raídos gabanes; pero también los había flamantes, y chisteras lustrosas, destacándose entre la muchedumbre de hongos chafados y verdinegros. El taconeo ensordecía la casa, y Villaamil oía siempre, por cima del rumor de pisadas, aquel tintín de las piezas de cinco pesetas. "Hoy —se dijo, echando toda su alma en un suspiro— han dado casi toda la paga en duros nuevecitos, y algo en pesetas dobles con el cuño de Alfonso".

Al desaguar la corriente en la calle, iba cesando el ruido, y el edificio se quedaba como vacío, solitario, lleno de un polvo espeso levantado por las pisadas. Pero aun venían de arriba destacamentos rezagados de las multitudes oficinescas. Sumaban entre todos tres mil, tres mil pagas de diversa cuantía, que el Estado lanzaba al tráfico, devolviendo por modo parabólico al contribuyente parte de lo que sin piedad le saca. La alegría del cobro, sentimiento característico de la humanidad, daba a la caterva aquélla un aspecto simpático y tranquilizador. Era sin duda una honrada plebe anodina, curada del espanto de las revoluciones, sectaria del orden y la estabilidad, pueblo con gabán y sin otra idea política que asegurar y defender la pícara olla; proletariado burocrático, lastre de la famosa nave; masa resultante de la hibridación del pueblo con la mesocracia, formando el cemento que traba y solidifica la arquitectura de las instituciones.

Embozábase Villaamil en su pañosa para resguardarse del frío callejero, cuando le tocaron en el hombro. Volvióse y vio a Cadalso, quien le ayudó a asegurar el embozo liándoselo al cuello.

—¿Qué tiene usted... de qué se ríe usted?

—Es que... estoy esta tarde muy contento... A bien que a ti no te importa. ¿No puede uno ponerse alegre cuando le da la real gana?

—Sí... pero... ¿Va usted a casa?

—Otra cosa que no es de tu incumbencia. ¿Tú adónde vas?

—Arriba, a recoger mi título... Yo también estoy hoy de enhorabuena.

—¿Te han dado otro ascenso? No me extrañaría. Tienes la sartén por el mango. Mira, que te hagan Ministro de una vez; acaba de ponerte el mundo por montera antes que se acaben las carcamales.

—No sea usted guasón. Digo que estoy de enhorabuena, porque me he reconciliado con mi hermana Quintina y el salvaje de su marido. Él se queda con aquella maldecida casa de Vélez-Málaga que no valía dos higos, paga las costas, y yo...

—Suma y van tres... Otra cosa que a mí me tiene tan sin cuidado como el que haya o no pulgas en la luna. ¿Qué se me da a mí de tu hermana Quintina, de Ildefonso, ni de que hagáis o no cuantas recondenadas paces queráis?

—Es que...

—Anda, sube, sube pronto y déjame a mí. Porque yo te pregunto: ¿en qué cochino bodegón hemos comido juntos? Tú por tu camino, lleno de flores; yo por el mío. Si te dijera que con toda tu buena suerte no te envidio ni esto... Más quiero honra sin barcos que barcos sin honra. Agur...

No le dio tiempo a más explicaciones, y asegurándose otra vez el embozo, avanzó hacia la calle. Antes de traspasar la puerta, le tiraron de la capa, acompañando el tirón de estas palabras amigables:

—Eh, simpático Villaamil, aunque usted no quiera...

Urbanito Cucúrbitas, pollancón rubio, ralo de pelo, estirado, zancudo y con mucha nuez; semejante a vástago precoz de la raza gallinácea que llaman Cochinchina; vestido con elegante traje a cuadros, cuello larguísimo, de cucurucho, hongo claro; manos y pies inconmensurables, muy limpio y la boca risueña, enseñando hasta los molares, que bien podrían llamarse del juicio si alguno tuviera.

—Hola, Urbanito... ¿Has cobrado tu paga?

—Sí, aquí la llevo (tocándose el bolsillo y haciendo sonar la plata); casi todo en pesetas. Me voy a dar una vuelta por la Castellana.

—¿En busca de alguna conquistilla?... Hombre feliz... Para ti es el mundo. ¡Qué risueño estás! Pues mira; yo también estoy de vena hoy... Dime, ¿y tus hermanitos, han cobrado también sus paguillas? Dichosos los nenes a quienes el Estado les pone la teta en la boca, o el biberón. Tú harás carrera, Urbanito; yo sostengo que eres muy listo, contra la opinión general que te califica de tonto. Aquí el tonto soy yo. Merezco, ¿sabes qué?; pues que el Ministro me llame, me haga arrodillar en su despacho y me tenga allá tres horas con una coroza de orejas de burro... por imbécil, por haberme pasado la vida creyendo en la moral, en la justicia y en que se deben nivelar los presupuestos. Merezco que me den una carrera en pelo, que me pongan motes infamantes, que me llamen el señor de Miau, que me hagan aleluyas con versos habacanos para hacer reír hasta a las paredes de la casa... No, si no

lo digo en son de queja; si ya ves... estoy contento, y me río... me hace una gracia atroz mi propia imbecilidad.

—Mire usted, querido don Ramón (poniéndole ambas manos en los hombros). Yo no he tenido arte ni parte en los monigotes. Confieso que me reí un poco cuando Guillén los llevó a mi oficina; no niego que me entró tentación de enseñárselos a mi papá y se los enseñé...

—Pero si yo no te pido explicaciones, hijo de mi alma.

—Déjeme acabar... Y mi papá se puso furioso y a poco me pega. Total, que enterado Guillén de las cosas que mi papá dijo, salió a espeta perros de nuestra oficina, y no ha vuelto a parecer. Yo digo que ello puede pasar como broma de un rato. Pero ya sabe usted que le respeto, que me parece una tontería juntar las iniciales de sus cuatro Memorias, que nada significan, para sacar una palabra ridícula y sin sentido.

—Poco a poco, amiguito (mirándole a los ojos). A que la palabra Miau sea una sandez, no tengo nada que objetar; pero no estoy conforme en que las cuatro iniciales no encierren una significación profunda...

—¡Ah!... ¿sí? (suspenso).

—Porque es preciso ser muy negado o no tener pizca de buena fe para no reconocer y confesar que la M, la I, la A y la U significan lo siguiente: Mis... Ideas... Abacan... Universo.

—¡Ah!... ya... bien decía yo... Don Ramón, usted debe cuidarse.

—Si bien no faltará quien sostenga... y yo no me atrevería a contradecirlo de plano... quien sostenga, quizás con algún fundamento, que las cuatro misteriosas letras rezan esto: Ministro... I... Administrador... Universal.

—Pues mire usted, esa interpretación me parece una cosa muy sabia y con muchísimo intríngulis.

—Lo que yo te digo: hay que examinar imparcialmente todas las versiones, pues éste dice una cosa, aquél sostiene otra, y no es fácil decidir... Yo te aconsejo que lo mires despacio, que lo estudies, pues para eso te da el Gobierno un sueldo sin ir a la oficina más que un ratito por la tarde, y eso no todos los días... Y que tus hermanitos lo estudien también con el biberón de la nómina en los labios. Adiós; memorias a papá. Dile que crucificado yo, por imbécil, en el madero afrentoso de la tontería, a él le toca darme la lanzada, y a Montes la esponja con hiel y vinagre, en la hora y punto en que yo pronuncie mis Cuatro Palabras, diciendo: *Muerte... Infamante... Al... ungido...* Esto de *ungido* quiere decir... para que te enteres... *lleno de basura,* o embadurnado todo de materias fétidas y asquerosas, que son el símbolo de la zanguanguería, o llámese principios.

—Don Ramón... ¿va usted a su casa?; ¿quiere que le acompañe? Tomaré un coche.

—No, hijo de mi alma; vete a tu paseíto. Yo me voy *pian pianino.* Antes tengo que comprar unas píldoras... aquí en la botica.

—Pues le acompañaré... y si quiere que veamos antes a un médico...

—¡Médico! (riendo desaforadamente). Si en mi vida me he sentido más sano, más terne... Déjame a mí de médicos. Con estas pildoritas...

—De veras, ¿no quiere que le acompañe?

—No, y digo más: te suplico que no lo hagas. Tiene uno sus secretillos, y el acto, al parecer insignificante, de comprar tal o cual medicina, puede evocar el pudor. El pudor, chico, aparece donde menos se piensa. ¿Qué sabes tú si soy yo un joven, digo, un anciano disoluto? Conque vete por tu camino, que yo tomo el de la farmacia. Adiós, niño salado, chiquitín del Ministerio, diviértete todo lo que puedas; no vayas a la oficina más que a cobrar;

hay muchas conquistas; pica siempre muy alto; arrímate a las buenas mozas, y cuando te lleven a informar un expediente, pon la barbaridad más gorda que se te ocurra... Adiós, adiós... Sabes que se te quiere.

Fuese el pollancón por la calle de Alcalá abajo, y Villaamil, después de cerciorarse de que nadie le seguía, tomó en dirección de la Puerta del Sol, y antes de llegar a ella, entró en la que llamaba botica; es a saber: en la tienda de armas de fuego que hay en el número 3.

XXXVIII

Notaban aquellos días doña Pura y su hermana algo desusado en las maneras, en el lenguaje y en la conducta del buen Villaamil que, si en actos de relativa importancia se mostraba excesivamente perezoso y apático, en otros de ningún valor y significación desplegaba brutales energías. Tratóse de la boda de Abelarda, de señalar fecha y de fijar ciertos puntos a tan gran suceso pertinentes, y el hombre no dijo esta boca es mía. Ni la bonita herencia de su futuro yerno (pues ya se había llevado Dios al tío notario) le arrancó una sola de aquellas hipérboles de entusiasmo que de la boca de doña Pura salían a borbotones. En cambio, a cualquier tontería daba Villaamil la importancia de suceso trascendente, y por si su mujer cerró la puerta con algún ruido (resultado de lo tirantes que tenía los nervios), o por si le habían quitado, para ensortijarse la cabellera, un número de *La Correspondencia,* armó un cisco que hubo de durar media mañana.

También merece notarse que Abelarda acogió la formalización de su boda con suma indiferencia, la cual a los ojos de la primera *Miau,* era modestia de hija modosa bien educada, sin más voluntad que la de sus padres. Los preparativos, en atención al ahogo de la familia, habían de ser muy pobres, casi nulos, limitándose a algunas prendas de ropa interior, cuya tela se adquirió con un donativo de Víctor, del cual no se dio cuenta a Villaamil para evitar susceptibilidades. Debo advertir que desde la escena aquella en las Comendadoras, Víctor apenas paraba en la casa. Rarísimas noches entraba a dormir, y comía y almorzaba fuera todos los días. Los tertulios de la casa eran los mismos, excepto Pantoja y familia, que escaseaban sus visitas, sin que doña Pura penetrase la causa de este desvío, y Guillén, que definitivamente se eclipsó, muy a gusto de las tres *Miaus*. Las repetidas ausencias de Virginia Pantoja motivaron gran atraso en los ensayos de la pieza. A la señorita de la casa se le olvidó en absoluto su papel, y por la desgana de fiestas que Pura sentía mientras no se resolviera el problema de la colocación de su esposo, fue abandonado el proyecto de la función teatral.

Federico Ruiz, consecuente siempre, iba algunos ratos por las tardes, pidiendo mil perdones a las *Miaus* por quitarles su tiempo, pues no ignoraba que debían estar sobre un pie con los preparativos... ¡Dichosos preparativos, y cuántos castillos y torres edificó sobre cimiento tan frágil la imaginación fecunda de la esposa de Villaamil!... Una mañana entró Ruiz muy sofocado, seguido de su mujer, ambos despidiendo alegría de sus ojos, ebrios de júbilo, deseando que los amigos participaran de su dicha.

—Vengo —dijo él casi sin aliento— a que nos den la enhorabuena. Sé que nos quieren y que se alegrarán de verme colocado.

Tanto Federico como Pepita fueron sucesivamente abrazados por las tres *Miaus*. En esto salió de su despacho olfateando alegría el buen Villaamil, y antes de que Ruiz tuviera tiempo de embocarle la venturosa nueva, le cogió en los brazos, diciéndole:

—Sea mil y mil veces enhorabuena, queridísimo... Bien merecido lo tiene, y muy requetebién ganado.

—Gracias, muchísimas gracias —dijo Ruiz constreñido en los enormes brazos de Villaamil, que apretaba con nerviosa contracción—. Pero, por la Virgen Santísima, no me apriete tanto, que me va a ahogar... don Ramón... ¡ay, ay! que me hace añicos...

—Pero, hombre —dijo Pura a su marido, sorprendida y temerosa—, ¿qué manera de abrazar?

—Es que... —balbució el cesante— quiero darle un parabién bien dado... una enhorabuena de padre y muy señor mío, para que le quede memoria de lo muy contento que estoy por su triunfo. ¿Y qué es ello?

—Una comisioncilla en Madrid mismo... ésa es la ganga... para estudiar y proponer mejoras en el estudio de las ciencias naturales... a fin de que resulte práctico.

—¡Oh, cosa buena!... Ni sé cómo no se les había ocurrido antes. ¡Y este mísero País vive ignorando cómo se enseñan las ciencias naturales! Felizmente ahora, amigo Ruiz, vamos a salir de dudas... Nuestro sabio Gobierno tiene una mano para escoger el personal... Así está la Nación reventando de gusto. Pues digo, si tendrá su aquel la comisioncita. Golpes de ésos bastan a salvar la patria oprimida... En fin, lo celebro mucho... Y digo más, señor de Ruiz; si usted está de enhorabuena, no lo está menos el País, que debe ponerse a tocar las castañuelas al saber que tiene quien le estudie eso... ¿verdad? Con su permiso, me vuelvo a trabajar. Mil millones de plácemes.

Sin esperar lo que Federico contestaba a estas expansiones calurosas, el buen hombre se metió de rondón en su despacho. Algo extrañó a los Ruíces, lo mismo que a las *Miaus*, aquella manera desordenada y estrepitosa de dar enhorabuenas; pero disimularon su extrañeza. Fuéronse los felicitados para seguir sus visitas de dar parte, cosechando a granel las felicitaciones. Y no era la comisioncita el único motivo de contento que Ruiz aquella mañana tenía, pues el correo le trajo nueva satisfacción con que no contaba. Era nada menos que el diploma de una sociedad portuguesa, cuyo objeto es enaltecer a los que realizan actos heroicos en los incendios, y también a los que propagan por escrito las mejores teorías sobre este útil servicio. Todo individuo perteneciente a dicha asociación tenía derecho, según rezaba el diploma, a usar el título de *Bombeiro, salvador da humanidade*, y a ponerse un vistosísimo uniforme con relucientes bordados. El figurín de la deslumbradora casaca acompañaba al nombramiento. ¡Si estaría hueco el hombre con su comisión (de que dependía el porvenir científico de España), con los honores de *bombeiro*, y con la librea reluciente que pensaba lucir en la primera coyuntura pública y solemne que se le presentase!

Luisito salió a paseo aquella tarde con Paca, y al volver se puso a estudiar en la mesa del comedor. Pasado el extrañísimo, increíble arrechucho de Abelarda en la famosa noche de que antes hablé, el cerebro de la insignificante quedó aparentemente restablecido, hasta el punto de que un olvido benéfico y reparador arrancó de su mente los vestigios del acto. Apenas lo recordaba la joven con la inseguridad de sueño borroso, como pesadilla estúpida cuya imagen se desvanece con la luz y las realidades del día. Ocupábase en coser su ajuar, y Luis, cansado del estudio, se entretenía en quitarle y esconderle los carretes de algodón. "Chiquillo —le dijo la tía sin incomodarse—, no enredes. Mira que te pego". En vez de pegarle, le daba un beso, y el sobrinillo se envalentoñaba más, ideando otras travesuras, como suyas, poco maliciosas. Pura ayudaba a su hija en los cortes, y Milagros funcionaba en la cocina, toda tiznada, el mandilón hasta los pies. Villaamil, siempre encerrado en su leonera. Tal era la situación de

los individuos de la familia, cuando sonó la campanilla y cátate a Víctor. Sorprendiéronse todos, pues no solía ir a semejante hora. Sin decir nada pasó a su cuartucho, y se le sintió allí lavándose y sacando ropa del baúl. Sin duda estaba convidado a una comida de etiqueta. Esto pensó Abelarda, poniendo especial estudio en no mirarle ni dirigir siquiera los ojos a la puerta del menguado aposento.

Pero lo más singular fue que a poco de la entrada del monstruo, sintió la sosa en su alma, de improviso, con aterradora fuerza, la misma perturbación de la noche de marras. Estalló el trastorno cerebral como una bomba, y en el mismo instante toda la sangre se le removía, amargor de odio hacíale contraer los labios, sus nervios vibraban, y en los tendones de brazos y manos se iniciaba el brutal prurito de agarrar, de estrujar, de hacer pedazos algo, precisamente lo más tierno, lo más querido y por añadidura lo más indefenso. Tuvo Cadalsito, en tan crítica situación, la mala idea de tirarle del hilo de unos hilvanes, y la tela se arrugó... "Chiquillo, si no te estás quieto, verás", gritó Abelarda, con eléctrica conmoción en todo el cuerpo, los ojos como ascuas. Quizá no habría pasado a mayores; pero el tontín, queriendo echárselas de muy pillo, volvió a tirar del hilo, y... aquí fue Troya. Sin darse cuenta de lo que hacía, obrando cual inconsciente mecanismo que recibe impulso de origen recóndito, Abelarda tendió un brazo, que parecía de hierro, y de la primera manotada le cogió de lleno a Luis toda la cara. El restallido debió de oírse en la calle. Al hacerse para atrás, vaciló la silla en que el chico estaba, y ¡pataplum! al suelo.

Doña Pura dio un chillido... "¡Ay, hijo de mi alma...! ¡mujer!", y Abelarda, ciega y salvaje, de un salto cayó sobre la víctima, clavándole los dedos furibundos en el pecho y en la garganta. Como las fieras enjauladas y entumecidas recobran, al primer rasguño que hacen al domador, toda su ferocidad, y con la vista y el olor de la primera sangre pierden la apatía perezosa del cautiverio, así Abelarda, en cuanto derribó y clavó las uñas a Luisito, ya no fue mujer, sino el ser monstruoso creado en un tris por la insana perversión de la naturaleza femenina. "¡Perro, condenado... te ahogo!, ¡embustero, farsante... te mato!" —gruñía rechinando los dientes; y luego buscó con ciego tanteo las tijeras para clavárselas. Por dicha, no las encontró a mano.

Tal terror produjo el acto en el ánimo de doña Pura, que se quedó paralizada sin poder acudir a evitar el desastre, y lo que hizo fue dar chillidos de angustia y desesperación. Acudió Milagros, y también Víctor en mangas de camisa. Lo primero que hicieron fue sacar al pobre Cadalsito de entre las uñas de su tía, operación no difícil, porque pasado el ímpetu inicial, la fuerza de Abelarda cedió bruscamente. Su madre tiraba de ella, ayudándola a levantarse, y de rodillas aún, convulsa, toda descompuesta, su voz temblorosa y cortada, balbucía:

—Ese infame... ese trasto... quiere acabar conmigo... y con toda la familia...

—Pero, hija, ¿qué tienes?... —gritaba la mamá sin darse cuenta del brutal hecho, mientras Víctor y Milagros examinaban a Luisito, por si tenía algún hueso roto. El chico rompió a llorar, el rostro encendido, la respiración fatigosa.

—¡Dios mío, qué atrocidad! —murmuró Víctor, ceñudamente.

Y en el mismo instante se determinaba en Abelarda una nueva fase de la crisis. Lanzó tremendo rugido, apretó los dientes, rechinándolos, puso en blanco los ojos y cayó como cuerpo muerto, contrayendo los brazos y piernas y dando resoplidos. Aparece entonces Villaamil, pasmado de aquel espectáculo: su hija con pataleta, Luisito llorando, la cara

rasguñada, doña Pura sin saber a quién atender primero, los demás turulatos y aturdidos.

—No es nada —dijo al fin Milagros, corriendo a traer un vaso de agua fría para rociarle la cara a su sobrina.

—¿No hay por ahí éter? —preguntó Víctor.

—Hija, hija mía —exclamó el padre—, ¿qué te pasa? Vuelve en ti.

Había que sujetarla para que no se hiciese daño con el pataleo incesante y el bracear violentísimo. Por fin, la sedación se inició tan enérgica como había sido el ataque. La joven empezó a exhalar sollozos, a respirar con esfuerzo como si se ahogara, y un llanto copiosísimo determinó la última etapa del tremendo acceso. Por más que intentaban consolarla, no tenía término aquel río de lágrimas. Lleváronla a su lecho, y en él siguió llorando, oprimiéndose con las manos el corazón. No parecía recordar lo que había hecho. Entre Villaamil y Cadalso habían conseguido acallar a Luisito, convenciéndole de que todo había sido una broma un poco pesada.

De repente el jefe de la familia se cuadró ante su yerno, y con temblor de mandíbula, intensa amarillez de rostro y mirada furibunda, gritó:

—De todo esto tienes tú la culpa, danzante. Vete pronto de mi casa, y ojalá no hubieras entrado nunca en ella.

—¡Que tengo yo la culpa!... ¡Pues no dice que yo...! —respondió el otro descaradamente—. Ya me parecía a mí que no estaba usted bueno de la jícara...

—La verdad es —observó Pura, saliendo del cuarto próximo— que antes de que tú vinieras no pasaban en mi casa estas cosas que nadie entiende.

—¡Ah!, también usted... No parece sino que me hacen un favor con tenerme aquí. ¡Y yo creí que les ayudaba a pasar la travesía del ayuno! Si me marcho, ¿dónde encontrarán un huésped mejor?

Villaamil, ante tanta insolencia, no encontraba palabras para expresar su indignación. Acarició el respaldo de una silla, con prurito de blandirla en alto y estampársela en la cabeza a su hijo político. Pudo dominar las ganas que de esto tenía, y reprimiendo su ira con fortísima rienda, le dijo con voz hueca de sochantre:

—Se acabaron las contemplaciones. Desde este momento estás de más aquí. Recoge tus bártulos y toma el portante, sin ningún género de excusas ni aplazamiento.

—No se apure usted... No parece sino que estoy en Jauja.

—Jauja o no Jauja (a punto de estallar), ahora mismo fuera. Vete a vivir con los esperpentos que te protegen. ¿De qué te sirve esta familia pobre y desgraciada? Aquí no hay credenciales, ni destinos, ni recomendaciones, ni nada, como dijo el otro. Y en esta pobreza honrada somos felices. ¿No ves lo contento que yo estoy? (Castañeteando los dientes.) En cambio tú no tendrás paz en el pináculo de tus glorias, alcanzadas por el deshonor... Pronto, a la calle... El señor de Miau quiere perderte de vista.

Víctor lívido, doña Pura asustada, Luisito con ganas de romper a llorar nuevamente, Milagros haciendo pucheros...

—Bien —dijo Cadalso con aquella gallardía que sabía poner en sus resoluciones, siempre que eran mortificantes—. Me voy. También yo lo deseaba, y no lo había hecho por caridad, porque soy aquí un sostén, no una carga. Pero la separación será absoluta. Me llevo a mi hijo.

Las dos Miaus le miraron aterradas. Villaamil apretó con ferocidad los dientes.

—¿Pues qué...? Después de lo que ha pasado hoy —añadió Víctor—, ¿todavía pretenden que yo deje aquí a este pedazo de mi vida?

La lógica de este argumento desconcertó a todos los Miaus de ambos sexos.

—Pero qué tonto —insinuó doña Pura con ganas de capitular—, ¿crees tú que esto volverá a pasar? ¿Y a dónde vas con tu hijo, adónde? Si el pobrecito no quiere separarse de nosotros.

Poco le faltaba para llorar. Milagros dijo:

—No, lo que es el niño no sale de aquí.

—Vaya si sale —sostuvo Cadalso con brutal resolución—. A ver: saque usted toda la ropita de mi hijo para juntarla con la mía.

—Pero, ¿adónde le llevas?, bobo, simple... ¡Qué cosas se te ocurren tan disparatadas!

—Por sabido se calla. Su tía Quintina le criará y le educará mejor que ustedes.

Doña Pura se sentó, atacada de gran congoja, sudor frío y latidos dolorosos del corazón. Vaya, que después de la hija, la madre iba a caer con la pataleta. Villaamil dio una vuelta sobre sí mismo, como si le hiciera girar el vértice de un ciclón interior, y después de parar en firme, abrióse de piernas, alzó los brazos enormes, simulando la figura de San Andrés clavado en las aspas, y rugió con toda la fuerza de sus pulmones:

—¡Que se lo lleve... que se lo lleve con mil demonios! Mujeres locas, mujeres cobardes, ¿no sabéis que *Morimos... Inmolados...Al... Ultraje?*

Y tropezando en las paredes corrió hacia el gabinete. Su mujer fue detrás, creyendo que iba disparado a arrojarse por el balcón a la calle.

XXXIX

—No cedo, no cedo —dijo Víctor a Milagros, al quedarse solo con ella—. Me llevo a mi hijo. ¿Pero no comprende usted que no podré vivir con tranquilidad dejándole aquí después de lo que ha pasado hoy?

—Por Dios, hijo —le respondió con dulzura *la pudorosa Ofelia*, queriendo someterle por las buenas—. Todo ello es una tontería... No volverá a suceder. ¿No ves que es nuestro único consuelo este mocoso?... y si nos le quitas...

La emoción le cortaba la palabra. Calló la artista, tratando de disimular su pena, pues harto sabía que como la familia mostrase vivo interés en la posesión de Luisito, esto solo era motivo suficiente para que el monstruo se obstinase en llevársele. Creyó oportuno dejar el delicado pleito en las manos diplomáticas de doña Pura, que sabía tratar a su yerno combinando la energía con la suavidad. Al ir la *Miau* mayor al gabinete en seguimiento de su marido, le encontró arrojado en un sillón, la cabeza entre las manos.

—¿Qué te parece que debemos hacer? —le dijo ella confusa, pues no había tenido tiempo aún de tomar una resolución. Grande, inmensa fue la sorpresa de doña Pura, cuando su marido, irguiendo la frente, respondió estas inverosímiles palabras:

—Que se lo lleve cuando quiera. Será un trance doloroso verle salir de aquí; pero qué remedio... Por lo demás, no hay que remontarse, y digo más... digo que, en efecto, mejor estará el chiquillo con Quintina que con... *vosotras.*

Al oír esto, la *figura de Fra Angélico* examinó en silencio, atónita, el turbado rostro del cesante. La sospecha de que empezaba a perder la razón confirmóse entonces, oyéndole decir aquel gran desatino. "¡Que estará mejor con Quintina que con nosotras! Tú no estás en tu juicio, Ramón".

—Y dejando a un lado lo que al niño convenga (atenuando su crueldad), Víctor es su padre, y tiene sobre él más autoridad que nosotros. Si él quiere llevársele.

—Es que no querrá... ¡Pues no faltaba otra! Verás cómo le arreglo yo a ese truhán...

—Yo no le diría una palabra ni me rebajaría a tratar con él (cayendo en gran aplanamiento, sedación enérgica de su furia pasada). Yo le dejaría hacer su gusto. Tiene la autoridad, ¿sí o no? Pues si la tiene, a nosotros nos corresponde callar y sufrir.

—¿Pues no dice que callemos y suframos (espantada y briosa), cuando ese vil nos quiere quitar nuestra única alegría?... Tú no estás bueno. Te aseguro que Víctor se llevará al niño, pero ha de ser a la fuerza, atropellándonos, y no sin que yo le arranque las orejas a ese perro.

—Pues mi opinión es no cuestionar con semejante tipo..., Se me figura que si le veo otra vez delante de mí, le muerdo... Siento algo como una ansiedad física de clavar los dientes en alguien. Créelo, mujer, la Administración está deshonrada; ya no se podrá decir *el probo y sufrido personal* de Hacienda, como se decía antes. Y lo que es en cuanto a nivelación del presupuesto, que se limpien. Con esta chusma que va invadiendo la casa, es imposible.

—¿Pero a qué me sacas ahora la Administración (exaltada), ni qué tiene que ver el burro con las témporas? Ay Ramón, tú no estás bueno. Déjame a mí de *probos*... Que les parta un rayo. Mírate en tu espejo, y abre esos ojos, ábrelos...

—¡Abiertos, muy abiertos los tengo! (Intencionadamente.) ¡Y qué horizontes ante mí!

Viendo que no podía ponerse de acuerdo con su marido, volvió a emprenderla con Víctor, que no había salido aún. Contra la creencia de Pura, el otro continuaba inflexible, sosteniendo su acuerdo con tenacidad digna de mejor causa. A entrambas *Miaus* se les habría podido ahogar con un cabello, y Abelarda, confesándose autora del conflicto, lloraba en su lecho como una Magdalena. Entre atender a su hija y discutir con Víctor, doña Pura tenía que duplicarse, corriendo de aquí para allí, mas sin poder dominar la aflicción de la una ni la implacable contumacia del otro. Nunca había visto al guapo mozo tan encastillado en una resolución, ni encontraba el busilis de tanta crueldad y firmeza. Para ello habría sido preciso estar al tanto de lo ocurrido el día anterior en casa de los de Cabrera. Éste ganó en segunda instancia el famoso pleito de la casucha de Vélez-Málaga, siendo Víctor condenado a reintegrar el valor de la finca y al pago de costas. El irreconciliable Ildefonso le había echado ya el dogal al cuello y disponíase a apretar, reteniéndole la paga, persiguiéndole y acosándole sin piedad ni consideración. Pero del fallo judicial tomó pie la muy lagarta de Quintina para satisfacer sus aspiraciones maternales, y engatusando a Cabrera con estudiadas zalamerías y carantoñas, obtuvo de él que aprobara las bases del siguiente convenio: "Se echaría tierra al asunto; Ildefonso pagaría las costas (quedándose con la casa, se entiende). Y Víctor les entregaría a su hijo". Vio el cielo abierto Cadalso, y aunque le hacía mala boca arrancar al chiquillo del poder y amparo de sus abuelos, hubo de aceptar a ojos cerrados. Todo se reducía a pasar un mal rato en casa de las *Miaus*, a recibir algún arañazo de Pura y otro de Milagros y una dentellada quizás de Villaamil. He aquí muy claro el móvil de la determinación por la cual hubo de cambiar de casa y de familia el célebre Cadalsito.

En lo más recio del trajín que Milagros y Pura traían, corriendo de Abelarda inconsolable a Víctor inflexible, con escala en Luisito, que también había vuelto a gimotear, entró Ponce. No podía venir en peor ocasión, y su presunta suegra, contrariada con la visita, le enchiqueró en la sala para decirle: "Ese trasto de Víctor nos ha hecho una pillada. Hemos tenido aquí hoy una verdadera tragedia. Figúrese usted que ha dado en llevarse al chiquitín, arrancándolo de este hogar, donde se ha criado. Estamos consternadísimas.

Abelarda, al ver que ese verdugo se llevaba al niño a viva fuerza, cayó con un síncope atroz, pero atroz. En la cama la tenemos, hecha un mar de llanto. ¡Ay, hijo, qué rato hemos pasado!"

Por fin, como Abelarda estaba vestida sobre el lecho, se permitió a Ponce pasar a verla. La insignificante no lloraba ya; tenía los ojos encendidos, los miembros desmadejados. El ínclito mancebo se sentó a la cabecera, apretándole la mano y permitiéndose el inefable exceso de besársela cuando no estaba presente la mamá, quien repitió delante de su hija la versión dada al novio sobre el suceso del día.

—Pero qué malo es ese hombre —dijo el crítico a su amada—. Es una bestia apocalíptica.

—No lo sabes tú bien —respondió la chica mirando fijamente a su novio mientras éste se acariciaba con el pañuelo sus siempre húmedos lagrimales—. Alma más negra no echó Dios al mundo... ¡Mira tú que es maldad; querer quitarnos a Luisito, nuestro encanto, nuestra dicha! Desde que nació está con nosotras. Nos debe la vida, porque le hemos cuidado como a las niñas de nuestros ojos; le sacamos adelante del sarampión y la tos ferina, con mil sacrificios. ¡Qué ingratitud, y qué infamia! Ya ves lo pacífica que soy. Más que pacífica soy cobarde, inofensiva, pues hasta cuando mato una pulga me da lástima del pobre animalito. Pues bien, a ese hombre, si a mano le tuviera, creo que le atravesaría de parte a parte con un cuchillo... Para que veas.

—Sosiégate, minina —dijo Ponce con voz meliflua—. Estás excitada. No hagas caso tú. ¿Me quieres mucho?

—Vaya si te quiero —replicó Abelarda, plenamente decidida a tirarse por el Viadicto, es decir, a casarse con Ponce.

—Tu mamá te habrá dicho que hemos fijado el 3 de mayo, día de la Cruz. ¡Qué largo me está pare-

ciendo el tiempo y con qué lentitud
corren noches y días!

—Pero todo llega... Detrás de
un día viene otro— dijo Abelarda
mirando al techo—. Todos los días
son enteramente iguales.

Las conferencias entre las dos
Miaus y Víctor duraron hasta que
éste salió vestido de etiqueta, y toda
la diplomacia de la una y los ruegos
quejumbrosos de la otra no ablan-
daron el duro corazón de Cadalso.
Lo más que obtuvieron fue aplazar
la traslación de Luis hasta el día
siguiente. Enterado Villaamil de
esto, salió y dijo a su yerno con
sequedad:

—Yo te prometo, te doy mi palabra de que lo llevaré yo mismo a
casa de Quintina. No hay más que
hablar... No necesitas tú volver
más acá.

A esto respondió el monstruo que
por la noche volvería a mudarse de
ropa, añadiendo benévolamente que
el acto de llevarse al hijo no signifi-
caba prohibición de que le vieran
sus abuelos, pues podían ir a casa
de Quintina cuando gustaran, y que
así lo advertiría él a su hermana.

—Gracias, señor elefante —dijo
doña Pura con desdén.

Y Milagros:

—Lo que es yo... ¿allá?... Estás tú fresco.

Faltaba todavía un dato importante para apreciar la gravedad del asunto; faltaba conocer la actitud del interesado, si se prestaría de buen grado a cambiar de familia, o si por
el contrario se resistiría con la irre-
ductible firmeza propia de la edad
inocente. Su abuela, en cuanto el
monstruo se fue, empezó a disponer
el ánimo del chico para la resistencia, asegurándole que la tía Quintina era muy mala, que le encerraría
en un cuarto oscuro, que la casa estaba llena de unas culebronas muy
grandes y de bichos venenosos. Oía
Cadalsito estas cosas con incredulidad, porque realmente eran papas
demasiado gordas para que las tra-

gase un niño ya crecidito y que
empezaba a conocer el mundo.

Aquella noche nadie tuvo apetito,
y Milagros se llevaba para la cocina
las fuentes lo mismo que habían ido
al comedor. Villaamil no desplegó
los labios sino para desmentir las te-
rroríficas pinturas que su mujer hacía del domicilio de Cabrera. "No
hagas caso, hijo mío; la tía Quintina
es muy buena, y te cuidará y te mi-
mará mucho. No hay allí sapos ni
culebras, sino las cosas más bonitas
que puedes imaginarte; santos que
parece que están hablando, estampas
lindísimas y altares soberbios, y...
la mar de cosas. Vas a estar muy a
gusto."

Oyendo esto, Pura y Milagros se
miraban atónitas, sin poder explicarse que el abuelo se pasase descarada y cobardemente al enemigo.
¿Qué vena le daba de apoyar la ini-
cua idea de Víctor, llegando hasta
defender a Quintina y pintando su
casa como un paraíso infantil? ¡Lástima que la familia no estuviera en
fondos, pues de lo contrario, lo primero sería llamar a un buen especia-
lista en enfermedades de la cabeza
para que estudiara la de Villaamil y
dijera lo que dentro de ella ocurría.

XL

Cadalsito tampoco tuvo ganas de
comer y menos de estudiar. Mientras le acostaban, la tiíta, completamente repuesta de aquel salvaje desvarío y sin tener de él más que vaga
reminiscencia, le besó y le hizo ex-
tremadas caricias, no sin cierta escama del pequeño y aun de doña
Pura. Milagros se quedó allí a dormir aquella noche, por lo que pudiera tronar.

Luis cogió pronto el sueño; pero
a medianoche despertó con los síntomas anunciadores de la visión. Su
tía Milagros cuidó de arroparle y
hacerle mimos, acostándose al fin
con él para que se tranquilizase y no
tuviera miedo. Lo primero que vio

el chiquillo al adormilarse, fue una
extensión vacía, un lugar indetermi-
nado, cuyos horizontes se confundían
con el cielo, sin accidente alguno,
casi sin términos, pues todo era igual,
lo próximo y lo lejano. Discurrió
si aquello era suelo o nubes, y luego sospechó si sería el mar, que nunca había visto más que en pintura.
Mar no debía de ser, porque el mar
tiene olas que suben y bajan, y la
superficie aquélla era como la de un
cristal. Allá lejos, muy lejos, dis-
tinguió a su amigo el de la barba
blanca, que se aproximaba lentamente recogiendo el manto con la
mano izquierda y apoyándose con la
otra en un bastón grande o báculo
como el que usan los obispos. Aunque venía de muy lejos y andaba
despacio, pronto llegó delante de
Cadalsito, sonriendo al verle. Acto
continuo se sentó. ¿Dónde, si allí no
había piedra ni silla? Todo ello era
maravilloso en grado sumo, pues por
encima de los hombros del Padre
vio Luis el respaldo de uno de los
sillones de la sala de su casa. Pero
lo más estupendo de todo fue que
el buen abuelo, inclinándose hacia él,
le acarició la cara con su preciosa
mano. Al sentir el contacto de los
dedos que habían hecho el mundo
y cuanto en él existe, sintió Cadalso
que por su cuerpo corría un temblor gustosísimo.

—Vamos a ver —le dijo el amigo—, he venido desde la otra parte del mundo sólo por echar un
párrafo contigo. Ya sé que te pasan
cosas muy raras. Tu tía... ¡Parece
mentira que queriéndote tanto...!
¿Tú entiendes esto? Pues yo tampoco. Te aseguro que cuando lo vi,
me quedé como quien ve visiones.
Luego tu papá, empeñado en llevarte con la tía Quintina... ¿Sabes
tú el porqué de estas cosas?

—Pues yo —opinó Luis con timidez, asombrándose de tener ideas
propias ante la sabiduría eterna—
creo que de todo lo que está pasando tiene la culpa el Ministro.

—¡El Ministro! (asombrado y son-
riente).

—Sí, señor, porque si ese tío hubiera colocado a mi abuelo, todos
estaríamos contentos y no pasaría
nada.

—¿Sabes que me estás pareciendo
un sabio de tomo y lomo?

—Mi abuelo furioso porque no le
colocan y mi abuela lo mismo, y
mi tía Abelarda también. Y mi tía
Abelarda no puede ver a mi papá,
porque mi papá le dijo al Ministro
que no colocara a mi abuelo. Y como no se atreve con mi papá, porque puede más que ella, la emprend-
dió conmigo. Después se puso a llorar... Dígame, ¿mi tía es buena o
es mala?

—Yo estoy en que es buena. Hazte
cuenta que el achuchón de hoy fue
de tanto como te quiere.

—¡Vaya un querer! Todavía me
duele aquí, donde me clavó las
uñas... Me tiene mucha tirria desde un día que le dije que se casara
con mi papá. ¿Usted no sabe? Mi
papá la quiere; pero ella no le puede ver.

—Eso sí que es raro.

—Como usted lo oye. Mi papá le
dijo una noche que estaba enamo-
radísimo de ella, por lo fatal...,
¿sabe?, y que él era un condenado,
y qué sé yo qué...

—¿Pero a ti quién te mete a escuchar lo que dicen las personas mayores?

—Yo... estaba allí... (alzando
los hombros).

—Vaya, vaya. ¡Qué cosas ocurren en tu casa! Se me figura que
estás en lo cierto: el pícaro del Ministro tiene la culpa de todo. Si hubiera hecho lo que yo le dije, nada
de eso pasaría. ¿Qué le costaba, en
aquella casona tan llena de oficinas,
hacer un hueco para ese pobre señor? Pero nada, no hacen caso de
mí, y así anda todo. Verdad que
tienen que atender a éste y al otro,
y cuanto yo les digo, por un oído
les entra y por el otro les sale.

—Pues que le coloquen ahora... vaya. Si usted va allá y lo manda pegando un bastonazo fuerte con ese palo en la mesa del Ministro...

—¡Quiá! No hacen caso. Pues si consintiera en bastonazos, por eso no había de quedar. Los doy tremendos, y como si no.

—Entonces, ¡contro! (envalentonado por tanta benevolencia) ¿cuándo le va a colocar?

—Nunca —declaró el Padre con serenidad, como si aquel *nunca* en vez de ser desesperante fuera consolador.

—¡Nunca! (no entendiendo que esto se dijera con tanta calma). Pues estamos aviados.

—Nunca, sí, y te añadiré que lo he determinado yo. Porque verás: ¿para qué sirven los bienes de este mundo? Para nada absolutamente. Esto, que tú habrás oído muchas veces en los sermones, te lo digo yo ahora con mi boca, que sabe cuanto hay que saber. Tu abuelito no encontrará en la tierra la felicidad.

—¿Pues dónde?

—Parece que eres bobo. Aquí, a mi lado. ¿Crees que no tengo yo ganas de traérmele para acá?

—¡Ah!... (abriendo la boca todo lo que abrirse podía). Entonces..., eso quiere decir que mi abuelo se muere.

—Y verdaderamente, chico, ¿a cuento de qué está tu abuelo en este mundo feo y malo? El pobre no sirve ya para nada. ¿Te parece bien que viva para que se rían de él, y para que un ministrillo le esté desairando todos los días?

—Pero yo no quiero que se muera mi abuelo...

—Justo es que no lo quieras... pero ya ves... él está viejo, y, créelo, mejor le irá conmigo que con vosotros. ¿No lo comprendes?

—Sí (diciendo que sí por cortesía, pero sin estar muy convencide)... Entonces... ¿el abuelo se va a morir pronto?

—Es lo mejor que puede hacer. Adviérteselo tú; dile que has habla-

do conmigo, que no se apure por la credencial, que mande al ministro a freír espárragos, y que no tendrá tranquilidad sino cuando esté conmigo. ¿Pero qué es eso? ¿Por qué arrugas las cejas? ¿No comprendes esto, tontín? ¿Pues no dices que vas a ser cura y a consagrarte a mí? Si así lo piensas, vete acostumbrando a estas ideas. ¿No te acuerdas ya de lo que dice el Catecismo? Apréndetelo bien. El mundo es un valle de lágrimas, y mientras más pronto salís de él, mejor. Todas estas cosas, y otras que irás aprendiendo, las has de predicar tú en el púlpito cuando seas grande, para convertir a los malos. Verás cómo haces llorar a las mujeres, y dirán todas que el padrito *Miau* es un pico de oro. Dime, ¿no estás en ser clérigo y en ir aprendiendo ya unas miajas de misa, un poco de latín y todo lo demás?

—Sí, señor... Murillo me ha enseñado ya muchas cosas: lo que significa *aleluya* y *gloria patri*, y sé cantar lo que se canta cuando alzan, y cómo se ponen las manos al leer los santísimos Evangelios.

—Pues ya sabes mucho. Pero es menester que te apliques. En casa de tu tía Quintina verás todas las cosas que se usan en mi culto.

—Me quieren llevar con la tía Quintina. ¿Qué le parece?... ¿voy?

Al llegar aquí, Cadalsito, alentado por la amabilidad de su amigo, que le acariciaba con sus dedos las mejillas, se tomó la confianza de corresponder con igual demostración, y primero tímidamente, después con desembarazo, le tiraba de las barbas al Padre, quien nada hacía para impedirlo, ni se incomodaba diciendo como Villaamil: *¿en qué cochino bodegón hemos comido juntos?*

—Sobre eso de vivir o no con los Cabreras, yo nada te digo. Tú lo deseas por la novelería de los juguetes eclesiásticos, y al mismo tiempo temes separarte de tus abuelitos. ¿Sabes lo que te aconsejo? Que llegado el momento, hagas lo que te salga de dentro.

—¿Y si me lleva mi papá a la fuerza sin dejarme pensarlo?

—No sé... me parece que a la fuerza no te llevará. En último caso, haces lo que mande tu abuelo. Si él te dice: "a casa de Quintina", te callas y andando.

—¿Y si me dice que no?

—No vas. Pásate sin los altaritos, y entre tanto, ¿sabes lo que haces? Le dices al amigo Murillo que te dé otra pasada de latín, de ese que él sabe, que te explique bien la misa y el vestido del cura, cómo se pone el cíngulo, la estola, cómo se preparan el cáliz y la hostia para la consagración... en fin, Murillito está muy bien enterado, y también puede enseñarte a llevar el Viático a los enfermos, y lo que se reza por el camino.

—Bueno... Murillo sabe mucho; pero su padre quiere que sea abogado. ¡Qué estúpido! Dice él que llegará a Ministro, y que se casará con una moza muy guapa. ¡Qué asco!

—Sí que es un asco.

—También Posturas tenía malas ideas. Una tarde nos dijo que se iba a echar una querida y a jugar a la timba. ¿Qué cree usted? Fumaba colillas y era muy mal hablado.

—Todas esas mañas se le quitarán aquí.

—¿Dónde está que no lo veo con usted?

—Todos castigados. ¿Sabes lo que me han hecho esta mañana? Pues entre Posturitas y otros pillos que siempre están enredando, me cogieron el mundo, ¿sabes?, aquel mundo azul que yo uso para llevarlo en la mano, y lo echaron a rodar, y cuando quise enterarme, se había caído al mar. Costó Dios y ayuda sacarlo. La suerte que es un mundo figurado. ¿sabes?, que no tiene gente, y no hubo que lamentar desgracias. Les di una mano de cachetes como para ellos solos. Hoy no me salen del encierro...

—Me alegro. Que la paguen. Y dígame, ¿dónde les encierra?

La celestial persona, dejándose tirara de las barbas, miraba sonriendo a su amigo, como si no supiera qué decir.

—¿Dónde les encierra?... a ver... diga...

La curiosidad de un niño es implacable, y ¡ay de aquel que la provoca y no la satisface al momento! Los tirones de barba debieron de ser demasiado fuertes, porque el bondadoso viejo amigo de Luis hubo de poner coto a tanta familiaridad.

—¿Qué dónde les encierro?... Todo lo quieres saber. Pues les encierro... donde me da la gana. ¿A ti qué te importa?

Pronunciada la última palabra, la visión desapareció súbitamente, y quedóse el buen Cadalso hasta la mañana, durante el sueño, atormentado por la curiosidad de saber dónde les encerraba... ¿Pero dónde diablos les encerraría?

XLI

No pareció Víctor en toda la noche; pero a la mañana, temprano, fue a reiterar la temida sentencia respecto a Luis, no cediendo ni ante las conminaciones de doña Pura, ni ante las lágrimas de Abelarda y Milagros. El chiquillo, afectado por aquel aparato luctuoso, se mostró rebelde a la separación; no quería dejarse vestir ni calzar; rompió en llanto, y Dios sabe la que se habría armado sin la intervención discreta de Villaamil, que salió de su alcoba diciendo: "Pues es forzoso separarnos de él, no atosigarle, no afligir a la pobre criatura". Asombrábase Víctor de ver a su suegro tan razonable, y le agradecía mucho aquel criterio consolador, que le permitiría realizar su propósito sin apelar a la violencia, evitando escenas desagradables. Milagros y Abelarda, viendo el pleito perdido, retiráronse a llorar al gabinete. Pura se metió en la cocina echando de su boca maldiciones contra los Cabreras, los

Cadalsos y demás razas enemigas de su tranquilidad, y en tanto Víctor le ponía las botas a su hijo, tratando de llevársele pronto, antes que surgieran nuevas complicaciones.

—Verás, verás —le decía— qué cosas tan monas te tiene allí la tía Quintina: santos magníficos, grandes como los que hay en las iglesias, y otros chiquitos para que tú enredes con ellos; vírgenes con mantos bordados de oro, luna de plata a los pies, estrellas alrededor de la cabeza, ¡tan majas...! verás... Y otras cosas muy divertidas: candeleros, cristos, misales, custodias, incensarios...

—¿Y les puedo poner fuego y menearlos para que den olor?

—Sí, vida mía. Todo es para que tú te entretengas y vayas aprendiendo, y a los santos puedes quitarles la ropa para ver cómo son por dentro, y luego volvérsela a poner.

Villaamil se paseaba en el comedor oyendo todo esto. Como observara que Luis, después de aquel entusiasmo por el uso del incensario, volvió a caer en su morriña, gimoteando: "Yo quiero que la abuela me lleve y se esté allí conmigo", hubo de meter su cuarto a espadas en la catequización, y acariciándole le dijo:

—Tienes allá también altares chicos con velitas y arañas de este tamaño, custodias así, casullitas bordadas, un sagrario que es una monada, una mangacruz que la puedes cargar cuando quieras, y otras preciosidades... como por ejemplo...

No sabía por dónde seguir, y Víctor suplió su falta de inventiva añadiendo:

—Y un hisopo de plata que echa agua bendita por todos lados, y, en fin, un cordero pascual...

—¿De carne?

—No, hombre... Digo, sí, vivo...

Para abreviar la penosa situación y acelerar el momento crítico de la salida, Villaamil ayudó a ponerle la chaqueta; pero aun no le habían abrochado todos los botones, cuando, ¡Madre de Dios!, sale doña Pura hecha una pantera y arremete contra Víctor, badila en mano, diciendo:

—¡Asesino, vete de mi casa! ¡No me robarás esta joya!... ¡Vete, o te abro la cabeza!

Y lo mismo fue oír las otras Miaus aquella voz airada, salieron también chillando en la propia cuerda. En suma, que aquello se iba poniendo feo.

—Puesto que ustedes no quieren que sea por buenas, será por malas —dijo Víctor poniéndose a salvo de las uñas de las tres furias—. Pediré auxilio a la justicia. Él aquí no se ha de quedar. Conque ustedes verán...

Villaamil intervino, diciendo con voz conciliadora, sacada trabajosamente del fondo de su oprimido pecho:

—Calma, calma. Ya lo teníamos arreglado, cuando estas mujeres nos lo echan a perder. Váyanse para adentro.

—Eres un estafermo —le dijo la esposa, ciega de ira—. Tú tienes la culpa, porque si te pusieras de nuestra parte, entre todos habríamos ganado la partida.

—Cállate tú, loca, que harto sé yo lo que tengo que hacer. ¡Fuera de aquí todo el mundo!

Pero Luisito, viendo a sus tías y abuela tan interesadas por él, volvió a mostrar resistencia. Pura no se contentaba con menos que con sacarle los ojos a su yerno, y aquello iba a acabar malamente. La suerte que aquel día estaba Villaamil tan razonable y con tal dominio de sí mismo y de la situación, que parecía otro hombre. Sin saber cómo, su respetabilidad se impuso.

—Mientras tú estés aquí —dijo a Víctor, sacándole con hábil movimiento de la cuna del toro, o sea de entre las manos tiesas de doña Pura—, no adelantaremos nada. Vete, y yo te doy mi palabra de que llevaré a mi nieto a casa de Quintina. Déjame a mí, déjame a mí... ¿No te fías de mi palabra?

—De su palabra sí, pero no de su capacidad para reducir a estos energúmenos.

—Yo los reduciré con razones. Descuida. Vete, y espérame allá.

Habiendo logrado tranquilizar a su yerno, entró en gran parola con la familia, agotando su ingenio en hacerle ver la imposibilidad de impedir la separación del chiquillo.

—¿No veis que si nos resistimos vendrá el propio juez a quitárnosle?

Media hora duró el alegato, y por fin las *Miaus* parecieron resignadas; convencidas, nunca.

—Lo primero que tenéis que hacer —les dijo, deseando alejarlas en el momento crítico de la salida—, es iros a la sala cantando bajito. Yo me entiendo con Luis. ¡Si él no va a dejar de querernos porque se vaya con Quintina!... y además, su padre me ha prometido que le traerá todos los días a vernos, y los domingos a pasar el día en casa...

Abelarda se retiró la primera, llorando, como quien se aparta de la persona agonizante para no verla morir. Después se fue Milagros, y finalmente Pura, quien no se hubiera resignado, a no domarla su esposo con este último argumento:

—Si porfiamos, vendrá el juez esta tarde. ¡Figúrate qué escena! Apuremos el cáliz, y Dios castigará al infame que nos le ofrece.

Solo con Luis, el abuelo estuvo a punto de perder su estudiada, dificilísima compostura, y echarse a llorar. Se tragó toda aquella hiel, invocando mentalmente al cielo con esta frase: "Terrible es la separación, Señor, pero es indudable que estará mucho mejor allá, mucho mejor... Vamos, Ramón, ánimo, y no te amilanes." Pero no contaba con su nieto, que, oyendo el gimoteo de las tías, volvió a las andadas, y cuando se acercaba el instante fiero de la partida, se afligió diciendo:

—Yo no quiero irme.

—No seas tonto, Luis —le amonestó el anciano—. ¿Crees tú que si no fuera por tu bien te sacaríamos de casa? Los niños bonitos y dóciles hacen lo que se les manda. Y que no puedes tú figurarte, por mucho que yo te las pondere, las preciosidades que Quintina tiene allí para tu uso particular.

—¿Y puedo yo cogerlo todo para mí, y hacer con ello lo que que me dé la gana? —preguntó el chiquillo con la ansiedad avariciosa que en la edad primera revela el egoísmo sin freno.

—¿Pues quién lo duda? Hasta puedes romperlo si te acomoda.

—No, romperlo no. Las cosas de la iglesia no se rompen —declaró el niño con cierta unción.

—Bueno... vamos ya... Saldremos calladitos para que no nos sientan ésas... y no se alboroten... Pues verás; entre otras cosas hay una pilita bautismal que es una monería; yo la he visto.

—Una pila... ¿con mucha agua bendita?

—Cabe tanta agua como en la tinaja de la cocina... Vamos (cargándoselo a cuestas). Mejor será que yo te lleve en brazos...

—¿Y esa pila es para bautizar personas?

—Claro... Con ella puedes tú jugar todo lo que quieras, y de paso vas aprendiendo, para cuando seas cura, la manera de cristianar a un pelón.

Atravesó Villaamil con paso recatado el corredor y recibimiento, llevando a su nieto en brazos, y como durante la peligrosa travesía el chico prosiguiese con su flujo de preguntas, sin bajar la voz, el abuelo le puso una mano por tapaboca, susurrándole al oído: "Sí, puedes bautizar niños, todos los niños que quieras. Y también hay mitras a la medida de tu cabeza y capitas doradas y un báculo para que te vistas de obispín y nos eches bendiciones..."

Con esto franquearon la puerta, que Villaamil no cerró a fin de evitar el ruido. La escalera la bajó a trancos, como ladrón que huye cargando el objeto robado, y una vez en el portal, respiró y dejó su carga en el suelo: ya no podía más. No estaba él muy fuerte que digamos, ni soportaba pesos, aun tan livianos como el de su nietecillo. Temeroso de que Paca y Mendizábal cometiesen alguna indiscreción, esquivó sus saludos. La mujerona quiso decir algo a Luis, condoliéndose de su marcha; pero Villaamil anduvo más listo; dijo *volvemos,* y salió a la calle más pronto que la vista.

El temor de que Luis cerdease otra vez le estimuló a reforzar en la calle sus mentirosas artimañas de catequista:

—Tienes allí tan gran cantidad de flores de trapo para altares, que sólo para verlas todas necesitas un año... y velas de todos colores... y la mar de cirios... Pues hay un San Fernando vestido de guerrero, con armadura, que te dejará pasmado, y un San Isidro con su yunta de bueyes, que parecen naturales. El altar chico para que tú digas tus misas es más bonito que el de Monserrat...

—Dime, abuelito, y confesonario, ¿no tengo?

—Ya lo creo... y muy majo... con rejas, para que las mujeres te cuenten sus pecados, que son muchísimos... Te digo que vas a estar muy bien, y cuando crezcas un poquito, te encontrarás hecho cura sin sentirlo, sabiendo tanto como el padre Bohigas, de Monserrat, o el propio capellán de las Salesas Nuevas que ahora sale a canónigo.

—Y yo, ¿seré canónigo, abuelito?

—¿Pues que duda tiene?... y obispo. y hasta puede que llegues a Papa.

—¿El Papa es el que manda en todos los curas?...

—Justamente... ¡Ah!, también verás allí un monumento de Semana Santa, que lo menos tiene mil piezas. qué sé yo cuántas estatuas,

todo blanco y como de alfeñique. Parece que acaba de salir de la confitería.

—¿Y se come, abuelo, se come? —preguntó Cadalsito, tan vivamente interesado en todo aquello, que su casa, su abuela y sus tías se le borraron de la mente.

—¿Quién lo duda? Cuando te canses de jugar le pegas una dentellada —respondió Villaamil, ya vuelto tarumba, pues su imaginación se agotaba, y no sabía de qué echar mano.

Andaba el abuelo rápidamente por la acera de la calle Ancha, y a cada paso suyo daba Cadalsito tres, cogido de la mano paterna, o más bien colgado. Don Ramón se detuvo bruscamente y giró sobre sí mismo, dirigiéndose hacia la parte alta de la calle, donde está el Hospital de la Princesa. Fijóse Luis en la incongruencia de esta dirección, y observó, impacientándose:

—Pero abuelo, ¿no vamos a casa de la tía Quintina, en la calle de los Reyes?

—Sí, hijo mío; pero antes daremos una vuelta por aquí para que tomes el sol.

En el cerebro del afligido anciano se determinó un retroceso súbito, semejante al rechazo de la enérgica idea que informaba todos los actos referentes a la cesión y traslado de su nieto. Éste seguía charla que te charla, preguntando sin cesar, tirándole a su abuelo del brazo cuando las respuestas no empalmaban inmediatamente con las interrogaciones. El abuelo contestaba por monosílabos, evasivamente, pues todo su espíritu se reconcentraba en la vida interior del pensar. Cabizbajo, fijos los ojos en el suelo como si contara las rayas de las baldosas, apechugaba con la cuesta, tirando de Luisito, el cual no advertía la congoja de su abuelo ni el temblor de sus labios, articulando en baja voz la expresión de las ideas. "¿No es un verdadero crimen lo que voy a hacer, o mejor dicho. dos crímenes?... Entregar a mi nieto, y después... Anoche, tras larga meditación, me parecieron ambas cosas muy acertadas, y consecuencia la una de la otra. Porque si yo voy a... cesar de vivir muy pronto, mejor quedará Luis con los Cabreras que con mi familia... Y pensé que mi familia le criaría mal, con descuido, consintiéndole mil resabios... eso sin contar el peligro de que esté al lado de Abelarda, que volverá a las andadas cualquier día. Los Cabreras me son antipáticos; pero les tengo por gente ordenada y formal. ¡Qué diferencia de Pura y Milagros! Éstas, con su música y sus tonterías, no sirven para nada. Así pensé anoche, y me pareció lo más cuerdo que a humana cabeza pudiera ocurrirle... ¿Por qué me arrepiento ahora y me entran ganas de volver a casa con el chico? ¿Es que estará mejor con las *Miaus* que con Quintina? No, eso no... ¿Es que desmaya en mí la resolución salvadora que ha de darme libertad y paz? ¿Es que te da ahora el antojillo de seguir viviendo, cobarde? ¿Es que te halagan el cuerpo los melindres de la vida?"

Atormentado por cruelísima duda, Villaamil echó un gran suspiro, y sentándose en el zócalo de la verja del hospital que cae al paseo de Areneros, cogió las manos del niño y le miró fijamente, cual si en sus inocentes ojos quisiera leer la solución del terrible conflicto. El chico ardía de impaciencia; pero no se atrevió a dar prisa a su abuelo, en cuyo semblante notaba pena y cansancio.

—Dime, Luis —propuso Villaamil, abrazándole con cariño—. ¿Quieres tú de veras irte con la tía Quintina? ¿Crees que estarás bien con ella, y que te educarán e instruirán los Cabreras mejor que en casa? Háblame con franqueza.

Puesta la cuestión en el terreno pedagógico, y descartado el aliciente de la juguetería eclesiástica, Luis no supo qué contestar. Buscó una salida, y al fin la halló:

—Yo quiero ser cura.

—Corriente; tú quieres ser cura y yo lo apruebo... Pero suponiendo que yo falte, que Pura y Milagros se vayan a vivir con Abelarda, señora de Ponce, ¿con quién te parece a ti que estarías mejor?

—Con la abuela y la tía Quintina juntas.

—Eso no puede ser.

Cadalsito alzó los hombros.

—¿Y no temerías tú, si siguieras donde estabas, que mi hija se alborotase otra vez y te quisiera matar?

—No se alborotará —dijo Cadalsito con admirable sabiduría—. Ahora se casa y no volverá a pegarme.

—¿De modo que tú... no tienes miedo? Y entre la tía Quintina y nosotros, ¿qué prefieres?

—Prefiero... que vosotros viváis con la tía.

Ya tenía Villaamil abierta la boca para decirle: "Mira, hijo, todo eso que te he contado de los altaritos es música. Te hemos engañado para que no te resistieses a salir de casa"; pero se contuvo, esperando que el propio Luis esclareciese con alguna idea primitiva, sugerida por su inocencia, el problema tremendo. Cadalsito montó una pierna sobre la rodilla de su abuelo, y echándole una mano al hombro para sostenerse bien, se dejó decir:

—Lo que yo quiero es que la abuela y la tía Milagros se vengan a vivir con Quintina.

—¿Y yo? —preguntó el anciano, atónito de la preterición.

—¿Tú? Te diré. Ya no te colocan... ¿entiendes?, ya no te colocan, ni ahora ni nunca.

—¿Por dónde lo sabes? (con el alma atravesada en la garganta).

—Yo lo sé. Ni ahora ni nunca... Pero maldita la falta que te hace.

—¿Cómo lo sabes? ¿Quién te lo ha dicho?

—Pues... yo... Te lo contaré; pero no lo digas a nadie... Veo a Dios... Me da así como un sueño, y entonces se me pone delante y me habla.

Tan asombrado estaba Villaamil,

que no pudo hacer ninguna observación. El chico prosiguió:

—Tiene la barba blanca, es tan alto como tú, con un manto muy bonito... Me dice todo lo que pasa... y todo lo sabe, hasta lo que hacemos los chicos en la escuela...

—¿Y cuándo le has visto?

—Muchas veces: la primera en las Alarconas, después aquí cerca, y en el Congreso y en casa... Me da primero como un desmayo, me entra frío, y luego viene él y nos ponemos a charlar... ¿Qué, no lo crees?

—Sí, hijo, sí lo creo... (con emoción vivísima) ¿pues no lo he de creer?

—Y anoche me dijo que no te colocarán, y que este mundo es muy malo, y que tú no tienes nada que hacer en él, y que cuanto más pronto te vayas al cielo, mejor.

—Mira tú lo que son las cosas: a mí me ha dicho lo mismo.

—¿Pero tú le ves también?

—No, tanto como verlo... no soy bastante puro para merecer esa gracia... pero me habla alguna vez que otra.

—Pues eso me dijo... Que morirte pronto es lo que te conviene, para que descanses y seas feliz.

El estupor de Villaamil fue inmenso. Eran las palabras de su nieto como revelación divina, se irrefragable autenticidad.

—¿Y a ti qué te cuenta el Señor?

—Que tengo que ser cura... ¿ves?, lo mismo, lo mismito que yo deseaba... y que estudie mucho latín y aprenda pronto todas las cosas...

La mente del anciano se inundó, por decirlo así, de un sentido afirmativo, categórico, que excluía hasta la sombra de la duda, estableciendo el orden de ideas firmísimas a que debía responder en el acto la voluntad con decisión inquebrantable.

—Vamos, hijo, vamos a casa de la tía Quintina —dijo al nieto, levantándose y cogiéndole de la mano.

Le llevó aprisa, sin tomarse el trabajo de catequizarle con descripciones hiperbólicas de juguetes y chirimbolos sacro-recreativos. Al llamar a la puerta de Cabrera, Quintina en persona salió a abrir. Sentado en el último escalón, Villaamil cubrió de besos a su nieto, entrególe a su tía paterna, y bajó a escape sin siquiera dar a ésta los buenos días. Como al bajar creyese oír la voz del chiquillo que gimoteaba, avivó el paso y se puso en la calle con toda la celeridad que sus flojas piernas le permitían.

XLII

Era ya cerca de medio día, y Villaamil, que no se había desayunado, sintió hambre. Tiró hacia la plaza de San Marcial, y al llegar a los vertederos de la antigua huerta del Príncipe Pío, se detuvo a contemplar la hondonada del Campo del Moro y los términos distantes de la Casa de Campo. El día era espléndido, raso y bruñido el cielo de azul, con un sol picón y alegre; de estos días precozmente veraniegos en que el calor importuna más por hallarse aún los árboles despojados de hoja. Empezaban a echarla los castaños de Indias y los chopos; apenas verdegueaban los plátanos; y las sóforas, gleditchas y demás leguminosas estaban completamente desnudas. En algunos ejemplares del árbol del amor se veían las rosadas florecillas, y los setos de aligustre ostentaban ya sus lozanos renuevos, rivalizando con los evonymus de perenne hoja. Observó Villaamil la diferencia de tiempo con que las especies arbóreas despiertan de la somnolencia invernal, y respiró con gusto el aire tibio que del valle del Manzanares subía. Dejóse ir, olvidado de su buen apetito, camino de la Montaña, atravesando el jardinillo recién plantado en el relleno, y dio la vuelta al cuartel, hasta divisar la sierra, de nítido azul con claros de nieve, como mancha de acuarela extendida sobre el papel por la difusión natural de la gota, obra de la casualidad más que de los pinceles del artista.

"¡Qué hermoso es esto! —se dijo soltando el embozo de la capa, que le daba mucho calor—. Paréceme que lo veo por primera vez en mi vida, o que en este momento se acaban de crear esta sierra, estos árboles y este cielo. Verdad que en mi perra existencia, llena de trabajos y preocupaciones, no he tenido tiempo de mirar para arriba ni para enfrente... Siempre con los ojos hacia abajo, hacia esta puerca tierra, que no vale dos cominos, hacia la muy marrana Administración a quien parta un rayo, y mirándoles las cochinas caras a Ministros, Directores y Jefes del Personal, que maldita gracia tienen. Lo que yo digo: ¡cuánto más interesante es un cacho de cielo, por pequeño que sea, que la cara de Pantoja, la de Cucúrbitas y la del propio Ministro!... Gracias a Dios que saboreo este gusto de contemplar la Naturaleza, porque ya se acabaron mis penas y mis ahogos, y no cavilo más si me darán o no me darán el destino; ya soy otro hombre, ya sé lo que es independencia, ya sé lo que es vida, y ahora me les paso a todos por las narices, y de nadie tengo envidia, y soy... soy el más feliz de los hombres. A comer se ha dicho, y ole morena mía."

Dio un par de castañetazos con los dedos de ambas manos, y volviendo a liarse la capa, se dirigió hacia la cuesta de San Vicente, que recorrió casi toda, mirando las muestras de las tiendas. Por fin, ante una taberna de buen aspecto se detuvo, murmurando: "Aquí deben de guisar muy bien. Entra, Ramón, y date la gran vida". Dicho y hecho. Un rato después hallábase el buen Villaamil sentado ante una mesa redonda, de cuatro patas, y tenía delante un plato de guisado de falda olorosísimo, un cubierto cachicuerno, jarro de vino y pan. "Da gusto —pensaba, emprendiéndola resueltamente con el guisote— encontrarse así, tan libre, sin compromisos, sin cuidarse de la familia... porque, en buena hora lo diga, ya no tengo familia; estoy solo en el mundo, solo y dueño de mis acciones... ¡Qué gusto, qué placer tan grande! El esclavo ha roto sus cadenas, y hoy se pone el mundo por montera, y ve pasar a su lado a los que antes le oprimían, como si viera pasar a Perico el de los Palotes... ¡Pero qué rico está este guisado de falda! En su vida compuso nada tan bueno la simple de Milagros, que sólo sabe hacerse los ricitos, y cantarse y mayarse por todo lo alto aquello de *morríamo, morríamo*... Parece un perrillo cuando le pellizcan el rabo... De veras está rica la falda... ¡Qué gracia tienen para sazonar en esta taberna! ¡Y qué persona tan simpática es el tabernero, y qué bien le sientan los manguitos verdes, los zapatos de alfombra y la gorra de piel! ¡Cuánto más guapo es que Cucúrbitas y que el propio Pantoja!... Pues señor, el vinillo es fresco y picón... Me gusta mucho. Efectos de la libertad de que gozo, de no importárseme un bledo de nadie, y de ver mi cabeza limpia de cavilaciones y pesadumbres. Porque todo lo dejo bien arregladito: mi hija se casa con Ponce, que es un buen muchacho y tiene de qué vivir; mi nieto en poder de Quintina, que le educará mejor que su abuela... y en cuanto a esas dos pécoras, que carguen con ellas Abelarda y su marido... En resolución, ya no tengo que mantener el pico a nadie, ya soy libre, feliz, independiente, y *me abro al cartaginés incautamente*. ¡Qué dicha! Ya no tengo que discurrir a qué cristiano espetarle mañana la cartita pidiendo un anticipo. ¡Qué descanso tan grande haber puesto punto a tanta ignominia! El alma se me ensancha... respiro mejor, me ha vuelto el apetito de mi mocedad, y a cuantas personas veo me dan ganas de apretarles la mano y comunicarles mi felicidad".

Aquí llegaba el soliloquio, cuando

entraron en la taberna tres muchachos, sin duda recién salidos del tren, con sendos morrales al hombro, vara en cinto, vestidos a usanza campesina, iguales en el calzado, que era de alpargata, y distintos en el sombrero, pues el uno lo traía de aparejo redondo, el otro boina y el tercero pañuelo de seda liado a la cabeza.

"¡Qué chicos tan gallardos! —dijo Villaamil contemplándoles embebecido, mientras ellos, bulliciosos y maleantes, pedían al tabernero algo con qué matar la feroz gazuza que traían—. ¿Serán jóvenes labradores que han dejado la oscura pobreza de sus aldeas por venir a esta Babel a pretender un destino que les dé barniz de señorío y aire de personas decentes?... ¡Infelices! ¡Y qué gran favor les haría yo en desengañarles!"

Sin más deliberación, se fue derecho a ellos diciéndoles:

—Jóvenes, pensad lo que hacéis. Aún estáis a tiempo. Volveos a vuestras cabañas y dehesas, y huid de este engañoso abismo de Madrid, que os tragará y os hará infelices para toda la vida. Seguir el consejo de quien os quiere bien, y volveos al campo.

—¿Qué dice este tío? —contestó el más despabilado de ellos, poniéndose al hombro la chaqueta, que se le había caído—. ¡Otra que Dios con el abuelo! Somos quintos de este reemplazo, y como no nos presentemos nos afusilan...

—¡Ah! bueno, bueno... Si sois militares, la cosa muda de aspecto... A defender la patria. Yo la defendí también, saliendo en una compañía de voluntarios cuando aquel pillo de Gómez se corrió hacia Madrid... Pero también os digo que no hagáis caso de lo que os prediquen vuestros jefes, y que os subleveis a las primeras de cambio, hijos. Despreciad al gran pindongo del Estado... ¿No sabéis quién es el Estado?

Los tres chicos se reían, mostrando sus dentaduras sanas y frescas: sin duda les hacía mucha gracia la estantigua que tenían delante. Ninguno de ellos supo quién era el Estado, y tuvo Villaamil que explicárselo en esta forma:

—Pues el Estado es el mayor enemigo del género humano, y a todo el que os coge por banda lo divide... Mucho ojo... sed siempre libres... independientes, y no tengáis cuenta con nadie.

Uno de los mozos sacó la vara del cinto y dio con ella tan fuerte golpe sobre la mesa, que por poco la parte en dos, gritando:

—Patrona, que tenemos mucha hambre. Por vida del condenado Solimán... Vengan esas magras.

A Villaamil le cayó en gracia esta viveza de genio, y admiró la juventud, la sangre hirviente de los tres muchachos. El tabernero les rogó que esperasen unos minutos, y les puso delante pan y vino para que fueran matando el gusanillo. Pagó entonces Villaamil, y el tabernero, ya muy sorprendido de sus maneras originales, y teniéndole por tocado, se corrió a ofrecerle una copita de Cariñena. Aceptó el cesante, reconocido a tanta bondad, y tomando la copa y levantándola en alto, brindó "por la prosperidad del establecimiento." Los quintos berrearon:

—¡Madrid, cinco minutos de parada y fonda...! ¡Viva la Nastasia, la Bruna, la Ruperta y toas las mozas de Daganzo de Arriba!

Y como Villaamil elogiase, al despedirse del tabernero con mucha finura, el buen servicio y lo bien condimentado del guiso, el dueño le contestó:

—No hay otra como ésta. Fíjese en el rótulo: *La Viña del Señor.*

—No, si yo no he de volver. Mañana estaré muy lejos, amigo mío. Señores (volviéndose a los chicos y saludándoles sombrero en mano), conservarse. Gracias; que les aproveche... Y no olviden lo que les he dicho... ser libres, ser independientes... como el aire. Véanme a mí. Me pongo al Estado por montera... Hasta ahora...

Salió arrastrando la capa, y uno de los mozos se asomó a la puerta gritando:

—¡Eh... abuelo, agárrese, que se cae... Abuelo, que se le han quedado las narices. Vuelva acá!

Pero Villaamil no oía nada, y siguió hacia arriba, buscando camino o vereda por donde escalar la montaña segunda vez. Encontróla al fin, atravesando un solar vacío y otro ya cercado para la edificación, y por último, después de dar mil vueltas y de salvar hondonadas y de trepar por la movediza tierra de los vertederos, llegó a la explanada del cuartel y lo rodeó, no parando hasta las vertientes áridas que desde el barrio de Argüelles desciende a San Antonio de la Florida. Sentóse en el suelo y soltó la capa, pues el vino por dentro y el sol por fuera le sofocaban más de lo justo.

"¡Qué tranquilo he almorzado hoy! Desde mis tiempos de muchacho, cuando salimos en persecución de Gómez, no he sido tan dichoso como ahora. Entonces no era libre de cuerpo; pero de espíritu sí, como en el momento presente; y no me ocupaba de si había o no había para mandar mañana a la plaza. Esto de que todos los días se ha de ir a la compra es lo que hace insoportable la vida... A ver, esos pajarillos tan graciosos que andan por ahí picoteando, ¿se ocupan de lo que comerán mañana? No; por eso son felices; y ahora me encuentro yo como ellos, tan contento, que me pondría a piar si supiera, y volaría de aquí a la Casa de Campo, si pudiese. ¿Por qué razón Dios, vamos a ver, no le haría a uno pájaro, en vez de hacerle persona?... Al menos que nos dieran a elegir. Seguramente nadie escogería ser hombre, para estar descrismándose luego por los empleos y obligado a gastar chistera, corbata, y todo este matalotaje que, sobre molestar, le cuesta a uno un ojo de la cara... Ser pájaro sí que es cómodo y barato. Mírenlos, mírenlos tan campantes, pillando lo que encuentran, y zampándoselo tan ricamente... Ninguno de éstos estará casado con una pájara que se llame Pura, que no sabe ni ha sabido nunca gobernar la casa, ni conoce el ahorro..."

Como viera los gorriones delante de sí, a distancia de unas cuatro varas, acercándose a brincos, cautelosos y audaces, para rebuscar en la tierra, sacó el buen hombre de su bolsillo el pan sobrante del almuerzo, que había guardado en la taberna, y desmigajándolo, lo arrojó a las menudas aves. Aunque el movimiento de sus manos espantó a los animalitos, pronto volvieron, y descubierto el pan, ya se colige que cayeron sobre él como fieras. Villaamil sonreía y se esponjaba observando su voracidad, sus graciosos meneos y aquellos saltitos tan cucos. Al menor ruido, a la menor proyección de sombra o indicio de peligro, levantaban el vuelo; pero su loco apetito les traía pronto al mismo lugar.

"Coman, coman tranquilos —les decía mentalmente el viejo, embelesado, inmóvil, para no asustarlos.— Si Pura hubiera seguido vuestro sistema, otro gallo nos cantara. Pero ella no entiende de acomodarse a la realidad. ¿Cabe algo más natural que encerrarse en los límites de lo posible? Que no hay más que patatas... pues patatas... Que mejora la situación y se puede ascender hasta la perdiz... pues perdiz. Pero no, señor, ella no está contenta sin perdiz a diario. De esta manera llevamos treinta años de ahogos, siempre temblando; cuando lo había, comiéndonoslo a trangullones como si nos urgiese mucho acabarlo; cuando no, viviendo de trampas y anticipos. Por eso, al llegar la colocación ya debíamos el sueldo de todo un año. De modo que perpetuamente estábamos lo mismo, *a ti suspiramos*, y mirando para las estrellas... ¡Treinta años así, Dios mío! Y a esto llaman vivir. "Ramón, ¿qué haces que no te diriges a tal o cual amigo?... Ramón, ¿en qué piensas? ¿crees que somos camaleones?... Ramón, determínate a empeñar tu reloj, que la niña necesita botas... Ramón, que yo estoy descalza, y aunque me puedo aguantar así unos días, no puedo pasarme sin guantes, pues tenemos que ir al beneficio de la Furranguini... Ramón, dile al habilitado que te anticipe quinientos reales; son tus días, y es preciso convidar a las de tal o cual... Ramón..." Y que yo no haya sido hombre para trincar a mi mujer y ponerle una mordaza en aquella boca, que debió de hacérsela un fraile, según es de pedigüeña. ¡Cuidado que soportar estos treinta años!... Pero ya, gracias a Dios, he tenido valor para soltar mi cadena y recobrar mi personalidad. Ahora yo soy yo, y nadie me tose, y por fin he aprendido lo que no sabía: a renegar de Pura y de toda su casta, y a mandarlos a todos a donde fue el padre Padilla." No pudiendo reprimir su entusiasmo y alegría, dio tales manotadas, que los pájaros huyeron.

XLIII

"No seais tontos... con vosotros nadie se mete. ¿Por quién me tomáis? ¿Por algún Ministro sin entrañas, que quita el pan a los padres de familia para darlo a cualquier gandul? Porque vosotros también sois padres de familia y tenéis hijos que mantener. No os asustéis, y tomad más miguitas... Creed que si mi mujer hubiera sido otra, la de Ventura, por ejemplo, yo no habría llegado a esta situación... La esposa de Ventura, de quien la mía se burla tanto porque dice bacalao de *Escuecia*, vale más que ella cien veces... Con Pura no hay dinero que alcance: ni la paga de un Director. El maldito suponer, el trapito, las visitas, el teatro, los perendengues y el morro siempre estirado para fingir dignidad de personas encumbradas nos perdieron... No temáis, tontos; podéis acercaros, aun tengo más mi-

gas... En cuanto a Milagros, vosotros convendréis conmigo en que, si es buena y sencilla, no por eso deja de ser una inutilidad como su hermana. ¡Qué bien hizo aquel que se tiró al agua! Pues si no se tira y carga con ella, a estas horas se habría ahogado cien mil veces quedándose vivo, que es lo peor que le puede pasar a un cristiano... Entre las dos hermanitas me han tenido a mí lo mejor de mi vida con un dogal al cuello, aprieta que te apretarás... No dirán que me he portado mal con ellas, pues desde que me casé... Ahora se me ocurre que, cuando fui a pedir al señor Escobios la mano de su hija, el apreciable médico del Cuarto Montado debió arrearme un bofetón que me volviera la cara del revés... ¡Ay, cuánto se lo hubiera agradecido más adelante!... Coman, coman tranquilos, que aquí no estamos para quitarle el pan a la gente... Pues decía que desde que me casé hasta la fecha, he sido víctima de la insustancialidad y el desgobierno de esas dos tarascas, y no podrán quejarse de que no he sido sumiso y paciente, ni tampoco de que las abandono y las dejo en la miseria, pues no me he determinado a recobrar mi libertad sino al saber que quedan al amparo de Ponce, que es un bendito y les mantendrá el pico, pues para eso le dejó todas sus migas el tío notario. ¡Ay, ínclito Ponce, y qué mochuelo te toca! Ya verás lo que es canela fina. Si no tienes cuidado, pronto te liquidan... te evaporan, te volatilizan, te sorben. Allá se las haya. Yo he cumplido... he cargado mi cruz treinta años; ahora, que la lleve otro... Se necesitan espaldas jóvenes... y el peso es mayúsculo, amigo Ponce. Ya lo verás... Si he de ser franco, te diré que mi hija, sin ser un talento, vale más que su mamá y su tía; tiene algunas ideas de orden y previsión; no es tan amiga de echar plantas... Pero cuidadito con ello, Ponce amigo, porque o yo no entiendo nada de afectos y afecciones de mujeres, o a mi Abelarda le gustas tú lo mismo que un dolor de muelas. Nadie me quita de la cabeza que ese peine de Víctor le había sorbido los sesos... Pero cásese en buena hora, y si son felices las señoras *Miaus*, y aprenden ahora lo que ignoraban en mi tiempo, yo me alegraría mucho y hasta las aplaudiré desde allá: vaya si las aplaudiré."

Con estas meditaciones, harto más largas y difusas de lo que en la narración aparecen, se le fue pasando la tarde a Villaamil. Dos o tres veces mudó de sitio, destrozando impíamente al pasar alguno de los arbolillos que el Ayuntamiento en aquel erial tiene plantados. "El Municipio —decía— es hijo de la Diputación Provincial y nieto del muy gorrino del Estado, y bien se puede, sin escrúpulo de conciencia, hacer daño a toda la parentela maldita. Tales padres, tales hijos. Si estuviera en mi mano, no dejaría un árbol ni un farol... El que la hace que la pague... y luego la emprendería con los edificios, empezando por el Ministerio del cochino ramo, hasta dejarlo arrasadito, arrasadito... como la palma de la mano, Luego, no me quedaría vivo un ferrocarril, ni un puente, ni un barco de guerra, y hasta los cañones de las fortalezas los haría pedacitos así".

Vagaba por aquellos andurriales, sombrero en mano, recibiendo en el cráneo los rayos del sol, que a la caída de la tarde calentaba desaforadamente el suelo y cuanto en él había. La capa la llevaba suelta, y tuvo intenciones de tirarla, no haciéndolo porque consideró que podía venirle bien a la noche, aunque fuese por breve tiempo. Parose al borde de un gran talud que hay hacia la Cuesta de Areneros, sobre las nuevas alfarerías de la Moncloa, y mirando el rápido declive, se dijo con la mayor serenidad: "Este sitio me parece bueno, porque iré por aquí abajo, dando vueltas de carnero; y luego, que me busquen... Como no me encuentre algún pastor de cabras...

Bonito sitio, y sobre todo, cómodo, digan lo que quieran".

Pero luego no debió parecerle el lugar tan adecuado a su temerario intento, porque siguió adelante, bajó y volvió a subir, inspeccionando el terreno, como si fuera a construir en él una casa. Ni alma viviente había por allí. Los gorriones iban ya en retirada hacia los tejares de abajo o hacia los árboles de San Bernardino y de la Florida. De repente, le dio al santo varón la vena de sacar un revólver que en el bolsillo llevaba, montarlo y apuntar a los inocentes pájaros, diciéndoles: "Pillos, granujas, que después de haberos comido mi pan pasáis sin darme tan siquiera las buenas tardes, ¿qué diríais si ahora yo os metiera una bala en el cuerpo?... Porque de fijo no se me escapaba uno. ¡Tengo yo tal puntería...! Agradeced que no quiero quedarme sin tiros; pues si tuviera más cápsulas, aquí me las pagabais todas juntas... De veras que siento ganas de acabar con todo lo que vive, en castigo de lo mal que se han portado conmigo la Humanidad, y la Naturaleza, y Dios (con exaltación furiosa)... sí, sí; lo que es portarse, se han portado cochinamente... Todos me han abandonado, y por eso adopto el lema que anoche inventé y que dice literalmente: *Muerte... Infamante... Al... Universo...*"

Con esta cantata siguió buen trecho alejándose hasta que, ya cerrada la noche, encontróse en los altos de San Bernardino que miran a Vallehermoso, y desde allí vio la masa informe del caserío de Madrid con su crestería de torres y cúpulas, y el hormigueo de luces entre la negrura de los edificios... Calmada entonces la exaltación homicida y destructora, volvió el pobre hombre a sus estudios topográficos: "Este sitio sí que es de primera... Pero no, me verían los guardas de Consumos que están en esos cajones, y quizás... son tan brutos... me estorbarían lo que quiero y debo hacer... Sigamos hacia el cementerio de la Patriarcal, que por allí no habrá ningún importuno que se meta en lo que no le va ni le viene. Porque yo quiero que vea el mundo una cosa, y es que ya me importa un pepino que se nivelen o no los presupuestos, y que me río del *income tax* y de toda la indecente Administración. Esto lo comprenderá la gente cuando recoja mis... restos, que lo mismo me da vayan a parar a un muladar que al propio panteón de los Reyes. Lo que vale es el alma, la cual se remonta volando a eso que llaman... el empíreo, que es por ahí arriba, detrás de aquellos astros que relumbran y parecen hacerle a uno guiños llamándole... Pero aún no es hora. Quiero llegarme a ese puerco Madrid y decirle las del barquero a esas indinas *Miaus* que me han hecho tan infeliz".

El odio a su familia, ya en los últimos días iniciado en su alma, y que en aquél tomaba a ratos los vuelos de frenesí demente o rabia feroz, estalló formidable, haciéndole crispar los dedos, apretar reciamente la mandíbula, acelerar el paso con el sombrero echado atrás, la capa caída, en la actitud más estrafalaria y siniestra. Era ya noche oscura. Resueltamente se dirigió al Conde Duque, pasó por delante del cuartel, y al aproximarse a la plaza de las Comendadoras, andaba con paso cauteloso, evitando el ser visto, buscando la sombra y mudando de dirección a cada instante. Después de meterse por la solitaria calle de San Hermenegildo, volvió hacia la plazuela del Limón, rondó la manzana de las Comendadoras, aventurándose por fin a atravesar la calle de Quiñones y a observar los balcones de su casa, no sin cerciorarse antes de que no estaban en el portal Mendizábal y su mujer. Agazapado en la esquina de la plazuela oscura, solitaria y silenciosa, miró repetidas veces hacia su casa, queriendo espiar si alguien entraba o salía... ¿Irían las *Miaus* al teatro aquella noche?

¿Vendrían a la tertulia Ponce y los demás amigos? En medio de su trastorno, supo colocarse en la realidad, considerando al fin como seguro e inevitable que, alarmada por la ausencia de su marido, Pura ponía en movimiento a todos los íntimos de la familia para buscarle.

Al amparo de la esquina, como ladrón o asesino que acecha el descuidado paso del caminante, Villaamil alargaba el pescuezo para vigilar sin que le vieran. Propiamente, su cuerpo estaba en la plazuela de las Comendadoras y su cabeza en la calle de Quiñones; su flácido cuello, dotado de prodigiosa elasticidad, se doblaba sobre el ángulo mismo. "Allá sale el ínclito Ponce de estampía. De seguro han ido a casa de Pantoja, al café, a todos los sitios que acostumbro frecuentar... Ese que llega echando los bofes me parece que es Federico Ruiz. De fijo viene de la prevención o del juzgado de guardia... Habrá salido a averiguar... ¡Pobrecillos, qué trabajo se toman! Y cuánto gozo yo viéndolos tan afanados, y considerando a las *Miaus* tan aturdiditas... Fastidiarse; y usted, doña Pura de los infiernos, trague ahora la cicuta; que durante treinta años la he estado tragando yo sin quejarme... ¡Ah! alguien sale y viene hacia acá... Me parece que es Ponce otra vez. Agazapémonos en este portal... Sí, es él... (viendo al crítico atravesar la plazuela de las Comendadoras). ¿A dónde irá? Quizás a casa de Cabrera. Trabajo te mando... ¿Habrá bobo igual? No, no me encontraréis; no me atraparéis, no me privaréis de esta sana libertad que ahora gozo, ¡bendita sea!, ni aunque revolváis el mundo entero me daréis caza, estúpidos. ¿Qué se pretende? (amenazando con el puño a un ser invisible), ¿qué vuelva yo al poder de Pura y Milagros, para que me amarguen la vida con aquel continuo pedir de dinero, con su desgobierno y su majadería y su presunción? No; ya estoy hasta aquí; se colmó el vaso... Si

sigo con ellas me entra un día la
locura y con este revólver... con
este revólver (cogiendo el mango del
arma dentro del bolsillo y empuñán-
dolo con fuerza) las despacho a todas... .Más vale que me despache
yo, emancipándome y yéndome con
Dios... ¡Ah! Pura, Purita, se acabó
el suplicio. Hinca tus garras en otra
víctima. Ahí tienes a Ponce con dinero fresco; cébate en él... ahí me
las den todas... ¡Cuánto me voy a
reír...! porque esta doña Pura es
atroz, querido Ponce, y como se encuentre con barro a mano, se armó
la fiesta, y mesa y ropa y todo ha de
ser de lo más fino, sin considerar
que mañana faltará la condenada li-
breta... ¡Ay, Dios mío! el último
de los artesanos, el triste mendigo
de las calles, me han causado envidia
en esta temporada; así como ahora,
desahogado y libre, no me cambio
por el rey; no, no me cambio; lo
digo con toda el alma".

XLIV

Fuera del portal, y vuelta a los
atisbos. "Sale ahora el chico de Cuevas, afanadillo y presuroso. ¿A dónde irá?... Busca, hijo, busca, que
ya te lo pagará doña Pura con una
copita de moscatel... Pues la boba-
licona de Milagros estará con el alma en un hilo, porque la infeliz me
quiere... Es natural; ha vivido conmigo tantos años y ha comido mi
pan... Y si vamos a poner cada
cosa en su punto, también Pura me
quiere... a su modo, sí. Yo también
las quise mucho; pero lo que es ahora, las aborrezco a las dos, ¿qué digo
a las dos?, a las tres, porque también
mi hija me carga... Son tres apuntes que se me han sentado aquí, en
la boca del estómago, y cuando pienso en ellas, la sangre parece que se
me pone como metal derretido, y la
tapa de los sesos se me quiere saltar... Vaya con las tres Miaus...
¡Bien haya quien os puso tal nombre! No más vivir con locas. ¡Vaya

por dónde le dio a mi dichosa hijita!
¡Por enamoriscarse de Víctor!...
porque, o yo no lo entiendo, o aquello era amor de lo fino... ¡Qué mujeres, Dios santo! Prendarse de un
zascandil porque tiene la cara bonita,
sin reparar... Y que él la desprecia,
no hay duda... Me alegro... Bien
empleado le está. Chúpate las cala-
bazas, imbécil, y vuelve por más, y
cásate con Ponce... Francamente,
si uno no se suprimiese por salvarse
de la miseria, debiera hacerlo por no
ver estas cosas".

Como observara luz en el gabinete, se encalabrinó más: "Esta noche, Purita de mis entretelas, no hay
teatrito, ¿verdad? Gracias a Dios que
está usted con la pierna quebrada.
¡Jorobarse!... Ya la veo a usted ar-
bitrando de dónde sacar el dinero
para el luto. Lo mismo me da. Sá-
quelo usted... de donde quiera.
Venda mi piel para un tambor o
mis huesos para botones... ¡Magnífico, admirable, deliciooooso...!"

Al decir esto vio a Mendizábal
en la puerta, y éste, por desgracia,
le vio también a él. Grandes fueron
la alarma y turbación del anciano al
notar que el memorialista le observaba con ademán sospechoso. "Ese
animal me ha conocido, y viene tras
de mí", pensó Villaamil deslizándose pegado al muro de las Comendadoras. Antes de volver la esquina,
miró, y, en efecto, Mendizábal le
seguía paso a paso, como cazador
que anda quedito tras la res, procurando no espantarla. En cuanto tras-
puso el ángulo, Villaamil, recogién-
dose la capa, apretó a correr despa-
vorido con cuanta rapidez pudo, creyendo escuchar los pasos del otro y
que un enorme brazo se alargaba y
le cogía por el cogote. Mal rato pasó
el infeliz. La suerte que no había
nadie por aquellos barrios, pues si
pasa gente, y a Mendizábal se le
ocurre gritar ¡a ése!, en aquel mismo
punto hubiera acabado la preciosa
libertad del buen cesante. Huyó con
increíble ligereza, atravesando la plazuela del Limón, pasó por delante

del cuartel, temeroso de que la guardia le detuviese, y siguiendo la calle del Conde Duque, miró hacia atrás, y vio que Mendizábal, aunque le seguía, quedaba bastante lejos. Sin tomar aliento, encaminóse hacia la desierta explanada, y antes que su perseguidor pudiera verle, se ocultó tras un montón de baldosas. Sacando la cabeza con gran precaución y sin sombrero por un hueco de su escondite, vio al hombre-mono desorientado, mirando a derecha e izquierda, y con preferencia a la parte del paseo de Areneros, por donde creyó se había escabullido la caza. "¡Ah! sectario del oscurantismo, ¿querías cogerme? No te mirarás en ese espejo. Sé yo más que tú, monstruo, feo, más feo que el hambre, y más neo que Judas. Ya sabes que siempre he sido liberal, y que antes moriré que soportar el despotismo. Vete al cuerno, grandísimo reaccionario, que lo que es a mí no me escadenas tú... Me futro en tu absolutismo y en tu inquisición. Jeríngate, animal, carca y liberticida, que yo soy libre y liberal y demócrata y anarquista y petrolero, y hago mi santísima voluntad..."

Aunque perdiera de vista al feo *gorila,* no las tenía todas consigo. Conocedor de la fuerza hercúlea de su portero, sabía que si éste le echaba la zarpa, no le soltaría a dos tirones; y para evitar su encuentro, se agachó buscando la sombra y amparo de los sillares y rimeros de adoquines que de trecho en trecho había. Protegido por la densa oscuridad, volvió a ver al memorialista, que al parecer se retiraba desesperanzado de encontrarle. "Abur, lechuzo, sicario del fanatismo y opresor de los pueblos... ¡Miren qué facha, qué brazos y qué cuerpo! No andas a cuatro pies por milagro de Dios. Joróbate y búscame, y date tono con doña Pura, diciéndole que me viste... Zángano, neo, salvaje, los demonios carguen contigo".

Cuando se creyó seguro, volvió a internarse en las calles, siempre con el recelo de que Mendizábal le iba a los alcances, y no daba un paso sin revolver la vista a un lado y otro. Creía verle salir de todos los portales o agazapado en todos los rincones oscuros, acechándole para caer encima con salto de mono y coraje de león. Al doblar la esquina del callejón del Cristo para entrar en la calle de Amaniel, ¡pataplúm! cátate a Mendizábal hablando con unas mujeres. Afortunadamente, el memorialista le volvía la espalda y no pudo verle. Pero Villaamil, viéndose cogido, tuvo una inspiración súbita, que fue meterse por la primera puerta que halló a mano. Encontróse dentro de una taberna. Para justificar su brusco ingreso, pasado el primer instante de sobresalto, fuese al mostrador y pidió Cariñena. Mientras le servían observó la concurrencia: dos sargentos, tres paisanos de chaqueta corta y cuatro mozas de malísimo pelaje. "¡Vaya unas chicas guapas y elegantes! —dijo mirándolas, al beber, por encima del vaso—. Véase por dónde me entran ahora ganas de echarles alguna flor... ¡yo, que desde que llevé a Pura al altar no he dicho a ninguna mujer *por ahí te pudras!*... Pero con la libertad parece que me remozo, y que me resucita la juventud... vaya... y me bailan por el cuerpo unas alegrías... ¡Cuidado que pasarse un hombre seis lustros sin acordarse de más mujer que la suya... ¡Qué cosas!... Vamos, que también me da por beberme otra copa... Treinta años de virtud disculpan que uno eche ahora media docena de canas al aire... (Al tabernero.) Deme usted otra copita... Pues lo que es las mozas me están gustando; y si no fuera por esos gandules que las cortejan, les diría yo algo por donde comprendiesen lo que va de tratar con caballeros a andar entre gansos y soldaduchos... Debiera trabar conversación, al menos para dar tiempo a que desfile Mendizábal... ¡Dios mío! líbrame de esa fiera ultramontana y facciosa...

Nada, que me gustan las niñas; sobre todo aquella que tiene el moño alto y el mantón colorado... También ella me mira, y... Ojo, Ramón, que estas aventuras son peligrosas. Modérate, y para hacer más tiempo, toma una copita más. Paisano, otra..."

La partida salió, y Villaamil, calculando con rápida inspiración, se dijo: "Me meto entre ellos, y si aún está el esperpento ahí, me escabullo mezclado con estos galanes y estas señoras". Así lo hizo, y salió confundido con las mozas, que a él le parecían de ley, y con los militares. Mendizábal no estaba en la calle ya; pero don Ramón no las tenía todas consigo y siguió tras la patulea, pegado a ella lo más posible, reflexionando: "En último caso, si el orangután ése me ataca, es fácil que estos bravos militares salgan a defenderme... Vas bien, Ramón, no temas... La sacrosanta libertad, hija del Cielo, no te la quita ya nadie".

Al llegar cerca de las Capuchinas, vio que la alegre banda desaparecía por la calle de Juan de Dios. Oyó carcajadas de las desenvueltas muchachas, y juramentos y voquibles de los hombres. Mirando con tristeza y envidia el grupo: "¡Oh dichosa edad de la despreocupación y del *qué se me da a mí!* Dios os la prolongue. Haced todos los disparates que se os ocurran, jóvenes, y pecad todo lo que podáis, y reíos del mundo y sus incumbencias, antes que os llegue la negra y caigáis en la horrible esclavitud del pan de cada día y de la posición social".

Al decir esto, todas sus ideas accesorias e incidentales se desvanecieron, dejando campar sola y dominante la idea constitutiva de su lamentable estado psicológico. "Debe de ser tarde, Ramón. Apresúrate a ponerte punto final. Dios lo dispone." De aquí pasó al recuerdo de Luis, de quien tan cerca estaba, pues el anciano había entrado en la calle de los Reyes. Paróse frente a la casa de Cabrera, y mirando hacia el segundo, saltó en el embozo de su capa estas expresiones: "Luisín, niño mío, tú, lo más puro y lo más noble de la familia, digno hijo de tu madre, a quien voy a ver pronto, ¿qué tal te encuentras con esos señores? ¿Extrañas la casa? Tranquilízate, que ya te irás acostumbrando a ellos; son buenas personas, tienen mucho arreglo, gastan poco, te criarán bien, harán de ti un hombre. No te pese haber venido. Haz caso de mí, que te quiero tanto, y hasta me dan ganas de rezarte, porque tú eres un santo en flor, y te han de canonizar... como si lo viera. Por tu boca inocente se me confirmó lo que ya se me había revelado... y yo, que aun dudaba, desde que te oí, ya no dudé más. Adiós, chiquillo celestial; tu abuelito te bendice... mejor sería decirte que te pide la bendición, porque eres un santito, y el día que cantes misa, verás, verás qué alegría hay en el cielo... y en la tierra... Adiós, tengo prisa... Duérmete, y si eres desgraciado y alguien te quita la libertad, ¿sabes lo que haces?, pues te largas de aquí... hay mil maneras... y ya sabes dónde me tienes... Siempre tuyo..."

Esto último lo dijo andando hacia la plaza de San Marcial con reposado continente, como hombre que vuelve a su casa sin prisa, cumplidos los deberes de la jornada. Encontróse de nuevo en los vertederos de la Montaña, en lugares a donde no llega el alumbrado público, y los altibajos del terreno poníanle en peligro de dar con su cuerpo en tierra antes de sazón. Por fin se detuvo en el corte de un terraplén reciente, en cuyo movedizo talud no se podía aventurar nadie sin hundirse hasta la rodilla, amén del peligro de rodar al fondo invisible. Al detenerse, asaltóle una idea desconsoladora, fruto de aquella costumbre de ponerse en lo peor y hacer cálculos pesimistas. "Ahora que veo cercano el término de mi esclavitud y mi entrada en la gloria eterna, la maldita suerte me va a jugar otra mala pasada. Va a resultar (sacando el arma), que este condenado instrumento falla... y me quedo vivo o a medio morir, que es lo peor que puede pasarme, porque me recogerán y me llevarán otra vez con las condenadas *Miaus*... ¡Qué desgraciado soy! Y sucederá lo que temo... como si lo viera... Basta que yo desee una cosa, para que suceda la contraria... ¿Quiero suprimirme? Pues la perra suerte lo arreglará de modo que siga viviendo".

Pero el procedimiento lógico que tan buenos resultados le diera en su vida, el sistema aquel de imaginar el reverso del deseo para que el deseo se realizase, le inspiró estos pensamientos: "Me figuraré que voy a errar el jeringado tiro, y como me la imagine bien, con obstinación sostenida de la mente, el tirito saldrá... ¡Siempre la contraria! Conque a ello... Me imagino que no voy a quedar muerto, y que me llevarán a mi casa... ¡Jesús! Otra vez Pura y Milagros, y mi hija, con sus salidas de pie de banco, y aquella miseria, aquel pordioseo constante... y vuelta al pretender, a importunar a los amigos... Como si lo viera: este cochino revólver no sirve para nada. ¿Me engañó aquel armero indecente de la calle de Alcalá?... Probémoslo, a ver... pero de hecho me quedo vivo... sólo que... por lo que pueda suceder, me encomiendo a Dios y a San Luisito Cadalso, mi adorado santín... y... Nada, nada, este chisme no vale... ¿Apostamos a que falla el tiro? ¡Ay! Antipáticas *Miaus*, ¡cómo os vais a reír de mí!... Ahora, ahora... ¿a qué no sale?"

Retumbó el disparo en la soledad de aquel abandonado y tenebroso lugar; Villaamil, dando terrible salto, hincó la cabeza en la movediza tierra, y rodó seco hacia el abismo, sin que el conocimiento le durase más que el tiempo necesario para poder decir: "Pues... sí..."

Madrid, Abril de 1888.

INDICE

MARIANELA

MARIANELA fue escrita en 1878, diez años antes que *Miau*. Es representativa de la manera de un Galdós mucho más joven (vale la pena recordar que sólo contaba entonces treinta y cinco años), y de una época de transición en su forma de apreciar la realidad.

El Galdós de *Marianela*, fascinado por el formidable problema que plantea al hombre la transformación del mundo por la industria y los progresos científicos, trata de situarse ante el dilema que presenta esa rápida conquista de la naturaleza por el hombre. Recurriendo a —o coincidiendo con— la filosofía comtiana que predominaba en la época —según ha hecho notar acertadamente Casalduero— [1] Galdós se pone resueltamente del lado del positivismo y sacrifica el ideal romántico (imaginación, ensueño, compensaciones a una deficiencia), al tipo realista (del dato, de la demostración y la experiencia), al hombre nuevo que surge en la segunda mitad del siglo XIX.

Marianela vive en la novela, simbólicamente, dentro de una concha: duerme entre dos cestas que le dan la apariencia de una ostra. Cuando habla por las noches con su compañero de habitación (Celipín, germen del hombre nuevo), tiene que abrir sus dos valvas, como la almeja. Y cuando la realidad —en la conversación— la hiere, opta por encerrarse y dormirse dentro de su doble concha —símbolo de un seno materno que añora—. A Marianela, lo único que le satisface en la vida es el abismo de la Trascava (donde oye voces maternales, de muerte) y llenar con sus propias impresiones de luz a un ciego (cosa que sugiere entonces que ella se convierta en seno materno y comunica esas impresiones a su hijo: su amo ciego).

El ciego —Pablo Penáguilas— vive de su razón y de la imaginación de su lazarillo Marianela. Pero ¿qué es la razón sin la vista, sin los datos más evidentes e inmediatos de la realidad? ¿Qué es la razón sin la luz del sol? Es una especie de romanticismo brumoso. Se descubren y aman las ideas de las cosas, mas no las cosas mismas. Pero las cosas mismas son infinitamente más maravillosas que las ideas más admirables que puedan tenerse sobre ellas —nos dice Galdós por medio de su personaje Teodoro Golfín, médico (y esto anuncia el realismo de novelas posteriores de Galdós).

Condenados a ser "románticos" están Pablo Penáguilas y Maria-

[1] En *op. cit.* en el Prólogo a *Miau; Apéndice 2:* "Augusto Comte y *Marianela*".

nela; aquél por su ceguera, y ésta, gozando de la vista, por el estado
primitivo a que la sociedad en que vive la ha confinado: huérfana,
abandonada por los otros y, sobre todo, sin instrucción alguna. Ya se
ve que para el Galdós de 1878 estaban en el mismo nivel la razón sin la
experiencia sensible (Pablo), y el sentimiento e inteligencia sin cultivo
(Marianela), que constituye otra forma de ceguera.

En esto reside el dramatismo de la novela: al ciego le falta ver para
alcanzar su realización, su felicidad: poseer la realidad; y a la que es
capaz de ver con sus ojos mortales sólo le falta ver con la razón cultivada y realista, del siglo XIX, y salir así de la edad dorada del mundo
mítico, imaginativo y sentimental.

¿Y entonces, qué sucede? La Ciencia pone las cosas en el lugar que
les corresponde: a Pablo le entrega la realidad perceptible, pero en
cambio es impotente para dar la felicidad a una Marianela; por el contrario, la Ciencia la sacrifica. ¿Qué podría dar la felicidad a Marianela? Una sociedad mejor organizada, que cuidara de la formación
moral e intelectual de los infortunados; una sociedad que les propor-
cionara, no tanto apoyo material, limosna, sino, sobre todo, amor personal. Vencida Marianela por la Ciencia, busca el único remedio a
sus males: se encierra en su concha para protegerse de la realidad:
la realidad de su fealdad, de su debilidad, de la horrible luz que sobre
ella han proyectado los ojos de su Pablo con vista. Se encierra en su
concha, que ya nunca volverá a abrirse.

Varias comparaciones puede establecer fácilmente el lector de *Miau*
y de *Marianela* sobre temas comunes a ambas novelas: la crítica social; apariciones "sobrenaturales"; la muerte voluntaria, y el simbolismo
de algunos personajes, este último mucho más claro y en estado de
pureza en *Marianela* que en *Miau,* pues Galdós, en la primera novela,
es preponderantemente abstracto, y en cambio en la segunda es realista, con tendencia a lo espiritual. Quizás Pablo Penáguilas, de *Marianela,* es en parte Galdós mismo tratando de quitarse una venda, el
estorbo a su mirada interior para abarcar resuelta y valientemente
la realidad, renunciando a sus achaques románticos.

Por otra parte, en *Marianela* se puede observar todavía una com-
plicidad con el lector que en *Miau* ya ha desaparecido; es decir, que
en la primera el autor recurre todavía a dialogar directamente con el
lector para comunicarle sus opiniones personales; a ratos se constituye
en guía para ganar adeptos a su tesis. Así, *Marianela* es eminentemente
narrativa (el autor cuenta y el lector escucha), mientras que *Miau* es
sobre todo el diálogo, casi teatral, de los personajes (el lector *ve*,
se mete en la escena, se olvida de Galdós; no se notan allí andamios,
tesis ni artificios). Además, el humor apenas tiene lugar en *Marianela*,
y en cambio en *Miau* juega un papel muy importante. El final de *Miau*

es tajante, necesario, valiente, y no contemporiza con sentimentalismos, y el de *Marianela* conmueve, pero después se diluye en una anécdota ingeniosa.

En fin, *Marianela* representa el momento de la vida de Galdós novelista en que, simbolizado por el ciego que recupera la vista, desciende del mundo de la imaginación y trata de enfrentar su realidad, y *Miau* es ya la muestra del largo contacto con ella, en que el autor se encamina hacia otros ámbitos —realidad también— pero no tan asideros y perceptibles: el misterio de la realidad, la caridad, Dios, como motivos válidos, y hasta superiores, de las acciones humanas.

T. S. T.

I

PERDIDO

Se puso el sol. Tras el breve crepúsculo vino tranquila y oscura la noche, en cuyo negro seno murieron poco a poco los últimos rumores de la tierra soñolienta y el viajero siguió adelante en su camino, apresurando su paso a medida que avanzaba el de la noche. Iba por angosta vereda, de esas que sobre el césped traza el constante pisar de hombres y brutos, y subía sin cansancio por un cerro en cuyas vertientes se alzaban pintorescos grupos de guindos, hayas y robles. (Ya se ve que estamos en el Norte de España).

Era un hombre de mediana edad, de complexión recia, buena talla, ancho de espaldas, resuelto de ademanes, firme de andadura, basto de facciones, de mirar osado y vivo, ligero, a pesar de su regular obesidad, y (dígase de una vez, aunque sea prematuro) excelente persona por doquiera que se le mirara. Vestía el traje propio de los señores acomodados que viajan en verano, con el redondo sombrero, que debe a su fealdad el nombre de hongo; gemelos de campo pendientes de una correa, y grueso bastón que, entre paso y paso, le servía para apalear las zarzas cuando extendían sus ramas llenas de afiladas uñas para atraparle la ropa.

Detúvose, y mirando a todo el círculo del horizonte, parecía impaciente y desasosegado. Sin duda no tenía gran confianza en la exactitud de su itinerario, y aguardaba el paso de algún aldeano que le diese buenos informes topográficos para llegar pronto y derechamente a su destino.

"No puedo equivocarme —murmuró—. Me dijeron que atravesara el río por la pasadera... Así lo hice. Después, que marchara adelante, siempre adelante. En efecto; allá, detras de mí, queda esa apreciable villa, a quien yo llamaría *Villafangosa* por el buen surtido de lodos que hay en sus calles y caminos... De modo que por aquí, adelante, siempre adelante... (me gusta esta frase; si yo tuviera escudo, no le pondría otra divisa), he de llegar a las famosas minas de Socartes".

Después de andar largo trecho, añadió:

"Me he perdido, no hay duda de que me he perdido... Aquí tienes, Teodoro Golfín el resultado de *tu adelante, siempre adelante*. Estos palurdos no conocen el valor de las palabras. O han querido burlarse de ti, o ellos mismos ignoran dónde están las minas de Socartes. Un gran establecimiento minero ha de anunciarse con edificios, chimeneas, ruido de arrastres, resoplido de hornos, relincho de caballos, trepidación de máquinas, y yo no veo, ni huelo, ni oigo nada... Parece que estoy en un desierto... ¡Qué soledad! Si yo creyera en brujas, pensaría que mi destino me proporcionaba esta noche el honor de ser presentado a ellas... ¡Demonio!, ¿pero no hay gente en estos lugares?... Aun falta media hora para la salida de la lu-

na. ¡Ah, bribona, tú tienes la culpa
de mi extravío!... Si al menos pudiera conocer el sitio donde me encuentro... ¡Pero, qué más da! (Al
decir esto hizo un gesto propio del
hombre esforzado que desprecia los
peligros). Golfín, tú que has dado la
vuelta al mundo, ¿te acorbardarás
ahora?... ¡Ah!, los aldeanos tenían
razón: adelante, siempre adelante.
La ley universal de la locomoción
no puede fallar en este momento".

Y puesta denodadamente en ejecución aquella osada ley, recorrió
un kilómetro, siguiendo a capricho
las veredas que le salían al paso y se
cruzaban en ángulos mil, cual si quisiesen engañarle y confundirle más.

Por grandes que fueran su resolución e intrepidez, al fin tuvo que
pararse. Las veredas, que al principio
subían, luego empezaron a bajar, en-
lazándose; y al fin bajaron tanto
que nuestro viajero hallóse en un
talud, por el cual sólo habría podido
descender echándose a rodar.

"¡Bonita situación! —exclamó sonriendo y buscando en su buen humor lenitivo a la enojosa contrariedad—. ¿En dónde estás, querido Golfín? Esto parece un abismo. ¿Ves
algo allá abajo? Nada, absolutamente nada...; pero el césped ha desaparecido, el terreno está removido.
Todo es aquí pedrusco y tierra sin
vegetación, teñida por el óxido de
hierro... Sin duda estoy en las minas...; pero ni alma viviente, ni
chimeneas humeantes, ni ruido, ni
un tren que murmure a lo lejos, ni
siquiera un perro que ladre... ¿Qué
haré? Hay por aquí una vereda que
vuelva a subir. ¿Seguirla? ¿Desandaré
lo andado?... ¡Retroceder! ¡Qué absurdo! O yo dejo de ser quien soy,
o llegaré esta noche a las minas de
Socartes y abrazaré a mi querido
hermano. Adelante, siempre adelante".

Dio un paso, y hundióse en la
frágil tierra movediza.

"¿Esas tenemos, señor planeta?...
¿Conque quiere usted tragarme?...
Si ese holgazán satélite quisiera alum-

brar un poco, ya nos veríamos las
caras usted y yo... Y a fe que por
aquí abajo no hemos de ir a ningún
paraíso. Parece esto el cráter de un
volcán apagado... Hay que andar
suavemente por tan delicioso preci-
picio. ¿Qué es ésto? ¡Ah!, una piedra. Magnífico asiento para echar
un cigarro esperando a que salga la
luna".

El discreto Golfín se sentó tran-
quilamente, como podría haberlo hecho en el banco de un paseo; y ya
se disponía a fumar, cuando sintió
una voz... Sí, indudablemente era
una voz humana que lejos sonaba,
un quejido patético, mejor dicho, melancólico canto, formado de una sola
frase, cuya última cadencia se pro-
longaba apianándose en la forma que
los músicos llaman *morendo*, y que
se apagaba al fin en el plácido silencio de la noche, sin que el oído
pudiera apreciar su vibración postrera.

"Vamos —dijo el viajero, lleno de
gozo—, humanidad tenemos. Ese es
el canto de una muchacha; sí, es voz
de mujer y voz preciosísima. Me gusta la música popular de este país.
Ahora calla... Oigamos, que pronto
ha de volver a empezar... Ya, ya
suena otra vez. ¡Qué voz tan bella,
qué melodía tan conmovedora! Creeríase que sale de las profundidades
de la tierra, y que el señor Golfín,
el hombre más serio y menos supersticioso del mundo, va a andar
en tratos ahora con los silfos, gno-
mos, hadas y toda la chusma empa-
rentada con la loca de la casa...;
pero si no me engaña el oído, la voz
se aleja... La graciosa cantante se
va. ¡Eh, niña, aguarda, detén el
paso!"

La voz que durante breve rato había regalado con encantadora música el oído del hombre extraviado,
se iba perdiendo en la inmensidad
tenebrosa, y a los gritos de Golfín, el
canto extinguióse por completo. Sin
duda la misteriosa entidad gnómica
que entretenía su soledad subterrá-
nea cantando tristes amores, se había

asustado de la brusca interrupción del hombre, huyendo a las hondas entrañas de la tierra, donde moran, avaras de sus propios fulgores, las piedras preciosas.

"Esta es una situación divina —murmuró Golfín, considerando que no podía hacer mejor cosa que dar lumbre a su cigarro—. No hay mal que cien años dure. Aguardemos fumando. Me he lucido con querer venir solo y a pie a las minas. Mi equipaje habrá llegado primero, lo que prueba de un modo irrebatible las ventajas del *adelante, siempre adelante*".

Movióse entonces ligero vientecillo, y Teodoro creyó sentir pasos lejanos en el fondo de aquel desconocido o supuesto abismo que ante sí tenía. Puso atención, y no tardó en adquirir la certeza de que alguien andaba por allí. Levantándose, gritó:

—¡Muchacha, hombre o quienquiera que seas!, ¿se puede ir por aquí a las minas de Socartes?

No había concluido, cuando oyóse el violento ladrar de un perro, y después una voz de hombre, que dijo:

—¡Choto, Choto, ven aquí!

—¡Eh! —gritó el viajero—. ¡Buen amigo, muchacho de todos los demonios, o lo que quiera que sea, sujeta ese perro, que yo soy hombre de paz!

—¡Choto, Choto!

Vio Golfín que se le acercaba un perro negro y grande; mas el animal, después de gruñir junto a él, retrocedió, llamado por su amo. En tal punto y momento el viajero pudo distinguir una figura, un hombre que inmóvil y sin expresión, cual muñeco de piedra, estaba en pie a distancia como de diez varas, más abajo de él, en una vereda transversal que aparecía irregularmente trazada por todo lo largo del talud. Ese sendero y la humana figura detenida en él llamaron vivamente la atención de Golfín, que dirigiendo gozosa mirada al cielo, exclamó:

—¡Gracias a Dios! Al fin sale esa loca. Ya podemos saber dónde estamos. No sospechaba yo que tan cerca de mí existiera esta senda. ¡Pero si es un camino!... ¡Hola amiguito!, ¿puede usted decirme si estoy en Socartes?

—Sí, señor, éstas son las minas, aunque estamos un poco lejos del establecimiento.

La voz que esto decía era juvenil y agradable, y resonaba con las simpáticas inflexiones que indican una disposición a prestar servicios con buena voluntad y cortesía. Mucho gustó al doctor oírla, y más aún observar la dulce claridad que, difundiéndose por los espacios antes oscuros, hacía revivir cielo y tierra, cual si los sacara de la nada.

—*Fiat lux* —dijo, descendiendo—. Me parece que acabo de salir del caos primitivo. Ya estamos en la realidad... Bien, amiguito: doy a usted las gracias por las noticias que me ha dado y las que aún ha de darme... Salí de Villamojada al ponerse el sol. Dijéronme que adelante, siempre adelante.

—¿Va usted al establecimiento?— preguntó el misterioso joven, permaneciendo inmóvil y rígido sin mirar al doctor, que ya estaba cerca.

—Sí, señor; pero sin duda equivoqué el camino.

—Esta no es la entrada de las minas. La entrada es por la pasadera de Rabagones, donde está el camino y el ferrocarril en construcción. Por allá hubiera usted llegado en diez minutos al establecimiento. Por aquí tardaremos más, porque hay bastante distancia y muy mal camino. Estamos en la última zona de explotación, y hemos de atravesar algunas galerías y túneles, bajar escaleras, pasar trincheras, remontar taludes, descender el plano inclinado; en fin, recorrer todas las minas Socartes desde un extremo, que es éste, hasta el otro extremo, donde están los talleres, los hornos, las máquinas, el laboratorio y las oficinas.

—Pues a fe mía que ha sido floja

mi equivocación— dijo Golfín, riendo.

—Yo le guiaré a usted con mucho gusto, porque conozco estos sitios perfectamente.

Golfín, hundiendo los pies en la tierra, resbalando aquí y bailoteando más allá, tocó al fin el benéfico suelo de la vereda, y su primera acción fue examinar al bondadoso joven. Breve rato permaneció el doctor dominado por la sorpresa.

—Usted... —murmuró.

—Soy ciego, sí, señor —añadió el joven—; pero sin vista sé recorrer de un cabo al otro las minas. El palo que uso me impide tropezar, y *Choto* me acompaña, cuando no lo hace la Nela, que es mi lazarillo. Conque sígame usted y déjese llevar.

II

GUIADO

—¿Ciego de nacimiento? —dijo Golfín con vivo interés, que no era sólo inspirado por la compasión.

—Sí, señor, de nacimiento —repuso el ciego con naturalidad—. No conozco el mundo más que por el pensamiento, el tacto y el oído. He podido comprender que la parte más maravillosa del Universo es esa que me está vedada. Yo sé que los ojos de los demás no son como estos míos, sino que por sí conocen las cosas; pero este don me parece tan extraordinario, que ni siquiera comprendo la posibilidad de poseerlo.

—Quien sabe... —manifestó Teodoro—. Pero ¿qué es esto que veo, amigo mío? ¿Qué sorprendente espectáculo es éste?

El viajero, que había andado algunos pasos junto a su guía, se detuvo, asombrado de la perspectiva fantástica que a sus ojos se ofrecía. Hallábase en un lugar hondo semejante al cráter de un volcán, de suelo irregular, de paredes más irregulares aún. En los bordes y en el centro de la enorme caldera, cuya magnitud era aumentada por el engañoso claroscuro de la noche, se elevaban figuras colosales, hombres disformes, monstruos volcados y patas arriba, brazos inmensos desperezándose, pies truncados, dispersas figuras semejantes a las que forman el caprichoso andar de las nubes en el cielo; pero quietas, inmobles, endurecidas. Era su color el de las momias, color terroso tirando a rojo; su actitud, la del movimiento febril sorprendido y atajado

por la muerte. Parecía la petrificación de una orgía de gigantescos demonios; sus manotadas, los burlones movimientos de sus disformes cabezas habían quedado fijos como las inalterables actitudes de la escultura. El silencio que llenaba el ámbito del supuesto cráter era un silencio que daba miedo. Creeríase que mil voces y aullidos habían quedado también hechos piedras, y eran desde siglos de siglos.

—¿En dónde estamos, buen amigo? —dijo Golfín—. Esto es una pesadilla.

—Esta zona de la mina se llama la Terrible —repuso el ciego, indiferente al estupor de su compañero de camino—. Ha estado en explotación hasta que hace dos años se agotó el mineral. Hoy los trabajos se hacen en otras zonas que hay más arriba. Lo que a usted le maravilla son los bloques de piedra que llaman cretácea y de arcilla ferruginosa endurecida que han quedado después de sacado el mineral. Dicen que esto presenta un golpe de vista sublime, sobre todo a la luz de la luna. Yo de nada de esto entiendo.

—Espectáculo asombroso, sí —dijo el forastero, deteniéndose en contemplarlo—, pero que a mí antes me causa espanto que placer, porque lo asocio al recuerdo de mis neuralgias. ¿Sabe usted lo que me parece? Pues que estoy viajando por el interior de un cerebro atacado de violentísima jaqueca. Estas figuras son como las formas perceptibles que afecta el dolor cefalálgico, confundiéndose con los terroríficos bultos y sombrajos que engendra la fiebre.

—¡Choto, Choto, aquí! —dijo el ciego—. Caballero, mucho cuidado ahora, que vamos a entrar en una galería.

En efecto; Golfín vio que el ciego, tocando el suelo con su palo, se dirigía hacia una puertecilla estrecha cuyo marco eran tres gruesas vigas.

El perro entró primero olfateando la negra cavidad. Siguióle el ciego con la impavidez de quien vive en perpetuas tinieblas. Teodoro fue detrás, no sin experimentar cierta repugnancia instintiva hacia la importuna excursión bajo tierra.

—Es pasmoso —observó— que usted entre y salga por aquí sin tropiezo.

—Me he criado en estos sitios —contestó el joven—, y los conozco como mi propia casa. Aquí se siente frío: abríguese usted si tiene con qué. No tardaremos mucho en salir.

Iba palpando con su mano derecha la pared, formada de vigas perpendiculares. Después dijo:

—Cuide usted de no tropezar en los carriles que hay en el suelo. Por aquí se arrastra el mineral de las pertenencias de arriba. ¿Tiene usted frío?

—Diga usted, buen amigo —interrogó el doctor festivamente—. ¿Está usted seguro de que no nos ha tragado la tierra? Este pasadizo es un esófago. Somos pobres bichos que hemos caído en el estómago de un gran insectívoro. Y usted, joven, ¿se pasea mucho por estas amenidades?

—Mucho paseo por aquí a todas horas, y me agrada extraordinariamente. Ya hemos entrado en la parte más seca. Esto es arena pura... Ahora vuelve la piedra... Aquí hay filtraciones de agua sulfurosa; por aquí una capa de tierra, en que se encuentran conchitas de piedras... También verá capas de pizarra; esto llaman esquistos... ¿Oye usted cómo canta el sapo? Ya estamos cerca de la boca. Allí se pone ese holga-

zán todas las noches. Le conozco: tiene una voz ronca y pausada.

—¿Quién, el sapo?

—Sí, señor. Ya nos acercamos al fin.

—En efecto; allá veo como un ojo que nos mira. Es la claridad de la otra boca.

Cuando salieron, el primer accidente que hirió los sentidos del doctor fue el canto melancólico que había oído antes. Oyólo también el ciego; volvióse bruscamente, y dijo sonriendo con placer y orgullo:

—¿La oye usted?

—Antes oí esa voz y me agradó sobremanera. ¿Quién es la que canta?...

En vez de contestar, el ciego se detuvo y dando al viento la voz con toda la fuerza de sus pulmones, gritó:

—¡Nela!... ¡Nela!

Ecos sonoros, próximos los unos, lejanos otros, repitieron aquel nombre. El ciego, poniéndose las manos en la boca en forma de bocina, gritó:

—No vengas que voy allá. ¡Espérame en la herrería..., en la herrería!

Después, volviéndose al doctor, le dijo:

—La Nela es una muchacha que me acompaña: es mi lazarillo. Al anochecer volvíamos juntos del prado grande... hacía un poco de fresco. Como mi padre me ha prohibido que ande de noche sin abrigo, metíme en la cabaña de Remolino, y la Nela corrió a mi casa a buscarme el gabán. Al poco rato de estar en la cabaña, acordéme de que un amigo había quedado en esperarme en casa; no tuve paciencia para aguardar a la Nela, y salí con *Choto*. Pasaba por la Terrible, cuando le encontré a usted... Pronto llegaremos a la herrería. Allí nos separaremos, porque mi padre se enoja cuando entro tarde en casa. Nela le acompañará a usted hasta las oficinas.

—Muchas gracias, amigo mío.

El túnel los había conducido a un segundo espacio más singular que el anterior. Era una profunda grieta

abierta en el terreno, a semejanza
de las que resultan de un cataclismo;
pero no había sido abierta por las
palpitaciones fogosas del planeta, sino por el laborioso azadón del minero. Parecía el interior de un gran
buque náufrago, tendido sobre la pla-
ya, y a quien las olas hubieran que-
brado por la mitad doblándole en un
ángulo obtuso. Hasta se podían ver
sus descarnados costillajes, cuyas
puntas coronaban en desigual fila una
de las alturas. En la concavidad pan-
zuda distinguíanse grandes piedras,
como restos de carga maltratados
por las olas; y era tal la fuerza pictórica del claroscuro de la luna, que
Golfín creyó ver, entre mil despojos
de cosas náuticas, cadáveres medio
devorados por los peces, momias, es-
queletos, todo muerto, dormido, se-
midescompuesto y profundamente
tranquilo, cual si por mucho tiempo
morara en la inmensa sepultura del
mar.

La ilusión fue completa cuando
sintió el rumor de agua, un chasquido semejante al de las olas mansas
cuando juegan en los huecos de una
peña o azotan el esqueleto de un
buque náufrago.

—Por aquí hay agua —dijo a su
compañero.

—Ese ruido que usted siente —replicó el ciego, deteniéndose—, y que
parece... ¿Cómo lo diré? ¿No es
verdad que parece ruido de gárgaras,
como el que hacemos cuando nos
curamos la garganta?

—Exactamente. ¿Y dónde está ese
buche de agua? ¿Es algún arroyo
que pasa?

—No, señor. Aquí, a la izquierda,
hay una loma. Detrás de ella se abre
una gran boca, una sima, un abismo
cuyo fin no se sabe. Se llama la
Trascava. Algunos creen que va a
dar al mar por junto a Ficóbriga.
Otros dicen que por el fondo de él
corre un río que está siempre dando
vueltas y más vueltas, como una
rueda, sin salir nunca fuera. Yo me
figuro que será como un resoplido
de aire que sale de las entrañas de

la tierra, como cuando silbamos, el
cual resoplido de aire choca contra
un raudal de agua, se ponen a reñir,
se engarran, se enfurecen y producen
ese hervidero que oímos de fuera.

—¿Y nadie ha bajado a esa sima?

—No se puede bajar sino de una
manera.

—¿Cómo?

—Arrojándose a ella. Los que han
entrado no han vuelto a salir, y es
lástima, porque nos hubieran dicho
qué pasaba allá dentro. La boca de
esa caverna hállase a bastante distancia de nosotros; pero hace dos
años, cavando los mineros en este
sitio, descubrieron una hendidura en
la peña, por la cual se oye el mismo
hervor de agua que por la boca principal. Esta hendidura debe comunicar con las galerías de allá dentro,
donde está el resoplido que sube y
el chorro que baja. De día podrá usted verla perfectamente, pues basta
enfilar un poco las piedras del lado
izquierdo para llegar hasta ella. Hay
un asiento cómodo. Algunas personas tienen miedo de acercarse; pero
la Nela y yo nos sentamos allí muy
a menudo a oír cómo resuena la voz
del abismo. Y, efectivamente, señor,
parece que nos hablan al oído. La
Nela dice y jura que oye palabras,
que las dintingue claramente. Yo, la
verdad, nunca he oído palabras, pero
sí un murmullo como soliloquio o
meditación, que a veces parece triste,
a veces alegre, que tan pronto colérico
como burlón.

—Pues yo no oigo sino ruido de
gárgaras —dijo el doctor, riendo.

—Así parece desde aquí... Pero
no nos retrasemos, que es tarde. Prepárese usted a pasar otra galería.

—¿Otra?

—Sí, señor. Y ésta, al llegar a la
mitad, se divide en dos. Hay después
un laberinto de vueltas y revueltas,
porque se hicieron obras que después
quedaron abandonadas, y aquello está
como Dios quiere. *Choto*, adelante.

Choto se metió por un agujero como hurón que persigue al conejo, y
siguiéronle el doctor y su guía, que

tentaba con su palo el torcido, estrecho y lóbrego camino. Nunca el sentido del tacto había tenido más delicadeza y finura, prolongándose desde la epidermis humana hasta un pedazo de madera insensible. Avanzaron describiendo primero una curva, después ángulos y más ángulos, siempre entre las dos paredes de tablones húmedos y medio podridos.

—¿Sabe usted a lo que me parece esto? —dijo el doctor, reconociendo que los símiles agradaban a su guía—. Pues lo comparo a los pensamientos del hombre perverso. Aquí se representa la intuición del malo, cuando penetra en su conciencia para verse en toda su fealdad.

Creyó Golfín que se había expresado en lenguaje poco inteligible para el ciego; mas éste probóle lo contrario, diciendo:

—Para el que posee el reino desconocido de la luz, estas galerías deben de ser tristes; pero yo, que vivo en tinieblas, hallo aquí cierta conformidad de la tierra con mi propio ser. Yo ando por aquí como usted por la calle más ancha. Si no fuera porque unas veces es escaso el aire y otras excesiva la humedad, preferiría estos lugares subterráneos a todos los demás lugares que conozco.

—Esto es la idea de la meditación.

—Yo siento en mi cerebro un paso, un agujero lo mismo que éste por donde voy, y por él corren mis ideas desarrollándose magníficamente.

—¡Oh, cuán lamentable cosa es no haber visto nunca la bóveda azul del cielo en pleno día! —exclamó el doctor con suma espontaneidad—. Dígame, ¿este conducto donde las ideas de usted se desarrollan magníficamente, no se acaba nunca?

—Ya, ya pronto estaremos fuera. ¿Dice usted que la bóveda del cielo...? ¡Ah! Ya me figuro que será una concavidad armoniosa, a la cual parece que podremos alcanzar con las manos, sin lograrlo realmente.

Al decir esto salieron. Golfín, res-

pirando con placer y fuerza, como el que acaba de soltar un gran peso, exclamó mirando al cielo:

—¡Gracias a Dios que os vuelvo a ver, estrellitas del firmamento! Nunca me habéis parecido más lindas que en este instante.

—Al pasar —dijo el ciego, alargando su mano, que mostraba una piedra— he cogido este pedazo de caliza cristalizada. ¿Sostendrá usted que estos cristalitos que mi tacto halla tan bien cortados, finos y bien pegaditos los unos a los otros, no son una cosa muy bella? Al menos a mí me lo parece.

Diciéndolo, desmenuzaba los cristales.

—Amigo querido —dijo Golfín con emoción y lástima—, es verdaderamente triste que usted no pueda conocer que ese pedrusco no merece la atención del hombre mientras esté suspendido sobre nuestras cabezas el infinito rebaño de maravillosas luces que pueblan la bóveda del cielo.

El ciego volvió su rostro hacia arriba, y dijo con profunda tristeza:

—¿Es verdad que existís, estrellas?

—Dios es inmensamente grande y misericordioso —observó Golfín, poniendo su mano sobre el hombro de su acompañante—. Quién sabe, quién sabe, amigo mío... Se han visto, se ven todos los días cosas muy raras.

Mientras esto decía mirábale de cerca, tratando de examinar, a la escasa claridad de la noche, las pupilas del joven. Fijo y sin mirada, el ciego volvía sonriendo su rostro hacia donde sonaba la voz del doctor.

—No tengo esperanza —murmuró.

Habían salido a un sitio despejado. La luna, más clara a cada rato, iluminaba praderas ondulantes y largos taludes, que parecían las escarpas de inmensas fortificaciones. A la izquierda, y a regular altura, vio el doctor un grupo de blancas casas en el mismo borde de la vertiente.

—Aquí, a la izquierda —dijo el ciego—, está mi casa. Allá arriba... ¿sabe usted? Aquellas tres casas es lo que queda del lugar de Aldeacorba de Suso; lo demás ha sido expropiado en diversos años para beneficiar el terreno; todo aquí debajo es calamina. Nuestros padres vivían sobre miles de millones sin saberlo.

Esto decía, cuando se vino corriendo hacia ellos una muchacha, una niña, una chicuela, de ligerísimos pies y menguada estatura.

—Nela, Nela —dijo el ciego—. ¿Me traes el abrigo?

—Aquí está —repuso la muchacha, poniéndole un capote sobre los hombros.

—¿Esta es la que cantaba?... ¿Sabes que tienes una preciosa voz?

—¡Oh! —exclamó el ciego con candoroso acento de encomio—, canta admirablemente. Ahora, Mariquilla, vas a acompañar a este caballero hasta las oficinas. Yo me quedo en casa. Ya siento la voz de mi padre, que baja a buscarme. Me reñirá de seguro... ¡Allá voy, allá voy!

—Retírese usted pronto, amigo —dijo Golfín, estrechándole la mano—. El aire es fresco y puede hacerle daño. Muchas gracias por la compañía. Espero que seremos amigos, porque estaré aquí algún tiempo... Yo soy hermano de Carlos Golfín, el ingeniero de estas minas.

—¡Ah!..., ya... Don Carlos es muy amigo de mi padre y mío; le espera a usted desde ayer.

—Llegué esta tarde a la estación de Villamojada..., dijéronme que Socartes estaba cerca y que podía venir a pie. Como me gusta ver el paisaje y hacer ejercicio, y como me dijeron que adelante, siempre adelante, eché a andar, mandando mi equipaje en un carro. Ya ve usted cuán tontamente me perdí... Pero no hay mal que por bien no venga...: le he conocido a usted, y seremos amigos, quizá muy amigos... Vaya, adiós; a casa pronto, que el fresco de septiembre no es bueno. Esta señorita Nela tendrá la bondad de acompañarme.

—De aquí a las oficinas no hay más que un cuarto de hora de camino..., poca cosa... Cuidado no tropie usted en los carriles; cuidado al bajar el plano inclinado. Suelen dejar las vagonetas sobre la vía... y con la humedad, la tierra está como jabón... Adiós, caballero y amigo mío. Buenas noches.

Subió por una empinada escalera abierta en la tierra, y cuyos peldaños estaban reforzados con vigas. Golfín siguió adelante, guiado por la Nela. Lo que hablaron, ¿merecerá capítulo aparte? Por si acaso, se lo daremos.

III

UN DIALOGO QUE SERVIRA DE EXPOSICION

—Aguarda, hija, no vayas tan aprisa —dijo Golfín, deteniéndose—; déjame encender un cigarro.

Estaba tan serena la noche, que no necesitó emplear las precauciones que generalmente adoptan contra el viento los fumadores. Encendido el cigarro, acercó la cerilla al rostro de Nela, diciendo con bondad:

—A ver, enséñame tu cara.

Mirábale asombrada la muchacha, y sus negros ojuelos brillaron con un punto rojizo, como chispa, en el breve instante que duró la luz del fósforo. Era como una niña, pues su estatura debía contarse entre las más pequeñas, correspondiendo a su talle delgadísimo y a su busto mezquinamente constituido. Era como una jovenzuela, pues sus ojos no tenían el mirar propio de la infancia, y su cara revelaba la madurez de un organismo que ha entrado o debido entrar en el juicio. A pesar de esta desconformidad, era admirablemente proporcionada, y su cabeza chica remataba con cierta gallardía el miserable cuerpecillo. Alguien la definía mujer mirada con vidrio de disminución; alguno, como una niña con ojos y expresión de adolescente. No conociéndola, se dudaba si era un asombroso progreso o un deplorable atraso.

—¿Qué edad tienes tú? —preguntóle Golfín, sacudiendo los dedos para arrojar el fósforo, que empezaba a quemarle.

—Dicen que tengo dieciséis años —replicó la Nela, examinando a su vez al doctor.

—¡Dieciséis años! Atrasadilla estás, hija. Tu cuerpo es de doce, a lo sumo.

—¡Madre de Dios! Si dicen que yo soy como un fenómeno... —manifestó ella en tono de lástima de sí misma.

—¡Un fenómeno! —repitió Golfín, poniendo su mano sobre los cabellos de la chica—. Podrá ser. Vamos, guíame.

Comenzó a andar la Nela resueltamente sin adelantarse mucho, antes bien, cuidando de ir siempre al lado del viajero, como si apreciara en todo su valor la honra de tan noble compañía. Iba descalza: sus pies ágiles y pequeños denotaban familiaridad consuetudinaria con el suelo, con las piedras, con los charcos, con los abrojos. Vestía una falda sencilla y no muy larga, denotando en su rudimentario atavío, así como en la libertad de sus cabellos sueltos y cortos, rizados con nativa elegancia, cierta independencia más propia del salvaje que del mendigo. Sus palabras, al contrario, sorprendieron a Golfín por lo recatadas y humildes, dando indicios de un carácter formal y reflexivo. Resonaba su voz con simpático acento de cortesía, que no podía ser hijo de la educación; sus miradas eran fugaces y momentáneas, como no fueran dirigidas al suelo o al cielo.

—Dime —le preguntó Golfín—, ¿vives tú en las minas? ¿Eres hija de algún empleado de esta posesión?

—Dicen que no tengo madre ni padre.

—¡Pobrecita! Tú trabajarás en las minas...

—No, señor. Yo no sirvo para nada —replicó sin alzar del suelo los ojos.

—Pues a fe que tienes modestia.

Teodoro se inclinó para mirarle el rostro. Este era delgado, muy pecoso, todo salpicado de manchitas parduscas. Tenía pequeña la frente, picudilla y no falta de gracia la nariz, negros y vividores los ojos; pero comúnmente brillaba en ellos una luz de tristeza. Su cabello, dorado oscuro, había perdido el hermoso color nativo a causa de la incuria y de su continua exposición al aire, al sol y al polvo. Sus labios apenas se veían de puro chicos, y siempre estaban sonriendo; mas aquella sonrisa era semejante a la imperceptible de algunos muertos cuando han dejado de vivir pensando en el cielo. La boca de la Nela, estéticamente hablando, era desabrida, fea; pero quizá podía merecer elogios, aplicándole el verso de Polo de Medina:

"Es tan linda su boca que no pide."

En efecto, ni hablando, ni mirando, ni sonriendo, revelaba aquella miserable el hábito degradante de la mendicidad.

Golfín le acarició el rostro con su mano, tomándole por la barba y abarcándolo casi todo entre sus gruesos dedos.

—¡Pobrecita! —exclamó—. Dios no ha sido generoso contigo. ¿Con quién vives?

—Con el señor Centeno, capataz de ganado en las minas.

—Me parece que tú no habrás nacido en la abundancia. ¿De quién eres hija?

—Dicen que mi madre vendía pimientos en el mercado de Villamojada. Era soltera. Me tuvo un día de Difuntos, y después se fue a criar a Madrid.

—¡Vaya con la buena señora! —murmuró Teodoro con malicia—. Quizá no tenga nadie noticia de quién fue tu papá.

—Sí, señor —replicó la Nela, con cierto orgullo—. Mi padre fue el primero que encendió las luces en Villamojada.

—¡Cáspita!

—Quiero decir que cuando el Ayuntamiento puso por primera vez faroles en las calles —dijo, como queriendo dar a su relato la gravedad de la historia—, mi padre era el encargado de encenderlos y limpiarlos. Yo estaba ya criada por una hermana de mi madre, que era también soltera, según dicen. Mi padre había reñido con ella... Dicen que vivían juntos..., todos vivían juntos..., y cuando iba a farolear me llevaba en el cesto, junto con los tubos de vidrio, las mechas, la aceitera... Un día dicen que subió a limpiar el farol que hay en el puente, puso el cesto sobre el antepecho, yo me salí fuera, y caíme al río.

—¡Y te ahogaste!

—No, señor, porque caí sobre piedras. ¡Divina Madre de Dios! Dicen que antes de eso era yo muy bonita.

—Sí, indudablemente eras muy bonita —afirmó el forastero, el alma inundada de bondad—. Y todavía lo eres... Pero dime: ¿hace mucho tiempo que vives en las minas?

—Dicen que hace trece años. Dicen que mi madre me recogió después de la caída. Mi padre cayó enfermo, y como mi madre no lo quiso asistir porque era malo, él fue al Hospital, donde dicen que se murió. Entonces vino mi madre a trabajar a las minas. Dicen que un día la despidió el jefe porque había bebido mucho aguardiente.

—Y tu madre se fue... Vamos, ya me interesa esa señora. Se fue...

—Se fue a un agujero muy grande que hay allá arriba —dijo Nela, deteniéndose ante el doctor y dando a su voz el tono más patético—, y se metió dentro.

—¡Canario! ¡Vaya un fin lamentable! ¡Supongo que no habrá vuelto a salir.

—No, señor —replicó la chiquilla con naturalidad—. Allí dentro está.

—Después de esa catástrofe, pobre criatura —dijo Golfín con cariño—, has quedado trabajando aquí. Es un trabajo muy penoso el de la minería. Estás teñida del color del mineral; estás raquítica y mal alimentada. Esta vida destruye las naturalezas más robustas.

—No, señor, yo no trabajo. Dicen que yo no sirvo ni puedo servir para nada.

—Quita allá, tonta, tú eres una alhaja.

—Que no, señor —dijo la Nela, insistiendo con energía—. Si no puedo trabajar. En cuanto cargo un peso pequeño, me caigo al suelo. Si me pongo a hacer una cosa difícil, en seguida me desmayo.

—Todo sea por Dios... Vamos, que si cayeras tú en manos de personas que te supieran manejar, ya trabajarías bien.

—No, señor —repitió la Nela con tanto énfasis como si se elogiara—, si yo no sirvo más que de estorbo.

—¿De modo que eres una vagabunda?

—No, señor, porque acompaño a Pablo.

—Ese señorito ciego, a quien usted encontró en la Terrible. Yo soy su lazarillo desde hace año y medio. Le llevo a todas partes; nos vamos por los campos paseando.

—Parece buen muchacho ese Pablo.

Detúvose otra vez la Nela mirando al doctor. Con el rostro resplandeciente de entusiasmo, exclamó:

—¡Madre de Dios! Es lo mejor que hay en el mundo. ¡Pobre amito mío! Sin vista tiene él más talento que todos los que ven.

—Me gusta tu amo. ¿Es de este país?

—Sí, señor; es hijo único de don Francisco Penáguilas, un caballero muy bueno y muy rico que vive en la casa de Aldeacorba.

—Dime: y a ti, ¿por qué te llaman Nela? ¿Qué quiere decir ésto?

La muchacha alzó los hombros. Después de una pausa, repuso:

—Mi madre se llamaba la señá María Canela, pero le decían Nela. Dicen que éste es nombre de perra. Yo me llamo María.

—Mariquita.

—María Nela me llaman, y también la Hija de la Canela. Unos me dicen Marianela, y otras nada más que la Nela.

—¿Y tu amo te quiere mucho?

—Sí, señor; es muy bueno. El dice que ve con mis ojos, porque como lo llevo a todas partes, y le digo cómo son todas las cosas...

—Todas las cosas que no puede ver —indicó el forastero, muy gustoso de aquel coloquio.

—Sí, señor, yo le digo todo. El me pregunta cómo es una estrella, y yo se la pinto de tal modo, hablando, que para él es lo mismito que si la viera. Yo le explico cómo son las hierbas y las nubes, el cielo, el agua y los relámpagos, las veletas, las mariposas, el humo, los caracoles, el cuerpo y la cara de las personas y de los animales. Yo le digo lo que es feo y lo que es bonito, y así se va enterando de todo.

—Veo que no es flojo tu trabajo. ¡Lo feo y lo bonito!... Ahí es nada... ¿Te ocupas de eso?... Dime: ¿sabes leer?

—No, señor. Si yo no sirvo para nada.

Decía esto en el tono más convincente, y con el gesto de que acompañaba su firme protesta, parecía añadir: "Es usted un majadero al suponer que yo sirvo para algo".

—¿No verías con gusto que tu amito recibiera de Dios el don de la vista?

—¡Divino Dios! Eso es imposible.

—Imposible no, aunque difícil.

—El ingeniero director de las minas ha dado esperanzas al padre de mi amo.

—¿Don Carlos Golfín?

—Sí, señor; don Carlos tiene un

hermano médico que cura los ojos, y, según dicen, da vista a los ciegos, arregla a los tuertos y les endereza los ojos a los bizcos.

—¡Qué hombre más hábil!

—Sí, señor; y como ahora el médico anunció a su hermano que iba a venir, su hermano le escribió diciéndole que trajera las herramientas para ver si le podía dar vista a Pablo.

—¿Y ha venido ya ese buen hombre?

—No, señor; como anda siempre allá por las Américas y las Inglaterras, parece que tardará en venir. Pero Pablo se ríe de esto, y dice que no le dará ese hombre lo que la Virgen Santísima le negó desde el nacer.

—Quizá tenga razón... Pero dime: ¿estamos ya cerca?..., porque veo chimeneas que arrojan un humo más negro que el del infierno, y veo también una claridad que parece de fragua.

—Sí, señor, ya llegamos. Aquéllos son los hornos de la calcinación, que arden día y noche. Aquí enfrente están las máquinas de lavado que no trabajan sino de día; a mano derecha está el taller de composturas, y allá abajo, a lo último de todo, las oficinas.

En efecto; el lugar aparecía a los ojos de Golfín como lo describía Marianela. Esparciéndose el humo por falta de aire, envolvía en una como basa oscura y sucia todos los edificios, cuyas masas negras señalábanse confusa y fantásticamente sobre el cielo iluminado por la luna.

—Más hermoso es esto para verlo una vez que para vivir aquí —indicó Golfín apresurando el paso—. La nube de humo lo envuelve todo, y las luces forman un disco borroso, como el de la luna en noche de bochorno. ¿En dónde están las oficinas?

—Allí. Ya pronto llegamos.

Después de pasar por delante de los hornos, cuyo calor obligóle a apretar el paso, el doctor vio un edificio tan negro y ahumado como todos los demás. Verlo y sentir los gratos sonidos de un piano teclado con verdadero frenesí, fue todo uno.

—Música tenemos; conozco las manos de mi cuñada.

—Es la señorita Sofía, que toca —afirmó María.

Claridad de alegres habitaciones lucía en los huecos, y abierto estaba el balcón principal. Veíase en él una ascua diminuta; era la lumbre de un cigarro. Antes que el doctor llegase, el ascua cayó, describiendo una perpendicular y dividiéndose en menudas y saltonas chispas: era que el fumador había arrojado la colilla.

—Allí está el fumador sempiterno —gritó el doctor con acento del más vivo cariño—. ¡Carlos, Carlos!

—¡Teodoro! —contestó una voz en el balcón.

Calló el piano, como una ave canora que se asusta del ruido. Sonaron pasos en la casa. El doctor dio una moneda de plata a su guía, y corrió hacia la puerta.

IV

LA FAMILIA DE PIEDRA

Menudeando el paso y saltando sobre los obstáculos que hallaba en su camino, la Nela se dirigió a la casa que está detrás de los talleres de maquinaria y junto a las cuadras donde comían el pienso pausada y gravemente las sesenta mulas del establecimiento. Era la morada del señor Centeno, de moderna construcción, si bien nada elegante ni aun cómoda. Baja de techo, pequeña para albergar sus tres piezas a los esposos Centeno, a los cuatro hijos de los esposos Centeno, al gato de los esposos Centeno, y, por añadidura, a la Nela, la casa figuraba en los planos de vitela de aquel gran establecimiento, ostentando orgullosa, como otras muchas, este letrero: *Vivienda de capataces*.

En su interior, el edificio servía para probar prácticamente un aforismo que ya conocemos, por haberlo visto enunciado por la misma Marianela; es a saber: que ella, Marianela, no servía más que de estorbo. En efecto; allí había sitio para todo; para los esposos Centeno; para las herramientas de sus hijos; para mil cachivaches de cuya utilidad no hay pruebas inconcusas; para el gato; para el plato en que comía el gato; para la guitarra de Tanasio; para los materiales que el mismo empleaba en componer *garrotes* —cestas—; para media docena de colleras viejas de mulas; para la jaula del mirlo; para dos peroles inútiles; para un altar en que la Centeno ponía ofrenda de flores de trapo a la Divinidad y unas velas seculares colonizadas por las moscas; para todo absolutamente, menos para la hija de la Canela. A menudo se oía: "¡Que no he de dar un paso sin tropezar con esta condenada Nela...!"

También se oía esto: "Vete a tu rincón... ¡Qué criatura! Ni hace ni deja hacer a los demás."

La casa constaba de tres piezas y un desván. Era la primera, además de corredor y sala, alcoba de los Centenos mayores. En la segunda dormían las dos señoritas, que eran ya mujeres, y se llamaban la Mariuca y la Pepina. Tanasio, el primogénito, se agasajaba en el desván, y Celipín, que era el más pequeño de la familia y frisaba en los doce años, tenía su dormitorio en la cocina, la pieza más interna, más remota, más crepuscular, más ahumada y más inhabitable de las tres que componían la morada Centenil.

La Nela, durante los largos años de su residencia allí, había ocupado distintos rincones, pasando de uno a otro conforme lo exigía la instalación de mil objetos que no servían sino para robar a los seres vivos el último pedazo de suelo habitable. En cierta ocasión —no consta la fecha con exactitud—, Tanasio, que era tan imposibilitado de piernas como de ingenio, y se había dedicado a la construcción de cestas de avellano, puso en la cocina, formando pila, hasta media docena de aquellos ventrudos ejemplares de su industria. Entonces, la hija de la Canela volvió tristemente sus ojos en derredor, sin hallar sitio donde albergarse; pero la misma contrariedad sugirióle repentina y felicísima idea, que al instante puso en ejecución. Metióse bonitamente en una cesta, y así pasó la noche en fácil y tranquilo sueño. Indudablemente, aquello era bueno y cómodo: cuando tenía frío tapábase con otra cesta. Desde entonces, siempre que había *garrotes* grandes, no careció de estuche en que encerrarse. Por eso decían en la casa: "Duerme como una alhaja".

Durante la comida, y entre la algazara de una conversación animada sobre el trabajo de la mañana, oíase una voz que bruscamente decía: "Toma". La Nela recogía una escudilla de manos de cualquier Centeno grande o chico, y se sentaba contra el arca a comer sosegadamente. También solía oírse al fin de la comida la voz áspera y becerril del señor Centeno diciendo a su esposa en tono de reconvención: "Mujer, que no has dado nada a la pobre Nela". A veces acontecía que la Señana —nombre formado de Señora Ana— moviera la cabeza para buscar con los ojos, por entre los cuerpos de sus hijos, algún objeto pequeño y lejano, y que al mismo tiempo dijera: "Pues qué, ¿estaba ahí? Yo pensé que también hoy se había quedado en Aldeacorba".

Por la noche, después de cenar, rezaban el rosario. Tambaleándose como sacerdotisas de Baco, y revolviendo sus apretados puños en el hueco de los ojos, la Mariuca y la Pepina se iban a sus lechos, que eran cómodos y confortables, paramentados con abigarradas colchas.

Poco después oíase un roncante dúo de contraltos aletargadas, que duraba sin interrupción hasta el amanecer.

Tanasio subía al alto aposento y Celipín se acurrucaba sobre haraposas mantas, no lejos de las cestas donde desaparecía la Nela.

Acomodados así los hijos, los padres permanecían un rato en la pieza principal; y mientras Centeno, sentándose junto a la mesilla y tomando un periódico, hacía mil muecas y visajes que indicaban el atrevido intento de leerlo, la Señana sacaba del arca una media repleta de dinero, y después de contado y de añadir o quitar algunas piezas, lo reponía cuidadosamente en su sitio. Sacaba después diferentes líos de papel que contenían monedas de oro, y trasegaba algunas piezas de uno en otro apartadijo. Entonces solían oírse frases como éstas:

"He tomado treinta y dos reales para el refajo de la Mariuca... A Tanasio le he puesto los seis reales que se le quitaron... Sólo nos faltan once duros para los quinientos..."

O como éstas:

"Señores diputados que dijeron sí..." "Ayer celebró una conferencia, etc.

Los dedos de Señana sumaban y el de Sinforoso Centeno seguía tembloroso y vacilante los renglones, para poder guiar su espíritu por aquel laberinto de letras.

Las frases iban poco a poco resolviéndose en palabras sueltas, después en monosílabos; oíase un bostezo, otro, y al fin todo quedaba en plácido silencio, después de extinguida la luz, a cuyo resplandor había enriquecido sus conocimientos el capataz de mulas.

Una noche, después que todo calló, dejóse oír ruido de cestas en la cocina. Como allí había alguna claridad, Celipín Centeno, que no dormía aún, vio que las dos cestas más altas, colocadas una contra otra, se separaban, abriéndose como las conchas de un bivalvo. Por el hueco aparecieron la naricilla y los negros ojos de Nela.

—Celipín, Celipinillo —dijo ésta, sacando también su mano—, ¿estás dormido?

—No, despierto estoy, Nela, parece una almeja. ¿Qué quieres?

—Toma, toma esta peseta que me dio esta noche un caballero, hermano de don Carlos... ¿Cuánto has juntado ya?... Este sí que es regalo. Nunca te había dado más que cuartos.

—Dame acá; muchas gracias, Nela —dijo el muchacho, incorporándose para tomar la moneda—. Cuarto a cuarto, ya me has dado al pie de treinta y dos reales... Aquí lo tengo en el seno, muy bien guardadito en el saco que me diste. ¡Eres una real moza!

—Yo no quiero para nada el dinero. Guárdalo bien, porque si la Señana te lo descubre, creerá que es para vicios y te pegará una paliza.

—No, no es para vicios, no es para vicios —afirmó el chicuelo con energía, oprimiéndose el seno con una mano, mientras sostenía su cabeza con la otra—, es para hacerme hombre de provecho, Nela, para hacerme hombre de pesquis, como muchos que conozco. El domingo, si me dejan ir a Villamojada, he de comprar una cartilla para aprender a leer, ya que aquí no quieren enseñarme. ¡Córcholis! Aprenderé solo. ¡Ah!, Nela, dicen que don Carlos era hijo de uno que barría las calles en Madrid. El solo, solito él, con la ayuda de Dios, aprendió todo lo que sabe.

—Pues que pienses tú hacer lo mismo, bobo.

—¡Córcholis! Pues que mis padres no quieren sacarme de estas condenadas minas, yo me buscaré otro camino; sí, ya verás quién es Celipín. Yo no sirvo para esto, Nela. Deja tú que tenga reunida una buena cantidad, y verás, verás cómo me planto en la villa, y allí, o tomo el tren para irme a Madrid, o un vapor que me lleve a las islas de allá lejos, o me meto a servir, con tal que me dejen estudiar.

—¡Madre de Dios divino! ¡Qué calladas tenías esas picardías! —dijo la Nela, abriendo más las conchas de su estuche y echando fuera toda la cabeza.

—¿Pero tú me tienes por bobo?... ¡Ah!, Nelilla, estoy rabiando. Yo no puedo vivir así, yo me muero en las minas. ¡Córcholis! Paso las noches llorando, y me muerdo las manos, y... no te asustes, Nela, ni me creas malo por lo que voy a decirte: a ti sola te lo digo.

—¿Qué?

—Que no quiero a mi madre ni a mi padre como los debiera querer.

—Ea, pues, si haces eso, no te vuelvo a dar un real. ¡Celipín, por amor de Dios, piensa bien lo que dices!

—No lo puedo remediar. Ya ves cómo nos tienen aquí. ¡Córcholis! No somos gente, sino animales. A veces se me pone en la cabeza que somos menos que las mulas, y yo me pregunto si me diferencio en algo de un borrico... Coger una cesta llena de mineral y echarla en un vagón; empujar el vagón hasta los hornos; revolver con un palo el mineral que se está lavando. ¡Ay!... —al decir esto, los sollozos cortaban la voz del infeliz muchacho—. ¡Cór... córcholis!, el que pase muchos años en este trabajo, al fin se ha de volver malo, y sus sesos serán de calamina... No, Celipín no sirve para esto... Les digo a mis padres que me saquen de aquí y me pongan a estudiar, y responden que son pobres y que yo tengo mucha fantasía. Nada, nada, no somos más que bestias que ganamos un jornal... ¿Pero tú no me dices nada?

La Nela no respondió... Quizá comprobaba la triste condición de su compañero con la suya propia, hallando ésta infinitamente más aflictiva.

—¿Qué quieres tú que yo te diga? —replicó al fin—. Como yo no puedo ser nunca nada, como yo no soy persona, nada te puedo decir... Pero no pienses esas cosas malas, no pienses eso de tus padres.

—Tú lo dices por consolarme; pero bien ves que tengo razón..., y me parece que estás llorando.

—Yo no.

—Sí; tú estás llorando.

—Cada uno tiene sus cositas que

llorar —repuso María con voz sofocada—. Pero es muy tarde, Celipe
y es preciso dormir.
—Todavía no... ¡córcholis!
—Sí, hijito. Duérmete y no pienses en esas cosas malas. Buenas noches.
Cerráronse las conchas de almeja,
y todo quedó en silencio.
Se ha declamado mucho contra
el positivismo de las ciudades, plagas que entre las plagas y el esplendor de la cultura corroe los cimientos
morales de la sociedad; pero hay una
plaga más terrible, y es el positivismo de las aldeas, que petrifica millones de seres matando en ellos toda
ambición noble y encerrándoles en el
círculo de una existencia mecánica,
brutal y tenebrosa. Hay en nuestras
sociedades enemigos muy espanto-
sos; a saber: la especulación, el agio,
la metalización del hombre culto, el
negocio; pero sobre éstos descuella
el monstruo que a la callada destroza
más que ninguno: la codicia del aldeano. Para el aldeano codicioso no
hay ley moral, ni religión, ni nociones claras del bien; todo esto se re-
vuelve en su alma con supersticiones
y cálculos groseros, formando un todo inexplicable. Bajo el hipócrita
candor se esconde una aritmética
parda que supera en agudeza y perspicacia a cuanto idearon los mate-
máticos más expertos. Un aldeano
que toma el gusto a los ochavos y
sueña con trocarlos en plata para
convertir después la plata en oro, es
la bestia más innoble que pueda imaginarse; tiene todas las malicias y su-
tilezas del hombre y una sequedad
de sentimientos que espanta. Su alma
se va condensando hasta no ser más
que un graduador de cantidades. La
ignorancia, rusticidad, la miseria en
el vivir completan esta abominable
pieza, quitándole todos los medios
de disimular su descarnado interior.
Contando con los dedos, es capaz
de reducir a números todo el orden
moral, la conciencia y el alma toda.
La Señana y el señor Centeno,
que habían hallado al fin, después

de mil angustias, su *pedazo de pan*
en las minas de Socartes, reunían
con el trabajo de sus cuatro hijos un
jornal que les hubiera parecido fortuna de príncipes en los tiempos en
que andaban de feria en feria vendiendo pucheros. Debe decirse, tocante a las facultades intelectuales
del señor Centeno, que su cabeza,
en opinión de muchos, rivalizaba
en dureza con el martillo-pilón montado en los talleres; no así tocante a
la Señana, que parecía mujer de muchísimo caletre y trastienda, y gobernaba toda la casa como gobernaba
ría el más sabio príncipe sus Estados.
Apandaba bonitamente el jornal
de su marido y de sus hijos, que era
una hermosa suma, y cada vez que
había cobranza parecíale que entraba por las puertas de su casa el
mismo Jesús sacramentado: tal era
el gusto que la vista de las monedas
le producía.
Daba la Señana muy pocas comodidades a sus hijos en cambio
de la hacienda que con las manos
de ellos iba formando; pero como
no se quejaban de la degradante y
atroz miseria en que vivían, como
no mostraban nunca pujos de eman-
cipación ni anhelo de otra vida mejor y más digna de seres inteligentes,
la Señana dejaba correr los días. Muchos pasaron antes que sus hijas
durmieran en camas; muchísimos antes que cubrieran sus lozanas carnes con vestidos decentes. Dábales
de comer sobria y metódicamente,
haciéndose partidaria en esto de los
preceptos higiénicos más en boga;
pero la comida en su casa era triste,
como un pienso dado a seres humanos.
En cuanto al pasto intelectual, la
Señana creía firmemente que con la
erudición de su esposo, el señor Centeno, adquirida en copiosas lecturas,
tenía bastante la familia para merecer el dictado de sapientísima, por
lo cual no trató de alimentar el espíritu de sus hijos con las rancias ense-
ñanzas que se dan en la escuela. Si
los mayores asistieron a ella, el más

pequeño viose libre de maestros, y engolfado vivía durante doces horas diarias en el embrutecedor trabajo de las minas, con lo cual toda la familia navegaba ancha y holgadamente por el inmenso piélago de la estupidez.

Las dos hembras, Mariuca y Pepina, no carecían de encantos, siendo los principales su juventud y su robustez. Una de ellas leía de corrido; la otra no, y en cuanto a conocimientos del mundo, fácilmente se comprende que no carecía de algunos rudimentos quien vivía entre risueño coro de ninfas de distintas edades y procedencias, ocupadas en un trabajo mecánico y con boca libre. Mariuca y Pepina eran muy apechugadas, muy derechas, fuertes y erguidas como amazonas. Vestían falda corta, mostrando media pantorrilla y el carnoso pie descalzo, y sus rudas cabezas habrían lucido bien sosteniendo un arquitrabe, como las mujeres de la Caria. El polvillo de la calamina, que las teñía de pies a cabeza, como a los demás trabajadores de las minas, dábales aire de colosales figuras de barro crudo.

Tanasio era un hombre apático. Su falta de carácter y de ambición rayaban en el idiotismo. Encerrado en las cuadras desde su infancia, ignorante de toda travesura, de toda contrariedad, de todo placer, de toda pena, aquel joven, que ya había nacido dispuesto a ser máquina, se convirtió poco a poco en la herramienta más grosera. El día en que semejante ser tuviera una idea propia, se cambiaría el orden admirable de todas las cosas, por el cual ninguna piedra puede pensar.

Las relaciones de esta prole con su madre, que era la gobernadora de toda la familia, eran las de una docilidad absoluta por parte de los hijos y de un dominio soberano por parte de la Señana. El único que solía mostrar indicios de rebelión era el chiquitín. En sus cortos alcances, la Señana no comprendía aquella aspiración diabólica a dejar de ser pie-

dra. ¿Por ventura había existencia más feliz y ejemplar que la de los peñascos? No admitía, no, que fuera cambiada, ni aun por la de canto rodado. Y Señana amaba a sus hijos; pero hay tantas maneras de amar! Poníales por encima de todas las cosas, siempre que se avinieran a trabajar perpetuamente en las minas, a amasar en una sola artesa todos los jornales, a obedecerle ciegamente y a no tener aspiraciones locas ni afán de lucir galas, ni de casarse antes de tiempo, ni de aprender diabluras, ni de meterse en sabidurías, porque los pobres —decía— siempre habían de ser pobres, y como pobres portarse, sin farolear como los ricos y gente de la ciudad, que estaba toda comida de vicios y podrida de pecados.

Hemos descrito el trato que tenían en casa de Centeno los hijos, para que se comprenda el que tendría la Nela, criatura abandonada, sola, inútil, incapaz de ganar jornal, sin pasado, sin porvenir, sin abolengo, sin esperanza, sin personalidad, sin derecho a nada más que el sustento. Señana se lo daba, creyendo firmemente que su generosidad rayaba en heroísmo. Repetidas veces dijo para sí al llegar la escudilla de la Nela: "¡Qué bien me gano mi puestecito en el Cielo!"

Y lo creía como el Evangelio. En su cerrada mollera no entraban ni podían entrar otras luces sobre el santo ejercicio de la caridad; no comprendía que una palabra cariñosa, un halago, un trato delicado y amante que hicieran olvidar al pequeño su pequeñez, al miserable su miseria, son heroísmos de más precio que el bodrio sobrante de una mala comida. ¿Por ventura no se daba lo mismo al gato? Y éste, al menos, oía las voces más tiernas. Jamás oyó la Nela que la llamara *michita*, *monita*, ni que le dijeran *repreciosa*, ni otros vocablos melifluos y conmovedores con que era obsequiado el gato. Jamás se le dio a entender a Nela que había nacido de criatura huma-

na, como los demás habitantes de la
casa. Nunca fue castigada; pero ella
entendió que este privilegio se fun-
daba en la desdeñosa lástima que
inspiraba su menguada constitución
física, y de ningún modo en el aprecio de su persona.

Nunca se le dio a entender que
tenía un alma pronta a dar ricos
frutos si se la cultivaba con esmero,
ni que llevaba en sí, como los demás mortales, ese destello del eterno
saber que se nombra inteligencia humana, y que de aquel destello podían
salir infinitas luces y lumbre bienhechora. Nunca se le dio a entender
que en su pequeñez fenomenal llevaba en sí el germen de todos los
sentimientos nobles y delicados, y
que aquellos menudos brotes podían
ser flores hermosísimas y lozanas,
sin más cultivo que una simple mirada de cuando en cuando. Nunca se
le dio a entender que tenía derecho,
por el mismo rigor de la Naturaleza
al criarla, a ciertas atenciones de
que pueden estar exentos los robustos, los sanos, los que tienen padres
y casa propia, pero que corresponden por jurisprudencia cristiana al
inválido, al pobre, al huérfano y
al desheredado.

Por el contrario, todo le demostraba su semejanza con un canto rodado, el cual ni siquiera tiene forma
propia, sino aquella que le dan las
aguas que lo arrastran y el puntapié
del hombre que lo desprecia. Todo
le demostraba que su jerarquía dentro de la casa era inferior a la del
gato, cuyo lomo recibía blandas caricias, y a la del mirlo, que saltaba
gozoso en su jaula.

Al menos de éstos no se dijo nunca con cruel compasión: "Pobrecita,
mejor cuenta le hubiera tenido morirse".

V

TRABAJO. —PAISAJE—. FIGURA

El humo de los hornos, que durante toda la noche velaban respirando con bronco resoplido, se plateó vagamente en sus espirales más remotas; apareció risueña claridad por los lejanos términos y detrás de los montes, y poco a poco fueron saliendo sucesivamente de la sombra los cerros que rodean a Socartes, los inmensos taludes de tierra rojiza, los negros edificios. La campana del establecimiento gritó con aguda voz: "Al trabajo", y cien y cien hombres soñolientos salieron de las casas, cabañas, chozas y agujeros. Rechinaban los goznes de las puertas; de las cuadras salían pausadamente las mulas, dirigiéndose solas al abrevadero, y el establecimiento, que poco antes semejaba una mansión fúnebre alumbrada por la claridad infernal de los hornos, se animaba, moviendo sus miles de brazos.

El vapor principió a zumbar en las calderas del gran automóvil, que hacía funcionar a un tiempo los aparatos de los talleres y el aparato del lavado. El agua, que tan principal papel desempeñaba en esta operación, comenzó a correr por las altas cañerías, de donde debía saltar sobre los cilindros. Risotadas de mujeres y alaridos de hombres que venían de tomar la mañana precedieron a la faena; y al fin empezaron a girar las cribas cilíndricas con infernal chillido; el agua corría de una en otra, pulverizándose, y la tierra sucia se atormentaba con vertiginoso voltear, rodando y cayendo de rueda en rue-

da hasta convertirse en fino polvo achocolatado. Sonaba aquello como mil mandíbulas de dientes flojos que mascaran arena; parecía molino por el movimiento mareante; calidoscopio por los juegos de la luz, del agua y de la tierra; enorme sonajero, de innúmeros cachivaches compuestos, por el ruido. No se podía fijar la atención, sin sentir vértigo, en aquel voltear incesante de una infinita madeja de hilos de agua, ora claros y transparentes, ora teñidos de rojo por la arcilla ferruginosa. Ni cabeza humana que no estuviera hecha a tal espectáculo podría presenciar el feroz combate de mil ruedas dentadas, que sin cesar se mordían unas a otras; de ganchos que se cruzaban royéndose, y de tornillos que, al girar, clamaban con lastimero quejido pidiendo aceite.

El lavado estaba al aire libre. Las correas de transmisión venían zumbando desde el departamento de la máquina. Otras correas se pusieron en movimiento, y entonces oyóse un estampido rítmico, un horrísono compás, a la manera de gigantescos pasos o de un violento latido interior de la madre tierra. Era el gran martillo-pilón del taller, que había empezado a funcionar. Su formidable golpe machacaba el hierro como blanda pasta, y esas formas de ruedas, ejes y carriles, que nos parecen eternas por lo duras, empezaban a desfigurarse, torciéndose y haciendo muecas, como rostros afligidos. El martillo, dando porrazos uniformes, creaba formas nuevas tan duras como las geológicas, que son obra laboriosa de los siglos. Se parecen mucho, sí, las obras de la fuerza a las de la paciencia.

Hombres negros, que parecían el carbón humanado, se reunían en torno a los objetos de fuego que salían de las fraguas, y cogiéndolos con aquella prolongación incandescente de los dedos a quien llaman tenezas, los trabajaban. ¡Extraña escultura la que tiene por genio el fuego y por el cincel el martillo! Las ruedas y ejes de los millares de vagonetas, las piezas estropeadas del aparato del lavado recibían allí compostura, y eran construidos los picos, azadas y carretillas. En el fondo del taller las sierras hacían chillar la madera, y aquel mismo hierro, educado en el trabajo por el fuego, destrozaba las generosas fibras del árbol arrancado a la tierra.

También afuera las mulas habían sido enganchadas a los largos trenes de vagonetas. Veíaselas pasar arrastrando tierra inútil para verterla en los taludes, o mineral para conducirlo al lavadero. Cruzábanse unos con otros aquellos largos reptiles, sin chocar nunca. Entraban por la boca de las galerías, siendo entonces perfecta su semejanza con los resbaladizos habitantes de las húmedas grietas; y cuando en las oscuridades del túnel relinchaba la indócil mula, creeríase que los saurios disputaban chillando. Allá en las más remotas cañadas, centenares de hombres golpeaban con picos la tierra para arrancarle, pedazo a pedazo, su tesoro. Eran los escultores de aquellas caprichosas e ingentes figuras que permanecían en pie, atentas, con gravedad silenciosa, a la invasión del hombre en las misteriosas esferas geológicas. Los mineros derrumbaban aquí, horadaban allá, cavaban más lejos, rasguñaban en otra parte, rompían la roca cretácea, desbarataban las graciosas láminas de pizarra samnita y esquistosa, despreciaban la caliza arcillosa, apartaban la limonita y el oligisto, destrozaban la preciosa dolomia, revolviendo incesantemente hasta dar con el silicato de cinc, esa plata de Europa que, no por ser la materia de que se hacen las cacerolas, deja de ser grandiosa fuente de bienestar y civilización. Sobre ella ha lanzado Bélgica el estandarte de su grandeza moral y política. ¡Oh! La hojalata tiene también su epopeya.

El cielo estaba despejado; el sol derramaba libremente sus rayos, y la vasta pertenencia de Socartes resplandecía con súbito tono rojo. Rojas eran las peñas esculturales; rojo el precioso mineral; roja la tierra inútil acumalada en los largos taludes, semejantes a babilónicas murallas; rojo el suelo; rojos los carriles y los vagones; roja toda la maquinaria; roja el agua; rojos los hombres y las mujeres que trabajaban en toda la extensión de Socartes. El color subido de ladrillo era uniforme, con ligeros cambiantes, y general en todo: en la tierra y las casas, en el hierro y en los vestidos. Las mujeres ocupadas en lavar parecían una pléyade de equívocas ninfas de barro ferruginoso crudo. Por la cañada abajo, en dirección al río, corría un arroyo de agua encarnada. Creeríase que era el sudor de aquel gran trabajo de hombres y máquinas, del hierro y de los músculos.

La Nela salió de su casa. También ella, sin trabajar en las minas, estaba teñida ligeramente de rojo, porque el polvo de la tierra calaminífera no perdona a nadie. Llevaba en la mano un mendrugo de pan que le había dado la Señana para desayunarse, y, comiéndoselo, marchaba a prisa, sin distraerse con nada, formal y meditabunda. No tardó en pasar más allá de los edificios, y, después de subir el plano inclinado, subió la escalera labrada en la tierra, hasta llegar a las casas de la barriada de Aldeacorba. La primera que se encontraba era una primorosa vivienda infanzona, grande, sólida, alegre, restaurada y pintada recientemente, con cortafuegos de piedras, aleros labrados y anchos escudos circundados de follaje granítico. Antes faltara en ella el escudo que la parra, cuyos sarmientos cargados de hoja, parecían un bigote que aquélla tenía en el lugar correspondiente de su cara, siendo las dos ventanas los ojos, el escudo la nariz, y el largo balcón la boca, siempre riendo. Para que la personificación fuera completa, salía del balcón una viga destinada a sujetar la cuerda de tender ropa, y con tal accesorio, la casa con rostro estaba fumándose un cigarro puro. Su tejado era en figura de gorra de cuartel, y tenía una ventana de buhardilla que parecía una borla. La chimenea no podía ser más que una oreja. No era preciso ser fisonomista para comprender que aquella casa respiraba paz, bienestar y una conciencia tranquila .

Dábale acceso un corralillo circundado de tapias, y al costado derecho tenía una hermosa huerta. Cuando la Nela entró salían las vacas, que iban a la pradera. Después de cambiar algunas palabras con el gañán, que era un mocetón formidable..., así como de tres cuartas de alto y de diez años de edad..., dirigióse a un señor obeso, bigotudo, entrecano, encarnado, de simpático rostro y afable mirar, de aspecto entre soldadesco y campesino, el cual apareció en mangas de camisa, con tirantes, y mostrando hasta el codo los velludos brazos. Antes que la muchacha hablara, el señor de los tirantes volvióse adentro y dijo:

—Hijo mío, aquí tienes a la Nela.

Salió de la casa un joven, estatua del más excelso barro humano, suave, derecho, con la cabeza inmóvil, los ojos clavados y fijos en sus órbitas, como lentes expuestos en un muestrario. Su cara parecía de marfil, contorneada con exquisita finura; mas teniendo su tez la suavidad de la de una doncella, era varonil en gran manera, y no había en sus facciones parte alguna ni rasgo que no tuviese aquella perfección soberana con que fue expresado; hace miles

de años, el pensamiento helénico. Aun sus ojos puramente escultóricos, porque carecían de vista, eran hermosísimos, grandes y rasgados. Desvirtuábalos su fijeza y la idea de que tras aquella fijeza estaba la noche. Falto del don que constituye el núcleo de la expresión humana, aquel rostro de Antínoo ciego, poseía la fría serenidad del mármol, convertido por el genio y el cincel en estatua, y por la fuerza vital en persona. Un soplo, un rayo de luz, una sensación, bastarían para animar la hermosa piedra, que teniendo ya todas las galas de la forma carecía tan sólo de la conciencia de su propia belleza, la cual emana de la facultad de conocer la belleza exterior.

Su edad no pasaba de los veinte años; su cuerpo, sólido y airoso, con admirables proporciones construido, era digno en todo de la sin igual cabeza que sustentaba. Jamás se vio incorrección más lastimosa de la Naturaleza que la que el tal representaba, recibiendo, por una parte, admirables dones; privados, por otra, de la facultad que más comunica al hombre con sus semejantes y con el maravilloso conjunto de lo creado. Era tal la incorrección, que aquellos prodigiosos dones quedaban como inútiles, del mismo modo que si al ser creadas todas las cosas hubiéralas dejaro el Hacedor a oscuras, para que no pudieran recrearse en sus propios encantos. Para mayor desdicha, había recibido el joven portentosa luz interior, un entendimiento de primer orden. Esto y carecer de la facultad de percibir la idea visible, la forma, siendo al mismo tiempo divino como un ángel, hermoso como un hombre y ciego como un vegetal, era fuerte cosa, ciertamente. No comprendemos, ¡ay!, el secreto de estas horrendas imperfecciones. Si lo comprendiéramos, se abriría para nosotros las puertas que ocultan primordiales misterios del orden moral y del orden físico; comprenderíamos el inmenso misterio de la desgracia, del mal, de la muerte, podríamos medir la perpetua sombra que sin cesar sigue al bien y a la vida.

Don Francisco Penáguilas, padre del joven, era un hombre más que bueno: era inmejorable, superiormente discreto, bondadoso, afable, honrado y magnánimo, no falto de instrucción. Nadie lo aborreció jamás; era el más respetado de todos los propietarios ricos del país, y más de una cuestión se arregló por la mediación, siempre inteligente, del *señor de Aldeacorba de Suso*. La casa en que le hemos visto fue su cuna. Había estado de joven en América, y al regresar a España sin fortuna, entró a servir en la Guardia Civil. Retirado a su pueblo natal, donde se dedicaba a la labranza y a la ganadería, heredó regular hacienda, y en la época de nuestra historia acababa de heredar otra mayor.

Su esposa, andaluza, había muerto en edad muy temprana, dejándole un solo hijo, que a poco de nacer demostró hallarse privado en absoluto del más preciso de los sentidos. Esto fue la pena más aguda que amargó los días del buen padre. ¿Qué le importaba allegar riqueza y ver que la fortuna favorecía sus intereses y sonreía en su casa? ¿Para quién era esto? Para quien no podía ver ni las gordas vacas, ni las praderas risueñas, ni la huerta cargada de frutas. Don Francisco hubiera dado sus ojos a su hijo, quedándose él ciego el resto de sus días, si esta especie de generosidades fuesen practicables en el mundo que conocemos; pero como no lo son, no podía don Francisco dar realidad al doble sentimiento de su corazón sino proporcionando al desgraciado joven todo cuanto pudiera hacerle menos ingrata la oscuridad en que vivía. Para él eran todos los cuidados y los infinitos mimos y delicadezas cuyo secreto pertenece a las madres, y algunas veces a los padres, cuando faltan aquéllas. Jamás contrariaba a su hijo en nada que fuera para su consuelo y distracción en los límites de lo honesto y moral. Divertíale con cuentos y lectura; tratábale con solícito esmero, atendiendo a su salud, a sus goces legítimos, a su instrucción y a su educación cristiana; porque el señor Panáguilas, que era un si es no es severo de principios, decía: "No quiero que mi hijo sea ciego dos veces".

Viéndole salir, y que la Nela le acompañaba fuera, díjoles cariñosamente:

—No os alejéis hoy mucho. No corráis... Adiós.

Mirólos desde la portada hasta que dieron vuelta a la tapia de la huerta. Después entró, porque tenía que hacer varias cosas: escribir una esquela a su hermano Manuel, ordeñar una vaca, podar un árbol y ver si había puesto la gallina pintada.

VI

TONTERIAS

Pablo y Marianela salieron al campo, precedidos de *Choto*, que iba y volvía gozoso y saltón, moviendo la cola y repartiendo por igual sus caricias entre su amo y el lazarillo de su amo.

—Nela —dijo Pablo—, hoy está el día muy hermoso. El aire que corre es suave y fresco, y el sol calienta sin quemar. ¿Adónde vamos?

—Echaremos por estos prados adelante —replicó la Nela, metiendo su mano en una de las faltriqueras de la americana del mancebo—. ¿A ver qué me has traído hoy?

—Busca bien, y encontrarás algo —dijo Pablo, riendo.

—¡Ah, Madre de Dios! Chocolate crudo... ¡Y poco que me gusta el chocolate crudo!... Nueces..., una cosa envuelta en un papel...

—¿Adónde vamos hoy? —repitió el ciego.

—Adonde quieras, niño de mi corazón —repuso la Nela, comiéndose el dulce y arrojando el papel que lo envolvía—. Pide por esa boca, rey del mundo.

Los negros ojuelos de la Nela brillaban de contento, y su cara de avecilla graciosa y vivaracha multiplicaba sus medios de expresión, moviéndose sin cesar. Mirándola, se creía ver un relampagueo de reflejos temblorosos, como los que produce la luz sobre la superficie del agua agitada. Aquella débil criatura, en la cual parecía que el alma estaba como prensada y constreñida de un cuerpo miserable, se ensanchaba, se crecía maravillosamente al hallarse sola con su amo y amigo. Junto a él tenía espontaneidad, agudeza, sensibilidad, gracia, donosura, fantasía. Al separarse, creeríase que se cerraban sobre ella las negras puertas de una prisión.

—Pues yo digo que iremos adonde tú quieras —observó el ciego—. Me gusta obedecerte. Si te parece bien, iremos al bosque que está más allá de Saldeoro. Esto si te parece bien.

—Bueno, bueno, iremos al bosque —exclamó la Nela, batiendo palmas—. Pero como no hay prisa, nos sentaremos cuando estemos cansados.

—Y que no es poco agradable aquel sitio donde está la fuente, ¿sabes, Nela?, y donde hay unos troncos muy grandes, que parecen puestos allí para que nos sentemos nosotros, y donde se oyen cantar tantos, tantísimos pájaros, que es aquello la gloria.

—Pasaremos por donde está el molino, de quien tú dices que habla mascullando las palabras como un borracho. ¡Ay, qué hermoso día y qué contenta estoy!

—¿Brilla mucho el sol, Nela? Aunque me digas que sí, no lo entenderé, porque no sé lo que es brillar.

—Brilla mucho, sí, señorito mío. ¿Y a ti qué te importa eso? El sol es muy feo. No se le puede mirar a la cara.

—¿Por qué?

—Porque duele.

28

—¿Qué duele?

—La vista. ¿Qué sientes tú cuando estás alegre?

—¿Cuando estoy libre, contigo, solos los dos en el campo?

—Sí.

—Pues siento que me nace dentro del pecho una frescura, una suavidad dulce...

—¡Ahí te quiero ver! ¡Madre de Dios! Pues ya sabes cómo brilla el sol.

—¿Con frescura?

—No, tonto.

—Pues ¿con qué?

—Con eso.

—Con eso... ¿Y qué es eso?

—Eso —afirmó nuevamente la Nela con acento de firme convicción.

—Ya veo que esas cosas no se pueden explicar. Antes me formaba yo idea del día y de la noche. ¿Cómo? Verás: era de día, cuando la gente callaba y cantaban los gallos. Ahora no hago las mismas comparaciones. Es de día, cuando estamos juntos tú y yo; es de noche, cuando nos separamos.

—¡Ay, divina Madre de Dios! —exclamó la Nela, echándose atrás las guedejas que le caían sobre la frente—. A mí, que tengo ojos, me parece lo mismo.

—Voy a pedirle a mi padre que te deje vivir en mi casa para que no te separes de mí.

—Bien —dijo María, batiendo palmas otra vez.

Y diciéndolo, se adelantó saltando algunos pasos; y recogiendo con extrema gracia sus faldas, empezó a bailar.

—¿Qué haces, Nela?

—¡Ah, niño mío estoy bailando! Mi contento es tan grande, que me han entrado ganas de bailar.

Pero fue preciso saltar una pequeña cerca, y la Nela ofreció su mano al ciego. Después de pasar aquel obstáculo, siguieron por una calleja tapizada en sus dos rústicas paredes de lozanas hiedras y espinos. La Nela apartaba las ramas para que no pi-

caran el rostro de su amigo, y al fin, después de bajar gran trecho, subieron una cuesta por entre frondosos castaños y nogales. Al llegar arriba, Pablo dijo a su compañera:

—Si no te parece mal, sentémonos aquí. Siento pasos de gente.

—Son los aldeanos que vuelven del mercado de Homedes. Hoy es miércoles. El camino real está delante de nosotros. Sentémonos aquí antes de entrar en el camino real.

—Es lo mejor que podemos hacer. *Choto*, ven acá.

Los tres se sentaron.

—¡Si está lleno de flores!... —exclamó la Nela—. ¡Madre, qué guapas!

—Cógeme un ramo. Aunque no las veo, me gusta tenerlas en mi mano. Se me figura que las oigo.

—Eso sí que es gracioso.

—Paréceme que teniéndolas en mi mano me dan a entender..., no puedo decirte cómo..., que son bonitas. Dentro de mí hay una cosa, no puedo decirte qué..., una cosa que responde a ellas. ¡Ay, Nela, se me figura que por dentro yo veo algo!

—¡Oh!, sí, lo entiendo...; como que todos lo tenemos dentro. El sol, las hierbas, la luna y el cielo grande y azul, lleno siempre de estrellas..., todo, todo lo tenemos dentro; quiero decir que, además de las cosas divinas que hay fuera, nosotros llevamos otras dentro. Y nada más... Aquí tienes una flor, otra, otra, seis; todas son distintas. ¿A que no sabes tú lo que son flores?

—Pues las flores —dijo el ciego, algo confundido, acercándolas a su rostro— son... unas como sonrisillas que echa la tierra... La verdad, no sé mucho del reino vegetal.

—¡Madre divinísima, que poca ciencia! —exclamó María, acariciando las manos de su amigo—. Las flores son las estrellas de la tierra.

—Vaya un disparate. Y las estrellas, ¿qué son?

—Las estrellas son las miradas de los que se han ido al cielo.

—Entonces, las flores...

—...son las miradas de los que se han muerto y no han ido todavía al cielo —afirmó la Nela con entera convicción—. Los muertos son enterrados en la tierra. Como allá abajo no pueden estar sin echar una miradilla a la tierra, echan de sí una cosa que sube en forma y manera de flor. Cuando en un prado hay muchas flores, es porque allá..., en tiempo atrás, enterraron en él muchos difuntos.

—No, no —replicó Pablo con seriedad—. No creas desatinos. Nuestra religión nos enseña que el espíritu se separa de la carne y que la vida mortal se acaba. Lo que se entierra, Nela, no es más que un despojo, un barco inservible que no puede pensar, ni sentir, ni tampoco ver.

—Eso lo dirán los libros que, según dice la Señana, están llenos de mentiras.

—Eso lo dicen la fe y la razón, querida Nela. Tu imaginación te hace creer mil errores. Pero a poco yo los iré destruyendo, y tendrás ideas buenas sobre todas las cosas de este mundo y del otro.

—¡Ay, ay, con el doctorcillo de tres por un cuarto!... Ya... ¿pues no has querido hacerme creer que el sol está quieto y que la tierra da vueltas a la redonda?... ¡Cómo se conoce que no lo ves! ¡Madre del Señor! Que me muera en este momento si la tierra no se está más quieta que un peñón y el sol va corre que corre. Señorito mío, no se le eche de tan sabio, que yo he pasado muchas horas de noche y de día mirando al cielo, y sé cómo está gobernada toda esa máquina... La tierra está abajo, toda llena de islitas grandes y chicas. El sol sale por allá y se esconde por allí. Es el palacio de Dios.

—¡Qué tonta!

—¿Y por qué no ha de ser así? ¡Ay! Tú no has visto el cielo en un día claro, hijito. Parece que llueven bendiciones... Yo no creo que pueda haber malos; no, no los puede haber, si vuelven la cara hacia arriba y ven aquel ojazo que nos está mirando.

—Tu religiosidad, Nelilla, está llena de supersticiones. Yo te enseñaré ideas mejores.

—No me han enseñado nada —dijo María con inocencia—; pero yo, cavila que cavilarás, he ido sacando de mi cabeza muchas cosas que me consuelan, y así cuando me ocurre una buena idea, digo: "Esto debe de ser así, y no de otra manera." Por las noches, cuando me voy sola a mi casa, voy pensando en lo que será de nosotros cuando nos muramos, y en lo mucho que nos quiere a todos la Virgen Santísima.

—Nuestra Madre amorosa.

—¡Nuestra Madre querida! Yo miro al cielo, y la siento encima de mí como cuando nos acercamos a una persona y sentimos el calorcillo de su respiración. Ella nos mira de noche y de día por medio de..., no te rías..., por medio de todas las cosas hermosas que hay en el mundo.

—¿Y esas cosas hermosas...?

—Son sus ojos, tonto. Bien lo comprenderías si tuvieras los tuyos. Quien no ha visto una nube blanca, un árbol en flor, el agua corriente, un niño, el rocío, un corderillo, la luna paseándose tan maja por los cielos, y las estrellas que son las miradas de los buenos que se han muerto...

—Mal podrán ir allá arriba si se quedan debajo de tierra echando flores.

—¡Miren al sabihondo! Abajo se están mientras se van limpiando de pecados, que después suben volando arriba. La Virgen les espera. Sí, créelo, tonto. Las estrellas, ¿qué pueden ser, sino las almas de los que ya están salvos? ¿Y no sabes tú que las estrellas bajan? Pues yo, yo misma las he visto caer así, así, haciendo una raya. Sí, señor; las estrellas bajan cuando tienen que decirnos alguna cosa.

—¡Ay, Nela! —exclamó Pablo vivamente—. Tus disparates, con serlo tan grandes, me cautivan, porque revelan el candor de tu alma y la fuerza de tu fantasía. Todos esos errores responden a una disposición muy grande para conocer la verdad, a una poderosa facultad, que sería primorosa si estuviera auxiliada por la razón y la educación... Es preciso que tú adquieras un don precioso de que yo estoy privado; es preciso que aprendas a leer.

—¡A leer!... ¿Y quién me ha de enseñar?

—Mi padre. Yo le rogaré a mi padre que te enseñe. Ya sabes que él no me niega nada. ¡Qué lástima tan grande que vivas así! Tu alma está llena de preciosos tesoros. Tienes bondad sin igual y fantasía seductora. De todo lo que Dios tiene en su esencia absoluta, te dio a ti parte muy grande. Bien lo conozco; no veo lo de fuera, pero veo lo de dentro, y todas las maravillas de tu alma se me han revelado desde que eres mi lazarillo... ¡Hace año y medio! Parece que fue ayer cuando empezaron nuestros paseos... No, hace miles de años que te conozco. ¡Porque hay relación tan grande entre lo que tú sientes y lo que yo siento!... Has dicho ahora mil disparates, y yo, que conozco algo de la verdad acerca del mundo y de la religión, me he sentido conmovido y entusiasmado al oírte. Se me antoja que hablas dentro de mí.

—¡Madre de Dios! —exclamó la Nela, cruzando las manos—. ¿Tendrá eso que ver con lo que yo siento?

—¿Qué?

—Que estoy en el mundo para ser tu lazarillo, y que mis ojos no servirán para nada si no sirvieran para guiarte y decirte cómo son todas las hermosuras de la tierra.

El ciego irguió su cuello repentina y vivísimamente, y extendiendo sus manos hasta tocar el cuerpecillo de su amiga, exclamó, con afán:

—Dime, Nela, ¿y cómo eres tú?

La Nela no dijo nada. Había recibido una puñalada.

VII

MAS TONTERIAS

Habían descansado. Siguieron adelante, hasta llegar a la entrada del bosque que hay más allá de Saldeoro. Detuviéronse entre un grupo de nogales viejos, cuyos troncos y raíces formaban en el suelo una serie de escalones, con musgosos huecos y recortes tan apropiados para sentarse,. que el arte no los hiciera mejor. Desde lo alto del bosque corría un hilo de agua, saltando de piedra en piedra, hasta dar con su fatigado cuerpo en un estanquillo que servía de depósito para alimentar el chorro de que se abastecían los vecinos. Enfrente, el suelo se deprimía poco a poco, ofreciendo grandioso panorama de verdes colinas pobladas de bosques y caseríos, y de praderas llanas donde pastaban con tranquilidad vagabunda centenares de reses. En el último término, dos lejanos y orgullosos cerros, que eran límite de la tierra, dejaban ver en un largo segmento el azul purísimo del mar. Era un paisaje cuya contemplación revelaba al alma sus excelsas relaciones con lo infinito.

Sentóse Pablo en el tronco de un nogal, apoyando su brazo izquierdo en el borde del estanque. Alzaba la derecha mano para coger las ramas que descendían hasta tocar su frente, con lo cual pasaba a ratos, con el mover de las hojas, un rayo de sol.

—¿Qué haces, Nela? —dijo el muchacho después de una pausa, no sintiendo ni los pasos, ni la voz, ni la respiración de su compañera—. ¿Qué haces? ¿Dónde estás?

—Aquí —replicó la Nela, tocándole el hombro—. Estaba mirando el mar.

—¡Ah! ¿Está muy lejos?

—Allá se ve por los cerros de Ficóbriga.

—Grande, grandísimo, tan grande que estaremos mirando todo un día sin acabarlo de ver; ¿no es eso?

—No se ve sino un pedazo como el que coges dentro de la boca cuando le pegas una mordida a un pan.

—Ya, ya comprendo. Todos dicen que ninguna hermosura iguala a la del mar, por causa de la sencillez que hay en él... Oye, Nela, lo que voy a decirte... ¿Pero qué haces?

La Nela, agarrando con ambas manos la rama del nogal, se suspendía graciosamente.

—Aquí estoy, señorito mío. Estaba pensando que por qué no nos daría Dios a nosotras las personas alas para volar como los pájaros. ¡Qué cosa más bonita que hacer... zas, y remontarnos y ponernos de un vuelo en aquel pico que está allá entre Ficóbriga y el mar!...

—Si Dios no nos ha dado alas, en cambio nos ha dado el pensamiento, que vuela más que todos los pájaros, porque llega hasta el mismo Dios... Dime tú: ¿para qué querría yo alas de pájaro, si Dios me hubiera negado el pensamiento?

—Pues a mí me gustaría tener las dos cosas. Y si tuviera alas, te cogería en mi piquito para llevarte por esos mundos y subirte a lo más alto de las nubes.

El ciego alargó su mano hasta tocar la cabeza de la Nela.

—Siéntate junto a mí. ¿No estás cansada?

—Un poquitín —replicó ella, sentándose y apoyando su cabeza con infantil confianza en el hombro de su amo.

—Respira fuerte, Nelilla; tú estás muy cansada. Es de tanto volar... Pues lo que te iba a decir es esto: hablando del mar me hiciste recordar una cosa que mi padre me leyó anoche. Ya sabes que desde la edad en que tuve uso de razón, acostumbra mi padre leerme todas las noches distintos libros de ciencias y de historia, de arte y de entretenimiento. Esas lecturas y estos paseos se puede decir que son mi vida toda. Diome el Señor, para compensarme de la ceguera, una memoria feliz, y gracias a ella he sacado algún provecho de las lecturas, pues aunque éstas han sido sin métodos, yo, al fin y al cabo, he logrado poner algún orden en las ideas que iban entrando en mi entendimiento. ¡Qué delicias tan grandes las mías al entender el orden admirable del Universo, el concertado rodar de los astros, el giro de los átomos pequeñitos, y después las leyes, más admirables aún, que gobiernan nuestra alma! También me ha recreado mucho la Historia, que es un cuento verdadero de todo lo que los hombres han hecho antes de ahora, resultando, hija mía, que siempre han hecho las mismas maldades y las mismas tonterías, aunque no han cesado de mejorarse, acercándose todo lo posible, mas sin llegar nunca, a las perfecciones que sólo posee Dios. Por último, me ha leído mi padre cosas sutiles y un poco hondas para ser penetradas de pronto, cuando se medita en ellas. Es lectura que a él no le agrada, por no comprenderla, y que a mí me ha cansado también unas veces, deleitándome otras. Pero no hay duda

que cuando se da con un autor que sepa hablar con claridad, esas materias son preciosas. Contienen ideas sobre las causas y efectos, sobre el porqué de lo que pensamos y el modo como lo pensamos, y enseñan la esencia de todas las cosas.

La Nela parecía no entender ni una palabra de lo que su amigo decía; pero atendía con toda su alma, abriendo la boca. Para apoderarse de aquellas esencias y causas de que su amo le hablaba, abría el pico como el pájaro que acecha el vuelo de la mosca que quiere cazar.

—Pues bien —añadió él—: anoche leyó mi padre unas páginas sobre la belleza. Hablaba el autor de la belleza, y decía que era el resplandor de la bondad y de la verdad, con otros muchos conceptos ingeniosos, y tan bien traídos y pensados que daba gusto oírlos.

—Ese libro —dijo la Nela, queriendo demostrar suficiencia— no será como uno que tiene mi padre Centeno que llaman... *Las mil y no sé cuántas noches.*

—No es eso, tontuela; habla de la belleza en absoluto...; ¿no entenderás esto de la belleza ideal?...; tampoco lo entiendes..., porque has de saber que hay una belleza que no se ve ni se toca, ni se percibe con ningún sentido.

—Como, por ejemplo, la Virgen María —interrumpió la Nela—, a quien no vemos ni tocamos, porque las imágenes no son ella misma, sino su retrato.

—Estás en lo cierto; así es. Pensando en esto, mi padre cerró el libro, y él decía una cosa y yo otra. Hablamos de la forma, y mi padre me dijo: "Desgraciadamente, tú no puedes comprenderla". Yo sostuve que sí; dije que no había más que una sola belleza, y que ésta había de servir para todo.

La Nela, poco atenta a cosas tan sutiles, había cogido de las manos de su amigo las flores, y combinaba sus colores risueños.

—Yo tenía una idea sobre esto

—añadió el ciego con mucha energía—, una idea con la cual estoy encariñado desde hace algunos meses. Sí, lo sostengo, lo sostengo... No, no me hacen falta los ojos para esto. Yo le dije a mi padre: "Concibo un tipo de belleza encantadora, un tipo que contiene todas las bellezas posibles; ese tipo es la Nela." Mi padre se echó a reír, y me dijo que sí.

La Nela se puso como amapola, y no supo responder nada. Durante un breve instante de terror y ansiedad, creyó que el ciego la estaba *mirando*.

—Sí, tú eres la belleza más acabada que puede imaginarse —añadió Pablo con calor—. ¿Cómo podría suceder que tu bondad, tu inocencia, tu candor, tu gracia, tu imaginación, tu alma celestial y cariñosa, que ha sido capaz de alegrar mis tristes días; cómo podría suceder, cómo, que no estuviese representada en la misma hermosura?... Nela, Nela —añadió, balbuciente y con afán—, ¿No es verdad que eres muy bonita?

La Nela calló. Instintivamente se había llevado las manos a la cabeza, enredando entre sus cabellos las florecillas ajadas que había cogido antes en la pradera.

—¿No respondes?... Es verdad que eres modesta. Si no lo fueras, no serías tan repreciosa como eres. Faltaría la lógica de las bellezas, y eso no puede ser. ¿No respondes?...

—Yo... —murmuró la Nela con timidez, sin dejar de la mano su tocado—, no sé...; dicen que cuando niña era muy bonita... Ahora...

—Y ahora también.

María, en su extraordinaria confusión, pudo hablar así:

—Ahora... ya sabes tú que las personas dicen muchas tonterías..., se equivocan también...; a veces, el que tiene más ojos ve menos.

—¡Oh! ¡Qué bien dicho! Ven acá, dame un abrazo.

La Nela no pudo acudir pronto, porque habiendo conseguido sostener entre sus cabellos una como guirnalda de florecillas, sintió vivos deseos de observar el efecto de aquel atavío en el claro cristal del agua. Por primera vez desde que vivía se sintió presumida. Apoyándose en sus manos, asomóse al estanque.

—¿Qué haces, Mariquilla?

—Me estoy mirando en el agua, que es como un espejo —replicó con la mayor inocencia, delatando su presunción.

—Tú no necesitas mirarte. Eres hermosa como los ángeles que rodean el trono de Dios.

El alma del ciego llenábase de entusiasmo y fervor.

—El agua se ha puesto a temblar —dijo la Nela—, y yo no me veo bien, señorito. Ella tiembla como yo. Ya está más tranquila, ya no se mueve... Me estoy mirando... ahora.

—¡Qué linda eres! Ven acá, niña mía —añadió el ciego, extendiendo sus brazos.

—¡Linda yo! —dijo ella, llena de confusión y ansiedad—. Pues ésa que veo en el estanque no es tan fea como dicen. Es que hay también muchos que no saben ver.

—Sí, muchos.

—¡Si yo me vistiese como se visten otras...! —exclamó la chiquilla con orgullo.

—Te vestirás.

—¿Y ese libro dice que yo soy bonita? —preguntó ella, apelando a todos los recursos de convicción.

—Lo digo yo, que poseo una verdad inmutable —exclamó el ciego, llevado de su ardiente fantasía.

—Puede ser —observó la Nela, apartándose de su espejo pensativa y no muy satisfecha— que los hombres sean muy brutos y no comprendan las cosas como son.

—La Humanidad está sujeta a mil errores.

—Así lo creo —dijo Mariquilla, recibiendo gran consuelo con las palabras de su amigo—. ¿Por qué han de reírse de mí?

—¡Oh, miserable condición de lo

hombres! —exclamó el ciego arrastrado al absurdo por su delirante entendimiento—. El don de la vista puede causar grandes extravíos..., aparta a los hombres de la posesión de la verdad absoluta..., y la verdad absoluta dice que tú eres hermosa, hermosa sin tacha ni sombra alguna de fealdad. Que me digan lo contrario y les desmentiré... Váyanse ellos a paseo con sus formas. No..., la forma no puede ser la máscara de Satanás puesta ante la faz de Dios. ¡Ah, menguados! ¡A cuántos desvaríos os conducen vuestros ojos! Nela, Nela, ven acá, quiero tenerte junto a mí y abrazar tu preciosa cabeza.

María se arrojó en los brazos de su amigo.

—Chiquilla bonita —exclamó éste, estrechándola de un modo delirante contra su pecho—, ¡te quiero con toda mi alma!

La Nela no dijo nada. En su corazón, lleno de casta ternura, se desbordaban los sentimientos más hermosos. El joven, palpitante y conturbado, la abrazó más fuerte diciéndole al oído:

—Te quiero más que a mi vida. Angel de Dios, quiéreme o me muero.

María se soltó de los brazos de Pablo y éste cayó en profunda meditación. Una fuerza poderosa, irresistible, la impulsaba a mirarse en el espejo del agua. Deslizándose suavemente llegó al borde, y vio allá sobre el fondo verdoso su imagen mezquina, con los ojuelos negros, la tez pecosa, la naricilla picuda, aunque no sin gracia; el cabello escaso y la movible fisonomía de pájaro. Alargó su cuerpo para verse el busto, y lo halló deplorablemente desairado. Las flores que tenía en la cabeza se cayeron al agua, haciendo temblar la superficie y con la superficie, la imagen. La hija de la Canela sintió como si arrancaran su corazón de raíz, y cayó hacia atrás murmurando:

—¡Madre de Dios, qué feísima soy!

—¿Qué dices, Nela? Me parece que he oído tu voz.

—No decía nada, niño mío... Estaba pensando..., sí, pensaba que ya es hora de volver a tu casa. Pronto será hora de comer.

—Sí, vamos, comerás conmigo, y esta tarde saldremos otra vez. Dame la mano; no quiero que te separes de mí.

Cuando llegaron a la casa, Francisco Penáguilas estaba en el patio, acompañado de dos caballeros. Marianela reconoció al ingeniero de las minas y al individuo que se había extraviado en la Terrible la noche anterior.

—Aquí están —dijo el señor ingeniero y su hermano, el caballero de anoche.

Miraban los tres hombres con visible interés al ciego, que se acercaba.

—Hace rato que te estamos esperando, hijo mío —indicó don Francisco, tomando al ciego de la mano y presentándole al doctor.

—Entremos —dijo el ingeniero.

—¡Benditos sean los hombres sabios y caritativos! —exclamó el padre, mirando a Teodoro—. Pasen ustedes, señores. Que sea bendito el instante en que entran en mi casa.

—Veamos este caso —murmuró Golfín.

Cuando Pablo y los dos hermanos entraron, don Francisco se volvió hacia Mariquilla, que se había quedado en medio del patio, inmóvil y asombrada, y le dijo, con bondad:

—Mira, Nela, más vale que te vayas. Mi hijo no puede salir esta tarde.

Y luego, como viese que no se marchaba, añadió:

—Puedes pasar a la cocina. Dorotea te dará alguna chuchería.

VIII

PROSIGUEN LAS TONTERIAS

Al día siguiente, Pablo y su guía salieron de la casa a la misma hora del anterior; mas como estaba encapotado el cielo y soplaba un airecillo molesto que amenazaba convertirse en vendaval, decidieron que su paseo no fuera largo. Atravesando el prado comunal de Aldeacorba, siguieron el gran talud de las minas por Poniente con intención de bajar a las excavaciones.

—Nela, tengo que hablarte de una cosa que te hará saltar de alegría —dijo el ciego, cuando estuvieron lejos de la casa—. ¡Nela, yo siento en mi corazón un alborozo!... Me parece que el Universo, las Ciencias, la Historia, la Filosofía, la Naturaleza, todo eso que he aprendido, se me ha metido dentro y se está paseando por mí..., es como una procesión. Ya viste aquellos caballeros que me esperaban ayer...

—Don Carlos y su hermano, el que encontramos anoche.

—El cual es un famoso sabio que ha corrido por toda la América haciendo maravillosas curas... Ha venido a visitar a su hermano... Como Don Carlos es tan buen amigo de mi padre, le ha rogado que me examine... ¡Qué cariñoso y qué bueno es! Primero estuvo hablando conmigo: preguntóme varias cosas, y me contó otras muy chuscas y divertidas. Después díjome que me estuviese quieto, sentí sus dedos en mis párpados...; al cabo de un gran rato dijo unas palabras que no entendí: eran términos de Medicina.

Mi padre no me ha leído nunca nada de Medicina. Acercáronme después a una ventana. Mientras me observaba con no sé qué instrumento, ¡había en la sala un silencio!... El doctor dijo después a mi padre: "Se intentará." Decían otras cosas en voz muy baja para que no pudiera yo entenderlas, y creo que también hablaban por señas. Cuando se retiraron, mi padre me dijo: "Niño de mi alma, no puedo ocultarte la alegría que hay dentro de mí. Ese hombre, ese ángel de Dios, me ha dado esperanza, muy poca; pero la esperanza parece que se agarra más cuando más chica es. Quiero echarla de mí diciéndome que es imposible, no, no, casi imposible y ella... pegada como una lapa". Así me habló mi padre. Por su voz conocí que lloraba... ¿Qué haces, Nela, estás bailando?

—No, estoy aquí a tu lado.

—Como otras veces te pones a bailar desde que te digo una cosa alegre... ¿Pero hacia dónde vamos hoy?

—El día está feo. Vámonos hacia la Trascava, que es sitio abrigado, y después bajaremos al Barco y a la Terrible.

—Bien, como tú quieras... ¡Ay, Nela, compañera mía, si fuese verdad, si Dios quisiera tener piedad de mí y me concediera el placer de verte!... Aunque sólo durante un día de mi vida, aunque volviera a cegar al siguiente, ¡cuánto se lo agradecería!

La Nela no dijo nada. Después

de mostrar exaltada alegría, meditaba con los ojos fijos en el suelo.

—Se ven en el mundo cosas muy extrañas —añadió Pablo—, y la misericordia de Dios tiene así... ciertos exabruptos, lo mismo que su cólera. Vienen de improviso, después de largos tormentos y castigos, lo mismo que aparece la ira después de felicidades que se creían seguras y eternas, ¿no te parece?

—Sí, lo que tú esperas, será —dijo la Nela con aplomo.

—¿Por qué lo dices?

—Me lo dice mi corazón.

—¡Te lo dice tu corazón! ¿Y por qué no han de ser ciertos esos avisos? —manifestó Pablo con ardor—. Sí, las almas escogidas pueden en casos dados presentir un suceso. Yo lo he observado en mí, pues como el ver no me distrae del examen de mí mismo, he notado que mi espíritu me susurraba cosas incomprensibles. Después ha venido un acontecimiento cualquiera, y he dicho con asombro: "Ya sabía algo de esto."

—A mí me sucede lo mismo —repuso la Nela—. Ayer me dijiste tú que me querías mucho. Cuando fui a mi casa, iba diciendo para mí: "Es cosa rara, pero yo sabía algo de esto."

—Es maravilloso, chiquilla mía, cómo están acordadas nuestras almas. Unidas por la voluntad, no les falta más que un lazo. Ese lazo lo tendrán si yo adquiero el precioso sentido que me falta. La idea de ver no se determina en mi pensamiento si antes no acaricio en él la idea de quererte más. La adquisición de este sentido no significa para mí otra cosa que el don de admirar de un modo nuevo lo que ya me causa tanta admiración como amor... Pero se me figura que estás triste hoy.

—Sí que lo estoy..., y si he de decirte la verdad, no sé por qué... Estoy muy alegre y muy triste; las dos cosas a un tiempo. ¡Hoy está feo el día!... Valiera más que no

hubiese día, y que fuera noche siempre.

—No, no; déjalo como está. Noche y día, si Dios dispone que yo sepa al fin diferenciaros, ¡cuán feliz seré!... ¿Por qué nos detenemos?

—Estamos en un lugar peligroso. Apartémonos a un lado para tomar la vereda.

—¡Ah!, la Trascava. Este césped resbaladizo va bajando hasta perderse en la gruta. El que cae en ella no puede volver a salir. Vámonos, Nela; no me gusta este sitio.

—Tonto, de aquí a la entrada de la cueva hay mucho que andar. ¡Y qué bonita está hoy!

La Nela, deteniéndose y sujetando a su compañero por el brazo, observaba la boca de la sima, que se abría en el terreno en forma parecida a la de un embudo. Finísimo césped cubría las vertientes de aquel pequeño cráter cóncavo y profundo. En lo más hondo, una gran peña oblonga se extendía sobre el césped entre malezas, hinojos, zarzas, juncos y cantidad inmensa de pintadas florecillas. Parecía una gran lengua. Junto a ella se adivinaba, más bien que se veía, un hueco, un tragadero oculto por espesas hierbas, como las que tuvo que cortar don Quijote cuando se descolgó dentro de la cueva de Montesinos.

La Nela no se cansaba de mirar.

—¿Por qué dices que está bonita esa horrenda Trascava? —le preguntó su amigo.

—Porque hay en ella muchas flores. La semana pasada estaban todas secas; pero han vuelto a nacer, y está aquello que da gozo verlo. ¡Madre de Dios! Hay muchos pájaros posados allí y muchísimas mariposas que están cogiendo miel en las flores... Choto, Choto, ven aquí, no espantes a los pobres pajaritos.

El perro, que había bajado, volvió gozoso llamado por la Nela, y la pacífica república de pajarillos volvió a tomar posesión de sus estados.

—A mí me causa horror este sitio —dijo Pablo, tomando del brazo a la muchacha—. Y ahora, ¿vamos hacia las minas? Sí, conozco este camino. Estoy en mi terreno. Por aquí vamos derecho al Barco... *Choto*, anda delante; no te enredes en mis piernas.

Descendían por una vereda escalonada. Pronto llegaron a la concavidad formada por la explotación minera. Dejando la verde zona vegetal, habían entrado bruscamente en la geológica, zanja enorme, cuyas paredes, labradas por el barreno y el pico, mostraban una interesante estratificación, cuyas diversas capas ofrecían en el corte los más variados tonos y los materiales más diversos. Era aquél el sitio que a Teodoro Golfín le había parecido el interior de un gran buque náufrago, comido por las olas, y su nombre vulgar justificaba esta semejanza. Pero de día se admiraban principalmente las superpuestas cortezas de la estratificación, con sus vetas sulfurosas y carbonatadas; sus sedimentos negros, sus lignitos, donde yace el negro azabache; sus capas de tierra ferruginosa, que parece amasada con sangre; sus grandes y regulares láminas de roca, quebradas en mil puntos por el arte humano, y erizadas de picos, cortaduras y desgarrones. Era aquello como una herida abierta en el tejido orgánico y vista con microscopio. El arroyo, de aguas saturadas de óxido de hierro que corría por el centro, semejaba un chorro de sangre.

—¿En dónde está nuestro asiento? —preguntó el señorito de Penáguilas—. Vamos a él. Allí no nos molestará el aire.

Desde el fondo de la gran zanja subieron un poco por escabroso sendero abierto entre rotas piedras, tierra y matas de hinojo, y se sentaron a la sombra de enorme peña agrietada, que presentaba en su centro una larga hendidura. Más bien eran dos peñas, pegadas la una a la otra, con irregulares bordes, como dos gastadas mandíbulas que se esfuerzan en morder.

—¡Qué bien se está aquí! —dijo Pablo—. A veces suele salir una corriente de aire por esa gruta; pero hoy no siento nada. Lo que siento es el gargoteo del agua allá dentro, en las entrañas de la Trascava.

—Calladita está hoy —observó la Nela—. ¿Quieres echarte?

—Pues mira que has tenido una buena idea. Anoche no he dormido pensando en lo que mi padre me dijo, en el médico, en mis ojos... Toda la noche estuve sintiendo una mano que entraba en mis ojos y abría en ellos una puerta cerrada y mohosa.

Diciendo esto, sentóse sobre la piedra, poniendo su cabeza sobre el regazo de la Nela.

—Aquella puerta —prosiguió—, que estaba allá en lo más íntimo de mi sentido, abrióse, como te he dicho, dando paso a una estancia donde se encerraba la idea que me persigue. ¡Ay, Nela de mi corazón, chiquilla idolatrada, si Dios quisiera darme ese don que me falta!... Con él me creería el más feliz de los hombres, yo, que casi lo soy, sólo con tenerte por amiga y compañera de mi vida. Para que los dos seamos uno solo me falta muy poco: no me falta más que verte y recrearme en tu belleza, con ese placer de la vista que no puedo comprender aún, pero que concibo de una manera vaga. Tengo la curiosidad del espíritu; la de los ojos me falta. Supóngola como una nueva manera del amor que te tengo. Yo estoy lleno de tu belleza; pero hay algo en ella que no me pertenece todavía.

—¿No oyes? —dijo la Nela de improviso, demostrando interés por cosa muy distinta de lo que su amigo decía.

—¿Qué?

—Aquí dentro... ¡La Trascava!... está hablando. Y la Trascava —observó la Nela, palideciendo— es un murmullo, un sí, sí, sí...

A ratos oigo la voz de mi madre, que dice clarito: "Hija mía, ¡qué bien se está aquí!"

—Es tu imaginación. También la imaginación habla; me olvidé de decirlo. La mía a veces se pone tan parlanchina, que tengo que mandarla callar. Su voz es chillona, atropellada, inaguantable; así como la de la conciencia es grave, reposada, convincente, y lo que dice no tiene refutación.

—Ahora parece que llora... Se va poquito a poco perdiendo la voz —dijo la Nela, atenta a lo que oía.

De pronto salió por la gruta una ligera ráfaga de aire.

—¿No has notado que ha echado un gran suspiro?... Ahora se vuelve a oír la voz; habla bajo, y me dice al oído muy bajito, muy bajito...

—¿Qué te dice?

—Nada —replicó bruscamente María, después de una pausa—. Tú dices que son tonterías. Tendrás razón.

—Ya te quitaré yo de la cabeza esos pensamientos absurdos —dijo el ciego, tomándole la mano—. Hemos de vivir juntos toda la vida. ¡Oh, Dios mío! Si no he de adquirir la facultad de que me privaste al nacer, ¿para qué me has dado esperanzas? Infeliz de mí si no nazco de nuevo en manos del doctor Golfín. Porque esto será nacer otra vez. ¡Y qué nacimiento! ¡Qué nueva vida! Chiquilla mía, juro por la idea de Dios que tengo dentro de mí, clara, patente, inmutable, que tú y yo no nos separaremos jamás por mi voluntad. Yo tendré ojos, Nela, tendré ojos para poder recrearme en tu celestial hermosura, y entonces me casaré contigo. Serás mi esposa querida..., serás la vida de mi vida, el recreo y el orgullo de mi alma. ¿No dices nada a esto?

La Nela oprimió contra sí la hermosa cabeza del joven. Quiso hablar, pero su emoción no se lo permitía.

—Y si Dios no quiere otorgarme ese don —añadió el ciego—, tampoco te separarás de mí, también serás mi mujer, a no ser que te repugne enlazarte con un ciego. No, no, chiquilla mía, no quiero imponerte yugo tan penoso. Encontrarás hombres de mérito que te amarán y que podrán hacerte feliz. Tu extraordinaria bondad, tus nobles prendas, tu belleza, han de cautivar los corazones y encender el más puro amor en cuanto te traten, asegurando un porvenir risueño. Yo te juro que te querré mientras viva, ciego o con vista, y que estoy dispuesto a jurarte delante de Dios un amor grande, insaciable, eterno. ¿No me dices nada?

—Sí; que te quiero mucho, muchísimo —dijo la Nela, acercando su rostro al de su amigo—. Pero no te afanes por verme. Quizá no sea yo tan guapa como tú crees.

Diciendo esto, la Nela, rebuscando en su faltriquera, sacó un pedazo de cristal azogado, resto inútil y borroso de un fementido espejo que se rompiera en casa de la Señana la semana anterior. Miróse en él; más por causa de la pequeñez del vidrio, érale forzoso mirarse por partes, sucesiva y gradualmente, primero un ojo, después la nariz. Alejándolo, pudo abarcar la mitad del conjunto. ¡Ay! ¡Cuán triste fue el resultado de su examen! Guardó el espejillo, y gruesas lágrimas brotaron de sus ojos.

—Nela, sobre mi frente ha caído una gota. ¿Acaso llueve?

—Sí, niño mío, parece que llueve —dijo la Nela, sollozando.

—No, es que lloras. Pues has de saber que me lo decía el corazón. Tú eres la misma bondad; tu alma y la mía están unidas por un lazo misterioso y divino; no se pueden separar, ¿verdad? Son dos partes de una misma cosa, ¿verdad?

—Verdad.

—Tus lágrimas me responden más claramente que cuanto pudieras decir. ¿No es verdad que me querrás mucho, lo mismo si me dan vista que si continúo privado de ella?

—Lo mismo, sí, lo mismo —afirmó la Nela, vehemente y turbada.

—¿Y me acompañarás?...

—Siempre, siempre.

—Oye tú —dijo el ciego con amoroso arranque—: si me dan a escoger entre no ver y perderte, prefiero...

—Prefieres no ver... ¡Oh! ¡Madre de Dios divino, qué alegría tengo dentro de mí!

—Prefiero no ver con los ojos tu hermosura, porque la veo dentro de mí, clara como la verdad que proclamo interiormente. Aquí dentro estás, y tu persona me seduce y enamora más que todas las cosas.

—Sí, sí, sí —afirmó la Nela con desvarío—: yo soy hermosa, soy muy hermosa.

—Oye tú; tengo un presentimiento..., sí, un presentimiento. Dentro de mí parece que está Dios hablándome y diciéndome que tendré ojos, que te veré, que seremos felices... ¿No sientes tú lo mismo?

—Yo... El corazón me dice que me verás...; pero me lo dice partiéndoseme.

—Veré tu hermosura, ¡qué felicidad! —exclamó el ciego con la expresión delirante, que era su expresión más propia en ciertos momentos—. Pero si ya la veo; si la veo dentro de mí, clara como la verdad que proclamo y que me llena el alma.

—Sí, sí, sí... —repitió la Nela con desvarío, espantados los ojos, trémulos los labios—. Yo soy hermosa, soy muy hermosa.

—Bendita seas tú...

—¡Y tú! —añadió ella, besándole en la frente—. ¿Tienes sueño?

—Sí, principio a tener sueño. No he dormido anoche. Estoy tan bien aquí...

—Duérmete.

Principió a cantar con arrullo, como se canta a los niños soñolientos. Poco después, Pablo dormía. La Nela oyó de nuevo la voz de la Trascava, diciéndole:

"¡Hija mía, aquí, aquí!"

IX

LOS GOLFINES

Teodoro Golfín no se aburría en Socartes. El primer día después de su llegada pasó largas horas en el laboratorio con su hermano, y en los siguientes recorrió de un cabo a otro las minas, examinando y admirando las distintas cosas que allí había, que ya pasmaban por la grandeza de las fuerzas naturales, ya por el poder y brío del arte de los hombres. De noche, cuando todo callaba en el industrioso Socartes, quedando sólo en actividad los bullidores hornos, el buen doctor, que era muy entusiasta músico, se deleitaba oyendo tocar el piano a su cuñada Sofía, esposa de Carlos Golfín y madre de varios chiquillos que se habían muerto.

Los dos hermanos se profesaban vivo cariño. Nacidos en la clase más humilde, habían luchado solos en edad temprana por salir de la ignorancia y de la pobreza, viéndose a punto de sucumbir diferentes veces; mas tanto pudo en ello el impulso de una voluntad heroica, que al fin llegaron jadeantes a la ansiada orilla, dejando atrás las turbias olas en que se agita en constante estado de naufragio el grosero vulgo.

Teodoro, que era el mayor, fue médico antes que Carlos ingeniero. Ayudó a éste con todas sus fuerzas mientras el joven lo necesitara, y cuando le vio en camino, tomó el que anhelaba su corazón aventurero, yéndose a América. Allá trabajó, juntamente con otros afamados médicos europeos, adquiriendo bien

pronto dinero y fama. Hizo un viaje a España; tornó al Nuevo Mundo; vino más tarde, para regresar al poco tiempo. En cada una de estas excursiones daba la vuelta a Europa para apropiarse los progresos de la ciencia oftálmica, que cultivaba.

Era un hombre de facciones bastas, moreno, de fisonomía tan inteligente como sensual, labios gruesos, pelo negro y erizado, mirar centelleante, naturaleza incansable, constitución fuerte, si bien algo gastada por el clima americano. Su cara, grande y redonda; su frente huesuda, su melena rebelde aunque corta, el fuego de sus ojos, sus gruesas manos, habían sido motivo para que dijeran de él: "Es un león negro". En efecto: parecía un león, y, como el rey de los animales, no dejaba de manifestar a cada momento la estimación en que a sí mismo se tenía. Pero la vanidad de aquel hombre insigne era la más disculpable de todas las vanidades, pues consistía en sacar a relucir dos títulos de gloria, a saber: su pasión por la Cirugía y la humildad de su origen. Hablaba, por lo general, incorrectamente, por ser incapaz de construir con gracia y elegancia las oraciones. Sus frases, rápidas y entrecortadas, se acomodaban a la emisión de su pensamiento, que era una especie de emisión eléctrica. Muchas veces, Sofía, al pedirle su opinión sobre cualquier cosa, decía: "A ver lo que piensa de esto la Agencia Havas".

—Nosotros —indicaba Teodo-

ro—, aunque descendemos de las
hierbas del campo, que es el más
bajo linaje que se conoce, nos hemos hecho árboles corpulentos...
¡Viva el trabajo y la iniciativa del
hombre!... Yo creo que los Golfines, aunque aparentemente venimos
de maragatos, tenemos sangre inglesa en nuestras venas... Hasta nuestro apellido parece que es de pura
casta sajona. Yo lo descompondría
de este modo: *Gold,* oro...; *to find,*
hallar... Es, como si dijéramos,
buscador de oro... He aquí que
mientras mi hermano lo busca en
las entrañas de la tierra, yo lo busco
en el interior maravilloso de ese universo en abreviatura que se llama
el ojo humano.

En la época de esta veraz historia
venía de América por la vía de Nueva York-Liverpool, y según dijo, su
expatriación había cesado definitivamente; pero no le creían, por haber expresado lo mismo en otras
ocasiones y haber hecho lo contrario.

Su hermano Carlos era un bendito, hombre muy pacífico, estudio-
so, esclavo de su deber, apasionado
por la mineralogía y la metalurgia
hasta poner a estas dos mancebas
cien codos más altas que su mujer.
Por lo demás, ambos cónyuges vivían en conformidad completa, o,
como decía Teodoro, en estado *iso-
mórfico,* porque cristalizaban un
mismo sistema. En cuanto a él
siempre que se hablaba de matrimonio, decía riendo: "El matrimonio
sería para mí una *Epigénesis* o cristal *seudomórfico,* es decir, un sistema de cristalización que no me corresponde".

Era Sofía una excelente señora,
de regular belleza, cada día reducida a menor expresión por una tendencia lamentable a la obesidad. Le
habían dicho que la atmósfera del
carbón de piedra enflaquecía y por
eso fue a vivir a las minas, con propósito de pasar en ellas todo el año.
Por lo demás, aquella atmósfera, sa-
turada de polvo de calamina y de
humo, causábale no poco disgusto.
No tenía hijos vivos, y su principal
ocupación consistía en tocar el piano y en organizar Asociaciones benéficas de señoras para socorros do-
miciliarios y sostenimiento de hos-
pitales y escuelas. En Madrid, y
durante buena porción de años, su
actividad había hecho prodigios,
ofreciendo ejemplos dignos de imitación a todas las almas aficionadas
a la caridad. Ayudada de dos o tres
señoras de alto linaje, igualmente
amantes del prójimo, había logrado
celebrar más de veinte funciones
dramáticas, otros tantos bailes de
máscaras, seis corridas de toros y
dos de gallos, todo en beneficio de
los pobres.

En el número de sus vehemencias,
que solían ser pasajeras, contábase
una que quizá no sea tan recomen-
dable como aquella de socorrer a
los menesterosos, y consistía en ro-
dearse de perros y gatos, poniendo
en estos animales un afecto que al
mismo amor se parecía. Ultimamen-
te, y cuando residía en el establecimiento de Socartes, tenía un *toy
terrier* que por encargo le había
traído de Inglaterra Ulises Bull, jefe
del taller de maquinaria. Era un
galguito fino y elegante, delicado y
mimoso como un niño. Se llamaba
Lilí, y había costado en Londres doscientos duros.

Los Golfines paseaban en los días
buenos; en los malos, tocaban el
piano o cantaban, pues Sofía tenía
cierto chillido que podía pasar por
canto en Socartes. El ingeniero segundo tenía voz de bajo; Teodoro
también era bajo profundo; Carlos,
allá se iba; de modo que armaban
una especie de coro de sacerdotes,
en el cual descollaba la voz de Sofía como sacerdotisa a quien van a
llevar al sacrificio. Todas las piezas
que se cantaban eran, o si no lo
eran lo parecían, de sacerdotes sa-
crificadores y sacerdotisas sacrifica-
das.

En los días de paseo solían me-
rendar en el campo. Una tarde —a

últimos de septiembre y seis días
después de la llegada de Teodoro a
las minas— volvían de su excursión
en el orden siguiente: *Lilí*, Sofía,
Teodoro, Carlos. La estrechez del
sendero no les permitía caminar de
dos en dos. *Lilí* llevaba su manta o
gabancito azul con las iniciales de
su ama. Sofía apoyaba en su hombro el palo de la sombrilla, y Teodoro llevaba en la misma postura su
bastón, con el sombrero en la punta.
Gustaba mucho de pasear con la
deforme cabeza al aire. Pasaban al
borde de la Trascava, cuando *Lilí*,
desviándose del sendero con elástica
ligereza de su patilla como alambre,
echó a correr césped abajo por la
vertiente del embudo. Primero corría, después resbalaba. Sofía dio un
grito de terror. Su primer movimiento, dictado por un afecto que
parecía materno, fue correr detrás
del animal, tan cercano al peligro;
pero su esposo la contuvo, diciendo:

—Deja que se lleve el demonio a
Lilí, mujer; él volverá. No se puede
bajar; este césped es muy resbaladizo.

—¡*Lilí*! ¡*Lilí*!... —gritaba Sofía,
esperando que sus amantes ayes de-
tendrían al animal en su camino de
perdición, trayéndole al de la virtud.
Las voces tiernas no hicieron
efecto en el revoltoso ánimo de *Lilí*,
que seguía bajando. A veces miraba
a su ama, y con sus expresivos oje-
os negros parecía decirle: "Señora,
por el amor de Dios, no sea usted
tan tonta".

Lilí se detuvo en la gran peña
blanquecina, agujereada, musgosa,
que en la boca misma del abismo
se veía, como encubriéndola. Fijá-
onse allí todos los ojos, y al punto
observaron que se movía un objeto.
Creyeron, de pronto, ver un animal dañino que se ocultaba detrás
de la peña; pero Sofía lanzó un
nuevo grito, el cual antes era de
asombro que de terror.

—¡Si es la Nela!... Nela, ¿qué
aces ahí?

Al oír su nombre, la muchacha
se mostró toda turbada y ruborosa.

—¿Qué haces ahí, loca? —repitió
la dama—. Coge a *Lilí* y tráeme-
lo... ¡Válgame Dios lo que inventa
esta criatura! Miren dónde ha ido a
meterse. Tú tienes la culpa de que
Lilí haya bajado... ¡Qué cosas le
enseñas al animalito! Por tu causa
es tan malcriado y tan antojadizo.

—Esa muchacha es la piel de
Barrabás —dijo don Carlos a su
hermano—. ¡Vaya dónde se ha ido
a poner!

Mientras esto se decía en el borde de la Trascava, abajo la Nela
había emprendido la persecución de
Lilí, el cual, más travieso y calavera
en aquel día que en ningún otro de
su monótona existencia, huía de las
manos de la chicuela. Gritábale la
dama, exhortándole a ser juicioso y
formal, pero él, poniendo en olvido
las más vulgares nociones del deber,
empezó a dar brincos y a mirar con
descaro a su ama, como diciéndole:
"Señora, ¿quiere usted irse a paseo
y dejarme en paz?"

Al fin *Lilí* dio con su elegante
cuerpo en medio de las zarzas que
cubrían la boca de la cueva, y allí
la mantita de que iba vestido fuele
de grandísimo estorbo. El animal,
viéndose imposibilitado de salir de
entre la maleza, empezó a ladrar
pidiendo socorro.

—¡Que se me pierde! ¡Que se me
mata! —exclamó, gimiendo, Sofía—.
Nela, Nela, si me lo sacas te doy
un perro grande. ¡Sácalo..., ve con
cuidado..., agárrate bien!

La Nela se deslizó intrépidamente,
poniendo su pie sobre las zarzas y
robustos hinojos que tapaban el abismo; y sosteniéndose con una mano
en las asperezas de la peña, alargó
la otra hasta pillar el rabo de Lili,
con lo cual le sacó del aprieto en
que estaba. Acariciando al animal,
subió triunfante a los bordes del
embudo.

—Tú, tú, tú tienes la culpa —díjole Sofía de mal talante, aplicándole
tres suaves coscorrones—, porque si
no te hubieras metido allí... Ya

sabes que va detrás de ti dondequiera que te encuentre... ¡Buena pieza!...

Y luego, besando al descarriado animal y administrándole dos nalgadas, después de cerciorarse que no había padecido avería de fundamento en su estimable persona, le arregló la mantita, que se le había puesto por montera, y lo entregó a Nela, diciéndole:

—Toma. Llévalo en brazos, porque estará cansado y estas largas caminatas pueden hacerle daño. Cuidado... Anda delante de nosotros... Cuidado, te repito... Mira que voy detrás observando lo que haces...

Púsose de nuevo en marcha la familia, precedida por la Nela. *Lilí* miraba a su ama por encima del hombro de la chiquilla, y parecía decirle: "¡Ay, señora, pero qué boba es usted!"

Teodoro Golfín no había dicho nada durante el conmovedor peligro del hermoso *Lilí;* pero cuando se pusieron en marcha por la gran pradera, donde los tres podían ir al lado uno de otro sin molestarse, el doctor dijo a la mujer de su hermano:

—Estoy pensando, querida Sofía, que ese animal te inquieta demasiado. Verdad que un perro que cuesta doscientos duros no es un perro como otro cualquiera. Yo me pregunto por qué has empleado el tiempo y el dinero en hacerle un gabán a ese señorito canino, y no se te ha ocurrido comprarle unos zapatos a la Nela.

—¡Zapatos a la Nela! —exclamó Sofía, riendo—. Y yo pregunto: ¿para qué los quiere?... Tardaría dos días en romperlos. Podrás reírte de mí todo lo que quieras... Bien, yo comprendo que cuidar mucho a *Lilí* es una extravagancia..., pero no podrás acusarme de falta de caridad... Alto ahí..., eso sí que no te lo permito. (Al decir esto, tomaba un tono muy serio con evidente expresión de orgullo.) Y en lo de saber practicar la caridad con prudencia y tino tampoco creo que me eche el pie adelante persona alguna... No consiste, no, la caridad en dar sin ton ni son cuando no existe la seguridad de que la limosna ha de ser bien empleada. ¡Si querrás darme lecciones!... Mira, Teodoro, que en eso sé tanto como tú en el tratado de los ojos.

—Sí; ya sabemos, querida, que has hecho maravillas. No me cuentes otra vez lo de las funciones dramáticas, bailes y corridas de toros, organizadas por tu ingenio para alivio de los pobres, ni lo de las rifas, que, poniendo en juego grandes sumas, han servido, en primer lugar, para dar de comer a unos cuantos holgazanes, quedando sólo para los enfermos un resto de poca monta. Todo eso sólo me prueba las singulares costumbres de una sociedad que no sabe ser caritativa sino bailando, toreando y jugando a la lotería... No hablemos de eso; ya conozco estas heroicidades y las admiro; también eso tiene su mérito, y no poco. Pero tú y tus amigas rara vez os acercáis a un pobre para saber de su misma boca la causa de su miseria... ni para observar qué clase de miseria le aqueja, pues hay algunas tan extraordinarias que no se alivian con la fácil limosna del ochavo... ni tampoco con el mendrugo de pan...

—Ya tenemos a nuestro filósofo en campaña —dijo Sofía, con mal humor—. ¿Qué sabes tú lo que yo he hecho ni lo que he dejado de hacer?

—No te enfades, hija —replicó Golfín—; todos mis argumentos van a parar a un punto, y es que debiste comprarle zapatos a la Nela.

—Pues mira, mañana mismo los tendrá.

—No, porque esta misma noche se los compraré yo. No se meta usted en mis dominios, señora.

—¡Eh..., Nela! —gritó Sofía, viendo que la chiquilla estaba a larga distancia—. No te alejes mucho;

que te vea yo para saber lo que
haces.

—¡Pobre criatura! —dijo Carlos—. ¡Quién ha de decir que tiene
dieciséis años!

—Atrasadilla está. ¡Qué desgracia! —exclamó Sofía—. Y yo me
pregunto: ¿para qué permite Dios
que tales criaturas vivan?... Y me
pregunto también: ¿qué es lo que
se puede hacer por ella? Nada, nada más que darle de comer, vestirla... hasta cierto punto... Ya se
ve..., rompe todo lo que le ponen
encima. Ella no puede trabajar, porque se desmaya; ella no tiene fuerzas para nada. Saltando de piedra
en piedra, subiéndose a los árboles,
jugando y enredando todo el día y
cantando como los pájaros, cuanto
se le pone encima conviértese pronto en jirones...

—Pues yo he observado en la
Nela —dijo Carlos— algo de inteligencia y agudeza de ingenio bajo
aquella corteza de candor y salvaje
rusticidad. No, señor: la Nela no es
tonta ni mucho menos. Si alguien
se hubiera tomado el trabajo de enseñarle alguna cosa, habría aprendido mejor quizá que la mayoría de
los chicos. ¿Qué creen ustedes? La
Nela tiene imaginación; por tenerla
y carecer hasta de la enseñanza más
rudimentaria, es sentimental y su-
persticiosa.

—Eso es: se halla en la situación
de los pueblos primitivos —afirmó
Teodoro—. Está en la época del
pastoreo.

—Ayer precisamente —añadió
Carlos— pasaba yo por la Trascava, y la vi en el mismo sitio donde
la hemos hallado hoy. La llamé, hí-
cela salir, le pregunté qué hacía
en aquel sitio, y con la mayor sencillez del mundo me contestó que
estaba hablando con su madre...
Tú no sabes que la madre de la
Nela se arrojó por esa sima.

—Es decir, que se suicidó —dijo
Sofía—. Era una mujer de mala
vida y peores ideas, según he oído
contar. Nos han dicho que se em-

briagaba como un fogonero. Y yo
me pregunto: ¿esos seres tan envi-
lecidos que terminan una vida de
crímenes con el mayor de todos,
que es el suicidio, merecen la compasión del género humano? Hay cosas que horripilan; hay personas que
no debieran haber nacido, no, señor,
y Teodoro podrá decir todas las su-
tilezas que quiera, pero yo me pregunto...

—No, no te preguntes nada, hermana querida —dijo vivamente Teodoro—. Yo te responderé que el
suicida merece la más viva, la más
cordial compasión. En cuanto a vi-
tuperio, échesele encima todo el que
haya disponible; pero al mismo tiempo... bueno será indagar qué causas se llevaron a tan horrible extremo de desesperación... y observaría
si la sociedad no le ha dejado abierto, desamparándole en absoluto, la
puerta de ese abismo horrendo que
le llama...

—¡Desamparado de la sociedad!
Hay algunos que lo están... —dijo
Sofía con impertinencia—. La sociedad no puede amparar a todos.
Mira la estadística, Teodoro; mírala
y verás la cifra de pobres... Pero
si la sociedad desampara a alguien,
¿para qué sirve la religión?

—Refiérome al miserable desesperado que reúne a todas las miserias la miseria mayor, que es la
ignorancia... El ignorante envileci-
do y supersticioso sólo posee nociones vagas y absurdas de la Divinidad... Lo desconocido, lejos de de-
tenerle, le impulsa más a cometer
su crimen... Rara vez hará bene-
ficios la idea religiosa al que vegeta
en estúpida ignorancia. A él no se
acerca amigo inteligente, ni maestro, ni sacerdote. No se le acerca
sino el juez que ha de mandarle a
presidio... Es singular el rigor con
que condenáis vuestra propia obra
—añadió con vehemencia, enarbo-
lando el palo, en cuya punta tenía
su sombrero—. Estáis viendo delante de vosotros, al pie mismo de
vuestras cómodas casas, a una mul-

titud de seres abandonados, faltos de todo lo que es necesario a la niñez, desde los padres hasta los juguetes...; les estáis viendo, sí..., nunca se os ocurre infundirles un poco de dignidad, haciéndoles saber que son seres humanos, dándoles las ideas de que carecen; no se os ocurre ennoblecerles, haciéndoles pasar del bestial trabajo mecánico al trabajo de la inteligencia; les veis viviendo en habitaciones inmundas, mal alimentados, perfeccionándose cada día en su salvaje rusticidad, y no se os ocurre extender un poco hasta ellos las comodidades de que estáis rodeados... ¡Toda la energía la guardáis luego para declamar contra los homicidios, los robos y el suicidio, sin reparar que sostenéis crímenes!

—No sé para qué están ahí los asilos de beneficencia —dijo, agriamente, Sofía—. Lee la estadística, Teodoro, léela, y verás el número de desdichados... Lee la estadística...

—Yo no leo la estadística, querida hermana, ni me hace falta para nada tu estadística. Buenos son los asilos; pero no, no bastan para resolver el gran problema que ofrece la orfandad. El miserable huérfano, perdido en las calles y en los campos, desamparado de todo cariño personal y acogido sólo por las Corporaciones, rara vez llena el vacío que forma en su alma la carencia de familia...; ¡oh!, vacío donde debían estar, y rara vez están, la nobleza, la dignidad y la estimación de sí mismo. Sobre este tema tengo una idea, es una idea mía; quizá os parezca un disparate.

—Dínosla.

—El problema de la orfandad y de la miseria infantil no se resolverá nunca en absoluto, como no se resolverán tampoco sus compañeros los demás problemas sociales; pero habrá un alivio a mal tan grande cuando las costumbres, apoyadas por las leyes..., por las leyes, ya veis que esto no es cosa de juego, establezcan que todo huérfano, cualquiera que sea su origen... no reírse... tenga derecho a entrar en calidad de hijo adoptivo en la casa de un matrimonio acomodado que carezca de hijos. Ya se arreglarían las cosas de modo que no hubiese padres sin hijos, ni hijos sin padres.

—Con tu sistema —dijo Sofía— ya se arreglarían las cosas de modo que nosotros fuésemos papás de la Nela.

—¿Por qué no? —repuso Teodoro—. Entonces no gastaríamos doscientos duros en comprar un perro, ni estaríamos todo el santo día haciendo mimos al señorito Lilí.

—¿Y por qué han de estar exentos de esa graciosa ley los solteros ricos? ¿Por qué no han de cargar ellos también con su huérfano como cada hijo de vecino?

—No me opongo —dijo el doctor, mirando al suelo—. ¿Pero qué es esto?...; ¡sangre!

Todos miraron al suelo, donde se veían de trecho en trecho manchitas de sangre.

—¡Jesús! —exclamó Sofía, apretando los ojos—. Si es la Nela. Mira cómo se ha puesto los pies.

—Ya se ve... Como tuvo que meterse entre las zarzas para coger a tu dichoso Lilí. Nela, ven acá.

La Nela, cuyo pie derecho estaba ensangrentado, se acercó cojeando.

—Dame al pobre Lilí —dijo Sofía, tomando el canino de manos de la vagabunda—. No vayas a hacerle daño. ¿Te duele mucho? ¡Pobrecita! Eso no es nada... ¡Oh cuánta sangre!... No puedo ver eso.

Sensible y nerviosa, Sofía se volvió de espaldas, acariciando a Lilí.

—A ver, a ver qué es eso —dijo Teodoro, tomando a la Nela en sus brazos y sentándola en una piedra de la cerca inmediata.

Poniéndose sus lentes, le examinó el pie.

—Es poca cosa: dos o tres rasguños... Me parece que tienes una espina dentro... ¿Te duele? Sí, aquí está la pícara... Aguarda un mo-

mento. Sofía, echa a correr si te
molesta ver una operación quirúr-
gica.

Mientras Sofía daba algunos pasos para poner su precioso sistema
nervioso a cubierto de toda alteración, Teodoro Golfín sacó su estuche, del estuche unas pinzas, y en
un santiamén extrajo la espina.

—¡Bien por la mujer valiente!
—dijo, observando la serenidad de
la Nela—. Ahora vendemos el pie.

Con su pañuelo vendó el pie herido. Marianela trató de andar. Carlos le dio la mano.

—No, no, ven acá —dijo Teodoro, cogiendo a Marianela por los
brazos.

Con rápido movimiento levantóla
en el aire y la sentó sobre su hombro derecho.

—Si no estás segura, agárrate a
mis cabellos, son fuertes. Ahora lleva tú el palo con el sombrero.

—¡Qué facha! —exclamó Sofía,
muerta de risa al verlos venir—.
Teodoro con la Nela al hombro, y
luego el palo con el sombrero de
Gessler.

HISTORIA DE DOS HIJOS DEL PUEBLO

—Aquí tienes, querida Sofía —dijo Teodoro—, un hombre que sirve para todo. Este es el resultado de nuestra educación, ¿verdad, Carlos? Bien sabes que no hemos sido criados con mimo; que desde nuestra más tierna infancia nos acostumbramos a la idea de que no había nadie inferior a nosotros... Los hombres que se forman solos, como nosotros nos formamos; los que, sin ayuda de nadie, ni más amparo que su voluntad y noble ambición, han logrado salir triunfantes en la *lucha* por la *existencia*..., sí, ¡demonio!, éstos son los únicos que saben cómo se ha de tratar a un menesteroso. No te cuento diversos hechos de mi vida, atañederos a esto del prójimo como a ti mismo por no caer en el feo pecado de la propia alabanza, y por temor de causar envidia a tus rifas y a tus bailoteos filantrópicos. Quédese esto aquí.

—Cuéntalos, cuéntalos otra vez, Teodoro.

—No, no... Todo eso debe callarse; así lo manda la modestia. Confieso que no poseo en alto grado esta virtud preciosa; yo no carezco de vanidades, y entre ellas tengo la de haber sido mendigo, de haber pedido limosna de puerta en puerta, de haber andado descalzo con mi hermanito Carlos, y dormir con él en los huecos de las puertas, sin amparo, sin abrigo, sin familia. Yo no sé qué extraordinario rayo de energía y de voluntad vibró dentro de mí. Tuve una inspiración.

Comprendía que delante de nuestros pasos se abrían dos sendas: la del presidio, la de la gloria. Cargué en mis hombros a mi pobre hermanito, lo mismo que hoy cargo a la Nela, y dije: "Padre nuestro que estás en los cielos, sálvanos..." Ello es que nos salvamos. Yo aprendí a leer y enseñé a leer a mi hermano. Yo serví a diversos amos, que me daban de comer y me permitían ir a la escuela. Yo guardaba mis propinas; yo compré una hucha... Yo reuní para comprar libros... Yo no sé cómo entré en los Esco!apios; pero ello es que entré mientras mi hermano se ganaba su pan haciendo recados en una tienda de ultramarinos...

—¡Qué cosas tienes! —exclamó Sofía, muy desazonada, porque no gustaba de oír aquel tema—. Y yo me pregunto: ¿a qué viene el recordar tales niñerías? Además, tú las exageras mucho.

—No exagero nada —dijo Teodoro con brío—. Señora, oiga usted y calle... Voy a poner cátedra de esto... Oíganme todos los pobres, todos los desamparados, todos los niños perdidos... Yo entré en los Escolapios como Dios quiso; yo aprendí como Dios quiso... Un bendito Padre diome buenos consejos y me ayudó con sus limosnas... Sentí afición a la Medicina... ¿Cómo estudiarla sin dejar de trabajar para comer? ¡Problema terrible!... Querido Carlos, ¿te acuerdas de cuando entramos los dos a pedir trabajo en una barbería de la antigua calle de Cofreros?... Nunca habíamos cogido una navaja en la mano; pero era preciso ganarse el pan afeitando... Al principio ayudábamos..., ¿te acuerdas, Carlos?... Después empuñamos aquellos nobles instrumentos... La flebotomía fue nuestra salvación. Yo empecé los estudios anatómicos. ¡Ciencia admirable, divina! Tanto era el trabajo escolástico, que tuve que abandonar la barbería de aquel famoso maestro Cayetano... El día en que me despedí, él lloraba... Diome dos duros, y su mujer me obsequió con unos pantalones viejos de su esposo... Entré a servir de ayuda de cámara. Dios me protegía, dándome siempre buenos amos. Mi afición al estudio interesó a aquellos benditos señores, que me dejaban libre todo el tiempo que podían. Yo velaba estudiando. Yo estudiaba durmiendo. Yo deliraba, y limpiando la ropa repasaba en la memoria las piezas del esqueleto humano... Me acuerdo que el cepillar la ropa de mi amo me servía para estudiar la miología... Limpiando una manga, decía: "músculo deltoides, bíceps, cubital", y en los pantalones: músculos glúteos, posas, gemelos, tibial, etc.". En aquella casa dábanme sobras de comida, que yo llevaba a mi hermano, habitante en casa de unos dignos ropavejeros. ¿Te acuerdas, Carlos?

—Me acuerdo —dijo Carlos con emoción. Y gracias que encontré quien me diera casa por un pequeño servicio de llevar cuentas. Luego tuve la dicha de tropezar con aquel coronel retirado que me enseñó las matemáticas elementales.

—Bueno; no hay guiñapo que no saquen ustedes hoy a la calle —observó Sofía.

—Mi hermano me pedía pan —añadió Teodoro—, y yo le respondía: "¿Pan has dicho?; toma matemáticas..." Un día mi amo me dio entradas para el teatro de la Cruz; llevé a mi hermano y nos divertimos mucho; pero Carlos cogió una pulmonía... ¡Obstáculo terrible, inmenso! Esto era recibir un balazo al principio de la acción... Pero no, ¿quién desmaya? Adelante..., a curarle se ha dicho. Un profesor de la Facultad, que me había tomado gran cariño, se prestó a curarle.

—Fue milagro de Dios que me salvara en aquel cuchitril inmundo, almacén de trapo viejo, de hierro viejo y de cuero viejo.

—Dios estaba con nosotros... bien claro se veía... Habíase puesto de nuestra parte... ¡Oh, bien sabía yo a quién me arrimaba! —prosiguió Teodoro, con aquella elocuencia nerviosa, rápida, ardiente, que era tan suya como las melenas negras y la cabeza de león—. Para que mi hermano tuviera medicinas fue preciso que yo me quedara sin ropa. No pueden andar juntas la farmacopea y la indumentaria. Receta tras receta, el enfermo consumió mi capa, después mi levita..., mis calzones se convirtieron en píldoras... Pero mis amos no me abandonaban..., volví a tener ropa, y mi hermano salió a la calle. El médico me dijo: "Que vaya a convalecer al campo..." Yo medité... ¿Campo, dijiste? Que vaya a la Escuela de Minas. Mi hermano era gran matemático. Yo le enseñé la Química...; pronto se aficionó a los pedruscos, y antes de entrar en la Escuela, ya salía al campo de San Isidro a recoger guijarros. Yo seguía adelante en mi navegación por entre olas y huracanes... Cada día era más médico; un famoso operador me tomó por ayudante; dejé de ser criado... Empecé a servir a la Ciencia...; mi amo cayó enfermo; asistíle como una Hermana de la Caridad... Murió, dejándome un legado..., ¡donosa idea! Consistía en un bastón, una máquina para hacer cigarrillos, un cuerno de caza y cuatro mil reales en dinero. ¡Una fortuna!... Mi hermano tuvo libros; yo ropa, y cuando me vestí de gente, empecé a tener enfermos. Parece que la Humanidad perdía la salud sólo por darme trabajo... ¡Adelante, siempre adelante!... Pasaron años ,años... Al fin, vi desde lejos el puerto de rufugio después de grandes tormentas... Mi hermano y yo bogábamos sin gran trabajo..., ya no estábamos tristes... Dios sonreía dentro de nosotros. ¡Bien por los Golfines!... Dios les había dado la mano. Yo empecé a estudiar los ojos, y en poco tiempo dominé la catarata; pero yo quería más... Gané algún dinero; pero mi hermano consumía bastante... Al fin, Carlos salió de la Escuela... ¡Vivan los hombres valientes!... Después de dejarle colocado en Riotinto con un buen sueldo, me marché a América. Yo había sido una especie de Colón, el Colón del trabajo, y una especie de Hernán Cortés; yo había descubierto en mí un Nuevo Mundo, y después de descubrirlo, lo había conquistado.

—Alábate, pandero —dijo Sofía, riendo.

—Si hay héroes en el mundo, tú eres uno de ellos —afirmó Carlos demostrando gran admiración por su hermano.

—Prepárese usted ahora, señor semidiós —dijo Sofía—, a coronar todas sus hazañas haciendo un milagro, que milagro será, dar la vista a un ciego de nacimiento... Mira allí sale don Francisco a recibirnos.

Avanzando por lo alto del cerro que limita las minas del lado de Poniente, habían llegado a Aldeacorba y a la casa del señor Penáguilas, que, echándose el chaquetón a toda prisa, salió al encuentro de sus amigos. Caía la tarde.

XI

EL PATRIARCA DE ALDEACORBA

—Ya la están ordeñando —dijo, antes de saludarles—. Supongo que todos tomarán leche. ¿Cómo va ese valor, doña Sofía?... ¿Y usted, don Teodoro?... ¡Buena carga se ha echado a cuestas! ¿Qué tiene María Canela?... ¿Una patita mala? ¿De cuándo acá gastamos esos mimos?

Entraron todos en el patio de la casa. Oíanse los graves mugidos de las vacas, que acababan de entrar en el establo, y este rumor, unido al grato aroma campesino del heno que los mozos subían al pajar, recreaba dulcemente los sentidos y el ánimo.

El médico sentó a la Nela en un banco de piedra, y ella, paralizada por el respeto, sin hacer movimiento alguno, miraba a su bienhechor con asombro.

—¿En dónde está Pablo? —preguntó el ingeniero.

—Acaba de bajar a la huerta —replicó el señor de Penáguilas, ofreciendo una rústica silla a Sofía—. Oye Nela, ve y acompáñale.

—No, no quiero que ande todavía —objetó Teodoro, deteniéndola—. Además, tomará leche con nosotros.

—¿No quiere usted ver a mi hijo esta tarde? —preguntó el señor de Penáguilas.

—Con el examen de ayer me basta —replicó Golfín—. Puede hacerse la operación.

—¿Con éxito?

—¡Ah! ¡Con éxito!... Eso no puede decirse. Gran placer sería para mí dar la vista a quien tanto la merece. Su hijo de usted posee una inteligencia de primer orden, una fantasía superior, una bondad exquisita. Su absoluto desconocimiento del mundo visible hace resaltar más aquellas grandiosas cualidades... Se nos presentan solas, admirablemente sencillas, con todo el candor y el encanto de las creaciones de la Naturaleza, donde no ha entrado el arte de los hombres. En él todo es idealismo, un idealismo grandioso, enormemente bello. Es como un yacimiento colosal, como el mármol en las canteras... No conoce la realidad...; vive la vida interior, la vida de ilusión pura... ¡Oh! ¡Si pudiéramos darle vista!... A veces me digo: "¡Si al darle ojos le convertiremos de ángel en hombre!..." Problema, duda tenemos aquí... Pero hagámosle hombre; ése es el deber de la Ciencia; traigámosle del mundo de las ilusiones a la esfera de la realidad, y entonces sus ideas serán exactas, tendrán el don preciso de apreciar en su verdadero valor todas las cosas.

Sacaron los vasos de leche blanca, espumosa, tibia, rebosando de los bordes con hirviente oleada. Ofreció Penáguilas el primero a Sofía, y los caballeros se apoderaron de los otros dos. Golfín dio el suyo a la Nela, que, abrumada de vergüenza, se negaba a tomarlo.

—Vamos, mujer —dijo Sofía—, no seas mal criada; toma lo que te dan.

—Otro vaso para el señor don Teodoro —dijo don Francisco al criado.

Oyóse en seguida el rumorcillo de los chorros que salían de la estrujada ubre.

—Y tendrá la apreciación justa de todas las cosas —dijo don Francisco, repitiendo esta frase del doctor, la cual había hecho no poca impresión en su espíritu—. Ha dicho usted, señor don Teodoro, una cosa admirable. Y ya que de esto hablamos, quiero confiarle las inquietudes que hace días tengo. Sentaréme también.

Acomodóse don Francisco en un banco próximo. Teodoro, Carlos y Sofía se habían sentado en sillas traídas de la casa, y la Nela continuaba en el banco de piedra. La leche que acababa de tomar le había dejado un bigotillo blanco en su labio superior.

—Pues decía, señor don Teodoro, que hace días me tiene inquieto el estado de exaltación en que se halla mi hijo; yo lo atribuyo a la esperanza que le hemos dado... Pero hay más, hay más. Ya sabe usted que acostumbro leerle diversos libros. Creo que se enardece demasiado su pensamiento con mis lecturas, y que se ha desarrollado en él una cantidad de ideas superior a la capacidad del cerebro de un hombre que no ve. No sé si me explico bien.

—Perfectamente.

—Sus cavilaciones no acaban nunca. Yo me asombro de oírle y del meollo y agudeza de sus discursos. Creo que su sabiduría está llena de mil errores por la falta de método y por el desconocimiento del mundo visible.

—No puede ser de otra manera.

—Pero lo más raro es que, arrastrado por su imaginación potente, la cual es como un Hércules atado con cadenas dentro de un calabozo y que forcejea por romper hierro y muros...

—Muy bien, muy bien dicho.

—Su imaginación, digo, no puede contenerse en la oscuridad de sus sentidos, viene a este nuestro mundo de luz, y quiere suplir con sus atrevidas creaciones la falta del sentido de la vista. Pablo posee un espíritu de indagación asombroso; pero este espíritu de investigación es un valiente pájaro con las alas rotas. Hace días que está delirante, no duerme, y su afán de saber raya en locura. Quiere que a todas horas le lea libros nuevos, y a cada pausa hace las observaciones más agudas, con una mezcla de candor que me hace reír. Afirma y sostiene grandes absurdos, ¡y vaya usted a contradecirle!... Temo mucho que se me vuelva maniático, que se desquicie su cerebro... ¡Si viera usted cuán triste y caviloso se pone a veces!... Y coge un estribillo, y dale que le darás, no lo suelta en una semana. Hace días que no sale de un tema tan gracioso como original. Ha dado en sostener que la Nela es bonita.

Oyéronse risas, y la Nela se quedó como púrpura.

—¡Que la Nela es bonita! —exclamó Teodoro Golfín, cariñosamente—. Pues sí que es.

—Ya lo creo, y ahora más, con su bigote blanco —indicó Sofía.

—Pues sí que es guapa —repitió Teodoro, tomándole la cara—. Sofía, dame tu pañuelo... ¡Vamos, fuera ese bigote!...

Teodoro devolvió a Sofía su pañuelo, después de afeitar a la Nela. Díjole a ésta don Francisco que fuese a acompañar al ciego, y cojeando, entró en la casa.

—Y cuando le contradigo —añadió el señor de Aldeacorba—, mi hijo me contesta que el don de la vista quizás altere en mí, ¡qué disparate más gracioso!, la verdad de las cosas.

—No le contradiga usted, y suspenda por ahora absolutamente las lecturas. Durante algunos días ha de adoptar un régimen de tranquilidad absoluta. Hay que tratar al cerebro con grandes miramientos antes de emprender una operación de esta clase.

—Si Dios quiere que mi hijo vea —dijo el señor de Penáguilas con fervor—, le tendré a usted por el más grande, por el más benéfico de los hombres. La oscuridad de sus ojos es la oscuridad de mi vida; esa sombra negra ha hecho triste mis días, entenebreciéndome el bienestar material que poseo. Soy rico: ¿de qué me sirven mis riquezas? Nada de lo que él no pueda ver es agradable para mí. Hace un mes he recibido la noticia de una gran herencia... Ya sabe usted, señor don Carlos, que mi primo Faustino ha muerto en Matamoros. No tiene hijos; le heredamos mi hermano Manuel y yo... Esto es echar margaritas a puercos, y no lo digo por mi hermano, que tiene una hija preciosa, ya casadera; dígolo por este miserable que no puede hacer disfrutar a su hijo único las delicias honradas de la buena posición.

Siguió a estas palabras un largo silencio, sólo interrumpido por el cariñoso mugido de las vacas en el cercano establo.

—Para él —añadió el patriarca de Aldeacorba con profunda tristeza— no existe el goce del trabajo, el primero de todos los goces. No conociendo las bellezas de la Naturaleza, ¿qué significan para él la amenidad del campo ni las delicias de la agricultura? Yo no sé cómo Dios ha podido privar a un ser humano de admirar una res gorda, un árbol cuajado de peras, un prado verde, y de ver apilados los frutos de la tierra, y de repartir su jornal a los trabajadores, y de leer en el cielo el tiempo que ha de venir. Para él no existe más vida que una cavilación febril. Su vida solitaria ni aun disfrutará de la familia, porque cuando yo me muera, ¿qué familia tendrá el pobre ciego? Ni él querrá casarse, ni habrá mujer de punto que con él se despose, a pesar de sus riquezas; ni yo le aconsejaré tampoco que tome estado. Así es que cuando el señor don Teodoro me ha dado esperanza... he visto el cielo

abierto; he visto una especie de Paraíso en la tierra; he visto un joven y alegre matrimonio; he visto ángeles, nietecillos alrededor de mí; he visto mi sepultura embellecida con las flores de la infancia, con las tiernas caricias que aun después de mi última hora subsistirán, acompañándome debajo de la tierra... Ustedes no comprenden esto; no saben que mi hermano Manuel, que es más bueno que el buen pan, luego que ha tenido noticia de mis esperanzas, ha empezado a hacer cálculos y más cálculos... Vean lo que dice... —Sacó varias cartas, que revolvió breve rato, sin dar con la que buscaba—. En resumidas cuentas, está loco de contento, y me ha dicho: "Casaré a mi Florentina con tu Pablito, y aquí tienes colocado a interés compuesto el millón y medio de pesos del primo Faustino..." Me parece que veo a Manolo frotándose las manos y dando zancajos, como es su costumbre cuando tiene una idea feliz. Les espero a él y a su hija de un momento a otro; vienen a pasar conmigo el 4 de octubre y a ver en qué para esta tentativa de dar luz a mi hijo...

Iba avanzando mansamente la noche, y los cuatro personajes rodeábanse de una sombra apacible. La casa empezaba a humear, anunciando la grata cena de aldea. El patriarca, que parecía la expresión humana de aquella tranquilidad melancólica, volvió a tomar la palabra, diciendo:

—La felicidad de mi hermano y la mía dependen de que yo tenga un hijo que ofrecer por esposo a Florentina, que es tan guapa como la Madre de Dios, como la Virgen María Inmaculada, según la pintan cuando viene el ángel a decirle: "El Señor es contigo..." Mi ciego no servirá para el caso..., pero mi hijo Pablo, con vista, será la realidad de todos mis sueños y la bendición de Dios entrando en mi casa.

Callaron todos, hondamente impresionados por la relación patética y sencilla del bondadoso padre. Este llevó a sus ojos la mano basta y ruda, endurecida por el arado, y se limpió una lágrima.

—¿Qué dices tú a eso, Teodoro? —preguntó Carlos a su hermano.

—No digo más sino que he examinado a conciencia este caso, y que no encuentro motivos suficientes para decir: "No tiene cura", como han dicho los médicos famosos a quienes ha consultado nuestro amigo. Yo no aseguro la curación; pero no la creo imposible. El examen catóptrico que hice ayer no me indica lesión retiniana ni alteración de los nervios de la visión. Si la retina está bien, todo se reduce a quitar de en medio un tabique importuno... El cristalino, volviéndose opaco y a veces duro como piedra, es el que nos hace estas picardías... Si todos los órganos desempeñaran su papel como les está mandado... Pero allí, en esa república del ojo, hay muchos holgazanes que se atrofian.

—De modo que todo queda reducido a una simple catarata congénita —dijo el patriarca con afán.

—¡Oh!, no, señor; si fuera eso sólo, seríamos felices. Bastaba decretar la cesantía de ese funcionario que tan mal cumple su obligación... Le mandan que dé paso a la luz, y en vez de hacerlo, se congestiona, se altera, se endurece, se vuelve opaco como una pared. Hay algo más, señor don Francisco. El iris tiene fisura. La pupila necesita que pongamos la mano en ella. Pero de todo eso me río yo si cuando tome posesión de ese ojo, por tanto tiempo dormido, entro en él y encuentro la coroides y la retina en buen estado. Si, por el contrario, después que aparte el cristalino, entro con la luz en mi nuevo palacio recién conquistado, y me encuentro con una amaurosis total... Si fuera incompleta, habríamos ganado mucho; pero siendo general... Contra la muerte del aparato nervioso de la visión no podemos nada. Nos está prohibido meternos en las honduras de la vida... ¿Qué hemos de hacer? Paciencia.

Este caso ha llamado vivamente mi atención: hay síntomas de que los aposentos interiores no están mal. Su Majestad la retina se halla quizá dispuesta a recibir los rayos lumínicos que se le quieran presentar. Su Alteza el humor vítreo probablemente no tendrá novedad. Si la larguísima falta de ejercicio en sus funciones le ha producido algo de glaucoma... una especie de tristeza... ya trataremos de arreglarlo. Todo estará muy bien allá en la cámara regia... Pero pienso otra cosa. La fisura y la catarata permiten comúnmente que entre un poco de claridad, y nuestro ciego no percibe claridad alguna. Esto me ha hecho cavilar... Verdad es que las capas corticales están muy opacas..., los obstáculos que halla la luz son muy fuertes... Allá veremos, don Francisco. ¿Tiene usted valor?

—¿Valor? ¡Que si tengo valor!... —exclamó don Francisco con cierto énfasis.

—Se necesita no poco para afrontar el caso siguiente...

—¿Cuál?

—Que su hijo de usted sufra una operación dolorosa, y después se quede tan ciego como antes... Yo dije a usted: "La imposibilidad no está demostrada. ¿Hago la operación?"

—Y yo respondí lo que ahora repito: "Hágase la operación, y cúmplase la voluntad de Dios. Adelante."

—¡Adelante! Ha pronunciado usted mi palabra.

Levantóse don Francisco y estrechó entre sus dos manos la de Teodoro, tan parecida a la zarpa de un león.

—En este clima, la operación puede hacerse en los primeros días de octubre —dijo Golfín—. Mañana fijaremos el tratamiento a que debe sujetarse el paciente... Y nos vamos, que se siente fresco en estas alturas.

Penáguilas ofreció a sus amigos casa y cena; mas no quisieron éstos aceptar. Salieron todos, juntamente con la Nela, a quien Teodoro quiso

levar consigo, y también salió don
Francisco para hacerles compañía
hasta el establecimiento. Convidados
del silencio y belleza de la noche,
fueron departiendo sobre cosas agra-
dables: unas, relativas al rendimien-
to de las minas; otras, a la cosecha
del país. Cuando los Golfines entraron en su casa, volvióse a la suya
don Francisco, solo y triste, andando despacio, la vista fija en el suelo.
Pensaba en los terribles días de ansiedad y de esperanza, de sobresalto
y dudas que se aproximaban. Por el
camino encontró a Choto, y ambos
subieron lentamente la escalera de
palo. La luna alumbraba bastante, y
la sombra del patriarca subía delante
de él, quebrándose en los peldaños
y haciendo como unos dobleces que
saltaban de escalón en escalón. El
perro iba a su lado. No teniendo el
patriarca de Aldeacorba otro ser a
quien fiar los pensamientos que abru-
maban su cerebro, dijo así:

—Choto, ¿qué sucederá?

XII

EL DOCTOR CELIPIN

El señor Centeno, después de recrear su espíritu en las borrosas columnas del *Diario,* y la Señana, después de sopesar con embriagador deleite las monedas contenidas en el calcetín, se acostaron. Habíanse ido también los hijos a reposar sobre sus respectivos colchones. Oyóse en la sala una retahila que parecía oración o romance de ciego; oyéronse bostezos, sobre los cuales trazaba cruces el perezoso dedo... La familia de piedra dormía.

Cuando la casa fue el mismo Limbo, oyóse en la cocina rumorcillo como de alimañas que salen de sus agujeros para buscarse la vida. Las cestas se abrieron, y Celipín oyó estas palabras:

—Celipín, esta noche sí que te traigo un buen regalo; mira...

—Celipín no podía distinguir nada; pero alargando la mano, tomó de la de María dos duros como dos soles, de cuya autenticidad se cercioró por el tacto, ya que por la vista difícilmente podía hacerlo, quedándose pasmado y mudo.

—Me los dio don Teodoro —añadió la Nela— para que me comprara unos zapatos. Como yo para nada necesito zapatos, te los doy, y así, pronto juntarás aquello.

—¡Córcholis! ¡que eres más buena que María Santísima!... Ya poco me falta, Nela, y en cuanto apande media docena de reales... ya verán quién es Celipín.

—Mira, hijito: el que me ha dado ese dinero andaba por las calles pidiendo limosna cuando era niño, y después...

—¡Córcholis! ¡Quién lo había de decir!... Don Teodoro... ¡Y ahora tiene más dinero...! Dicen que lo que tiene no lo cargan seis mulas.

—Y dormía en las calles, servía de criado, y no tenía calzones...; en fin, que era más pobre que las ratas. Su hermano don Carlos vivía en una casa de trapo viejo.

—¡Jesús! ¡Córcholis! ¡Y qué cosas se ven por esas tierras!... Yo también me buscaré una casa de trapo viejo.

—Y después tuvo que ser barbero para ganarse la vida y poder estudiar.

—*Miá* tú..., yo tengo pensado irme derecho a una barbería... Yo me pinto solo para rapar... ¡Pues soy yo poco listo en gracia de Dios! Desde que yo llegue a Madrid, por un lado rapando y por otro estudiando, he de aprender en dos meses toda la ciencia. *Miá* tú, ahora se me ha ocurrido que debo tirar para médico... Sí, médico, que echando una mano a este pulso, otra mano al otro, se llena de dinero el bolsillo.

—Don Teodoro —dijo la Nela— tenía menos que tú, jorque tú vas a tener cinco duros, y con cinco duros parece que todo se ha de venir a la mano. ¡Aquí de los hombres guapos! Don Teodoro y don Carlos eran como los pájaros que andan solos por el mundo. Ellos con su buen gobierno se volvieron sabios.

Don Teodoro leía en los muertos y don Carlos leía en las piedras, y así los dos aprendieron el modo de hacerse personas cabales. Por eso es don Teodoro tan amigo de los pobres. Celipín, si me hubieras visto esta tarde cuando me llevaba al hombro... Después me dio un vaso de leche y me echaba unas miradas como las que se echan a las señoras.

—Todos los hombres listos somos de ese modo —observó Celipín con petulancia—. Verás tú qué fino y galán voy a ser yo cuando me ponga mi levita y mi sombrero de una tercia de alto. Y también me calzaré las manos con eso que llaman guantes, que no pienso quitarme nunca como no sea sino para tomar el pulso... Tendré un bastón con una porra dorada y me vestiré..., eso sí, en mis carnes no se pone sino paño fino... ¡Córcholis! Te vas a reír cuando me veas.

—No pienses todavía en esas cosas de remontarte mucho, que eres más pelado que un huevo —le dijo ella—. Vete poquito a poquito, hoy me aprendo esto, mañana lo otro. Yo te aconsejo que antes de meterte en eso de curar enfermos, debes aprender a escribir para que pongas una carta a tu madre pidiéndole perdón, y diciéndole que te has ido de tu casa para afinarte, hacerte como don Teodoro y ser un médico muy cabal.

—Calla, mujer... Pues qué, ¿creías que la escritura no es lo primero?... Deja tú que yo coja una pluma en la mano, y verás qué rasgueo de letras y qué perfiles finos para arriba y para abajo, como la firma de don Francisco Penáguilas... ¡Escribir!, a mí con ésas... A los cuatro días verás qué cartas pongo... Ya las oirás leer, y verás qué *conceptos* los míos y qué modo aquel de echar *retólicas* que os dejen bobos a todos. ¡Córcholis! Nela, tú no sabes que yo tengo mucho talento. Lo siento aquí dentro de mi cabeza, haciéndome *burumbum, burumbum,* como el agua de la caldera

de vapor... Como que no me deja dormir, y pienso que es que todas las ciencias se me entran aquí, y andan dentro volando a tientas como los murciélagos, y diciédome que las estudie. Todas, todas las ciencias las he de aprender, y ni. una sola se me ha de quedar... Verás tú...

—Pues debe de haber muchas. Pablo, que las sabe todas, me ha dicho que son muchas, y que la vida entera de un hombre no basta para una sola.

—Ríete tú de eso... Ya me verás a mí...

—Y la más bonita de todas es la de don Carlos... Porque mira tú que eso de coger una piedra y hacer con ella latón... Otros dicen que hacen plata y también oro. Aplícate a eso, Celipillo.

—Desengáñate, no hay saber como ése de cogerle a uno la muñeca y mirarle la lengua, y decir al momento en qué hueco del cuerpo tiene aposentado el maleficio... Dicen que don Teodoro le saca un ojo a un hombre y le pone otro nuevo, con el cual ve y como si fuera ojo nacido... *Miá* tú que eso de ver a uno que se está muriendo, y con mandarle tomar, pongo el caso, media docena de mosquitos guisados un lunes con palos de mimbre cogidos por una doncella que se llame Juana, dejarle bueno y sano, es mucho aquél... Ya verás, ya verás cómo se porta don Celipín el de Socartes. Te digo que se ha de hablar de mí hasta en La Habana.

—Bien, bien —dijo la Nela con alegría—; pero mira que has de ser buen hijo, pues si tus padres no quieren enseñarte, es porque ellos no tienen talento, y pues tú lo tienes, pídele por ellos a la Santísima Virgen, y no dejes de mandarles algo de lo mucho que vas a ganar.

—Eso sí lo haré. Mía tú, aunque me voy de la casa, no es que quiera mal a mis padres, y ya verás cómo dentro de poco tiempo ves venir un mozo de la estación cargado que se revienta con unos grandes paquetes. ¿Y qué será? Pues refajos para mi madre y mis hermanas ·y un sombrero alto para mi padre. A ti puede que te mande también un par de pendientes.

—Muy pronto regalas —dijo la Nela, sofocando la risa—. ¡Pendientes para mí!...

—Pero ahora se me está ocurriendo una cosa. ¿Quiéres que te la diga? Pues es que tú debías venir conmigo, y siendo dos, nos ayudaríamos a ganar y a aprender. Tú también tienes talento, que eso del pesquis a mí no se me escapa, y bien podías llegar a ser señora, como yo caballero. ¡Qué me había de reír si te viera tocando el piano como doña Sofía!

—¡Qué bobo eres! Yo no sirvo para nada. Si fuera contigo sería un estorbo para ti.

—Ahora dicen que van a dar vista a don Pablo, y cuando él tenga vista, nada tienes tú que hacer en Socartes. ¿Qué te parece mi idea?... ¿No respondes?

Pasó algún tiempo sin que la Nela contestara nada. Preguntó de nuevo Celipín, sin obtener respuesta.

—Duérmete, Celipín —dijo al fin la de las cestas—. Yo tengo mucho sueño.

—Como mi talento me deje dormir, a la buena de Dios.

Un minuto después se veía a sí mismo en figura semejante a la don Teodoro Golfín, poniendo ojos nuevos en órbitas viejas, claveteando piernas rotas, y arrancando criaturas a la muerte mediante copiosas tomas de mosquitos cogidos por una doncella y guisados un lunes con palos de mimbre. Viose cubierto de riquísimos paños, las manos aprisionadas en guantes olorosos y arrastrado en coche, del cual tiraban cisnes, que no caballos, y llamado por reyes, o solicitado de reinas, por honestas damas requerido, alabado de magnates y llevado en triunfo por los pueblos todos de la Tierra.

XIII

ENTRE DOS CESTAS

La Nela cerró sus conchas para estar más sola. Sigámosla; penetremos en su pensamiento. Pero antes conviene hacer algo de historia.

Habiendo carecido absolutamente e instrucción en su edad primera; habiendo carecido también de las sugestiones cariñosas que enderezan el espíritu de un modo seguro al conocimiento de ciertas verdades, había se formado Marianela en su imaginación poderosa una orden de ideas muy singular, una teogonía extravagante y un modo rarísimo de apreciar las causas y los efectos de las cosas. Exacta era la idea de Teodoro Golfín al comparar el espíritu de la Nela con los pueblos primitivos. Como en éstos, dominaba en ella el sentimiento y la fascinación de lo maravilloso; creía en poderes sobrenaturales, distintos del único y grandioso Dios, y veía en los objetos de la Naturaleza personalidades vagas que no carecían de modos de comunicación con los hombres.

A pesar de esto, la Nela no ignoraba completamente el Evangelio: nadie le fue bien enseñado; pero había oído hablar de él. Veía que la gente iba a una ceremonia que llamaban Misa... Tenía idea de un sacrificio sublime; mas sus nociones no pasaban de aquí. Habíase acostumbrado a respetar, en virtud de un sentimentalismo contagioso, al Dios crucificado; sabía que aquello debía besarse; sabía además algunas oraciones aprendidas de rutina; sabía que todo aquello que no se posee

debe pedirse a Dios, pero nada más. El horrible abandono de su inteligencia hasta el tiempo de su amistad con el señorito de Penáguilas era causa de esto. Y la amistad con aquel ser extraordinario, que desde la oscuridad exploraba con el valiente ojo de su pensamiento infatigable los problemas de la vida, había llegado tarde. En el espíritu de la Nela hallábase ya petrificado lo que podremos llamar su filosofía, hechura de ella misma, un no sé qué de paganismo y de sentimentalismo, mezclado y confundido. Debemos añadir que María, a pesar de vivir tan fuera del elemento social en que todos vivimos, mostraba casi siempre buen sentido, y sabía apreciar sesudamente las cosas de la vida, como se ha visto en los consejos que a Celipín daba. La grandísima valía de su alma explica esto.

La más notable tendencia de su espíritu era lo que la impulsaba con secreta pasión a amar la hermosura física, dondequiera que se encontrase. No hay nada más natural, tratándose de un ser criado en absoluto apartamiento de la sociedad y de la ciencia, y en comunicación abierta y constante, en trato familiar, digámoslo así, con la Naturaleza, poblada de bellezas imponentes o graciosas, llena de luz y colores, de murmullos elocuentes y de formas diversas. Pero Marianela hubo de añadir a su admiración el culto, y siguiendo una ley, propia también del estado primitivo, había personificado todas las bellezas que adoraba en una sola, ideal y con forma humana. Esta belleza era la Virgen María, adquisición hecha por ella en los dominios del Evangelio, que tan imperfectamente poseía. La Virgen no habría sido para ella el ideal más querido, si a sus perfecciones morales no reunieran todas las hermosuras, guapezas y donaires del orden físico, si no tuviera una cara noblemente hechicera y seductora, un semblante humano y divino al propio tiempo, que a ella le parecía resumen y cifra de toda la luz del mundo, de toda la melancolía y paz sabrosa de la noche, de la música de los arroyos, de la gracia y elegancia de las flores, de la frescura del rocío, de los suaves quejidos del viento, de la inmaculada nieve de las montañas, del cariñoso mirar de las estrellas y de la pomposa majestad de las nubes cuando gravemente discurren por la inmensidad del cielo.

La persona de Dios representábasele terrible y ceñuda, más propia para infundir respeto que cariño. Todo lo bueno venía de la Virgen María, y a la Virgen debía pedirse todo lo que han menester las criaturas. Dios reñía y ella sonreía. Dios castigaba y ella perdonaba. No es esta última idea tan rara para que llame la atención. Casi rige en absoluto a las clases menesterosas y rurales de nuestro país.

También es común en éstas, cuando se junta un gran abandono a una poderosa fantasía, la fusión que hacía la Nela entre las bellezas de la Naturaleza y aquella figura encantadora que resume en sí casi todos los elementos estéticos de la idea cristiana. Si a la soledad en que vivía la Nela hubieran llegado menos nociones cristianas de las que llegaron; si su apartamiento del foco de ideas hubiera sido absoluto, su paganismo habría sido entonces completo, adorando la Luna, los bosques, el fuego, los arroyos, el Sol.

Tal era la Nela que se crió en Socartes, y así llegó a los quince años. Desde esta fecha, su amistad con Pablo y sus frecuentes coloquios con quien poseía tantas y tan buenas nociones, modificaron algo su modo de pensar; pero la base de sus ideas no sufrió alteración. Continuaba dando a la hermosura física cierta soberanía augusta; seguía llena de supersticiones y adorando a la Santísima Virgen como un compendio de todas las bellezas naturales, encarnando en esta persona la ley moral, y rematando su sistema con extrañas ideas respecto a la muerte y la vida futura.

Encerrándose en sus conchas, Marianela habló así:

"Madre de Dios y mía, ¿por qué no me hiciste hermosa? ¿Por qué cuando mi madre me tuvo no me miraste desde arriba?... Mientras más me miro más fea me encuentro. ¿Para qué estoy yo en el mundo?, ¿para qué sirvo?, ¿a quién puedo interesar? A uno solo, Señora y Madre mía, a uno solo que me quiere porque no me ve. ¿Qué será de mí cuando me vea y deje de quererme?... porque, ¿cómo es posible que me quiera viendo este cuerpo chico, esta figurilla de pájaro, esta tez pecosa, esta boca sin gracia, esta nariz picuda, este pelo descolorido, esta persona mía que no sirve sino para que todo el mundo le dé con el pie? ¿Quién es la Nela? Nadie. La Nela sólo es algo para el ciego. Si sus ojos nacen ahora y los vuelve a mí y me ve, me caigo muerta... El es el único para quien la Nela no es menos que los gatos y los perros. Me quiere como quieren los novios a sus novias, como Dios manda que se quieran las personas... Señora Madre mía, ya que vas a hacer el milagro de darle vista, hazme hermosa a mí o mátame, porque para nada estoy en el mundo. Yo no soy nada ni nadie más que para uno solo... ¿Siento yo que recobre la vista? No, eso no, eso no. Yo quiero que vea. Daré mis ojos por que él vea con los suyos, daré mi vida toda. Yo quiero que

lon Teodoro haga el milagro que dicen. ¡Benditos sean los hombres sabios! Lo que no quiero es que mi
amo me vea, no. Antes que consentir
que me vea, ¡Madre mía!, me ente-
rraré viva; me arrojaré al río... Sí,
sí; que se trage la tierra mi fealdad.
Yo no debía haber nacido..."

Y luego, dando una vuelta en la
cesta, proseguía:

"Mi corazón es todo para él. Este
cieguecito que ha tenido el antojo de
quererme mucho, es para mí lo primero del mundo después de la Virgen María. ¡Oh! ¡Si yo fuese grande
y hermosa; si tuviera el talle, la cara
y el tamaño... sobre todo el tamaño, de otras mujeres; si yo pudiese
llegar a ser señora y componer-
me!... ¡Ay!, entonces mi mayor de-
licia sería que sus ojos se recrearan
en mí... Si yo fuera como las demás, siquiera como Mariuca...,
¡qué pronto buscaría el modo de
instruirme, de afinarme, de ser una
señora!... ¡Oh! ¡Madre y Reina
mía, lo único que tengo me lo vas a
quitar! ¿Para qué permitiste que le
quisiera y que él me quisiera a mí?
Esto no debió ser así..."

Y derramando lágrimas y cruzando los brazos, añadió medio vencida
por el sueño:

"¡Ay! ¡Cuánto te quiero, niño de
mi alma! Quiere mucho a la Nela,
a la pobre Nela, que no es nada...
¡Quiéreme mucho!... Déjame darte
un beso en tu preciosísima cabeza...; pero no abras los ojos, no me
mires..., ciérralos, así, así."

XIV

DE COMO LA VIRGEN MARIA SE
APARECIO A LA NELA

Los pensamientos, que huyen cuando somos vencidos por el sueño, suelen quedarse en acecho para volver a ocuparnos bruscamente cuando despertamos. Así ocurrió a Mariquilla, que habiéndose quedado dormida con los pensamientos más extraños acerca de la Virgen María, del ciego y de su propia fealdad, que ella deseaba ver trocada en pasmosa hermosura, con ellos mismos despertó cuando los gritos de la Señana la arrancaron de entre sus cestas. Desde que abrió los ojos, la Nela hizo su oración de costumbre a la Virgen María; pero aquel día la oración se compuso de la retahíla ordinaria de las oraciones y de algunas piezas de su propia invención, resultando un discurso que si se escribiera habría de ser curioso. Entre otras cosas, la Nela dijo:

"Anoche te me has aparecido en sueños, Señora, y me prometiste que hoy me consolarías. Estoy despierta, y me parece que todavía te estoy mirando, y que tengo delante de tu cara, más linda que todas las cosas guapas y hermosas que hay en el mundo."

Al decir esto, la Nela revolvía sus ojos con desvarío en derredor de sí... Observándose a sí misma de la manera vaga que podía hacerlo, pensó de este modo: "A mí me pasa algo."

—¿Qué tienes, Nela? ¿Qué te pasa, chiquilla —le dijo la Señana, no-

tando que la muchacha miraba co[n] atónitos ojos a un punto fijo del es[pacio—]. ¿Estás viendo visiones, ma[r]mota?

La Nela no respondió, porque es[taba] su espíritu ocupado en platica[r] consigo propio, diciéndose:

"¿Qué es lo que yo tengo?... N[o] puede ser maleficio, porque lo qu[e] tengo dentro de mí no es la figur[a] feísima y negra del demonio mal[o] sino una cosa celestial, una cara, un[a] sonrisa y un modo de mirar que, [o] yo estoy tonta, o son de la misma[a] Virgen María en persona. Señora Madre mía, ¿será verdad que ho[y] vas a consolarme?... ¿Y cómo m[e] vas a consolar? ¿Qué te he pedid[o] anoche?"

—¡Eh... chiquilla! —gritó la Se[ñana con voz desapacible, como e[l] más destemplado sonido que pued[e] oírse en el mundo—. Ven a lavar[te] esa cara de perro.

Nela corrió. Había sentido en s[u] espíritu un sacudimiento como el qu[e] produce la repentina invasión de un[a] gran esperanza. Miróse en la trému[la] superficie del agua, y al instant[e] sintió que su corazón se oprimí[a].

"Nada... —murmuró—, tan fe[a] ta como siempre. La misma figur[a] de niña con alma y años de mu[jer]jer".

Después de lavarse, sobrecogi[e]ronla las mismas extrañas sensacion[es] de antes, al modo de congojas pla[cen]centeras. A pesar de su escasa ex[periencia]

62

periencia, Marianela tuvo tino para clasificar aquellas sensaciones en el orden de los presentimientos.

"Pablo y yo —pensó— hemos hablado de lo que se siente cuando va a venir una cosa alegre o triste. Pablo me ha dicho también que poco antes de los temblores de tierra se siente una cosa particular, y las personas sienten una cosa particular... y los animales sienten también una cosa particular... ¿Irá a temblar la tierra?".

Arrodillándose tentó el suelo.

"No sé... pero algo va a pasar. Que es una cosa buena no puedo dudarlo... La Virgen me dijo anoche que hoy me consolaría... ¿Qué es lo que tengo?... ¿Esa señora celestial anda alrededor de mí? No la veo, pero la siento; está detrás, está delante".

Pasó por junto a las máquinas de lavado, en dirección al plano inclinado, y miraba con despavoridos ojos a todas partes. No veía más que las figuras de barro crudo que se agitaban con gresca infernal en medio del áspero bullicio de las cribas cilíndricas, pulverizando el agua y humedeciendo el polvo. Más adelante, cuando se vio sola, se detuvo, y poniéndose el dedo en la frente, clavando los ojos en el suelo con la vaguedad que imprime a aquel sentido la duda, se hizo esta pregunta: "¿Pero yo estoy alegre o estoy triste?"

Miró después al cielo, admirándose de hallarlo lo mismo que todos los días —y era aquél de los más hermosos—, y avivó el paso para llegar pronto a Aldeacorba de Suso. En vez de seguir la cañada de las minas para subir por la escalera de palo, apartóse de la hondonada por el regato que hay junto al plano inclinado, con objeto de subir a las praderas y marchar después derecha y por camino llano a Aldeacorba. Este camino era más bonito y por eso lo prefería casi siempre. Había callejas pobladas de graciosas y aromáticas flores, en cuya multitud pas-

taban rebaños de abejas y mariposas; había grandes zarzales llenos del negro fruto que tanto apetecen los chicos; había grupos de guinderos, en cuyos troncos se columpiaban las madreselvas, y había también corpulentas encinas grandes, anchas, redondas, oscuras, que parece se recreaban contemplando su propia sombra.

La Nela seguía andando despacio, inquieta de lo que en sí misma sentía y de la angustia deliciosa que la embriagaba. Su imaginación fecunda supo al fin hallar la fórmula más propia para expresar aquella obsesión, y recordando haber oído decir "Fulano o Zutano tiene los demonios en el cuerpo", ella dijo: "Yo tengo los ángeles en el cuerpo... Virgen María, tú estás hoy conmigo. Esto que siento son las carcajadas de tus ángeles que juegan dentro de mí. Tú no estás lejos, te veo y no te veo, como cuando vemos con los ojos cerrados."

Cerraba los ojos y los abría de nuevo. Habiendo pasado junto a un bosque, dobló el ángulo del camino para llegar adonde se extendía un gran bordo de zarzas, las más frondosas, las más bonitas y crecidas de todo aquel país. También se veían lozanos helechos, madreselvas, parras vírgenes y otras plantas de arrimo, que se sostenían unas a otras por no haber allí grandes troncos. La Nela sintió que las ramas se agitaban a su derecha: miró... ¡Cielos divinos! Allí estaba, dentro de un marco de verdura, la Virgen María Inmaculada, con su propia cara, sus propios ojos, que al mirar reflejaban toda la hermosura del cielo. La Nela se quedó muda, petrificada, con una sensación en que se confundían el fervor y el espanto. No pudo dar un paso, ni gritar, ni moverse, ni respirar, ni apartar sus ojos de aquella aparición maravillosa.

Había aparecido entre el follaje, mostrando completamente todo su busto y cara. Era, sí, la auténtica imagen de aquella escogida doncella de Nazareth, cuya perfección moral han tratado de expresar por medio de la forma pictórica los artistas de dieciocho siglos, desde San Lucas hasta los contemporáneos. La Humanidad ha visto esta sacra persona con distintos ojos, ora con los de Alberto Durero, ora con los de Rafael Sanzio, o bien con los de Van Dyck y Bartolomé Murillo. Aquella que a la Nela se apareció era, según el modo rafaelesco, sobresaliente entre todos si se atiende a que en él la perfección de la belleza humana se acerca más que ningún otro recurso artístico a la expresión de la divinidad. El óvalo de su cara era menos angosto que el del tipo sevillano, ofreciendo la graciosa redondez del itálico. Sus ojos, de admirables proporciones, eran la misma serenidad unida a la gracia, a la armonía, con un mirar tan distinto de la frialdad como del extremado relampagueo de los ojos andaluces. Sus cejas eran delicada hechura del más fino pincel, y trazaban un arco sutil. En su frente no se concebía el ceño del enfado ni las sombras de la tristeza, y sus labios, un poco gruesos, dejaban ver, al sonreír, los más preciosos dientes que han mordido manzana del Paraíso. Sin querer hemos ido a parar a nuestra madre Eva, cuando tan lejos está la que dio el triunfo a la serpiente de la que aplastó su cabeza; pero el examen de las distintas maneras de la belleza humana conduce a estos y a otros más lamentables contrasentidos. Para concluir el imperfecto retrato de aquella estupenda visión que dejó desconcertada y como muerta a la pobre Nela, diremos que su tez era de ese color de rosa tostado, o más bien moreno encendido que forma como un rubor delicioso en el rostro de aquellas divinas imágenes, ante las cuales se extasían lo mismo los siglos devotos que los impíos.

Pasado el primer instante de estupor, lo que ante todo observó Marianela, llenándose de confusión, fue que la bella Virgen tenía una cor-

bata azul en su garganta, adorno que ella no había visto jamás en las Vírgenes soñadas ni en las pintadas. Inmediatamente notó también que los hombros y el pecho de la divina mujer se cubrían con un vestido, en el cual todo era semejante a los que usan las mujeres del día. Pero lo que más turbó y desconcertó a la pobre muchacha fue ver que la gentil imagen estaba cogiendo moras de zarza... y comiéndoselas.

Empezaba a hacer los juicios a que daba ocasión esta extraña conducta de la Virgen, cuando oyó una voz varonil y chillona que decía:

—¡Florentina, Florentina!

—Aquí estoy, papá; aquí estoy comiendo moras silvestres.

—¡Dale!... ¿Y qué gusto le encuentras a las moras silvestres? ¡Caprichosa!... ¿No te he dicho que eso es más propio de los chicuelos holgazanes del campo que de una señorita criada en la buena sociedad..., criada en la buena sociedad...?

La Nela vio acercarse con grave paso al que esto decía. Era un hombre de edad madura, mediano de cuerpo, algo rechoncho, de cara arrebolada y que parecía echar de sí rayos de satisfacción como el Sol los echaba de luz; pequeño de piernas, un poco largo de nariz, y magnificado con varios objetos decorativos, entre los cuales descollaban una gran cadena de reloj y un fino sombrero de fieltro de alas anchas.

—Vamos, mujer —dijo cariñosamente el señor don Manuel Penáguilas, pues no era otro—, las personas decentes no comen moras silvestres, ni dan esos brincos. ¿Ves? Te has estropeado el vestido...; no lo digo por el vestido, que así como se te compró ése, se te comprará otro...; dígolo porque la gente que te vea podrá creer que no tienes más ropa que la puesta.

La Nela, que comenzaba a ver claro, observó los vestidos de la señorita de Penáguilas. Eran buenos y ricos; pero su figura expresaba a maravilla la transición no muy lenta del estado de aldeana al de señorita rica. Todo su atavío, desde el calzado a la peineta, era de señorita de pueblo en día del santo patrono titular. Mas eran tales los encantos naturales de Florentina, que ningún accidente comprendido en las convencionales reglas de la elegancia podía oscurecerlos. No podía negarse, sin embargo, que su encantadora persona estaba pidiendo a gritos una rústica saya, un cabello en trenzas y al desgaire, con aderezo de amapolas, un talle en justillo, una sarta de corales; en suma, lo que el pudor y el instinto de presunción hubieran ideado por sí, sin mezcla de invención cortesana.

Cuando la señorita se apartaba del zarzal, don Manuel acertó a ver a la Nela a punto que ésta había caído completamente de su burro, y dirigiéndose a ella, gritó:

—¡Oh!... ¿aquí estás tú?... Mira, Florentina, ésta es la Nela...; recordarás que te hablé de ella. Es la que acompaña a tu primito... a tu primito. ¿Y qué tal te va por estos barrios?...

—Bien, señor don Manuel. ¿Y usted cómo está? —repuso Mariquilla, sin apartar los ojos de Florentina.

—Yo tan campante, ya ves tú. Esta es mi hija. ¿Qué te parece?

Florentina corría detrás de una mariposa.

—Hija mía, ¿adónde vas?, ¿qué es eso? —dijo el padre, visiblemente contrariado—. ¿Te parece bien que corras de ese modo detrás de un insecto como los chiquillos vagabundos?... Mucha formalidad, hija mía. Las señoritas criadas entre la buena sociedad no hacen eso..., no hacen eso...

Don Manuel tenía la costumbre de repetir la última frase de sus párrafos o discursos.

—No se enfade usted, papá —repitió la joven, regresando después de su expedición infructuosa hasta ponerse al amparo de las alas del sombrero paterno—. Ya sabe usted que me gusta mucho el campo y que me vuelvo loca cuando veo árboles, flores, praderas. Como en aquella triste tierra de Campó donde vivimos hay poco de esto...

—¡Oh! No hables mal de Santa Irene de Campó, una villa ilustrada, donde se encuentran hoy muchas comodidades y una sociedad distinguida. También han llegado los adelantos de la civilización..., de la civilización. Andando a mi lado juiciosamente, puedes admirar la Naturaleza; yo también la admiro sin hacer cabriolas como los volatineros. A las personas educadas entre una sociedad escogida se les conoce por el modo de contemplar los objetos. Eso de estar diciendo a cada instante: "¡Ah!..., ¡oh!..., ¡qué bonito!... ¡Mire usted, papá", señalando a un helecho, a un roble, a una piedra, a un espino, a un chorro de agua, no es cosa de muy buen gusto... Creerán que te has criado en algún desierto... Conque anda a mi lado... La Nela nos dirá por dónde volveremos a casa, porque a la verdad, yo no sé dónde estamos.

—Tirando a la izquierda por detrás de aquella casa vieja —dijo la Nela—, se llega muy pronto... Pero aquí viene el señor don Francisco.

En efecto; apareció don Francisco, gritando:

—Que se enfría el chocolate...

—¡Qué quieres, hombre!... Mi hija estaba tan deseosa de retozar por el campo, que no ha querido esperar, y aquí nos tienes de mata en mata como cabritillos... de mata en mata como cabritillos.

—A casa, a casa. Ven tú también, Nela, para que tomes chocolate —dijo Penáguilas, poniendo su mano sobre la cabeza de la vagabunda—. ¿Qué te parece mi sobrina?... Vaya, que es guapa... Florentina, después que toméis el chocolate, la Nela os llevará a pasear a Pablo y a ti, y verás todas las hermosuras del país, las minas, el bosque, el río...

Florentina dirigió una mirada cariñosa a la infeliz criatura que a su lado parecía hecha expresamente por la Naturaleza para hacer resaltar más la perfección y magistral belleza de algunas de sus obras. Al llegar a la casa, esperábalos la mesa con las jícaras, donde aún hervía el espeso licor guayaquileño y un montoncillo de rebanadas de pan. También estaba en expectativa la mantequila puesta entre hojas de castaño, sin que faltaran algunas pastas y golosinas. Los vasos de frescas y transparente agua reproducían en su convexo de cristal estas bellezas gastronómicas, agrandándolas.

—Hagamos algo por la vida —dijo don Francisco, sentándose.

—Nela —indicó Pablo—, tú también tomarás chocolate.

No lo había dicho, cuando Florentina ofreció a Marianela el jicarón con todo lo demás que en la mesa había. Resistíase a aceptar el convite; mas con tanta bondad y con tan graciosa llaneza insistió la señorita de Penáguilas, que no hubo más que decir. Miraba de reojo don Manuel a su hija, cual si no se hallara

completamente satisfecho de los progresos de ella en el arte de la buena educación, porque una de las partes principales de ésta consistía, según él, en una fina apreciación de los grados de urbanidad con que debía obsequiarse a las diferentes personas, según su posición, no dando a ninguna ni más ni menos de lo que le correspondía con arreglo al fuero social; y de este modo quedaban todos en su lugar, y la propia dignidad se sublimaba, conservándose en el justo medio de la cortesía, el cual estriba en no ensoberbecerse demasiado delante de los ricos, ni humillarse demasiado delante de los pobres... Luego que fue tomado el chocolate, don Francisco dijo:

—Váyase fuera toda la gente menuda. Hijo mío, hoy es el último día que don Teodoro te permite salir fuera de casa. Los tres pueden ir a paseo, mientras mi hermano y yo vamos a echar un vistazo al ganado... Pájaros, a volar.

No necesitaron que se les rogara mucho. Convidados de la hermosura del día, volaron los jóvenes al campo

XV

LOS TRES

Estaba la señorita de pueblo muy gozosa en medio de las risueñas praderas, sin las trabas enojosas de las pragmáticas sociales de su señor padre, y así, en cuanto se vio a regular distancia de la casa, empezó a correr alegremente y a suspenderse de las ramas de los árboles que a su alcance veía, para balancearse ligeramente en ellas. Tocaba con las yemas de sus dedos las moras silvestres, y cuando las hallaba maduras cogía tres, una para cada boca.

—Esta para ti, primito —decía, poniéndosela en la boca—, y ésta para ti, Nela. Dejaré para mí la más chica.

Al ver cruzar los pájaros a su lado, no podía resistir movimientos semejantes a una graciosa pretensión de volar, y decía: "¿Adónde irán ahora esos bribones?". De todos los robles cogía una rama, y abriendo la bellota para ver lo que había dentro, la mordía, y al sentir su amargor, arrojábala lejos. Un botánico tocado del delirio de las clasificaciones no hubiera coleccionado con tanto afán como ella todas las flores bonitas que le salían al paso, dándole la bienvenida desde el suelo con sus carillas de fiesta. Con lo recolectado en media hora adornó todos los ojales de la americana de su primo, los cabellos de la Nela y, por último, sus propios cabellos.

—A la primita —dijo Pablo— le gustará ver las minas. Nela, ¿no te parece que bajemos?

—Sí, bajemos... Por aquí, señorita.

—Pero no me hagan pasar por túneles, que me da mucho miedo. Eso sí que no lo consiento —dijo Florentina, siguiéndoles—. Primo, ¿tú y la Nela paseáis mucho por aquí? Esto es precioso. Aquí viviría yo toda mi vida... ¡Bendito sea el hombre que te va a dar la facultad de gozar de todas estas preciosidades!

—¡Dios lo quiera! Mucho más hermosas me parecerán a mí, que jamás las he visto, que a vosotras, que estáis saciadas de verlas... No creas tú, Florentina, que yo no comprendo las bellezas; las siento en mí de tal modo, que casi suplo con mis pensamientos la falta de la vista.

—Eso sí que es admirable... Por más que digas —replicó Florentina—, siempre te resultarán algunos buenos chascos cuando abras los ojos.

—Podrá ser —dijo el ciego, que aquel día estaba muy lacónico.

La Nela no estaba lacónica, sino muda.

Cuando se acercaron a la concavidad de la Terrible, Florentina admiró el espectáculo sorprendente que ofrecían las rocas cretáceas, subsistentes en medio del terreno después de arrancado el mineral. Compáarólo a grandes grupos de bollos, pegados unos a otros por el azúcar; después de mirarlo mucho por segunda vez, lo comparó a una gran escultura de perros y gatos que se habían quedado convertidos en piedra en el momento más crítico de una encarnizada reyerta.

—Sentémonos en esta ladera —dijo—, y veremos pasar los trenes con mineral, y además veremos esto, que es muy bonito. Aquella piedra grande que está en medio tiene una gran boca, ¿no la ves, Nela?, y en la boca tiene un palillo de dientes; es una planta que se ha nacido sola. Parece que se ríe mirándonos, porque también tiene ojos; y más allá hay una con joroba, y otra que fuma en pipa, y dos que se están tirando de los pelos, y una que bosteza, y otra que duerme la mona, y otra que está boca abajo sosteniendo con los pies una catedral, y otra que empieza en guitarra y acaba en cabeza de perro, con una cafetera por gorro.

—Todo eso que dices, primita —observó el ciego—, me prueba que con los ojos se ven muchos disparates, lo cual indica que ese órgano tan precioso sirve a veces para presentar las cosas desfiguradas, cambiando los objetos de su natural forma en otra postiza y fingida; pues en lo que tienes delante de ti no hay confituras, ni gatos, ni hombres, ni palillos de dientes, ni catedrales, ni borrachos, ni cafeteras, sino simplemente rocas cretáceas y masas de tierra caliza, embadurnadas con óxido de hierro. De la cosa más sencilla hacen tus ojos un berenjenal.

—Tienes razón, primo. Por eso digo yo que nuestra imaginación es la que ve y no los objetos. Sin embargo, éstos sirven para enterarnos de algunas cositas que los pobres no tienen y que nosotros podemos darles.

Diciendo esto, tocaba el vestido de la Nela.

—¿Por qué esta bendita Nela no tiene un traje mejor? —añadió la señorita Penáguilas—. Yo tengo varios y le voy a dar uno, y además otro, que será nuevo.

Avergonzada y confusa, Marianela no alzaba los ojos.

—Es cosa que no comprendo...

¡que algunos tengan tanto y otros tan poco!... Me enfado con papá cuando le oigo decir palabrotas contra los que quieren que se reparta por igual todo lo que hay en el mundo. ¿Cómo se llaman esos tipos, Pablo?

—Esos serán los socialistas, los comunistas —replicó el joven sonriendo.

—Pues ésa es mi gente. Soy partidaria de que haya reparto y de que los ricos den a los pobres todo lo que tengan de sobra... ¿Por qué esta pobre huérfana ha de estar descalza y yo no?... Ni aun se debe permitir que estén desamparados los malos, cuando más los buenos... Yo sé que Nela es muy buena, me lo has dicho tú anoche, me lo ha dicho también tu padre... No tiene familia, no tiene quien mire por ella. ¿Cómo se consiente que haya tanta y tanta desgracia? A mí me quema la boca el pan cuando pienso que hay muchos que no lo prueban. ¡Pobre Mariquita, tan buena y tan abandonada!... ¡Es posible que hasta ahora no la haya querido nadie, ni nadie le haya dado un beso, ni nadie le haya hablado como se habla a las criaturas!... Se me parte el corazón de pensarlo.

Marianela estaba atónita y petrificada de asombro, lo mismo que en el primer instante de la aparición. Antes había visto a la Virgen Santísima, ahora la escuchaba.

—Mira tú, huerfanita —añadió la Inmaculada—, y tú, Pablo, óyeme bien: yo quiero socorrer a la Nela, no como se socorre a los pobres que se encuentran en un camino, sino como se socorrería a un hermano que nos halláramos de manos a boca... ¿No dices tú que ella ha sido tu mejor compañera, tu lazarillo, tu guía en las tinieblas? ¿No dices que has visto con sus ojos y has andado con sus pasos? Pues la Nela me pertenece; yo me entiendo con ella. Yo me encargo de vestirla, de darle todo lo que una persona necesita para que sea útil en una casa. Mi padre dice que quizás, quizás me tenga que quedar a vivir aquí para siempre. Si es así, la Nela vivirá conmigo; conmigo aprenderá a leer, a rezar, a coser, a guisar; aprenderá tantas cosas, que será como yo misma. ¿Qué pensáis? Pues sí, que entonces no será la Nela, sino una señorita. En esto no me contrariará mi padre. Además, anoche me ha dicho: "Florentina, quizás, quizás dentro de poco no mandaré yo en ti; obedecerás a otro dueño..." Sea lo que Dios quiera, tomo a la Nela por mi amiga. ¿Me querrás mucho?... Como has estado tan desamparada, como vives lo mismo que las flores de los campos, tal vez no sepas ni siquiera agradecer, pero yo te lo he de enseñar... ¡te he de enseñar tantas cosas!

Marianela, que mientras oía tan nobles palabras había estado resistiendo con mucho trabajo los impulsos de llorar, no pudo al fin contenerlos, y después de hacer pucheros durante un minuto, rompió en lágrimas. El ciego, profundamente pensativo, callaba.

—Florentina —dijo al fin—, tu lenguaje no se parece al de la mayoría de las personas. Tu bondad es enorme y entusiasta como la que ha llenado de mártires la tierra y poblado de santos el cielo.

—¡Qué exageración! —exclamó Florentina, riendo.

Poco después de esto, la señorita se levantó para coger una flor que desde lejos llamara su atención.

—¿Se fué? —preguntó Pablo.

—Sí —replicó la Nela, enjugándose sus lágrimas.

—¿Sabes una cosa, Nela?... Se me figura que mi prima ha de ser algo bonita. Cuando llegó anoche a las diez... sentí hacia ella grande antipatía... No puedes figurarte cuánto me repugnaba. Ahora se me antoja, sí, se me antoja que debe de ser algo bonita.

La Nela volvió a llorar.

—¡Es como los ángeles! —exclamó entre un mar de lágrimas—. Es

como si acabara de bajar del cielo. En ella, cuerpo y alma son como los de la Santísima Virgen María.

—¡Oh!, no exageres —dijo Pablo con inquietud—. No puede ser tan hermosa como dices... ¿Crees que yo, sin ojos, no comprendo dónde está la hermosura y dónde no?

—No, no; no puedes comprenderlo... ¡qué equivocado estás!

—Sí, sí...; no puede ser tan hermosa —manifestó el ciego, poniéndose pálido y revelando la mayor angustia—. Nela, amiga de mi corazón, ¿no sabes lo que mi padre me ha dicho anoche?...: que si recobro la vista me casaré con Florentina.

La Nela no respondió nada. Sus lágrimas silenciosas corrían sin cesar, resbalando por su tostado rostro y goteando sobre sus manos. Pero ni aun por su amargo llanto podían conocer las dimensiones de su dolor. Sólo ella sabía que era infinito.

—Ya sé por qué lloras —dijo el ciego, estrechando las manos de su compañera—. Mi padre no se empeñará en imponerme lo que es contrario a mi voluntad. Para mí no hay más mujer que tú en el mundo. Cuando mis ojos vean, si ven, no habrá para ellos otra hermosura más que la tuya celestial; todo lo demás serán sombras y cosas lejanas que no fijarán mi atención. ¿Cómo es el semblante humano, Dios mío? ¿De qué modo se retrata el alma en las caras? Si la luz no sirve para enseñarnos lo real de nuestro pensamiento, ¿para qué sirve? Lo que es y lo que se siente, ¿no son una misma cosa? La forma y la idea, ¿no son como el calor y el fuego? ¿Pueden separarse? ¿Puedes dejar tú de ser para mí el más hermoso, el más amado de todos los seres de la tierra, cuando yo me haga dueño de los dominios de la forma?

Florentina volvió. Hablaron algo más; pero después de lo que se consigna, nada de cuanto dijeron es digno de ser transmitido al lector.

XVI

LA PROMESA

En los siguientes días no pasó nada; mas vino uno en el cual ocurrió un hecho asombroso, capital, culminante. Teodoro Golfín, aquel artífice sublime en cuyas manos el cuchillo del cirujano era el cincel del genio, había emprendido la corrección de una delicada hechura de la Naturaleza. Intrépido y sereno, había entrado con su ciencia y su experiencia en el maravilloso recinto cuya construcción es compendio y abreviado resumen de la inmensa arquitectura del Universo. Era preciso hacer frente a los más grandes misterios de la vida, interrogarlos y explorar las causas que impedían a los ojos de un hombre el conocimiento de la realidad visible. Para esto había que trabajar con ánimo resuelto, rompiendo uno de los más delicados organismos, la córnea; apoderarse del cristalino y echarlo fuera, respetando las hialoides y tratando con la mayor consideración al humor vítreo; ensanchar con un corte las dimensiones de la pupila, y examinar por inducción o por medio de la catóptrica el estado de la cámara posterior.

Pocas palabras siguieron a esta audaz expedición por el interior de un mundo microscópico, empresa no menos colosal que medir la distancia de los astros en la infinita magnitud del espacio. Mudos y espantados presenciaban el caso los individuos de la familia. Cuando se espera la resurrección de un muerto o la creación de un mundo, no se está de otro modo. Pero Golfín no decía nada concreto; sus palabras eran:

—Contractilidad de la pupila...; retina sensible...; algo de estado pigmentario...; nervios llenos de vida.

Pero el fenómeno sublime, el hecho, el hecho irrecusable, la visión, ¿dónde estaba?

—A su tiempo se sabrá —dijo Teodoro, empezando la delicada operación del vendaje—. Paciencia.

Y su fisonomía de león no expresaba desaliento ni triunfo; no daba esperanza ni la quitaba. La ciencia había hecho todo lo que sabía. Era un simulacro de creación, como otros muchos que son gloria y orgullo del siglo XIX. En presencia de tanta audacia, la Naturaleza, que no permite sean sorprendidos sus secretos, continuaba muda y reservada.

El paciente fue incomunicado con absoluto rigor. Sólo su padre le asistía. Ninguno de la familia podía verle. Iba la Nela a preguntar por el enfermo cuatro o cinco veces; pero no pasaba de la portalada, aguardando allí hasta que salieran el señor don Manuel, su hija o cualquiera otra persona de la casa. La señorita, después de darle prolijos informes y de pintar la ansiedad en que estaba toda la familia, solía pasear un poco con ella. Un día quiso Florentina que Marianela le enseñara su casa, y bajaron a la morada de Centeno, cuyo interior causó no poco disgusto y repugnancia a la señorita, mayormente cuando vio las cestas que a la huérfana servían de cama.

—Pronto ha de venir la Nela a vivir conmigo —dijo Florentina, saliendo a toda prisa de aquella caverna—, y entonces tendrá una cama como la mía, y vestirá y comerá lo mismo que yo.

Absorta se quedó al oír estas palabras la señora de Centeno, así como la Mariuca y la Pepina, y no les ocurrió, sino que a la miserable huérfana abandonada le había salido algún padre rey o príncipe, como se cuenta en los romances.

Cuando estuvieron solas, Florentina dijo a María:

—Pídele a Dios de día y de noche que conceda a mi querido primo ese don que nosotros poseemos y de que él ha carecido. ¡En qué ansiedad tan grande vivimos! Con su vista vendrán mil felicidades y se remediarán muchos daños. Yo he hecho a la Virgen una promesa sagrada: he prometido que si da la vista a mi primo, he de recoger al pobre más pobre que encuentre, dándole todo lo necesario para que pueda olvidar completamente su pobreza, haciéndolo enteramente igual a mí por las comodidades y el bienestar de la vida. Para esto no basta vestir a una persona, ni sentarla delante de una mesa donde haya sopa y carne. Es preciso ofrecerle también aquella limosna que vale más que todos los mendrugos y que todos los trapos imaginables, y es la consideración, la dignidad, el nombre. Yo daré a mi pobre estas cosas, infundiéndole el respeto y la estimación de sí mismo. Ya he escogido a mi pobre, María, mi pobre eres tú. Con todas las voces de mi alma le he dicho a la Santísima Virgen que si devuelve la vista a mi primo, haré de ti una hermosa: serás en mi casa lo mismo que soy yo, serás mi hermana.

Diciendo esto, la Virgen estrechó con amor entre sus brazos la cabeza de la Nela y diole un beso en la frente. Es absolutamente imposible describir los sentimientos de la vagabunda en aquella culminante hora de su vida. Un horror instintivo la alejaba de la casa de Aldeacorba, horror con el cual se confundía la imagen de la señorita de Penáguilas, como las figuras que se nos presentan en una pesadilla, y al propio tiempo sentía nacer en su alma admiración y simpatía muy vivas hacia aquella misma persona... A veces creía con pueril candor que era la Virgen María en esencia y presencia. De tal modo comprendía su bondad, que creía estar viendo, como el interior de un hermoso paraíso abierto, el alma de Florentina, llena de pureza, de amor, de bondades, de pensamientos discretos y consoladores. Tenía Marianela la rectitud suficiente para adoptar y asimilarse al punto la idea de que no podría aborrecer a su improvisada hermana. ¿Cómo aborrecerla, si se sentía impulsada espontáneamente a amarla con todas las energías de su corazón? La antipatía, la desconfianza, eran como un sedimento que al fin de la lucha debía quedar en el fondo para descomponerse al cabo y desaparecer, sirviendo sus elementos para alimentar la admiración y el respeto hacia la misma amiga bienhechora. Pero si la aversión desaparecía, no así el sentimiento que la había causado, el cual, no pudiendo florecer por sí ni manifestarse solo, con el exclusivismo avasallador que es condición propia de tales afectos, produjole un aplanamiento moral que trajo consigo amarga tristeza. En casa de Centeno observaron que la Nela no comía; que permanecía en silencio y sin movimiento, como una estatua, larguísimos ratos; que hacía mucho tiempo que no cantaba de noche ni de día. Su incapacidad para todo había llegado a ser absoluta, y habiéndola mandado Tanasio por tabaco a la *Primera de Socartes*, sentóse en el camino y allí se estuvo todo el día.

Una mañana, cuando habían pasado ocho días después de la operación, fue a casa del ingeniero jefe, y Sofía le dijo:

—¡Albricias, Nela! ¿No sabes las noticias que corren? Hoy han levantado la venda a Pablo. Dicen que ve algo, que ya tiene vista. Ulises, el jefe del taller, acaba de decirlo. Teodoro no ha venido aún, pero Carlos ha ido allá; muy pronto sabremos si es verdad.

Quedóse la Nela, al oír esto, más muerta que viva, y cruzando las manos, exclamó así:

—¡Bendita sea la Virgen Santísima, que es quien lo ha hecho!... Ella, ella sola es quien lo ha hecho.

—¿Te alegras?... Ya lo creo, ahora la señorita Florentina cumplirá su promesa —dijo Sofía en tono de mofa—. Mil enhorabuenas a la señora doña Nela... Ahí tienes tú cómo, cuando menos se piensa, se acuerda Dios de los pobres. Esto es

como una lotería... ¡qué premio gordo, Nelilla!... No he conocido a ningún pobre que tenga gratitud. Son soberbios, y mientras más se les da más quieren... Ya es cosa hecha que Pablo se casará con su prima. Buena pareja; los dos son guapos chicos, y ella no parece tonta..., y tiene una cara preciosa; ¡lástima de cara y cuerpo con aquellos vestidos tan horribles! ¡Oh!, si necesito vestirme, no me traigan acá a la modista de Santa Irene de Campó.

Esto decía, cuando entró Carlos. Su rostro resplandecía de júbilo.

—¡Triunfo completo! —gritó desde la puerta—. Después de Dios, mi hermano Teodoro.

—¿Es cierto?...

—Como la luz del día... Yo no lo creí... ¡Pero qué triunfo, Sofía, qué triunfo! No hay para mí gozo mayor que ser hermano de mi hermano... Es el rey de los hombres... Si es lo que digo: después de Dios, Teodoro.

XVII

FUGITIVA Y MEDITABUNDA

La estupenda y gratísima nueva corrió por todo Socartes. No se hablaba de otra cosa en los hornos, en los talleres, en las máquinas de lavar, en el plano inclinado, en lo profundo de las excavaciones y en lo alto de los picos, al aire libre, en las entrañas de la tierra. Añadíanse interesantes comentarios: que en Aldeacorba se creyó por un momento que don Francisco Penáguilas pensaba celebrar el regocijado suceso dando un banquete a cuantos trabajaban en las minas, y, finalmente, que don Teodoro era digno de que todos los ciegos habidos y por haber le pusieran en las niñas de sus ojos.

No osaba la Nela poner los pies en la casa de Aldeacorba. Secreta fuerza poderosa la alejaba de ella. Anduvo vagando todo el día por los alrededores de la mina, contemplando desde lejos la casa de Penáguilas, que le parecía transformada. En su alma se juntaba, a un gozo extraordinario, una como vergüenza de sí misma; a la exaltación de un afecto noble, la insoportable comezón de un amor propio muy susceptible.

Halló una tregua a las congojosas batallas de su alma en la madre soledad, que tanto había contribuido a la formación de su carácter, y en contemplar las hermosuras de la naturaleza, medio fácil de comunicar su pensamiento con la Divinidad. Las nubes del cielo y las flores de la tierra hacían en su espíritu efecto igual al que hacen en otros la pompa de los altares, la elocuencia de los oradores cristianos y las lecturas de sutiles conceptos místicos. En la soledad del campo pensaba ella, y decía mentalmente mil cosas, sin sospechar que eran oraciones. Mirando a Aldeacorba, decía:

—No volveré más allá... Ya acabó todo para mí... Ahora, ¿de qué sirvo yo?

En su rudeza, pudo observar que el conflicto en que estaba su alma provenía de no poder aborrecer a nadie. Por el contrario, érale forzoso amar a todos, al amigo y al enemigo; y así como los abrojos se trocaban en flores bajo la mano milagrosa de una mártir cristiana, la Nela veía que sus celos y su despecho se convertían graciosamente en admiración y gratitud. Lo que no sufría metamorfosis era aquella pasioncilla que antes llamamos vergüenza de sí misma, y que la impulsaba a eliminar a su persona de todo lo que pudiera ocurrir ya en Aldeacorba. Era como un aspecto singular del mismo sentimiento que en los seres educados y cultos se llamaba amor propio, por más que en ella revistiera los caracteres del desprecio de sí misma; pero la filiación de aquel sentimiento con el que tan grande parte tienen en las acciones del hombre civilizado, se reconocía en que se basaba, como éste, en la dignidad más puntillosa. Si Marianela usara ciertas voces, habría dicho:

"Mi dignidad no me permite aceptar el atroz desaire que voy a recibir. Puesto que Dios quiere que sufra esta humillación, sea; pero no he de asistir a mi destronamiento. Dios bendiga a la que por ley natural ocupará mi puesto; pero no tengo valor para sentarla yo misma en él".

No pudiendo hablar así, su rudeza expresaba la misma idea de este otro modo:

"No vuelvo más a Aldeacorba... No consentiré que me vea... Huiré con Celipín, o me iré con mi madre. Ahora ya no sirvo para nada".

Pero mientras esto decía, parecíale muy desconsolador renunciar al divino amparo de aquella celestial Virgen que se le había aparecido en lo más negro de su vida extendiendo su mano para abrigarla. ¡Ver realizado lo que tantas veces viera en sueños palpitando de gozo, y tener que renunciar a ello!... ¡Sentirse llamada por una voz cariñosa, que le ofrecía fraternal amor, hermosa vivienda, consideración, nombre, bienestar, y no poder acudir a este llamamiento, inundada de gozo, de esperanza, de gratitud!... Rechazar la mano celestial que la sacaba de aquella sentina de degradación y miseria para hacer de la vagabunda una persona y elevarla de la jerarquía de los animales domésticos a la de los seres respetados y queridos...

"¡Ay —exclamó, clavándose los dedos como garras en el pecho—. No puedo, no puedo... Por nada del mundo me presentaré en Aldeacorba. ¡Virgen de mi alma, ampárame!... ¡Madre mía, ven por mí!

Al anochecer marchó a su casa. Por el camino encontró a Celipín con un palito en la mano y en la punta del palo la gorra.

—Nelilla —le dijo el chico—, ¿no es verdad que así se pone el señor don Teodoro? Ahora pasaba por la charca de Hinojales y me miré en el agua. ¡Córcholis!, que quedé pasmado, porque me vi con la *mesma* figura de don Teodoro Golfín...

Cualquier día de esta semanita nos vamos, a ser médicos y hombres de provecho... Ya tengo juntado lo que quería. Verás cómo nadie se ríe del señor De Celipín.

Tres días más estuvo la Nela fugitiva, vagando por los alrededores de las minas, siguiendo el curso del río por sus escabrosas riberas o internándose en el sosegado apartamiento del bosquete de Saldeoro. Las noches pasábalas entre sus cestas, sin dormir. Una noche dijo tímidamente a su compañero de vivienda:

—¿Cuándo, Celipín?

Y Celipín contestó con la gravedad de un expedicionario formal:

—Mañana.

Levantáronse los dos aventureros al rayar el día, y cada cual fue por su lado: Celipín a su trabajo, la Nela a llevar un recado que le dio Señana para la criada del ingeniero. Al volver encontró dentro de la casa a la señorita Florentina, que la esperaba. Quedóse al verla María sobrecogida y temerosa, porque adivinó con su instintiva perspicacia, o más bien con lo que el vulgo llama corazonada, el objeto de aquella visita.

—Nela, querida hermana —dijo la señorita con elocuente cariño—. ¿Qué conducta es ésa?... ¿Por qué no has aparecido por allá en todos estos días?... Ven, Pablo desea verte... ¿No sabes que ya puede decir: "Quiero ver tal cosa"? ¿No sabes que ya mi primo no es ciego?

—Ya lo sé —dijo la Nela, tomando la mano que la señorita le ofrecía y cubriéndola de besos.

—Vamos allá, vamos al momento. No hace más que preguntar por la señora Nela. Hoy es preciso que estés allí cuando don Teodoro le levante la venda... Es la cuarta vez... El día de la primera prueba... ¡qué día!, cuando comprendimos que mi primo había nacido a la luz, casi nos morimos de gozo. La primera cara que vio fue la mía... Vamos.

María soltó la mano de la Virgen Santísima.

—¿Te has olvidado de mi promesa sagrada —añadió ésta—, o creías que era broma? ¡Ay!, todo me parece poco para demostrar a la Madre de Dios el gran favor que nos ha hecho... Yo quisiera que en estos días nadie estuviera triste en todo lo que abarca el Universo; quisiera poder repartir mi alegría, echándola a todos lados, como echan los labradores el grano cuando siembran; quisiera poder entrar en todas las habitaciones miserables y decir: "Ya se acabaron vuestras penas; aquí traigo yo remedio para todos". Esto no es posible, esto sólo puede hacerlo Dios. Ya que mis fuerzas no pueden igualar a mi voluntad, hagamos bien lo poco que podamos hacer..., y se acabaron las palabras, Nela. Ahora despídite de esta choza, di adiós a todas las cosas que han acompañado a tu miseria y a tu soledad. También se tiene cariño a la miseria, hija.

Marianela no dijo adiós a nada, y como en la casa no estaba a la sazón ninguno de sus simpáticos habitantes, no fue preciso detenerse por ello. Florentina salió, llevando de la mano a la que sus nobles sentimientos y su cristiano fervor habían puesto a su lado en el orden de la familia, y la Nela se dejaba llevar sintiéndose incapaz de oponer resistencia. Pensaba que una fuerza sobrenatural le tiraba de la mano, y que iba fatal y necesariamente conducida, como las almas que los brazos de un ángel transportan al cielo. Aquel día tomaron el camino de Hinojales, que es el mismo donde la vagabunda vio a Florentina por primera vez. Al entrar en la calleja, la señorita dijo a su amiga:

—¿Por qué no has ido a casa? Mi tío dijo que tienes modestia y una delicadeza natural que es lástima no haya sido cultivada. ¿Tu delicadeza te impedía venir a reclamar lo que por la misericordia de Dios habías ganado? Eso cree mi tío...

¡Cómo estaba aquel día el pobre señor!...; decía que ya no le importaba nada morirse... ¿Ves tú?, todavía tengo los ojos encarnados de tanto llorar. Es que anoche mi tío, mi padre y yo no dormimos: estuvimos formando proyectos de familia y haciendo castillos en el aire toda la noche... ¿Por qué callas?, ¿por qué no dices nada?... ¿No estás tú también alegre como yo?

La Nela miró a la señorita, oponiendo débil resistencia a la dulce mano que la conducía.

—Sigue... ¿qué tienes? Me miras de un modo particular, Nela.

Así era, en efecto; los ojos de la abandonada, vagando con extravío de uno en otro objeto, tenían al fijarse en la Virgen Santísima el resplandor del espanto.

—¿Por qué tiembla tu mano? —preguntó la señorita—. ¿Estás enferma? Te has puesto muy pálida y das diente con diente. Si estás enferma, yo te curaré, yo misma. Desde hoy tienes quien se interese por ti y te mime y te haga cariños... No seré yo sola, pues Pablo te estima..., me lo ha dicho. Los dos te querremos mucho, porque él y yo seremos como una sola... Deseaba verte. Figúrate si tendrá curiosidad quien nunca ha visto...; pero no creas..., como tiene tanto entendimiento y una imaginación que, según parece, le han anticipado ciertas ideas que no poseen comúnmente los ciegos, desde el primer instante supo distinguir las cosas feas de las bonitas. Un pedazo de lacre encarnado le agradó mucho, y un pedazo de carbón le pareció horrible. Admiró la hermosura del cielo, y se estremeció con repugnancia al ver una rana. Todo lo que es bello le produce un entusiasmo que parece delirio; todo lo que es feo le causa horror y se pone a temblar como cuando tenemos mucho miedo. Yo no debía parecerle mal, porque exclamó al verme: "¡Ay, prima mía, qué hermosa eres! ¡Bendito sea

Dios, que me ha dado esta luz con que ahora te siento!"

La Nela tiró suavemente de la mano de Florentina y soltóla después cayendo al suelo como un cuerpo que pierde súbitamente la vida. Inclinóse sobre ella la señorita, y con cariñosa voz le dijo:

—¿Qué tienes?... ¿Por qué me miras así?

Clavaba la huérfana sus ojos con terrible fijeza en el rostro de la Virgen Santísima; pero no brillaban, no, con expresión de rencor, sino con una como congoja suplicante, a la manera de la postrer mirada del moribundo que pide misericordia a la imagen de Dios creyéndola Dios mismo.

—Señora —murmuró la Nela—, yo no la aborrezco a usted, no..., no la aborrezco... Al contrario, la quiero mucho, la adoro...

Diciéndolo, tomó el borde del vestido de Florentina, y llevándolo a sus secos labios, lo besó ardientemente.

—¿Y quién puede creer que me aborreces? —dijo la de Penáguilas, llena de confusión—. Ya sé que me quieres. Pero me das miedo...; levántate.

—Yo la quiero a usted mucho, la adoro —repitió Marianela, besando los pies de la señorita—; pero no puedo, no puedo...

—¿Qué no puedes? Levántate, por amor de Dios.

Florentina extendió sus brazos para levantarla; pero sin necesidad de ser sostenida, la Nela alzóse de un salto y poniéndose rápidamente a bastante distancia, exclamó bañada en lágrimas:

—¡No puedo, señorita mía, no puedo!

—¿Qué?... ¡por Dios y la Virgen!..., ¿qué te pasa?
—No puedo ir allá.

Y señaló la casa de Aldeacorba, cuyo tejado se veía a lo lejos entre árboles.

—¿Por qué?
—La Virgen Santísima lo sabe —replicó la Nela con cierta decisión—. Que la Virgen Santísima la bendiga a usted.

Haciendo una cruz con los dedos, se los besó. Juraba. Florentina dio un paso hacia ella. Comprendiendo María aquel movimiento de cariño, corrió velozmente hacia la señorita, y apoyando su cabeza en el seno de ella, murmuró entre gemidos:

—¡Por Dios..., déme usted un abrazo!

Florentina la abrazó tiernamente. Apartándose entonces con un movimiento, mejor dicho, con un salto ligero, flexible y repentino, la mujer o niña salvaje subió a un matorral cercano. La hierba parecía que se apartaba para darle paso.

—Nela, hermana mía —gritó con angustia Florentina.

—¡Adiós, niña de mi alma! —dijo la Nela, mirándola por última vez.

Y desapareció entre el ramaje. Florentina sintió el ruido de la hierba, atendiendo a él como atiende el cazador a los pasos de la pieza que se le escapa; después todo quedó en silencio, y no se oía sino el sordo monólogo de la Naturaleza campestre en mitad del día, un rumor que parece el susurro de nuestras propias ideas al extenderse irradiando por lo que nos circunda. Florentina estaba absorta, paralizada, muda, afligidísima, como el que ve desvanecerse la más risueña ilusión de su vida. No sabía qué pensar de aquel suceso, ni su bondad inmensa, que incapacitaba frecuentemente su discernimiento, podía explicárselo.

Largo rato después hallábase en el mismo sitio, la cabeza inclinada sobre el pecho, las mejillas encendidas, los celestiales ojos mojados de llanto, cuando acertó a pasar Teodoro Golfín, que de la casa de Aldeacorba con tranquilo paso venía. Grande fue el asombro del doctor al ver a la señorita sola y con aquel interesante aparato de pena y desconsuelo que lejos de mermar su belleza, la acrecentaba.

—¿Qué tiene la niña? —preguntó

vivamente—. ¿Qué es eso, Florentina?

—Una cosa terrible, señor don
Teodoro —replicó la señorita de
Penáguilas, secando sus lágrimas—.
Estoy pensando, estoy considerando
qué cosas tan malas hay en el
mundo.

—¿Y cuáles son esas cosas malas,
señorita?... Donde está usted, ¿puede haber alguna?

—Cosas perversas; pero entre todas hay una que es la más perver-
sa de todas.

—¿Cuál?

—La ingratitud, señor Golfín.

Y mirando tras de la cerca de
zarzas y helechos, dijo:

—Por allí se ha escapado.

Subió a lo más elevado del terreno para alcanzar a ver más lejos.

—No la distingo por ninguna
parte.

—Ni yo —indicó, riendo, el médico—. El señor don Manuel me ha
dicho que se dedica usted a la caza
de mariposas. Efectivamente, esas
pícaras son muy ingratas al no dejarse coger por usted.

—No es eso... Contaré a usted,
si va hacia Aldeacorba.

—No voy, sino que vengo, preciosa señorita; pero porque usted me
cuente alguna cosa, cualquiera que
sea, volveré con mucho gusto. Volvamos a Aldeacorba, ya soy todo
oídos.

XVIII

LA NELA SE DECIDE A PARTIR

Vagando estuvo la Nela todo el día, y por la noche rondó la casa de Aldeacorba, acercándose a ella todo lo que le era posible sin peligro de ser descubierta. Cuando sentía rumor de pasos, alejábase prontamente como un ladrón. Bajó a la hondonada de la Terrible, cuyo pavoroso aspecto de cráter en aquella ocasión le agradaba, y después de discurrir por el fondo contemplando los gigantes de piedra que en su recinto se elevaban como personajes congregados en un circo, trepó a uno de ellos para descubrir las luces de Aldeacorba. Allí estaban, brillando en el borde de la mina, sobre la oscuridad del cielo y de la tierra. Después de mirarlas como si nunca en su vida hubiera visto luces, salió de la Terrible y subió hacia la Trascava. Antes de llegar a ella sintió pasos, detúvose, y al poco rato vio que por el sendero adelante venía con resuelto andar el señor de Celipín. Traía un pequeño lío pendiente de un palo puesto al hombro, y su marcha, como su ademán, demostraban firme resolución de no parar hasta medir con sus piernas toda la anchura de la tierra.

—¡Celipe!..., ¿adónde vas? —le preguntó la Nela, deteniéndole.

—¡Nela!... ¿tú por estos barrios?... Creíamos que estabas en casa de la señorita Florentina, comiendo jamones, pavos y perdices a todas horas, y bebiendo limonada con azucarillos. ¿Qué haces aquí?

—¿Y tú, adónde vas?

—¿Ahora salimos con eso? ¿Para qué me lo preguntas si lo sabes? —replicó el chico, requiriendo el palo y el lío—. Bien sabes que voy a aprender mucho y a ganar dinero... ¿No te dije que esta noche...? Pues aquí me tienes más contento que unas Pascuas, aunque algo triste, cuando pienso lo que padre y madre van a llorar... Mira, Nela, la Virgen Santísima nos ha favorecido esta noche, porque padre y madre empezaron a roncar más pronto que otras veces, y yo, que ya tenía hecho el lío, me subí al ventanillo, y por el ventanillo me eché fuera... ¿Vienes tú, o no vienes?

—Yo también voy —dijo la Nela con un movimiento repentino, asiendo el brazo del intrépido viajero.

—Tomaremos el tren, y en el tren iremos hasta donde podamos —afirmó Celipín con generoso entusiasmo—. Y después pediremos limosna hasta llegar a los Madriles del Rey de España; y una vez que estemos en los Madriles del Rey de España, tú te pondrás a servir en una casa de marqueses y condes, y yo en otra, y así, mientras yo estudie, tú podrás aprender muchas finuras. ¡Córcholis!, de todo lo que yo vaya aprendiendo te iré enseñando a ti un poquillo, un poquillo nada más, porque las mujeres no necesitan tantas sabidurías como nosotros los señores médicos.

Antes que Celipín acabara de hablar, los dos se habían puesto en camino, andando tan aprisa cual si estuvieran viendo ya las torres de los Madriles del Rey de España.

—Salgámonos del sendero —dijo Celipín, dando pruebas en aquella ocasión de un gran talento práctico—, porque si nos ven nos echarán mano y nos darán un buen pie de paliza.

Pero la Nela soltó la mano de su compañero de aventuras, y sentándose en una piedra, murmuró tristemente:

—Yo no voy.

—Nela... ¡qué tonta eres! Tú no tienes como yo un corazón del tamaño de esas peñas de la Terrible —dijo Celipín con fanfarronería—. ¡Recórcholis! ¿a que tienes miedo? ¿Por qué no vienes?

—Y... ¿para qué?

—¿No sabes que dijo don Teodoro que los que nos criamos aquí nos volvemos piedras?... Yo no quiero ser una piedra, yo no.

—Yo..., ¿para qué voy? —dijo la Nela con amargo desconsuelo—. Para ti es tiempo, para mí es tarde.

La chiquilla dejó caer la cabeza sobre su pecho, y por largo rato permaneció insensible a la seductora verbosidad del futuro Hipócrates. Al ver que iba a franquear el lindero de aquella tierra donde había vivido y donde dormía su madre el eterno sueño, se sintió arrancada de su suelo natal. La hermosura del país, con cuyos accidentes se sentía unida por una especie de parentesco; la escasa felicidad que había gustado en él; la miseria misma; el recuerdo de su amito y de las gratas horas de paseo por el bosque y hacia la fuente de Saldeoro; los sentimientos de admiración o de simpatía, de amor o de gratitud que habían florecido en su alma en presencia de aquellas mismas flores, de aquellas mismas nubes, de aquellos árboles frondosos, de aquellas peñas rojas, como asociadas a la belleza y desarrollo de aquellas mismas partes de la Naturaleza, eran otras tantas raíces, cuya violenta tirantez, al ser arrancadas, producíanla vivísimo dolor.

—Yo no me voy —repitió.

Y Celipín hablaba, hablaba, cual si ya, subiendo milagrosamente hasta el pináculo de su carrera, perteneciese a todas las Academias creadas y por crear.

—¿Entonces, vuelves a casa? —preguntóle al ver que su elocuencia era tan inútil como la de aquellos centros oficiales del saber.

—No.

—¿Vas a la casa de Aldeacorba?

—Tampoco.

—Entonces, ¿te vas al pueblo de la señorita Florentina?

—No, tampoco.

—Pues entonces, ¡córcholis, recórcholis!, ¿adónde vas?

La Nela no contestó nada; seguía mirando con espanto al suelo, como si en él estuvieran los pedazos de la cosa más bella y más rica del mundo, que acababa de caer y romperse.

—Pues entonces, Nela —dijo Celipín, fatigado de sus largos discursos—, yo te dejo y me voy, porque pueden descubrirme... ¿Quieres que te dé una peseta, por si se te ofrece algo esta noche?

—No, Celipín, no quiero nada... Vete, tú serás hombre de provecho... Pórtate bien, y no te olvides de Socartes ni de tus padres.

El viajero sintió una cosa impropia de varón tal, formal y respetable: sintió que le venían ganas de llorar; más sofocando aquella emoción importuna, dijo:

—¿Cómo he de olvidar a Socartes?... ¡Pues no faltaba más!... No me olvidaré de mis padres ni de ti, que me has ayudado a esto... Adiós, Nelilla... Siento pasos.

Celipín enarboló su palo con una decisión que probaba cuán templada estaba su alma para afrontar los peligros del mundo; pero su intrepidez no tuvo objeto porque era un perro el que venía.

—Es *Choto* —dijo Nela, temblando.

—Abur —murmuró Celipín, poniéndose en marcha.

Desapareció entre las sombras de la noche.

La Geología había perdido una piedra, y la sociedad había ganado un hombre.

*

Al verse acariciada por *Choto,* la Nela sintió escalofríos. El generoso animal, después de saltar alrededor de ella, gruñendo con tanta expresión que faltaba muy poco para que sus gruñidos fuesen palabras, echó a correr con velocidad suma hacia Aldeacorba. Creeríase que corría tras una pieza de caza; pero al contrario de ciertos oradores, el buen *Choto,* ladrando, hablaba.

A la misma hora, Teodoro Golfín salía de la casa de Penáguilas. Llegóse a él *Choto* y le dijo atropelladamente no sabemos qué. Era como una brusca interpelación pronunciada entre los bufidos del cansancio y los ahogos del sentimiento. Golfín, que sabía muchas lenguas, era poco fuerte en la canina, y no hizo caso. Pero *Choto* dio unas cuarenta vueltas en torno de él, soltando de su espumante boca unos a modo de insultos, que después parecían voces cariñosas y luego amenazas. Teodoro se detuvo entonces, prestando atención al cuadrúpedo. Viendo *Choto* que se había hecho entender un poco, echó a correr en dirección contraria a la que llevaba Golfín. Este le siguió, murmurando: "Pues vamos allá".

Choto regresó corriendo, como para cerciorarse de que era seguido, y después se alejó de nuevo. Como a cien metros de Aldeacorba, Golfín creyó sentir una voz humana que dijo:

—¿Qué quieres, Choto?

Al punto sospechó que era la Nela quien hablaba. Detuvo el paso, prestó atención, colocándose a la sombra de un roble, y no tardó en descubrir una figura que, apartándose de la pared de piedra, andaba despacio. La sombra de las zarzas no permitía descubrirla bien. Despacito siguióla a bastante distancia, apartándose de la senda y andando sobre el césped para no hacer ruido. Indudablemente, era ella. Conocióla perfectamente cuando entró en terreno claro, donde no oscurecían el suelo árboles ni arbustos.

La Nela avanzó después más rápidamente. Al fin corría. Golfín corrió también. Después de un rato de esta desigual marcha, la chiquilla se sentó en una piedra. A sus pies se abría el cóncavo hueco de la Trascava, sombrío y espantoso en la oscuridad de la noche. Golfín esperó, y con paso muy quedo acercóse más. *Choto* estaba frente a la Nela, echado sobre sus cuartos traseros, derechas las patas delanteras, y mirándola como una esfinge. La Nela miraba hacia abajo... De pronto empezó a descender rápidamente, más bien resbalando que corriendo. Como un león se abalanzó Teodoro a la sima, gritando con voz de gigante:

—¡Nela, Nela!...

Miró y no vio nada en la negra boca. Oía, sí, los gruñidos de *Choto* que corría por la vertiente en derredor, describiendo espirales, cual si le arrastrara un líquido tragado por la espantosa sima. Trató de bajar Teodoro, y dio algunos pasos cautelosamente. Volvió a gritar, y una voz le contestó desde abajo:

—Señor...

—Sube al momento.

No recibió contestación.

—Que subas.

Al poco rato dibujóse la figura de la vagabunda en lo más hondo que se podía ver del horrible embudo. *Choto,* después de husmear el tragadero de la Trascava, subía describiendo las mismas espirales. La Nela subía también, pero muy despacio. Detúvose, y entonces se oyó su voz, que decía débilmente:

—Señor...

—Que subas, te digo... ¿Qué haces ahí?

La Nela subió otro poco.

—Sube pronto..., tengo que decirte una cosa.

—¿Una cosa?

—Una cosa, sí; una cosa tengo que decirte.

Mariquilla acabó de subir, y Teodoro no se creyó triunfante hasta que pudo asir fuertemente su mano para llevarla consigo.

XIX

DOMESTICACION

Anduvieron breve rato los dos sin decir nada. Teodoro Golfín, con ser sabio, discreto y locuaz, sentíase igualmente torpe que la Nela, ignorante de suyo y muy lacónica por costumbre. Seguíale sin hacer resistencia, y él acomodaba su paso al de la mujer-niña, como hombre que lleva un chico a la escuela. En cierto paraje de camino donde había tres enormes piedras blanquecinas y carcomidas, que parecían huesos de gigantescos animales, el doctor se sentó, y poniendo delante de sí en pie a la Nela, como quien va a pedir cuentas de travesuras graves, tomóle ambas manos y seriamente le dijo:

—¿Qué ibas a hacer allí?

—Yo..., ¿dónde?

—Allí. Bien comprendes lo que quiero decirte. Responde claramente, como se responde a un confesor o a un padre.

—Yo no tengo padre —replicó la Nela con ligero acento de rebeldía.

—Es verdad; pero figúrate que lo soy yo, y responde. ¿Qué ibas a hacer allí?

—Allí está mi madre —le fue respondido de una manera hosca.

—Tu madre ha muerto. ¿Tú no sabes que los que han muerto están en el otro mundo?

—Está allí —afirmó la Nela con aplomo, volviendo tristemente sus ojos al punto indicado.

—Y tú pensabas ir con ella, ¿no es eso? ¿Es decir, que pensabas quitarte la vida?

—Sí, señor, eso mismo.

—¿Y tú no sabes que tu madre cometió un gran crimen al darse la muerte, y que tú cometerías otro igual imitándola? ¿A ti no te han enseñado esto?

—No me acuerdo de si me han enseñado tal cosa. Si yo me quiero matar, ¿quién me lo puede impedir?

—¿Pero tú misma, sin auxilio de nadie, no comprendes que a Dios no puede agradarle que nos quitemos la vida?... ¡Pobre criatura, abandonada a tus sentimientos naturales, sin instrucción ni religión, sin ninguna influencia afectuosa y desinteresada que te guíe! ¿Qué ideas tienes de Dios, de la otra vida, del morir?... ¿De dónde has sacado que tu madre está allí?... ¿A unos cuantos huesos sin vida llamas tu madre?... ¿Crees que ella sigue viviendo, pensando y amándote dentro de esa caverna? ¿Nadie te ha dicho que las almas, una vez que sueltan su cuerpo, jamás vuelven a él? ¿Ignoras que las sepulturas, de cualquier forma que sean, no encierran más que polvo, descomposición y miseria?... ¿Cómo te figuras tú a Dios? ¿Como un señor muy serio que está allá arriba con los brazos cruzados, dispuesto a tolerar que juguemos con nuestra vida y a que en lugar suyo pongamos espíritus, duendes y fantasmas, que nosotros mismos hacemos?... Tu amo, que es tan discreto, ¿no te ha dicho jamás estas cosas?

82

—Sí me las ha dicho; pero como ya no me las ha de decir...

—Pero como ya no te las ha de decir, ¿atentas a tu vida? Dime, tontuela, arrojándote a ese agujero, ¿qué bien pensabas tú alcanzar? ¿Pensabas estar mejor?

—Sí, señor.

—¿Cómo?

—No sintiendo nada de lo que ahora siento, sino otras cosas mejores, y juntándome con mi madre.

—Veo que eres más tonta que hecha de encargo —dijo Golfín, riendo—. Ahora vas a ser franca conmigo. ¿Tú me quieres mal?

—No, señor, no; yo no quiero mal a nadie, y menos a usted, que ha sido tan bueno conmigo y que ha dado la vista a mi amo.

—Bien, pero eso no basta; yo no sólo deseo que me quieras bien, sino que tengas confianza en mí y me confíes tus cosillas. A ti te pasan cosillas muy curiosas, picarona, y todas me las vas a decir, todas. Verás cómo no te pesa; verás cómo soy un buen confesor.

La Nela sonrió con tristeza. Después bajó la cabeza, y doblando sus piernas, cayó de rodillas.

—No, tonta, así estás mal. Siéntate junto a mí; ven acá —dijo Golfín cariñosamente, sentándola a su lado—. Se me figura que estabas rabiando por encontrar una persona a quien poderle decir tus secretos. ¿No es verdad? ¡Y no hallabas ninguna!... Efectivamente, estás demasiado sola en el mundo... Vamos a ver, Nela, dime ante todo: ¿por qué...?, pon mucha atención..., ¿por qué se te metió en la cabeza quitarte la vida?

La Nela no contestó nada.

—Yo te conocí gozosa, y al parecer satisfecha de vivir, hace algunos días. ¿Por qué de la noche a la mañana te has vuelto loca?...

—Quería ir con mi madre —repuso la Nela, después de vacilar un instante.— No quería vivir más. Yo no sirvo para nada. ¿De qué sirvo yo? ¿No vale más que muera? Si Dios no quiere que me muera, me moriré yo misma por mi misma voluntad.

—Esa idea de que no sirves para nada es causa de grandes desgracias para ti, ¡infeliz criatura! ¡Maldito sea el que te la inculcó, o los que te la inculcaron, porque son muchos!... Todos son igualmente responsables del abandono, de la soledad y de la ignorancia en que has vivido. ¡Que no sirves para nada! Eres una personilla delicada, muy delicada, quizá de inmenso valor; pero, ¡qué demonio!, pon un arpa en manos toscas..., ¿qué harán?, romperla...; porque tu constitución débil no te permita partir piedra y arrastrar tierra como esas bestias en forma humana que se llaman Mariuca y Pepina, ¿se ha de afirmar que no sirves para nada? ¿Acaso hemos nacido para trabajar como los animales?... ¿No tendrás tú inteligencia, no tendrás tú sensibilidad, no tendrás mil dotes preciosas que nadie ha sabido cultivar? No: tú sirves para algo, aun servirás para mucho si encuentras una mano hábil que te sepa dirigir.

La Nela, profundamente impresionada con estas palabras, que entendió por intuición, fijaba sus ojos en el rostro duro, expresivo e inteligente de Teodoro Golfín. Asombro y reconocimiento llenaban su alma.

—Pero en ti no hay un misterio solo —añadió el león negro—. Ahora se te ha presentado la ocasión más preciosa para salir de tu miserable abandono, y lo has rechazado. Florentina, que es un ángel de Dios, ha querido hacer de ti una amiga y una hermana; no conozco un ejemplo igual de virtud y de bondad... ¿Y tú qué has hecho?... Huir de ella como una salvaje... ¿Es esto ingratitud o algún otro sentimiento que no comprendemos?

—No, no, no —replicó la Nela con aflicción—; yo no soy ingrata. Yo adoro a la señorita Florentina... Me parece que no es de carne y hueso como nosotros, y que no merezco ni siquiera mirarla.

—Pues, hija, eso podrá ser verdad; pero tu comportamiento no quiere decir sino que eres ingrata, muy ingrata.

—No, no soy ingrata —exclamó la Nela, ahogada por los sollozos—, yo sospechaba que me creerían ingrata, y esto es lo único que me ponía triste cuando me iba a matar... Como soy tan bruta, no supe pedir perdón a la señorita por mi fuga, ni supe explicarle nada...

—Yo te reconciliaré con la señorita... yo; si tú no quieres verla más, me encargo de decirle y de probarle que no eres ingrata. Ahora descúbreme tu corazón y dime todo lo que sientes y la causa de tu desesperación. Por grande que sea el abandono de una criatura, por grande que sea su miseria y su soledad, no se arranca la vida sino cuando tiene motivos muy poderosos para aborrecerla.

—Sí, señor; eso mismo pienso yo.

—¿Y tú la aborreces?...

Nela estuvo callada un momento. Después, cruzando los brazos, dijo con vehemencia:

—No, señor; yo no la aborrezco, sino que la deseo.

—¡A buena parte ibas a buscarla!

—Yo creo que después que uno se muere tiene lo que aquí no puede conseguir... Si no, ¿por qué nos está llamando la muerte a todas horas? Yo tengo sueños, y soñando veo felices y contentos a todos los que se han muerto.

—¿Tú crees en lo que sueñas?

—Sí, señor. Y miro los árboles y las peñas, que estoy acostumbrada a ver desde que nací, y en su cara veo cosas...

—¡Hola, hola!... ¿También los árboles y las peñas tienen cara?...

—Sí, señor... Para mí todas las cosas hermosas ven y hablan... Por eso, cuando todas me han dicho: "Ven con nosotras; muérete y vivirás sin penas...", yo...

"¡Qué lástima de fantasía! —murmuró Golfín—. Alma enteramente pagana."

Y luego añadió en voz alta:

—Si deseas la vida, ¿por qué no aceptaste lo que Florentina te ofrecía? Vuelvo al mismo tema.

—Porque..., porque, porque la señorita Folrentina no me ofrecía sino la muerte —dijo la Nela con energía.

—¡Qué mal juzgas su caridad! Hay seres tan infelices que prefieren la vida vagabunda y miserable a la dignidad que poseen las personas de un orden superior. Tú te has acostumbrado a la vida salvaje en contacto directo con la Naturaleza, y prefieres esta libertad grosera a los afectos más dulces de un familia. ¿Has sido tú feliz en esta vida?

—Empezaba a serlo...

—¿Y cuándo dejaste de serlo?

Después de una larga pausa, la Nela contestó:

—Cuando usted vino.

—¡Yo!... ¿Qué males he traído?

—Ninguno; no ha traído sino grandes bienes.

—Yo he devuelto la vista a tu amo —dijo Golfín, observando con atención de fisiólogo el semblante de la Nela—. ¿No me agradeces esto?

—Mucho, sí, señor, mucho —replicó ella, fijando en el doctor sus ojos llenos de lágrimas.

Golfín, sin dejar de observarla ni perder el más ligero síntoma facial que pudiera servir para conocer los sentimientos de la mujer-niña, habló así:

—Tu amo me ha dicho que te quiere mucho. Cuando era ciego, lo mismo que después que tiene vista, no ha hecha más que preguntar por la Nela. Se conoce que para él todo el Universo está ocupado por una sola persona; que la luz que se le ha permitido gozar no sirve para nada si no sirve para ver a la Nela.

—¡Para ver a la Nela! ¡Pues no verá a la Nela!... ¡La Nela no se dejará ver! —exclamó ella con brío.

—¿Y por qué?

—Porque es muy fea... Se puede querer a la hija de la Canela cuando se tienen los ojos cerrados; pero cuando se abren los ojos y se ve a la señorita Florentina, no se puede querer a la pobre y enana Marianela.

—¡Quién sabe!...

—No puede ser..., no puede ser —afirmó la vagabunda con la mayor energía.

—Eso es un capricho tuyo... No puedes decir si agradas o no a tu amo mientras no lo pruebes. Yo te llevaré a la casa.

—¡No quiero, que no quiero! —gritó ella, levantándose de un salto y poniéndose frente a Teodoro, que se quedó absorto al ver su briosa apostura y el fulgor de sus ojuelos negros, señales ambas cosas de un carácter decidido.

—Tranquilízate, ven acá —le dijo con dulzura—. Hablaremos... Verdaderamente, no eres muy bonita..., pero no es propio de una joven discreta apreciar tanto la hermosura exterior. Tienes un amor propio excesivo, mujer.

Y sin hacer caso de las observaciones del doctor, la Nela, firme en su puesto como lo estaba en su tema, pronunció solemnemente esta sentencia:

—No debe haber cosas feas... Ninguna cosa fea debe vivir.

—Pues mira, hijita, si todos los feos tuviéramos la obligación de quitarnos de en medio, ¡cuán despoblado se quedaría el mundo, pobre y desgraciada tontuela! Esa idea que me has dicho no es nueva. Tuviéronla personas que vivieron hace siglos, personas de fantasía como tú, que vivían en la Naturaleza y que, como tú, carecían de cierta luz que a ti te falta por tu ignorancia y abandono, y a ellas porque aún esa luz no había venido al mundo... Es preciso que te cures esa manía; hazte cargo de que hay una porción de dones más estimables que el de la hermosura, dones del alma, que ni son ajados por el tiempo ni están sujetos al capricho de los ojos. Búscalos en tu alma, y los hallarás. No te pasará lo que con tu hermosura, que por mucho que en el espejo la busques no es fácil que la encuentres. Busca aquellos dones preciosos, cultívalos, y cuando los veas bien grandes y florecidos, no temas; ese afán que sientes se calmará. Entonces te sobrepondrás fácilmente a la situación desairada en que hoy te ves, y elevándote tendrás una hermosura que no admirarán quizá los ojos, pero que a ti misma te servirá de recreo y orgullo.

Estas sensatas palabras, o no fueron entendidas o no fueron aceptadas por la Nela, que, ocultándose otra vez junto a Golfín, le miraba atentamente. Sus ojos pequeñitos, que a los más hermosos ganaban en la elocuencia, parecían decir: "¿Pero a qué vienen todas estas sabidurías, señor pedante?"

—Aquí —continuó Golfín, gozando extremadamente con aquel asunto, y dándole, a pesar suyo, un tono de tesis psicológica— hay una cuestión principal y es...

La Nela le había adivinado, y se cubrió el rostro con las manos.

—No tiene nada de extraño; al contrario, es muy natural lo que te pasa. Tienes un temperamento sentimental, imaginativo; has llevado con tu amo la vida libre y poética de la Naturaleza, siempre juntos, en inocente intimidad. El es discreto, hasta no más, y guapo como una estatua... Parece la belleza ciega hecha para recreo de los que tienen vista. Además, su bondad y la grandeza de su corazón cautivan y enamoran. No es extraño que te haya cautivado a ti, que eres niña, casi mujer, o una mujer que parece niña. ¿Le quieres mucho, le quieres más que a todas las cosas de este mundo?...

—Sí: sí, señor —repuso la chicuela sollozando.

—¿No puedes soportar la idea de que te deje de querer?

—No; no, señor.

—El te ha dicho palabras amorosas y te ha hecho juramentos...

—¡Oh, sí; sí, señor! Me dijo que yo sería su compañera por toda la vida, y yo lo creí...

—¿Por qué no ha de ser verdad?

—Me dijo que no podía vivir sin mí, y que aunque tuviera vista me querría siempre mucho. Yo estaba contenta, y mi fealdad, mi pequeñez y mi facha ridícula no me importaban, porque él no podía verme, y allá en sus tinieblas me tenía por bonita. Pero después...

—Después... —murmuró Golfín, traspasado de compasión—. Ya veo que yo tengo la culpa de todo.

—La culpa no..., porque usted ha hecho una buena obra. Usted es muy bueno... Es un bien que él haya sanado de sus ojos... Yo me digo a mí misma que es un bien..., pero después de esto yo debo quitarme de en medio... porque él verá a la señorita Florentina y la comparará conmigo..., y la señorita Florentina es como los ángeles, porque yo... Compararme con ella es como si un pedazo de espejo roto se comparara con el Sol... ¿Para qué sirvo yo? ¿Para qué nací?... ¡Dios se equivocó! Hízome una cara fea, un cuerpecillo chico y un corazón muy grande. ¿De qué me sirve este corazón grandísimo? De tormento, nada más. ¡Ay!, si yo no lo sujetara, él se empeñaría en aborrecer mucho; pero el aborrecimiento no me gusta, yo no sé aborrecer, y antes que llegar a saber lo que es eso, quiero enterrar mi corazón para que no me atormente más.

—Te atormenta con los celos, con el sentimiento de verte humillada. ¡Ay, Nela, tu soledad es grande! No puede salvarte ni el saber que no posees, ni la familia que te falta, ni el trabajo que desconoces. Dime, la protección de la señorita Florentina, ¿qué sentimientos ha despertado en ti?

—¡Miedo!..., ¡vergüenza! —exclamó la Nela, con temor, abriendo mucho sus ojuelos—. ¡Vivir con ellos, viéndoles a todas horas..., porque se casarán; el corazón me ha dicho que se casarán; yo he soñado que se casarán!...

—Pero Florentina es muy buena, te amará mucho...

—Yo la quiero también; pero no con exaltación y desvarío—. Ha venido a quitarme lo que es mío..., porque era mío, sí, señor... Florentina es como la Virgen..., yo le rezaría, sí, le rezaría, porque no quiero que me quite lo que es mío... y me lo quitará, ya me lo ha quitado... ¿Adónde voy yo ahora, qué soy, ni de qué valgo? Todo lo perdí, todo, y quiero irme con mi madre.

La Nela dio algunos pasos; pero Golfín, como fiera que echa la zarpa, la detuvo fuertemente por la muñeca. Al cogerla, observó el agitado pulso de la vagabunda.

—Ven acá —le dijo—. Desde este momento, que quieras que no, te hago mi esclava. Eres mía, y no has de hacer sino lo que me mande yo. ¡Pobre criatura, formada de sensibilidad ardiente, de imaginación viva, de candidez y de superstición, eres una admirable persona nacida para todo lo bueno; pero desvirtuada por el estado salvaje en que has vivido, por el abandono y la falta de instrucción, pues careces hasta de lo más elemental! ¡En qué donosa sociedad vivimos, que hasta este punto se olvida de sus deberes y deja perder de este modo un ser preciosísimo!... Ven acá, que no has de separarte de mí; te tomo, te cazo, ésa es la palabra, te cazo con trampa en medio de los bosques, florecita silvestre, y voy a ensayar en ti un sistema de educación... Veremos si sé tallar este hermoso diamante. ¡Ah, cuántas cosas ignoras! Yo descubriré un nuevo mundo en tu alma, te haré ver mil asombrosas maravillas que hasta ahora no has conocido, aunque de todas ellas has de tener tú una idea confusa, una idea vaga. ¿No sientes en tu pobre alma..., ¿cómo te lo diré?, el brotecillo, el pimpollo de una virtud, que es la más preciosa, la madre de todas, la humildad; una virtud por la cual gozamos extraordinariamente, ¡mira tú qué cosa tan rara!, al vernos inferiores a los demás? Gozamos, sí, al ver que otros están por encima de nosotros. ¿No sientes también la abnegación, por la cual nos complacemos en sacrificarnos por los demás, y hacernos pequeñitos para que otros sean grandes? Tú aprenderás esto; aprenderás a poner tu fealdad a los pies de la hermosura, a contemplar con serenidad y alegría los triunfos ajenos, a cargar de cadenas ese gran corazón tuyo, sometiéndolo por completo, para que jamás vuelva a sentir envidia ni despecho, para que ame a todos por igual, poniendo por cima de todos a los que te han hecho daño. Entonces serás lo que debes ser, por tu natural condición y por las cualidades que desde el nacer posees. ¡Infeliz!, has nacido en medio de una sociedad cristiana, y ni siquiera eres cristiana; vive tu alma en aquel estado de naturalismo poético, sí, ésa es la palabra, y te la digo aunque no la entiendas..., en aquel estado en que vivieron pueblos de que apenas queda memoria. Los sentidos y las pasiones gobiernan, y la forma es uno de tus dioses más queridos. Para ti han pasado en vano dieciocho siglos, consagrados a enaltecer el espíritu. Y esta egoísta sociedad que ha permitido tal abandono, ¿qué nombre merece? Te ha dejado crecer en la soledad de unas minas, sin enseñarte una letra, sin revelarte las conquistas más preciosas de la inteligencia, las verdades más elementales que hoy gobiernan al mundo; ni siquiera te ha llevado a una de esas escuelas de primeras letras, donde no se aprende casi nada; ni siquiera te ha dado la imperfectísima instrucción religiosa de que ella se envanece. Apenas has visto una iglesia más que para presenciar ceremonias que no te han explicado; apenas sabes nada del mundo, ni de Dios, ni

del alma... Pero todo lo sabrás; tú serás otra; dejarás de ser la Nela, yo te lo prometo, para ser una señorita de mérito, una mujer de bien.

No puede afirmarse que la Nela entendiera el anterior discurso, pronunciado por Golfín con tal vehemencia y brío, que olvidó un instante la persona con quien hablaba. Pero la vagabunda sentía una fascinación singular, y las ideas de aquel hombre penetraban dulcemente en su alma, hallando fácil asiento en ella. Sin duda se efectuaba sobre la tosca muchacha el potente y fatal dominio que la inteligencia superior ejerce sobre la inferior. Triste y silenciosa, recostó su cabeza sobre el hombro de Teodoro.

—Vamos allá —dijo éste, súbitamente.

La Nela tembló toda. Golfín observó el sudor de su frente, el glacial frío de sus manos, la violencia de su pulso; pero lejos de cejar en su idea por causa de esta dolencia física, afirmóse más en ella, repitiendo:

—Vamos, vamos; aquí hace frío.

Tomó de la mano a la Nela. El dominio que sobre ella ejercía era ya tan grande, que la chicuela se levantó tras él y dieron juntos algunos pasos. Después Marianela se detuvo y cayó de rodillas.

—¡Oh, señor —exclamó con espanto—, no me lleve usted!

Estaba pálida, descompuesta, con señales de una espantosa alteración física y moral. Golfín le tiró del brazo. El cuerpo desmayado de la vagabunda no se elevaba del suelo por su propia fuerza. Era preciso tirar de él como de un cuerpo muerto.

—Hace días —dijo Golfín—, que en este mismo sitio te llevé sobre mis hombros porque no podías andar. Esta noche lo mismo.

Y la levantó en sus brazos. La ardiente respiración de la mujer-niña le quemaba el rostro. Iba decadente y marchita, como una planta que acaba de ser arrancada del suelo, dejando en él las raíces. Al llegar a la casa de Aldeacorba sintió que su carga se hacía menos pesada. La Nela erguía su cuello, elevaba las manos con ademán de desesperación, pero callaba.

Entró Golfín. Todo estaba en silencio. Una criada salió a recibirle, y a instancias de Teodoro condújole sin hacer ruido a la habitación de la señorita Florentina. Hallábase ésta sola, alumbrada por una luz que ya agonizaba, de rodillas en el suelo y apoyados sus brazos en el asiento de una silla, en actitud de orar devotamente. Alarmóse al ver entrar a un hombre tan a deshora en su habitación, y a su fugaz alarma sucedió el asombro, observando la carga que Golfín sobre sus robustos hombros traía.

La sorpresa no permitió a la señorita de Penáguilas usar de la palabra, cuando Teodoro, depositando cuidadosamente su carga sobre un sofá, le dijo:

—Aquí la traigo... ¿Qué tal, soy buen cazador de mariposas?

XX

EL NUEVO MUNDO

Retrocedamos algunos días.

Cuando Teodoro Golfín levantó por primera vez el vendaje de Pablo Penáguilas, éste dio un grito de espanto. Sus movimientos todos eran de retroceso. Extendía las manos como para apoyarse en un punto y retroceder mejor. El espacio iluminado era para él como un inmenso abismo, en el cual se suponía próximo a caer. El instinto de conservación obligábale a cerrar los ojos. Excitado por Teodoro, por su padre y los demás de la casa, que sentían honda ansiedad, miró de nuevo; pero el temor no disminuía. Las imágenes entraban, digámoslo así, en su cerebro violenta y atropelladamente, con una especie de brusca embestida; de tal modo que él creía chocar contra los objetos; las montañas lejanas se le figuraban hallarse al alcance de su mano, y veía los objetos y personas que le rodeaban cual si rápidamente cayeran sobre sus ojos.

Observaba Teodoro Golfín estos fenómenos con viva curiosidad, porque era aquél el segundo caso de curación de ceguera congénita que había presenciado. Los demás no se atrevían a manifestar júbilo; de tal modo les confundía y pasmaba la perturbada inauguración de las funciones ópticas en el afortunado paciente. Pablo experimentaba una alegría delirante. Sus nervios y su fantasía hallábanse horriblemente excitados, por lo cual Teodoro juzgó prudentemente obligarle al reposo. Sonriendo, le dijo:

—Por ahora ha visto usted bastante. No se pasa de la ceguera a la luz, no se entra en los soberanos dominios del Sol como quien entra en un teatro. Es este un nacimiento en que hay también dolor.

Más tarde el joven mostró deseos tan vehementes de volver a ejercer su nueva facultad preciosa, que Teodoro consintió en abrirle un resquicio del mundo visible.

—Mi interior —dijo Pablo, explicando su impresión primera—, está inundado de hermosura, de una hermosura que antes no conocía. ¿Qué cosas fueran las que entraron en mí llenándome de terror? La idea del tamaño, que yo no concebía sino de una manera imperfecta, se me presentó clara y terrible, como si me arrojaran desde las cimas más altas a los abismos más profundos. Todo esto es bello y grandioso, aunque me hace estremecer. Quiero ver repetidas esas sensaciones sublimes. Aquella extensión de hermosura que contemplé me ha dejado anonadado; era una cosa serena y majestuosamente inclinada hacia mí como para recibirme. Yo veía el Universo entero corriendo hacia mí, y estaba sobrecogido y temeroso... El cielo era un gran vacío atento, no lo expreso bien..., era el aspecto de una cosa extraordinariamente dotada de expresión. Todo aquel conjunto de cielo y montañas me observaba y hacia mí corría..., pero todo era frío y severo en su gran majestad. Enséñeme una cosa delicada y cariñosa..., la Nela; ¿en dónde está la Nela?

Al decir esto, Golfín, descubriendo nuevamente sus ojos a la luz y auxiliándoles con anteojos hábilmente graduados, le ponía en comunicación con la belleza visible.

—¡Oh, Dios mío!..., ¿esto que veo es la Nela? —dijo Pablo con entusiasta admiración.

—Es tu prima Florentina.

—¡Ah! —exclamó el joven, confuso—. Es mi prima... Yo no tenía idea de una hermosura semejante... ¡Bendito sea el sentido que permite gozar de esta luz divina! Prima mía, eres como una música deliciosa; eso que veo me parece la expresión más clara de la armonía... ¿Y la Nela, dónde está?

—Tiempo tendrás de verla —dijo don Fracisco, lleno de gozo—. Sosiégate ahora.

—¡Florentina, Florentina! —repitió Pablo con desvarío—. ¿Qué tienes en esa cara, que pareces la misma idea de Dios puesta en carne? Estás en medio de una cosa que debe ser el sol. De tu cara salen unos como rayos...; al fin puedo tener idea de cómo son los ángeles..., y tu cuerpo, tus manos, tus cabellos vibran, mostrándome ideas preciosas... ¿Qué es esto?

—Principia a hacerse cargo de los colores —murmuró Golfín—. Quizá vea los objetos rodeados con los colores del iris. Aun no posee bien la adaptación a las distancias.

—Te veo dentro de mis propios ojos —añadió Pablo—. Te fundes con todo lo que pienso, y tu persona visible es para mí como un recuerdo. ¿Un recuerdo de qué? Yo no he visto nada hasta ahora... ¿Habré vivido antes de esta vida? No lo sé; pero yo tenía noticias de esos ojos tuyos. Y tú, padre, ¿dónde estás? ¡Ah!, ya te veo. Eres tú..., se me presenta contigo el amor que te tengo... ¿Pues y mi tío?... Ambos os parecéis mucho... ¿En dónde está el bendito Golfín?

—Aquí..., en la presencia de su enfermo —dijo Teodoro, presentándose—. Aquí estoy más feo que Picio... Como usted no ha visto aún leones ni perros de Terranova, no tendrá idea de mi belleza... Dicen que me parezco a aquellos nobles animales.

—Todos son buenas personas —dijo Pablo con gran candor—; pero mi prima a todos les lleva inmensa ventaja... ¿Y la Nela?, por Dios, ¿no traen a la Nela?

Dijéronle que su lazarillo no parecía por la casa, ni podían ellos ocuparse en buscarla, lo que le causó profundísima pena. Procuraron calmarle, y como era de temer un acceso de fiebre, le acostaron, incitándole a dormir. Al día siguiente era grande su postración; pero de todo triunfó su naturaleza enérgica. Pidió que le enseñaran un vaso de agua, y al verlo dijo:

—Parece que estoy bebiendo el agua sólo con verla.

Del mismo modo se expresó con respecto a otros objetos, los cuales hacían viva impresión en su fantasía. Golfín, después de tratar de remediar la aberración de esfericidad por medio de lentes, que fue probando uno tras otro, principió a ejercitarle en la distinción y combinación de los colores; pero el vigoroso entendimiento del joven propendía siempre a distinguir la fealdad de la hermosura. Distinguía estas dos ideas en absoluto, sin que influyera nada en él, ni la idea de utilidad, ni aun la de bondad. Parecióle encantadora una mariposa que extraviada entró en su cuarto. Un tintero le parecía horrible, a pesar de que su tío se lo demostró con ingeniosos argumentos que servía para poner la tinta de escribir..., la tinta de escribir. Entre una estampa del Crucificado y otra de Galatea navegando sobre una concha con escolta de tritones y ninfas, prefirió ésta última, lo que hizo mal efecto en Florentina, que se propuso enseñarle a poner las cosas sagradas cien codos por encima de las profanas. Observaba las caras con viva atención, y la maravillosa concordancia de los accidentes faciales con el lenguaje le pasmaba en extremo. Viendo a las criadas y a otras mujeres de Aldeacorba, manifestó desagrado, porque eran o feas o insignificantes. La hermosura de su prima convertía en adefesios a las demás mujeres. A pesar de esto, deseaba verlas a todas. Su curiosidad era una fiebre intensa que de ningún modo podía calmarse; y mientras se mostraba desconsolado por no ver a la Nela, rogaba a Florentina que no dejase de acompañarle un momento.

El tercer día le dijo Golfín:

—Ya se ha enterado usted de gran parte de las maravillas del mundo visible. Ahora es preciso que vea su propia persona.

Trajeron un espejo y Pablo se miró en él.

—Este soy yo... —dijo con loca admiración—. Trabajo me cuesta el creerlo... ¿Y cómo estoy dentro de esa agua dura y quieta? ¡Qué cosa tan admirable es el vidrio! Parece mentira que los hombres hayan hecho esta atmósfera de piedra... Por vida mía, que no soy feo..., ¿no es verdad, prima? ¿Y tú, cuando te miras aquí, sales tan guapa como eres? No puede ser. Mírate en el cielo transparente, y allí verás tu imagen. Creerás que ves a los ángeles cuando te veas a ti misma.

A solas con Florentina, y cuando ésta le prodigaba a prima noche las atenciones y cuidados que exige un enfermo, Pablo le decía:

—Prima mía, mi padre me ha leído aquel pasaje de nuestra historia, cuando un hombre llamado Cristóbal Colón descubrió el Mundo Nuevo, jamás visto por hombre alguno en Europa. Aquel navegante abrió los ojos del mundo conocido para que viera otro más hermoso. No puedo figurármelo a él sino como a un Teodoro Golfín, y a la Europa como a un gran ciego para quien la América y sus maravillas fueran la luz. Yo también he descubierto un Nuevo Mundo. Tú eres mi América; tú eres aquella primera isla hermosa donde puso su pie el navegante. Faltóle ver el continente con sus inmensos bosques y ríos. A mí también me quedará por ver quizá lo más hermoso.

Después cayó en profunda meditación, y al cabo de ella preguntó:

—¿En dónde está la Nela?

—No sé qué le pasa a esa pobre muchacha —dijo Florentina—. No quiere verte, sin duda.

—Es vergonzosa y muy modesta —replicó Pablo—. Teme molestar a los de casa. Florentina, en confianza te diré que la quiero mucho. Tú la querrás también. Deseo ardientemente ver a esa buena compañera y amiga mía.

—Yo misma iré a buscarla mañana.

—Sí, sí..., pero no estés mucho tiempo fuera. Cuando no te veo estoy muy solo... Me he acostumbrado a verte, y estos tres días me parecen siglos de felicidad... No me robes ni un minuto. Decíame anoche mi padre que después de verte a ti, no debo tener curiosidad de ver a mujer ninguna.

—¡Qué tonterías!... —dijo la señorita, ruborizándose—. Hay otras mucho más guapas que yo.

—No, no; todos dicen que no —afirmó Pablo con vehemencia, y dirigía su cara vendada hacia la primita, como si al través de tantos obstáculos quisiera verla aún—. Antes me decían eso, y yo no lo quería creer; pero después que tengo conciencia del mundo visible y de la belleza real, lo creo, sí, lo creo. Eres un tipo perfecto de hermosura; no hay más allá, no puede haberlo... Dame tu mano.

El primo estrechó ardientemente entre sus manos la de la señorita.

—Ahora me río yo —añadió él— de mi ridícula vanidad de ciego, de mi necio empeño en apreciar sin vista el aspecto de las cosas... Creo que toda la vida me durará el asombro que me produjo la realidad...

¡La realidad! El que no la posee es un idiota... Florentina, yo era un idiota.

—No, primo; siempre fuiste y eres muy discreto... Pero no excites ahora tu imaginación... Pronto será hora de dormir... Don Teodoro ha mandado que no se te dé conversación a esta hora, porque te desvelas... Si no te callas, me voy.

—¿Es ya de noche?

—Sí, es de noche.

—Pues sea de noche o de día, yo quiero hablar —afirmó Pablo, inquieto en el lecho, sobre el cual reposaba vestido—. Con una condición me callo, y es que no te vayas del lado mío, y de tiempo en tiempo des una palmada en la cama, para saber yo que estás ahí.

—Bueno, así lo haré, y ahí va la primera fe de vida —dijo Florentina, dando una palmada en la cama.

—Cuando te siento reír, parece que respiro un ambiente fresco y perfumado, y todos mis sentidos antiguos se ponen a reproducir tu persona de distintos modos. El recuerdo de tu imagen subsiste en mí de tal manera, que, vendado, te estoy viendo lo mismo...

—¿Vuelve la charla?... Que llamo a don Teodoro —dijo la señorita jovialmente.

—No..., estáte quieta. ¡Si no puedo callar!... Si callara todo lo que pienso, todo lo que siento y lo que veo aquí dentro de mi cerebro, me atormentaría más... ¿Y quieres tú que duerma?... ¡Dormir! Si te tengo aquí dentro, Florentina, dándome vuelta en el cerebro y volviéndome loco... Padezco y gozo lo que no se puede decir, porque no hay palabras para expresarlo. Toda la noche la paso hablando contigo y con la Nela... ¡La pobre Nela!, tengo curiosidad de verla, una curiosidad muy grande.

—Yo mismo iré a buscarla mañana... Vaya, se acabó la conversación... Calladito..., o me marcho.

—Quédate... Hablaré conmigo

mismo... Ahora voy a repetir las cosas que te dije anoche, cuando hablábamos solos los dos... voy a recordar lo que tú me dijiste...

—¿Yo?

—Es decir, las cosas que yo me figuraba oír de tu boca... Silencio, señorita de Penáguilas... yo me entiendo solo con mi imaginación.

Al día siguiente, cuando Florentina se presentó delante de su primo, le dijo:

—Traía a Mariquilla y se me escapó. ¡Qué ingratitud!

—¿Y no la has buscado?

—¿Dónde?... ¡Huyó de mí! Esta tarde saldré otra vez, y la buscaré hasta que la encuentre.

—No, no salgas —dijo Pablo vivamente—. Ella aparecerá; ella vendrá sola.

—Parece loca.

—¿Sabe que tengo vista?

—Yo misma se lo he dicho. Pero sin duda ha perdido el juicio. Dice que yo soy la Santísima Virgen, y me besa el vestido.

—Es que le produces a ella el mismo efecto que a todos. La Nela es tan buena... ¡Pobre muchacha! Hay que protegerla, Florentina; protegerla, ¿no te parece?

—Es una ingrata —afirmó Florentina con tristeza.

—¡Ah!, no lo creas. La Nela no puede ser ingrata. Es muy buena... la aprecio mucho... Es preciso que la busquen y me la traigan aquí.

—Yo iré.

—No, no; tú no —dijo prontamente Pablo, tomando la mano de su prima—. La obligación de usted, señorita sin juicio, es acompañarme. Si no viene pronto el señor Golfín a levantarme la venda y ponerme los vidrios, yo me levantaré solo. Desde ayer no te veo, y esto no se puede sufrir; no, no se puede sufrir... ¿Ha venido don Teodoro?

—Abajo está con tu padre y el mío. Pronto subirá. Ten paciencia, pareces un chiquillo de escuela.

Pablo se incorporó con desvarío.

—¡Luz, luz!... Es una inquietud

que le tengan a uno tanto tiempo a oscuras. Así no se puede vivir...; yo me muero. Necesito mi pan de cada día, necesito la función de mis ojos... Hoy no te he visto, prima, y estoy loco por verte. Tengo una sed rabiosa de verte. ¡Viva la realidad!... Bendito sea Dios que te crió, mujer hechicera, compendio de todas las bellezas... Pero si después de criar la hermosura, no hubiera criado Dios los corazones, ¡cuán tonta sería su obra!... ¡Luz, luz!

Subió Teodoro y le abrió las puertas de la realidad, inundando de gozo su alma. Pasó el día tranquilo, hablando de cosas diversas. Hasta la noche no volvió a fijar la atención en un punto de su vida, que parecía alejarse y disminuir y borrarse, como las naves que en un día sereno se pierden en el horizonte. Como quien recuerda un hecho muy antiguo, dijo:

—¿No ha aparecido la Nela?

Díjole Florentina que no, y hablaron de otra cosa. Aquella noche sintió Pablo a deshora ruido de voces en la casa. Creyó oír la voz de Teodoro Golfín, la de Florentina y la de su padre. Después se durmió sosegadamente, siguiendo durante su sueño atormentado imágenes de todo lo que había visto por los fantasmas de lo que él mismo se imaginaba. Su dueño, que principió dulce y tranquilo, fue después agitado y angustioso, porque en el profundo seno de su alma, como en una caverna recién iluminada, luchaban las hermosuras y fealdades del mundo plástico, despertando pasiones, enterrando recuerdos y trastornando su alma toda. Al día siguiente, según promesa de Golfín, le permitiría levantarse y andar por la casa.

XXI

LOS OJOS MATAN

La habitación destinada a Florentina en Aldeacorba era la más alegre de la casa. Nadie había vivido en ella desde la muerte de la señora de Penáguilas; pero don Francisco, creyendo a su sobrina digna de alojarse allí, arregló la estancia con pulcritud y ciertos primores elegantes que no se conocían en vida de su esposa. Daba el balcón al Mediodía y a la huerta, por lo cual la estancia hallábase diariamente inundada de gratos olores y de luz y alegrada por el armonioso charlar de los pájaros. En los pocos días de su residencia allí, Florentina había dado a la habitación el molde, digámoslo así, de su persona. Diversas cosas y partes de aquélla daban a entender la clase de mujer que allí vivía, así como el nido da a conocer el ave. Si hay personas que de un palacio hacen un infierno, hay otras que para convertir una choza en palacio no tienen más que meterse en ella.

Fue aquel día tempestuoso (y decimos aquel día, porque no sabemos qué día era; sólo sabemos que era un día). Había llovido toda la mañana. Después aclaró el cielo, y, por último, sobre la atmósfera húmeda y blanca apareció majestuoso un arco iris. El inmenso arco apoyaba uno de sus pies en los cerros de Ficóbriga, junto al mar, y el otro en los cerros de Saldeoro. Soberanamente hermoso en su sencillez, era tal que a nada puede compararse, como no sea a la representación absoluta y esencial de la forma. Es un arco iris como el resumen, o mejor dicho, principio y fin de todo lo visible.

En la habitación estaba Florentina, no ensartando perlas ni bordando rasos con menudos hilos de oro, sino cortando un vestido con patrones hechos de *Imparciales* y otros periódicos. Hallábase en el suelo, en postura semejante a la que toman los chicos revoltosos cuando están jugando, y ora sentada sobre sus pies, ora de rodillas, no daba paz a las tijeras. A su lado había un montón de pedazos de lana, percal, madapolán y otras telas que aquella mañana había hecho traer a toda prisa de Villamojada, y corta por aquí recorta por allá, Florentina hacía mangas, faldas y cuerpos. No eran un modelo de corte ni había que fiar mucho en la regularidad de los patrones, obra también de la señorita pero ella, reconociendo los defectos pensaba que en aquel arte la buena intención salva el resultado. Su excelente padre le había dicho aquella mañana al comenzar la obra:

—Por Dios, Florentinilla, parece que ya no hay modistas en el mundo. No sé qué me da ver a una señorita de buena sociedad arrastrándose por esos suelos de Dios con tijeras en la mano... Eso no está bien. No me agrada que trabajes para vestirte a ti misma, ¿y me ha de agradar que trabajes para las demás? ¿Para qué sirven las modis tas?...; ¿para qué sirven las modistas, eh?

—Esto lo haría cualquier modista mejor que yo —repuso Florentina, riendo—; pero entonces no lo haría yo, señor papá; y precisamente quiero hacerlo yo misma.

Después Florentina se quedó sola; no se quedó sola, porque en el testero principal de la alcoba, entre la cama y el ropero, había un sofá de forma antigua, y sobre el sofá dos mantas, una sobre otra. En uno de los extremos asomaba entre almohadas una cabeza reclinada con abandono. Era un semblante desencajado y anémico. Dormía. Su sueño era un letargo inquieto que a cada instante se interrumpía con violentas sacudidas y terrores. No obstante, parecía estar más sosegada cuando al mediodía volvió a entrar en la pieza el padre de Florentina, acompañado de Teodoro Golfín. Este se dirigió al sofá, y aproximando su cara, observó la de la Nela.

—Parece que su sueño es ahora menos agitado —dijo—. No hagamos ruido.

—¿Qué le parece a usted mi hija? —dijo don Manuel, riendo—. ¿No ve usted las tareas que se da?... Sea usted imparcial, señor don Teodoro: ¿no tengo motivos para incomodarme? Francamente, cuando no hay necesidad de tomarse una molestia, ¿por qué se ha de tomar? Muy enhorabuena que mi hija dé al prójimo todo lo que yo le señalo para que lo gaste en ella misma en bajos menesteres..., en bajos menesteres...

—Déjela usted —replicó Golfín, contemplando a la señorita de Penáguilas con cierto arrobamiento—. Cada uno, señor don Manuel, tiene su modo especial de gastar alfileres.

—No me opongo yo a que en sus caridades llegue hasta el despilfarro, hasta la bancarrota —dijo don Manuel, paseándose pomposamente por la habitación, con las manos en los bolsillos—. ¿Pero no hay otro medio de hacer caridad? Ella ha querido

dar gracias a Dios por la curación de mi sobrino..., muy bueno es esto; pero veamos..., pero veamos...

Detúvose ante la Nela para honrarla con sus miradas.

—¿No habría sido más razonable —añadió— que en vez de meter en nuestra casa a esta pobre muchacha hubiera organizado mi hijita una de esas solemnidades que se estilan en la corte, y en las cuales sabe mostrar sus buenos sentimientos lo más selecto de la sociedad?... ¿Por qué no se te ocurrió celebrar una rifa? Entre los amigos hubiéramos colocado todos los billetes, reuniendo una buena suma, que podrías destinar a los asilos de Beneficencia. Podías haber formado una sociedad con todo el señorío de Villamojada y su término, o con el señorío de Santa Irene de Campó, y celebrar juntas y reunir mucho dinero... ¿Qué tal? También pudiste idear una función de aficionados, o una corrida de toretes. Yo me hubiera encargado de lo tocante al ganado y lidiadores... ¡Oh! Anoche hemos estado hablando acerca de esto doña Sofía y yo... Aprende, aprende de esa señora. A ella deben los pobres qué sé yo cuántas cosas. ¿Pues y las muchas familias que viven de la administración de las rifas? ¿Pues y lo que ganan los cómicos con estas funciones? ¡Oh!, los que están en el Hospicio no son los únicos pobres. Me dijo Sofía que en los bailes de máscaras de este invierno sacaron un dineral. Verdad que una gran parte fue para la empresa del gas, para el alquiler del teatro y los empleados..., pero a los pobres les llegó su pedazo de pan... O si no, hija mía, lee la estadística...

Florentina se reía, y no hallando mejor contestación que repetir una frase de Teodoro Golfín, dijo a su padre:

—Cada uno tiene su modo de gastar alfileres.

—Señor don Teodoro —indicó con desabrimiento don Manuel—,

convenga usted en que no hay otra como mi hija.

—Sí, en efecto —manifestó el doctor con intención profunda, contemplando a la joven—; no hay otra como Floretina.

—Con todos sus defectos —dijo el padre acariciando a la señorita—, la quiero más que a mi vida. Esta pícara vale más oro que pesa... Vamos a ver, ¿qué te gusta más: Aldeacorba de Suso o Santa Irene de Campó?

—No me disgusta Aldeacorba.

—¡Ah, picarona!..., ya veo el rumbo que tomas... Bien, me parece bien... ¿Saben ustedes que a estas horas mi hermano le está echando un sermón a su hijo? Cosas de familia: de esto ha de salir algo bueno. Mire usted, don Teodoro, cómo se pone mi hija: ya tiene en su cara todas las rosas de abril. Voy a ver lo que dice mi hermano..., a ver lo que dice mi hermano.

Retiróse el buen hombre. Teodoro se acercó a la Nela para observarla de nuevo.

—¿Ha dormido anoche? —preguntó a Florentina.

—Poco. Toda la noche la oí suspirar y llorar. Esta noche tendrá una buena cama, que he mandado traer de Villamojada. La pondré en ese cuartito que está junto al mío.

—¡Pobre Nela! —exclamó el médico—. No puede usted figurarse el interés que siento por esta infeliz criatura. Alguien se reirá de esto; pero no somos de piedra. Lo que hagamos para enaltecer a este pobre ser y mejorar su condición, entiéndase hecho en pro de una parte no pequeña del género humano. Como la Nela hay muchos miles de seres en el mundo ¿Quién los conoce? ¿Dónde están? Se pierden en los desiertos sociales..., que también hay desiertos sociales; en lo más oscuro de las poblaciones, en lo más solitario de los campos, en las minas, en los talleres. A menudo pasamos junto a ellos y no les vemos... Les damos limosna sin conocerlos... No

podemos fijar nuestra atención en esa miserable parte de la sociedad. Al principio creí que la Nela era un caso excepcional; pero no, he meditado, he recordado, y he visto en ella un caso de los más comunes. Es un ejemplo del estado a que vienen los seres moralmente organizados para el bien, para el saber, para la virtud, y que por su abandono y apartamiento no pueden desarrollar las fuerzas de su alma. Viven ciegos del espíritu, como Pablo Penáguilas ha vivido ciego del cuerpo teniendo vista.

Floretina, vivamente impresionada, parecía comprender muy bien las observaciones de Golfín.

—¡Aquí la tiene usted —añadió éste—. Posee una fantasía preciosa, sensibilidad viva: sabe amar con ternura y pasión; tiene su alma aptitud maravillosa para todo aquello que del alma depende; pero al mismo tiempo está llena de supersticiones groseras; sus ideas religiosas son vagas, monstruosas, equivocadas; sus ideas morales no tienen más guía que el sentido natural. No posee más educación que la que ella misma se ha dado, como planta que se fecunda con sus propias hojas secas. Nada debe a los demás. Durante su niñez no ha oído ni una lección, ni un amoroso consejo, ni una santa homilía. Se guía por ejemplos que aplica a su antojo. Su criterio es suyo, propiamente suyo. Como tiene imaginación y sensibilidad, como su alma se ha inclinado desde el principio a adorar algo, adora la Naturaleza lo mismo que los pueblos primitivos. Sus ideales son naturalistas, y si usted no me entiende bien, querida Florentina, se lo explicaré mejor en otra ocasión.

"Su espíritu da a la forma, a la belleza, una preferencia sistemática. Todo su ser, sus afectos todos giran en derredor de esta idea. Las preeminencias y las altas dotes del espíritu son para ella una región confusa, una tierra apenas descubierta, de la cual no se tiene sino noticias vagas por algún viajero náufrago. La gran conquista evangélica, que es una de las más gloriosas que ha hecho nuestro espíritu, apenas llega a sus oídos como un rumor... es como una sospecha semejante a la que los pueblos asiáticos tienen del saber europeo, y si no me entiende usted bien, querida Florentina, más adelante se lo explicaré mejor...

"Pero ella está hecha para realizar en poco tiempo grandes progresos y ponerse al nivel de nosotros. Alúmbresele un poco, y recorrerá con paso gigantesco los siglos...; está muy atrasada, ve poco; pero teniendo luz, andará. Esa luz no se la ha dado nadie hasta ahora, porque Pablo Penáguilas, por su ignorancia de la realidad visible, contribuía sin quererlo a aumentar sus errores. Ese idealista exagerado y loco no es el mejor maestro para un espíritu de esta clase. Nosotros enseñaremos la verdad a esta pobre criatura, resucitado ejemplar de otros siglos; le haremos conocer las dotes del alma; la traeremos a nuestro siglo; daremos a su espíritu una fuerza que no tiene; sustituiremos su naturalismo y sus rudas supersticiones con una doble conciencia cristiana. Aquí tenemos un campo admirable, una naturaleza primitiva, en la cual ensayaremos la enseñanza de los siglos; haremos rodar el tiempo sobre ella con las múltiples verdades descubiertas; crearemos un nuevo ser, porque esto, querida Florentina (no lo interprete usted mal), es lo mismo que crear un nuevo ser, y si usted no lo entiende, en otra ocasión se lo explicaré mejor."

Florentina, a pesar de no ser sabihonda, algo creyó entender de lo que en su original estilo había dicho Golfín. También ella expresaría más de una observación sobre aquel tema; pero en el mismo instante despertó la Nela. Sus ojos se revolvieron temerosos observando toda la estancia; después se fijaron alternativamente en las dos personas que la contemplaban.

—Nos tienes miedo? —le dijo Florentina dulcemente.

—No, señora; miedo no —balbuceó la Nela—. Usted es muy buena. El señor don Teodoro también.

—¿No estás contenta aquí? ¿Qué temes?

Golfín le tomó la mano.

—Háblanos con franqueza —le dijo—: ¿a cuál de los dos quieres más, a Florentina o a mí?

La Nela no contestó. Florentina y Golfín sonreían; pero ella guardaba una seriedad taciturna.

—Oye una cosa, tontuela —prosiguió el médico—. Ahora has de vivir con uno de nosotros. Florentina se queda aquí; yo me marcho. Decídete por uno de los dos. ¿A cuál escoges?

Marianela dirigió sus miradas de uno a otro semblante, sin dar contestación categórica. Por último, se detuvieron en el rostro de Golfín.

—Se me figura que soy yo el preferido... Es una injusticia, Nela; Florentina se enojará.

La pobre enferma sonrió entonces, y extendiendo una de sus débiles manos hacia la señorita de Penáguilas, murmuró:

—No quiero que se enoje.

Al decir esto, María se quedó lívida; alargó su cuello, sus ojos se desencajaron. Su oído prestaba atención a un rumor terrible. Había sentido pasos.

—¡Viene! —exclamó Golfín, participando del terror de su enferma.

—Es él —dijo Florentina, apartándose del sofá y corriendo hacia la puerta.

Era él. Pablo había empujado la puerta y entraba despacio, marchando en dirección recta, por la costumbre adquirida durante su larga ceguera. Venía riendo, y sus ojos, libres de la venda que él mismo se había levantado, miraban adelante. No habiéndose familiarizado aún con los movimientos de rotación del ojo, apenas percibía imágenes laterales. Podría decirse de él, como de muchos que nunca fueron ciegos de los ojos, que sólo veía lo que tenía delante.

—Primita —exclamó, avanzando hacia ella—. ¿Cómo no has ido a verme hoy? Yo vengo a buscarte. Tu papá me ha dicho que estás haciendo trajes para los pobres. Por eso te perdono.

Florentina, contrariada, no supo qué contestar. Pablo no había visto al doctor ni a la Nela. Florentina, para alejarle del sofá, se dirigió hacia el balcón, y recogiendo algunos trozos de tela, sentóse en ademán de ponerse a trabajar. Bañábala la risueña luz del sol, coloreando espléndidamente su costado izquierdo y dando a su hermosa tez morenorosa un tono encantador. Brillaba entonces su belleza como personificación hechicera de la misma luz. Su cabello en desorden, su vestido suelto, llevaban al último grado la elegancia natural de la gentil doncella, cuya actitud, casta y noble, superaba a las más perfectas concepciones del arte.

—Primito —dijo, contrayendo ligeramente el hermoso entrecejo—, don Teodoro no te ha dado todavía permiso para quitarte hoy la venda. Eso no está bien.

—Me lo dará después —replicó el mancebo, riendo—. No puede sucederme nada. Me encuentro bien. Y si algo me sucede, no me importa. No, no me importa quedarme ciego otra vez después de haberte visto.

—¡Qué bueno estaría!... —dijo Florentina en tono de represión.

—Estaba en mi cuarto solo; mi padre había salido, después de hablarme de ti... Tú sabes lo que me ha dicho...

—No, no sé nada —replicó la joven, fijando sus ojos en la costura.

—Pues yo sí lo sé... Mi padre es muy razonable. Nos quiere mucho a los dos... Cuando salió, levantéme la venda y miré al campo. Vi el arco iris y me quedé asombrado, mudo de admiración y de fervor religioso... No sé por qué,

aquel sublime espectáculo, para mí desconocido hasta hoy, me dio la idea más clara de la armonía del mundo... No sé por qué al mirar la perfecta unión de sus colores, pensaba en ti... No sé por qué, viendo el arco iris, dije: "Yo he sentido antes esto en alguna parte...". Me produjo sensación igual a la que sentí al verte, Florentina de mi alma. El corazón no me cabía en el pecho; yo quería llorar..., lloré, y las lágrimas cegaron por un instante mis ojos. Te llamé, no me respondiste... Cuando mis ojos pudieron ver de nuevo, el arco iris había desaparecido... Salí para buscarte, creí que estabas en la huerta...; bajé, subí y aquí estoy... Te encuentro tan maravillosamente hermosa, que me parece que nunca te he visto bien hasta hoy..., nunca hasta hoy, porque ya he tenido tiempo de comparar... He visto muchas mujeres..., todas son horribles junto a ti... ¡Si me cuesta trabajo creer que hayas existido durante mi ceguera... ¡No, no; lo que me ocurre es que naciste en el momento en que se hizo la luz dentro de mí; que te creó mi pensamiento en el instante de ser dueño del mundo visible... Me han dicho que no hay ninguna criatura que a ti se compare. Yo no lo quería creer; pero ya lo creo; lo creo como en la luz.

Diciendo esto puso una rodilla en tierra. Alarmada y ruborizada, Florentina dejó de prestar atención a la costura, murmurando:

—¡Primo... por Dios!...

—¡Prima..., por Dios!... —exclamó Pablo con entusiasmo candoroso—, ¿por qué eres tú tan bonita?... Mi padre es muy razonable..., nada puede oponerse a su lógica ni a su bondad... Florentina, yo creí que no podría quererte; creí posible querer a otra más que a ti... ¡Qué necedad! Gracias a Dios que hay lógica en mis afectos... Mi padre, a quien he confesado mis errores, me ha dicho que yo amaba a un monstruo... Ahora puedo decir que idolatro a un ángel. El estúpido ciego ha visto ya, y al fin presta homenaje a una verdadera hermosura... Pero yo tiemblo... ¿no me ves temblar? Te estoy viendo, y no deseo más que poder cogerte y encerrarte dentro de mi corazón, abrazándote y apretándose contra mi pecho... fuerte, muy fuerte.

Pablo, que había puesto las dos rodillas en tierra, se abrazaba a sí mismo.

—Yo no sé lo que siento —añadió con turbación, torpe la lengua, pálido el rostro—. Cada día descubro un nuevo mundo, Florentina. Descubrí el de la luz, descubro hoy otro. ¿Es posible que tú, tan hermosa, tan divina, seas para mí? ¡Prima, prima mía, esposa de mi alma!

Creyérase que iba a caer al suelo desvanecido. Florentina hizo ademán de levantarse. Pablo le tomó una mano; después retirando él mismo la ancha manga que lo cubría, besóle el brazo con vehemente ardor, contando los besos.

—Uno, dos, tres, cuatro... ¡Yo me muero!...

—Quita, quita dijo Florentina, poniéndose en pie, y haciendo levantar tras ella a su primo—. Señor doctor, ríñale usted.

Teodoro gritó:

—¡Pronto!... ¡Esa venda en los ojos, y a su cuarto, joven!

Confuso, volvió Pablo su rostro hacia aquel lado. Tomando la visual recta vio al doctor junto al sofá de paja cubierto de mantas.

—¿Está usted ahí, señor Golfín? —dijo, acercándose en línea recta.

—Aquí estoy —repuso Teodoro seriamente—. Creo que debe usted ponerse la venda y retirarse a su habitación. Yo le acompañaré.

—Me encuentro perfectamente... Sin embargo, obedeceré... Pero antes déjenme ver esto.

Observaba las mantas, entre ellas un rostro cadavérico, de aspecto muy desagradable. En efecto; parecía que la nariz de la Nela se había hecho más picuda, sus ojos más chicos, su boca más insignificante, su tez más pecosa, sus cabellos más ralos, su frente más angosta. Con los ojos cerrados, el aliento fatigoso, entreabiertos los cárdenos labios, hallábase al parecer la infeliz en la postrera agonía inevitable de la muerte.

—¡Ah! —dijo—, supe por mi tío que Florentina había recogido a una pobre... ¡Qué admirable bondad!... Y tú, infeliz muchacha, alégrate, has caído en manos de un ángel... ¿Estás enferma? En mi casa no te faltará nada... Mi prima es la imagen más hermosa de Dios... Esta pobrecita está muy mala, ¿no es verdad, doctor?

—Sí —dijo Golfín—, le conviene la soledad... el silencio.

—Pues me voy.

Pablo alargó una mano hasta tocar aquella cabeza, en la cual veía la expresión más triste de la miseria y de la desgracia humanas. Entonces la Nela movió los ojos y los fijó en su amo. Creyóse Pablo mirado desde el fondo de un sepulcro: tanta era la tristeza y el dolor que en aquella mirada había. Después la Nela sacó de entre las mantas una mano flaca, morena y áspera, y tomó la mano del señorito de Penáguilas, quien, al sentir el contacto se estremeció de pies a cabeza, y lanzó un grito en que toda su alma gritaba.

Hubo una pausa angustiosa, una de esas pausas que preceden a las catástrofes, como para hacerlas más solemnes. Con voz temblorosa, que en todos produjo trágica emoción, la Nela dijo:

—Sí, señorito mío, yo soy la Nela.

—Lentamente, y como si moviera un objeto de gran pesadumbre, llevó a sus secos labios la mano del señorito y le dio un beso... Después un segundo beso..., y al dar el tercero, sus labios resbalaron inertes sobre la piel de la mano.

Después callaron todos. Callaban mirándola. El primero que rompió la palabra fue Pablo, que dijo:

—¡Eres tú..., eres tú!

Pasaron por su mente ideas mil; mas no pudo expresar ninguna. Era preciso para ello que hubiera descubierto un nuevo lenguaje, así como había descubierto dos nuevos mundos: el de la luz y el del amor por la forma. No hacía más que mirar, y hacer memoria de aquel tenebroso mundo en que había vivido, allá donde quedaban perdidos entre la bruma sus pasiones, sus ideas y sus errores de ciego. Florentina se acercó derramando lágrimas para examinar el rostro de la Nela, y Golfín, que la observaba como hombre y como sabio, pronunció estas lúgubres palabras:

—¡La mató! ¡Maldita vista suya!

Y después, mirando a Pablo con severidad, le dijo:

—Retírese usted.

—Morir... morirse así sin causa alguna... Esto no puede ser —exclamó Florentina con angustia, poniendo la mano sobre la frente de la Nela—. ¡María!... ¡Marianela!

La llamó repetidas veces, inclinada sobre ella mirándola como se mira y como se llama, desde los bordes de un pozo, a la persona que se ha caído en él y se sumerge en las hondísimas y negras aguas.

—No responde —dijo Pablo con terror.

Golfín tentaba aquella vida próxima a extinguirse, y observó que bajo su tacto aún latía la sangre. Pablo se inclinó sobre ella, y acercando sus labios al oído de la moribunda, gritó:

—¡Nela, Nela, amiga querida!

Agitóse la mujercita, abrió los ojos, movió las manos. Parecía volver desde muy lejos. Viendo que las miradas de Pablo se clavaban en ella con observadora curiosidad, hizo un movimiento de vergüenza y terror, y quiso ocultar su pobre rostro como se oculta un crimen.

—¿Qué es lo que tiene? —dijo Florentina con ardor—. Don Teodoro, no es usted hombre si no la salva... Si no la salva, es usted un charlatán.

La insigne joven parecía colérica en fuerza de ser caritativa.

—¡Nela!—repitió Pablo, traspasado de dolor y no repuesto del asombro que le había producido la vista de su lazarillo—. Parece que me tienes miedo. ¿Qué te he hecho yo?

La enferma alargó entonces sus manos, tomó la de Florentina y la puso sobre su pecho; tomó después la de Pablo y la puso también sobre su pecho. Después las apretó allí, desarrollando un poco de fuerza. Sus ojos hundidos los miraban; pero su mirada era lejana, venía de allá abajo, de algún hoyo profundo y oscuro. Hay que decir, como antes, que miraba desde el lóbrego hueco de un pozo que a cada instante era más hondo. Su respiración fue de pronto muy fatigosa. Suspiró oprimiendo sobre su pecho con más fuerzas las manos de los dos jóvenes. Teodoro puso en movimiento toda la casa; llamó y gritó; hizo traer medicinas, poderosos revulsivos, y trató de suspender el rápido descenso de aquella vida.

—Difícil es —decía— detener una gota de agua que resbala, ¡ay!, la pendiente abajo y está ya a dos pulgadas del Océano; pero lo intentaré.

Mandó retirar a todo el mundo. Sólo Florentina quedó en la estancia. ¡Ah!, los revulsivos potentes, los excitantes nerviosos, mordiendo el cuerpo desfallecido para irritar la vida, hicieron estremecer los músculos de la infeliz enferma; pero a pesar de esto, se hundía más a cada instante.

—Es una crueldad —dijo Teodoro con desesperación, arrojando la mostaza y los excitantes—, es una crueldad lo que hacemos. Echamos perros al moribundo para que el dolor de las mordidas le haga vivir un poco más. Afuera todo eso.

—¿No hay remedio?

—El que mande Dios.

—¿Qué mal es éste?

—La muerte —vociferó con inquietud delirante, impropia de un médico.

—¿Pero qué mal le ha traído la muerte?

—La muerte.

—No me explico bien. Quiero decir que de qué...

—¡De muerte! No sé si pensar que de vergüenza, de celos, de despecho, de tristeza, de amor contrariado. ¡Singular patología! No, no sabemos nada... sólo sabemos cosas triviales.

—¡Oh!, ¡qué médico!

—No sabemos nada. Conocemos algo de la superficie.

—¿Esto qué es?

—Parece una meningitis fulminante.

—¿Y qué es eso?

—Cualquier cosa... ¡La muerte!

—¿Es posible que se muera una persona sin causa conocida, casi sin enfermedad?... Señor Golfín ¿qué es esto?

—¿Lo sé yo acaso?

—¿No es usted médico?

—De los ojos, no de las pasiones.

—¡De las pasiones! —exclamó, hablando con la moribunda—. Y a ti, pobre criatura, ¿qué pasiones te matan?

—Pregúnteselo usted a su futuro esposo.

Florentina se quedó absorta, estupefacta.

—¡Infeliz! —exclamó con ahogado sollozo— ¿Puede el dolor del alma matar de esta manera?

—Cuando yo la recogí en la Trascava estaba ya consumida por una fiebre espantosa.

—Pero eso no basta, ¡ay!, no basta.

—Usted dice que no basta. Dios, la Naturaleza, dicen que sí.

—Si parece que ha recibido una puñalada.

—Recuerda usted lo que han visto hace poco estos ojos que se van a cerrar para siempre; considere que ella amaba a un ciego, y que ese ciego ya no lo es, y la ha visto... ¡La

ha visto!... ¡La ha visto!, lo cual es como un asesinato.

—¡Oh!, ¡qué horroroso misterio!

—No, misterio no —gritó Teodoro con cierto espanto—, es el horrendo desplome de las ilusiones, es el brusco golpe de la realidad, de esa niveladora implacable que se ha interpuesto al fin entre esos dos nobles seres. ¡Yo he traído esa realidad, yo!

—¡Oh!, ¡qué misterio! —repitió Florentina, que por el estado de su ánimo no comprendía bien.

—Misterio no, no —volvió a decir Teodoro, más agitado a cada instante—; es la realidad pura, la desaparición súbita de un mundo de ilusiones. La realidad ha sido para él nueva vida; para ella ha sido dolor y asfixia, la humillación, la tristeza, el desaire, el dolor, los celos... ¡la muerte!

—Y todo por...

—¡Todo por unos ojos que se abren a la luz... a la realidad!... No puedo apartar esta palabra de mi mente. Parece que la tengo escrita en mi cerebro con letras de fuego.

—Todo por unos ojos... ¿Pero el dolor puede matar tan pronto?... ¡casi sin dar tiempo a ensayar un remedio!

—No sé —replicó Teodoro inquieto, confundido, aterrado, contemplando aquel libro humano de caracteres oscuros, en los cuales la vista científica no podía descifrar la leyenda misteriosa de la muerte y la vida.

—¡No sabe! —dijo Florentina con desesperación—. Entonces, ¿para qué es médico?

—No sé, no sé —exclamó Teodoro, golpeándose el cráneo melenudo con su zarpa de león—. Sí, una cosa sé, es que no sabemos más que fenómenos superficiales. Señora, yo soy un carpintero de los ojos, y nada más.

Después fijó los suyos con atención profunda en aquello que fluctuaba entre persona y cadáver, y con acento de amargura exclamó:

—¡Alma!, ¿qué pasa en ti?

Florentina se echó a llorar.

—¡El alma! —murmuró, inclinando su cabeza sobre el pecho— ya ha volado.

—No —dijo Teodoro, tocando a la Nela—. Aún hay aquí algo; pero es tan poco... Podríamos creer que ha desaparecido ya su alma y han quedado sus suspiros.

—¡Dios mío!... —exclamó la de Penáguilas empezando una oración.

—¡Oh!, desgraciado espíritu —dijo Golfín—. Es evidente que estaba muy mal alojado...

Los dos la observaron muy de cerca.

—Sus labios se mueven —gritó Florentina.

—Habla.

Sí, los labios de la Nela se movieron. Había articulado, una, dos, tres palabras.

—¿Qué ha dicho?

—¿Qué ha dicho?

Ninguno de los dos pudo comprenderlo. Era, sin duda, el idioma con que se entienden los que viven la vida infinita. Después, sus labios no se movieron más. Estaban entreabiertos y se veía la fila de blancos dientecillos. Teodoro se inclinó, besando la frente de la Nela, dijo así con firme acento:

—Mujer, has hecho bien en dejar este mundo.

Florentina se echó a llorar, murmurando con voz ahogada y temblorosa.

—Yo quería hacerla feliz, y ella no quiso serlo.

XXII

¡ADIOS!

¡Cosa rara, inaudita! La Nela, que nunca había tenido cama, ni ropa, ni zapatos, ni sustento, ni considelación, ni familia, ni nada propio, ni siquiera nombre, tuvo un magnífico sepulcro, que causó no pocas envidias entre los vivos de Socartes. Esta magnificencia póstuma fue la más grande ironía que se ha visto en aquellas tierras calaminíferas. La señorita Florentina, consecuente con sus sentimientos generosos, quiso atenuar la pena de no haber podido socorrer en vida a la Nela, con la satisfacción de honrar sus pobres despojos después de la muerte. Algún positivista empedernido criticóla por esto; pero no faltó quien viera en tan desusado hecho una prueba más de la delicadeza de su alma.

Cuando la enterraron, los curiosos que fueron a verla —¡esto sí que es inaudito y raro!— la encontraron casi bonita; al menos así lo decían. Fue la única vez que recibió adulaciones. Los funerales se celebraron con pompa, y los clérigos de Villamojada abrieron tamaña boca al ver que se les daba dinero por echar responsos a la hija de la Canela. Era estupendo, fenomenal, que un ser cuya importancia social había sido casi semejante a la de los insectos, fuera causa de encender muchas luces, de tender paños y de poner rones a sochantres y sacristanes. Esto, a fuerza de ser extraño, rayaba en lo chistoso. No se habló de otra cosa en seis meses.

La sorpresa y..., dígase de una vez, la indignación de aquellas buenas muchedumbres llegaron a su colmo cuando vieron que por el camino adelante venían dos carros cargados con enormes piezas de piedra blanca y fina. ¡Ah!, en el entendimiento de la Señana se producía una espantosa confusión de ideas, un verdadero cataclismo intelectual, un caos, al considerar que aquellas piedras blancas y finas era el sepulcro de la Nela. Si ante la Señana volara un buey o discurriera su marido, ya no le llamaría la atención.

Fueron revueltos los libros parroquiales de Villamojada, porque era preciso que después de muerta tuviera un nombre la que se había pasado sin él la vida, como lo prueba esta misma historia, donde se la nombra de distintos modos. Hallado aquel requisito indispensable para figurar en los archivos de la muerte, la magnífica piedra sepulcral ostentaba orgullosa, en medio de las rústicas cruces del cementerio de Aldeacorba, estos renglones:

R. I. P.

María Manuela Téllez

Reclamóla El Cielo

En 12 de Octubre de 186...

Guirnaldas de flores primorosamente talladas en el mármol coronaban la inscripción. Algunos meses después, cuando ya Florentina y Pablo Penáguilas se habían casado, y cuando (dígase la verdad, porque la verdad es antes que todo)... cuando nadie en Aldeacorba de Suso se acordaba ya de la Nela, fueron viajando por aquellos países unos extranjeros de esos que llaman *turistas*, y luego que vieron el sarcófago de mármol erigido en el cementerio por la piedad religiosa y el afecto sublime de una ejemplar mujer, se quedaron embobados de admiración, y sin más averiguaciones escribieron en su cartera estos apuntes, que con el título de *Sketches from Cantabria* publicó más tarde un periódico inglés:

"Lo que más sorprende en Aldeacorba es el espléndido sepulcro que guarda las cenizas de una ilustre joven, célebre en aquel país por su hermosura. *Doña Mariquita Manuela Téllez* perteneció a una de las familias más nobles y acaudaladas de Cantabria: la familia de Téllez Girón y de Trastamara. De un carácter *espiritual*, poético y algo caprichoso, tuvo el antojo *(take a fancy)* de andar por los caminos tocando la guitarra y cantando odas de Calderón, y se vestía de andrajos para confundirse con la turba de mendigos, buscones, *trovadores*, toreros, frailes, hidalgos, gitanos y *muleteros*, que en las *kermesas* forman esa abigarrada plebe española que subsiste y subsistirá siempre, independiente y pintoresca, a pesar de los *rails* y de los

periódicos que han empezado a introducirse en la Península Occidental. El *abad* de Villamojada lloraba hablándonos de los caprichos, de las virtudes y de la belleza de la aristocrática ricahembra, la cual sabía presentarse en los saraos, fiestas y *cañas* de Madrid con el porte *(deportment)* más aristocrático. Es incalculable el número de bellos *romanceros*, sonetos y madrigales compuestos en honor de esta gentil doncella por todos los poetas españoles."

Bastaba leer esto para comprender que los dignos *reporters* habían visto visiones. Averiguada la verdad, de ella resultó este libro.

Despidámonos para siempre de esta tumba, de la cual se ha hablado en el *Times*. Volvamos los ojos hacia otro lado; busquemos a otro ser rebusquémosle, porque es tan chico que apenas se ve; es un insecto imperceptible, más pequeño sobre la faz del mundo que el *philloxera* en la breve extensión de la viña. A fin le vemos; allí está, pequeño, mezquino, atomístico. Pero tiene alientos y logrará ser grande. Oíd su historia, que no carece de interés.

Pues señor...

Pero no, este libro no le corresponde. Acoged bien el de Marianela, y a su debido tiempo se os dará el de Celipín.

Madrid, enero de 1878.

INDICE

*La impresión de este libro fué terminada el
27 de Marzo de 1979, en los talleres de
E. Penagos, S. A., Lago Wetter 152, la
edición consta de 50,000 ejemplares,
más sobrantes para reposición.*

EN LA MISMA COLECCIÓN "SEPAN CUANTOS..." *

* Los números que aparecen a la izquierda corresponden a la numeración de la Colección.

PRECIOS SUJETOS A VARIACIÓN SIN PREVIO AVISO

EDITORIAL PORRÚA, S. A.